LES NEUF CERCLES

R. J. Ellory

LES NEUF CERCLES

Traduit de l'anglais (États-Unis)
par Fabrice Pointeau

Directeurs de collection :
Arnaud Hofmarcher et François Verdoux
Coordination éditoriale : Marie Misandeau et Hubert Robin

Titre original : *The Devil and the River*
Éditeur original : Orion Books
© Roger Jon Ellory, 2013

© Sonatine Éditions, 2014, pour la traduction française
Sonatine Éditions
21, rue Weber
75116 Paris
www.sonatine-editions.fr

« Le passé est un prologue. »
William Shakespeare, *La Tempête*

1

Mercredi 24 juillet 1974

Quand la pluie arriva, elle rencontra le visage de la jeune fille. Juste son visage. C'est du moins ce qu'il sembla au début. Puis ce fut sa main – petite et blanche, aussi délicate que de la porcelaine. Elle remonta jusqu'à la surface de la vase noire et se révéla. Rien que son visage et sa main, le reste de son corps toujours submergé. En baissant les yeux vers la berge, la vision de sa main et de son visage était surréaliste et troublante, et John Gaines – un Louisianais de Lafayette qui était récemment, par hasard ou par défaut, devenu le shérif de Whytesburg, dans le comté de Breed, Mississippi, et qui était avant ça revenu vivant des neuf cercles de l'enfer qu'avait été la guerre du Viêtnam – s'accroupit et observa la scène avec un esprit tranquille et un œil implacable.

La découverte avait été signalée par un promeneur, et l'adjoint de Gaines, Richard Hagen, s'était rendu en voiture sur les lieux avant de contacter par radio la standardiste du commissariat, Barbara Jacobs, pour qu'elle téléphone à Gaines et le mette au courant.

Le visage d'une jeune fille a fait surface au bord de la rivière.

Lorsque Gaines arriva, Hagen essayait toujours de reprendre son souffle, avalant deux ou trois bouffées d'air à la fois. Il avait le teint blafard et l'expression désemparée d'un mourant, mais il n'était pas en train de mourir, simplement en état de choc. Hagen n'avait pas fait la guerre ; il n'était pas rompu à ce genre de visions, qui lui étaient étrangères et lui semblaient sacrilèges. La ville de Whytesburg – inconfortablement nichée dans le

triangle formé par la route I-59 à destination de Hattiesburg et
la I-18 qui filait vers Mobile – était une ville modeste aux habi-
tudes modestes, le genre d'endroit où il n'y avait plus un chat
dans les rues à cinq heures du soir, où ce genre d'incident ne se
produisait pas, ce qui était une bonne chose de l'avis de toutes
les personnes concernées.

Mais Gaines avait fait la guerre. Il avait vu les neuf cercles.

Et parfois, lorsqu'il entendait les plaintes simples d'esprits
plus simples encore – la boîte à lettres vandalisée, la voiture
mal garée, la poubelle renversée –, Gaines s'imaginait traînant
le plaignant dans une ville rasée par le feu. *Ça*, aurait-il dit,
*c'est un enfant mort dans les bras de sa mère, elle aussi morte,
tous deux fusionnés pour l'éternité par le feu et le napalm.
Vous imaginez la dernière chose qu'il a dû voir ?* Et le plaignant
demeurerait silencieux, puis il regarderait Gaines avec de grands
yeux, les lèvres entrouvertes, de la sueur lustrant son front, à
la fois essoufflé et sans mots. *Maintenant*, aurait dit Gaines,
parlons de ces petites choses sans importance.

On perdait une partie de son humanité à la guerre, et on ne la
récupérait jamais.

Mais cette fois-ci, même Gaines était retourné. Une jeune
fille morte. Peut-être noyée, peut-être assassinée, et enterrée
dans la vase. L'exhumer ne serait pas une tâche aisée, et mieux
valait s'y mettre avant que la pluie ne reprenne. Il n'était pas
plus de dix heures, mais déjà la température montait. Gaines
prévoyait un orage, peut-être pire.

Il héla Hagen, lui demanda de lancer un appel sur sa radio et
de faire venir des renforts.

« Qui ? demanda Hagen.

– Appelez votre frère. Dites-lui d'apporter son appareil photo.
Faites venir Jim Hughes et ses deux fils. Ça devrait suffire.
Dites-leur d'apporter des pelles, une corde, des seaux, deux
couvertures, et aussi des bâches.

– Est-ce que je dois leur dire pourquoi, shérif ?

– Non. Dites-leur juste qu'on a besoin d'eux pour au moins une heure. Et demandez à Barbara de vérifier les derniers signalements de disparitions d'adolescentes blanches. Je n'ai entendu parler d'aucune, mais demandez-lui de vérifier. »

Hagen regagna la voiture de patrouille. Gaines marcha jusqu'à la berge et se tint à quatre ou cinq mètres de la jeune fille. S'il avait pu nettoyer son visage, peut-être qu'il l'aurait reconnue.

Quatre-vingt-treize pour cent des victimes d'enlèvement finissaient mortes dans les trois heures qui suivaient leur rapt. Mortes avant même que quiconque ait remarqué leur disparition. Impossible de remplir un signalement de disparition avant quarante-huit heures. Faites le calcul. Ça se terminait mal dans la plupart des cas.

Le cœur de Gaines se mit alors à cogner bizarrement, une rafale de battements irréguliers qui n'était pas sans rappeler les effets de la dexedrine que lui avait administrée un médecin au Viêtnam. *Ça te maintiendra éveillé*, qu'il lui avait dit, alors il l'avait prise et était resté éveillé pendant des heures, jusqu'à ce que ses nerfs implorent un peu de répit.

Il avait de nouveau la gorge serrée, comme si une main s'était refermée autour. Il avait la nausée, la bouche pâteuse. Ses yeux étaient si desséchés qu'il n'arrivait pas à battre des paupières.

Doux Jésus, que foutait cette fille ici ?

Et cette vision fit ressurgir le souvenir d'un autre enfant...

L'enfant qui n'avait jamais existé...

Il entendit Hagen parler dans sa radio. Des renforts arriveraient – Jim Hughes et ses deux fils aînés, le frère de Hagen –, et des photos seraient prises. Gaines examinerait la zone à la recherche du moindre signe de violence, puis ils creuseraient la vase noire et en extirperaient la jeune fille. Et alors, seulement alors, ils comprendraient le sort qui lui avait été réservé, le sort qui lui avait valu de finir enterrée au bord d'une rivière avant même que sa vie ait vraiment commencé.

La pluie arriva bien, une heure plus tard. Elle était noire. C'est ainsi que Gaines se la rappellerait. Elle tombait tout droit, âpre et froide, lui laissant un goût amer sur les lèvres. Une fois la scène photographiée, les six hommes commencèrent à enfoncer les mains dans la vase autour de la jeune fille pour tenter de la libérer. Ils étaient agenouillés, essayant de glisser des cordes sous le cadavre, sous son cou, ses bras, sa taille, ses cuisses. Puis ils durent s'allonger, car la vase noire était d'une profondeur infinie, et elle les aspirait implacablement. Elle dégageait une odeur humide, nauséabonde, fétide. Une odeur qui emplissait les narines de Gaines, une odeur dont il se souviendrait à jamais. L'odeur du sang, de la vase et de l'eau stagnante, qui se mêlaient et formaient un cocktail infect. Et il y avait aussi la peur. Mais ça, il ne le comprit que plus tard. Qu'il avait senti l'odeur de sa propre peur. Et aussi celle des autres. À cause de ce qui était arrivé à cette jeune fille, certes, mais aussi la peur qu'une chose effroyable soit sur le point d'être révélée, que son corps fasse peut-être surface en morceaux. Et la peur pour eux-mêmes, que la vase soit trop profonde, trop forte, que dans leurs efforts pour la délivrer, dans leur incapacité à l'abandonner là, dans leur obstination, ils se retrouvent aspirés à leur tour par la noirceur.

Là-bas, pendant la guerre, peut-être au retour d'une mission de reconnaissance, il était arrivé à Gaines de se rendre aux tentes médicales et de regarder les toubibs travailler. Des mains, des bras, des jambes, des pieds. Un seau plein de membres ravagés sous chaque table d'opération. Peut-être avait-il cru que s'il parvenait à s'immuniser contre de telles images dans la réalité, il s'immuniserait contre les images qui hantaient son esprit. Mais ça n'avait pas fonctionné. L'esprit était plus fort que tout ce que la réalité avait à offrir.

Il revoyait tout ça, désormais. Il le revoyait dans le visage de la jeune fille qu'ils arrachaient à la vase.

Et lorsqu'ils la sortirent enfin, lorsqu'ils virent la profonde crevasse qui avait été découpée dans son torse, puis recousue

avec de la ficelle comme on lacerait une chaussure, ils demeurèrent sans mots.

Finalement, c'est Jim Hughes qui ouvrit la bouche, et il dit
simplement : « Oh, Jésus... Oh, doux Jésus... » Sa voix était à peine
plus qu'un murmure, et ses paroles s'évanouirent dans la brume
et l'humidité, puis furent avalées sans un écho.
Personne ne demanda qui elle était. C'était comme si personne
ne voulait le savoir. Du moins, pas encore.
Ils restèrent un moment immobiles, presque incapables de la
regarder, puis ils se remirent silencieusement au travail. Seuls
résonnaient les halètements et les grognements que leur arra-
chait l'effort tandis qu'ils la libéraient de la noirceur de son
tombeau et la déposaient sur la bâche.
Et la pluie tombait, et la pluie était noire, et elle ne cessait pas.

La seule chose que le combat vous conférait, c'était une capacité à vous attendre à la fois à tout et à rien. Il s'emparait de
votre besoin de prédiction, et vous en débarrassait à jamais. Vous
couriez pendant trois jours, restiez sur place pendant quatre.
Vous leviez brusquement le camp, puis rebroussiez chemin. Et
tout ça sans qu'on vous explique jamais pourquoi. *Pourquoi tout
cela est-il si absurde ?* avait demandé quelqu'un. *Parce que Dieu
l'a fait ainsi*, avait répondu un autre. *Sinon, comment tu crois
qu'il prendrait son pied ?* Après quelques semaines, deux mois
peut-être, vous compreniez que personne n'en avait rien à foutre
de savoir où vous étiez.
Un jour, Gaines avait passé quarante-cinq minutes en hélicoptère avec six cadavres. Rien que Gaines, le pilote, et une
demi-douzaine de morts. Certains étaient dans des housses
mortuaires, d'autres simplement enveloppés dans leur poncho.
Au bout de dix minutes, Gaines leur avait découvert le visage,
et tous avaient les yeux ouverts. Il avait passé la demi-heure
suivante à leur parler. Il leur avait confié ses sentiments et ses
peurs. Ils ne le jugeaient pas. Ils étaient simplement là. Gaines

savait qu'ils comprenaient. Il savait aussi que Platon disait vrai, que seuls les morts avaient vu la fin de la guerre. Il se disait que s'il n'avait pas fait ça, il aurait été incapable de retourner se battre. Il avait livré ces braves soldats et était reparti dans le même hélicoptère. Il avait continué de sentir la puanteur de la mort pendant cinq kilomètres.

Cette même odeur submergea Gaines lorsqu'ils emportèrent la jeune fille. La pluie l'avait nettoyée. Elle devait avoir 15 ou 16 ans; elle était nue; une cicatrice grossièrement suturée divisait son torse de la gorge au nombril. Elle avait été recousue au moyen d'une épaisse ficelle, mais la vase avait pénétré à l'intérieur. Lorsque les hommes portèrent son corps pâle jusqu'à une bâche posée sur la berge, la vase ressortit par les interstices de la cicatrice, formant de petites langues noires. Gaines les observa – une file de visages tristes, comme des soldats regagnant la base au petit matin après une nuit de permission. Fini la rigolade. Fini les filles et l'alcool. Comme les visages des types qui transportaient les morts jusqu'à l'hélicoptère, ployant sous le poids des corps dans leur poncho, leur visage ferme et déterminé, leurs yeux légèrement entrouverts, comme si ne voir que la moitié de ce qui les entourait pouvait les protéger. De la lourdeur précise et tortueuse de la conscience, du fardeau de la culpabilité, du poids des morts.

Gaines remarqua alors les arbres, leurs silhouettes voûtées et échevelées, et il songea que s'ils n'avaient pas déjà été tout tordus, s'ils n'avaient pas déjà enfoncé leurs racines dans la terre humide et fétide, ils se seraient avancés en se traînant maladroitement, s'arrachant à la fange et à la merde des marécages pour les étouffer dans un enchevêtrement de branches arthritiques et de mousse espagnole. Il y aurait toujours des façons grotesques et gothiques de mourir, mais celle-là aurait peut-être été la pire.

Les hommes, abattus, portèrent la jeune fille aussi vite que possible. La vase aspirait leurs pieds, la pluie les mitraillait, noyant toutes leurs paroles, recouvrant chacun de leurs bruits tandis qu'ils remontaient péniblement la rive.

Le souvenir des morts est le plus lourd des fardeaux. Telle était l'opinion qu'avait un jour exprimée le lieutenant Ron Wilson, dans un champ proche du quartier général de la 25ᵉ division, à Cù Chi, en février 1968. Il avait dit ça à Gaines, et ç'avaient été les dernières paroles à franchir ses lèvres, durant la poignée de secondes qui avaient séparé le moment où il avait changé ses chaussettes humides et celui où était arrivée la balle qui l'avait tué. Il n'y avait pas eu un bruit – ni en provenance de la balle, tirée au hasard avec le vague espoir qu'elle atteindrait une cible, ni jaillissant des lèvres du lieutenant Wilson. Elle l'avait atteint au bas de la gorge et avait sectionné la moelle épinière aux alentours des vertèbres cervicales. Pendant un bref instant, ses yeux avaient conservé une lueur de vie, ses lèvres avaient esquissé une sorte de sourire pensif, comme si sa phrase, *Le souvenir des morts est le plus lourd des fardeaux*, avait été l'annonciation, le début d'autre chose. Le lieutenant Wilson était philosophe. Il citait les aphorismes d'Arnold Bennett sur le temps et l'activité humaine. C'était un bon lieutenant, un meneur plus qu'un suiveur, trait de caractère qui provenait plus de sa vague méfiance des autres que d'une véritable confiance en soi. Gaines ne savait pas ce que Wilson avait fait avant la guerre. Plus tard, après que le corps de Wilson avait été évacué en hélicoptère, il s'était renseigné auprès des autres types de la division. *Qui était Wilson ? Je veux dire, avant la guerre ? Qui était-il ?* Mais ils ne le savaient pas non plus, ou alors ils n'avaient rien voulu dire. Peu importait d'où il venait. Sa vie d'avant ne signifiait rien. Tout ce qui les souciait, c'était la vie après. Mais pour le lieutenant Wilson, il n'y en aurait pas.

Gaines se rappela le visage de Wilson – le moment où il avait été en vie, celui où il était mort – lorsqu'ils atteignirent le pick-up de Jim Hughes avec leur macabre fardeau. Ils étendirent la jeune fille sur les planches rugueuses et trempées, et Gaines glissa la moitié de la bâche sous elle avant de la recouvrir avec le reste. Il ordonna à Hughes de se mettre en route, avec ses

2

J e m'en souviens comme de mon propre nom.

Ce jour-là.

Ce jeudi.

Je me rappelle m'être réveillée avec un sentiment d'urgence, d'excitation, d'impatience.

Je me rappelle la lumière pénétrant par la fenêtre proche de mon lit, la façon dont elle étincelait à travers le rideau. Je me rappelle la texture du tissu, les particules de poussière illuminées comme de microscopiques lucioles.

C'était comme si j'avais dormi mille ans, mais le sommeil m'avait relâchée sans aucun effort, et je me sentais débordante d'énergie.

Je me suis levée, lavée, habillée. J'ai lacé mes chaussures et me suis précipitée au rez-de-chaussée.

« Maryanne ! m'a lancé ma mère en entendant le bruit de mes pas dans le couloir. Viens prendre ton petit déjeuner avant de sortir jouer ! »

Je n'avais pas faim, mais j'ai mangé. J'ai mangé rapidement, comme un enfant de famille nombreuse qui se dépêcherait d'avaler son repas avant qu'un de ses frères et sœurs ne le lui prenne.

« Je veux que tu sois rentrée avant la nuit tombée, a déclaré ma mère. J'ai dit que tu pouvais sortir aujourd'hui, mais je ne veux pas une redite de la dernière fois. Je ne vais pas aller te chercher à dix heures du soir, jeune fille. Tu m'entends ?

– Oui, maman.

– Et ce fils Wade... Souviens-toi qu'ils sont différents de nous, Maryanne. Ne va pas t'amouracher d'un Wade.

– Maman...»

Elle a souri. Elle me taquinait.

« Et Nancy sera avec toi, exact ?

– Oui, maman.

– Et Michael Webster ?

– Aussi, maman.

– Bon, bien, je ne veux pas non plus entendre que tu lui as causé des problèmes. C'est le plus âgé d'entre vous, et s'il y a des problèmes, c'est lui qui se fera remonter les bretelles par le shérif Bicklow.

– Maman, nous n'allons pas causer de problèmes. Je te le promets. Et Michael n'aura pas affaire au shérif Bicklow. Et je ne suis pas amoureuse de Matthias, ni d'Eugene...

– Bon, je suis contente d'entendre ça, jeune fille. Même si tu t'entichais d'un de ces fils Wade...»

Elle hésita en milieu de phrase. Une expression curieuse apparut sur son visage et disparut tout aussi vite.

« D'accord, a-t-elle repris. Amuse-toi bien. Mais rentre avant la tombée de la nuit, et si je suis obligée de venir te chercher...

– Je serai rentrée avant la nuit tombée, maman.

– Et je suppose que Matthias Wade apportera à manger pour tout le monde, comme d'habitude...

– Il apportera sans doute un panier. Il le fait toujours.

– Bien, tant que tu comprends que ce genre de traitement de faveur ne durera pas éternellement. C'est un jeune homme, Maryanne. Il a 20 ans, et je ne suis pas sûre d'approuver cette amitié...

– Nous sommes juste amis, maman. Nancy, moi et les autres. Juste amis, OK ?

– Et il y a l'autre fille Wade... la plus jeune. Comment elle s'appelle ?

– Della.

– Bon, ne la laissez pas de côté. Il n'y a rien de pire pour un enfant que de se sentir rejeté.

– Je m'occuperai d'elle, maman. Promis. Maintenant, est-ce que je peux y aller, s'il te plaît ?...»

Ma mère a souri, et il y avait tellement de chaleur, d'amour et de tendresse dans ce sourire que je n'ai pas pu m'empêcher de sourire à mon tour.

J'ai marché jusqu'à la porte, mais elle m'a retenue d'un simple «Maryanne», comme si j'étais reliée à elle par un élastique.

«Ta chambre?

– Ce soir, maman. Je le promets. Je la rangerai ce soir. Promis juré.

– Allez, va-t'en», a-t-elle dit, et elle a agité son torchon vers moi comme si elle chassait une mouche.

J'ai filé comme une fusée, comme un éclair, détalant hors de la maison puis dans l'allée, tournant à gauche au bout de la rue puis courant jusqu'à ce que mes jambes ne me portent presque plus.

Je savais que ma mère avait raison. J'avais beau penser souvent à Matthias Wade, ou croire être amoureuse de lui, ou même espérer qu'Eugene Wade lèverait de temps en temps le nez de ses livres pour m'embrasser, le fait était que la famille Wade était la famille Wade, et – à mes yeux – elle semblait être la famille la plus riche et la plus puissante du monde. Et leur père, Earl Wade, eh bien, il me faisait un peu peur. Je savais qu'il devait se sentir seul, et qu'il était même peut-être un peu fou, mais il m'effrayait tout de même. La façon qu'il avait de se tenir en haut des marches et de nous toiser. Le fait que le moindre sourire semblait lui coûter un effort surhumain. Le fait qu'il disait que nous étions «incorrigibles», «fatigants», «irritants». Je me disais qu'un tel homme, un homme qui ne semblait pas avoir d'amis, apprécierait un peu de bruit et quelques rires dans sa maison. Mais non, apparemment non.

Cependant, après ce qui était arrivé à sa femme, je comprenais plus ou moins ce qu'il avait enduré. Enfin, non, peut-être pas. Je regarde ça rétrospectivement, avec des yeux d'adulte, et je peux me faire une idée de ce qui avait pu lui arriver, mais à l'époque – du haut de mes 14 ans –, qu'aurais-je pu savoir? C'était un homme effrayant. Un point c'est tout. C'était Earl Wade – homme d'affaires, propriétaire terrien, impliqué dans la politique, toujours à discuter de choses sérieuses avec des hommes sérieux qu'il ne fallait pas déranger. On pénétrait chez les Wade sur la pointe des pieds – enfin, quand on y était autorisé. Les quelques fois où j'y étais allée, déambulant à pas feutrés comme une petite souris avec Della, Eugene, Catherine et Matthias, j'avais senti que même eux avaient peur de le mettre en colère. Il avait un sale caractère. Ça, je le savais. Je l'avais entendu hurler après Matthias, un jour.

«Tu crois que tu peux aller et venir tranquillement dans cette maison comme si elle t'appartenait ? Tu es peut-être mon fils aîné, Matthias, mais ça ne signifie pas que tu puisses vivre à mes crochets indéfiniment. Tu as peut-être réussi tes études, et tu t'es peut-être fait un nom dans l'une des meilleures universités du pays, mais ça ne signifie pas que tu puisses passer tous tes étés à fainéanter comme une espèce de play-boy superficiel de Hollywood. Tu n'es pas Jay Gatsby, jeune homme...»

Je ne savais pas qui était Jay Gatsby, mais de toute évidence, ce n'était pas le genre de personne qu'Earl Wade souhaitait que son fils soit.

Et c'est ainsi, ballottés entre la richesse et la puissance des Wade et la simple réalité de notre amitié, que nous avons vécu deux années qui nous influenceraient tous pour le restant de notre vie. Les choses auraient pu être différentes – tellement différentes –, mais la cruelle réalité est que ce que la vie nous donne est rarement, voire jamais, à la hauteur de nos espoirs.

Il y a de petites vérités et de grandes vérités, tout comme il y a de petits mensonges et de grands mensonges. Parallèlement à ces vérités et à ces mensonges, il y a les questions qui n'ont jamais été posées, et celles qui n'ont jamais trouvé de réponse.

Les pires de toutes sont ces dernières. Qu'est-il arrivé ? Qu'est-il vraiment arrivé ? Pourquoi une chose si belle est-elle devenue si terriblement affreuse ?

Était-ce notre faute ? Avons-nous tout provoqué ? Nancy Denton, les quatre enfants Wade, Michael Webster et moi avons-nous, par le plus pur des hasards, simplement parce que nous étions au même endroit au même moment, déclenché un effroyable sortilège qui s'est emparé de notre cœur et de notre âme et nous a entraînés vers la tragédie ?

Est-ce ce qui s'est passé ?

J'ai mis très, très longtemps à comprendre qu'il n'y aurait peut-être jamais de réponse à cette question.

C'est le fait de ne pas savoir qui nous a tous tués, pas physiquement, mais émotionnellement et spirituellement.

Un petit quelque chose est mort en chacun de nous ce jour-là, et peut-être ne saurons-nous jamais pourquoi.

3

Le légiste de Whytesburg, Victor Powell, se tenait dans l'entrebâillement de la porte lorsque le pick-up et les deux voitures de patrouille s'arrêtèrent devant le bâtiment trapu. Il se contenta d'adresser à Gaines un petit hochement de tête lorsque celui-ci descendit du véhicule, et attendit en silence que les hommes soulèvent le cadavre de la jeune fille à l'arrière du pick-up et le portent vers lui.

C'était un cortège funèbre, purement et simplement. Les hommes avaient une expression grave, les mains et le visage maculés de vase, les cheveux plaqués sur la tête comme s'ils avaient été peints avec un pinceau grossier.

Gaines les congédia lorsqu'ils eurent livré la jeune fille, les remercia pour leur aide, leur temps.

Il leur serra à chacun la main, puis se tint près du shérif adjoint Hagen tandis que le pick-up démarrait et reprenait la direction du centre-ville.

Gaines se retourna alors, adressa un signe de tête à Hagen, et ils entrèrent dans le bâtiment pour rejoindre Powell.

Powell se tenait silencieux et immobile, les yeux baissés vers l'adolescente nue étendue sur la table. Elle était d'une pâleur d'albâtre, presque bleutée sous les lumières. La vase de la rive emplissait les espaces entre ses doigts et ses orteils ; elle s'était amassée dans les orbites creusées de ses yeux ; elle lui encombrait les oreilles et le nez. Ses cheveux étaient un amas dense de mèches irrégulières – on aurait dit une photo monochrome d'une statue érodée par le temps. C'était une image surréaliste et perturbante, une image qui rejoindrait toutes celles qui hantaient déjà Gaines. Seulement, cette fois, ça se passait ici, à Whytesburg, alors que de telles images – du moins d'après lui – n'auraient dû appartenir qu'à une guerre qui s'était déroulée à l'autre bout du monde.

« Des idées ? » demanda Powell.

Hagen secoua la tête.

« Elle ne me dit rien, répondit-il.

– Elle pourrait venir de n'importe où, ajouta Gaines. Elle n'est pas forcément d'ici.

– Bon, je dirais qu'elle a entre 15 et 18 ans », déclara Powell.

Il saisit un mètre à ruban sur un chariot près du mur et la mesura. « Un mètre soixante-trois. À vue de nez, dans les quarante-cinq kilos. Je pourrai vous donner plus de détails quand je l'aurai nettoyée. »

Gaines tendit la main. Ses doigts s'immobilisèrent au-dessus de la grossière suture qui barrait le torse de la jeune fille. Personne n'avait encore mentionné cette cicatrice. Il ne put se résoudre à la toucher, et il ôta lentement sa main.

« Retournez au poste, dit-il à Hagen. Envoyez une transmission à tous les comtés voisins, procurez-vous tous les signalements de disparitions d'adolescentes depuis un mois. » Il regarda en direction de Powell.

« Elle est morte depuis combien de temps, d'après vous ?

– La décomposition est minime... À vue de nez, je dirais une semaine, deux tout au plus, mais j'ai besoin de pratiquer une autopsie. Je pourrai vous donner une meilleure estimation dans deux heures. J'ai besoin de prendre la température du foie, de prendre en compte la température qu'il faisait à l'endroit où elle a été enterrée...

– Si belle, déclara Hagen, hésitant, devant la porte. C'est vraiment horrible.

– Partez, Richard, ordonna Gaines. Je veux savoir dès que possible qui elle est. »

Hagen s'en alla, se retournant à deux reprises pour regarder la jeune fille avant de disparaître au bout du couloir.

« Que voulez-vous ? fit Powell. Ces choses arrivent. Rarement, Dieu merci, mais elles arrivent.

– Cette incision, dit Gaines. Qu'est-ce que c'est que ce bordel ?

– Qui sait, John, qui sait ? Les gens font des choses qui sont parfois inexplicables. »

Gaines entendit la voiture de Hagen démarrer, et, presque aussitôt, le bruit d'une autre voiture s'arrêtant sur le gravier devant le bâtiment. Sans doute Bob Thurston, le médecin de Whytesburg. Thurston était un homme bien, un bon ami, et Gaines fut soulagé par son arrivée. Il ne voulait pas que Victor Powell se tape le sale boulot tout seul.

« Alors, pratiquez l'autopsie, dit Gaines. Tenez-moi au courant dès que vous aurez quelque chose. Je vais retourner au poste et commencer à travailler sur les signalements de disparitions qui ont été enregistrés. Ma crainte est qu'elle vienne de très loin et que nous ne découvrions jamais qui elle est.

– Je prendrai des photos dès que je l'aurai nettoyée, répondit Powell. Vous pourrez les diffuser...

– Évidemment, fit Gaines. Mais je dois être honnête, Victor... Il y a toujours un risque que nous ne le sachions jamais.

– Je sais que c'est dur d'être optimiste dans de telles circonstances, répliqua Powell, mais tirer des conclusions hâtives ne nous avancera à rien. Il est rare que quelqu'un se fasse tuer, ici. Des meurtres, il n'y en a même pas un par an, John. Je n'ai pas dû en voir plus d'une demi-douzaine à Whytesburg – dans tout le comté, à vrai dire – de toute ma carrière. Mais bon, on en a un maintenant. Elle est la fille de quelqu'un, et ce quelqu'un doit être averti. »

Gaines se retourna en entendant Thurston marcher dans le couloir.

« Bob est arrivé, dit-il.

– Qu'est-ce que c'est que cette histoire de fille morte au bord de la rivière ? » demanda Thurston avant même d'être entré dans la pièce.

Gaines tendit le bras, et ils échangèrent une poignée de main.

Thurston essayait de sourire, de paraître professionnel, mais lorsqu'il vit la jeune fille étendue sur la table, il blêmit de façon manifeste.

« Oh, Seigneur... fit-il.

– Nous pensons qu'elle a entre 15 et 18 ans, déclara Powell. Cette incision en travers de son torse a peut-être été la cause de la mort. Je suis prêt à débuter l'autopsie. J'aimerais bien que vous m'assistiez, si ça ne vous dérange pas. »

Thurston n'avait pas bougé. Il écarquillait ses yeux et semblait totalement abasourdi.

« J'ai envoyé Hagen vérifier les disparitions récentes, déclara Gaines. Je ne me souviens d'aucune ces derniers mois, mais elle pouvait venir de n'importe où. Tout ce que nous savons, c'est que nous devons l'identifier et découvrir comment elle est morte... »

Thurston posa sa sacoche par terre. Il s'avança et posa la main sur le rebord de la table, comme pour se retenir de tomber.

« Non... » murmura-t-il.

Gaines regarda Powell, qui fronça les sourcils et secoua la tête.

« Bob ? Ça va ? » demanda Powell.

Gaines et Powell virent Bob Thurston tendre la main droite et toucher le visage de la jeune fille. C'était un geste tendre, étrangement paternel même, et Gaines fut à la fois intrigué et déstabilisé par la réaction de Thurston.

« Bon sang, Bob, on croirait que vous la connaissez », dit-il.

Thurston se tourna vers Gaines. Était-ce des larmes dans ses yeux ?

« Oui, dit Thurston.

– Oui, quoi ?

– Je sais qui c'est », dit-il, et sa voix se brisa.

Gaines fit un pas en avant.

« Quoi ? répéta-t-il, incrédule.

– J'ai mis au monde tous les enfants de cette ville depuis trente ans, expliqua Thurston, et même ceux qui sont nés avant mon arrivée sont venus me voir avec la grippe, ou des os brisés, ou après avoir touché du sumac. Je connais cette fille, John. Ou plutôt, je la *connaissais*. Je la regarde en ce moment même, et ça n'a aucun sens...

– Qu'elle soit morte... Bien sûr que ça n'a aucun sens, observa Powell. Un enfant mort, ça n'a jamais aucun sens.

– Ce n'est pas ce que je veux dire, Victor, répliqua Thurston. Regardez-la. Regardez son visage. À qui vous fait-elle penser ? »

Powell fronça les sourcils. Il s'approcha, examina le visage de la jeune fille. Après trente secondes, peut-être plus, il sembla percevoir quelque chose.

« Elle ressemble à Judith, déclara Powell. Oh, mon Dieu... non...

– Qu'est-ce qui se passe ? demanda Gaines, au comble de l'agitation. Qu'est-ce qui vous arrive ?

– C'est impossible, dit Powell. C'est impossible... Non, non, ça ne colle pas... ça ne colle pas du tout...

– Vous dites qu'elle a été retrouvée enterrée ? demanda Thurston.

– Oui, répondit Gaines. Nous l'avons exhumée au bord de la rivière. Elle était enterrée dans...

– ... La vase, acheva Powell.

– J'ai déjà entendu ça, déclara Thurston. Ça s'est déjà produit...

– Bon sang, les gars, de quoi vous parlez ? Si l'un de vous ne m'explique pas ce qui se passe ici, je vous arrête tous les deux pour rétention d'indices.

– Vous connaissez Judith Denton ? demanda Powell.

– Bien sûr que je connais Judith, répondit Gaines.

– C'est sa fille, John. C'est Nancy Denton, la fille de Judith. »

Gaines secoua la tête.

« Judith n'a pas de fille...

– Plus maintenant, intervint Thurston, mais elle en avait une.

– Je ne comprends rien, dit Gaines. Plus maintenant, mais elle en avait une ? Quand ? Quelle fille ? Ce que vous dites n'a aucun sens.

– C'est *ça* qui n'a aucun sens, répliqua Thurston. Le fait qu'elle soit ici, toujours adolescente, voilà ce qui n'a aucun sens.

– Pourquoi ? Pourquoi ça n'a aucun sens ?

– Parce qu'elle a disparu il y a longtemps, John », répondit Powell.

Il se tourna vers Thurston. « Depuis combien de temps, Bob ? Depuis combien de temps a-t-elle disparu ?

– C'était en 1954, répondit Thurston. Elle a disparu à la fin de 1954. »

Powell poussa un profond soupir et ferma les yeux un moment.

« Bon, nous l'avons retrouvée, n'est-ce pas ? Ça a pris vingt ans, mais nous l'avons retrouvée... et elle était là pendant tout ce temps.

– Vingt ans ? fit Gaines. 1954 ? Vous ne pouvez pas être sérieux. Il doit y avoir erreur. Ça ne peut pas être elle. Comment aurait-elle pu disparaître il y a vingt ans et conserver son apparence ?

– Je suppose qu'elle a dû mourir quelques heures ou quelques jours après sa disparition, répondit Powell, et son assassin l'a enterrée dans la vase, et la vase l'a conservée telle quelle.

– C'est incroyable, dit Gaines.

– Vous allez pourtant devoir le croire, répliqua Thurston. C'est Nancy Denton. Aucun doute, aucune hésitation. Je l'ai su dès que je l'ai vue.

– Et il va falloir informer sa mère, dit Powell.

– Vous voulez que je vous accompagne, John ? » demanda Thurston.

Gaines secoua la tête.

« Non, j'ai besoin que vous restiez avec Victor. L'autopsie doit être pratiquée. J'ai besoin de savoir comment elle est morte. J'ai besoin... » Il s'écarta de la table et se dirigea vers la porte, se retourna lorsqu'il l'atteignit pour regarder tour à tour Thurston et Powell. Puis il posa une fois de plus les yeux sur le cadavre étendu sur la table.

« Vous devez être sûrs. Vous devez être absolument certains. Vous devez me garantir qu'il ne peut pas s'agir de quelqu'un d'autre.

– C'est elle, John, déclara Thurston. Je l'ai soignée une douzaine de fois pour des rhumes, et aussi pour la rougeole, je crois... Je la reconnaîtrais entre mille.

– Seigneur tout-puissant, dit Gaines. Je dois... je dois...

– Vous devez informer Judith Denton que sa fille est revenue... »

Gaines resta parfaitement immobile pendant une seconde, puis il se retourna et s'éloigna dans le couloir.

Thurston regarda Powell. Powell regarda Nancy.

« Alors, découvrons ce qui t'est arrivé, ma petite », dit-il doucement, puis il retroussa ses manches.

4

L a vie de Judith Denton avait été un lent naufrage. Elle semblait être née sous une mauvaise étoile qui l'avait suivie toute sa vie. Elle avait grandi dans le méli-mélo de cabanes situées à la limite du comté, parmi les marécages sombres remplis de cèdres enveloppés de mousse espagnole et de vigne vierge, comme si une énorme araignée avait passé des lustres à construire ses défenses. La terre était empoisonnée par les casuarinas, les myrtes et les faux poivriers, et le peu d'irrigation qui pouvait être récupéré des bayous ne rendait pas la culture des sols plus facile. Le père de Judith – Marcus – était un journalier itinérant, un guitariste, un employé agricole, et il était toujours prêt pour *le prochain grand coup*. Sa narine gauche tailladée formait un V à l'envers, une blessure trop profonde pour guérir et se refermer, et le coup de canif qu'il avait reçu avait laissé sur sa joue, sa paupière et son front, une balafre pâle qui disparaissait sous ses cheveux. Des années auparavant, des combats avaient eu lieu ici, avec des boxeurs qui se graissaient les oreilles et les épaules pour qu'on ne puisse pas les tenir. Marcus Denton avait été là, prenant les paris, gagnant une poignée de dollars grâce à ces hommes en sueur qui étaient bien décidés à se démolir à coups de poing. C'était un petit personnage furtif, toujours à la périphérie des choses. Sa peau avait la couleur de la crème aigre. Sa femme, Evangelina, avec ses chaussures trouées par la pourriture et sa jupe qui n'était rien de plus qu'un fouillis confus de poches de chemises mal assorties cousues à une combinaison, le suivait partout, comme si elle était persuadée qu'un jour il ferait quelque chose de valable. Mais ce jour n'était jamais arrivé. Judith – le seul enfant de ce couple de rêveurs itinérants – était née en mars 1917. Elle avait à peine plus d'un an quand le bateau à vapeur à bord duquel se trouvait Marcus avait coulé dans le Mississippi, près de Vidalia. En pleine nuit, presque sans un bruit, rien que le son des bulles claquant à la surface comme des baisers. Marcus Denton et son pitoyable bagage – ses cartes, sa montre de gousset, ses rêves et ses espoirs du *prochain grand coup* – avaient disparu en même temps que onze membres d'équipage et seize passagers dans les eaux parfaitement noires. Pas tant une vie qu'un bref interlude entre la naissance et la mort : quelques événements un peu trop rapprochés les uns des autres, et lui tel un point-virgule entre eux.

Judith avait donc été élevée par Evangelina, plus une ivrogne qu'une mère, et quand celle-ci était morte en mai 1937, Judith – alors âgée de 20 ans – était partie pour Whytesburg, croyant peut-être qu'un changement de décor entraînerait un changement de fortune. Ce changement, beaucoup moins heureux qu'elle ne l'espérait sans doute, était survenu sous la forme de Garfield Thomasian, un vendeur de chaussures de Biloxi qui conduisait un break neuf et proposait une ligne prisée de chaussures de ville en cuir de Cordoue. Leur liaison avait été brève et passionnée, Judith était immédiatement tombée enceinte, mais Garfield Thomasian ne s'était pas attardé pour voir le fruit de ses efforts. Il était parti – parti, mais pas oublié. Des tentatives poussées pour le localiser n'avaient abouti à rien d'autre qu'à la découverte d'aventures semblables dans cet État et plusieurs autres. Thomasian était comme une mauvaise bourrasque ; il arrivait en coup de vent, repartait aussi vite, ne laissant dans son sillage que de petites dévastations.

Judith était allée jusqu'au bout de sa grossesse, et quand Nancy était née, le 10 juin 1938, sa mère s'était dit que d'un mal pouvait peut-être naître un bien. C'était une belle enfant intelligente, aussi différente de son père que pouvait l'espérer une mère trahie, et les choses semblèrent prendre un tour meilleur. Gaines connaissait quelques détails sur Judith Denton. Mais de sa fille, Nancy, il ne savait rien. Pas jusqu'à ce jour. Peut-être était-ce un petit fantôme du passé de Whytesburg, que seules les personnes présentes à l'époque connaissaient à travers la rumeur et les ouï-dire.

La disparition de Nancy, par une chaude soirée d'août 1954, avait précédé la prise de fonction de Gaines de deux décennies, et ce n'était que maintenant – le 24 juillet 1974 – que Whytesburg prenait conscience que Nancy n'avait jamais vraiment disparu. Elle avait été enterrée dans la vase au bord de la rivière. Elle avait toujours été là.

Gaines était toujours confus, il ne comprenait toujours pas comment une telle chose avait pu se produire, comment un corps avait pu être préservé de la détérioration pendant aussi longtemps. Mais il comprenait néanmoins le poids d'un tel événement.

Thurston n'avait pas le moindre doute quant à l'identité de la jeune fille.

Apparemment, Judith Denton avait été la mère célibataire d'une enfant unique.

Mais plus maintenant.

Dorénavant, elle serait une mère célibataire sans enfant.

Gaines descendit de voiture non loin de la maison de Judith Denton et resta un moment immobile. Il prit une profonde respiration et songea à ce qui l'attendait. Des enfants disparaissaient et des enfants mouraient. Peu importait la ville, c'était partout pareil. Qu'est-ce qui valait mieux – disparu ou mort ? Peut-être que s'ils étaient morts, vous pouviez tourner la page. Alors que s'ils se volatilisaient, il y avait toujours l'espoir d'un retour. Vous restiez toute votre vie à attendre. Vous vous persuadiez que passer à autre chose serait la pire sorte de trahison, comme si l'oubli les renverrait à l'histoire lointaine. Était-ce ainsi que Judith Denton avait passé les deux dernières décennies ? À regarder par la fenêtre ? À s'imaginer qu'un jour sa fille tournerait au coin de la rue et se tiendrait là, dans la cour ? Et quelle serait sa plus grande crainte ? De ne pas reconnaître Nancy ? Qu'à chaque année écoulée sa fille ait grandi et changé, qu'elle soit devenue une femme, et qu'elle puisse la croiser dans la rue sans le savoir ?

C'était un jour étrange. Un jour vraiment étrange.

À quinze mètres de la route, Gaines rencontra le voisin de Judith, Roy Nestor. Gaines l'avait embarqué deux années auparavant, car il le soupçonnait d'avoir commis un cambriolage. Ça n'avait rien donné, mais ici, ça ne comptait pas. Une fois qu'on vous collait une étiquette, elle ne vous lâchait plus. Il avait une longue histoire d'arnaques et de magouilles. Un siècle plus tôt, il aurait vendu des remèdes à l'huile de serpent à des gens qui n'avaient pas de quoi nourrir leurs gamins. La rumeur lui attribuait une douzaine de boîtes postales sous une douzaine de noms différents, et dans ces boîtes atterrissaient des chèques d'un petit montant en règlement d'articles dont il avait fait la publicité sur des prospectus et dans des journaux, articles qui n'étaient jamais livrés. Les montants étaient trop insignifiants pour que les clients mécontents cherchent à se faire rembourser, mais une fois additionnées, ces petites sommes finissaient par faire un beau total. Nestor ne trouverait plus jamais d'emploi permanent. C'était un journalier, comme Marcus avant lui, et Gaines avait entendu parler de lui à Wiggins, à Lucedale, jusqu'à Poplarville, au nord, et même à Columbia, où la route I-98 rejoignait la rivière Pearl. C'était un buveur et un bagarreur, il dégageait constamment un relent d'aisselles sales et de tabac rance, et malgré l'argent qu'il soutirait aux gens, il avait toujours l'air d'un clochard, avec ses vêtements en loques et ses chaussures éventrées et irréparables.

Nestor salua Gaines d'un signe de tête.

«C'qui vous amène, shérif ?

– Une petite affaire, Roy. Vous savez où est Judith ?»

Les yeux. C'étaient les yeux qui vous trahissaient toujours. La lumière qui s'éteignait soudain.

«C'qui s'passe ?

– Je ne peux rien dire, Roy. Vous le savez bien. Où est Judith ?»

Gaines fit un pas en avant. Nestor se déporta sur la droite, et, tout à coup, il y eut de la tension et de la menace dans l'air.

«Roy, reprit Gaines avec impatience.

– L'est arrivé que'qu'chose ? demanda Nestor. Vous v'nez pas ici à moins d'avoir d'mauvaises nouvelles, hein ? Vous v'nez jamais pour annoncer que'qu'chose de bien, pas vrai ?

– Roy... s'il vous plaît. Il s'agit d'une affaire personnelle...

– Personnelle ? Qu'est-ce qui pourrait être si personnel que ça r'gard'rait pas son meilleur ami ?...

– Si vous êtes son meilleur ami, alors laissez-moi faire ce que j'ai à faire, Roy, et ne vous en mêlez pas.

– Il s'est passé que'qu'chose de mal, shérif ?

– Roy, je vous le répète, c'est une affaire qui ne regarde que Judith, et je ne veux pas que vous vous en mêliez. Une affaire qui ne concerne qu'elle et sa famille...

– Sa famille ?

– Roy... je suis sérieux.

– Vous avez dit sa famille, shérif. Vous avez dit sa famille. Elle a pas de famille. C'est moi, sa famille, vous voyez ? Je suis le seul...»

Et alors, Roy Nestor s'interrompit. Ses yeux s'élargirent, et il regarda Gaines avec un air de stupéfaction incrédule.

«La fille ?»

Gaines ne répondit pas.

«Vous l'avez trouvée ? Vous avez trouvé sa fille ? Dites-moi que vous l'avez trouvée...»

Gaines ne dit rien, mais la réponse était évidente dans ses yeux.

« Vous l'avez trouvée, pas vrai, shérif ? Vous avez trouvé la fille. »

Gaines acquiesça.

« Oh, doux Jésus... Oh, doux Jésus...

– Je dois aller parler à Judith, Roy.

– Elle est morte, hein ? Dites-moi qu'elle est pas morte... Oh, c'est terrible... Ça peut être que ça, pas vrai ? Elle est morte, hein ? »

Une fois encore, Gaines ne répondit rien, mais les paroles qu'il ne prononça pas étaient lisibles sur son visage.

« Oh, bon Dieu, fit Nestor. Fallait qu'ça arrive, hein ? Ce jour d'vait arriver. Oh, Seigneur tout-puissant...

– Roy... je dois y aller, maintenant. Elle n'a pas encore été identifiée, mais on dirait que c'est elle, et je vous fais confiance pour ne pas dire un mot...

– J'crois que c'est moi qui d'vrais lui annoncer, shérif », déclara Nestor. Et il y avait une telle compassion dans son expression, une telle humanité, que Gaines eut du mal à l'ignorer. « J'connaissais cette fille, et j'vois Judith depuis. Bon sang, elle l'a attendue toutes ces années. Elle l'a attendue ici, croyant qu'elle r'viendrait, et maint'nant elle va découvrir qu'elle est morte. J'l'ai entendue pleurer trop souvent pour la laisser apprendre la nouvelle seule. »

Gaines le regarda, ses vêtements en loques, son visage usé, et il vit une réelle humanité dans ses yeux. Roy Nestor se souciait de Judith Denton, et ce serait peut-être le moment de sa vie où elle aurait le plus besoin d'un ami. Gaines posa la main sur l'épaule de Nestor, la serra d'un air rassurant.

« OK, Roy. Je suis sûr qu'elle apprécierait que vous soyez là pour elle. Je crois qu'elle va avoir besoin d'autant de soutien que possible. »

Nestor secoua lentement la tête. Il poussa un profond soupir.

« Bon Dieu de bois, on finira tous en enfer... »

Gaines fronça les sourcils.

« Pourquoi dites-vous ça ?

– Ça en dit long quand on peut pas s'occuper des nôtres, pas vrai ?

– En effet, Roy. »

Gaines, sentant le poids du monde sur ses épaules, se remit à marcher, et Roy Nestor lui emboîta le pas.

Ça viendrait par étapes, et les étapes étaient comme des vagues : une fois que les vagues déferlaient, on ne pouvait plus les arrêter. Il y aurait de l'incrédulité, un état de choc, une impression de paralysie et une terreur absolue, puis, à la suite, aussi proches que des ombres, il y aurait de la culpabilité, encore plus d'incrédulité, une vague tentative de se rappeler la dernière chose qu'elle avait faite, la dernière chose qu'elle avait dite... les dernières paroles échangées avec sa fille...

Vingt ans d'attente, tout en sachant pertinemment que quand la nouvelle arriverait, elle ne serait pas bonne. Mais pourtant, continuer de croire qu'il y avait un espoir, rien qu'un petit espoir, l'espoir le plus ténu d'une explication rationnelle à sa disparition, à toutes ces années d'absence, et l'espoir que quand elles seraient de nouveau réunies, ce serait comme si pas un jour ne s'était écoulé...

Et quand elle commencerait à vraiment saisir ce que tout ça signifiait, la douleur arriverait, une douleur si profonde qu'elle aurait l'impression que le monde avait refermé son poing sur elle, un poing rempli de clous et de pointes et de lames qui la transperceraient avec une force inouïe.

Et alors, ce serait comme si toutes les parties fracassées de son esprit avaient largué les amarres, et elle se retrouverait avec un vaste abîme devant elle, et elle y tomberait, et il n'y aurait personne en dessous, personne derrière, elle n'aurait rien à quoi se raccrocher, rien pour ralentir la chute, rien pour l'assurer que la dégringolade cesserait...

Voilà ce qui attendait Judith Denton lorsqu'elle vit le shérif John Gaines longeant l'allée qui menait à sa maison, suivi de

Roy Nestor, tête baissée, les yeux bordés de larmes et pleins de désespoir. Ils auraient tout aussi bien pu porter leur costume du dimanche. Il émanait d'eux une tristesse qui disait tout sans qu'il y ait besoin de paroles.

Lorsque Gaines atteignit la porte-écran, il tenait son chapeau entre ses mains. Ce qui ne faisait que confirmer que le message qu'il apportait était de la pire espèce.

C'était comme si elle avait attendu ce jour pendant vingt ans. Judith Denton esquissa l'ombre d'un sourire, car elle connaissait le shérif Gaines. Elle comprenait la place qu'il occupait dans le monde, et lui comprenait celle de Judith. Et même si des mondes les séparaient, il prenait toujours soin de se montrer courtois et respectueux.

Judith Denton vit donc John Gaines approcher de sa maison, de même que Roy Nestor, et elle resta quelques instants clouée sur place avec une expression embarrassée sur le visage. La lumière ne s'était pas encore éteinte. Elle essayait de se persuader qu'il s'agissait d'autre chose, d'une affaire sans rapport, malgré le fait que Roy Nestor, l'homme à qui elle avait tant de fois raconté la disparition de sa fille, marchait auprès du shérif, malgré le fait que ni l'un ni l'autre ne souriaient, malgré sa certitude que ce n'était pas une visite de courtoisie...

C'était parfaitement naturel d'essayer de se convaincre qu'ils n'étaient pas porteurs d'une mauvaise nouvelle.

Mais elle savait.

Elle avait su dès qu'ils étaient apparus.

Et l'expression de son visage disait tout – la certitude absolue qu'elle vivrait désormais une vie de regrets.

Lorsque Gaines fut à moins de trois mètres de la porte, Judith marcha à sa rencontre, haussant les sourcils d'un air interrogateur sans toutefois prononcer un mot. C'est alors que le shérif secoua lentement la tête, et que ses derniers doutes s'envolèrent.

Une mère sait toujours.

Il ouvrit la porte-écran, et se tint là, sans mots.

«Judith.

– Shérif.

– Nous pensons avoir retrouvé le corps de votre fille... »

Pour le moment, il s'agissait simplement de savoir s'ils avaient pu se tromper. Comment pouvaient-ils savoir que c'était elle? Comment pouvaient-ils en être certains? Si elle-même – Judith, sa mère – aurait pu croiser Nancy dans la rue sans la reconnaître, alors comment John Gaines, un homme qui ne la connaissait pas, pouvait-il être si sûr que la fille qu'ils avaient retrouvée était Nancy?

Ensuite viendraient les autres questions. Dans quel état est-elle? Comment est-elle morte? Est-ce que ç'a été terrible? Et quand? Le jour de sa disparition? Ou plus tard? Deux jours, trois, une semaine, un an, une décennie? A-t-elle été battue? A-t-elle été violée?...

Elle demanda donc à Gaines, anticipant la pire des réponses, et il y avait une résignation dure dans son regard avant même qu'elle ait prononcé un mot.

«Comment le savez-vous?

– Bob Thurston était avec moi... »

Gaines n'acheva pas sa phrase, car il vit qu'elle comprenait. Bob Thurston avait connu Nancy, il l'avait bien connue, il s'était occupé d'elle quand elle était malade, et si quelqu'un avait pu reconnaître Nancy, c'était bien Bob Thurston.

Judith se mit à respirer difficilement.

«En êtes-vous sûr?» demanda-t-elle.

Sa voix était brisée, et ses mots semblaient faibles et incertains.

Roy Nestor détourna la tête, incapable de soutenir son regard.

Gaines baissa les yeux vers le sol, puis les reposa sur Judith.

«Non, prononça Judith dans un murmure brisé. Non, non, dites-moi que ce n'est pas vrai. Pour l'amour de Dieu, non... »

Elle leva les yeux sur son voisin, qui n'arrivait toujours pas à la regarder, et c'est alors que les vagues arrivèrent. Elles déferlèrent rapidement, avec détermination, implacablement précises, lui transperçant le cœur et la martelant comme des poings sur une porte.

Elle sembla se plier en deux, comme si son ventre avait été creusé par les pertes et les déceptions passées. La douleur arriva, entraînant dans son sillage toutes sortes de cauchemars, et elle baissa la tête comme si cette fois c'en était trop.

John Gaines et Roy Nestor essayèrent de l'aider, mais elle leur résista. Ils la suivirent dans l'étroite maison en bois, longèrent un couloir qui menait à la chambre où elle dormait seule depuis vingt ans. Après une brève hésitation, elle se tourna de nouveau vers le petit salon, et resta plantée sur place. La pièce ne mesurait pas plus de deux mètres cinquante sur trois mètres cinquante, elle était dotée d'une unique fenêtre – quatre carreaux sales –, et une lumière vague et poisseuse faisait de son mieux pour pénétrer à l'intérieur. Sous la fenêtre se trouvait un fauteuil cabossé, le coton de la bourre ressortant à travers les trous dans le revêtement. Sur la droite, il y avait une table toute simple, un placard à deux étagères fermé par un treillis pour empêcher les mouches d'entrer. Le sol était couvert de morceaux de toile cirée et de lino mal assortis, et partout régnait une impression de désespoir et de chagrin.

Gaines la fit asseoir dans le fauteuil, puis resta un moment silencieux pour reprendre son souffle.

Judith Denton le regardait fixement, mais il savait qu'elle ne le voyait pas. Il imagina qu'elle se rappelait la dernière fois qu'elle avait vu Nancy, qu'elle essayait peut-être de se convaincre qu'il y avait eu une terrible, terrible méprise, que c'était un cauchemar, qu'elle se réveillerait d'une seconde à l'autre, qu'elle s'apercevrait que sa fille n'était pas morte, seulement disparue... et dans ce cas, il demeurait un petit espoir qu'elle revienne un jour.

Disparue valait-il mieux que morte ? se demanda une fois de plus Gaines. Valait-il mieux vivre avec une certitude ou avec un espoir ?

Mais ce n'était pas un cauchemar, et Judith Denton ne se réveilla pas, elle n'éprouva aucun soulagement.

Ce n'est peut-être qu'alors qu'elle ressentit toute la force de cette nouvelle, et Gaines s'agenouilla devant elle, lui tenant la main tandis qu'elle se refermait en elle-même. L'expression de ses yeux était désormais féroce et pleine de haine, comme si le monde s'était finalement arrangé pour lui prendre la seule chose qui comptait.

Elle haleta, et pendant un court instant Gaines eut l'impression qu'elle ne respirerait plus qu'une seule fois, avant de mourir à son tour, là, entre ses bras. Mais elle continua de respirer, encore et encore, puis elle se mit à sangloter, et Gaines la serra contre son torse. Il sentait ses larmes à travers le fin coton de sa chemise, et les larmes de Judith Denton étaient comme la pluie noire et amère qui tombait tandis qu'ils avaient exhumé sa seule enfant de cette tombe immonde et effroyable.

Finalement, malgré ses sanglots hachés, malgré les larmes qui ne cessaient pas, elle retrouva sa voix. C'était une voix faible, terriblement fragile, et bien qu'elle ne prononçât que quelques mots, ceux-ci semblèrent avoir plus de puissance que tout ce que Gaines avait entendu dans sa vie.

« L... le j... jour où el... elle a dis... disparu, bafouilla Judith. Le jour où elle a dis... disparu, je ne lui ai p... pas dit que je l'aimais. Je lui disais toujours que je l'aimais. Mais pas ce jour-là. Il fal... fallait que ce s... soit ce j... jour-là, n'est-ce pas ? Le jour où elle a disparu... »

5

aines se rappelait avoir eu conscience d'être vivant, à son réveil, les rares fois où il avait grappillé quelques heures de sommeil entre deux marches, entre deux combats, et qu'il était surpris d'être toujours en vie. Avant la guerre, ça lui avait semblé naturel. Beaucoup de choses lui avaient semblé naturelles. Il s'était promis qu'après – si jamais il rentrait un jour à la maison –, il penserait quotidiennement à la chance qu'il avait eue d'avoir survécu, d'être toujours *vivant*. Mais lentement, insidieusement, sans même s'en rendre compte, il avait oublié d'y penser. Et maintenant, c'était uniquement lors de célébrations – Thanksgiving, anniversaires, Noël – qu'il se rappelait sa promesse. Et aussi face à l'horreur. Il se rappelait sa promesse quand il était confronté à l'horreur. De petites horreurs, comparées à ce qu'il avait vécu, mais des horreurs tout de même. Peut-être était-ce pour cette raison qu'il avait choisi ce métier. Pour garder à l'esprit combien les choses pouvaient être soudaines, brutales, terribles. Pour se rappeler à jamais combien la vie était fragile. Précieuse, mais terriblement fragile. Mais par-dessus tout, ceux qui étaient revenus de la guerre étaient hantés par les fantômes de ceux qui n'en étaient pas revenus. L'incrédulité initiale laissait rapidement place au sentiment qu'on devait faire quelque chose de spécial, quelque chose de rare, de significatif, d'extraordinaire, de sa vie. Puis arrivait un sentiment de culpabilité quand on s'apercevait qu'on n'en faisait rien, et qu'on n'en ferait probablement jamais rien. Ce que ceux qui n'étaient pas revenus de la guerre ne sauraient jamais, c'était que tout ce qu'on désirait, c'étaient les petites choses, les routines étriquées, les détails insignifiants de la normalité. On ne voulait pas se distinguer, être visible, remarqué. L'invisibilité avait été le secret de la survie. Il était contre-nature d'essayer de changer une habitude qui garantissait un avenir.

Et maintenant, c'était ici, de tous les endroits du monde, que survenait l'horreur. Gaines ne savait pas ce qu'on avait fait à la jeune fille. Et surtout, il ne savait pas pourquoi. Il ne pouvait répondre à aucune question pour apaiser la souffrance de Judith Denton. Alors, il resta assis avec elle pendant plus d'une heure. Elle finit par se détourner de lui, par s'enfoncer autant que possible dans son fauteuil, recroquevillée sur elle-même, appuyant contre ses yeux ses poings fermés, honteuse de ne pouvoir parler, mais se moquant en même temps d'être vue ainsi.

Sa fille disparue était désormais morte. Ça, c'était une certitude. Les détails viendraient plus tard, et Gaines ne voulait pas que des rumeurs ou des hypothèses se répandent quand ce qu'il leur fallait, c'étaient des faits. Si Judith Denton devait apprendre la vérité sur la mort de sa fille, alors ce devait être de sa bouche à lui. Dans de tels cas, la justice remplissait une fonction qui ne devait être ni transférée ni déléguée.

« Judith », dit-il, et il posa la main sur son épaule.

Elle ne se déroba pas, n'eut aucune réaction, et Gaines attendit quelques minutes avant de répéter son prénom.

« Judith, j'ai quelque chose à vous demander. »

Gaines sentit le nœud froid de l'anticipation au creux de son ventre. Ses mains étaient moites, son visage, en sueur, et pourtant il était incapable de bouger pour tirer le mouchoir qui était dans la poche de son pantalon.

« Judith, vous m'entendez ? »

Un tressaillement dans son épaule. Peut-être involontaire.

« J'ai besoin que vous fassiez quelque chose, poursuivit-il. Je dois vous emmener à la morgue... »

Judith Denton se tourna légèrement. Son souffle sembla pendant un moment se coincer dans sa poitrine.

« Dites-moi ce qui s'est passé », demanda-t-elle. Sa voix était brisée par l'émotion, mais elle conservait une fermeté indéniable. « Dites-moi ce qui lui est arrivé, shérif Gaines. Qu'est-il arrivé à mon enfant ? »

Gaines secoua la tête.

« Je ne peux pas...

– Vous êtes le shérif, ici, coupa Judith. Alors ne me dites pas que vous ne pouvez pas. Vous êtes le shérif, et vous pouvez faire tout ce qui vous chante. Je veux savoir ce qui lui est arrivé...

– Nous ne le savons pas encore, répondit Gaines. Nous l'avons trouvée au bord de la rivière. Elle était morte. Elle était enterrée dans la vase, et nous avons dû la sortir de là...

– Comment ça ? demanda-t-elle. Comment est-ce possible ? Comment cela a-t-il pu arriver ? »

Gaines secoua la tête. Judith le fixa avec un regard implacable.

« Quel âge ? » demanda-t-elle.

Gaines fronça les sourcils d'un air interrogateur.

« Quel âge a-t-elle, shérif Gaines ? »

Il comprit alors.

« Je ne sais pas, Judith, mais Bob Thurston l'a immédiatement reconnue, donc elle ne peut pas être beaucoup plus âgée que quand elle... »

Judith Denton sembla soudain ailleurs, comme si elle avait retrouvé suffisamment d'imagination pour se représenter sa fille, pour s'imaginer quelqu'un l'enterrant, poussant son cadavre dans l'infâme vase noire...

« Shérif... », commença Judith. Quelque chose apparut dans ses yeux, quelque chose qui la déchirait, car l'expression sur son visage passa en un éclair d'un intense chagrin à autre chose. « Est-ce qu... que... ? Est-ce qu... que l'assassin l'a... ? » Sa voix se coinçait au fond de sa gorge. « Est-ce qu... que... ? Vous savez ce qu... que je vous demande, shérif...

– Je ne sais pas, Judith. Je ne sais pas ce qui s'est passé, et je ne le saurai pas tant que le légiste n'aura pas pratiqué l'autopsie. »

Judith se mit à trembler, s'enfonça encore plus profondément dans le fauteuil, sembla se couper de nouveau du reste du monde.

Gaines lui serra plus fort l'épaule.

« Comme je vous l'ai déjà dit, Judith, je vais avoir besoin que vous m'accompagniez à la morgue du comté. Vous allez devoir être courageuse, aussi courageuse que possible, car vous allez devoir jeter un coup d'œil à Nancy et me dire si c'est bien elle. »

Les yeux de Judith étaient bordés de rouge, son visage, tordu par la colère.

« Bob Thurston la connaît ! » s'écria-t-elle sèchement. Puis elle bougea soudain, fit pivoter son corps et leva les yeux vers Nestor, qui était resté tout ce temps silencieux. « Bob Thurston dit que c'est elle ! Vous ne pouvez pas me dire qu'il y a eu une erreur ? »

Elle ouvrit de grands yeux, et on aurait dit qu'une petite lueur d'espoir y brillait encore. Mais Gaines secoua solennellement la tête et l'éteignit avec ses mots.

« Non, Judith. Vous savez qu'il n'y aura pas d'erreur cette fois-ci, mais la loi stipule que le parent le plus proche doit venir identifier le corps. Vous le savez, n'est-ce pas ?

– Je ne sais rien si ce n'est qu'elle est morte », déclara Judith, avec une amertume immense dans la voix.

Elle recommença à pleurer, plus fort cette fois. Tout son corps était secoué par des spasmes, tandis qu'elle se recroquevillait sur elle-même et tentait de s'écarter de Gaines.

« Judith...

– Emmenez Roy Nestor, dit-elle. Emmenez-le... Il la connaissait aussi bien qu'un autre...

– Allons, Judith, vous savez que je ne peux pas faire ça. Il faut que ce soit un parent. C'est la loi. Il faut que ce soit un parent. »

Les yeux de Judith lancèrent des éclairs. Son expression était furieuse et froide.

« La loi ? fit-elle. Vous me parlez de la loi ? Où était la police quand elle a été enlevée ? Je leur ai dit qu'elle avait été enlevée. Je leur ai dit qu'elle n'aurait jamais fugué, mais est-ce qu'ils ont écouté ? Non. Et maintenant, vous me parlez de la loi, shérif. Elle était où, la loi, quand mon petit bébé a été...

– Judith, dit-il, d'un ton sec et autoritaire. Tant que la vérité n'a pas été découverte, nous ne savons rien. Nous n'avons aucune idée de ce qui lui est arrivé. »

Gaines se représenta la large incision sur le torse de la jeune fille, la suture grossière qui avait servi à la refermer. Il ne pouvait pas parler de ça à sa mère. Pas maintenant. Pas encore.

« L'enquête a à peine commencé...

– Alors, qu'est-ce que vous faites ici ? Qu'est-ce que vous faites ici quand vous devriez être en train de chercher la personne qui a fait ça ?

– Judith, je suis sérieux maintenant. J'ai beaucoup de travail. Cette affaire est la seule qui compte en ce moment pour moi, et j'ai besoin de votre coopération... »

Judith Denton lui fit face, et pendant une seconde Gaines crut qu'elle allait lui passer les bras autour du cou. Mais non. À la place, elle leva ses poings serrés et se mit à le frapper, lui rouant les bras, les épaules et le torse de coups. Elle avait de la force, mais il ne chercha pas à l'empêcher. Ce n'était rien de plus qu'une manière d'extérioriser son désespoir et son chagrin.

Finalement, Gaines agrippa les poignets de Judith et l'attira vers lui. Elle s'écroula contre sa poitrine. Il la serra entre ses bras, comme s'il craignait qu'elle se volatilise s'il la lâchait. Il sentit ses larmes traverser une fois de plus le coton de sa chemise. Il sentit le parfum âcre de son corps, le relent puissant de quelque chose de brut et d'amer dans ses cheveux, l'odeur de la pièce autour d'eux. Et il éprouva un sentiment d'impuissance. D'impuissance et d'inutilité, car il avait déjà vu ça. Il avait déjà vu tout ça, et pire encore.

L'horreur des réseaux de tunnels dans la zone de Than Khe, au sud de Chu Lai. Des enfants morts, des mouches qui nichaient dans leur bouche ouverte et leurs orbites vides, leur peau aussi sèche que du papier sous les doigts, leur ventre gonflé par le gaz putride. Un jour qu'il avait perdu l'équilibre, dérapant sur le côté tel un surfeur, les bras tendus pour essayer de se rattraper, Gaines s'était affalé dans une tranchée où un adolescent était tombé avant lui. Le poids et la vitesse de sa chute avaient suffi à faire exploser le ventre du garçon.

Une autre fois, Gaines avait vu un homme disparaître. Son nom était Danny Huntsecker. Il avait posé le pied sur une mine antipersonnel Claymore, et il avait purement et simplement disparu. Il était là, puis il n'y était plus. Cette expérience n'avait pas provoqué de prise de conscience philosophique; elle n'avait pas révélé de vérité fondamentale sur la fragilité et l'impermanence de l'homme. Rien de si poétique. Elle avait simplement prouvé à Gaines que si vous balanciez sept cent cinquante billes d'acier sur Danny Huntsecker avec suffisamment de puissance, vous pouviez le faire disparaître de la surface de la Terre.

Il avait vu pire, et il avait entendu des choses bien pires encore.

Gaines ne comprenait pas ce qui était arrivé à Nancy Denton. Il y avait de nombreuses questions. Quand avait-elle été vue pour la dernière fois? Qui l'avait vue? Où allait-elle? D'où venait-elle? À quand Bob Thurston avait-il fait remonter sa disparition? Août 1954? C'était un mystère vieux de vingt ans, et Gaines savait que les souvenirs pouvaient devenir flous en un an, alors en deux décennies... Dans la plupart des cas, seul le meurtrier comprenait la raison de son acte. Gaines le savait. Et il se disait que les circonstances de la mort de Nancy Denton ne seraient pas différentes. Sa mort n'avait servi à personne, sauf au tueur. Pour lui, elle avait eu beaucoup de sens. Nancy Denton avait pu être assassinée pour ce qu'elle était, ou pour ce qu'elle représentait. Et si elle avait été violée, agressée, si la

mutilation qu'elle avait subie était en rapport avec son enlèvement et son meurtre, alors il y avait un mystère plus sombre
encore à élucider.

Et donc, Gaines serra fort Judith Denton contre lui, et se
demanda qui avait fabriqué ce monde. Car d'après ce qu'il avait
vu et entendu, ça ne pouvait sûrement pas être Dieu.

6

Victor Powell, le légiste du comté de Breed, ne voulut pas divulguer au shérif Gaines les détails de son examen initial du corps de Nancy en présence de Judith Denton. À la place, il l'entraîna un moment à l'écart et l'informa qu'il y avait des choses qu'il devait savoir, qu'il ferait bien de revenir plus tard, quand la mère serait partie.

« Quelles choses ? » demanda Gaines.

Powell secoua la tête, détourna les yeux un moment, jeta un coup d'œil en direction de Judith, et lorsqu'il se tourna de nouveau, l'expression sur son visage trahissait un certain trouble.

« Je dis simplement, shérif, qu'il y a des choses que vous devez savoir aujourd'hui, d'accord ?

– D'accord, Victor, d'accord, répondit Gaines. Où est Bob ?

– Il a été appelé. Il va bientôt revenir. »

Gaines regagna le banc dans le couloir. Judith Denton était assise, tordant entre ses mains un mouchoir trempé.

« Je ne peux pas faire ça... dit-elle d'une voix brisée, je ne peux pas faire ça, mais je dois le faire... »

Gaines lui prit la main et l'aida à se relever.

« Je crois vraiment que je ne vais pas y arriver... Ne me forcez pas, shérif. Ne me forcez pas... »

Gaines ne dit rien. Il lui passa un bras autour des épaules et se tourna vers Powell, qui se tenait près d'une porte sur la droite.

Powell poussa la porte et les suivit dans la salle d'autopsie.

Gaines se sentait toujours étrangement déconnecté face à de telles scènes. Les morts étaient morts. Il était parfaitement évident pour lui que l'énergie, l'esprit qui avait animé la personne de son vivant, étaient totalement distincts du corps. Surtout avec les enfants jeunes qui avaient connu une mort soudaine. C'était comme s'il demeurait quelque chose à proximité. Comme si la vie devait se résigner à partir.

C'est ce qu'il ressentit en présence de Nancy Denton.

Son cadavre avait été recouvert d'un simple drap. Victor Powell s'arma de courage. Il saisit le bord supérieur du drap et, en l'abaissant, révéla le visage d'une jeune fille à sa mère. Judith Denton cessa de respirer. Gaines s'attendait à une explosion de chagrin hystérique, une explosion qui ferait paraître insignifiant tout ce qu'elle avait exprimé jusqu'alors, mais elle prononça simplement :

« Elle est comme avant... »

Les paroles de Judith Denton flottèrent dans la pièce.

Elle est comme avant...

Maintenant qu'elle avait été nettoyée, Gaines la voyait clairement.

C'était une belle jeune fille dont le teint évoquait plus l'automne que l'hiver. Ses cheveux coiffés en arrière laissaient paraître son visage, ses yeux étaient fermés comme si elle dormait, son expression était presque paisible. Gaines ne comprenait toujours pas. Comment un corps pouvait-il rester inchangé pendant vingt ans ? Comment une telle chose était-elle possible ? C'était comme si elle était restée figée dans le temps pendant que le reste du monde continuait sans elle. Gaines s'imagina rencontrant une personne de son propre passé, une personne qu'il aurait connue vingt ans plus tôt, et découvrant qu'en dépit des nombreuses années elle n'aurait pas changé. Cela provoqua en lui une sensation qu'il n'avait jamais éprouvée jusqu'alors, une sensation désagréable.

Il se revit accroupi sur la berge, regardant le visage de Nancy, il se souvint de sa main pâle émergeant des ténèbres, du fait qu'il avait fallu la force de six hommes pour la libérer de la vase, de l'image terrible et brutale de la cicatrice au centre de son corps fragile, et il remercia en silence Victor Powell de ne pas l'avoir montrée à sa mère...

Les jambes de Judith Denton se défilèrent sous elle. Gaines la rattrapa tant bien que mal. Powell replaça le drap au-dessus de Nancy et fit rapidement le tour du lit pour aider Gaines, tandis que la femme n'était plus qu'un poids mort entre ses bras. Gaines avait l'impression d'observer la scène depuis le plafond de la salle. N'arrivant plus à soutenir Judith Denton, il la lâcha.

Quinze minutes plus tard, Gaines et Judith Denton étaient assis sur le banc dans le couloir. De la voiture, il avait apporté deux petites flasques argentées, dans lesquelles il gardait un peu de bourbon. Il lui en fit boire, la soutenant du mieux qu'il put tandis qu'elle se remettait à pleurer, puis il lui expliqua que l'examen était incomplet, qu'il avait besoin d'informations supplémentaires que seul le légiste pourrait lui donner. Sans elles, il serait quasiment impossible de découvrir la vérité sur ce qui était arrivé à Nancy.

« La vérité ? demanda Judith. La vérité, c'est qu'elle est morte, shérif. » Elle se tourna vers lui. « Alors, laissez-moi l'emmener. Laissez-moi la ramener là où elle devrait être et l'enterrer convenablement. Laissez-moi au moins faire ça.

– Je ne peux pas, Judith, et même si je le pouvais, je ne le ferais pas. Vous allez devoir me laisser faire mon travail. Dès que je pourrai vous la rendre, je le ferai.

– Et si je refuse ?... »

Elle se tut et le regarda. L'espace d'une brève seconde, Gaines remarqua une lueur anxieuse dans ses yeux, comme si elle craignait ce qu'il risquait de faire ou de dire.

« Judith, répondit-il calmement. J'ai besoin que vous m'aidiez. J'ai besoin que vous m'autorisiez à la garder jusqu'à ce que nous ayons fini notre travail. Je vous aiderai à organiser une cérémonie convenable. Je trouverai de l'argent... »

Judith secoua la tête.

« Ça, vous n'en avez pas besoin. »

Gaines préféra ne pas s'étendre sur le sujet. Judith Denton était trop fière pour accepter ne serait-ce que cinq cents de sa part.

« C'est suffisamment important pour que j'insiste, reprit-il. J'ai besoin de laisser du temps au légiste.

– Et si je refuse, vous allez m'arrêter ?

– Judith, vous savez que je ne ferai jamais rien de tel. »

Elle ferma les yeux.

Gaines devint silencieux.

La tension entre eux était palpable.

« Vous allez découvrir ce qui lui est arrivé ? demanda Judith.

– Je vais faire de mon mieux... C'est tout ce que je peux vous dire. Je vais faire tout ce qui est en mon pouvoir pour découvrir ce qui s'est passé... »

Judith sembla un moment absente.

« Tout le monde l'aimait, dit-elle. Absolument tout le monde. Et ce soir-là... le soir où elle a disparu... » Elle secoua la tête et regarda le sol. « C'était censé être une fête. Une fête sans raison particulière, mais tout le monde était là. Michael était là, Maryanne également, et le fils Wade. Michael portait son uniforme, et il était tellement beau... » Judith releva les yeux vers Gaines. « Je l'ai laissée sortir. Je l'ai laissée sortir toute la nuit. Elle avait 16 ans, mais c'était une fille sérieuse. Je lui faisais confiance... »

Gaines lui saisit la main. Il sentit l'humidité des larmes sur sa peau à l'endroit où elle avait serré son mouchoir.

« Promettez-moi...

– Vous savez que je ne peux rien promettre, Judith. Vous ne pouvez pas me demander de vous promettre quoi que ce soit.

– Sauf de faire tout votre possible ? Pouvez-vous au moins me promettre ça ?

– Oui. Ça, je peux le promettre. Que je ferai tout mon possible. »

Judith Denton se leva péniblement, comme si ses jambes peinaient à la porter.

« Je vais vous reconduire chez vous, dit-il.

– Je préférerais rentrer à pied, si ça ne vous ennuie pas, shérif. J'ai été enfermée assez longtemps. Dans la maison, dans la voiture. J'ai l'impression d'avoir été enfermée pendant vingt ans, vous savez ? J'ai besoin d'air. J'ai envie de marcher seule et de prendre mon temps.

– Je comprends. »

Judith Denton baissa les yeux vers Gaines.

« Je l'attendrai à la maison dès que vous pourrez me la rendre, dit-elle. À la maison, c'est là qu'est sa place.

– Vous avez ma parole, Judith, répondit-il. Vous avez ma parole. »

Gaines la raccompagna jusqu'à la porte et la regarda disparaître à l'angle, puis il retourna à la salle d'autopsie.

Powell se tenait près du corps toujours recouvert de Nancy Denton, et lorsque Gaines entra, il retroussa la totalité du drap et exposa la silhouette nue de la jeune fille.

« Comment est-ce possible ? demanda Gaines, toujours incrédule.

– La vase, répondit Powell. Je ne sais pas grand-chose sur le sujet, John, sauf que ça peut arriver. Forte teneur en sel, peu d'oxygène, enterrée suffisamment profond pour que le sol reste froid. Et aussi le fait que la vase ait pénétré à l'intérieur. Je suis sûr que tout ça est lié. Il faudrait que vous consultiez un archéologue médico-légal, mais j'ai entendu parler de corps préservés pendant des centaines d'années, pas simplement quelques décennies.

– Incroyable. C'est vraiment incroyable.

– Le fait que vous l'ayez découverte là-bas est la chose la moins incroyable de cette affaire, répliqua Powell. C'est après que ça devient encore plus bizarre. Croyez-moi. »

Gaines fronça les sourcils.

« Elle n'a pas été agressée sexuellement, expliqua Powell. Je m'attendais à découvrir qu'elle l'avait été, mais non. Je crois qu'elle a eu les mains et les pieds ligotés, mais je ne peux pas en être certain. Il n'y a aucun signe de réelle blessure physique.

– Cause de la mort ? demanda Gaines.

– Asphyxie, pour autant que je puisse en juger pour le moment, répondit Powell. L'os hyoïde de la gorge est brisé, ce qui concorde avec une strangulation, mais je n'en ai pas encore fini. »

Powell désigna l'incision de quarante-cinq centimètres de long qui traversait le torse de la jeune fille.

« C'est ça, mon plus grand souci...

– C'est de ça que vous vouliez me parler ? demanda Gaines, craignant presque de poser la question, conscient qu'il atteignait lui-même son seuil de tolérance.

– Oui, John. »

Powell se pencha au-dessus du corps, puis il inséra précautionneusement les doigts dans la blessure. Lentement, il en écarta les bords, et Gaines s'aperçut alors que quelque chose clochait sérieusement, en effet.

« Où est son cœur ? demanda-t-il.

– Elle n'en avait pas », répondit Powell.

Il tendit le bras vers la gauche et attrapa un plateau métallique. Dessus reposait ce qui ressemblait à des lambeaux de tissu, peut-être des résidus de plante. Et il y avait autre chose. Quelque chose qui perturba grandement Gaines.

« C'est tombé en morceaux quand je l'ai retiré », expliqua Powell.

Gaines regarda le visage de Nancy. Quelque chose semblait avoir changé. Elle n'était plus comme quand il était entré dans la pièce avec Judith. Son visage paraissait désormais crispé, la peau était tirée, les lèvres retroussées sur les dents.

Sans doute l'effet de l'air, du changement de température, peut-être, songea-t-il. Rien de plus.

Il ferma les yeux et prononça quelques paroles inaudibles.

« Pardon ? demanda Powell.

– Rien, répondit Gaines.

– Vous êtes prêt ?

– Autant que possible.

– Ça, dit Powell en désignant les quelques lambeaux de tissu sur le plateau métallique, ce sont les restes d'un panier.

– Un quoi ?

– Un panier. Construit avec une très grande minutie, presque sphérique. Il était constitué de deux moitiés, fixées d'un côté par du fil de fer, et de l'autre par un fermoir en métal. Il était censé s'ouvrir comme une montre de gousset... »

Powell reposa le plateau sur la table.

« Un panier ? Qu'est-ce que c'est que cette histoire ? commença Gaines.

– Retenez votre souffle, John, coupa Powell, parce que vous n'avez encore rien vu. »

Powell saisit un abaisse-langue en bois et s'en servit pour détacher quelque chose qui était collé à l'intérieur du vieux panier. La chose sembla se dérouler, mais, malgré sa fragilité, conserva sa forme circulaire. Gaines crut alors que ses yeux lui jouaient des tours.

C'était un serpent. Ça ne faisait aucun doute. Un très jeune serpent dont l'espèce exacte et la longueur étaient impossibles à déterminer.

« Bon sang ! Qu'est-ce que c'est que ce bordel ?

– Je vous avais prévenu, lança Powell. Quelqu'un l'a étranglée, puis l'a ouverte, lui a découpé le cœur, et l'a remplacé par un serpent dans un panier. »

Gaines ne prononça pas un mot. L'effroi qu'il éprouvait recouvrait toutes ses autres émotions.

7

Parfois, l'esprit largue les amarres.

Gaines, qui se tenait en silence dans le couloir à l'extérieur de la salle d'autopsie, pensait à Linda Newman. Au début, il s'était demandé pourquoi elle lui était venue à l'esprit, mais ensuite – après un petit moment –, il avait compris. C'était à cause de l'enfant. L'enfant qui n'avait jamais existé.

C'était en 1959, et Gaines, alors âgé de 19 ans, avait rencontré une fille à la laverie automatique. Un endroit comme un autre pour rencontrer sa future femme, estimait-il. Ce n'était pas comme s'il y avait une ferme d'élevage de femmes où on pouvait aller choisir la sienne et la rapporter si elle s'avérait acariâtre. Son nom était Linda, et elle avait suivi une formation d'esthéticienne à Bâton-Rouge. Elle était revenue à Opelousas, où Gaines vivait à l'époque, mais il ne semblait pas y avoir beaucoup de demande pour ce qu'elle avait à proposer. Là-bas, les femmes portaient toutes des robes d'intérieur et d'épaisses chaussettes. Elles se levaient à cinq heures du matin, coupaient le bois, et allumaient le feu afin de préparer le gruau pour un mari qui avait la gueule de bois et une palanquée de gamins, et ce type de routine ne collait pas trop bien avec une coiffure bouffante et une manucure. Ce genre de femmes aurait préféré qu'elle ouvre une nouvelle boutique d'alcool, ou peut-être un bar, pour que leur mari dorme plus souvent dans le garage. Malgré le manque de travail, John Gaines et Linda Newman se disaient qu'ils s'en sortiraient, et ils étaient restés ensemble. Un jour, à l'automne 1960, juste histoire de se changer les idées, ils avaient roulé jusqu'à Alexandria et Shreveport. Ils partageaient une passion commune pour les crackers au beurre de cacahuète et avaient dévoré l'essentiel de l'approvisionnement de tout l'État en chemin. Puis, au début de 1961, Linda était tombée enceinte. Elle était alors devenue folle des Milky Way glacés. Pour elle, avaler une douzaine de Milky Way glacés relevait quasiment de l'expérience mystique. Au Viêtnam, Gaines avait beaucoup pensé à cet enfant. L'enfant qui avait failli naître. Alors qu'il était tapi dans une tranchée, l'obscurité lui crevant les yeux, son esprit se mettait à lui jouer des tours (car dans le noir, tout le monde croit aux fantômes), et il s'imaginait que l'enfant était vivant, qu'il avait survécu, que Linda Newman et lui l'attendaient à Opelousas. Mais il n'y avait pas eu d'enfant, et il n'y avait plus de Linda Newman. Elle avait fait une fausse couche, suite à laquelle elle n'avait de toute évidence plus supporté sa présence et était retournée chez ses parents à La Nouvelle-Orléans. Gaines avait de nombreuses fois songé à aller la voir, pour lui parler, essayer de la convaincre qu'ils pouvaient recommencer à zéro. Il s'était imaginé leurs conversations, avait répété ses répliques, mais il ne les lui avait jamais dites. Gaines avait répété un rôle dont il savait qu'il ne le jouerait jamais, parce qu'il avait dès le début compris que ça ne marcherait pas. Leur rupture avait été définitive, permanente, et ils le savaient pertinemment l'un comme l'autre.

Gaines avait essayé dur de penser à autre chose, mais ça lui revenait sans cesse, comme un sale relent d'ail, et ça l'avait rendu amer. L'enfant qu'on lui avait refusé. On aurait dit qu'il y avait toujours quelque chose pour le lui rappeler, et maintenant, cette fille avec un serpent à la place du cœur était le rappel le plus puissant de tous.

Linda était partie depuis treize ans. Ses quatorze mois au Viêtnam avaient pris fin en décembre 1968. Et pourtant, il était toujours seul et continuait de s'occuper de sa mère, qui avait quitté la Louisiane pour le Mississippi. À part ça, pas grand-chose, voire rien, n'avait changé.

Il pensait avoir fait les bons choix. Mais faire les bons choix n'était réconfortant que si le résultat en valait la peine. Il y avait les individus qui acceptaient ce que la nature leur avait donné, et ceux qui s'efforçaient d'avoir autre chose. Et il y avait ceux qui flottaient dans les limbes. Ils attendaient, de toute évidence, mais quoi ? Même eux ne le savaient pas.

Il y avait un dieu pour les riches, et un pour les pauvres. Et il y avait des hommes qui passaient leur vie entière à chercher des signes de pardon pour un crime qu'ils n'avaient pas commis.

De temps à autre, Gaines se réveillait encore avec la sensation qu'il était de garde. Soudain, il avait les yeux grands ouverts, l'esprit alerte, et une voix le pressait dans un murmure précipité, *Hé, Hé ! Gaines ! C'est ton tour.* Mais il restait allongé là, dans le silence de la maison, et il s'apercevait qu'il n'avait pas besoin de se lever, qu'il n'y avait pas de tour de garde à effectuer cette nuit, que s'il sortait à l'arrière de la maison et scrutait l'obscurité, il ne verrait rien que du vide et des ombres. Sa guerre était terminée. Le Viêtnam était à quinze mille kilomètres, et pourtant il croyait parfois qu'il était aussi proche que son ombre. Peut-être croyait-il même que *c'était* son ombre. Ç'avait été une sacrée guerre, atroce et terrifiante, mais à l'époque – à 27 ans –, il avait été un enfant parmi les enfants, et chacun avait connu l'horreur et l'extase à parts égales. On disait que l'esprit guérissait tout pourvu qu'on lui accorde assez de temps. C'était faux. Il se contentait d'édifier des défenses toujours plus hautes contre les ravages de la conscience et du souvenir.

Au bout d'un moment, vous oubliiez ce qui était un rêve et ce qui était un souvenir.

Plus que toute autre chose, John Gaines était l'homme qu'il était devenu au Viêtnam. C'était un homme de la guerre. Une guerre sombre, impitoyable, implacable, qui prenait tout ce qu'il y avait de bon en vous et le remplaçait par du néant. Il était difficile de comprendre l'influence qu'un peu plus d'une année pouvait avoir sur un être humain. Mais c'était un fait. C'était indéniable.

Certains affirmaient qu'ils avaient laissé une partie d'eux-mêmes dans les jungles et les villes et les tunnels de l'Asie du Sud-Est. Ce n'était pas vrai. Ils y avaient laissé la totalité d'eux-mêmes. Ils étaient une personne différente à leur retour, et leurs amis, leur famille, leur femme, leur mère et leurs filles peinaient à les reconnaître. Eux-mêmes se voyaient désormais aussi presque comme des étrangers.

Gaines n'avait pas opté pour un report, ni pour la garde nationale, ni pour la réserve ; il n'avait pas formulé d'opposition de principe, que ce soit d'un point de vue religieux ou éthique, n'avait pas invoqué de problème médical, réel ou imaginaire ; il n'avait pas envisagé de s'enfuir ou de se cacher au Canada ou au Mexique. Le jeudi 9 février 1967, il avait reçu sa convocation à l'examen médical. Il s'y était rendu. Le mercredi 10 mai, il avait reçu son ordre d'incorporation. Il l'avait lu attentivement, une fois, puis deux, et il l'avait replacé dans l'enveloppe. *Alors ça y est*, avait dit sa mère. *Oui*, avait-il répondu. *Ça y est.*

Encore maintenant, en y repensant, il se souvenait de l'expression sur son visage. *J'ai perdu mon mari à la guerre*, disait cette expression, *et maintenant je vais perdre mon fils*. Elle était née Alice Devereau, à Pointe à la Hache, en Louisiane, en 1915. Elle avait rencontré son futur époux, Edward, en 1937. Moins de deux ans plus tard, ils étaient mariés. John, leur seul enfant, était né en juin 1940. Alors qu'il avait 2 ans, son père était parti pour l'Europe. Il avait servi dans la 1re armée, et s'était fait tuer près de Stavelot-Malmedy, sur la route de Liège, en Belgique, le 23 décembre 1944. Alice Gaines n'avait que 29 ans.

Alors, elle avait regardé son fils, qui avait deux ans de moins qu'elle-même lorsqu'elle avait perdu son mari, et lui avait demandé s'il n'y avait pas d'autre solution.

« Non, avait répondu John. Il n'y a pas d'autre solution. »

Cinq jours plus tard, John Gaines s'était présenté pour sa « formation de base au combat » à Fort Benning, en Géorgie.

Bottes, lit, hygiène, armement et entretien, rations C, premiers secours, navigation terrestre, code de la guerre, code unifié de justice militaire, marche en rangs et parade, inspections. Il avait reçu son diplôme en juillet, était passé à la « formation individuelle avancée ». Il avait appris à se cacher de l'ennemi. Il avait appris à suivre l'ennemi. Puis, il avait appris à le tuer. En septembre, il avait suivi la « formation pour la république du Viêtnam ». Vers la fin du mois, il avait pris une permission d'une semaine, était rentré voir sa mère et l'avait aidée à déménager à Whytesburg pour qu'elle soit plus proche d'une amie. Puis, il était parti. De Fort Benning à Saigon, de Saigon à Dalat, puis de Dalat aux hauts plateaux du centre. Après deux semaines d'orientation et de formation dans la jungle, il était paré.

À l'époque, pour en revenir au contexte historique, les empires étaient plus petits. Le Viêtnam avait été un monde à part, qui incluait les territoires du Tonkin, d'Annam et de la Cochinchine. À l'ouest du Laos et du Cambodge, se trouvait la Thaïlande. Mais désormais, il n'était question que du Nord et du Sud, rien de plus. Avant la Seconde Guerre mondiale, les Français avaient possédé les colonies indochinoises. Ils avaient occupé le Viêtnam, le Laos et le Cambodge, jusqu'à être vaincus par les Japonais. Après la capitulation japonaise à la fin de la Seconde Guerre mondiale, les Français étaient revenus. Ils voulaient une nouvelle Union française. Mais Hô Chí Minh voulait une indépendance totale. Les États-Unis soutenaient la France, mais quand la forteresse de Diên Biên Phù était tombée en mai 1954, c'en avait été fini.

Ils auraient dû en tirer les leçons, alors, mais ils ne l'avaient pas fait. Ce n'était pas la taille, ni l'influence, ni la richesse d'un pays qui permettaient de gagner une guerre dans la jungle. C'était la connaissance. La présence. La *compréhension* du territoire. Seuls les Vietnamiens possédaient tout ça ; ils ne pouvaient donc pas perdre.

Gaines s'était intéressé à l'histoire du pays. Il avait voulu savoir pourquoi il se battait. *Parce que ton président et ton pays ont besoin de toi* n'avait jamais été une réponse suffisante à ses yeux.

Après la défaite française, le pays avait été coupé en deux à l'endroit où la mer de Chine devenait le golfe du Tonkin. Le Nord-Viêtnam serait gouverné depuis Hanoï par le Viêt-minh. Le Sud-Viêtnam serait gouverné depuis Saigon. Sur le trône serait installé l'allié des Français, l'empereur Bao Dai. Mais les États-Unis voyaient les choses autrement.

Un an plus tard, les Vietnamiens du Sud élisaient un nouveau chef. Ngô Dinh Diêm était un tyran, un homme corrompu et malhonnête, mais il était catholique et anticommuniste, moyennant quoi les États-Unis voulaient le maintenir à son poste. Mais alors, la rébellion était survenue en 1957, les communistes et les nationalistes du Sud recevant leurs ordres du Nord. Ils s'étaient unis, étaient devenus plus forts, et trois ans plus tard ils avaient formé le Front de libération nationale. Les communistes vietnamiens. Le Viêt-cong.

C'étaient eux que Gaines avait été formé à tuer.

En 1954, Eisenhower avait promis que l'Indochine non communiste ne tomberait jamais entre les mains des rouges. C'était une question de principe. L'Amérique, la plus grande de toutes les puissances, s'était fait avoir et vaincre par une bande de collabos communistes en sandales. La fierté d'Eisenhower en avait pris un coup. Il avait vaincu l'Allemagne nazie, et, pourtant, il n'était pas foutu de s'emparer d'une bande de terre grande comme la moitié du Texas. Eisenhower était texan. Le Viêtnam était un coin paumé au milieu de nulle part. Il était humilié.

En novembre 1963, trois semaines avant l'assassinat de Kennedy à Dallas, le président du Sud-Viêtnam, Ngô Dinh Diêm, était tué lors d'un coup d'État. Quand Johnson était à son tour devenu président, il avait déclaré : « Je ne vais pas perdre le Viêtnam. » Mais en août 1964, un destroyer américain était mitraillé par des navires de patrouille nord-vietnamiens dans le golfe du Tonkin. Johnson avait alors lancé des attaques aériennes sur les installations côtières nord-vietnamiennes, et il s'était retrouvé avec une bagarre de chiffonniers approuvée par le Congrès sur les bras. Le Viêtnam était le trou du cul du monde, mais les *boys* se faisaient démolir par des petits mecs jaunes affublés de sandales et de chapeaux chinois. C'en était trop. À la fin de 1965, il y avait cent quatre-vingt mille soldats américains au Viêtnam. En 1968, ils dépassaient largement le demi-million. Ils avaient pour ordre de mener des offensives contre les guérillas du FLN. Le napalm pleuvait sur les avant-postes du Viêt-cong et les unités de guérillas dans le Sud. Johnson était passé à l'arme lourde. Il avait balancé plus de bombes sur le Viêtnam que le total de toutes celles larguées sur l'Europe entre 1939 et 1945. Mais ce n'était pas un engagement européen. L'ennemi des États-Unis n'avait pas de visage, pas d'uniforme, il connaissait le terrain, ses anomalies et ses particularités, et avait donc toujours l'avantage. Les États-Unis possédaient la puissance de feu, la couverture aérienne, de solides lignes d'approvisionnement, des ressources humaines presque inépuisables, mais ils ne possédaient pas d'ennemi visible. Ils combattaient des fantômes et des ombres. Ils combattaient un cauchemar.

Et c'est dans ce cauchemar que John Gaines était arrivé pour une mission de douze mois. Et c'est dans cette arène infernale qu'il rencontrerait ce qui marquerait et définirait le reste de sa vie. Il l'avait su dès la première semaine.

Plus tard, il y aurait des anecdotes. Certaines excessives, exubérantes, exagérées ; d'autres brèves, succinctes, factuelles. Ceux qui n'avaient pas fait la guerre finiraient par en avoir assez de les entendre ; par remettre en doute leur véracité, questionner leur but. *Ces histoires servent à faire la jonction,* avait un jour expliqué un vétéran à Gaines. *Pour voir si le passé* peut *de nouveau appartenir au présent... mais c'est comme essayer de joindre la mer et le ciel. On sait qu'ils sont à peu près constitués de la même chose, mais ils seront éternellement incompatibles.* Pour Gaines, il s'agissait seulement d'essayer de comprendre comment le garçon qu'il avait été était devenu l'homme qu'il était désormais. Le passé était un pays différent, et si vous y retourniez, vous ne tardiez pas à vous apercevoir qu'on y parlait une langue que vous ne compreniez plus. Les récits de guerre. Si l'anecdote ne semblait pas surréaliste, alors elle ne s'était probablement jamais produite. Si elle mettait l'accent sur la confiance, le courage et le sens du sacrifice, la loyauté inconditionnelle envers un homme, une unité, un détachement, une mission, alors c'était probablement un mensonge. Si elle parlait de Dieu, de la nation, de religion, de foi, alors c'était presque certainement une invention.

Si elle paraissait incroyable, alors vous pouviez la croire. Si même celui qui vous la racontait semblait douter de sa véracité, alors c'en était une sur laquelle vous pouviez parier votre maison.

La guerre était un drame écrit par des enfants mauvais et rancuniers, par des délinquants pervers, pas des fous à lier plongés dans une psychose profonde et incurable par les drogues et les traitements de choc barbares administrés par des psychiatres déments, par des borgnes avec un crochet en guise de main et de petits tessons de verre brûlants à la place de l'âme.

La guerre était un feu d'artifice pour le divertissement creux de dieux obscurs. La guerre purgeait les hommes de ce qu'ils avaient de meilleur. Elle les purgeait avec du feu, des balles, des lames, des bombes et du sang. Elle les purgeait avec du chagrin et de la douleur, et avec cette espèce d'incrédulité particulière et incommunicable qu'elle engendrait chez tous ceux qui assistaient à la cérémonie de la bataille. En dix mille ans, seule la distance avait changé. Peut-être, en des temps immémoriaux, y avait-il eu une petite part de noblesse à voir le visage de l'homme que vous tuiez, à regarder la lumière déjà trop brève s'éteindre dans ses yeux, à entendre le silence lorsqu'il cessait de respirer. Mais désormais, vous pouviez tuer un homme à un kilomètre de distance. Vous pouviez lâcher des bombes à travers les nuages et littéralement anéantir des milliers de vies.

Au début, vous larguiez le feu terrible depuis le ciel, et vous pensiez que c'était un acte purificateur. Dans un sens, vous étiez un émissaire du bien, de la vérité, peut-être même de Dieu. Mais ensuite, quand vous voyiez les enfants calcinés, vous compreniez que vous étiez simplement un émissaire de l'enfer.

Il y avait ceux qui prenaient leur pied à faire grimper une demi-douzaine de collabos jaunes en sandales et chapeaux chinois dans un hélicoptère, et à les balancer depuis une hauteur de cent mètres. Par les mains et par les pieds, un type à chaque extrémité – *Trois, deux, un, lâcheeeez* –, comme des adolescents au bord d'une piscine. La vitesse de la chute leur vidait les poumons. Gaines n'en avait jamais entendu un seul hurler. Pas même les enfants.

Un homme qui était motivé par la guerre était un homme plein de haine. La haine trouvait son fondement dans l'ignorance. Pourtant, la haine des autres était aussi une haine de soi, car au fond, nous étions tous les mêmes. Accepter d'aller à la guerre ne signifiait pas que vous aviez tort. C'était accepter d'y rester qui constituait une faute. Et ceux qui y étaient retournés une deuxième fois, puis une troisième, avaient déjà perdu une si grande part d'eux-mêmes qu'ils savaient qu'ils n'auraient jamais plus leur place ailleurs.

Les raisonnements viendraient par la suite. Dans ces moments de solitude où les hommes devraient justifier leurs actes, quand ils devraient s'expliquer à eux-mêmes pourquoi ils avaient fait ces choses terribles.

Mais ils les avaient faites à la guerre. En temps de guerre. Pas par amour, ni pour l'argent, ni pour satisfaire quelque sombre et terrifiante compulsion.

Hors de la guerre, vous étiez simplement confronté aux autres. Et Gaines estimait que l'essentiel de ce qui se passait dans leur tête aurait dû y rester. Mais parfois, les ombres qu'ils portaient en eux s'échappaient.

La mort de Nancy Denton, ce qu'on lui avait fait, les choses que Gaines avait vues – tout cela était le fruit d'une vision étrange et infernale qui dépassait en grande partie ce qu'il avait déjà vécu.

Il avait dit à Judith Denton qu'il ferait de son mieux pour découvrir la vérité.

Mais ça allait plus loin que ça.

Quelqu'un avait assassiné une jeune fille. Quelqu'un lui avait découpé le cœur et l'avait remplacé par un serpent. Quelqu'un lui avait grossièrement recousu le torse et l'avait enterrée dans la vase, et son corps était resté là, sans que personne ne vienne le déranger, pendant vingt ans. Il avait fallu quatre heures à six hommes pour la ramener à la surface.

Il y avait des questions à poser. Beaucoup de questions.

Le poids de la responsabilité s'abattait sur lui comme une vague, comme le souffle d'un hélicoptère.

Il avait ses propres fantômes. Ses propres spectres. Il les porterait à jamais en lui, et ils pèseraient toujours lourdement sur sa conscience.

Il n'en avait pas besoin de nouveaux.

8

Bob Thurston apparut dans le bureau de Gaines peu après dix-sept heures. Il s'excusa. Il avait dû abandonner l'autopsie pour s'occuper d'un accouchement à l'hôpital.

« Ça dépasse l'entendement, déclara Gaines.

– Vous pouvez le dire, convint Thurston.

– Vous avez vu le serpent ?

– Oui.

– Ça vous inspire quelque chose ? »

Thurston secoua la tête.

« Qu'est-ce que ça pourrait m'inspirer ? Vaudou ? Je ne sais pas, John. Il y a de véritables cinglés dans la nature. »

Gaines resta un moment silencieux, puis il reprit :

« J'ai vu Judith. Je lui ai annoncé la nouvelle. Elle est venue identifier le corps. Je crois que ce serait une bonne idée d'aller la voir dès que vous pourrez.

– D'accord, répondit Thurston.

– Et je veux que ça reste aussi confidentiel que possible, Bob, pour des raisons évidentes, même si je sais que je ferais aussi bien de pisser dans un violoncelle.

– Alors, n'allez pas en parler à votre mère, John. Sinon, elle voudra conjurer le sort en disposant des manches à balai en travers des portes et en nous faisant porter des soies de porc. »

Gaines esquissa un sourire sardonique.

« Vous voyez de l'humour noir partout ?

– Je suis bien obligé, répondit Thurston. Ça m'évite de sombrer dans l'alcool.

– Ma mère finira par l'apprendre, dit Gaines. De la bouche d'une de ses voisines.

– Vous feriez bien de demander à Caroline de ne rien dire.

– Caroline est une gamine de 19 ans qui n'a rien de mieux à faire que m'aider à m'occuper de ma mère. Elle sera la première à en parler avec elle. Je ne peux pas l'empêcher, Bob, et après ça, je ne pourrai pas l'empêcher de dire ou faire ce qui lui plaira. Vous le savez. Vous la connaissez mieux que quiconque. Quoi qu'il en soit, ce n'est pas le sujet... Le fait est que nous avons une jeune fille de 16 ans qui a été assassinée et enterrée au bord de la rivière après s'être fait arracher le cœur. Nous avons dû nous y mettre à six pour l'extirper de là.

– Alors, par où vous allez commencer ?

– Aucune idée, Bob, absolument aucune, répondit Gaines. Ma première pensée est que je cherche un assassin qui est peut-être mort, lui aussi. Cette affaire date d'il y a vingt ans.

– Vous croyez que certaines des personnes qui étaient dans le coin à l'époque pourraient vous aider ?

– Bon Dieu, Bob, je ne sais même pas s'il y en a qui sont encore ici, à part la mère de la fille. Pour le moment, la cause de la mort n'a même pas été confirmée.

– Vous croyez que cette histoire de vaudou est plausible ? Enfin quoi, c'est le truc le plus bizarre que j'aie jamais vu...

– Je ne peux rien négliger, répondit Gaines. Je sais que ce genre de chose se produit. Quand on était gamins, on allait sur la tombe de Marie Laveau pour piquer les quatre-quarts que les gens laissaient en offrande à saint Expédit. Tout ce qui implique un serpent sera interprété comme un signe du Grand Zombi...

– Mais nous sommes dans le Mississippi, pas en Louisiane...

– Faites vingt-cinq kilomètres vers l'ouest, et vous êtes en Louisiane, Bob. L'influence du vaudou est très forte partout, d'ici à Bâton-Rouge.

– Alors espérons simplement que c'était un cinglé, hein ?

– Espérons. La dernière chose dont j'aie besoin pour le moment, c'est de sacrifices rituels, de cérémonies avec des grigris, et de personnes débarquant dans votre cabinet pour empoisonnement au datura.

– Je vais aller voir Judith Denton. Je crois qu'elle a besoin de savoir qu'elle a des amis. Et vous ?

– Je vais voir comment se porte ma mère, et après je retournerai voir Powell. Il me faut une cause de décès définitive et son rapport d'autopsie.

– Dites à votre mère que je passerai la voir demain.

– D'accord.

– Vous savez que j'ai augmenté sa dose de morphine, hier ?

– Je m'en doutais, répondit Gaines.

– Elle s'est remise à divaguer ?

– De temps à autre. Vous savez comment c'est. »

Thurston marcha jusqu'à la porte. Il hésita, se retourna.

« C'est abominable, John. Qu'est-ce que c'est que ce bazar ? Une gamine de 16 ans, un meurtre vieux de vingt ans, un serpent à la place du cœur, nom de Dieu.

– Je ne sais pas, Bob... Je ne sais même pas si j'ai envie de savoir.

– Bien sûr que si. C'est pour ça que vous faites ce boulot. C'est pour ça qu'on fait tous ce qu'on fait... pour connaître les réponses à ce genre de saloperie.

– Allez-y, dit Gaines. Allez voir Judith. On se reverra plus tard. »

Lorsque Thurston fut parti, Gaines, assis seul dans son bureau, se rappela un incident.

Il y avait un fantassin du nom de Charles Binney. Son surnom, inscrit sur son casque, était Trop Haut, parce qu'il mesurait pas loin de deux mètres. C'était un mardi matin lumineux à proximité de Nha Trang, au pied des montagnes de Chu Yang Sin. Il y avait une Vietnamienne. Son nom n'était pas Moi Baise Toi ou Suce Mon Truc, ni aucun des sobriquets péjoratifs dont les membres de la 5ᵉ compagnie affublaient ce genre de filles. Elle s'appelait quelque chose comme Kwy Lao, mais peut-être avec un *q* et un paquet de voyelles en plus. Et Trop Haut s'était foutu dans le crâne de l'impressionner en grimpant à un margousier. Si Trop Haut, qui n'était arrivé au Viêtnam que trois mois plus tôt, avait survécu à son bref passage dans le théâtre des hostilités d'Asie du Sud-Est, il aurait décrit cette jeune fille comme «angélique». En effet, Trop Haut utilisait ce genre de mots, parce que c'était un type cultivé qui lisait des livres. Il ne se distinguait pas seulement par sa taille, mais aussi par son intellect et son vocabulaire. Trop Haut était un anachronisme, il l'avait toujours été, et quand son ordre d'incorporation était arrivé, son frère s'était étonné de sa résignation face à la perspective du service militaire. Trop Haut avait alors cité Goethe : « Avant d'être totalement engagé, l'hésitation nous tenaille, il reste une chance de se soustraire à l'initiative, toujours la même impuissance... Quelle que soit la chose que vous pouvez faire ou que vous rêvez de faire, faites-la. L'audace a du génie, de la puissance et de la magie. Commencez dès maintenant. »

Le lendemain matin, Charles Binney avait embrassé sa mère, serré la main de son père, étreint son petit frère, et était parti pour le front.

Quand ils l'avaient revu, il n'était qu'un drapeau plié en triangle dans un camion militaire.

Kwy Lao était amusée par la hardiesse de Trop Haut, car grimper à un margousier n'est pas la chose la plus aisée du monde. Encouragé par l'enthousiasme manifeste de la jeune fille, il avait tenté de grimper plus haut et plus vite, produisant même des bruits de singe. C'était sa tentative de se gratter l'aisselle qui avait entraîné sa perte. Une main n'avait pas suffi à porter le poids soudain de sa grande carcasse, et il était tombé brusquement, en silence, en proie à une surprise absolue. L'impact lui avait brisé le cou, et l'expression sur son visage était aussi calme et paisible qu'un ciel d'été.

La 5ᵉ compagnie n'avait eu ni la volonté ni la force d'aménager une zone d'atterrissage en vue d'une évacuation médicale ou d'un rapatriement en hélico. Il avait donc été décidé d'enterrer Trop Haut sur place, et tandis qu'un jeune homme de Boise, Idaho, nommé Luke «Dodge» Chrysler, récitait quelques paroles de la Bible, le corps de Trop Haut avait été coulé dans un marécage. «Ô Dieu, tu es mon Dieu, avait-il murmuré. Je te cherche au point du jour, mon âme a soif de toi; ma chair languit après toi, dans cette terre aride, desséchée, sans eau...» C'étaient les seuls versets que Luke Chrysler connaissait – le psaume 63, quand David est dans le désert de Judée. Il n'aurait su dire pourquoi il les connaissait, mais il les connaissait. Et même s'ils ne semblaient pas appropriés, vu qu'ils étaient en train de le couler dans un marécage, ces quelques mots leur avaient semblé mieux que rien.

L'opérateur radio de la 5ᵉ compagnie avait envoyé un message, le message s'était transformé en dépêche, la dépêche en télégramme, et le télégramme en drapeau. Le drapeau avait été minutieusement plié de sorte à avoir la taille d'un gros burrito au chili con carne, puis il avait été apporté à la famille Binney par un homme aux épaules étroites et à la mine pincée nommé M. Weathers.

Et c'est ainsi que Charles «Trop Haut» Binney – qui était tombé d'un margousier en voulant faire son malin devant une certaine Kwy Lao, une jeune fille à la beauté époustouflante, aussi élancée qu'une fougère, enveloppée tel un fantôme dans son *ai do* – était mort non pas au combat avec le goût du sang sur les lèvres, non pas valeureusement, pour son pays, en soldat, mais avec une érection et la promesse de tirer un bon coup. Telles étaient la bêtise, la réalité et la simplicité de la guerre. Bien sûr, on ne l'avait jamais dit à ses parents, car ça n'aurait pas été respectueux envers le mort. On leur avait dit qu'il avait été abattu par un sniper alors qu'il cherchait un abri pour sa compagnie par un mardi matin lumineux, près de Nha

Trang, au pied des montagnes de Chu Yang Sin. Son père, peut-être dans l'espoir de comprendre un peu mieux, avait pris un atlas et cherché cet endroit. Il l'avait trouvé, à la pointe d'un pays auquel il n'avait jamais pensé jusqu'alors, à un ongle d'une chose nommée « les bouches du Mékong ». Mais même s'il savait désormais où reposait le corps de son fils, ça n'avait en rien apaisé ni expliqué le vaste abîme de tristesse par lequel ils avaient été avalés, sa femme et lui. Avalés comme Jonas par la baleine.

Gaines se souvenait du visage de Binney, comme il se souvenait du visage de tous ceux qui s'étaient trouvés auprès de lui, devant lui, derrière lui. Ils arboraient tous la même expression. La même que Nancy Denton. Une expression comme une maison vide. Dans la mort, les corps peuvent faire des choses qu'ils ne peuvent pas faire dans la vie. Ils se plient, ils se brisent, ils pendent à l'envers. Une mine à l'entrée d'un tunnel avait transformé un soldat en un amas de sang avec des os qui dépassaient, comme si la simple force de la guerre pouvait faire ressortir les entrailles d'un être humain.

Gaines pensait à Binney, à la façon dont son corps avait disparu dans le marécage. Il se demanda s'il était toujours intact, préservé comme celui de Nancy Denton.

Durant ses cinq années au sein de la police, Gaines n'avait rien vu de tel. Il avait vu son lot d'horreurs, naturellement, mais rien d'aussi macabre, rien d'aussi perturbant.

Ses douze mois de service s'étaient achevés en octobre 1968. À l'époque, comme ç'avait été le cas durant toute la guerre, si un soldat acceptait de servir six mois de plus, il pouvait prendre trente jours de repos aux frais de l'armée n'importe où dans le monde. On l'envoyait là-bas, on le payait pendant qu'il profitait de l'endroit de son choix, puis on revenait le chercher. C'était ce que Gaines avait fait. Il n'aurait su dire pourquoi. Il avait achevé ses douze mois, avait survécu, et pourtant il n'avait pas pu faire face à la perspective d'un retour chez lui. Ça lui avait semblé plus effrayant que rester au Viêtnam. Alors, il avait opté pour les trente jours. Il avait demandé à être envoyé en Australie, et sa requête avait été exaucée. Il avait passé une semaine à Melbourne à fumer comme un pompier, à picoler du bourbon, à écouter Hendrix et Joplin. Il avait traîné dans des bars remplis de « Seabees » qui avaient servi à bord de navires de patrouille côtière dans la mer Jaune et à Cat Lo ; de soldats qui avaient navigué sur les rivières ; de marines et de membres des SEAL ; d'hommes du bataillon de construction mobile ; de types laconiques et intimidants des forces spéciales avec huit ou dix galons dorés sur leur veste, un pour chaque tournée de six mois accomplie. Il était resté une semaine, pas un jour de plus, puis avait demandé à être réintégré dans son peloton. Il savait que s'il était resté trente jours, la plupart des gens qu'il connaissait, la plupart de ses amis, seraient morts à son retour. Sa demande avait été reçue ; Gaines avait dû voir un psychologue des armées. Le psychologue lui avait posé des questions auxquelles il n'avait pas su répondre, puis il avait signé sa décharge et Gaines avait été expédié en avion vers une zone de combat proche de Dak Tô.

Le 12 décembre 1968, John Gaines s'était pris une balle dans le ventre à Buon Enoa, à l'est de Buôn Ma Thuôt. Son peloton avait pour mission d'aider au déploiement de forces spéciales menées par le 5ᵉ groupe, à Nha Trang. Les forces spéciales voulaient rallier à leur cause les Montagnards, une minorité persécutée par les Vietnamiens du Sud. Leurs conflits récurrents avec le Sud faisaient qu'ils risquaient de tomber sous la coupe du Viêt-cong, mais en échange de leur loyauté au Sud, ils avaient reçu une assistance militaire et un soutien aux populations civiles. Le programme avait fonctionné, et la milice des Montagnards s'était avérée excessivement efficace lors des missions de recherche et de destruction des bases et des avant-postes du Viêt-cong.

C'était durant l'une de ces missions que le peloton de Gaines s'était retrouvé pris sous un feu nourri. Trente-huit hommes étaient tombés, vingt et un en étaient revenus, et sur ces vingt et un, huit étaient blessés. La balle qui avait atteint Gaines n'avait touché aucun organe vital. Mais elle l'avait transpercé, il avait perdu beaucoup de sang, et à son arrivée à l'hôpital de campagne à proximité de Dalat, il était dans un piètre état. Gaines avait survécu à Dak Tô en novembre de l'année précédente, le plus important conflit depuis la bataille de la Drang, en 1965. À l'époque, les combats avaient été si intenses que les hélicoptères d'évacuation – le « KIA Travel Bureau[1] » – ne pouvaient pas atterrir pour récupérer les blessés et les cadavres. Peut-être Gaines s'était-il cru indestructible, invincible, sous protection divine. Sa mère, Alice, avait évoqué la foi dans ses lettres. C'était une catholique de Louisiane. Elle croyait en Dieu, en Jésus-Christ qui était mort pour nos péchés, mais elle croyait aussi en Papa Legba, à la sorcellerie, aux grimoires, au Grand Zombi et aux grigris. C'était une femme complexe, une femme aux superstitions étranges et aux changements d'humeur brusques, et dans ses lettres – les rares que Gaines avait reçues – elle affirmait qu'elle le *percevait*, qu'elle le *guidait*, qu'elle le *protégeait* de l'ombre de la mort. Ce n'est qu'à son retour à Whytesburg que Gaines avait compris combien le cancer qu'on lui avait diagnostiqué en son absence l'avait affaiblie, qu'elle oscillait entre des périodes de lucidité extraordinaire et des hallucinations provoquées par la morphine. Les voisins des Gaines, Leonard et Margaret Rousseau et leur fille Caroline – âgée de 13 ans à l'époque –, étaient des gens bien, et ils s'étaient occupés d'elle, avaient fait de leur mieux pour l'aider. Mais c'était dans le meilleur des cas une femme difficile et irritable.

Gaines n'aurait su dire s'il *savait* qu'il y avait des problèmes à la maison, ou si c'était sa blessure qui lui avait fait prendre

---

1. Argot de la guerre du Viêtnam, littéralement, l'agence de voyage des morts au combat. (*N.d.T.*)

conscience de sa propre mortalité. Mais quand un chapelain de l'armée lui avait demandé s'il souhaitait retourner au combat après sa convalescence, il avait répondu par la négative. Il avait accompli son service. Il avait rempli ses obligations. Il en avait assez. Et il savait que sa mère avait un cancer. Sinon, il supposait que l'armée l'aurait contraint à respecter son engagement de servir six mois supplémentaires. Il avait été libéré avec les honneurs, et son voyage – de la zone de combat aux trottoirs de Whytesburg – avait pris vingt-quatre heures. Un jour, il pataugeait dans la boue et le sang dans un hôpital de campagne du Sud-Viêtnam, le lendemain, il se tenait devant le bureau de poste de Whytesburg avec sa décharge et un chèque dans sa poche.

Gaines n'avait pas dit à sa mère qu'il avait reçu une balle. Ça n'aurait servi à rien, si ce n'est à amoindrir l'épreuve qu'elle-même traversait, et – surtout – à invalider sa certitude qu'il s'en tirerait indemne. Elle était convaincue que sa foi avait joué un rôle prédominant dans son retour. Certes, il avait survécu, mais il n'était pas indemne. Aucun de ceux qui revenaient ne l'était. Comme l'avait dit Narosky : « À la guerre, il n'est pas de soldats indemnes. »

C'est au cours des semaines qui avaient suivi son retour qu'il s'était lié d'amitié avec Bob Thurston. Thurston était bien plus âgé que Gaines, et il passait du temps avec lui chaque fois qu'il rendait visite à Alice. Il lui administrait de la morphine, et pendant qu'elle dormait, il s'asseyait avec Gaines et écoutait ses récits de guerre. Thurston était devenu le confident de Gaines, son confesseur, et, par-dessus tout, son ami.

C'est Thurston qui lui avait conseillé de postuler pour entrer dans la police.

« Il vous faut une structure. Il vous faut un emploi du temps. Vous ne pouvez pas passer le restant de votre vie à fumer de l'herbe en écoutant Canned Heat.

– Je ne veux pas prendre de décision pour le moment...

– Pour le moment ? Vous voulez dire, tant qu'Alice n'est pas morte ? Ça pourrait prendre des années, John, sérieusement. Elle est coriace, et son cancer n'est pas si agressif que ça. La bataille sera longue avant qu'elle baisse les bras. Elle continue de croire qu'elle doit s'occuper de vous. »

C'est ainsi qu'en mai 1969, Gaines avait suivi le conseil de Thurston. Il avait été immédiatement accepté. Il était jeune, célibataire, un vétéran du Viêtnam doublement décoré. Il avait étudié à l'école de police de Vicksburg, reçu son diplôme en novembre 1969, et été affecté au département du shérif du comté de Breed en janvier 1970. En février 1971, il était promu shérif adjoint, puis, le 21 octobre 1973, au lendemain du « Massacre du samedi soir » de Richard Nixon, le shérif de Whytesburg, Don Bicklow, était tombé raide mort suite à une crise cardiaque dans le couloir de la maison de sa maîtresse. C'était une veuve de 52 ans qui vivait près de Wiggins. Comme une élection était programmée en janvier 1974, élection que Bicklow aurait gagnée sans la moindre opposition, le conseil du comté de Breed avait demandé à Gaines de remplir les fonctions de shérif pendant les deux mois suivants. Au bout de six semaines, personne n'ayant postulé, le conseil de Breed avait demandé l'affectation permanente de Gaines sans qu'une élection soit nécessaire. Gaines ne s'était pas opposé à la proposition, et les représentants du siège du comté non plus. Si bien qu'à 33 ans, John Gaines était devenu le plus jeune shérif du Mississippi. Il s'était avéré compétent, non seulement dans sa gestion quotidienne du département, mais aussi dans les manœuvres politiques étriquées qu'impliquait sa fonction. C'était comme s'il était né pour exercer ce boulot. C'était du moins ce qu'on disait. Lui n'en parlait pas, et peut-être n'en avait-il pas pleinement conscience, mais si Gaines faisait si bien son boulot, c'était parce qu'il n'avait rien d'autre dans sa vie. Pas de femme, pas de petite amie, pas d'enfants, pas de père. Juste une mère qui mettait du temps à mourir, la routine et la régularité d'une existence uniquement ponctuée par les explosions de colère sporadiques mais intenses d'Alice, par ses ronchonnements, par ses diatribes et ses rengaines contre Nixon et son cabinet, par les hallucinations provoquées par la morphine auxquelles elle croyait dur comme fer. C'était ça, la vie de Gaines. Du moins jusqu'à ce 24 juillet 1974, jusqu'à ce que la pluie révèle un meurtre vieux de vingt ans.

Un matin, pas plus d'une semaine avant d'être blessé, Gaines avait abattu un adolescent vietnamien d'une balle en pleine face. Il n'avait pas visé la tête. Il avait voulu l'effrayer, le prévenir, le mettre en fuite, mais le type s'était soudainement baissé au moment où il faisait feu, peut-être avec l'intention de se retourner et de s'enfuir. Au bout du compte, les raisons de son geste n'avaient aucune importance. Gaines avait fait feu, le type s'était baissé, et la balle lui avait transpercé l'arête du nez pour ressortir de l'autre côté. Il gisait là, surpris. Mort, mais surpris. Les yeux grands ouverts, bouche bée, comme s'il était sur le point de dire quelque chose d'important mais n'avait pas trouvé les mots.

Gaines avait marché jusqu'à lui, regardé la chemise noire toute simple, le pantalon noir, les sandales en caoutchouc, le corps à l'intérieur. Le garçon ne devait pas avoir plus de 18 ou 19 ans. Il portait un pistolet-mitrailleur français, un MAT49 9 mm, dont les Vietnamiens du Nord s'étaient emparés lors d'une guerre précédente. Il avait une ceinture, sous laquelle était enfoncé un fourreau en cuir craquelé, et à l'intérieur du fourreau se trouvait un couteau de chasse. Il avait aussi une grenade sur lui.

Ses yeux étaient deux pépites de jais. Noirs, d'une profondeur infinie. Et pourtant, ils brûlaient d'une malveillance pleine d'amertume.

Gaines avait observé ces yeux, et il avait repensé à l'enfant qu'il n'avait jamais eu. Il s'était revu assis sur le porche avec Linda Newman, mangeant des barres glacées tout en regardant le ciel s'assombrir jusqu'à être parfaitement noir, tandis que les lucioles dans les champs étaient comme des étoiles agitées tombant vers la terre.

Puis il avait donné un unique coup de pied au garçon, ferme, sec, dans le haut du bras.

«Connard», avait-il prononcé, presque dans un murmure, non pas parce qu'il en voulait au garçon, ni parce que celui-ci était peut-être responsable de la mort d'innombrables Américains, ni parce qu'il n'était pas d'accord avec ses sympathies politiques, sa loyauté envers les communistes, son allégeance à des choses que Gaines ne comprenait pas, mais parce qu'il s'était trouvé sur le chemin de la balle quand Gaines avait fait feu.

C'était tout ce qu'il trouvait à haïr. Le fait que le garçon s'était trouvé sur le chemin de la balle.

Gaines s'était tenu là un moment, puis il s'était éloigné, serrant fermement son poncho contre lui. Et tandis que la pluie mitraillait implacablement son casque, il avait mangé son petit déjeuner à même sa cantine en aluminium vert.

Il avait plongé les yeux dans le brouillard, le brouillard moite et irrespirable qui flottait au-dessus du sol et à travers lequel les caprices du terrain prenaient un aspect effroyable et terrifiant. Le brouillard lui-même ne bougeait pas ; c'étaient les formes à l'intérieur qui bougeaient.

Plus tard, lorsque le brouillard s'était levé, le garçon avait disparu.

Cette étrange sensation de distorsion, de mystère, de profonde désorientation, s'empara une fois de plus de Gaines.

Lorsqu'il ferma les yeux et tenta de se rappeler le visage de Nancy Denton tel qu'il l'avait vu quelques heures plus tôt, il n'y parvint pas. Il ne vit que l'adolescent mort avec ses yeux d'une profondeur infinie, et le brouillard qui était venu le reprendre.

9

Gaines retourna voir Powell. Le légiste était absent, mais ne tarderait pas à revenir. Gaines attendit dans le couloir. Après les souvenirs de Linda Newman, de Charles « Trop Haut » Binney, de l'adolescent du Viêt-cong avec un trou dans le visage, ses pensées s'étaient apaisées. Il se rappela une devise soigneusement peinte au pochoir sur le flanc d'une Jeep : *Se battre pour la paix, c'est comme baiser pour la virginité*. Pourquoi il se rappelait ça, il n'en savait rien. Il sourit. Il ferma les yeux, prit une profonde inspiration. Parfois – encore maintenant, sans raison particulière –, il avait dans la bouche le goût amer des comprimés de sel. Comme de la sueur, comme des larmes. Non, comme rien d'autre.

Parfois, il avait l'impression d'avoir passé sa vie à manquer la chute, à ne saisir que les derniers mots, à rire non pas parce qu'il comprenait la plaisanterie, mais parce que tous les autres riaient. *Bouge-toi*, se disait-il sans cesse. *Réveille-toi*.

Il n'avait jamais fait partie des heureux élus. Ceux-là, un autre monde les attendait.

Parfois, le ressentiment suintait de chacun de ses pores comme une sombre transpiration. Le ressentiment envers lui-même, envers son père mort, sa mère malade, envers les gens qu'il avait connus et perdus, envers Linda et l'enfant. Il avait cru en elle – en *eux*. Il avait réussi à la trouver. Comme si la poésie maladroite de ses mots avait donné de l'espoir à Linda, l'espoir que lui, Gaines, – un homme usé et brisé, au dire de tous – s'était ménagé un chemin à travers les rapides tortueux et les bas-fonds du cœur humain, qu'il avait trouvé une voie de navigation, qu'il connaissait le moyen de s'enfuir, et qu'à ses côtés elle ne connaîtrait jamais les peines de cœur qui semblaient s'abattre sur tous les autres. Il l'avait considérée comme sa boussole. Mais la vie s'était produite. La vie s'était mise en travers de leur chemin. Les moins s'étaient additionnés, et vous pouviez ajouter autant de moins que vous vouliez, ils ne faisaient jamais un plus. Maintenant, il regardait le monde comme si tout ce qui se trouvait devant lui était un peu trop vaste pour qu'il puisse l'assimiler, un peu trop vaste pour qu'il puisse le comprendre. Et ça le contrariait. Son ressentiment contaminait tout ce qu'il touchait, comme un virus d'ombres, une amertume au goût aigre. *Ce n'est pas la vie que j'envisageais ou souhaitais... Ce n'est pas ma vie, mais celle d'un autre. Il y a eu une grave erreur. À qui puis-je en parler ? À personne*, répondait le monde. *Comme on fait son lit on se couche.*

« John ? »

Gaines leva la tête. Depuis combien de temps était-il planté là ? Powell sourit.

« Ça va ?

– Oui, répondit Gaines. Je suis revenu pour avoir les résultats de l'autopsie. »

Ils se tinrent un moment en silence. La jeune fille gisait devant eux. Son torse et son ventre avaient été mieux recousus, sa peau et ses cheveux avaient été lavés. Ses mains étaient enfermées dans de petits sacs en plastique, de même que ses pieds. *Pour préserver les détritus ou le sang sous les ongles*, avait expliqué Powell. *C'est peu probable, et même s'il y en a, les chances que ça nous soit de la moindre utilité sont quasiment nulles. Mais on fait ce qu'on peut.*

C'est le serpent qui retenait l'attention de Gaines.

Les restes du petit panier avaient été nettoyés, et le serpent – qui était désormais clairement identifié à une couleuvre rayée

– était posé sur la table à côté. Il se mordait la queue. Déroulé, il ne pouvait pas mesurer plus de trente centimètres de long, mais il formait un cercle avec sa queue dans sa gueule, comme s'il s'apprêtait à se dévorer.

Gaines avait déjà entendu parler de ça. Un ouroboros. Un symbole de l'unité universelle, du cycle naturel de la naissance et de la mort, d'une chose se recréant constamment, dotée d'une puissance telle qu'elle ne peut être anéantie.

« Je ne comprends pas, déclara Powell. Je ne sais pas ce que ça signifie. Ça me dépasse.

– S'agissait-il bien de strangulation, comme vous le pensiez ? demanda Gaines.

– Oui, répondit Powell. Les lésions musculaires autour du cou et la fracture de l'os hyoïde...

– L'os hyoïde », répéta Gaines en écho.

Il était ailleurs. Il pensait toujours à l'ouroboros, le serpent qui se mord la queue et disparaît.

« Les lésions sur le cou et la clavicule ont été préservées, presque comme si ça s'était produit il y a une semaine. La vérité, c'est que si elle n'avait pas été enterrée dans la vase, eh bien, ce ne serait plus aujourd'hui qu'un squelette. »

Gaines ferma les yeux. Il fit tout son possible pour ne pas se représenter ce qu'elle avait dû subir. Le seul point positif était qu'elle n'avait été ni violée ni agressée sexuellement. Il avait déjà vu des victimes de viol, des gamines de 10 ou 12 ans attaquées par le Viêt-cong sous prétexte qu'elles avaient collaboré avec l'armée de la république du Viêtnam. Leur regard perdu, la lueur éteinte dans leurs yeux, l'inertie physique, l'apathie. Les pelotons les abandonnaient derrière eux. Que pouvaient-ils faire ? Les hôpitaux de campagne ne pouvaient pas les accepter, et l'armée américaine n'avait pas les moyens de les transporter jusqu'aux quelques missions religieuses et avant-postes éparpillés derrière les lignes arrière. C'était la guerre. Elles étaient un dommage collatéral.

Par où est-ce que je commence ? C'était la question que Gaines se posait, mais il ne la prononça pas à voix haute.

« Vous aviez entendu parler de cette disparition ? » demandat-il.

Powell secoua la tête.

« J'ai été muté ici seulement deux ans avant vous. J'ai néanmoins parlé à Jim Hughes, et il m'a dit qu'il n'avait jamais été question de meurtre. La fille a disparu. C'était tout. Les gens se sont dit qu'elle avait fait une fugue. Don Bicklow, votre prédécesseur, était shérif à l'époque, du moins à en croire Hughes, et son adjoint était un type nommé George Austin. Mais ils sont tous les deux morts aujourd'hui, alors ce qu'ils ont pu découvrir, ils l'ont probablement emmené dans la tombe. »

Gaines entendait ses paroles, mais elles entraient par une oreille et ressortaient par l'autre. Il essayait de remettre de l'ordre dans ses pensées.

Whytesburg avait connu trois meurtres depuis quatre ans et demi qu'il était là. Deux querelles domestiques, des liaisons extraconjugales découvertes par le conjoint. La première avait concerné un mari infidèle, et la seconde, une femme. Leonore Franks avait planté un couteau de cuisine dans la poitrine de son mari en novembre 1970. Elle l'avait surpris en train de se taper une certaine Deidra Collins, une cuisinière originaire de Picayune. Tommy Franks était un type costaud, mais Leonore l'était encore plus. Elle avait attendu qu'il dorme, puis lui avait enfoncé le couteau dans le cœur de toutes ses forces. Powell avait dit à Gaines que Franks n'avait pas eu le temps d'ouvrir les yeux. Ce n'était pas une grande perte, selon Gaines. Frank avait toujours été un véritable bon à rien, et son infidélité n'avait pas été la seule preuve que c'était un connard. C'était un homme grossier, et aussi tapageur qu'une affiche de cirque.

La deuxième affaire remontait à mars 1971, et concernait un certain Cyrus Capaldi. Il était barbier, mesurait un mètre cinquante-deux, et se faisait une idée exagérément haute de lui-même. Il parlait sans cesse, émettant des opinions qui ne valaient pas un clou. Il arborait constamment une expression sournoise, comme s'il s'apprêtait à vous faire part de quelque sordide frasque sexuelle tombant sous le coup de la loi dans trente-neuf des cinquante États. *Hé, Capaldi*, aurait voulu dire Gaines, *pourquoi tu fermes pas ta gueule ?* Mais il ne l'avait jamais dit. Il supposait que le barbier aurait obéi, mais qu'il lui aurait coupé les cheveux tout de travers derrière la tête juste pour avoir sa petite vengeance. Toujours est-il que Capaldi avait découvert que sa femme couchait avec un charpentier itinérant nommé Hank Graysmith. Graysmith n'était pas son véritable nom, mais celui qu'il avait choisi pour son travail et ses autres activités annexes. Cyrus avait empoisonné sa femme, Bernice, avec un mélange de somnifères et de fongicide. Le fongicide avait été acheté à la quincaillerie pour traiter une mystérieuse moisissure qui apparaissait sur les poteaux d'angle de la véranda. De toute évidence, Cyrus considérait désormais sa femme comme une moisissure, car il s'était servi de la préparation pour se débarrasser d'elle une bonne fois pour toutes. À en croire Cyrus, ce n'était pas la première fois qu'elle lui « faisait des cornes ».

Dans ces deux affaires, il n'y avait pas eu d'enquête. Leonore Franks était restée chez elle, les mains couvertes de sang, jusqu'à ce que le shérif Don Bicklow vienne l'arrêter. Quant à Cyrus Capaldi, il avait lui-même téléphoné au shérif en disant simplement : *C'est fini, Don. J'ai tué Bernice. Elle est assise là avec la tête sur la table de la cuisine, et il y a de la mousse blanche qui lui sort par le nez. Tu ferais bien de venir nous chercher tous les deux.* Cyrus Capaldi et Leonore Franks étaient désormais tous les deux en taule, Cyrus à Parchman Farm, Leonore dans la prison pour femmes de Tupelo.

Le troisième meurtre avait été un véritable meurtre. Un corps démembré retrouvé dans une machine à la laverie automatique de Whytesburg. Juin 1973, deux jours après le trente-troisième anniversaire de Gaines, exactement quatre mois avant que Bicklow ne fasse une attaque en faisant précisément ce que Tommy Franks n'aurait pas dû faire.

Il y avait une tête, deux bras, deux jambes, mais le torse avait disparu. Les bras et les jambes avaient été sectionnés respectivement au niveau des coudes et des genoux, si bien qu'il y avait cinq parties, chacune minutieusement enveloppée dans un solide sac en polyéthylène. Il n'avait pas fallu longtemps pour que le corps soit identifié. La victime était un certain Bradley Gardner, un représentant de commerce, un fournisseur d'articles parfois nécessaires, de fanfreluches, d'objets inutiles et d'ustensiles pour la maison. Il était de l'opinion que tout pouvait être vendu. Que tout avait une valeur commerciale. C'était uniquement une question de clientèle et de confiance. Matériel pour couper les cheveux, lames de rasoir inusables, tasses à café incassables, chaussettes assurées de durer aussi longtemps que vos pieds. Il semblait à Gaines que les gens comme Bradley Gardner ne faisaient que deux choses dans ce monde : se soûler et cuver. C'était un petit escroc de seconde zone – ni plus ni moins –, mais il visait manifestement plus haut. Il s'était avéré par la suite que Bradley Gardner avait des talents de maître chanteur.

En fouillant la ruine calcinée de son mobile home, qui était garé à la périphérie de Whytesburg, Bicklow et Gaines avaient découvert des restes de photos. La star de ces clichés, uniquement reconnaissable par ceux qui avaient pu la connaître, était William Hammond, le fils du riche propriétaire d'une scierie du coin. Bicklow avait alors rendu visite à son père, ils avaient échangé quelques mots, les photos avaient été reproduites, et même si Bicklow savait qu'il ne relierait jamais le meurtre de Bradley Gardner à la famille Hammond, il voulait néanmoins qu'ils sachent qu'il savait. Ce que le jeune Hammond faisait sur ces photos, personne ne le saurait jamais, mais son père était suffisamment malin pour comprendre qu'en restant à Whytesburg, il ne ferait qu'exacerber le désir de Bicklow de s'assurer que justice soit faite d'une manière ou d'une autre. À la fin août 1973, les Hammond étaient donc partis – sans rien laisser derrière eux. Bicklow n'avait pas cherché à les retrouver, et Hammond n'avait pas envoyé de fleurs pour l'enterrement de Bicklow deux mois plus tard. Gaines ignorait si de l'argent avait changé de main lors de cette rencontre en juin chez les Hammond – le genre de somme qui aurait permis à la maîtresse de Bicklow de s'installer dans un petit appartement coquet à Lyman –, mais il avait depuis longtemps décidé de ne pas chercher à le savoir. Gaines savait que si vous posiez des questions que les gens ne voulaient pas que vous leur posiez, vous aviez de grandes chances de recevoir des réponses que vous ne vouliez pas entendre. Inutile de ternir la réputation de Bicklow maintenant qu'il était mort. La crise cardiaque, *en flagrant délice*, semblait un châtiment suffisant.

Donc, en tant que soldat, John Gaines avait vu bien assez de morts pour toute une vie. Mais en tant qu'agent de police, il n'en avait pas vu assez pour savoir par quel bout prendre l'affaire Nancy Denton. Les gens compteraient sur lui – pour recevoir des ordres, avoir des réponses, mener leur enquête, obtenir des résultats. C'était une affaire locale. Personne en dehors de Whytesburg ne s'intéresserait à un meurtre vieux de vingt ans. Les ressources qu'il possédait seraient les seules qu'il pourrait utiliser. Richard Hagen, son adjoint, et deux agents en uniforme – Lyle Chantry et Forrest Dalton, âgés respectivement de 26 et 24 ans. Il n'y aurait qu'eux quatre, et ils devraient gérer chaque aspect de l'enquête.

C'était ce à quoi songeait John Gaines tandis qu'il observait les blessures qui avaient été infligées à Nancy Denton. Que dirait la justice de tout ça ? *Que quelqu'un avait assassiné la personne de Nancy Denton contre la paix et la dignité de l'État du Mississippi ?* Et la paix et la dignité d'une adolescente ? Où étaient-elles passées dans les livres de droit ?

10

À dix-neuf heures, Gaines roula jusqu'à chez lui pour voir sa mère, se préparer un sandwich, oublier un moment la folie de cette journée.

Lorsqu'il arriva, il trouva la fille des voisins, Caroline, en train de porter de la soupe dans la chambre située au bout du rez-de-chaussée, où sa mère passait désormais tout son temps.

« Je vais lui porter, dit Gaines. Rentre chez toi.

– Merci, John, répondit Caroline. J'ai rendez-vous ce soir. Jimmy doit arriver dans environ une demi-heure. On va au cinéma à Bay St. Louis.

– Qu'est-ce que vous allez voir ?

– Je voulais voir *Sugarland Express*, mais Jimmy veut voir un truc de macho avec Clint Eastwood, *Le Canard*, ou quelque chose comme ça... »

Gaines sourit.

« *Le Canardeur*.

– Oui, c'est ça.

– Je suis sûr que tu arriveras à tes fins, dit Gaines. Et puis, tu aurais dû m'appeler, je serais rentré plus tôt.

– Le film ne commence pas avant vingt heures trente, John.

– Comment elle a été, aujourd'hui ?

– Elle demandait où vous étiez. Les trucs habituels.

– Elle a déliré ?

– Pas plus qu'hier. Elle a encore divagué sur Nixon, comme quoi c'est le diable, et tous ces trucs qu'elle disait il y a quelque temps. »

Gaines acquiesça. Sa mère avait une dent contre le président. Certes, c'était un menteur, certes, il était retors comme pas deux, mais Alice Gaines semblait croire qu'une place bien brûlante attendait « Tricky Dicky » en enfer. Depuis le cambriolage du Watergate, elle n'arrêtait pas de radoter à son sujet. Ça faisait désormais deux ans. Nixon était encore à la Maison Blanche, et Alice Gaines était encore en train de mourir d'un cancer. Peut-être qu'elle s'accrochait juste histoire de constater de ses yeux qu'il se ferait bien botter le cul.

Gaines souhaita une bonne soirée à Caroline, lui recommanda de s'assurer que Jimmy ne boive pas avant de la ramener. Si jamais il buvait, elle n'aurait qu'à l'appeler et il irait les chercher tous les deux.

« Il ne boira pas, répondit Caroline.

– Mais s'il le fait...

– S'il le fait, je vous appellerai. »

Caroline Rousseau sourit une fois de plus, puis quitta la maison.

Gaines resta un moment immobile, son plateau à la main, la soupe refroidissant, et il se demanda ce qui clochait dans ce monde.

Il porta la soupe à sa mère.

« John », dit-elle en souriant.

Elle avait bonne mine, ses joues avaient repris quelques couleurs. Le Bob Newhart Show passait à la télé, et elle demanda à Gaines de baisser un peu le son.

Gaines posa le plateau sur la commode, réarrangea les oreillers derrière la tête de sa mère pour qu'elle puisse s'asseoir et manger plus confortablement, puis plaça le plateau devant elle. Il s'assit au bord du lit et la regarda manger, comme il le faisait presque chaque soir. La vie d'Alice obéissait à une routine quotidienne. Elle passait l'essentiel de ses journées avec Caroline, dînait avec son fils, et occupait le reste de son temps avec *Les Feux de l'amour*, *Columbo* et *Barnaby Jones*.

Après son dîner, Gaines lui donnait un somnifère, et – hormis les fois où elle se réveillait à trois ou quatre heures du matin et avait besoin d'aide pour aller aux toilettes – elle dormait jusqu'à ce qu'il lui apporte le petit déjeuner à six heures et demie. Elle avait 59 ans, en paraissait 70, mais mentalement – quand elle était lucide, quand la morphine ne provoquait pas d'hallucinations – elle était toujours aussi affûtée qu'avant. Ça faisait six ans qu'elle était en train de mourir, et elle tiendrait probablement encore le coup pendant six, dix ou douze ans. Elle refusait tout traitement hormis des calmants, se montrait fataliste. Bob Thurston affirmait qu'elle aurait dû mourir au bout de deux ou trois ans, cinq au plus, mais quelque chose la maintenait en vie.

« Je crois qu'elle aimerait vous voir marié, avait-il dit un jour à Gaines. Peut-être qu'elle veut voir si vous aurez l'énergie de lui donner des petits-enfants.

– Pas du genre à marier.

– Vous ne l'avez jamais fait, n'est-ce pas ?

– Non.

– Alors, comment vous savez que ce n'est pas pour vous ? »

Gaines avait haussé les épaules.

« Je me connais, et je serais infernal à vivre. En plus, j'ai ma mère...

– Eh bien, ma théorie est qu'elle ne ferait pas de vieux os si vous le faisiez.

– Bob, gardez vos théories pour vous, et je garderai les miennes pour moi. »

Si Thurston n'avait plus évoqué la question, c'était désormais Caroline qui le tannait régulièrement pour qu'il se trouve quelqu'un. Mais pour le moment, et dans un avenir immédiat, c'était le cadet de ses soucis.

« Ils vont l'avoir, tu sais », déclara Alice.

Gaines sortit de sa rêverie.

« Avoir qui, maman ?

– Tricky Dicky.

– Pourquoi ? Qu'est-ce qu'il a encore fait ?

– La même chose que d'habitude. Tu sais quoi. Sauf que la Cour suprême lui demande de donner les enregistrements qu'il a faits. La commission judiciaire du Sénat va mettre en accusation ce salopard.

– Maman...

– Ne sois pas si naïf, John. Il ment comme il respire. Tout le monde s'insurge et prétend que c'est un type bien, qu'il a mis un terme à la guerre, mais la guerre n'est pas finie, n'est-ce pas, John ? Il y a toujours des soldats américains, là-bas, plein, et ils vont encore être nombreux à mourir. »

Gaines ne pouvait pas, ne voulait pas discuter. Il était assez préoccupé comme ça, pas la peine d'entamer une discussion politique avec sa mère. En plus, elle avait raison. Le cessez-le-feu de janvier 1973 avait tenu, certes, mais tôt ou tard le Viêt-minh arriverait du Laos et du Cambodge, et alors Saigon tomberait. De toute manière, l'attention de l'Amérique était tournée vers Nixon. Il était tombé de Charybde en Scylla. Le retour des dernières troupes d'Asie du Sud-Est, à la fin du mois de mars, avait été éclipsé par la démission de Bob Haldeman, le chef de cabinet de Nixon, et celle d'une poignée d'autres. C'était le bordel. Nixon lui-même avait pour ainsi dire avoué qu'ils avaient tenté d'étouffer l'affaire. Le pays était dans l'incertitude, tout le monde attendant de savoir si Nixon serait mis en accusation. Nixon était bien un escroc – aucun doute là-dessus –, et le juge Warren Burger obtiendrait plus que probablement ces cassettes, et alors le rideau tomberait.

Alice Gaines but sa soupe. John Gaines regarda le Bob Newhart Show avec elle, puis il alla chercher ses somnifères dans la salle de bains. Tandis qu'elle s'assoupissait, il lui tint la main.

« Comment s'est passée ta journée, mon chéri ? demanda-t-elle.

– La routine », répondit-il.

Elle tendit la main et lui toucha le visage.

« Tu as l'air fatigué.

– Ça va, maman.

– Tu t'en fais trop pour moi. Pas la peine de demander à Caroline de venir chaque jour. C'est désormais une jeune femme. Elle a mieux à faire. Elle a sa vie.

– Ça lui fait plaisir de venir, maman. En plus, je lui donne un peu d'argent. Si elle ne venait pas, elle serait obligée de trouver du travail, et ce n'est pas ce dont elle a envie pour le moment.

– Elle aurait dû rester à l'école.

– Elle fait ce qu'elle veut, maman, tu le sais bien. Ne la tanne pas avec ça. Laisse-la vivre.

– Elle m'a dit... »

Alice Gaines fit un sourire ironique. Elle savait qu'elle allait aborder un sujet sans fin.

« Maman...

– Je ne serai bientôt plus là, coupa Alice, et tu ne rajeunis pas, et si tu veux des enfants...

– Maman... »

Elle serra la main de son fils.

« Assez, dit-elle. Je vais te laisser tranquille. Tu veux devenir un vieil homme amer, alors libre à toi. »

Ses yeux commencèrent à se fermer. Elle inspira profondément, expira lentement, et Gaines devina qu'elle était presque endormie.

« Je t'aime, maman, murmura-t-il.

– Je t'aime, Edward », murmura-t-elle en retour.

Gaines savait que dans son sommeil elle retrouvait son père. Edward Gaines, le père qui n'avait jamais existé.

Peut-être qu'Edward attendait Alice. Peut-être qu'il aurait mieux valu la laisser partir. Gaines jeta un coup d'œil aux comprimés de morphine dans un flacon posé sur la table de chevet. Il ferma les yeux un moment puis secoua la tête.

Il se leva lentement, ôta le plateau, tira l'un des oreillers de derrière la tête de sa mère et la reposa doucement. Elle n'eut aucune réaction.

Gaines quitta la chambre, retourna à la cuisine pour faire la vaisselle et se préparer un sandwich, puis il alla s'asseoir dans le salon, mangea lentement, but un verre de root beer.

Il songea à son père, à sa mère, à ce qu'elle aurait à dire au sujet de Nancy Denton.

Un cadavre était plus troublant que cent. Un cadavre était un ami, quelqu'un que vous aimiez, quelqu'un que vous connaissiez. Alors que cent cadavres étaient une masse informe, un événement, un accident lointain sans rapport avec vous.

Gaines pensa à ceux qui n'étaient jamais rentrés. Ceux qui ne rentreraient jamais. Comme Nancy Denton. Les familles continuaient d'attendre, d'espérer, de prier, persuadées que si elles le voulaient suffisamment fort, leur désir serait exaucé. Faux. Elles ne comprenaient pas que pour qu'un désir soit exaucé, il ne devait être souhaité qu'une seule fois. La véritable magie n'était jamais une épreuve. Et même s'ils revenaient, ils découvriraient que le monde qu'ils avaient laissé derrière eux ne les accepterait plus, ne les contiendrait plus, qu'il ne serait jamais assez vaste ni assez indulgent pour absorber ce qu'ils étaient devenus.

Et lui était là – un vétéran, une victime de guerre –, entamant une nouvelle bataille ici même, à Whytesburg. Une bataille contre des vérités cachées. S'il y avait une chose qu'il connaissait, c'était le degré de créativité et d'imagination qui pouvait être mis en œuvre pour mettre fin à une vie d'une manière non naturelle. Mais ça, c'était sans précédent.

La puissance du cœur avait été mesurée – pas d'un point de vue émotionnel, pas pour ce qui concernait l'amour, la passion, la trahison, car c'était impossible. Il avait été mesuré d'un point de vue physique : le nombre de kilos de pression par centimètre carré, la force avec laquelle il pouvait propulser tant de litres de sang sur tant de mètres à telle vitesse. Mais le cœur, malgré sa puissance, demeurait silencieux jusqu'à ce que la peur s'immisce. Tant que la panique, le choc, la terreur n'assaillaient pas nos sens, il vaquait tranquillement à ses occupations secrètes.

Gaines sentait que désormais son cœur était plus vivant qu'il ne l'avait été depuis qu'il avait quitté le Viêtnam.

La violence et la magie noire avaient semblé inexorablement mêlées lorsqu'il avait regardé dans la cavité creusée dans la poitrine de Nancy Denton, lorsqu'il avait vu le panier, le serpent qu'il avait renfermé.

Quand vous voyiez un joueur de football blond de 19 ans décapiter un jeune Vietnamien de 15 ans, puis rester là à prendre des photos tout en tenant la tête par les cheveux – les yeux révulsés, le rictus de mort, la teinte blême de la chair exsangue –, vous compreniez que le monde ne tournait pas rond. Vous ne regardiez plus jamais les gens de la même façon.

Cette affaire était comparable. La même fascination surréaliste et morbide. Le même étonnement sombre et terrifiant.

Gaines ferma les yeux et inspira profondément.

C'était comme si nous passions tous un pacte avec Dieu. Croyez, ayez confiance, ayez foi en Sa bonté, et tout ira bien. Mon œil, tout n'allait pas bien. Ce n'était jamais allé bien, et ça n'irait jamais bien. Tout n'était qu'horreur et saloperie.

Gaines croyait fermement – quand il était question de pactes avec Dieu – que l'une des deux parties ne respectait pas sa part du contrat.

11

Les années effaceront toujours le souvenir précis d'un visage, mais elles ne peuvent effacer mon souvenir de la beauté de Nancy Denton.

Et je n'étais pas la seule à penser que Nancy Denton était la plus jolie fille de la Terre.

Je sais que tout le monde à Whytesburg la considérait comme un ange, et je crois que la moitié du monde aurait été d'accord.

Je me souviens qu'elle se tenait près du tournant, et dès qu'elle m'a vue, elle s'est mise à courir. Moi aussi, j'ai couru. Peu importait que je l'aie vue une heure ou un jour ou une semaine plus tôt ; voir Nancy était toujours un bonheur absolu.

«Salut, m'a-t-elle lancé.

– Salut.

– Tu es prête ?

– Comme jamais », ai-je répondu.

Elle a tournoyé sur elle-même et a dit :

«C'est ma plus belle robe pour danser. Je vais danser avec Michael jusqu'à ce que le soleil se couche, et après je continuerai de danser.»

J'ai ri avec elle. Elle semblait si heureuse.

C'était ainsi. C'était censé être ainsi. Je le croyais, mais Nancy le croyait encore plus.

Avant que Michael Webster rentre de la guerre, il n'y avait que moi et Nancy. Certes, il y avait aussi Matthias Wade, et il était parfaitement évident que Matthias aimait Nancy autant qu'il était possible d'aimer quelqu'un. Si elle ne s'était pas follement éprise de Michael, alors elle aurait peut-être été la petite amie de Matthias. Mais – comme disait ma mère – ce ne serait peut-être jamais arrivé, les Wade étant ce qu'ils étaient. Mais bon, Michael Webster est rentré de la guerre, et tout a changé.

Michael était célèbre avant même de descendre du train. Nous avions vu sa photo dans la *Whytesburg Gazette*. Il avait une *Purple Heart* et une autre médaille militaire dont j'ai oublié le nom. Une fête a été organisée pour son retour. C'était en octobre 1945, j'avais 5 ans et demi, mais même moi, je savais qui était Michael.

Il avait 22 ans, et toutes les filles de Whytesburg voulaient l'épouser.

Parfois, dans une telle ville, la chose la plus intéressante est le temps qu'il fait, et il ne changeait guère plus d'une fois par mois. Mais là, il se passait quelque chose. C'était un jour spécial. Un événement historique. Michael Webster rentrait de la guerre, le seul membre de son unité à avoir survécu, et c'était un natif pur jus de Whytesburg.

Il était timide et humble, et affirmait qu'il ne méritait pas vraiment d'être considéré en héros, moyennant quoi les gens l'aimaient encore plus. Apparemment, plus il était modeste, plus on le plaçait sur un piédestal. Ça a semblé continuer ainsi pendant des semaines. Il ne pouvait rien faire par lui-même. Il ne pouvait pas payer quoi que ce soit de sa poche. Tout le monde s'occupait de lui. Tout le monde voulait être l'ami de Michael Webster.

Nancy avait 7 ans. J'en avais deux de moins. À nos yeux, Michael Webster était comme une star hollywoodienne. Les gens prétendaient qu'il aurait dû porter son uniforme tout le temps. Ils disaient que tout le monde devait savoir que c'était un grand héros. Mais je crois qu'il voulait juste retrouver l'anonymat. Qu'il voulait être une personne comme une autre. Cependant, de toute évidence, personne n'allait le laisser faire.

Finalement, après quelque temps, l'agitation est retombée.

Et alors, Michael a semblé se replier sur lui-même. Il avait la maison de sa mère au bout de Coopers Road, et il y restait la plupart du temps. Tout le monde pensait qu'il trouverait du travail, mais il n'en a pas cherché. Pas avant longtemps. Il semblait ne rien désirer que sa propre compagnie. Il est resté ainsi pendant quatre ou cinq ans, puis il a commencé à travailler à l'usine à l'ouest de Picayune. Et c'est un peu plus tard qu'il a véritablement fait la connaissance de Nancy. Et alors, tout a changé.

Nancy et moi étions déjà amies avec les Wade, à l'époque. C'était en 1950, si je me souviens bien. Matthias avait 17 ans, Catherine, quinze, Eugene, douze, et Della, sept. Je me rappelle également leur mère. Son nom était Lillian, et c'était la plus belle femme d'Amérique, peut-être même du monde. J'avais l'impression que certaines personnes avaient été personnellement bénies des dieux. Elle était aussi belle que toutes les femmes que j'avais vues en photo dans les magazines, était mariée à l'un des hommes les plus riches et les plus puissants d'Amérique, et elle avait quatre enfants, qui étaient tous gentils, doux, drôles, intelligents.

Par exemple, Matthias était le plus âgé de notre bande, mais en dépit de son âge, en dépit de sa famille, il ne se prenait jamais pour le chef. Il ne jouait jamais cette carte-là. C'était comme s'il avait décidé de faire tout son possible pour nous rendre tous heureux.

C'était – du moins pour moi – une époque magique.

Nous jouions aux cartes pour de la menue monnaie, arborant des mines sérieuses, comme si nous avions parié sur l'issue d'un procès capital ou d'un duel au revolver.

Je disais des plaisanteries, et Matthias adoptait une voix à la John Wayne et me lançait : «Eh bien, ma petite demoiselle, vous avez la langue bien pendue pour une si petite fille.»

D'autres fois, Matthias était affreusement sérieux, citant des vers de poésie qu'il avait appris pour nous impressionner – surtout Nancy –, se prenant pour une espèce de hors-la-loi philosophe, pour un Français peut-être, un Européen d'origine imprécise. Une crise de croissance soudaine l'avait étiré de façon inattendue. Il semblait toujours s'excuser de sa grande taille, non pas avec des mots, mais avec des gestes gauches et hésitants, comme s'il se trouvait maladroit et emprunté alors qu'en fait il ne l'était pas. Ses gestes étaient une collection de signes déroutants, comme si le mouvement était une nouveauté pour lui et qu'il essayait furieusement de comprendre ce qui lui arrivait. Constamment agité, tout en coudes et en genoux, il passait son temps à marmonner des excuses. Il cassait ou renversait ou abîmait quasiment tout ce qu'il touchait. Je m'imaginais qu'il devait y avoir de la colle en abondance chez lui, et qu'une personne aussi patiente qu'un pêcheur était constamment dans son sillage, armée d'un œil de lynx et d'une main habile pour effectuer les délicates réparations. Matthias s'est traîné cette maladresse jusqu'à son adolescence, et il devait en prendre soin, car c'était la seule chose chez lui qui restait intacte. Les gens essayaient de l'éviter, mais ils n'y arrivaient pas. Ils gravitaient vers lui, attirés dans son orbite étrange et inexorable, peut-être simplement pour voir ce qu'il pourrait désormais démolir juste par sa présence.

Mais je voyais autre chose en lui. Dans ses yeux, il y avait mille secrets, et il avait toujours les lèvres crispées, comme s'il éprouvait un besoin désespéré et inassouvi de dire la vérité, quitte à être damné. Il voulait que Nancy l'aime aussi éperdument que lui l'aimait, tout en sachant que ça n'arriverait jamais. Sa compassion résidait dans son silence, dans la force qu'il fallait pour ne rien dire. C'est comme ça que j'ai su que c'était quelqu'un de bien. Ç'aurait été cruel de dire la vérité, alors il ne l'a pas fait.

Mais, surtout, Matthias était plein de magie, et il la partageait avec nous tous à parts égales.

Jusqu'à ce que Michael devienne l'un des nôtres, et alors les choses ont changé du tout au tout.

C'était si bien, et pourtant c'était si mal.

Comment je le sais ?

À cause de ce qui est arrivé, voilà comment.

Mais à cet instant, alors que nous nous tenions près du tournant, nous ne savions rien hormis qu'une journée excitante nous attendait.

Je me rappelle ce que Nancy a dit quand nous nous sommes mises à marcher.

«J'espère que cet été durera éternellement…»

Voilà ce qu'elle a dit.

Elle souriait, ses yeux étaient lumineux et clairs, et elle m'a demandé, si je ne devais en choisir qu'un, est-ce que je tomberais amoureuse de Matthias ou d'Eugene ?

Je n'étais pas comme Nancy. Parler de ces choses m'embarrassait.

«Oh, allez, a-t-elle insisté. Je crois que tu penses autant à Eugene que lui pense à toi.

– Nancy, arrête! Vraiment, je suis sérieuse. Arrête de me chercher des noises.»

Je sentais mes joues s'empourprer.

«Ou peut-être que tu cherches à me faire croire que tu es amoureuse d'Eugene, quand en fait tu es amoureuse de Matthias?

– Je n'aime ni l'un ni l'autre, d'accord? C'est la vérité. Maintenant, arrête.»

Elle m'a touché le bras.

«C'était juste un jeu, Maryanne. Tu le sais bien.

– Eh bien, je n'aime pas ça», ai-je répondu.

Mais c'était un mensonge. J'aimais ça. Je voulais penser à Eugene. Je voulais penser à Matthias. Parfois, je m'imaginais que j'étais une princesse, qu'ils étaient mes chevaliers galants, et qu'un jour ils se battraient en duel pour moi et que j'épouserais le vainqueur. En même temps, je savais que c'était juste un rêve idiot et que ni l'un ni l'autre ne m'aimaient comme Nancy aimait Michael.

«Alors, viens... dépêchons-nous. Michael doit nous rejoindre dans Five Mile Road, a dit Nancy, et elle a saisi ma main.

– Est-ce que tout le monde sera là? ai-je demandé. Della et Catherine aussi?

– Catherine viendra seulement si son père l'y oblige, et Della sera avec nous pendant tout l'été.

– Catherine peut être si autoritaire, parfois.»

Nancy s'est arrêtée net.

«La semaine dernière, tu sais ce qu'elle a dit à Matthias?

– Non, quoi?

– Elle a dit que j'étais puérile.

– Non?!

– Si, absolument, a répondu Nancy. Elle a dit que j'étais puérile et immature.

– Je crois qu'elle est jalouse.

– De quoi?

– Du fait que tu es jolie et que Michael est amoureux de toi et pas d'elle.

– Oh, ne sois pas stupide, Maryanne.

– Je suis sérieuse, Nancy. Je crois qu'elle est jalouse.

– Eh bien, dans ce cas, elle mérite de devenir folle de jalousie et de finir à l'asile.

– Nancy, tu ne peux pas dire ça! C'est horrible de dire une telle chose sur quelqu'un.

– Je m'en fiche, Maryanne. Je ne suis ni puérile ni immature.

– Bien sûr que non, Nancy. Mais tu ne peux pas souhaiter du mal aux gens. Tu sais ce que ma mère dit à ce sujet...»

Nancy tournoya de nouveau sur elle-même.

«Oublions Catherine. Parlons d'autre chose.»

Et c'est ce que nous avons fait – nous avons parlé de Michael, comme toujours, de Matthias et d'Eugene, du fait que Della deviendrait aussi belle que sa mère, nous nous sommes demandé quels disques Matthias apporterait, et s'il apporterait du jambon pour le pique-nique, ou peut-être du fromage de Suisse et du pain frais et de la limonade.

Nancy était toujours devant moi, parcourant quelques pas en courant, se retournant, revenant en arrière, tandis que nous discutions. À un moment, elle a trébuché, failli tomber, et pour une raison ou pour une autre, nous avons été prises d'un fou rire.

Michael est alors apparu au loin, il a levé la main, et entre ce moment et celui où nous l'avons rejoint, ç'a été comme si je n'étais plus là.

Peut-être étais-je devenue un fantôme, ce qui aujourd'hui, en y repensant, semble à la fois ironique et prophétique.

Peut-être hantions-nous tous la périphérie de l'univers de Nancy, cet été-là. Peut-être Michael et elle étaient-ils les étoiles, alors que nous n'étions que les satellites en orbite.

Elle était là, puis elle a disparu. Et même si le souvenir de son visage s'est estompé, celui de cette journée d'août me hantera le restant de mes jours.

12

La première mission de Gaines jeudi matin était d'aller voir Lester Cobb.

Lester avait l'air du genre de type qui mangeait son dîner à même le sol. Il semblait entouré d'un épais halo de stupidité, qui donnait l'impression que quiconque y pénétrerait se retrouverait à prononcer des âneries et à faire des remarques déplacées. Ça ne pouvait être vrai, mais la profondeur et l'immensité de l'ignorance de Lester étaient telles que ça semblait plausible. Il arborait constamment une expression soupçonneuse, comme s'il craignait de se faire arnaquer ou abuser. Il tenait l'animalerie de Whytesburg, animalerie qui semblait plus souvent fermée qu'ouverte, et qui était assurément plus une source d'emmerdements qu'autre chose. Régulièrement, Gaines recevait un appel et envoyait Hagen ou l'un des agents en uniforme sur place. Il y avait toujours quelque bestiole hurlante à l'arrière de la boutique qui dérangeait les voisins ou les passants, et il fallait tirer Lester Cobb de chez lui pour qu'il la nourrisse ou la libère. Gaines avait eu des mots avec lui à trois ou quatre reprises, et l'avait menacé de demander aux gens de la SPA de lui faire fermer boutique. Et Lester Cobb restait planté là, bourré de tics nerveux, faisant voler à coups de chiquenaude des peluches imaginaires sur les manches de sa veste, tout en ânonnant : « Oui, shérif Gaines. Oui, shérif, pour sûr. » Et ça en restait là. Cobb allait nourrir ses bêtes, puis il faisait profil bas pendant un mois ou deux. Gaines le voyait en ville, arpentant la rue avec cette expression unique et extraordinaire, comme s'il craignait toujours quelque entourloupe ou quelque arnaque de la part d'inconnus.

Mais aujourd'hui, c'était différent. Gaines voulait voir Lester à propos de serpents. Il arriva et trouva l'animalerie close, avec la même pancarte que d'habitude dans la vitrine. *DE RETOUR DANS TRENTE MINUTES. En cas d'urgence, appelez le 224-5659.* Gaines s'imaginait la scène. *Hé, Lester, pointez-vous vite fait! C'est une urgence! On a besoin de trois souris blanches et d'un perroquet!*

Conduire jusqu'à chez Cobb n'avait pas été au programme de sa journée. Gaines devait retourner au commissariat, s'occuper du meurtre de la jeune Denton, mais le concert d'aboiements qui retentit soudain derrière la boutique lui força la main. S'il ne s'en occupait pas, il recevrait une avalanche de coups de fil à cause du boucan que faisaient les clebs de Lester. Gaines contourna le bâtiment et regarda par-dessus la clôture. Par chance, le molosse était enchaîné. Gaines sauta par-dessus la barrière puis se tint parfaitement immobile en attendant que l'animal se calme. Il s'en approcha lentement.

« Salut, toi », dit-il, et le chien succomba au son de la voix de Gaines.

Il baissa la tête et se mit à remuer la queue. Gaines lui caressa le haut du crâne.

Il entra dans la boutique par la porte de derrière qui n'était pas fermée à clé, trouva un sac de biscuits pour chien et une écuelle. Il les posa dans le jardin, retourna chercher un bol d'eau, et tandis qu'il s'approchait du bâtiment, quelque chose attira son regard. En hauteur près de la devanture, positionné de telle sorte que la lumière du jour se reflétait dessus, se trouvait un petit aquarium. Il n'y avait pas d'eau à l'intérieur, et il aperçut un mouvement furtif qui lui fit courir un frisson dans le dos.

Il avait bien vu. Des couleuvres rayées. Deux. Plus grosses que celle retrouvée dans la poitrine de Nancy Denton, mais des couleuvres tout de même. Il en avait déjà vu ici, mais à la lumière des événements récents, elles lui inspiraient une réaction très différente.

Il fallait qu'il aille voir Lester, ne serait-ce que pour savoir où il se les était procurées. Whytesburg était une ville ancienne, mais le temps semblait s'y être figé. Quelqu'un qui aurait voulu se procurer une couleuvre rayée ici vingt ans plus tôt aurait cherché au même endroit que Lester aujourd'hui.

Gaines contacta Hagen par radio depuis sa voiture, lui expliqua qu'il se rendait chez Cobb, qu'il n'en aurait pas pour longtemps.

« Faut qu'on s'attaque à cette affaire Denton, déclara Hagen.

– C'est ce que je fais, Richard, répondit Gaines. Vous êtes au courant pour le serpent, n'est-ce pas ?

– Oui, bien sûr. C'est quoi ce bordel, nom de Dieu, John ?

– Eh bien, peut-être que Dieu le sait, mais pas moi. Enfin bref, il y a deux serpents dans la boutique de Cobb, du même genre que celui qu'on a retrouvé. Je vais juste prendre un moment pour découvrir où il se les procure, c'est tout. »

Le trajet de la boutique à la maison de Cobb prenait dix minutes en tout en empruntant la petite route qui longeait la rivière Pearl. Gaines se gara devant la maison, se prépara au déluge d'insultes qui s'abattrait plus que probablement sur lui, et gravit les marches jusqu'à la porte.

« Qui c'est ? cria Cobb depuis l'intérieur.

– Shérif Gaines, Lester. Faut que vous alliez à la boutique et que vous vous occupiez du chien qui est attaché dans le jardin. Il dérange les gens à force de gueuler.

– Je vais bientôt y aller.

– Et je dois vous parler de serpents. »

Il y eut un moment de silence, puis :

« De serpents ?

– De couleuvres rayées.

– J'en ai si vous en voulez une. »

Gaines frissonna une fois de plus. Il revoyait ce serpent mort qui se mordait la queue.

«Vous voulez bien avoir l'amabilité de sortir, Lester. Je n'ai pas envie de passer cinq minutes à brailler à travers votre porte.

– Une petite seconde, shérif.»

Gaines patienta.

Cobb arriva à la porte en salopette et pieds nus. Ses cheveux étaient ébouriffés. Il tenait dans sa main une tasse en émail.

«Vous voulez du café, shérif? Je viens d'en faire.

– Non, merci.»

Cobb poussa la porte-écran et laissa entrer Gaines. La maison, comme d'habitude, était une porcherie. Cobb sourit.

«La femme de ménage est en vacances, déclara-t-il, comme il le faisait à chaque fois.

– Vous avez deux couleuvres rayées dans un vivarium à l'avant du magasin, Lester, dit Gaines.

– Vous êtes entré dans le magasin?

– Je suis allé chercher des biscuits pour votre chien qui faisait du boucan.

– Je vous remercie, shérif. Donc, les serpents. Qu'est-ce que vous voulez savoir?

– Où vous les procurez-vous?

– À la rivière, l'endroit habituel.

– Vous avez vu quelqu'un d'autre chercher des serpents quand vous y étiez?

– J'ai vu Mike. Je sais pas s'il cherche des serpents, mais il est toujours dans les parages, ce vieux cinglé. Enfin, je dis vieux, mais il doit pas avoir plus de 50 ou 55 ans.

– Mike?

– Oui, Mike Webster. Il a combattu les Japs, vous savez? Guadalcanal. Il a un sacré passé, mon vieux. On dit que c'est l'homme le plus chanceux de la Terre. Il porte sa veste militaire et tout. Il est toujours là-bas. Parfois, il a des peintures de camouflage sur le visage. La plupart du temps, il cause tout seul. Il dit qu'il aime bien là-bas parce que le diable aime pas l'eau qui coule. Complètement azimuté.»

Venant de votre part, c'est quelque chose, songea Gaines, puis un souvenir lui revint, un commentaire qu'avait fait Judith Webster. Avait-elle mentionné un Michael ? Oui. Et n'était-il pas en uniforme le soir où Nancy Denton avait disparu ?

« Et c'est la seule personne que vous voyez là-bas ?

– La seule que je vois régulièrement. Je lui ai demandé un jour pourquoi il était toujours là, et il m'a répondu qu'il attendait quelqu'un.

– Qu'il attendait quelqu'un ?

– C'est ce qu'il a dit.

– Il a précisé qui ?

– Non. Et j'ai pas demandé. C'est pas le genre de personne qui incite à poser des questions, si vous voyez ce que je veux dire. Il vous regarde avec l'air de se demander ce que ça ferait de s'habiller avec votre peau.

– Il est souvent là-bas ?

– Il y était chaque fois que j'y suis allé. La dernière fois, c'était il y a deux jours, peut-être trois. J'étais en train de pêcher, et il est arrivé. On a fumé une clope. Il cause beaucoup. En général, je pige rien à ce qu'il raconte. Beaucoup de trucs sur la guerre au Japon.

– Il vit dans le coin depuis longtemps ? »

Lester haussa les épaules.

« Depuis toujours, pour autant que je sache. Il est revenu ici après la guerre, je crois. Il m'a raconté qu'il était dans une unité, au Japon, et qu'il avait été le seul survivant. Et puis, il y a cette histoire qui s'est produite à l'usine je sais plus quand...

– L'usine ? Quelle histoire ?

– Allez le voir, mon vieux. Parlez-lui. Demandez-lui ce qui s'est passé au Japon, et questionnez-le sur l'incendie en... bon sang, c'était quand ? En 1952, je crois. Interrogez-le là-dessus. Une sacrée histoire, mon vieux, une sacrée histoire.

– À quoi ressemble-t-il ?

– À peu près ma taille, cheveux blond-roux, plutôt longs à l'arrière. Jean, veste militaire, un de ces chapeaux de brousse comme ils en portent dans la jungle et tout. Il a une barbe. Il ressemble un peu à un hippie, mais il a des yeux de cinglé. »

Gaines ne voyait personne correspondant à cette description à Whytesburg.

« Où habite-t-il, Lester ?

– Va savoir. Je lui ai demandé un jour, et il a juste dit, un peu plus loin au bord de la rivière. J'ai pensé qu'il devait être de Poplarville, ou peut-être quelque part entre les deux.

– OK, Lester, vous m'avez été très utile. Maintenant, finissez votre café et retournez à votre boutique. Vous avez assez de plaintes comme ça, vous savez ?

– Bon Dieu, shérif, c'est des animaux. On peut pas les empêcher de faire du bruit. Et tous ces râleurs, s'ils se plaignaient pas de moi, ils se plaindraient de quelqu'un d'autre. C'est dans leur nature. »

Gaines ne répondit rien. Cobb avait raison. *Ça, c'est un enfant mort dans les bras de sa mère... maintenant, parlons de ces petites choses sans importance.*

Gaines regagna sa voiture. Il repartit en sens inverse et prit la direction du commissariat. Quelque part au nord-ouest de la ville se trouvait un vétéran de la Seconde Guerre mondiale nommé Mike, un homme qui avait toujours vécu ici, et Gaines devait le retrouver. Whytesburg était une petite ville, et le mode de vie dans les petites villes ne semblait jamais changer. Quoi qu'il arrive, les gens ne bougeaient pas, comme s'ils se méfiaient ou doutaient du reste du monde. Moyennant quoi, il n'était pas impossible que le Michael mentionné par Judith et celui dont avait parlé Lester Cobb ne soient qu'une seule et même personne.

D'après ce que Gaines savait, les hommes qui revenaient de la guerre étaient de trois types. Il y avait tout d'abord ceux qui se réintégraient. Ils n'oubliaient pas mais ne passaient pas non plus leur temps à ressasser leurs souvenirs, ils avaient assimilé l'horreur et l'avaient rangée bien au fond de leur esprit. Ils avaient de temps à autre des moments d'absence et regardaient fixement dans le vide. Ils voyaient des choses que les autres ne voyaient pas, mais ils n'en parlaient pas. En partie parce que en parler n'aurait eu pour seul effet que de les renforcer et les entretenir, mais aussi parce que personne ne les aurait crus. Ils tenaient bon. Ils revenaient, et faisaient tout ce qu'ils pouvaient pour retrouver une place. Gaines était de ceux-là – toujours là, toujours à lutter contre ses souvenirs, contre sa conscience, mais néanmoins *là*.

Le deuxième type était ceux qui portaient leur histoire comme une seconde peau : ils continuaient de mettre des treillis et des gilets pare-balles, se réveillaient toujours en sueur dans la pénombre fraîche de l'aube, ils distinguaient des formes dans le brouillard, sentaient l'eau autour de leurs chevilles, percevaient l'odeur du sang et de la cordite et la puanteur sulfureuse de la végétation humide. C'étaient ceux qu'il fallait garder à l'œil, ceux qui buvaient seuls, ceux dont la conversation était émaillée de références aux Mines-S, aux M-14, au phosphore, aux obus de 105 et au napalm. Ils citaient des aphorismes tirés de brochures de propagande comme si c'était parole d'évangile. Ils parlaient de zones d'atterrissage aménagées pour les évacuations en hélicoptère, de patrouilles de reconnaissance. Ils avaient besoin d'une routine. Ils avaient besoin d'ordres. Ils avaient peur de la solitude, des zones intermédiaires, des endroits entre ici et ailleurs, entre le point de départ et la desti-nation. Ils fumaient de l'herbe et devenaient à moitié cinglés, appelaient des inconnus après avoir tiré leur nom au hasard dans l'annuaire et proféraient de sinistres menaces. *Le passé vous retrouve toujours. Des gens savent ce que vous avez fait avant d'arriver ici. La fille a survécu... Elle a vu ce que vous avez fait.* Ils volaient par poignées les serviettes dans les restaurants, les pochettes d'allumettes dans les hôtels, et même les gobelets des fontaines à eau. Ils n'en avaient aucune utilité, mais ils se disaient que dans un sens ils vengeaient les hommes ordinaires,

Peut-être Nancy était-elle symboliquement devenue l'enfant qui n'avait jamais existé.

Peut-être était-il dit que lui – John Gaines, survivant des neufs cercles de l'enfer – ne serait pas hanté par ceux qu'il avait tués, mais par ceux qui avaient été tués en son absence.

13

Le shérif Graydon McCarthy, du comté de Travis, Mississippi, était un homme simple aux secrets simples et peu nombreux. Il était approchable, aimait discuter, partageait toujours une bouteille, mais il y avait des choses dont il ne parlait pas et qu'on ne lui demandait pas. Il ne supportait pas les questions sur ses opinions politiques. On ne l'interrogeait pas sur son argent, ni sur sa provenance, ni sur ce qu'il en faisait. On ne l'interrogeait pas sur la disparition inattendue et la réapparition soudaine de son père après deux ans d'absence. On ne l'interrogeait pas sur la nuit du 16 juin 1959, ni sur une certaine Elizabeth-May Wertzel, ni sur ce qu'elle avait promis de ne jamais répéter à âme qui vive. À part ça, si vous pouviez faire parler Graydon McCarthy, vous pouviez lui demander à peu près n'importe quoi.

Gaines le trouva dans son bureau, à Bogalusa, peu après dix heures ce jeudi matin, et fut reçu avec la courtoisie d'usage entre deux hommes qui exerçaient le même métier.

Du café fut apporté et accepté, une cigarette fut offerte mais refusée, et Gaines et McCarthy causèrent de la pluie et du beau temps jusqu'à ce que Gaines aborde sans détour le sujet qui l'intéressait.

« Mike, vous dites ? demanda McCarthy. Mike, Mike, Mike. Ancien combattant. Mmm... » Il réfléchit, regarda par la vitre située sur la droite de son bureau en direction de l'avant-cour du commissariat, comme si la vue lui rafraîchirait la mémoire.

« Ça me dit rien, répondit-il finalement, mais bon, c'est un grand comté plein de petites villes, et je tends à garder l'œil sur les voyous.

– Comme nous tous, dit Gaines.

– Ils disent tous la même chose quand ils sont ici, pas vrai ? Ils s'empressent toujours de nous dire qu'ils sont pas de mauvais bougres. Alors moi, je dis, si vous êtes pas de mauvais bougres, pourquoi vous vous comportez tout le temps comme tels ? »

Il sourit à son mot d'esprit et alluma une nouvelle cigarette.

« Donc, personne de ce nom et correspondant à cette description ne vous vient à l'esprit ? Il doit avoir une certaine réputation. On dit que c'est un personnage assez sauvage.

– Comme j'ai dit, fiston, c'est un grand comté, et on peut pas s'attendre à ce que je connaisse tout le monde. Dans le coin, y a des gens qui naissent, vont à l'école, travaillent, se reproduisent, vieillissent et meurent dans un rayon de cinq kilomètres. Même ceux qui partent tendent à s'apercevoir que le monde les intéresse pas vraiment, et ils tardent pas à revenir. Vous pourriez essayer le motel.

– Le motel ?

– Au nord-est d'ici, sur la route 59, à quelques kilomètres. Je dis le motel, mais c'est rien que quelques cabanes éparpillées qui étaient auparavant un motel. Elles appartiennent à un homme nommé Harvey Blackburn. Il loge principalement des ivrognes et des prostituées. Y a toujours quelqu'un qui voudrait raser l'endroit, mais personne n'y est encore parvenu. À votre place, j'irais voir là-bas. Si votre bonhomme est cinglé, ça pourrait être le genre de repaire qu'il cherche. »

Gaines remercia McCarthy, retourna à sa voiture et prit la route 59. Si vous remontiez la route 59 jusqu'à Meridian, elle formait une bifurcation avec la I-20, qui vous emmenait vers l'ouest en direction de Jackson avant de s'enfoncer en Louisiane. Si vous preniez la direction opposée, vous n'étiez pas à plus de cinquante kilomètres de l'Alabama, et cette même route vous menait direct à Birmingham.

Gaines pensait connaître le motel dont McCarthy avait parlé, ces cabanes disposées en demi-cercle autour d'une cour de graviers. Il se trouvait quatre cents mètres après une station-service à l'abandon située en retrait de la route principale. Gaines se dirigea de mémoire et sut au bout de quelques minutes où il était.

L'endroit semblait désert, mais il y avait de la musique quelque part : peut-être Hendrix.

Gaines s'arrêta et descendit de voiture. Il se tint un moment immobile. La musique continuait. C'était le seul bruit.

Au bout de dix minutes, il en eut assez d'attendre. Il se dirigea vers la première cabane sur sa droite, frappa à la porte, ne reçut aucune réponse. La deuxième et la troisième cabane du même côté produisirent le même résultat. Mais à la deuxième sur la gauche, une voix de femme beugla à l'intérieur.

« Une seconde !

– Bonjour, répondit Gaines. Police. »

Il y eut un silence d'environ une minute, et alors que Gaines était sur le point de la relancer, la porte s'ouvrit.

La femme avait dans les 30 ans. Elle portait un jean usé, un chemisier en toile à beurre par-dessus un débardeur avec des pompons à l'avant et à l'arrière. Sa ceinture était ornée d'ovales argentés et turquoise, qui formaient une sorte de motif indien. Ses cheveux étaient longs à l'arrière, et sa frange lui tombait presque sur les yeux.

« C'qui s'passe ? demanda-t-elle.

– Je cherche Mike, répondit Gaines.

– Le lieutenant Mike ?

– C'est lui, le vétéran ?

– Exact.

– Alors, c'est lui que je cherche.

– Il est dans celle du bout », dit la femme. Elle désigna du doigt l'autre côté du demi-cercle de cabanes. « Je sais pas s'il y est en ce moment, mais c'est là qu'il vit. »

La musique avait cessé. Gaines perçut une odeur de joint.

« Je vous remercie, madame », dit-il, et il porta les doigts à son chapeau.

La femme ne sourit pas, elle ne lui rendit pas son salut. Elle se contenta de refermer la porte.

Gaines retraversa la cour couverte de graviers.

Il perçut une odeur fétide avant même d'atteindre la porte de la cabane du lieutenant Mike. C'était une puanteur de fruit trop mûr, avec un relent de pourriture et de décomposition. Elle était mêlée à un parfum d'encens ou de joint – il n'aurait su dire lequel, mais il était bien présent. C'était une odeur de son passé, une odeur qu'il avait espéré ne plus jamais sentir.

Gaines frappa à la porte. Il y eut du bruit à l'intérieur. Il appela : « Mike !

– Qui est là ?

– Shérif Gaines, Whytesburg.

– Qu'est-ce qui se passe ?

– J'ai besoin de vous parler, Mike.

– Je suis occupé.

– J'ai besoin de vous voir maintenant, Mike. »

L'odeur devenait intolérable. Une odeur de sueur et de crasse, une puanteur de viande avariée, avec quelque chose d'encore pire en dessous.

De nouveaux bruits retentirent, puis la porte s'entrouvrit, et Gaines vit le visage de l'homme, les légères traces de peinture noire et verte de camouflage, le même fard gras que celui qu'il avait utilisé dans la jungle. Au milieu de ce visage sombre, les yeux de Mike étaient blancs, comme ceux d'un animal effrayé.

L'odeur devint encore plus puissante, une puanteur de pourriture, et Gaines tira un mouchoir de sa poche et le porta à son visage.

Il sut alors à qui il avait affaire. Mike appartenait à la deuxième catégorie, celle des types qui portaient encore leur passé comme une seconde peau. Mais Mike était un vétéran de la Seconde Guerre mondiale, il avait entre 50 et 55 ans, ça faisait donc un sacré bout de temps que ça durait.

Dans un sens, la guerre était un héritage qui se transmettait de génération en génération. La guerre était l'histoire du monde. Elle s'immisçait dans votre esprit, dans votre cœur, dans votre âme peut-être, et une fois qu'elle était là, elle ne repartait jamais complètement. Il était impossible de l'oublier, vous pouviez simplement vous entraîner à ne pas vous la rappeler, et pourtant vous saviez – sans le moindre doute – que les souvenirs sauraient toujours vous retrouver.

Encore maintenant, après six ans, il arrivait à Gaines de se réveiller en se demandant : *Où suis-je ?* Ça lui arrivait également alors qu'il était éveillé : il perdait le fil d'une conversation, regardait vaguement dans le vide un point entre un endroit et un autre, puis il revenait à la réalité, lentement, comme s'il transperçait la surface d'une eau sombre et trouble, une eau qui retiendrait la puanteur des déchets humains et de la mort, et il devait faire semblant d'avoir entendu la conversation à laquelle il venait de prendre part.

La guerre était une suspension de la réalité : quand vous y étiez, c'était comme si vous n'aviez jamais été ailleurs ; à votre retour, une semaine semblait durer une heure, une année un peu plus d'une journée. Le temps s'étirait, se courbait, se pliait, s'écroulait ; le temps était à la fois un allié et un ennemi, un ami et un adversaire ; le temps était un tour de passe-passe de salon, l'ironie étant que la perception de sa réalité s'effaçait avec son passage. La guerre ne changeait rien, et pourtant elle changeait tout, simplement en fonction de votre présence ou de votre absence.

À la guerre, nombreux étaient ceux qui perdaient la raison. Certains la recouvraient. Mais le lieutenant Mike – qui qu'il soit, quel qu'ait été l'enfer dont il avait été le témoin – semblait être de ceux qui ne l'avaient pas recouvrée.

« Qu'est-ce que je peux pour vous ? demanda Mike.

– Mon nom est Gaines. Je suis le shérif de Whytesburg.

– Vous l'avez déjà dit.

– Je crois savoir que vous êtes un ancien combattant, Mike. » L'homme fronça les sourcils ; puis il sourit.

« Vous étiez au Viêtnam, pas vrai ?

– Oui, en effet. »

Mike sourit encore plus.

« Oh, bon Dieu, j'aurais dû y aller. J'aurais vraiment dû y aller. »

Gaines ne dit rien.

Mike devint silencieux, regardant dans le vide pendant dix bonnes secondes, puis il sembla brusquement revenir à la réalité. Il sourit de nouveau.

« Vous voulez entrer ? Vous voulez entrer boire un verre ou quelque chose ?

– Je n'ai pas soif, répondit Gaines, mais oui, d'accord, je veux bien entrer. »

Mike fit un pas en arrière et ouvrit la porte en grand, et à l'instant où il pénétra dans la pièce, Gaines sut. Malgré la puanteur, malgré la peinture sur le visage, il se passait autre chose, et il sentit – il n'aurait su dire pourquoi – que c'était intimement lié à la mort de Nancy Denton. Qu'avait dit McCarthy ? *Même ceux qui partent tendent à s'apercevoir que le monde ne les intéresse pas vraiment, et ils ne tardent pas à revenir.*

Le lieutenant Mike avait rapporté une grande part d'ombre de la guerre, et peut-être avait-il choisi Whytesburg pour la partager avec le monde.

14

Chaque personne vivait une guerre différente. Personnelle. Unique.

Gaines pouvait penser à la sienne, en parler, s'en rappeler le moindre détail.

Parfois, c'était comme si les fusées éclairantes étaient lâchées puis flottaient dans le ciel, une lueur pâle suspendue au-dessus du sol comme une foule fantomatique, une myriade de morts qui hantaient la terre où ils étaient tombés. Et il savait que les morts se rassembleraient toujours, qu'ils seraient encore là bien après son départ, bien après que la terre, les arbres, le ciel et les rivières auraient oublié qui il était et ce qu'il faisait là. C'était une terre simple, mais son histoire était complexe, et on ne la connaissait donc jamais, ou alors on l'oubliait trop facilement.

Il y avait des manières innombrables de mourir, naturelles ou non – paludisme, gangrène, morsure de serpent, balle, bombe, baïonnette, mortier, grenade, mine, trou de loup, napalm, tir allié ; vous pouviez aussi mourir enseveli dans les réseaux de tunnels qui s'étiraient sous les avant-postes du Viêt-cong, ou à cause de la chaleur, de la pluie, des rivières, des coulées de boue, de la médiocrité désespérante de voies de ravitaillement insuffisantes qui faisaient que vous n'aviez pas assez de munitions quand vous en aviez besoin. Et aussi à cause des tigres. Certains avaient été tués par des tigres. Mais surtout, il y avait ceux qui étaient morts parce qu'ils ne croyaient pas à leur survie. Comme l'avait dit un sous-officier à Gaines : *Les seules choses qui peuvent vous tuer ici sont l'absence de foi et le souffle court.*

Le type le plus joyeux que Gaines avait rencontré travaillait au service des tombes. Il avait affaire à des morts du matin au soir, et plus tard encore. Ç'aurait pu sembler la tâche la plus misérable qui soit, mais non, apparemment non. Si d'autres étaient morts, eh bien, lui ne l'était pas. C'était pour ça qu'il souriait autant. Et c'était ce qu'on finissait par attendre de lui. Si un type comme lui faisant un tel boulot pouvait conserver sa joie de vivre, alors peut-être que tout n'était pas aussi moche qu'il y paraissait. Où que vous soyez, il y a toujours pire. Étrange comme la perspective d'un enfer bien plus grand peut remonter le moral.

Gaines se rappelait les lampes à pétrole ; il se rappelait le restaurant Givral, à l'angle de Le Loi et Tu Do.

Il se rappelait la fois où un commandant avait ordonné à ses hommes de charger dix ou quinze Viets morts dans un hélicoptère, puis de les balancer comme autant de sacs de farine sur une ville favorable au Viêt-cong. Ils étaient tombés de cent cinquante mètres de haut, traversant le toit des huttes, tuant des animaux sur le coup, explosant au sol en produisant un bruit qu'on entendait par-dessus le vacarme des pales du rotor. « Ce n'est pas une guerre psychologique, avait crié le commandant. C'est juste la guerre. »

Il se rappelait une magnifique attachée du service des affaires publiques américain qui se trouvait pour une raison ou pour une autre au milieu du grabuge et du carnage, vêtue de la tête aux pieds d'un tailleur-pantalon couleur crème, avec ses yeux bleu vif, ses cheveux blond clair écartés de son visage et noués en une tresse, une espèce de demi-déesse – surréaliste, incroyable, d'une beauté extraordinaire, déchirante, impossible. Vous ne vouliez pas simplement coucher avec elle ; vous vouliez lui *faire l'amour*, et vous vouliez le faire éternellement. Gaines se disait que c'était elle qui aurait dû les mener à la bataille. La fille blonde sur la ligne de front, les bataillons, les compagnies et les unités amassés derrière, les hélicos sur le flanc, la force aérienne et les bombardiers lourds au-dessus, et elle dans son lin couleur crème, avec ses cheveux blonds voletant derrière elle à cause du souffle des hélicos, tenant dans sa main une lance dorée, comme une sorte de Boadicée, lançant ses hommes hurlants à l'assaut de l'ennemi, et la guerre aurait été terminée. Pendant un bon moment, il avait rêvé d'elle, puis il n'avait plus rêvé.

La guerre acceptait tout le monde. À la guerre, il n'y avait ni racisme, ni fanatisme, ni intolérance, ni division, ni distinction de race, de couleur, de croyance, de confession, de nationalité, d'âge ou de genre. La guerre pouvait consumer un Vietnamien de 5 ans qui n'avait rien vu de la vie aussi aisément et voracement qu'elle consumait un marine de 45 ans avec une soif insatiable de Viets morts.

La guerre était folle, mais sa folie était compréhensible. Il y avait des règles, et les règles étaient simples. Parfois, Gaines se demandait s'il n'aurait pas aimé y retourner juste histoire de se reposer.

Et, souvent, Gaines considérait que ç'avait été un privilège d'avoir si totalement, si indescriptiblement eu peur. Si vous gardiez cette peur en vous, vous aviez une chance de vous en sortir. Elle vous maintenait sur le qui-vive ; elle vous faisait garder la tête froide, et ce faisant – peut-être –, elle vous permettait de garder cette même tête sur vos épaules.

Certains finissaient par ne plus avoir peur. C'étaient les types qui devenaient si insensibles à tout qu'ils cessaient de regarder autour d'eux et n'en avaient plus rien à foutre. Ils se jetaient dans la bataille avec la certitude que c'était un rêve.

Gaines pensait que Mike Webster pouvait être l'un d'eux, l'un de ceux qui avaient perdu tout lien avec la réalité, qui avaient connu des émotions si inimaginables qu'ils vivaient désormais dans un autre univers.

Gaines regardait Mike Webster, et il voyait tant d'autres hommes, des hommes qui n'étaient pas revenus. Ou s'ils étaient revenus physiquement, ils ne l'étaient pas psychologiquement.

Ils étaient toujours au combat. Ils y seraient éternellement. Et le combat était le même, quelle que soit la guerre dont vous parliez.

Les yeux de Gaines mirent un moment à s'accoutumer à l'obscurité de la cabane de Webster, mais lorsqu'ils y parvinrent – lorsqu'il commença à distinguer divers objets dans la pénombre –, il sut que Webster avait définitivement largué les amarres, et qu'il était désormais ailleurs.

« Y a des gens, on dirait toujours qu'ils prennent les choses dans le mauvais sens. Ils voient pas la réalité telle qu'elle est. Ils supposent toujours que les choses ne sont pas ce qu'elles paraissent... »

Les paroles de Webster flottèrent un moment dans l'air, puis il éclata de rire. Il s'assit dans un profond fauteuil, et Gaines remarqua que du rembourrage ressortait par des trous dans les accoudoirs et l'appuie-tête. Il était presque identique au fauteuil de Judith Denton.

Gaines s'assit face à lui, sur une simple chaise en bois qui grinça sous son poids.

« Je suppose que c'est juste une question de connexions dans le cerveau, c'est tout, reprit Webster. Parfois, les gens cherchent tellement à voir quelque chose qu'ils négligent ce qui est évident, vous savez ? »

Webster attrapa une bouteille de whisky à moitié vide, la déboucha, but une rasade. Il essuya le goulot, la tendit à Gaines.

Gaines secoua la tête, baissa un moment les yeux. Sous ses pieds, il y avait un tapis marron clair, maculé d'une tache sombre qui aurait pu être du sang ou de la boue ou de l'essence. Sur sa droite, se trouvait une table basse sur laquelle reposait une collection de livres dont les titres étaient illisibles, à l'exception d'un mince recueil de poèmes de Walt Whitman. À côté des livres, il y avait des objets qu'il reconnut au premier coup d'œil : couteaux militaires, boussole, sangles, une botte solitaire, deux calibres 11,43, une boîte de munitions, une cartouchière vide, une gourde.

Contre le mur de gauche étaient empilés des cartons de tailles diverses, celui du haut reposant dans un équilibre précaire sur ceux d'en dessous. Au coin de l'un d'eux était suspendu un gilet pare-balles. L'unique fenêtre avait été couverte d'un drap plié en deux, à travers lequel la lumière était faible et indistincte. Plus Gaines regardait autour de lui, plus il voyait des choses qu'il ne souhaitait pas voir.

Webster vivait terré ici. Il avait transformé une cabine de motel en une sorte de gourbi, et il attendait que survienne la bataille qui continuait de faire rage dans sa tête.

Gaines sentait l'odeur de la sueur, de la peur, de la paranoïa, de la tension. Une odeur bien trop familière.

« Les choses arrivent, hein ? » fit Webster.

Gaines acquiesça.

« Exact.

– Plus souvent mauvaises que bonnes. »

Gaines demeura silencieux. Il supposait que le silence était la manière la plus efficace d'encourager Webster à vider son sac.

Il était onze heures du matin ; il aurait pu être minuit, trois heures du matin, n'importe quelle heure. Et ils auraient pu être n'importe où. C'était comme si Whytesburg s'était arrêtée à la porte, comme si la ville refusait d'entrer ici.

« J'ai fait la guerre avant celle-ci, déclara Mike. Je me suis enrôlé en mai 1942, quatre jours avant mon dix-neuvième anniversaire. J'étais à Guadalcanal en novembre de la même année. » Il but une nouvelle rasade de whisky. « Après avoir sécurisé Henderson Field, on s'est jetés dans la bataille. On était le seul bataillon d'infanterie avec six bataillons de marines. Ils voulaient des actions offensives à l'ouest de la rivière Matinakau. Edson dirigeait les opérations, et il voulait qu'on capture Kokumbona. Les Japs avaient leur 17e armée à l'ouest de Point Cruz. Ils étaient dans un sale état. Ça faisait une éternité qu'ils étaient là. Les maladies faisaient des ravages, ils étaient mal nourris, épuisés par la bataille, et nous avions plus de cinq ou six mille hommes sur le pied de guerre. Mais ces salauds étaient sans merci. Des fanatiques. Ils nous ont donné du fil à retordre. Le 3 novembre, j'étais dans une tranchée avec ma section. On était plus que neuf, terrés en attendant que ça passe, et ils nous ont frappés directement. Huit morts, un survivant. » Webster sourit, presque avec nostalgie. « Et me voilà, shérif Gaines de Whytesburg. Je suis peut-être complètement déglingué, mais je suis là. » Il rit, mais c'était un rire presque dénué d'humour. « J'ai tout vu, mon vieux, j'ai vu toutes les saloperies et pire encore. J'ai passé des semaines en première ligne ou à couvrir nos arrières, ou alors à marcher sur des crêtes. Jamais au milieu. Toujours exposé. Vous savez, si quelqu'un devait se faire buter, eh bien, c'était moi. Comme j'ai dit, ça change votre putain de perspective, mon vieux. »

Mike but de nouveau. Il tendit une fois de plus la bouteille à Gaines, qui déclina.

« Parfois, on revenait d'une mission de recherche et de destruction, et on gerbait, et puis on chialait, et puis on gerbait de nouveau. Après coup, on se sentait ni mieux ni pire, on était juste confus, avec l'impression de s'être fait berner peut-être, comme si Dieu n'était du côté de personne. Il se foutait de la gueule de tout le monde, vous savez ? J'avais l'impression que Dieu se foutait de ma gueule. Quelqu'un m'a dit ça un jour... »

Nouvelle pause.

Gaines n'aurait pas pu décrire ce qu'il ressentait. La sueur lui coulait sur le front. Son cuir chevelu semblait électrisé, comme si chacun de ses cheveux était au garde-à-vous. Il se sentait comme il s'était senti à l'époque. Les paroles de Webster, son monologue, ses souvenirs... ils faisaient tout remonter comme si c'était hier.

« La plupart des trucs moches se produisent la nuit », reprit Webster.

Gaines frissonna. Parlait-il de maintenant ou d'alors ?

« La nuit, vous savez ? Quand les journalistes et les correspondants ne pouvaient pas prendre de photos. Bon Dieu, je les voyais débarquer de je ne sais où après une pause de quarante-huit heures, une demi-douzaine d'appareils photo autour de leur cou comme des guirlandes hawaïennes, et leurs yeux délavés avaient toujours cette expression distante, l'expression qui vient quand on voit ce que le monde a de pire à proposer à travers un viseur. »

Webster éclata de rire. « Tous présents à l'appel, mais pas franchement présents. Impliqués, mais en tant que spectateurs, pas en tant que participants. Même quand ils parvenaient à grappiller quelques heures de sommeil dans une baraque temporaire, ils ne se douchaient pas et ne se rasaient pas, parce qu'ils croyaient qu'en se débarrassant de la puanteur qui leur couvrait la peau, ils perdraient leur bouclier. La puanteur de la guerre est un camouflage ; elle est un masque et une protection, aussi efficace que n'importe quel gilet pare-éclats de GI. Ces mecs envoyaient des tonnes de pellicule depuis les zones de combat, mais les clichés qui racontaient la vérité n'étaient jamais publiés, hein ? »

Gaines acquiesça. Il se pencha légèrement en arrière. La chaise grinça.

Webster se pencha vers Gaines, comme s'il essayait de le maintenir dans son cercle. L'odeur qui l'entourait était un mélange nauséabond de chien humide et de whisky.

« Vous avez eu un ami là-bas, shérif ? Je veux dire, un véritable ami, quelqu'un qui surveillait vos arrières, quelqu'un qui s'occupait de vous, quelqu'un qui était toujours là quand vous étiez prêt à vous brûler la cervelle pour échapper à l'horreur ?

– Oui, répondit Gaines. Oui, j'en avais un. »

Webster sourit.

« Moi aussi, j'avais un ami comme ça... »

Gaines revit alors les hauts plateaux, aussi clairement que s'il en était rentré hier. Les cimes des montagnes, les vallées comme des fractures dans la terre, comme si quelque terrible force intérieure avait fissuré le monde. Les sinistres étendues dégagées, un sol sans répit, sans couverture, creusé soudain de ravins et de gorges, les villages de montagnards éparpillés, où la « guerre des cœurs et des esprits » était livrée dans l'espoir d'en faire des alliés plutôt que devoir les affronter en ennemis. Là-haut, les journées étaient si furieusement chaudes, et les nuits si incroyablement froides, qu'il était impossible de s'acclimater. La bataille de la Drang, en 1965, bataille qui s'était achevée bien avant que Gaines arrive au front, demeurait un sujet tabou. Les hauts plateaux appartenaient au passé, et le présent ne l'atteindrait jamais. Le nombre de Viets signalés morts à Dak Tô ne collait pas avec le nombre de cadavres retrouvés. Où étaient-ils passés ? La terre les avait-elle avalés ? La terre là-bas absorbait-elle les siens ? Si jamais il y avait eu une guerre, elle avait débuté là-bas. Si jamais elle s'était achevée, elle s'était achevée là-bas. Il était impossible de savoir. Les hauts plateaux étaient un territoire sans temps, un territoire *hors* du temps, un pays de fantômes.

Il se rappela la fin de 1967, un périple au quartier général de la 25e division à Cu Chi.

Gaines ferma les yeux un moment, tourna la tête vers la fenêtre comme s'il cherchait à repérer la provenance d'un son, puis sourit.

Il rouvrit les yeux, regarda Webster. Il songea qu'il avait face à lui un homme qui avait survécu à la guerre où son propre père était mort. Aurait-il été comme ça, s'il avait survécu ? Gaines songea aussi que Webster et lui avaient livré la même guerre, sur le même type de terrain, mais à vingt-cinq ans d'intervalle.

« J'ai passé des semaines là-bas, déclara Webster. Parfois, je me demande si j'y ai perdu la boule. » Il fit un grand sourire. « Les arbres et les rochers, la poussière sous les pieds... »

Sa voix se perdit dans le silence.

« J'ai besoin de vous demander quelque chose, Mike », dit Gaines en s'armant de courage.

Il sentit ses ongles qui creusaient des demi-lunes dans la paume de ses mains. Webster ne sembla pas l'entendre.

« Il m'a fallu plus d'une année pour réapprendre à dormir. Là-bas, j'étais comme un bébé, vous savez ? Dès que j'étais immobile, assis, couché, même adossé à un arbre, je piquais du nez. » Webster secoua la tête et ferma les yeux. Ses paupières semblèrent s'abaisser au ralenti, comme celles d'un lézard. « Je connaissais un type, un marine de Boise, dans l'Idaho, qui s'allongeait à côté des morts pour se reposer. Je lui ai demandé pourquoi. Il a secoué la tête... bon sang, il a juste secoué la tête et il a répondu : "T'as déjà atteint ce stade où t'es trop fatigué pour avoir peur ?" Vous savez, je n'ai jamais répondu à cette question. Je suppose qu'il se disait que les cadavres avaient un bouclier invisible ou quelque chose. Comme s'il savait que les dieux de la guerre ne se seraient pas fatigués à tuer deux fois les mêmes personnes. Du coup, il s'allongeait parmi eux comme si c'était le plus sûr des sanctuaires... »

Gaines voyait l'intensité du regard de Webster, comme s'il dégageait des ondes mentales, des vibrations, une sorte d'influence qui pouvait modifier la réaction des autres face à lui. Son visage était agité, ses paroles animées. Il parlait avec passion et ferveur, avec le ton insistant et emphatique de nombreux prédicateurs baptistes. Il n'était pas face à une foule de pécheurs repentants, mais simplement face à un homme seul, et pourtant Webster catéchisait comme si sa mission était de racheter les âmes qui sans lui seraient perdues.

« Bon sang, je vous le dis... parfois la seule certitude qu'on avait, c'était que si on se faisait tuer aujourd'hui, on ne pourrait pas l'être demain. On n'était pas sûrs de grand-chose, mais ça, on aurait pu parier notre maison dessus.

– Mike, dit Gaines. Je dois vous poser quelques questions... »

Webster se tourna et regarda Gaines. Chacun de ses mouvements semblait se faire au ralenti.

« Je dois vous demander si vous connaissez une personne nommée Nancy Denton. »

Webster sourit.

« On dirait que certains hommes rencontrent leur destin sur la route qu'ils avaient empruntée pour l'éviter. » Il resta un moment silencieux. Il regarda directement Gaines, et Gaines se demanda s'il avait les larmes aux yeux. « Vous voulez me questionner sur Nancy Denton ? »

Les pensées de Gaines se turent. Sa peau était froide et sèche, comme celle d'un serpent, et il se sentit vide à l'intérieur. Complètement vide.

« Ça fait vingt ans que j'attends que quelqu'un me pose cette question, shérif Gaines. »

La poitrine de Gaines semblait remplie d'un néant fragile. Il avait l'impression qu'il était sur le point d'imploser.

« Vingt ans à attendre cette simple question, mais je ne peux rien vous dire... »

Gaines inspira bruyamment.

Webster sourit d'un air entendu.

« Les trucs que j'ai vus, mon vieux... la chair d'un homme qui tombait de ses os comme de la viande trop cuite, la simple force de la gravité suffisant à la détacher. Je vais vous dire une chose, c'est le genre de truc que personne devrait voir.

– Nancy, Mike... Parlez-moi de Nancy Denton, insista Gaines.

– Je ne peux pas, shérif. J'ai fait une promesse. Trop de personnes l'aimaient trop. J'ai fait ce que j'avais à faire, et il n'y a rien à ajouter. »

Il était un peu plus de treize heures lorsque Gaines amena le lieutenant Michael Webster au commissariat. Dans la voiture, puis, plus tard, dans le cadre austère du commissariat, Gaines fut sidéré de constater à quel point Webster était sale. Ses mains étaient grises, avec de la crasse incrustée dans les pores, ses ongles étaient noirs, il dégageait une odeur presque insupportable. C'était une puanteur écœurante de viande avariée, comme si Webster pourrissait de l'intérieur. Mais il dégageait aussi autre chose ; outre l'odeur, outre ce qu'il disait, outre l'expression dans ses yeux, il émanait de lui une sorte d'intensité hagarde que Gaines avait bien trop souvent observée à la guerre. C'était comme si Webster était hanté. Sa présence seule était troublante – même quand il ne disait rien, même quand son regard vague était tourné ailleurs, Gaines *ressentait* une tension autour de lui.

Webster ne prononça pas un mot de tout le trajet, et Gaines ne l'encouragea pas. Tant que Webster ne serait pas dans une pièce avec un magnétophone et un second agent, Gaines ne voulait pas entendre ce qu'il avait à dire sur Nancy Denton.

Gaines se contenta de rouler, les yeux fixés sur la route devant lui, bien qu'il fût terriblement conscient de l'homme assis à côté. Webster était un produit de la guerre. Webster était un produit des cauchemars. Peut-être avait-il en lui un démon qu'il avait rapporté des tranchées de Guadalcanal...

Ils avaient déterré le cadavre d'une adolescente, mais qu'avaient-ils déterré d'autre? Avaient-ils libéré quelque puissance surnaturelle, quelque force malveillante, quelque spectre du passé qui désormais hanterait à jamais Whytesburg?

Gaines savait qu'il ne pouvait pas ignorer l'inconnu, surtout dans cette partie du pays. Partout, des détails lui rappelaient que le monde ne se limitait pas au physique et au tangible.

Comme ils approchaient du commissariat, Webster parla pour la première fois depuis qu'ils avaient quitté le motel.

«Est-ce que vous l'avez trouvée, shérif Gaines? Est-ce que vous avez trouvé Nancy?

– Oui, Michael, je l'ai trouvée.»

Webster ferma les yeux. Il produisit un son, comme s'il se dégonflait de l'intérieur.

«Donc, elle ne reviendra jamais?

– Non, Michael, elle ne reviendra jamais.»

Gaines se gara devant le commissariat. Il s'apprêtait à descendre de voiture lorsqu'il s'aperçut que Webster sanglotait. Il se retourna et observa l'homme infect et débraillé, dont la poitrine se soulevait et retombait tandis qu'un déferlement d'émotions le torturait.

Après un moment, un bon moment, il commença à se calmer.

« Je savais qu'elle ne reviendrait pas, déclara-t-il finalement. Au fond de moi, tout au fond de moi, je savais que c'était impossible. »

Gaines ne répondit rien ; il devait l'emmener dans une pièce avec un témoin et un magnétophone.

Webster se tourna vers Gaines. Ses larmes avaient dessiné de petites traînées dans la crasse qui lui recouvrait le visage.

« Est-ce que je pourrai la revoir ? » demanda-t-il.

Gaines mit un moment à comprendre ce que Webster disait.

« Pourquoi ? demanda-t-il. Pourquoi voudriez-vous la revoir ? »

Webster secoua la tête et soupira.

« Pour voir si ce que j'ai fait lui a été du moindre secours. Pour voir si ce que j'ai fait l'a aidée... »

15

Gaines était habitué aux petits drames sans importance, du moins pour ce qui était du maintien de l'ordre à Whytesburg. Le principal problème était les ivrognes – les bavards, les sentimentaux, et les violents. Ceux de la troisième catégorie étaient les seuls à peupler les cellules situées au sous-sol du commissariat, mais ils étaient rares. Manifestement, les femmes de Whytesburg parvenaient à reprendre les choses en main avant que ça ne déborde dans la rue. Occasionnellement, Gaines enfermait un clochard pour quelques heures, le temps de voir s'il pouvait régler le voyage en train qu'il venait d'effectuer à l'œil. Invariablement, ledit clochard ne pouvait pas, et, invariablement, il était relâché avant qu'il empeste trop la cellule. Un jour, Gaines avait serré une paire d'escrocs venus de Mobile qui se disaient qu'un petit bled dans le Mississipi était un endroit aussi bon qu'un autre pour faire des chèques en bois. Mais en vérité, les clients de Gaines n'étaient d'ordinaire ni assez malhonnêtes ni assez téméraires pour tricher sur leur déclaration d'impôt ou acheter des marchandises volées, même s'ils estimaient nécessaire de réparer des injustices sociales imaginaires en commettant des délits inutiles et négligeables. C'étaient eux qui occupaient ses journées. L'héritage de Gaines, quand il prendrait sa retraite, se mesurerait en contraventions, en amendes pour excès de vitesse, et en paroles sévères à l'intention d'adolescents pour leur rappeler les dangers du Richards Wild Irish Rose ou du Ripple Wine.

Whytesburg n'était donc pas prête à assimiler l'horreur du meurtre de Nancy Denton et la folie du lieutenant Michael Webster.

Gaines enferma Webster dans une cellule. Il n'avait rien avoué, et aucun indice – accablant ou non – n'avait été isolé ou identifié qui aurait permis de lui attribuer le meurtre de Nancy Denton. Néanmoins, sa simple présence suffit à provoquer une certaine agitation et un certain malaise dans le commissariat.

Gaines demanda à Hagen, Chantry et Dalton de lui prendre ses vêtements et de lui donner en échange un jean, un tee-shirt blanc et une chemise à rayures bleues et blanches. Il resterait pieds nus, et n'aurait pas droit à une ceinture. Webster ne prétendait pas comprendre ce qui se passait, mais il n'opposait aucune résistance. Ils lui demandèrent ses habits. Il se déshabilla et les tendit. Il ne se plaignit pas, ne protesta pas. Lorsqu'il eut passé ses vêtements propres, il sembla sans âge. Avec sa mine à la fois perplexe et détachée, on aurait presque dit un enfant.

Une fois ses vêtements sales placés dans un sac et étiquetés, Gaines descendit le voir.

Webster était assis sur la couchette. Gaines se tint à l'extérieur de la cellule.

« Vous comprenez pourquoi vous êtes ici, Mike ? demanda Gaines.

– Parce que vous croyez que j'ai fait à Nancy Denton quelque chose que je n'aurais pas dû faire. »

Gaines ne voyait rien à redire à cela.

« Mais je sais ce que je sais, et je vois ce que je vois, poursuivit Webster, et à moins de savoir ce que je savais, à moins d'avoir vu ce que j'ai vu, il est impossible de comprendre ce que j'ai fait.

– Je ne crois pas que je comprendrai un jour ce que vous avez fait. »

Webster sourit.

« Alors, vous me surprenez, shérif Gaines. Je pensais que vous, plus que tout autre, auriez compris ce qu'il fallait faire. »

Gaines se retint de poser une question directe.

Avez-vous tué Nancy Denton ?

Lui avez-vous ouvert le torse et arraché le cœur, puis avez-vous placé un serpent dans sa poitrine avant de l'enterrer au bord de la rivière ?

Des aveux étaient nécessaires, mais enregistrés sur bande, et de préférence en présence d'un avocat. Gaines ne voulait pas pousser Webster à une confession qui ne serait pas valable quand ils l'inculperaient et le traduiraient en justice.

Un silence s'installa entre eux pendant quelque temps. Gaines entendait la respiration de Webster. Il sentait les battements de son propre cœur – dans sa poitrine, dans ses tempes, dans ses poignets. Il se sentait électrisé, une tension âpre raidissait tout son corps, comme si sa peau avait été écorchée et qu'on l'arrosait d'eau salée.

Il n'avait pas éprouvé ça depuis six ans.

« Et maintenant ? demanda Gaines.

– Maintenant ? » répéta Webster.

Il arqua les sourcils et regarda Gaines dans les yeux. Son expression était franche et candide, on aurait dit un enfant curieux, intrigué.

« Vous ne vous inquiétez pas de ce qui va vous arriver maintenant ? »

Webster secoua la tête. Il sourit d'un air contrit.

« Nous avons fait trop de choses, shérif. Les gens comme vous et moi sommes condamnés aux ténèbres. Je vais dire une chose, et peu m'importe qui l'entendra. Si je finis au paradis, eh bien, je suppose que je serai le premier de mon espèce. Et si vous me suivez, vous serez le deuxième. » Il sourit, détourna un moment les yeux. « J'ai fait ce qui m'a semblé le mieux, comme nous le faisons tous. Enfin, la plupart d'entre nous. J'ai fait ce que je croyais nécessaire, j'ai prié pour que ça fonctionne, et ça fait vingt ans que je prie, mais je savais, vous voyez ? Je savais au fond de mon cœur qu'elle ne reviendrait jamais. » Il ferma les yeux, baissa la tête. « Je suis triste. Je suis si désespérément triste. Elle est partie, et si j'avais choisi de la suivre, peut-être que nous serions ensemble en ce moment même. Je l'ai attendue vingt ans, et maintenant je crains simplement qu'elle n'ait pas pu m'attendre. »

Gaines resta un moment sans répondre, puis il s'écarta des barreaux.

« Vous allez rester ici quelque temps, Mike, et j'aurai d'autres questions à vous poser, d'accord ?

– Pas de problème, shérif. Je n'ai l'intention d'aller nulle part dans l'immédiat. »

Gaines se retourna et prit la direction de l'escalier. Il se sentait nauséeux, la tête lui tournait. Il ne comprenait pas ce qui se passait, mais il n'aimait pas les sentiments que Webster éveillait en lui. Ça dépassait le fait que ce type était peut-être un tueur d'enfant. Ça dépassait le fait que sa simple présence faisait remonter des souvenirs que Gaines s'était depuis long-temps attaché à oublier. C'était bien plus sinistre et perturbant que ça. Quelque chose dans cette affaire lui évoquait une pra-tique occulte. La fille assassinée. Le cœur arraché. Le serpent dans une boîte. L'enterrement au bord de la rivière. Ça faisait ressurgir des souvenirs d'histoires qu'il avait entendues dans son enfance, des histoires de sortilèges wanga remplies de racines vénéneuses de l'arbre maudit, de la reine vaudou Marie Laveau, de rituels accomplis derrière son pavillon dans St. Ann Street, dans le Quartier français, du Grand Zombi et de Papa Limba, de l'esprit dahoméen Legba, le gardien des carrefours. Si la mère de Gaines entendait parler de ça, elle serait dans son élément, son enfance et son éducation ayant été fermement ancrées dans un mélange improbable de vaudou et de catholicisme.

Saint Pierre, saint Pierre, ouvre la porte,
Je t'appelle, viens à moi !
Saint Pierre, saint Pierre, ouvre la porte,
Papa Legba, ouvre-moi la porte, ago-e

Atibon Legba, ouvre-moi la porte ;
La porte, papa, pour que je puisse entrer dans le temple,
À mon retour, je te remercierai pour cette faveur.

Gaines marqua une pause au pied de l'escalier et regarda en arrière en direction de la cellule. Webster était immobile, assis sur la couchette avec son jean, ses pieds nus, ses mains sales et ses cheveux mal peignés.

De loin, il semblait inoffensif. Mais bon, de loin le diable aussi semblait inoffensif.

Gaines comprenait ce qui se passerait si la nouvelle de l'arrestation de Webster se répandait. Il ne savait pas si une bande de lyncheurs débarquerait à sa porte, mais ça ne l'aurait pas étonné. Parfois, les gens n'arrivaient à envisager que la pire solution. Pour empêcher ça, Gaines avait besoin d'un dossier solide et viable. Or, tout ce qu'il avait pour le moment, c'étaient quelques paroles de Webster prouvant qu'il y avait un lien entre lui et la fille.

J'ai fait ce que j'avais à faire, et il n'y a rien à ajouter.

Et plus tard, ce qu'il avait dit à leur arrivée au commissariat, quand il avait demandé s'il pourrait la revoir.

Gaines avait besoin d'aller fouiller la chambre de Webster au motel, mais pour ça, il lui fallait un mandat. Et la probabilité qu'il y découvre quoi que ce soit après vingt ans... à moins, évidemment, que Webster ait conservé quelque souvenir. Ce serait un indice circonstanciel, mais tout ce qui pourrait permettre à Gaines de maintenir Webster en détention serait le bienvenu. Au bout du compte, il aurait besoin d'obtenir une confession. C'était aussi simple que ça.

Quand il s'était trouvé dans la chambre de motel de Webster, alors qu'il était en proie à la panique, assailli par l'angoisse, son principal souci avait été de mettre Webster en cellule, de l'enfermer, d'empêcher toute possibilité de fuite. Maintenant que c'était fait, il avait le temps de réfléchir, mais il ne savait pas de quel côté orienter ses réflexions.

On pouvait recevoir une formation de base, en sortir avec un certificat pour le prouver, mais le travail de policier était un peu plus compliqué que ça. Les inspecteurs des grandes villes et les shérifs de campagne avaient besoin des mêmes compétences. Peu importait sur qui ou sur quoi vous enquêtiez ; les mêmes aptitudes de base étaient nécessaires. Voir ce que personne d'autre ne voyait. Ou bien peut-être voir la même chose mais l'interpréter différemment. C'était ça. C'était la première chose qu'il vous fallait. Et quand tous les autres avaient cessé de chercher, quand tous les autres avaient baissé les bras parce que ce qu'ils voyaient ne leur disait pas ce qu'ils voulaient entendre, vous étiez celui qui continuait de chercher, de poser des questions, de retourner le problème jusqu'à ce que le fil de la mauvaise couleur se détache. Il ne fallait pas grand-chose d'autre qu'un esprit ouvert et une patience infinie. Et cette faculté de persévérance devait venir de l'expérience. L'expérience de la vie. L'expérience qui vous disait qu'il y avait toujours des vérités à découvrir, même en compagnie de menteurs.

Mais le plus dur, c'était que malgré tout ça, malgré ce désir de découvrir la vérité et de rendre justice, vous étiez constamment vilipendé et méprisé par les gens – des gens qui ne vous connaissaient pas et qui ne vous connaîtraient jamais, à moins que quelque chose se produise. Alors, quand ce *quelque chose* se produisait, quand la noirceur du monde s'abattait sur eux avec toute sa force, vous deveniez la personne la plus importante sur Terre – l'ami, le confident, le confesseur, le protecteur.

C'était une existence étrange et difficile, remplie de gens, mais solitaire.

Gaines parla brièvement à Hagen. Hagen convint que tant qu'ils n'avaient rien de plus concret, ils ne pouvaient pas faire grand-chose. Des aveux leur permettraient d'obtenir un mandat. Un mandat leur donnerait accès à la chambre de Webster, et une fouille minutieuse produirait peut-être quelque chose de substantiel et de concret pour relier Webster à Nancy Denton. Peu probable, mais c'était toujours une possibilité.

Cependant, pour une raison ou pour une autre, Gaines était persuadé que Webster parlerait. N'avait-il pas dit qu'il attendait depuis vingt ans que quelqu'un lui pose la question ? Il portait le fardeau de ce qu'il avait fait depuis deux décennies, et il était prêt à s'en décharger, à chercher le pardon, à éprouver le soulagement qui accompagne si souvent la confession de la vérité. S'il descendait maintenant et demandait à Webster ce qui s'était passé, il était persuadé que Webster lui dirait tout ce qu'il voulait entendre.

Mais, bizarrement, il ne pensait pas être prêt.

Il demanda à Hagen de trouver un avocat à Webster, puis annonça qu'il allait voir comment se portait sa mère et qu'il serait bientôt de retour.

Gaines n'avait en fait nul besoin d'aller voir sa mère. Caroline serait avec elle, et tout irait bien. En vérité, il voulait simplement sortir de là, respirer un autre air que celui que Michael Webster respirait, voir pendant un bref moment autre chose que son bureau et le sous-sol. Il avait besoin d'un peu de répit avant d'affronter de nouveau cette folie.

16

Gaines trouva Caroline dans la cuisine et sut immédiatement que quelque chose n'allait pas.

« Shérif », commença-t-elle d'un ton pressant. Elle agrippa sa manche et tira dessus comme si elle avait besoin de toute son attention. « J'ai entendu dire qu'une fille a été assassinée... »

Gaines resta silencieux. Il savait que la rumeur se propagerait rapidement, mais il n'avait pas pensé que ça irait si vite.

« J'ai entendu dire que quelqu'un l'a tuée... l'a tuée et a placé un serpent dans son... » Elle frissonna. « Qu'il a placé un serpent dans son... vous savez, heu... »

Elle baissa les yeux, embarrassée. Elle désigna son ventre, puis plus bas, laissant finalement sa main juste au-dessus de son entrejambe.

« Qui t'a raconté ça, Caroline ? » demanda Gaines, moins surpris par la version déformée qui était parvenue aux oreilles de Caroline Rousseau que par la rapidité avec laquelle elle y était parvenue.

Le cadavre de la jeune Denton n'avait été retrouvé que vingt-quatre heures auparavant, et déjà la rumeur et les ouï-dire circulaient à Whytesburg.

« Donc, ce n'est pas vrai ? demanda-t-elle.

– Quoi ? Qu'elle a été assassinée ou qu'on lui a mis un serpent dans le corps ?

– Je sais qu'une fille a été tuée, shérif, mais c'est cette histoire de serpent... »

Gaines désigna une chaise sur sa gauche.

« Assieds-toi, dit-il à Caroline. Calme-toi une minute et laisse-moi t'expliquer ce qu'il en est. »

Caroline Rousseau obéit.

Gaines s'assit face à elle, mains sur la table, paumes jointes, et se mit à parler en ponctuant chacun de ses mots de gestes brefs et énergiques.

« Une fille nommée Nancy Denton a été assassinée, en effet. Il y a vingt ans, d'accord ? Elle a été tuée avant même que tu naisses. Nous ne savons pas comment. Nous ne savons pas par qui. Il y avait quelque chose d'inhabituel quand son cadavre a été retrouvé, mais elle n'avait certainement pas de serpent mort dans le vagin. »

Tout en parlant, Gaines regardait Caroline dans les yeux. Elle fit la grimace, frissonna une fois de plus.

« Et j'apprécierais, Caroline, que tu fasses tout ton possible pour empêcher cette rumeur de se propager dans Whytesburg. Mais le plus important, c'est que je ne veux pas que tu parles de ça à ma mère... »

En voyant les yeux de Caroline s'élargir soudain, ses sourcils s'arquer, ses lèvres se crisper, il comprit.

« Tu lui as déjà dit, déclara Gaines d'une voix neutre.

– Je ne pouvais pas... je n'ai pas... »

Gaines leva la main droite, et Caroline se tut.

« Ce qui est fait est fait, dit-il. Je m'en occuperai, mais j'aimerais vraiment que tu ne propages pas cette rumeur...

– Je ne dirai pas un mot, shérif. Et je suis désolée d'en avoir parlé à votre mère et...

– C'est bon, Caroline. Je vais aller la voir, maintenant. »

Gaines se leva et s'aperçut qu'il portait toujours son chapeau. Il fallait qu'il soit sacrément préoccupé, car il n'entrait jamais dans la maison sans l'ôter.

Son expression ne laissait planer aucun doute. Alice Gaines avait quelque chose en tête, et il était hors de question qu'elle n'en parle pas.

« J'ai déjà vu ça, commença-t-elle lorsque Gaines entra dans la chambre, et la seule chose qui me choque, John, c'est que j'aie dû l'entendre de la bouche de la bonne et non de la tienne.

– Bon sang, maman, tu ne peux pas l'appeler comme ça ! Elle n'est pas la *bonne*. Elle vient parce qu'elle tient à toi et qu'elle apprécie ta compagnie.

– Ne change pas de sujet, John. Dis-moi tout de suite ce qui s'est passé.

– C'est une affaire pour la police, maman, voilà ce qui s'est passé.

– Cette fille morte, 10 ou 12 ans, vierge à coup sûr, et quelqu'un l'a tuée et a placé un serpent dans son...

– Non. »

Alice s'arrêta brusquement, ouvrant de grands yeux.

« Non quoi ? On ne l'a pas tuée ?

– Si, on l'a tuée, mais on n'a pas fait le reste... et en plus, elle n'avait pas 10 ou 12 ans. Elle en avait 16, et je ne sais absolument pas si elle était vierge ou non. Quoi qu'il en soit, tu ne devrais pas te tracasser pour ça. Ça s'est passé en 1954, et tu n'es arrivée ici que quatorze ou quinze ans plus tard. Ça ne te regarde pas, d'accord ?

– Je ne devrais pas me tracasser ? C'est exactement le genre de chose qui devrait me tracasser. Tu es mon fils, et tu as ce genre de chose sur les bras...

– Quel genre de chose ?

– Ce meurtre rituel. J'ai déjà vu ça par le passé... enfin, pas vu, mais j'en ai beaucoup entendu parler, et c'est un peu plus sérieux qu'un simple meurtre.

– Un simple meurtre ? dit Gaines d'un air contrit. Tu veux dire comme les simples meurtres qui se produisent ici toutes les deux heures ? »

Alice lança à Gaines un regard qu'il connaissait depuis son enfance, depuis la première fois qu'il s'était montré sarcastique. Un regard qui disait, *Ne soyez pas impertinent, jeune homme.*

« Maman, sérieusement, c'est mon travail, et je n'ai pas besoin que tu t'en mêles.

– Que je m'en mêle ? Mais je ne m'en mêle pas, John, je te dis simplement que si quelqu'un a tué une petite fille et a placé un serpent dans son...

– Elle n'était pas si petite que ça, et le serpent n'était pas dans son vagin, OK ? Je ne sais pas d'où tu tiens ça, mais nul doute que c'est ce que tout le monde va croire, désormais...

– Il y a quelque chose qui cloche, là-dedans, John, et tu le sais. Où que se soit trouvé ce serpent, il y a quelque chose qui cloche terriblement...

– Qu'une adolescente ait été tuée, voilà ce qui cloche. J'enquête sur le meurtre d'une adolescente, et c'est tout. »

Ses paroles flottèrent dans l'air. Il savait qu'il enquêtait sur beaucoup plus que sur le simple meurtre de Nancy Denton.

Et ça, c'était ironique. Jamais Gaines n'aurait cru s'entendre dire ça dans une petite bourgade sans problème comme Whytesburg.

Le simple meurtre d'une jeune fille. Une telle chose existait-elle ?

Gaines en avait assez entendu. Il quitta la chambre de sa mère et retourna à la cuisine.

Mais Alice avait raison : que de telles choses aient un fond de vérité ou non, que Gaines y croie ou non, ça laissait penser à une pratique religieuse. Les meurtres avaient d'ordinaire des mobiles compréhensibles – jalousie, vengeance, argent, passion, haine, fanatisme, racisme. Mais ça, ça appartenait à un tout autre domaine. Un domaine peuplé de tueurs en série, de sadiques, d'obsédés sexuels fascinés par la torture et la mort. De personnes qui tuaient juste pour tuer. Qui sélectionnaient leurs victimes en fonction de leur apparence ou de leur type physique, qui assassinaient des inconnus pour un mobile imaginaire mais néanmoins bien réel. Et s'ils pouvaient tuer pour de telles raisons, ils pouvaient assurément ouvrir un corps, remplacer un cœur par un serpent dans une boîte, puis le recoudre. C'était peut-être un rite vaudou, et en considérant cette possibilité, Gaines se demanda si Webster avait agi seul, ou s'il faisait partie d'un groupe. Le Klan était toujours présent dans la région, et tout laissait croire qu'il le serait toujours. Il y avait des lynchages et des meurtres. Bon sang, trois militants pour les droits civiques avaient été assassinés près de Meridian seulement dix ans plus tôt. Le meurtre avait été perpétré par le Conseil des citoyens blancs, mais le shérif adjoint du comté de Neshoba, qui avait arrêté les trois militants et les avait enfermés dans sa prison jusqu'à ce qu'une équipe de tueurs puisse être réunie, appartenait au Klan. La voiture avait été conduite jusqu'au marécage de Bogue Chitto et incendiée, et une fois que les trois garçons avaient été passés à tabac et abattus, leurs cadavres avaient été enterrés dans une digue en terre. Quelle que soit la façon dont la victime mourait – par balles, à coups de couteau, par pendaison, par étranglement –, un meurtre demeurait un meurtre, et le bord d'une rivière n'était pas si différent d'une digue en terre. Les protestations au niveau national avaient poussé Lyndon Johnson à menacer Hoover de représailles politiques s'il n'envoyait pas le FBI sur place. Hoover avait cédé. Du coup, les fédés avaient débarqué. Ils avaient même fait appel à des plongeurs de la Navy pour chercher les trois corps, et leurs recherches avaient permis de découvrir sept autres cadavres de Noirs dont la disparition était passée inaperçue. Et même quand ces corps avaient été découverts, même quand les assassins avaient été nommés et arrêtés, l'État du Mississippi avait refusé de les poursuivre pour meurtre. Alors, ce meurtre-ci avait-il été perpétré par le Klan? S'agissait-il de quelque rituel bizarre accompli par des suprématistes blancs? Impossible. Si les coupables avaient été le Klan ou le Conseil, alors Nancy Denton aurait été noire. Non, c'était

17

L e commissariat de Whytesburg, qui était le siège du département de police du comté de Breed, abritait quatre cellules en sous-sol : deux sur la gauche, deux sur la droite, avec une allée au milieu suffisamment large pour prévenir tout contact entre les prisonniers. Au bout de cet espace, une lucarne entrouverte permettait de faire entrer un filet de lumière et d'air frais. Il y flottait néanmoins en toute saison une odeur de renfermé. En été, ça empestait la pourriture, et en hiver, c'était un relent de vieux et de moisi. Un mur de briques séparait chaque paire de cellules contiguës ; les deux autres côtés étaient simplement constitués de barreaux. Il n'y avait aucune intimité, pas de cellule d'isolement. Le lieu était uniquement conçu pour les détentions provisoires.

Gaines arriva au commissariat, et, avant même de descendre les marches en direction des cellules, il entendit la voix de Webster.

« ... ne doit pas briser nos liens d'affection. Les accords mystiques du souvenir, s'élevant depuis chaque champ de bataille et chaque tombe de patriote vers chaque cœur humain et chaque foyer, partout dans ce vaste pays, enfleront encore le chœur de l'Union quand ils seront de nouveau touchés, comme ils le seront sûrement, par les meilleurs anges de notre nature... Nous ne devons pas être nos propres ennemis. Même si la passion les a distendus, elle ne doit pas briser nos liens... »

Hagen était en bas, exaspéré.

« Il n'arrête pas de répéter ça encore et encore, annonça-t-il à Gaines. Ce type est cinglé.

– C'est de Lincoln, répondit Gaines. Il cite Abraham Lincoln.»
Gaines s'approcha de la cellule. Il se tint à quelques centimètres des barreaux et regarda Webster.

Au bout d'un moment, Gaines se mit à répéter en écho ce
que disait Webster. Ils récitèrent deux fois le discours ensemble,
puis Webster se tut. Il sourit, fit un signe de tête en direction
de Gaines.

«Shérif, dit-il.

– Vous croyez que cette jeune fille était l'un de ces anges,
Michael?

– Tout le monde la considérait comme un ange, shérif.

– Je me dis qu'elle a très bien pu en être un, vous savez?»

Webster haussa les épaules d'un air évasif, puis il détourna
le regard, baissa les yeux, et quand il les posa de nouveau sur
Gaines, il semblait au bord des larmes. Était-ce le remords?

«Vous avez faim, Michael?

– Pas particulièrement.

– Vous avez mangé, aujourd'hui?»

Webster secoua la tête.

«Je vais envoyer quelqu'un chercher des sandwichs. Puis
j'entrerai dans la cellule pour que nous discutions, et après nous
mangerons. Ça vous va?

– Bien sûr, shérif.

– Qu'est-ce que vous aimez?

– Oh, ce que vous avez. Pain de seigle et jambon, fromage, ce
qui sera le plus facile.»

Gaines se retourna et fit un signe à Hagen, qui lui tendit les
clés des cellules et prit la direction de l'escalier.

«Rapportez aussi du coca», lança Gaines. Puis il se tourna
vers Webster et demanda:

«Ou peut-être que vous préféreriez de la root beer?

– Du coca, c'est très bien», répondit-il.

Hagen se retourna vers Gaines avec un air de dire, *Quoi,
maintenant, je suis serveur?*

Gaines attendit d'entendre la porte se refermer en haut des marches, puis il tira son pistolet, le posa par terre à bonne distance de la cellule, et déverrouilla la porte.

Webster resta là où il était, assis sur la couchette, pieds nus, les mains entre les cuisses, mais Gaines surveillait le moindre de ses mouvements, le moindre changement de position de sa part. Soudain, Gaines eut comme un flash-back. Il sentit de nouveau la puanteur de la rive détrempée, l'odeur de la fille lorsqu'elle avait refait surface, son odeur à la morgue tandis qu'elle gisait là avec son torse ouvert.

Gaines revit le visage de Powell tandis qu'il extrayait de la boîte le serpent qui se mordait la queue.

Après une brève hésitation, il tira la porte de la cellule derrière lui. Elle demeura entrouverte, déverrouillée, mais Gaines s'assit au bord de la couchette de sorte à n'avoir qu'à se lever et lui bloquer le chemin si Webster tentait de s'enfuir.

Il y eut un moment de silence, puis Gaines prit la parole.

«Donc, vous voulez me parler de Nancy Denton, Michael?»

Webster regardait en direction de la lucarne, de la vague lumière qui filtrait à travers, des particules de poussière qui ne cessaient de danser et de tourbillonner.

«Je ne sais pas quoi dire, shérif, répondit Webster.

– Dites-moi juste ce que vous pouvez... ce que vous voulez...

– Eh bien, tout ce que je sais, c'est que c'est terrible. Le fait qu'elle soit morte, et ce qu'on lui a fait.

– Ce qu'on lui a fait?

– La manière dont elle a été tuée, vous savez? Elle a été étranglée. Elle a été maintenue au sol et étranglée.

– D'accord», dit Gaines.

Il avait été si rongé par le fait qu'on lui avait arraché le cœur qu'il ne s'était pas vraiment rendu compte de ce qu'elle avait dû endurer avant de mourir. Elle avait été étranglée. Quelqu'un – et Michael Webster semblait assurément le principal candidat pour le moment – avait placé ses mains autour de sa gorge pâle et l'avait étouffée. Cette personne avait regardé dans les yeux une adolescente fragile, et n'avait pas lâché avant qu'elle pousse son dernier souffle torturé. 16 ans. Bon Dieu. C'était trop jeune pour mourir.

Gaines éprouva une haine soudaine envers Webster. Une intense indignation s'empara de lui, le sentiment que cette affaire pourrait être résolue ici et maintenant si lui aussi plaçait les mains autour de la gorge de Webster et serrait jusqu'à ce qu'il pousse le dernier souffle de son existence infâme.

Il ferma les yeux un bref instant. Il respira profondément, tenta de retrouver son calme.

« C'est absolument terrible, reprit Webster. Faire une telle chose à une jeune fille. Comment peut-on faire ça, shérif ? »

Webster regarda Gaines.

Gaines ne répondit rien.

« Enfin quoi, on a vu des choses à la guerre, poursuivit Webster. On a vu ce qu'il y a de pire. Des gamins sautant sur des mines. Des gens décapités, des gens frappés à coups de couteau et de machette. Des gens pulvérisés et dispersés à travers les arbres, pas vrai ? On a tout vu et pire encore, mais je ne me souviens pas de grand-chose qui soit comparable à ça... La voir allongée là, sans un mouvement, sans un bruit... »

La voix de Webster se perdit dans le silence.

Gaines avait du mal à comprendre comment quelqu'un pouvait faire une telle chose puis en parler avec autant de détachement. Était-ce le résultat de la guerre ? Était-ce ce que Guadalcanal lui avait légué ? Ce que l'Amérique lui avait légué ? Certainement pas, car Gaines lui-même avait vu ce dont Webster parlait, et pourtant il ne se sentait pas obligé d'étrangler une enfant, de lui arracher le cœur, de profaner son corps de la sorte et de l'enterrer dans la vase. Non, ce n'était pas la guerre, c'était juste l'homme.

« Donc, vous voulez bien me dire comment c'est arrivé, Michael ? »

Webster secoua la tête.

«Je ne veux rien dire.»

Gaines se retourna en entendant la porte s'ouvrir en haut de l'escalier. Hagen arriva avec des sandwichs, des bouteilles de coca. Gaines sortit de la cellule pour les récupérer, puis il revint, posa les sandwichs sur la couchette, tendit une bouteille à Webster, et se mit à manger. Webster l'imita. Aucun des deux ne disait rien. Webster regardait en direction de la lucarne, Gaines regardait ses chaussures, jetant de temps à autre un coup d'œil en direction de l'homme assis à côté de lui.

Lorsqu'ils eurent fini, Gaines prit les bouteilles et les posa près du mur le plus éloigné. Puis il regagna la cellule et se rassit.

«Nous avons vu l'éclair et c'était le fusil, déclara soudain Webster, et alors nous avons entendu le tonnerre et c'était le canon... et alors nous avons entendu la pluie et c'était le sang... et quand nous sommes venus pour la récolte, nous avons récolté des hommes morts...»

Gaines fronça les sourcils.

«C'est Harriet Tubman qui a dit ça, expliqua Webster. Il y avait deux types à la radio en 1967, des types nommés Gragni et Rado, et ils disaient que la conscription, c'était des Blancs qui envoyaient des Noirs se battre contre des Jaunes pour protéger la terre qu'ils avaient volée à des Rouges.» Il sourit. «C'était une guerre différente, mais c'était la même guerre.»

Gaines acquiesça.

«J'ai entendu ça.

– Vous savez ce qu'a dit Hemingway? demanda Webster.

– Non, Mike, qu'est-ce qu'il a dit?

– "Qu'elle soit nécessaire, ou même justifiée, ne croyez jamais que la guerre n'est pas un crime." Voilà ce qu'il a dit.

– D'accord.

– Mais la guerre est la guerre, pas vrai? La guerre, c'est deux groupes de personnes qui savent qu'elles risquent de mourir, mais qui y vont tout de même. Elles y vont parce qu'elles croient en quelque chose, parce qu'elles estiment que cette chose est suffisamment importante pour qu'on se batte pour elle.

– Sauf dans le cas de la conscription.

– Sauf dans le cas de la conscription, convint Webster. Il y a plein de gens qui n'y sont pas allés, qui ont esquivé, qui sont allés au Canada et je ne sais où. Des objecteurs de conscience et tout. »

Webster sourit.

« Mais ce n'est pas le sujet, hein ? Le sujet, c'est que Nancy Denton n'a fait aucune guerre. Elle n'appartenait à aucune armée. Elle ne se battait pour rien, si ce n'est sa propre vie. Et on la lui a quand même prise, pas vrai ? On lui a pris sa vie, et qu'est-ce qu'elle avait fait pour mériter ça ?

– Je ne sais pas, Mike. Pourquoi ne me le dites-vous pas ? »

Webster regarda Gaines d'un air confus.

« Ce qu'elle a fait ? Il ne s'agit pas de ce qu'elle a fait, shérif ; il s'agit de qui elle était. Intelligente, jolie, drôle, gentille. Voilà qui elle était, et c'est pour ça qu'elle a dû mourir. Tout le monde l'aimait, mais cette fois-là, elle a été trop aimée...

– Si vous aimez trop une personne, vous êtes obligé de la tuer ? C'est ça ? Parce que vous ne voulez pas que quelqu'un d'autre l'ait ?

– Allez savoir, shérif. Bon sang, peut-être que l'assassin a fait ça juste pour voir ce que ça faisait d'étrangler une fille comme elle.

– C'est ce qui s'est passé ?

– Eh bien, c'est simplement ce que je pense, répondit Webster. Vous m'avez demandé ce que je pensais et je vous réponds.

– Était-ce une sorte de rituel ? Est-ce pour ça qu'elle a été tuée ? »

Webster fronça les sourcils et sembla un moment contrarié.

« Comment voulez-vous que je le sache ? Vous croyez que si je le savais je ne vous le dirais pas ?

– Je l'ignore, Mike, répondit Gaines. Je ne sais rien sur vous. Vous pourriez être un homme honnête ; vous pourriez être un menteur. Tout ce que je sais, c'est que j'ai une fille de 16 ans qui est morte, et beaucoup de gens qui attendent une explication.

– 16 ans. C'est rien du tout. C'est trop jeune pour mourir, pas vrai, shérif ? dit Webster, faisant écho aux pensées qu'avait eues Gaines quelques instants auparavant.

– Oui, Mike, c'est trop jeune pour mourir. »

Webster siffla entre ses dents.

« 16 ans. Bon Dieu de merde.

– Est-ce que ça change ce que vous éprouvez pour elle ? » demanda Gaines.

Webster resta un moment sans parler. Il regarda en direction de la lucarne, puis se tourna de nouveau vers Gaines.

« Comment ça ?

– Le fait qu'elle avait 16 ans.

– Est-ce que ça aurait fait une différence si elle avait eu 14 ans, ou bien 15 ? Bon Dieu, non, elle n'aurait toujours été qu'une enfant, shérif. Vous croyez que si elle avait eu un ou deux ans de plus, ça n'aurait pas été si terrible ?

– Non, Mike, je ne le crois pas.

– Alors, pourquoi vous me demandez ça ?

– J'essaie simplement de comprendre pourquoi quelqu'un a fait ça à Nancy Denton, c'est tout. J'essaie simplement de comprendre...

– Même chose pour moi. J'essaie également de comprendre. Bon Dieu, pourquoi les gens font des trucs dingues ? Parce qu'ils sont dingues, voilà pourquoi. Pourquoi les gens font la guerre ? Pourquoi ils s'entretuent ? Pourquoi ils se marient, et quand ils en ont assez ils collent une raclée à leur femme et ils la balancent de la bagnole ? Je ne sais pas pourquoi, shérif. Il me semble que vous seriez plus à même de répondre à cette question, vous ne croyez pas ?

– Mike, je ne le comprends pas plus que vous. »

3

Webster sourit avec ironie.

« Alors, si vous ne pigez pas et moi non plus, je dirais qu'on l'a dans l'os. »

Gaines resta silencieux, mais le besoin de savoir était trop grand.

« Dites-moi ce qui s'est passé, Mike.

– C'est pas compliqué. Ça s'est passé à moins de huit cents mètres de chez moi. Elle était là, dans une cabane au bord de la route. Étendue en travers de la porte. Je l'ai prise dans mes bras et ramenée chez moi. J'ai fait ce que j'ai pu, et je l'ai enterrée près du cours d'eau.

– Pourquoi près du cours d'eau, Mike ?

– C'est ce que mon ami m'a dit de faire.

– Votre ami ? Quel ami ?

– Un ami que j'avais à l'époque. Son nom était Al Warren.

– Était ? »

Webster secoua la tête.

« Il n'est pas revenu. Il est mort là-bas. Il était comme un frère pour moi. C'est difficile à expliquer, mais quand vous êtes dans la même unité, quand vous vous battez ensemble, quand vous vous protégez mutuellement jour après jour, il se produit quelque chose. On devient plus que frères, vous savez ? C'est presque spirituel. C'était l'homme le plus intelligent que j'aie jamais connu. Non, pas le plus intelligent, le plus sage. C'était une espèce de bouddhiste ou je ne sais quoi. Du genre religieux, mais il n'allait pas à l'église et ne disait pas de prières ni rien. Il croyait vraiment, comme s'il avait une mission à accomplir. Une mission de vérité, vous voyez ?

– Je ne comprends pas, Michael. Votre ami à la guerre vous a dit d'enterrer Nancy Denton au bord de la rivière ?

– Il m'a dit beaucoup de choses, shérif. Il m'a parlé de la magie. Il m'a dit en qui faire confiance ou non. C'est à cause de lui que j'ai conclu le pacte, et ce pacte m'a mené jusqu'ici. Je savais que ça se produirait, je savais qu'il y aurait un châtiment. Je ne savais simplement pas quand.

– Un châtiment?

– Parce que je m'en étais tiré. Parce que j'avais survécu alors que tous les hommes autour de moi, tous ceux que je connaissais, avaient été réduits en bouillie. C'est pour ça que j'ai conclu le pacte, et pour me prouver que le pacte était valide, cette chose s'est produite en 1952, et tout a recommencé comme avant. C'est à ce moment que les gens se sont mis à m'appeler l'homme le plus chanceux de la Terre. »

Webster secoua la tête avec résignation, puis il sembla regarder à travers Gaines, comme s'il n'était pas là.

« Ils ne comprenaient pas que j'étais déjà mort. Que j'étais mort depuis le moment où j'avais conclu le pacte.

– Je ne comprends pas, Michael. Quel pacte? Quel châtiment? Qu'est-ce qui s'est passé en 1952? »

Michael secoua la tête.

« Ça n'a plus d'importance, maintenant, hein? Elle est partie. Elle est morte. Elle ne reviendra pas. Quoi que j'aie fait pour l'aider après sa mort, ça compte pour que dalle, pas vrai? »

Webster se retourna et fixa Gaines du regard. Cette fois, Gaines eut l'impression que Mike le voyait. Ses yeux étaient pleins de larmes, sa peau était pâle, et une fine pellicule de sueur lui recouvrait le front. Il semblait malade, bouleversé, agité.

« J'essayais juste de faire ce que je pouvais pour la sortir de là. J'ai lu des trucs par la suite, vous savez? J'ai essayé de comprendre ce que j'avais fait. De comprendre le pacte que j'avais conclu pour savoir s'il y avait un moyen d'en sortir. Eh bien, j'ai découvert une chose. On ne peut pas se sortir d'un tel pacte. J'ai grandi en Louisiane, à Bâton-Rouge, et j'ai saisi ce que Al disait, parce que lui aussi était de Louisiane, et plus tard, après coup, j'ai tout lu sur la magie, et j'ai compris qu'elle devait comporter une part de vérité. C'est comme ça quand on grandit là-bas... »

Gaines entendait ses paroles, des paroles qu'il avait déjà entendues, et les souvenirs lui revinrent, des images de son enfance, de choses qu'il avait vues, et il comprit de quoi parlait Webster.

« Mais quand elle n'est pas revenue, j'ai pensé que c'était à cause du pacte que j'avais conclu. Alors, je me suis dit que je devais simplement être patient et n'en parler à personne, parce que si j'en parlais, ça ne fonctionnerait jamais... »

Il secoua la tête, baissa le menton vers sa poitrine, et Gaines crut un instant qu'il pleurait de nouveau.

Lorsqu'il se remit à parler, sa voix était à peine plus qu'un murmure.

« Mais ça n'a pas fonctionné, pas vrai ? Elle n'est pas revenue. Vous l'avez découverte après tout ce temps, et maintenant, tout ce que je peux espérer, c'est qu'elle a réussi à aller de l'autre côté et qu'elle est à l'abri, quelque part où elle ne souffre plus... »

Mais elle est revenue, pensa Gaines, parfaitement préservée, exactement comme elle était il y a vingt ans.

« Pourquoi, Mike ? demanda-t-il. Pourquoi lui avez-vous fait ça après l'avoir tuée d'une façon si brutale ? »

Webster ouvrit de grands yeux.

« Pardon ? demanda-t-il d'un ton incrédule. Qu'est-ce que vous racontez ? Je ne l'ai pas tuée. C'est ce que vous croyez ? Doux Jésus, non, je ne l'ai pas tuée. Je l'ai retrouvée morte, shérif... Je l'ai retrouvée morte en travers de la porte d'une cabane au bord de la route, et j'ai juste essayé de l'aider du mieux que je pouvais... »

aines en avait assez entendu. Il savait qu'il avait affaire à un cinglé, et même si Webster avait réussi à toucher la corde sensible, tout ça n'était que délire et folie. Gaines ne voulait plus l'interroger tant qu'un avocat ne serait pas arrivé et qu'ils ne pourraient pas enregistrer leur conversation sur bande. Il avait néanmoins posé à Webster une dernière question, concernant l'endroit où il avait trouvé Nancy Denton. Où il *prétendait* l'avoir trouvée. La soi-disant cabane se trouvait à environ huit cents mètres du motel où vivait Webster. Gaines s'y rendit avec Hagen. Il se tint au bord de la route et tenta de s'imaginer ce qui s'était passé vingt ans plus tôt. Si une cabane s'était trouvée à cet endroit, elle avait depuis longtemps disparu. Peut-être que s'ils arrachaient les broussailles, ils en retrouveraient la trace, mais Gaines n'avait aucune intention de le faire.

Ils se rendirent ensuite à Bogalusa, pour apprendre que le shérif Graydon McCarthy était de repos. Après avoir posé quelques questions, ils le trouvèrent dans un bar à Wintergreen. Il était assis dans un coin avec un autre homme. Tous deux regardaient un orchestre en train de répéter. Sur le mur au-dessus de leur tête, une pancarte disait :

La maison fait crédit
*Termes et conditions en vigueur**
**Dépôt de 1 000 $ exigé*

« Je ne pensais pas vous revoir de sitôt, déclara McCarthy.

– On dirait qu'on tient peut-être notre homme, répondit Gaines.

– Ravi de l'entendre.

– J'ai besoin de coordonner les choses avec vous.

– Je comprends, shérif, dit McCarthy, mais je vous présente mon frère, qui est venu de Hattiesburg pour écouter un peu de musique avec moi. On ne se voit pas souvent, ces temps-ci, mais on aime bien un peu de country.» McCarthy désigna l'orchestre de la tête. «Cette bande d'imbéciles est en train de massacrer quelques classiques, mais Mary May Coates doit arriver, et c'est une ancienne vedette, une sacrée chanteuse.» McCarthy sourit.

«Vous pourriez rester boire un verre avec nous, histoire de causer un peu, et on pourrait s'occuper de ce bazar demain matin.

– Merci, shérif McCarthy, mais je dois rentrer. Tout ce qu'il me faut, c'est votre accord pour que je prenne cette affaire. Le type que nous tenons vit dans ce motel dont vous avez parlé, ce qui signifie donc que son arrestation relève de la juridiction du comté de Travis. Néanmoins, la fille était de Whytesburg, et sa mère y habite toujours, ce qui signifie que son meurtre relève de la juridiction du comté de Breed. Je veux m'occuper de cette affaire, shérif, mais je risque de passer mon temps à venir dans votre comté pour effectuer diverses vérifications et mettre mon nez dans les affaires des gens, si vous voyez ce que je veux dire.»

McCarthy posa son verre. Il se pencha en avant, posa les mains à plat sur la table. Il arborait une expression sérieuse, presque menaçante.

«Vous dites que vous voulez me dessaisir d'une affaire de meurtre? Que vous voulez transférer un dossier de Travis à Whytesburg et me laisser sans rien à faire?

– Sans vouloir vous manquer de respect, shérif...»

McCarthy fit un large sourire.

«Bon sang, gamin, je vous fais juste marcher. Vous pouvez prendre autant de dossiers de Travis que vous voulez, et quand vous en aurez fini avec ceux-là, vous pourrez revenir en chercher d'autres.»

Gaines acquiesça.

« Merci, shérif. » Il se leva, tendit la main en direction du frère de McCarthy. « Ravi de vous avoir rencontré, monsieur. » Ils se serrèrent la main. « Shérif... » ajouta Gaines en touchant le bord de son chapeau.

Il sortit, trouva Hagen qui se tenait près de la voiture et observait une femme obèse qui portait la panoplie parfaite de la chanteuse de country – diamants en toc, bottes en cuir bordeaux qui lui montaient jusqu'aux genoux, une montagne de boucles blondes – en train de s'extirper d'un break.

« Madame Mary May Coates », je suppose, dit Gaines.

La femme se retourna, lui fit un sourire radieux.

« Je crois que vous aurez droit à une foule enthousiaste, ce soir, madame.

– Oh, mon chou, c'est très gentil de votre part », roucoula-t-elle.

Gaines grimpa dans la voiture, Hagen en fit le tour et monta du côté passager. Ils démarrèrent sur les chapeaux de roues, laissant derrière eux un large arc dans le gravier de la cour.

« Il est d'accord ? demanda Hagen.

– L'affaire est à nous, répondit Gaines. Pas parce qu'il n'en veut pas, mais principalement parce que nous la voulons. »

De retour au commissariat de Whytesburg, Gaines descendit voir Webster. Celui-ci dormait, ronflant légèrement, avec sur le visage une expression parfaitement sereine.

Gaines le réveilla.

Webster se frotta les yeux, s'assit, s'étira la nuque.

« Mike, je dois être bien sûr de ce que vous m'avez dit. Vous affirmez avoir trouvé Nancy Denton morte dans une cabane au bord de la route ?

– Oui, acquiesça Webster.

– Et ce qui lui a été fait... avant de l'enterrer.

– J'ai juste fait ce que j'avais à faire, répondit Webster. Pour l'aider à revenir, vous savez ? Juste pour l'aider à revenir.

– Et elle était déjà morte ? C'est ce que vous affirmez ? »

Webster sembla vexé.

« Je n'en reviens pas que vous puissiez me croire capable d'avoir tué Nancy... »

Gaines resta un moment silencieux – appréciant ce qu'il venait d'entendre, tentant de ne pas se représenter cet homme transpirant au-dessus du corps de Nancy Denton, lui coupant la poitrine au prix d'un effort immense, lui arrachant le cœur... quant au serpent, il ne voulait même pas y penser.

« J'ai besoin de jeter un coup d'œil chez vous, Mike. Je peux perdre une journée à obtenir un mandat, ou vous pouvez m'accorder la permission d'aller voir chez vous.

– Allez-y, dit Webster. Je n'ai rien à cacher.

– Vous signerez un document à cet effet, pour attester que vous m'autorisez à fouiller chez vous, dans vos affaires et tout ?

– Bien sûr.

– Parfait, dit Gaines, et il se retourna pour repartir.

– Shérif ? »

Gaines hésita, se tourna de nouveau vers Webster.

« Quand vous aurez fini de fouiller chez moi, est-ce que je pourrai voir Nancy ? »

Gaines ne répondit pas. Il prit une profonde inspiration. Expira lentement. Puis il marcha aussi vite que possible jusqu'à l'escalier et quitta le sous-sol.

19

Comme l'avait dit Graydon McCarthy, le motel appartenait à un certain Harvey Blackburn. Gaines le trouva
facilement, encore une fois dans le bar le plus proche,
et il lui expliqua la situation concernant Webster.

Blackburn était un ivrogne. Il était soûl quand Gaines le
trouva, et il serait soûl pour le restant de la soirée. La première
impression de Gaines fut que ce type était un escroc. D'une
manière ou d'une autre, il était entré en possession du motel
– une douzaine de cabines délabrées disposées en demi-cercle,
une enseigne au néon hors service dans l'allée centrale, un
petit bureau sur la droite. C'était le genre d'endroit qui avait
connu son heure de gloire au milieu des années cinquante.
Une étape simple et propre pour les voyageurs qui allaient
vers La Nouvelle-Orléans au sud, ou vers Jackson au nord,
ou peut-être même Memphis. Il avait dû y avoir un règlement intérieur, une liasse de pages avec un trou perforé dans
le coin supérieur gauche, accrochée à un clou derrière la
porte de chaque cabine. *Interdiction de fumer au lit. Ne pas
laisser de lait dans la chambre en partant. Pas de musique.
Interdiction de danser. Interdiction de parler fort après
21 heures.* Et ainsi de suite, article après article, jusqu'à ce
qu'il ne reste plus grand-chose à faire à part rester planté en
silence dans le coin de la pièce avec sa valise non ouverte près
de la porte, ses pieds chaussés enveloppés dans des sacs en plastique pour éviter de laisser des taches sur la moquette ou des
traces sur les plinthes.

Désormais, Blackburn faisait payer à l'heure, à la journée, à la semaine, à l'année, comme ça vous arrangeait. Il s'adaptait à tout le monde.

Gaines savait que, quoi que lui dise Blackburn, il y aurait toujours une autre histoire cachée sous la surface. Et il se demandait comment un homme aussi petit pouvait porter en lui autant de secrets.

Il lui expliqua que la cabine de Webster était une scène de crime et devait être traitée comme telle. Que personne ne devait y entrer, pas même Blackburn, et que lui – le shérif Gaines de Whytesburg – serait responsable de toutes les questions relatives à l'enquête.

Il demanda à Blackburn depuis combien de temps Webster vivait là.

« Un an, répondit l'homme. Peut-être un an et demi. »

Gaines n'attendit pas que Blackburn lui pose des questions, et Blackburn ne semblait de toute manière pas en avoir. C'était manifestement un homme qui avait l'habitude de garder la bouche bien fermée, de crainte que la vérité ne s'en échappe par inadvertance.

Gaines demanda à Hagen d'appeler le commissariat pour que Lyle Chantry et Forrest Dalton les rejoignent. Chaque résident du motel devait être interrogé, leurs coordonnées devaient être prises. Gaines voulait surtout savoir si l'un d'eux était au courant. Webster avait-il raconté à quelqu'un ce qui s'était passé vingt ans plus tôt ?

Chantry et Dalton arrivèrent. Gaines les chargea d'interroger les voisins et de collecter les informations qu'ils pourraient glaner sur Webster, sur ses allées et venues depuis qu'il résidait au motel. Lester Cobb avait affirmé que Webster était régulièrement en amont de la rivière, mais avait-il été vu à proximité du cadavre enterré ? Avait-il l'habitude de retourner sur les lieux du crime ?

Hagen produisit l'autorisation.

« J'ai tapé ça, dit-il. Faites-le signer par Webster dès que possible. »

Gaines lut le document, le plia et l'enfonça dans sa poche, puis, après avoir établi un plan d'action avec Hagen et les agents, il se prépara pour la tâche qui l'attendait : la fouille de la cabine du lieutenant Michael Webster.

Une fois encore, il se couvrit le visage, et pénétra dans la première pièce. Elle était sombre, troublante, et empestait la viande pourrie.

Gaines alluma les lumières, et ce n'est qu'alors – à la lueur vive de deux ampoules sans abat-jour – qu'il se rendit compte du degré de crasse et du chaos environnant. On dit que l'endroit où quelqu'un vit est à l'image de son état d'esprit. Le logement de Gaines était quelque peu austère, avec un manque évident de touches personnelles, mais il vivait avec sa mère, s'occupait d'elle chez lui, et il avait donc aménagé les lieux en pensant à elle et à son confort. Quand elle mourrait, *si* elle mourrait un jour, alors les affaires d'Alice partiraient. Gaines ne voudrait pas vivre avec des rappels constants de sa présence. Et alors, la maison serait vide et il devrait repartir de zéro.

Mais ici ? Ici, ça dépassait l'entendement. Dans la pénombre de la pièce non éclairée, durant les quelques minutes au cours desquelles il avait pour la première fois discuté avec Webster, son attention avait été centrée sur son interlocuteur. Mais maintenant que Webster n'était pas là et que la pièce était éclairée, Gaines comprenait pourquoi il flottait dans l'air une puanteur insupportable. Sur la droite se trouvait une petite kitchenette avec une zone pour prendre les repas, et c'était là qu'était concentrée la majorité des déchets. Boîtes de nourriture à emporter, une tourte à moitié mangée, sacs-poubelle débordant d'ordures moisies, assiettes sales, vêtements crasseux, une pile de revues porno, chaussures, boîtes de munitions, trois armes de poing, une cartouchière rouillée, sacs de couchage, une valise pleine de 45 tours dont bon nombre étaient cassés. Parmi ce capharnaüm se trouvaient des cendriers où s'entassaient des mégots de joints, deux sacs en plastique remplis d'herbe, des bouts de papier tirebouchonnés qui renfermaient du sulfate d'amphétamine. Gaines trouva alors un sac d'épicerie rempli de flacons de médicaments sur ordonnance, la plupart portant un nom qui n'était pas celui de Webster. Stimulants, tranquillisants, une véritable pharmacie, de quoi concocter un cocktail qui aurait tué n'importe quel homme de constitution normale. Webster arrivait à se tenir debout, à parler, à agir, mais son esprit, son imagination, sa capacité de raisonnement devaient être complètement foutus.

Gaines trouva un tas de vêtements dans un coin de la pièce. Avec la pointe de son stylo, il souleva un pantalon et vit une épaisse trace de boue séchée qui montait jusqu'aux genoux. Il eut un haut-le-cœur, et sa gorge se serra tandis qu'il essayait de ne pas vomir, de ne pas laisser ses entrailles se vider. Il parvint à se retenir.

Il laissa tomber le pantalon, retourna chercher quelques sacs dans la voiture et en rapporta également une paire de gants. Précautionneusement, prenant bien soin que la boue séchée ne se détache pas, il plaça le pantalon, une chemise et une paire de bottes dans un sac. Si cette boue était la même que celle au bord de la rivière, alors ça corroborerait la déclaration de Cobb, qui prétendait avoir vu Webster là-bas. Bien entendu, ça ne signifiait pas grand-chose. Webster aimait chercher des serpents, alors il allait se promener au bord de la rivière de temps à autre. Gaines savait qu'il ne cherchait rien qu'une petite certitude parmi l'océan d'incertitudes auquel il était confronté. Il plaça les sacs dans le coffre de sa voiture, puis prit quelques instants pour respirer profondément, remettre de l'ordre dans ses idées, se calmer avant de reprendre ses recherches.

Il se tint un moment immobile, presque comme s'il espérait devenir insensible à la puanteur. Il n'y parvint pas, et il ne le voulait pas ; il savait qu'il ne faisait que repousser l'inévitable.

Il se fraya un chemin à travers les ordures jusqu'au fond de la pièce, où se trouvaient les cartons qu'il avait vus empilés derrière Webster. Il y en avait une bonne demi-douzaine. Il souleva le premier et commença à fouiller à l'intérieur. Au début, Gaines eut l'impression qu'il ne contenait rien qu'une montagne de coupures de presse collectionnées au hasard. Mais bientôt, un motif apparut. Incendies, bâtiments effondrés, catastrophes minières, inondations, ouragans, typhons, navires perdus en mer, accidents de voiture, déraillements de train, ponts écroulés dans des gorges et des rivières, feux de forêts, accidents agricoles, explosions, et ainsi de suite. À la fois des catastrophes naturelles et des désastres provoqués par l'homme. Le dénominateur commun – qui apparaissait parfois clairement sur les photos représentant des individus extraits des ruines de quelque bâtiment, ou qui, à d'autres moments, ne devenait évident qu'après plusieurs paragraphes –, c'était les survivants. Parfois un, parfois deux ou trois, mais toujours en petit nombre, comparé aux victimes qui avaient péri. Et les coupures avaient été prélevées dans des journaux non seulement locaux, mais aussi nationaux, allant du *Los Angeles Times* et du *Washington Post* au *Boise City News* et au *Charleston Post and Courier*. Les cartons étaient datés par années consécutives, et couvraient la période depuis Noël 1945 jusqu'à aujourd'hui. Gaines compta six cartons, chaque carton couvrant cinq années. Le dernier, entamé en 1970, était toujours incomplet. À défaut d'autre chose, Webster était un maniaque de l'organisation. Il avait systématiquement souligné le nombre de survivants, et quand leur nom était mentionné, il l'avait également souligné.

Ce que ça signifiait, Gaines n'en avait pas la moindre idée, mais ça devait avoir un sens.

Et soudain, il comprit. Webster avait fait référence à sa section à Guadalcanal.

Le 3 novembre, j'étais dans une tranchée avec ma section. On était plus que neuf, terrés en attendant que ça passe, et ils nous ont frappés directement. Huit morts, un survivant.

Et après ça, il avait évoqué un pacte qu'il avait conclu. Puis quelque chose s'était produit en 1952, et on avait commencé à l'appeler l'homme le plus chanceux de la Terre. Qui ça, « on » ? Les gens en général, ou des personnes spécifiques ?

Il avait également ajouté qu'il était déjà mort, qu'il était mort à l'instant où il avait conclu le pacte.

C'était quoi, ce pacte ? Un marché qui lui avait permis de survivre à la guerre ? Et conclu avec qui ? Un tel pacte ne devait exister que dans l'esprit dérangé de Webster. Pensait-il avoir passé avec quelque force divine et obscure un marché grâce auquel il avait survécu à Guadalcanal pendant que tous les autres membres de sa section étaient tués ? Et c'était quoi, cet événement en 1952 ? Avait-il assassiné Nancy Denton et effectué sur elle quelque rituel bizarre pour se racheter d'avoir eu la vie sauve ? Était-ce là ce que Michael Webster croyait ?

Gaines avait encore moins de certitudes que quand il avait quitté le commissariat. Il commença à replacer les coupures de presse là où il les avait prises, et c'est alors qu'il trouva une bible. Elle était cabossée, cornée, le cuir était craquelé par endroits. Elle semblait non seulement vieille, mais aussi négligée. En la feuilletant à la recherche de signets ou d'encarts – il n'en trouva aucun –, il remarqua quelques passages soulignés. À l'intérieur de la couverture, une note avait été griffonnée : *Ceci m'a aidé. E.* Qui était E ? Peut-être un copain de bataillon, ou alors quelqu'un du département des anciens combattants. Pour le moment, ça n'avait pas grande importance. Tandis que Gaines rempilait les cartons, il tomba sur un album photo. Il était posé là, contre la plinthe, et il avait failli ne pas le voir. Il l'ouvrit, avec l'espoir soudain d'y trouver quelque chose de plus solide que de simples soupçons et les divagations d'un cinglé pour relier Michael Webster à Nancy Denton.

Sur les photos, elle était débordante de vie. Elle semblait toujours sourire, et quand elle ne souriait pas, elle riait. Il y avait des photos d'elle avec trois ou quatre autres camarades, toujours les mêmes visages qui apparaissaient régulièrement. Le lieutenant Michael Webster était aussi présent, parfois en tenue civile, parfois en uniforme, et il ne faisait aucun doute qu'il y avait beaucoup de familiarité et d'affection entre l'assassin Webster et sa victime Nancy. Plus de quatre-vingts pour cent des meurtres n'étaient-ils pas commis par des gens qui connaissaient leur victime ? Les autres personnes qui revenaient constamment étaient une fille qui semblait avoir un an ou deux de moins que Nancy, deux jeunes hommes qui se ressemblaient suffisamment pour être apparentés, et, de temps à autre, une fille beaucoup plus jeune. Une bande d'amis d'enfance, manifestement, qui regardaient Gaines depuis les clichés monochromes d'un temps révolu, et il se demanda ce qui s'était vraiment passé ce soir d'août 1954 au cours duquel Nancy Denton était morte.

Gaines porta l'album et la bible à la voiture. Il les plaça dans le coffre. Puis, il ferma à clé la cabine de Webster et retourna au commissariat.

Une fois arrivé, il demanda à Hagen de tout ranger dans la réserve où ils conservaient les pièces à conviction, qui n'était guère plus qu'un réduit muni d'une serrure. Mais c'était suffisant, car ils n'avaient que très rarement besoin de mettre à l'abri des objets importants ou de valeur.

Gaines appela ensuite Dalton au motel.

« Vous avez du neuf ? demanda-t-il.

– Pas grand-chose, shérif. Ils disent tous la même chose. Un type discret. Pas très sociable. Ils le voyaient rarement. Plutôt inquiétant. À part ça, rien.

– Je m'en doutais. Finissez là-bas, puis revenez ici. »

Il y eut un moment de silence.

« Qu'est-ce qu'il y a, Forrest ?

– J'espérais qu'on en aurait fini pour la journée. Nous avons déjà fait deux heures supplémentaires, shérif...

– J'ai une gamine de 16 ans sur les bras, agent Dalton. 16 ans. Je me fous que ça se soit passé il y a vingt ans. J'ai un dingo au

20

Gaines alla voir Webster au sous-sol. Il le trouva sur la couchette. Devant la porte était posée une assiette contenant deux côtes de porc frites avec du riz et des haricots. Webster n'y avait pas touché.

Gaines reconnut l'expression sur le visage de Webster. Il avait le regard perdu dans le vide. D'après ce que Gaines avait vu à l'hôpital des anciens combattants, tous les vétérans avaient cette expression hébétée à un moment ou à un autre – ça arrivait de temps en temps, peut-être une fois par semaine, puis de plus en plus rarement à mesure que les mois s'écoulaient. Mais Webster semblait l'avoir presque constamment. Une fois encore, c'était comme s'il regardait *à travers* Gaines, et il le faisait avec une telle intensité que Gaines avait l'impression de ne pas exister. Si Webster avait tendu la main à cet instant, Gaines était certain que ses doigts seraient passés à travers lui.

« Michael ? » dit Gaines.

Un léger sourire passa sur les lèvres de Webster.

Gaines avait également déjà vu ce sourire – le sourire hanté et coupable du survivant – à l'hôpital des anciens combattants de Jackson, dans le silence embarrassé du centre de démobilisation, tandis que les hommes qui avaient accompli leur mission laissaient la guerre derrière eux et tentaient de réintégrer un monde qu'ils ne comprenaient plus et ne comprendraient plus jamais. Mais au-dessus de ce sourire, il y avait leurs yeux. Des gamins de 19 ou 20 ans, avec dans le regard une expression qu'ils étaient beaucoup trop jeunes pour avoir. Peut-être croyaient-ils toujours qu'ils ne s'en tireraient pas, que la vie pouvait leur être ôtée d'un instant à l'autre. Alors, ils préféraient arborer ce genre de masque tant qu'ils en avaient encore la possibilité, un mélange de cynisme, d'amertume, de dégoût, de lassitude, de dureté, qui ne leur servirait à rien dans leur nouvelle vie.

Voilà à quoi ressemblait Webster. Et Gaines aussi, mais il savait qu'il continuait de lutter, et qu'un jour il parviendrait peut-être à s'en défaire.

« Shérif, dit Webster.

– Mike... J'ai besoin que vous me disiez ce que vous avez fait de son cœur. »

Webster ferma les yeux, les rouvrit, presque au ralenti.

« Je l'ai mis dans une boîte, shérif. Une boîte qui résisterait aux racines, aux animaux, à la foudre, à la pluie. C'était ce qu'il fallait faire. À quatre mètres à l'est et douze au nord de l'endroit où le corps a été planté...

– Planté ?

– Si vous voulez que quelque chose pousse, il faut bien le planter, non ? »

Gaines resta un moment silencieux.

« Vous avez mis son cœur dans une boîte ?

– Oui.

– Quel genre de boîte, Mike ?

– J'ai utilisé une solide boîte en métal qui appartenait à mon père. Je l'ai vidée des clous et des vis qu'elle contenait, j'ai enveloppé le cœur de Nancy dans un tissu que j'ai fermement noué, puis j'ai enterré la boîte, comme j'ai dit.

– Quatre mètres à l'est et douze au nord de l'endroit où vous avez enterré le corps.

– Exact. »

Gaines se retourna et marcha jusqu'au pied de l'escalier, puis il regarda derrière lui en direction de Webster. Il avait de nouveau cette expression hébétée – le regard perdu dans un monde qui n'existait que derrière ses yeux sombres et absents.

De retour au rez-de-chaussée, il demanda à Hagen de charger la voiture avec autant de lampes torches qu'il pourrait trouver. « Et prenez des tréteaux, du cordon de sécurité, et aussi de la corde. » Hagen s'exécuta sans chercher à savoir à quoi ça servirait. Peut-être avait-il accepté le fait qu'à partir de maintenant les choses ne feraient probablement qu'aller de mal en pis.

Gaines demanda à Barbara Jacobs s'il y avait des messages, apprit qu'il n'y en avait pas, puis se dirigea vers la sortie. Il n'aurait su dire ce qui l'alerta, mais avant même d'avoir atteint la réception, il sut que des ennuis étaient arrivés.

Il s'était attendu à l'inévitable apparition de l'ancien shérif adjoint Eddie Holland, accompagné de son acolyte, Nate Ross, un ancien ténor du barreau de la région qui n'était désormais plus qu'un retraité avec beaucoup trop de temps libre et d'argent. Même quand il travaillait sous les ordres de Don Bicklow, Holland avait l'esprit de contradiction, toujours à prendre le contre-pied des autres, exprimant parfois des opinions simplement parce qu'elles allaient à l'encontre du consensus. Désagréable juste pour le plaisir d'être désagréable. À bien y réfléchir, c'était une sorte d'emmerdeur. Cependant, il avait semblé s'adoucir avec l'âge, et même s'il passait beaucoup trop de temps à se mêler des affaires des autres, Gaines ne le trouvait pas antipathique. À vrai dire, il ne trouvait ni l'un ni l'autre antipathique, même s'ils avaient toujours beaucoup trop de choses à dire quand lui n'avait pas le temps d'écouter. Ross avait été un avocat à succès, d'abord à l'assistance judiciaire, puis à la tête de son cabinet, avant de finir procureur d'État. Peut-être qu'il était fatigué d'écouter les mensonges et les conneries de ses clients et qu'il avait décidé qu'ils seraient mieux en prison. Une fois à la retraite, il s'était mis en quête d'un endroit où noyer son chagrin et apaiser son ennui. Il avait auparavant vécu dans une splendide maison à Hattiesburg, mais sa femme était morte, et les trois enfants qu'ils avaient entretenus jusqu'à l'âge adulte n'éprouvaient apparemment nul besoin de lui rendre visite maintenant qu'elle n'était plus là. Ross avait erré dans les couloirs vides et les pièces plus vides encore pendant quelques mois, puis il avait vendu la maison pour trois fois le prix qu'il l'avait payée. Les nouvelles fortunes du Nord voulaient s'offrir le luxe et le style du Sud, et un nabab de la papeterie et des fournitures de bureau avait mis la main sur la demeure de Ross. La rumeur prétendait que Ross lui-même se l'était achetée avec de l'argent gagné en engageant des poursuites contre des Noirs pour des délits imaginaires ou commis par des Blancs. Gaines l'avait vue, un jour, et on aurait dit une pièce montée. C'est ainsi que Nate Ross était arrivé à Whytesburg à l'automne 1970, tout juste quelques mois après que Gaines avait passé son diplôme à Vicksburg et accepté le poste dans le comté de Breed. Le chagrin que Ross essayait de noyer n'était pas mort. Il était encore bien vivant en lui. Mais il l'arrosait constamment de bon alcool fort dans l'espoir qu'il se réveillerait plus heureux le lendemain.

Holland et Ross étaient rarement l'un sans l'autre. Ils étaient tous les deux veufs, tous les deux seuls, et s'intéressaient tous les deux beaucoup trop aux affaires des autres. L'ancien flic et l'ancien avocat, bien décidés à mettre leur nez dans ce qui ne les regardait pas, avaient d'une manière ou d'une autre appris pour Webster. Et ils étaient venus voir ce qui se passait.

« Nate, dit Gaines, et Ed. Eh bien, quel grand plaisir de vous voir tous les deux. »

Ross était à trois bons mètres de Gaines, mais Gaines perçut l'odeur d'alcool qu'il dégageait.

« Vous foutez pas de notre gueule, shérif, répliqua Holland avec un large sourire. Nous sommes les dernières personnes au monde que vous voulez voir, et je ne parle pas simplement de ce soir. »

Gaines resta immobile. Il compta mentalement jusqu'à dix.
Un.

« Il semblerait qu'il y ait un souci... » déclara Ross.

Deux, trois.

« Un petit souci, ne diriez-vous pas ? »

Quatre, cinq.

« Il me semble qu'il est de notre responsabilité de nous assurer que tout... »

Six, sept.

« ... est fait dans les règles de l'art. »

Huit, neuf.

« On ne voudrait pas que vous foutiez en l'air une affaire aussi importante que celle-ci, n'est-ce pas, shérif ? »

Dix.

« Nous avons les choses en main, messieurs, répondit Gaines. La situation est sous contrôle.

– En êtes-vous sûr ? demanda Holland. Pour autant que je me souvienne, je ne crois pas que Whytesburg ait déjà connu une telle affaire... pas simplement un meurtre, mais une jeune fille massacrée.

– Allons, où avez-vous entendu ça ? » demanda Gaines. Mais il savait pertinemment que Victor Powell avait dû en parler à sa femme, qui avait dû en parler à ses amies, et qu'avant midi la moitié de la population de Whytesburg devait être parfaitement au courant de ce qui se passait. « Honnêtement, poursuivit-il, je ne crois pas qu'il y ait deux personnes plus avisées et responsables que vous dans cette ville, et j'aurais cru qu'avec votre sens des responsabilités – vous, Ed, avec votre expérience dans la police, et vous, Nate, avec vos connaissances et votre sagesse en matière de droit – vous comprendriez que la prudence est de mise. »

Ni Holland ni Ross ne prononcèrent un mot. Ils se regardèrent, puis se tournèrent de nouveau vers Gaines.

« Si je ne peux pas vous faire confiance pour faire preuve de confidentialité et de discrétion, alors à qui puis-je faire confiance ? Une ville comme Whytesburg compte sur ses aînés pour préserver l'ordre, pour faire en sorte que la rumeur ne se propage pas à tort et à travers. »

Une fois de plus, Holland regarda Ross, qui lui retourna son regard.

« Bon, je sais que vous n'étiez pas adjoint quand la jeune Denton a disparu, Ed, et quant à vous, Nate... eh bien, vous travailliez dans votre cabinet à Hattiesburg, pour autant que je sache. Vous ne connaissez probablement pas les circonstances de sa disparition, et Don Bicklow et George Austin sont morts depuis longtemps. Je me retrouve donc à devoir questionner ceux qui *étaient* ici et ceux qui *étaient* impliqués. Et comme ce n'est pas votre cas, je ne crois pas pouvoir vous demander quoi que ce soit, si ce n'est vous rappeler que votre devoir est de montrer le bon exemple. Je vous parlerai à tous les deux, car je pense que vous connaissez peut-être des détails précieux pour cette affaire, mais pas ce soir. Pour le moment, j'ai des choses urgentes qui m'attendent. Je sais que vous comprenez tous deux beaucoup mieux que n'importe qui la situation à laquelle je fais face, peut-être même mieux que moi. Je suis le shérif, et je dois m'occuper de cette affaire, mais je veux être certain de pouvoir compter sur votre assistance et vos conseils en cas de besoin.

– Bien entendu, shérif, laissa échapper Holland, peut-être pris de court par la confiance que lui témoignait Gaines.

– Évidemment, ajouta Ross. Cela va sans dire.

– Eh bien, vous m'en voyez soulagé, déclara Gaines, et il leur serra la main. Bon, je dois vraiment insister sur le besoin de préserver un certain ordre en ville, messieurs. Je sais parfaitement que les gens d'ici attachent une grande valeur à votre opinion, et je veux que vous fassiez preuve d'autant de sagesse que possible. Cette affaire doit rester locale, d'accord ? Faisons en sorte que ce problème reste à Whytesburg. Je suis sûr qu'avec vous deux à mes côtés nous serons tout à fait en mesure de le régler. Nous ne voudrions pas que le pays entier débarque ici pour lyncher quelqu'un, n'est-ce pas ? »

Gaines n'attendit pas de réponse. Il serra avec assurance l'épaule de Ross, puis quitta le bâtiment.

Lorsqu'il regarda derrière lui, ils étaient toujours plantés là, comme s'ils ne savaient plus où ils habitaient, et Gaines sourit intérieurement.

Parfois, la seule manière de traiter avec Ross et Holland était de leur accorder l'importance qu'ils croyaient sincèrement mériter. Mais en vérité, il ne leur accordait sans doute pas plus d'importance que ce qu'ils méritaient *vraiment*. C'étaient de braves gens, des types habitués à bosser dur et à agir, et la retraite n'était pas faite pour ce genre d'individus.

Hagen rejoignit Gaines. Il avait mis dans le coffre tout ce que le shérif lui avait demandé.

« On va où ? demanda Hagen.

– On retourne où on a trouvé le corps.

– Qu'est-ce qu'on cherche ?

– Son cœur, Richard. On cherche son cœur. »

Hagen dévisagea Gaines.

« J'ai l'impression que je vais passer la semaine à regarder la tête de gens qui ne veulent pas croire ce que je dis », observa Gaines.

Hagen, écarquillant de grands yeux, se contenta d'acquiescer. Il ouvrit la portière du côté conducteur et grimpa dans la voiture.

Gaines monta du côté passager, la voiture démarra, et ni l'un ni l'autre ne parlèrent pendant dix bonnes minutes.

« Vous lui avez fait signer l'autorisation ? demanda finalement Hagen.

– Oh merde, j'ai oublié », répondit Gaines.

Il enfonça la main dans sa poche et trouva le document que Hagen lui avait donné.

« Il faut qu'il le signe, John.

– Dès mon retour », répondit Gaines.

Le silence emplit de nouveau la voiture.

Gaines ne savait pas si retrouver le cœur de Nancy Denton
– quoi qu'il puisse en rester – serait pire que ne rien découvrir.
Trouver le cœur de cette pauvre gamine à précisément quatre
mètres à l'est et douze au nord de l'endroit où ils avaient extirpé
son corps frêle et brisé de la fange noire au bord de la rivière
ne ferait que confirmer qu'ils avaient affaire à quelque chose de
bien plus sombre que ce qu'avait craint Gaines.

Le spectacle de la guerre vous foutait les nerfs en pelote, si
fermement que vous ne pouviez plus jamais les dénouer, même
si vous viviez cent ou mille ans. Et si les vivants rapportaient le
genre d'horreurs que Gaines avait vues au plus fort de la guerre
et les transposaient dans une petite bourgade fragile et sans
méfiance d'Amérique, alors quel espoir avions-nous de redevenir
pleinement humains? Un espoir bien mince, au mieux. Et peut-
être était-ce ce dont Gaines avait le plus peur.

21

Gaines aimait boire un verre de whiskey de temps en temps, mais ça lui donnait des crises de foie et mal à l'estomac, et ces désagréments l'emportaient sur son plaisir. Ce soir-là, cependant, il but comme si c'était la fin d'une permission et que lui – le petit blanc-bec – devait retourner au front à l'aube.

Quand il était à la guerre, il savait que c'était le pire endroit où il s'était jamais trouvé, le pire où il se *trouverait* jamais. Une telle prise de conscience affectait votre esprit, vos émotions, votre entrain. Elle l'avait émoussé, insensibilisé, comme si une partie de son humanité avait été anesthésiée. De la même manière qu'il n'éprouvait plus de peur réelle, il était indifférent à la joie, à l'allégresse, au plaisir enivrant que provoquaient parfois les choses simples. Un enfant souriait, et il voyait un gamin de 8 ans gisant face contre terre dans une flaque d'eau boueuse et puante, l'arrière de sa tête arraché. Un bouquet de fleurs coloré, et non seulement il voyait le cœur incandescent et la traînée des fusées éclairantes au magnésium, mais il entendait le sifflement et le fracas des balles traçantes, et dans ses oreilles résonnait le grondement sourd du feu du mortier. Comme un feu d'artifice diabolique. Le bruit des obus de 105 et 155 mm était incessant et semblait marquer chaque seconde. Un vacarme assourdissant, interminable, mais à l'époque, l'entendre signifiait au moins que vous étiez vivant.

Et il y avait l'odeur. L'odeur de ce qui brûlait. La puanteur reconnaissable entre mille du feu chimique dans la végétation humide. Et celle des corps. Comme des cheveux calcinés et de la viande de porc pourrie. Gaines savait que l'esprit n'était pas partial, qu'il ne préférait pas un souvenir à un autre. Certains jours, il se rappelait l'arôme chaud du pop-corn frais, le fantôme d'une enfance trop brève et depuis longtemps oubliée. Mais c'était toujours fugace – l'arôme était là, puis il s'évanouissait. En revanche, les souvenirs sensoriels plus sombres restaient pendant des heures, et c'était à de tels moments qu'il s'inquiétait pour sa santé mentale. Lui aussi était fragile, et il se demandait combien de temps il faudrait pour que la fêlure inévitable et irréparable se produise.

Après la guerre, une fois rentré chez lui, il s'était mis à croire à la chance, voire au destin, car il n'y avait aucune explication logique à sa survie. Pourquoi un homme mourait quand un autre vivait ?

Il n'y avait aucune marque visible permettant d'identifier ceux qui rentreraient chez eux et ceux qui ne rentreraient pas. Peu importait d'où vous veniez, peu importait que vous soyez militaire de carrière ou volontaire ou conscrit. Quand c'était votre tour, c'était votre tour. Peu importait que vous soyez aimé ou méprisé, que vous alliez à l'église par conviction ou simplement pour voler l'argent de la quête, que vous vénériez votre mère ou la maudissiez plus que tout, que vous soyez un menteur, un escroc, un blasphémateur, que vous vous vautriez dans chacun des sept péchés capitaux ou que vous mettiez un point d'honneur à obéir à la lettre à chacun des commandements. La guerre n'avait pas de préjugés, pas de plan, pas de préférence. La guerre vous prenait tel que vous étiez, sans poser de questions.

Pourquoi ? Comment la décision était-elle prise ? Et par qui ?

C'étaient ces questions qui envahissaient la normalité et la routine de sa vie. Et c'étaient précisément celles qu'il essayait de ne pas se poser.

Mais parfois, il doutait de lui-même, de sa propre humanité, et il doutait de l'espèce humaine dans sa totalité, de ce dont les hommes étaient faits, de leurs motivations, leurs buts, leurs aspirations, leurs raisons. La guerre avait assurément été inventée par l'homme, et si l'homme pouvait inventer la guerre, alors était-il prêt à toutes les bassesses ? Gaines ne croyait pas Webster, pas une seconde. Il le voyait serrant la gorge de Nancy Denton. Il le voyait étranglant la belle adolescente sans défense. Peut-être avait-il pris goût au meurtre à Guadalcanal et avait-il eu besoin d'assouvir ce penchant par tous les moyens possibles. Gaines ne croyait pas que Webster avait trouvé une fille morte dans une cabane au bord de la route. C'est lui qui l'avait emmenée là, et il l'avait emmenée là pour la tuer.

Ils trouvèrent le cœur. Le cœur de la fille. Ou du moins ils trouvèrent ce dont Gaines ne pouvait que supposer que ç'avait autrefois été un cœur. Quatre mètres à l'est, douze au nord, exactement comme l'avait indiqué Webster. On aurait dit un petit morceau de matière, comme un fragment de bois, un bout de cuir séché, et lorsqu'ils ouvrirent la boîte en métal à l'intérieur de laquelle il était enfermé, ils surent qu'il se désintégrerait au moindre contact. Ce n'était rien de plus que de la poussière, à vrai dire, et le tissu dans lequel il avait été enveloppé était fin comme de la gaze, lui aussi à peine plus qu'un souvenir de ce qu'il avait été autrefois. Quant à la boîte, qui avait jadis été assez solide pour contenir des clous, des boulons, des vis et ainsi de suite, elle était désormais rouillée et fragile, et elle tomba en morceaux lorsque Gaines et Hagen tentèrent de l'extirper de la terre.

Le fait est qu'ils avaient trouvé quelque chose qui pouvait être le cœur d'une fille de 16 ans dans une boîte en métal. Même si ça ne ressemblait pas à un cœur, c'*était* quelque chose, et ça se trouvait à l'endroit qu'avait indiqué Webster. C'était tout ce dont Gaines avait besoin pour confirmer ses pires craintes et renforcer ses soupçons.

Debout sur la berge, respirant fort, non seulement à cause de l'effort physique mais aussi du stress engendré par cette affaire, Gaines se sentait mentalement brisé. Parfois, cette certitude était si intense qu'elle le consumait intérieurement.

À d'autres moments, il pensait être le seul à être revenu du front sain d'esprit.

Quand il fermait les yeux, il pouvait toujours voir les morts. Les morceaux de morts. Il pouvait voir des amas de treillis et de gilets pare-balles imbibés de sang devant la tente médicale de fortune. Comme pour dire, *Hé les gars, si les Viets vous achèvent pas, on finira le boulot vite fait ici !*

Ce n'était qu'à de tels instants qu'on pouvait regarder quelqu'un d'autre et dire tout ce qu'on avait à dire sans prononcer un mot.

Gaines avait eu la même sensation alors – là, à Whytesburg –, tandis que Hagen et lui creusaient le sol humide. Ils avaient travaillé sans parler, et quand ils avaient trouvé ce qu'ils avaient espéré ne pas trouver, ils étaient demeurés silencieux.

La terre avait libéré Nancy Denton, et maintenant elle libérait son cœur. La terre était une chose vivante, une chose douée de mémoire, avec une histoire, et peut-être qu'en libérant certains de ses secrets on échappait à d'autres choses sombres, d'autres souvenirs qu'il valait mieux laisser enterrés.

Que foutaient-ils ici ? Faisaient-ils ressurgir les morts, et en même temps la folie qui les avait tués ?

Et que se passerait-il s'ils ramenaient Nancy Denton à la rivière et la rendaient à la tombe que Webster lui avait donnée ? Le monde redeviendrait-il comme avant ? Valait-il mieux cacher ce qui s'était passé tant d'années auparavant ? Valait-il mieux laisser les morts tranquilles, laisser la vérité disparaître avec Michael Webster, libérer Whytesburg des fantômes que la ville avait ignorés jusqu'alors ?

Gaines était troublé. Il avait froid, était distrait, contrarié. Il retourna néanmoins à la tâche qui l'occupait. Il ordonna à

Hagen d'installer des tréteaux autour de la scène, et ensemble ils tendirent un cordon. Hagen prit une bonne douzaine de photos sous chaque angle, et chaque fois que le flash se déclenchait, Gaines sursautait. Il avait beau savoir qu'il se déclencherait, il sursautait tout de même. Ils sortirent ce qu'ils purent de la boîte, le tissu, le reste du cœur, et placèrent le tout aussi précautionneusement que possible dans un sachet. Puis Hagen alla s'asseoir à la place du passager avec son étrange paquet sur les cuisses. Il regardait droit devant lui, comme s'il craignait une malédiction s'il regardait directement le sachet.

Il ferma les yeux quand le moteur démarra, et ne les rouvrit que lorsqu'ils atteignirent le commissariat.

Les deux hommes remplirent la paperasse, puis Gaines téléphona à Victor Powell, qui lui demanda de lui apporter ce qu'ils avaient trouvé. Gaines se rendit à la morgue, Powell lui prit le sachet des mains en le remerciant et le plaça dans la pièce où se trouvait le cadavre de Nancy Denton. Il était tard. Gaines avait l'air épuisé, et Powell le lui fit remarquer.

« Rentrez chez vous, dit-il. Vous devez vous reposer, mon vieux, avant de vous effondrer. »

Gaines acquiesça. Powell avait raison. Il rentra chez lui, alla voir comment se portait sa mère. Elle était dans les vapes. Il referma la porte en silence, regagna la cuisine, tira la bouteille de whiskey du placard et se mit à boire.

Il passa une heure à essayer d'éprouver autre chose qu'un sentiment d'horreur, et l'heure suivante à essayer de ne rien éprouver du tout.

Puis il alla s'étendre sur son lit et ferma les yeux.

Gaines sait qu'il rêve, mais il n'arrive pas à se réveiller. Il est assis dans une zone isolée, à peu près dénuée de végétation, et pourtant autour et au-dessus de lui s'étire la voûte d'une jungle sauvage et impénétrable. Une lueur faible et sans substance filtre à travers la brume malodorante. Il n'est pas seul. Il en est certain. Il est observé, et la personne qui l'observe est d'une patience infinie. Gaines sait qu'il est ici depuis quelque temps – des heures, peut-être des jours –, mais la personne qui le traque ne cherche nullement à le défier. Et pourtant, Gaines sait que c'est ce qu'elle voudrait faire. Ce qu'elle *devrait* faire. C'est la guerre, et si vous n'êtes pas un allié, un camarade, un ami, alors vous êtes un ennemi. Il n'y a pas d'entre-deux.

Gaines comprend alors que c'est à lui de bouger en premier. Et c'est ce qu'il fait.

Il est assis en tailleur, et semble s'élever du sol sans effort. Il est nu. Son corps est sombre à cause de la boue, du sang et de la peinture de camouflage, et ses yeux d'un blanc éclatant ressortent sur son visage. Ses cheveux sont plaqués en arrière sur son crâne, et il a l'impression d'être le produit de l'un de ses propres cauchemars. Il est hors de son corps, il se voit, et il est terrifiant.

Au loin, il entend des hélicos CH-47. Ils sont équipés de canons Vulcan 20×102. Il les entend aussi sûrement qu'il entend son propre cœur. Ou bien est-ce une illusion ?

Peut-être n'entend-il rien d'autre que le battement de son cœur, le sang dans ses veines, le son de ses pores s'ouvrant dans l'air chaud saturé d'humidité.

Il s'enfonce dans la végétation, et la jungle l'avale. Il comprend qu'il est invisible, que la personne qui l'observait ne le voit plus et ne sait pas où il est. Gaines bondit d'arbre en arbre, d'ombre en ombre, et soudain il se tient derrière l'ennemi, qui est désormais sa proie. L'autre se retourne et tend les mains, écarquillant les yeux dans l'ombre de son chapeau chinois. Gaines a son arme devant lui, son fusil doté d'une baïonnette, et il se rue en avant. L'acier transperce les mains tendues, les blessures dans la chair pâle des paumes sont comme des stigmates, et tout est silencieux, si ce n'est le son de la chair qui se déchire et le bruit du sang giclant par terre, sur les arbres, sur son visage. L'ennemi tombe, et Gaines se jette sur lui, déchaîné. Il a son couteau à la main, et il le frappe et le lacère furieusement.

Quand il a fini, il voit qu'il a taillé une série d'incisions irrégulières depuis la gorge jusqu'au nombril, et soudain, la poitrine de
l'ennemi s'ouvre, comme si une fermeture éclair avait été tirée,
et des serpents se déroulent et tombent au sol par douzaines, de
toutes tailles et de toutes couleurs, et dans l'ombre du chapeau
chinois il voit le visage de Nancy Denton – un sourire crispé, un
rictus qui lui découvre les dents, et toute la noirceur et la haine
de la guerre dans ses yeux.

Gaines se réveilla alors.

Il n'était pas en sueur. Il ne fit pas un bond brusque sur le
matelas – secoué par des haut-le-cœur, un goût amer dans la
bouche laissé par le sang imaginaire, les nerfs à vif, le cœur
cognant dans sa poitrine.

Lorsqu'il se réveilla, il était calme. Et même s'il se rappelait
avec netteté chaque seconde du cauchemar, même s'il revoyait
chaque scène au ralenti, il ne se tortura pas l'esprit en se demandant ce que le rêve signifiait.

Il resta simplement étendu sur son lit et se rappela comment
c'était d'être allongé à côté de quelqu'un.

Linda Newman, la mère de l'enfant qui n'avait jamais existé.

Il avait déjà fait de tels rêves, longtemps auparavant. Pendant
environ un an après son retour, les cauchemars, pénétrants
et terrifiants, lui faisaient faire des bonds dans son lit, et il se
réveillait soudain, hagard, furieux même. Dans son sommeil,
il traquait ses ennemis au milieu de nulle part, et quand il les
trouvait, il les tuait. Souvent, comme il ne possédait pas d'armes
– ni pistolet ni couteau –, il les tuait à mains nues.

Une bonne raison de dormir seul.

Il ne voulait pas se réveiller à côté d'un cadavre dont la mort
inutile et inexplicable aurait été provoquée par un cauchemar.

Par la suite, les rêves avaient cessé.

Par moments, il aurait aimé qu'ils reviennent, aussi terribles
fussent-ils, juste pour se réveiller et s'apercevoir qu'il n'était
plus là-bas.

Mais maintenant, la fille avait envahi ses pensées, ses émotions, son esprit.

Nancy Denton était désormais un personnage de sa vie parmi les autres – ceux qui étaient morts à ses côtés, ceux qu'il avait tués, ceux qu'il avait vus gisant dans la boue.

Il était quatre heures du matin. Gaines se leva et s'aspergea le visage d'eau froide. Il ne se sentait pas malade, malgré le whiskey de la veille. Il savait qu'il ne retrouverait pas le sommeil, mais il s'étendit sur le matelas et tira les couvertures par-dessus lui. Peut-être les quelques heures précédant le lever du soleil ne serviraient-elles qu'à repousser l'inévitable confrontation avec la mort effroyable et inutile de Nancy Denton.

Tandis que Gaines fermait les yeux pour repousser la lueur naissante, un écho résonna dans son esprit – une sorte de vague souvenir. Une chose que Webster avait dite à propos du fait qu'il avait trouvé Nancy dans une cabane, en travers d'une porte, et qu'il l'avait enterrée près du cours d'eau.

Pourquoi un cours d'eau ? Pourquoi l'avoir enterrée là ?

C'était une question sans réponse évidente, et Gaines se l'ôta de l'esprit. C'était un détail, un simple détail, et il y avait tellement d'autres questions beaucoup plus urgentes.

22

Encore aujourd'hui, si je ferme les yeux et me concentre fort, je me rappelle la sensation du soleil sur mon visage.

Je sens sa chaleur sur ma peau. Je sens l'odeur de l'herbe et des fleurs dans les champs. J'entends des oiseaux quelque part au loin.

Je suis venue avec Nancy, et Michael lui a furtivement saisi la main. Il lui a souri, puis m'a souri, et nous nous sommes mis en marche.

Je sais que quand Nancy était avec Michael, elle n'avait d'yeux que pour lui, mais Michael n'était pas comme ça. Il avait un cœur grand comme une maison, et faisait en sorte que tout le monde se sente unique. C'était sa façon d'être. Ce n'était pas calculé. Ça lui venait naturellement.

Michael avait 30 ou 31 ans, et Nancy approchait de ses 16 ans. Même s'il peut sembler étrange que deux personnes puissent avoir un tel écart d'âge, ça paraissait normal à tous ceux qui les connaissaient. Il n'a jamais posé la main sur elle. C'était un parfait gentleman. On le voyait dans ses yeux, au fait qu'il laissait Nancy l'embrasser sur la joue de temps en temps sans jamais chercher à aller plus loin. Il se comportait comme un grand frère. Ça peut paraître bizarre, mais je ne peux pas l'exprimer autrement. Il n'était pas son père, ni son oncle, ni rien de tel. Il était comme un cousin peut-être, quelqu'un de proche, mais pas trop. Il avait pris sa décision. Nancy était faite pour lui. C'était la fille avec qui il comptait passer le restant de sa vie, et s'il devait attendre qu'elle devienne une femme, eh bien soit. Pour elle, il aurait attendu mille ans, ça ne faisait aucun doute.

Et Nancy le savait aussi. Peut-être l'avait-elle su dès l'instant où elle était descendue du train ce jour de 1945.

Quand nous étions ensemble – Matthias, Nancy, Michael et moi –, c'était comme si nous avions tous le même âge. Catherine nous accompagnait parfois – mais uniquement quand son père lui demandait de nous avoir à l'œil. Eugene et Della flottaient à la périphérie de notre petit monde, et parfois ils participaient à nos jeux, parfois non. Personne ne désapprouvait notre amitié. Peut-être les gens estimaient-ils que Michael avait une bonne influence sur ces adolescents agités et chahuteurs. Nous venions tous de familles et de milieux différents. La mère de Nancy n'avait jamais un sou, la mienne était on ne peut plus ordinaire, et pourtant rien de tout ça n'avait d'importance. La famille de Matthias avait plus d'argent qu'on ne pourrait en dépenser en dix vies, et pourtant il s'habillait comme nous et parlait comme nous, et c'est seulement lorsqu'il apportait le vieux Victrola et les disques, lorsqu'il arrivait avec un panier de pique-nique que nous partagions près de la rivière, qu'il était évident qu'il avait plus d'argent que nous. L'âge n'était pas une barrière, ni l'argent, ni les biens que nous possédions, ni le nom que nous portions. Nous faisions simplement en sorte de vivre aussi bien que possible, et rien n'était compliqué.

Je me rappelle ces années – juste une poignée d'entre elles – qui semblèrent durer une éternité. C'était comme si pour nous le soleil brillait tous les jours. Et même quand le temps était froid et pluvieux, il y avait dans notre amitié et notre camaraderie une chaleur qui défiait les éléments. Je sais que je ne vois désormais que le bon côté des choses – c'est toujours comme ça quand on repense à son enfance –, mais nous semblions réellement bénis des dieux. Nancy, Michael, moi et le clan Wade, comme on les appelait. Des temps heureux. Les temps les plus heureux que nous aurions pu espérer.

Et ce jour-là n'était pas vraiment différent de tant d'autres que nous avions partagés.

Nous discutions tout en marchant. Nous parlions de ce que nous ferions, où nous irions, nous nous demandions si Eugene sortirait cette fois ou s'il resterait chez lui à lire comme il le faisait souvent, ces temps-ci.

Nous ne parlions pas de Lillian Wade. Elle était morte à la fin de 1952, et personne ne prononçait jamais son nom. Tout le monde essayait de ne pas penser à elle, parce que ç'avait été un événement tragique et terrifiant.

J'avais un jour demandé à ma mère comment une femme si riche, si jeune et si belle avait pu mourir, et elle avait répondu : «Personne ne le sait, Maryanne. Peut-être qu'être à la fois riche, jeune et belle est trop lourd à porter.» Et elle n'avait plus jamais évoqué le sujet.

J'avais entendu dire qu'elle s'était suicidée. J'ignorais si c'était vrai, et je n'allais pas poser la question à ses enfants.

Peut-être que le fait de voir Earl Wade – avec cette tête effrayante qu'il avait parfois – chaque jour à son réveil l'avait finalement tuée.

Je me rappelle quand c'est arrivé. Je me souviens que Nancy et moi sommes restées seules pendant des semaines. Lillian Wade est morte en octobre 1952, et nous n'avons presque pas vu Matthias jusqu'après Noël. Même si les Wade avaient autant leur place à Whytesburg que les Rockefeller, tout le monde a été stupéfait par la nouvelle. J'avais entendu dire qu'elle *buvait*, mais ça ne signifiait rien pour moi. Moi aussi, je buvais – des sodas, de l'eau, du jus d'orange, à peu près tout et n'importe quoi. Je me disais que c'était peut-être une façon polie de dire autre chose. Ce n'est qu'au printemps 1953 que nous avons revu Matthias, Catherine, Della et Eugene, du moins autrement que brièvement. Alors – lentement, mais sûrement –, les choses sont revenues à la normale. Sauf pour Eugene. Eugene était toujours Eugene, mais en plus silencieux. Il riait toujours, mais jamais longtemps. Il souriait toujours, mais son sourire semblait plus forcé que sincère. Il ne m'a jamais vraiment parlé de sa mère, mais il faisait souvent allusion à elle. Il avait alors 15 ans, et je crois que des quatre, c'est lui qui a le plus mal encaissé le coup. Il avait toujours ses livres sur lui, et de temps en temps je voyais que son esprit s'égarait. Mais il revenait toujours. Eugene était juste un peu plus âgé que moi. Si j'avais dû être honnête, ce que je n'aurais jamais pu faire, j'aurais dit que des deux frères, Eugene était mon préféré, mais de peu. Il avait un côté sensible et artiste. Quand Matthias devait se forcer à apprendre des poèmes par cœur pour impressionner Nancy, Eugene les connaissait, simplement. Il parlait de choses qu'il avait lues et de films qu'il avait vus, et c'était toujours lui qui apportait les meilleurs disques.

Mais ce jour-là, ce jeudi d'août 1954, Lillian Wade et ce qui lui était arrivé était de toute évidence le dernier de nos soucis.

Nous avons marché un peu en direction de Five Mile Road, puis Michael nous a dit que nous devions attendre Matthias et les autres.

« On va où ? lui ai-je demandé.

– Partout et nulle part », a-t-il répondu.

Il a alors allumé une cigarette et, comme d'habitude, Nancy lui en a demandé une.

« Aucune chance, Nancy Denton », a-t-il dit, comme il le faisait toujours.

C'était un jeu – un jeu un peu idiot –, mais Nancy et Michael en avaient de nombreux de ce genre, et ils avaient beau y jouer encore et encore, ils ne semblaient jamais s'en lasser.

Nous les avons entendus avant de les voir. Ils sont arrivés à vélo – tous les quatre. Eugene et Della avaient des bâtons de sucette attachés aux rayons de leurs roues, et ils faisaient un tel vacarme qu'on aurait dit cent enfants faisant courir des bouts de bois le long d'une clôture.

C'était un sacré spectacle – Della, Eugene et Matthias braillant sur la colline, beuglant comme des sirènes à incendie, poussant de grands cris. Et puis il y avait Catherine, un peu en retrait, et on devinait à son expression qu'elle avait encore été envoyée pour nous surveiller. Elle s'échapperait à la première occasion. Elle rentrerait seule chez elle, et retournerait à Dieu sait ce qui occupait Catherine Wade. Elle était plus jeune que Matthias, mais ce dernier avait encore un côté petit garçon. Ma mère m'avait dit que les filles grandissaient plus vite que les garçons, comme si c'était une chose dont nous aurions dû être fières. Mais je ne voyais pas ce qu'il y avait de bien à avoir moins d'enfance que les autres.

Soudain, tout n'a été que bruit, rires et plaisanteries. Nous nous sommes arrosés en secouant les bouteilles de soda, et Della s'est retrouvée avec les cheveux mouillés et poisseux. Quant à Michael, il était juste là à nous observer, comme l'adulte qu'il était.

« La rivière, a dit Matthias. On doit aller à la rivière. »

Eugene riait comme un cinglé. Ça faisait du bien de le voir comme ça. Ça me rendait heureuse.

«Allez, venez! a lancé Catherine. Allons-y!

– Tu n'es pas obligée de rester, Catherine, a dit Michael. Je peux prendre ta relève.

– Mais mon père...

– ... Est à l'une des usines, je parie, a coupé Michael. Et il n'en saura rien à moins que quelqu'un lui dise. Va t'amuser de ton côté. Je vais les surveiller.»

Catherine a tendu la main et lui a touché l'épaule. Nancy ne l'a pas vue, sinon elle aurait eu droit à un regard glacial.

«Merci, Michael, a dit Catherine. C'est très gentil de ta part.

– Pas de problème», a-t-il répondu, et il a pivoté sur ses talons et pris la direction de la rivière.

Catherine est remontée sur son vélo et repartie par où elle était arrivée.

Nancy est partie en courant derrière Michael, et moi et les autres l'avons suivie.

Je marchais avec Matthias et Della. Eugene était un peu devant nous. Il n'arrêtait pas de nous regarder par-dessus son épaule, comme s'il voulait s'assurer que nous ne traînions pas.

Je lui ai souri. Il m'a retourné mon sourire. J'ai senti le rouge me monter aux joues.

C'était un si beau garçon. Il avait des yeux sombres et profonds, et le contour de ses lèvres était semblable à celui des lèvres de ma mère. Si ç'avait été une fille, elle aurait été magnifique. Je me rappelle avoir pensé ça, et même si cette idée semblait étrange, elle me semblait aussi parfaitement sensée.

«Tu n'as pas apporté le tourne-disque? ai-je demandé à Matthias.

– J'irai le chercher plus tard, a-t-il répondu. Mais on a à manger. On a préparé un super pique-nique, pas vrai, Della?

– À part les œufs durs qui puent, a-t-elle répliqué en plissant le nez.

– C'est marrant, est intervenu Eugene, parce que ces œufs ont dit la même chose à ton sujet.»

Elle a tiré la langue.

Eugene a fait la même chose en louchant, et Matthias a soupiré et secoué la tête comme s'ils avaient déjà suffisamment mis sa patience à l'épreuve pour la journée.

Nous sommes alors arrivés à la rivière. Nancy était déjà enfoncée dans l'eau froide jusqu'aux chevilles. Michael était assis contre un tronc d'arbre, fumant une cigarette et nous observant tandis que nous ôtions nos chaussures et nos chaussettes et entrions à notre tour dans l'eau.

Eugene a annoncé qu'il allait attraper un poisson à mains nues pour le déjeuner.

«Tu ne serais pas plus fichu d'attraper un poisson à mains nues que d'aller sur la lune en fusée!» a crié Della.

Il l'a arrosée une fois, deux fois, et ça a dégénéré. Si Catherine avait été là, elle nous aurait réprimandés, mais Michael s'est contenté de nous regarder en riant de notre espièglerie. C'était comme s'il était contaminé par notre joie de vivre. En y repensant, peut-être que ça lui rappelait le temps avant la guerre, avant tout ce qui lui était arrivé là-bas, et peut-être que ça le *guérissait*.

Une demi-heure plus tard, les cinq chahuteurs trempés ont regagné la rive et se sont allongés sur l'herbe dans leurs vêtements mouillés. Mais le soleil était haut, et nous avons séché en un rien de temps.

C'était ça qui était différent. C'était ça qui semblait si étrange. Le temps était flexible, presque liquide. Quand je voulais qu'il passe vite, il traînait. Quand je voulais qu'il dure, il filait à toute vitesse vers la ligne d'arrivée.

«Alors, où est le poisson? ai-je demandé à Eugene.

– J'ai failli l'attraper... vraiment», a-t-il répondu.

Mais il se moquait de moi, du coup je l'ai poussé. Il a agrippé ma main pour ne pas tomber, et même quand il s'est redressé, il ne l'a pas lâchée. Pendant un bref moment, moment durant lequel le monde s'est arrêté de tourner, il m'a tenu la main et regardée. Je sentais mon cœur faire *boum-boum*, et même si j'aurais dû être embarrassée, je ne l'étais pas.

«Je t'attraperai un poisson, Maryanne, a-t-il dit. Un jour, je t'en attraperai un... je le promets...»

Et alors le moment est passé. Il m'a lâché la main, et tel un disque tournant au ralenti qui reprendrait sa vitesse normale, le monde nous a rattrapés et tout a repris vie.

J'ai regardé autour de moi, m'attendant à trouver Della, Matthias et Nancy en train de nous observer, mais ils étaient ailleurs, riant dans leur coin, inconscients de ce qui s'était produit.

Et après, c'était comme s'il ne s'était rien passé. Nous étions de nouveau tous ensemble, Michael nous conseillant de rester au soleil jusqu'à ce que nos vêtements soient complètement secs.

Le matin est devenu l'après-midi, et Eugene et Matthias sont allés chercher les paniers à pique-nique qui étaient sur leurs vélos. Nous nous sommes assis sous le feuillage d'un arbre et avons tout déballé. Michael a dit à Della qu'il lui donnerait cinquante cents si elle mangeait un œuf, mais elle a refusé.

« Ils sentent *tellement* mauvais, a-t-elle dit. L'idée m'est insupportable. »

Du coup, Michael en a englouti trois. Il avait la bouche pleine d'œufs, et Della ne pouvait même pas le regarder.

Michael riait tellement qu'il a failli s'étouffer.

« Vraiment dégoûtant ! » s'est écriée Della. Elle s'est tournée vers Nancy telle une tante revêche et lui a dit : « C'est vraiment un homme dégoûtant, Nancy. »

Michael a failli s'étouffer de plus belle, car Della était parfaitement sérieuse, elle pensait réellement ce qu'elle disait.

Après le déjeuner, nous nous sommes étendus sur l'herbe, et Michael a inventé une histoire sur un homme tellement grand qu'il pouvait attraper les étoiles dans le ciel et les mettre dans son chapeau. Il en avait aussi dans son gilet et ses chaussures, et il y en avait une spéciale qu'il gardait derrière son oreille en cas d'urgence. Il se servait des étoiles pour éclairer le chemin aux voyageurs solitaires et aux navires perdus en mer, et parfois aussi pour aider les gens à trouver ce qu'ils cher-chaient. C'était une belle histoire, mais un peu triste, et je ne me rappelle plus comment elle se terminait.

Je me rappelle seulement que quand il s'est tu, nous sommes restés silencieux, et une éternité a semblé s'écouler avant que l'un de nous dise un mot.

Et c'est Della qui a parlé, annonçant qu'elle voulait danser.

Matthias a dit qu'il pouvait rapporter les paniers du pique-nique et récupérer le tourne-disque. Della ne voulait pas rentrer chez elle, mais il était clair qu'elle était totalement épuisée. Elle tenait à peine debout.

«Je vais rentrer avec toi», lui a dit Eugene.

Je ne sais pas s'il raccompagnait Della pour la rassurer ou s'il en avait assez de notre compagnie. Ça pouvait être soit l'un, soit l'autre. Eugene était à la fois prévenant et solitaire, attentionné et un peu triste. Il semblait sensible à tout et à tout le monde. La mort de sa mère l'avait pris par surprise, elle l'avait déstabilisé, ce qui peut naturellement se comprendre, et les moments de calme qu'il s'accordait semblaient l'avaler tout entier.

Eugene m'a regardée. Peut-être a-t-il vu la déception dans mes yeux.

Il a prononcé quelque chose à voix basse. Était-ce «Désolé»?

Mon imagination, je suppose.

Eugene ne m'aimait pas plus que je n'aimais... eh bien, je ne sais pas quoi.

J'ai essayé de sourire, mais j'avais une boule dans la gorge. Peut-être était-ce une prémonition, le sentiment que je ne disais pas seulement au revoir pour ce soir, mais que je disais au revoir à quelque chose de beaucoup plus important. Ce n'était que le mois d'août, la deuxième semaine, et l'été s'étirait devant nous comme une route infinie. Nous continuerions de marcher vers ce coucher de soleil, mais le soleil ne se coucherait jamais vraiment, et tout demeurerait brumeux et chaud et magnifique, et au fond de nous, nous saurions que c'étaient les plus beaux jours de notre vie. Rien ne les surpasserait jamais. C'était impossible.

Mais ce moment a été une ponctuation, une hésitation, une rayure sur le disque.

J'ai regardé Eugene saisir la main de Della et commencer à marcher en direction des vélos. Della s'est retournée et a souri. Elle nous a adressé un petit salut de la main, comme pour nous dire qu'elle regrettait plus que tout de ne pas pouvoir rester...

J'ai levé la main. J'ai détourné le regard, et ils ont disparu.

Michael a expliqué que nous marcherions jusqu'au champ au bout de Five Mile Road, le dernier champ avant les bois, et que nous y retrouverions Matthias.

Alors, nous avons marché – Michael et Nancy devant, moi derrière, sentant déjà la fatigue de la journée dans mon cœur et dans mes os. Le soir menaçait d'oblitérer l'horizon. Les cigales se préparaient pour leur spectacle nocturne. Nous savions tous que la journée s'achevait, mais personne ne voulait y penser.

J'avais tellement désiré danser avec Eugene, tellement espéré qu'il me demanderait. J'avais décidé d'attendre le temps de deux chansons, et s'il ne m'avait pas demandé, alors c'est moi qui l'aurais fait. Mais il était rentré chez lui, et je serais obligée de danser avec Matthias, et même si ça ne me gênait pas, ce n'était pas ce que j'avais souhaité.

Je m'étais sentie si courageuse et audacieuse. Peut-être qu'à force de voir Nancy et Michael je m'étais mise à espérer qu'un jour moi aussi je serais capable d'aimer autant quelqu'un. Mais mon courage et mon audace devraient attendre un autre jour. Car il y en aurait d'autres comme celui-là. J'en étais alors persuadée. Véritablement persuadée.

Il me semblait que la vie n'aurait pu être plus simple, ni plus belle ni plus amusante.

Il me semblait qu'avoir 14 ans était ce qu'il y avait de plus beau au monde, et je voulais que ça ne cesse jamais.

Bien entendu, ça cesserait, je le savais. Mais si j'avais su comment, j'aurais fui cette rivière en courant à mille à l'heure, et j'aurais continué de courir jusqu'à l'épuisement, jusqu'à tomber raide morte.

Mais je ne le savais pas, alors je suis restée et j'ai continué de sourire avec bonheur.

Tu ne pouvais pas savoir, c'est ce qu'on nous dit souvent. Pourtant, on pense le contraire. On pense qu'on aurait *pu* savoir, qu'on aurait *dû* savoir.

On nous dit aussi que l'ignorance est une bénédiction. C'est vrai, mais seulement sur le coup. Car par la suite, ce qu'on ne sait pas est le plus gros fardeau que puisse porter un cœur.

23

Caroline arriva à sept heures. Elle ne s'enquit pas de la mère de Gaines ; elle ne l'interrogea pas non plus sur Nancy Denton. Après les quelques mots que Gaines avait eus avec elle, elle préférait ne pas aborder le sujet, du moins pas avec Gaines, même s'il savait qu'elle partagerait les rumeurs et les ouï-dire avec ses amis, ses parents et les habitants de la ville qu'elle connaissait. Gaines ne pouvait rien y faire. Tout ce qu'il voulait, c'était une accusation, une inculpation, une demande de remise en liberté sous caution qui serait refusée, et alors Webster serait transféré à Hattiesburg, ou peut-être à Jackson, pour y effectuer sa détention provisoire pendant que l'enquête se poursuivrait. Gaines estimait que cet enchaînement d'événements serait rapide et simple. Il y avait plus qu'assez de soupçons pour garantir une inculpation, et il ne faisait aucun doute dans son esprit que le procureur général du Mississippi, Jack Kidd, agirait promptement. Une telle affaire serait examinée dans le cadre d'un tribunal itinérant, ici, à Whytesburg, par le juge Marvin Wallace, qui viendrait de Purvis dès que Gaines aurait besoin de lui. Cependant, le procès lui-même se tiendrait à Branford sous la présidence du juge Frederick Otis. Wallace n'accorderait pas la liberté sous caution, et Otis serait inflexible. Otis était un vrai coriace, absolument hermétique à « la nouvelle attitude » envers les criminels. Depuis le début des années soixante, on commençait à estimer que les assassins devaient d'abord être considérés comme des hommes, et ensuite comme des salopards menteurs et criminels.

Un glissement éthique et politique dont la meilleure illustration était peut-être la fermeture d'Alcatraz par Robert Kennedy, l'idée étant que les personnes qui commettaient des crimes tels que des viols ou des meurtres étaient elles-mêmes des victimes, que la réinsertion était une approche plus humaine quand on était confronté à la terrible et sinistre réalité de ces personnes. L'avis de Gaines en la matière était sans importance. Il remplissait ses obligations légales en tant qu'agent du maintien de l'ordre et laissait ce genre de décisions aux avocats et aux tribunaux. Son seul devoir était de remettre le lieutenant Michael Webster aux mains du procureur général de l'État, et son boulot s'achèverait quand il irait témoigner à la barre. Kidd ne perdrait pas de temps pour sélectionner un jury; il ne souffrirait aucun laxisme dans la préparation de la défense; Kidd voudrait Webster jugé, condamné, et transféré à Vicksburg dès que possible. Une telle affaire déchaînerait les passions. Si Nancy Denton avait été noire, ce serait différent, mais elle ne l'était pas. Elle était jeune, jolie, vulnérable, et elle n'avait que 16 ans. Elle avait été étranglée et mutilée. Le crime avait été commis vingt ans plus tôt, mais Webster irait en prison, et le Mississippi s'arrangerait pour qu'il y reste le plus longtemps possible.

Malgré son humeur, Gaines crut bon d'échanger quelques mots avec Caroline. Il l'interrogea sur son rendez-vous de la veille.

« Je suis parvenue à mes fins, répondit-elle. On a vu *Sugarland Express*.

– Ça ne me surprend pas le moins du monde.

– Vous êtes vache. Je suis très prévenante. Pourquoi dites-vous une chose pareille?

– Tu es une fille, répondit Gaines en souriant. Et au bout du compte, quoi qu'il arrive, vous parvenez toujours à vos fins.

– Et votre opinion se base sur votre vaste expérience de la gent féminine, je suppose?

– Maintenant, qui est vache, hein?

– Vous me connaissez. Je rends coup pour coup.

– Enfin bref, tu as passé une bonne soirée ?

– Cher monsieur, vous changez de sujet. »

Gaines poussa un soupir audible.

« Sérieusement, Caroline, je refuse d'avoir une nouvelle conversation avec toi sur ma vie amoureuse.

– Je ne dirais pas que votre vie amoureuse soit assez conséquente pour qu'on puisse en discuter, répliqua-t-elle.

– Allons bon, on a les griffes acérées, aujourd'hui, n'est-ce pas, jeune dame ?

– Bon Dieu, John, même ma mère me questionne sur vous. Elle dit que ce n'est pas normal pour un homme de votre âge d'être célibataire depuis si longtemps. Elle dit qu'elle a une amie...

– Assez, coupa Gaines. Je refuse que ta mère m'arrange un rendez-vous avec une veuve de Biloxi âgée de 53 ans.

– Ce n'est pas une veuve de 53 ans, et elle n'est pas de Biloxi. Elle a moins de 40 ans, et elle ressemble à Jane Fonda.

– Tiens, vraiment ?

– Oui, vraiment.

– Eh bien, si elle a moins de 40 ans et qu'elle ressemble à Jane Fonda, comment se fait-il qu'elle soit célibataire et qu'elle se fasse arranger des rendez-vous par ta mère ?

– Vous êtes un âne, John Gaines. Parfois, vous êtes vraiment un âne.

– Surveille ta langue, ou je t'arrête. »

Caroline sourit. Elle secoua la tête avec résignation, une fois de plus déçue par le manque d'enthousiasme dont Gaines faisait preuve face aux efforts de sa mère.

« Un jour, je vous organiserai un rendez-vous avec quelqu'un, John.

– Oh, j'en suis sûr, Caroline. Comme j'ai dit, les filles parviennent toujours à leurs fins au bout du compte. Maintenant, je dois aller travailler. Appelle-moi si tu as besoin de moi. »

Caroline alla voir Alice. Gaines attrapa son chapeau et se dirigea vers la voiture.

Il arriva au commissariat à huit heures dix. Il trouva Hagen et Victor Powell dans le hall. Powell avait sa tête des mauvais jours. «Ce que vous avez apporté hier soir... commença-t-il avant de se tourner vers Hagen, comme s'il avait besoin de soutien moral.

– En ce qui me concerne, nous en avons assez pour l'inculper, déclara Gaines.

– Wallace le fera ici ? demanda Hagen.

– Wallace s'occupera de l'inculpation, mais le procès sera confié à Otis, à Branford, répondit Gaines.

– D'après vous, il va plaider quoi ? » demanda Powell, en désignant de la tête l'escalier qui menait au sous-sol.

Gaines haussa les épaules.

« On verra bien.

– Bon, au boulot, alors, dit Hagen. Aucune raison d'attendre.

– Je vais lui parler un moment, reprit Gaines. Je vais lui expliquer la procédure, voir s'il a quelque chose à dire. J'aimerais savoir s'il compte négocier un accord. Appelez Wallace à Purvis, informez-le que nous allons bientôt avoir besoin de lui, et faites également venir un avocat de l'assistance judiciaire. Essayez Tom Whittall, et s'il n'est pas disponible, faites venir Ken Howard.

– Il n'en a pas encore demandé, observa Hagen.

– Il n'a pas encore été inculpé, répliqua Gaines. Mais je veux tout de même que quelqu'un vienne.

– Je m'en charge », répondit Hagen.

Il se retourna et se dirigea vers son bureau.

« Un sacré bordel que vous avez sur les bras, déclara Powell.

– On a ce qu'on a, répondit Gaines. J'ai juste besoin de faire les choses dans les règles de l'art, éviter les problèmes, et Webster sera transféré le plus tôt possible. Pour le moment, cette affaire semble faire moins de bruit que ce que j'anticipais, mais je m'attends à du désordre.

– On ne peut pas leur en vouloir, risqua Powell. Il y a des gens ici qui connaissaient la fille. Bon Dieu, sa mère habite toujours ici. Ça va faire toute une histoire, c'est certain. Pour le moment, la seule chose qui joue en faveur de Webster, c'est que c'est un ancien combattant. Si ç'avait été un Noir, ils auraient foutu le feu à cet endroit pour lui mettre la main dessus.

– Vous croyez que je ne le sais pas ? » demanda Gaines.

C'était une question purement rhétorique.

« Eh bien, je suis bien content de ne pas faire votre boulot », déclara Powell.

Ils se serrèrent la main. Powell partit. Gaines alla voir Hagen, qui venait de parler à Wallace mais n'avait réussi à joindre ni Whittall ni Howard.

« Continuez d'essayer, dit Gaines. Allez là-bas au besoin. Je veux qu'au moins un des deux soit présent quand nous l'inculperons. »

Gaines sortit du bureau, traversa la réception, et descendit l'escalier en direction du sous-sol.

24

Webster avait toujours son regard perdu, mais il arborait désormais un léger sourire.

Il fit comme si Gaines n'était pas là lorsque celui-ci apparut derrière les barreaux de la cellule, mais Gaines savait qu'il avait conscience de sa présence.

« Je suis allé chez vous », commença Gaines.

Webster acquiesça mais ne répondit rien. Il continua d'ignorer Gaines.

« J'ai trouvé des coupures de presse... ainsi qu'une bible et un album photo... » Gaines marqua une pause. « Des photos de vous et de Nancy Denton et de quelques autres personnes.

– Il y a une chose que je ne vous ai pas dite », déclara soudain Webster.

Gaines demeura silencieux.

« Quand je l'ai trouvée, j'ai su que je devais faire quelque chose. Et après coup, j'ai raconté à Matthias ce que j'avais fait. Il a été d'accord avec moi que ça ne fonctionnerait jamais si je disais un seul mot de ce qui s'était passé. »

Webster se retourna et regarda Gaines. Il avait un air compatissant et bienveillant, comme s'il était en train d'expliquer dans le détail un acte de bonté désintéressée qu'il avait effectué.

« Qui ?

– Matthias Wade.

– Matthias Wade ? Vous parlez de la famille Wade ?

– Il est au courant pour tout ça, shérif. Il m'a dit de ne jamais dire un mot, mais maintenant qu'elle a été retrouvée et que vous savez la vérité, je ne peux plus garder ce secret... »

Gaines, penché contre les barreaux, ferma les yeux. Le métal était frais contre son visage. Il sentait une tension dans sa poitrine, un grouillement dans le bas de ses tripes, et il comprit qu'il avait affaire à quelque chose qui allait bien au-delà de ce qu'il connaissait. Michael Webster, Dieu sait ce qui lui était arrivé, était complètement cinglé. Pourtant, à cet instant, son expression était aussi neutre et paisible qu'un ciel sans nuages.

Il n'avait pas l'air de se rendre compte de ce qu'il avait fait. Dans son esprit, il avait été attentionné, compatissant, humain. Alors qu'en fait, il avait commis la pire horreur qui soit sur une adolescente.

« Parlez à Matthias si vous pouvez, reprit Webster. Il vous expliquera ça bien mieux que moi. » Il leva les yeux vers Gaines. « On était toujours ensemble. Matthias et moi, Maryanne et Nancy. Il y avait aussi Catherine. Et Eugene. Tout le monde aimait Nancy, mais je crois que Matthias était celui qui l'aimait le plus... »

Gaines se rappela les photos dans l'album qu'il avait trouvé. Étaient-ce ces personnes qui étaient représentées dessus ? Les Wade quand ils étaient enfants ? Le fait que Michael Webster et Nancy Denton avaient été amis avec les Wade à l'époque constituait-il une nouvelle facette de cette affaire ?

Ça ouvrait tout simplement un nouveau champ de possibilités. Les Wade étaient une dynastie, une institution dans le Sud. Plus que de simples propriétaires terriens, c'étaient des hommes d'affaires, des capitaines d'industrie et des politiciens. Michael Webster était un vétéran cinglé et brisé, et le lien qu'il pensait toujours avoir avec eux était plus que probablement une illusion, le fruit de son imagination sombre et troublée. Matthias Wade était sans doute une sorte d'*alter ego* imaginaire qui répondait à ses questions, rationalisait ses décisions, expliquait ses actes présents et passés.

Cependant, si Michael Webster et Matthias Wade étaient conjointement coupables de la mort de Nancy Denton, il serait bien obligé de se plonger dans ce sac de nœuds.

« Je suis allé à l'endroit que vous m'avez indiqué, et nous avons trouvé les restes d'une boîte en métal, comme vous l'aviez annoncé, déclara Gaines. Nous allons désormais vous inculper pour meurtre avec préméditation, et nous vous ferons lire l'acte d'accusation par le juge Wallace. Il est plus que probable que vous serez transféré à Hattiesburg ou Jackson pendant que l'enquête se poursuivra. J'imagine qu'ils voudront aussi un examen psychologique, juste afin de déterminer si vous êtes mentalement capable de faire face à un tribunal. »

Webster acquiesça comme s'il comprenait précisément ce que disait Gaines, même si l'expression dans ses yeux suggérait qu'il était dans un autre monde.

Gaines s'accroupit, les mains autour des barreaux, et il regarda Webster à travers l'espace qui les séparait.

Webster soutint son regard tandis que Gaines reprenait la parole.

« J'ai besoin de savoir ce qui se passe, Mike, dit-il. Il y a vingt ans, une fille de 16 ans nommée Nancy Denton a été étranglée, mutilée et enterrée. C'est vous qui lui avez fait ça. Vous l'avez prise à sa famille, à sa mère, vous lui avez fait ces choses, et maintenant vous allez devoir assumer les conséquences de vos actes. »

Gaines marqua une pause. Il n'y avait rien, pas la moindre lueur dans les yeux de Webster.

« Vous m'écoutez, Mike ? Vous entendez ce que je dis ? »

Webster acquiesça. Juste une fois. Un petit hochement de tête, rien de plus.

« Si vous passez un examen psychologique et qu'ils vous déclarent fou, vous passerez le restant de votre vie dans un établissement psychiatrique. Mais s'ils disent que vous ne l'êtes pas et que vous aviez conscience de ce que vous faisiez, alors vous passerez le restant de votre vie en prison. Vous comprenez? »

Webster se pencha en avant. Il posa les coudes sur les genoux et joignit le bout des doigts.

« Nous avons vu des choses que les autres ne pourraient jamais imaginer, shérif. Pas même dans leurs cauchemars les plus fous. Et pire encore. Les hommes ne devraient pas voir de telles choses, mais ce sont eux qui les ont créées, alors pourquoi seraient-ils épargnés? On ne peut pas supporter un tel fardeau en menant une vie ordinaire. Nous avons survécu, peut-être. Nous ne sommes pas morts, mais nous aurions tout aussi bien fait de mourir. Les personnes que nous étions quand nous sommes partis au front n'étaient pas celles que nous étions à notre retour. Vous rentrez chez vous, et tout a changé. Les gens que vous avez connus toute votre vie sont familiers sans l'être. Leurs expressions, leur voix, leur attitude, tout est différent. Et alors vous vous apercevez que ce n'est pas eux qui ont changé, mais vous. Et ceux que vous pensiez connaître le mieux semblent être ceux qui vous reconnaissent le moins. Comme si quelque chose avait pris possession de votre corps durant votre absence. » Webster acquiesça comme s'il exprimait une vérité profonde. « Nous ne serons jamais normaux. Nous serons toujours des étrangers. Nous n'aurons plus jamais notre place. »

Il s'éclaircit la voix, puis sourit comme s'il se rappelait un moment heureux.

« Parfois, vous voyiez de la lumière parmi les arbres, au niveau du sol, vous savez? Comme des fantômes rampants. Et des fusées éclairantes et des coups de feu qui illuminaient comme un feu d'artifice le ciel d'un bleu sombre. Et la pluie... ces gouttes de pluie de la mousson qui s'abattaient comme des plombs, douloureux, qui transperçaient votre gilet pare-balles et votre chemise et votre débardeur, qui transperçaient même votre peau, comme des aiguilles plantées dans la moelle de vos os. Vous continuiez malgré tout d'entendre du mouvement quelque part, et vous saviez instinctivement si c'était un Jap ou un camarade. Et au bout d'un moment, c'était comme si vous n'aviez jamais été ailleurs, comme si vous n'iriez plus jamais ailleurs. Il n'y avait plus d'avant ; il n'y avait plus d'après ; il n'y avait plus qu'ici et maintenant. » Webster marqua une pause, ouvrit les yeux. Ils étaient emplis de larmes. « Vous rentrez chez vous, shérif, et vous vous dites que le monde que vous connaissiez n'existe plus. Mais c'est faux. Le monde est toujours le même, c'est vous qui le voyez différemment, parce que vous avez changé. Vous voyez désormais tout sous un éclairage différent. Vous comprenez que la vie et la mort sont sans importance, qu'il y a le monde physique et le monde spirituel, et que ce sont deux choses totalement distinctes qui n'ont absolument rien à voir. » Une larme solitaire coula sur sa joue.

« Je l'ai trouvée, shérif. Je l'ai trouvée morte au bord de la route, et ça m'a aussitôt ramené à la guerre. Mais cette fois, je pouvais faire quelque chose pour l'aider, et même si ce n'était pas grand-chose, c'était mieux que rien. J'ai fait ce qui m'a semblé le mieux, et si je dois finir en prison pour ça, alors soit. C'est tout ce que j'ai à dire, je n'ai vraiment rien d'autre à ajouter. »

Et Gaines, qui observait Webster et écoutait chaque mot qu'il prononçait, n'avait rien à ajouter non plus.

Il se leva, prit une profonde inspiration, puis se dirigea vers l'escalier. Il ne put se résoudre à jeter un dernier regard en direction du prisonnier. Il y avait trop de vérité dans sa folie, et il ne pouvait pas la laisser s'immiscer dans ses pensées.

25

Ken Howard était arrivé lorsque Gaines remonta du sous-sol. Hagen l'avait déjà mis au parfum.

« Wallace le verra dès que nous serons prêts, déclara Howard. Il voudra se décharger de ce dossier au plus vite. Ça se comprend. Un putain de cauchemar. Bon Dieu, je ne veux même pas penser à... cette pauvre gamine. » Il secoua la tête. « Je suis peut-être avocat de l'assistance judiciaire, mais parfois je n'ai aucune envie de m'opposer aux poursuites. » Il secoua la tête avec résignation. « Alors, donnez-moi ce que vous avez. Je ferai faire un compte rendu pour Jack Kidd, et on verra si on peut vous débarrasser dès que possible de ce cinglé.

– Nous vous en serions reconnaissants, dit Gaines.

– Ça va, shérif ? demanda Hagen. Vous êtes malade ? »

Gaines ne se sentait pas dans son assiette, mais ce n'était pas étonnant, vu la situation.

« Ça va, répondit-il. J'ai juste passé trop de temps en compagnie de ce fou.

– Je peux m'occuper de la paperasse avec Ken, dit Hagen. Accordez-nous deux heures, et on se réunira de nouveau pour voir si on a besoin d'autre chose.

– D'accord, dit Gaines. Ça me convient.

– Hagen affirme que vous avez d'autres indices... des photos ou je ne sais quoi ?

– Rien de concret, répondit Gaines. Des photos de Webster, de la fille et de toute une bande quand ils étaient jeunes. Je dois découvrir qui ils étaient. C'est eux qu'il faut interroger. J'ai aussi un paquet de vêtements couverts de boue, pour ce que ça me sera utile... Je ne sais pas pourquoi j'ai pris la peine de les emporter, mais ils sont ici.

– Parfait. Occupez-vous de ça. Hagen vous informera si on a des questions.»

Howard se dirigea vers les bureaux derrière la réception, talonné par Hagen.

Gaines hésita une minute, puis il alla chercher l'album dans la réserve. Il le porta à son bureau, demanda à Barbara de lui apporter du café, et il passa une bonne heure à examiner les photos. Le premier cliché représentait Michael Webster. À côté de lui, dans son ombre, se trouvait Nancy Denton. Impossible de ne pas les reconnaître. Sur certaines photos, il portait son uniforme. C'était un bel homme, et l'attirance entre lui et Nancy était flagrante, malgré leur différence d'âge. Dans leur orbite, présents sur la plupart des photos – parfois seuls, parfois à deux ou trois –, il y avait cinq autres jeunes, dont trois semblaient avoir un lien de parenté. Ça devait être les Wade. Ils allaient de l'aîné – un autre beau jeune homme aux cheveux blonds et à la mâchoire puissante, peut-être âgé d'environ 20 ans – jusqu'à une petite brune dont Gaines ne parvenait pas à deviner l'âge. Le jeune homme était plus que probablement Matthias, et les autres devaient être son frère et sa sœur. Mais c'était Nancy qui attirait constamment le regard de Gaines. Si hardie, si radieuse, si belle. Rien à voir avec le spectre pâle qui gisait sur la table de la morgue. Cette fille était pleine de vie, elle semblait se détacher sur chaque photo.

Gaines fit venir Barbara dans le bureau et lui demanda de porter l'album à Ralph, le frère de Hagen.

«Ces gens, tous les sept... je veux qu'il prenne des photos de ces clichés, qu'il les agrandisse, et qu'il me donne sept portraits d'au moins dix centimètres sur douze. Dites-lui de choisir ceux qui offrent la meilleure vue du visage de face, d'accord?

– Pour quand?

– Dès qu'il pourra. Merci, Barbara. »

Lorsqu'elle fut partie, Gaines se perdit un moment dans ses pensées. Il avait le sentiment qu'il devait rester, même si Hagen n'avait nullement besoin de lui. Si tout se passait bien, Webster serait transféré dans quelques heures.

Au bout du compte, il décida de rentrer chez lui – juste histoire de voir comment se portait sa mère et de se changer un peu les idées. Il roula lentement, mit un peu de musique à la radio, l'éteignit presque aussitôt. Il sentait une tension dans sa nuque, dans ses épaules, le long de son dos, et il savait qu'elle ne se dissiperait pas sans une bonne nuit de sommeil. La nuit précédente, il avait dormi d'un sommeil agité. Il avait rêvé. Il se rappelait quelques détails de son rêve, mais ils étaient vagues, indistincts. La fille était là. Ça, il le savait. Et tant que ce dossier ne serait pas refermé, tant qu'il n'aurait pas passé quelque temps loin de Webster et des conséquences de cette affaire, il supposait qu'elle continuerait de hanter ses rêves.

Il pensa alors à Matthias Wade. Webster lui avait-il vraiment parlé ? Y avait-il une deuxième personne impliquée dans ce qui était arrivé à Nancy Denton ? Matthias Wade était-il complice du meurtre, ou était-ce juste le fruit de l'imagination débridée de Webster ? Et qui était cette Maryanne mentionnée non seulement par Judith Denton, mais aussi par Webster ? Avait-elle aussi trempé dans tout ça ? Matthias Wade et cette Maryanne faisaient-ils partie de ces gens sur les photos ? Il aurait bientôt des clichés qu'il pourrait montrer. Il commencerait par Eddie Holland. Eddie avait vécu toute sa vie à Whytesburg, et Gaines était certain qu'il serait capable d'identifier certains des gamins de l'album, peut-être même tous.

C'est tandis qu'il roulait qu'un doute fragile commença à entamer sa conviction. Il tenta de l'ignorer, mais il avait accroché son attention comme un hameçon. Jusqu'alors, il n'avait fait à ses yeux aucun doute que Webster était non seulement fou, mais aussi menteur. N'importe quel être humain capable de mutiler

Nancy Denton de la sorte était sans aucun doute également capable de la tuer. De fait, étrangler quelqu'un – surtout pour un homme avec un passé de soldat, un homme *habitué* à tuer – n'était rien comparé au fait de disséquer un torse et de prélever un cœur pour accomplir quelque rituel bizarre. C'était d'une brutalité moyenâgeuse.

Alors pourquoi envisageait-il désormais la possibilité que Webster ne mente pas ? Qu'il n'ait pas étranglé la fille ? La réponse était simple : les photos. Elles étaient ordinaires, et pourtant elles disaient quelque chose ; elles le disaient sans mots, mais avec une clarté évidente. La façon que Webster avait de regarder Nancy. La façon qu'elle avait de le regarder. La *tension* qu'il semblait y avoir entre eux, même sur ces clichés en noir et blanc vieux de vingt ans.

Voilà comment le doute avait germé en lui, et ce doute continuait de croître.

Mais non, Webster était fou. Des évaluations psychologiques seraient effectuées. Des hommes qui comprenaient bien mieux que lui les caprices et les errements de l'esprit humain poseraient à Webster des questions habiles et prouveraient qu'il était complètement cinglé. Il fallait qu'il le soit. Pour avoir fait ce qu'il avait fait, il *fallait* qu'il le soit. En outre, le principal souci de Gaines pour le moment, c'était que Webster soit emprisonné ailleurs que dans le sous-sol du commissariat de Whytesburg. L'enquête elle-même se poursuivrait au cours des jours et des semaines à venir, et si d'autres personnes étaient impliquées, eh bien, Gaines se pencherait sur leur cas le moment venu.

Cependant, les paroles de Webster continuaient de le hanter.

J'ai fait ce qui m'a semblé le mieux, et si je dois finir en prison pour ça, alors soit.

Et il y avait l'expression dans ses yeux, cette espèce d'étonnement, cet espoir désespéré que son acte effroyable ait pu être bénéfique.

Il était inconcevable de penser ainsi, mais c'est pourtant ce que faisait Webster, et il semblait convaincu d'avoir bien agi.

Gaines s'arrêta au bord du trottoir et descendit de voiture. Il marcha jusqu'à la maison et appela sa mère depuis le couloir.

«Ici», lança-t-elle.

Gaines fut surpris d'entendre sa voix jaillir de la cuisine.

«Qu'est-ce que tu fais debout? demanda-t-il. Où est Caroline?»

Alice Gaines regarda son fils comme s'il avait juré à l'église.

«Tu crois que je vais passer chaque heure du temps qui me reste à vivre dans ce lit? Je perdrais l'usage de mes jambes. Je me sens bien, John. Je me sens bien, ce matin. Je voulais juste me lever un peu et m'assurer que le monde tournait rond sans moi.

– Qu'est-ce que tu fais? demanda-t-il. Tu prépares du thé? Laisse-moi le faire à ta place.

– Et si c'était moi qui te préparais du thé? Qu'est-ce que tu dirais de ça, pour une fois, hein?»

Gaines acquiesça.

«D'accord, si tu t'en sens capable.

– Assieds-toi. Je vais bien. J'ai pris un de ces cachets contre la douleur que Bob Thurston n'arrête pas de me laisser, et je me sens tout énergique et pleine d'entrain.»

Elle sourit, tendit le bras et toucha la joue de son fils avec la paume de sa main.

«Alors, qu'est-ce qui se passe avec ton bonhomme?

– Il va être inculpé aujourd'hui, et il sera emmené à Jackson ou Hattiesburg, je pense.

– Il a fait d'autres révélations?

– Non, toujours les mêmes élucubrations, et il a évoqué les Wade. Apparemment, Matthias Wade et lui étaient amis à l'époque.

– Vraiment? s'étonna Alice, et elle se tourna vers son fils.

– De quoi?

– Affirme-t-il que Matthias Wade est mêlé à ce crime horrible?

– Il dit beaucoup de choses, maman. La plupart d'entre elles n'ont absolument aucun sens. Il prétend que Matthias Wade savait ce qui s'était passé, et qu'il lui avait conseillé de n'en parler à personne. C'est tout. »

Alice secoua la tête. Elle ferma les yeux un moment.

Gaines fronça les sourcils.

« Tu connais Matthias Wade ?

– Oh, je ne le connais pas, John. Mais j'ai entendu parler de lui. Beaucoup de gens ont entendu parler de lui, et ils le regrettent presque tous.

– Pourquoi ?

– C'est sa famille, John. Ce ne sont pas des gens bien. Ce sont des gens mauvais, des fous. Leur vie est une succession de tragédies, et je peux t'assurer que dans la plupart des cas ils les ont provoquées eux-mêmes. Comme cette chose terrible qui est arrivée à la femme d'Earl Wade. Personne ne le dit à voix haute, mais cette pauvre femme s'est tuée à force de boire. J'en suis certaine. Dieu sait comment ça a affecté les enfants de voir leur mère dans cet état. Enfin bref, quoi qu'il en soit, c'est à Matthias, l'aîné, que j'ai pensé quand tu m'as raconté ce qui était arrivé à cette gamine...

– Pourquoi ? Pourquoi avoir pensé à lui en relation à Nancy Denton ?

– À cause de ce qui s'est passé en Louisiane. C'est arrivé il y a très, très longtemps, et ça n'a peut-être rien à voir, mais quand tu m'as dit ce qui s'était produit ici, je n'ai pas pu m'empêcher d'y penser.

– En Louisiane ? Les Wade viennent de Louisiane ?

– Renseigne-toi, John. Morgan City, 1968. De nombreuses personnes en savent beaucoup plus que moi sur les Wade. Ça s'est passé au début de 1968. Tu étais parti à la guerre. En plus, Morgan City ne doit pas être à plus de cent cinquante kilomètres d'ici. Les bruits courent, et les gens comme les Wade ont le don de faire en sorte que leurs histoires soient connues des gens qui veulent les entendre.

– Qu'est-ce qui s'est passé? demanda Gaines.

– Deux filles ont été assassinées, John. C'est tout ce que je sais avec certitude. »

Gaines regarda sa mère en écarquillant les yeux.

« Et tu n'as pas songé à m'en parler hier ? »

Elle sourit.

« C'était il y a longtemps, John. Six ans. Une ville différente, un État différent. J'y ai pensé, puis ça m'est sorti de la tête. Et puis, je ne voulais pas te mettre des idées absurdes dans le crâne.

– Alors, qu'es-tu en train de dire ? Tu crois que Matthias Wade a tué deux filles à Morgan City il y a six ans ?

– Je ne dis rien, John. Du moins rien dont je sois certaine. Disons seulement qu'il y a des gens qui pensent qu'il a fait bien plus que ça, John... bien plus que simplement les tuer. »

Gaines se pencha en arrière sur sa chaise. Il regarda sa mère qui le fixait du regard, et il sentit une tension palpable dans la petite cuisine, le même genre de tension que lorsqu'il avait conduit Webster jusqu'au commissariat.

Matthias Wade avait une histoire, semblait-il. Et c'était à lui que Michael Webster affirmait avoir raconté ce qu'il avait fait vingt ans plus tôt.

Dès l'instant où le corps de Nancy avait émergé de la vase noire, dès l'instant où Gaines avait vu ces sutures croisées qui couraient le long de son torse, il avait su que quelque chose de terrible s'était produit à Whytesburg. Il se demanda alors si la réalité n'était pas pire encore que ce qu'il s'était imaginé.

Peut-être en effet valait-il mieux laisser les morts tranquilles, ne pas les déranger, ne pas les réveiller. Qu'avait-il déclenché ? Qu'avait-il lâché sur Whytesburg ? Qu'avait-il libéré ?

« Va te renseigner à Morgan City, déclara Alice Gaines. Interroge les gens sur la famille Wade... »

26

Gaines se rendait dans le couloir lorsque le téléphone se mit à sonner. C'était Hagen.

« On a un problème, annonça celui-ci. Ken a parlé au téléphone au procureur général, qui affirme qu'on n'a pas de quoi retenir Webster...

– Comment ça ?

– Ce qu'il a pu vous dire n'a pas valeur de confession. Il n'y avait pas d'avocat présent quand il vous a parlé. Ce qu'on a déterré ne prouve rien, bien que ce soit lui qui nous ait dit où creuser, du moins à en croire Kidd. Et l'autorisation de fouiller chez lui ne vaudra peut-être pas grand-chose non plus. »

Gaines sentit son estomac se nouer.

Hagen dut sentir son malaise.

« John... dites-moi que vous n'avez pas oublié. »

Gaines ouvrit la bouche pour parler, mais sa brève hésitation suffit à fournir à Hagen la réponse à sa question.

« Vraiment ?

– Richard... je l'avais dans ma poche. Je comptais...

– Alors, ce qu'on a pris au motel ne vaudra rien non plus. Bon sang, John...

– Mais Webster m'a tout de même donné la permission de fouiller la cabine...

– Il prétend le contraire.

– De quoi ?

– Comme j'ai dit, John. Webster prétend qu'il n'a jamais été question que vous alliez chez lui. Il dit qu'il ne vous a jamais accordé la permission.

– Êtes-vous sérieux ? Êtes-vous vraiment sérieux ?

– Aussi sérieux que possible, John. Ken Howard a commencé à rassembler les pièces. Il a appelé le bureau du procureur général, a parlé à Kidd en personne, lui a expliqué ce que nous avions, ce que nous n'avions pas, et ç'a été la première question que Kidd a posée. Je lui ai dit que nous avions une autorisation signée, mais il a répondu que n'importe quel avocat pourrait l'invalider compte tenu de l'état d'esprit de Webster. Maintenant, je dois lui dire qu'on ne l'a même pas. Kidd a aussi demandé si Webster avait eu l'opportunité de téléphoner à son avocat. J'ai dû lui dire qu'il n'avait pas passé de coup de fil pour autant que je sache. Kidd nous a ordonné de laisser Webster passer un coup de téléphone, et c'est ce qu'il a fait. Il a appelé un certain Wade. Vous connaissez un avocat nommé Wade ? »

Gaines ne put parler pendant un moment.

« Vous vous foutez de moi, dit-il finalement. Dites-moi que vous vous foutez de moi, Richard...

– Quoi ? Vous connaissez ce type ?

– Et après, qu'est-ce qui s'est passé ? C'est à ce moment qu'il a dit qu'il ne m'avait pas autorisé à fouiller chez lui ?

– Après le coup de fil ? Heu, eh bien, oui, je suppose. Je n'avais pas fait le lien. J'étais obligé de le laisser passer un appel, et quand Ken Howard a rappelé Kidd et lui a exposé les indices, c'est alors qu'il a été question de mandat. Kidd a demandé quel juge avait signé le mandat de perquisition – Wallace à Whytesburg ou Otis à Branford –, et nous avons dû lui dire qu'il n'y avait pas de mandat et que vous aviez rapporté l'album photo et les vêtements de la cabine de Webster. Kidd nous a demandé de vérifier auprès de Webster que vous en aviez bien discuté avec lui, que vous lui aviez demandé la permission d'aller chez lui et de prendre des choses lui appartenant, juste histoire d'appuyer le document que j'ai dit que vous aviez signé. Mais Webster a répondu que non, qu'il n'avait jamais rien dit de tel. Nous avons rappelé Jack Kidd, et il a affirmé que le document ne tiendrait pas la route, que tout ce que vous aviez emporté ne pouvait plus être pris en compte, et que nous n'avions pas suffisamment d'indices pour retenir Webster plus de deux heures. Il a dit que nous devions le libérer une fois que les vingt-quatre heures seraient écoulées. Et aussi que vous deviez retirer l'accusation de meurtre. On ne peut pas l'accuser deux fois de la même chose, et dans la situation actuelle, aucun juge ne l'inculpera sur la base des indices que nous avons. J'ai consulté le registre, John. Webster est arrivé ici juste après une heure, hier après-midi. Il est désormais onze heures. Nous avons deux heures pour produire quelque chose de solide, ou nous devrons le relâcher. »

Gaines n'en revenait pas de sa négligence et de sa stupidité. Kidd lui dirait deux mots – il le savait –, et ce ne serait pas des mots d'encouragement.

« J'arrive », dit Gaines.

Il retourna à la cuisine, expliqua à sa mère qu'il la verrait plus tard et sortit. Elle voulut le retenir, lui demanda ce qui se passait, mais il ne s'arrêta pas pour lui expliquer.

Webster était assis exactement au même endroit que la dernière fois que Gaines l'avait vu. Rien en lui n'avait changé, hormis quelque chose dans ses yeux, comme une expression de défi. Peut-être Gaines interprétait-il les choses de travers à cause de ce qu'il savait, mais il y avait assurément un changement dans le maintien et l'attitude de Webster.

« Parlez-moi de Matthias Wade, dit Gaines.

– Qu'est-ce que vous voulez que je vous dise ?

– Je veux savoir qui c'est. Et comment vous l'avez rencontré.

– Qui c'est ? répéta Webster en écho. C'est juste un type, un homme comme vous et moi. Comment je l'ai rencontré ? Ça remonte à un bon bout de temps.

– Et vous venez de lui parler au téléphone, exact ? L'agent Hagen vous a dit que vous pouviez passer un coup de fil, et vous avez appelé Matthias Wade ?

– J'ai appelé Matthias Wade, oui.

– Pourquoi lui ? Pourquoi l'avez-vous appelé, Mike ? »

Webster haussa les épaules.

« La solitude, je suppose. Parce que c'est mon ami. Il ne se passe pas grand-chose quand on est enfermé seul ici, shérif.

– Et c'est le même Matthias Wade que vous fréquentiez il y a vingt ans, celui qui savait ce qui est arrivé à Nancy Denton, n'est-ce pas ?

– Bien sûr que c'est le même Matthias Wade. Il n'y a qu'un Matthias Wade.

– Et votre cabine au motel ?

– Quoi, ma cabine au motel ?

– Vous m'avez dit que je pouvais aller la fouiller...

– Je crois que vous faites erreur, shérif. Je ne me rappelle pas avoir dit une telle chose...

– Qu'est-ce que vous me racontez ? Je vous ai demandé. Je me souviens de vous avoir demandé clairement et simplement, Webster. Vous avez répondu que je pouvais y aller et effectuer une fouille... »

Webster resta tout d'abord silencieux, puis il regarda Gaines dans les yeux.

« Ai-je signé quoi que ce soit pour attester que vous pouviez ?

– C'est Wade qui vous a dit de dire ça, n'est-ce pas ? Il vous a dit de dire que vous n'aviez donné aucune autorisation pour la fouille, n'est-ce pas ? Où est-il, Webster ? Où est Matthias Wade ?

– En ce moment ? Je n'en ai aucune idée, shérif. »

Gaines s'écarta des barreaux. Il était fou de rage et parvenait à peine à contrôler sa colère. Il avait été idiot, c'était indéniable. Il avait compté faire signer le document à Webster, il l'avait même dans sa poche, mais dans sa hâte de découvrir ce qu'il y avait dans cette cabine de motel, ça lui était sorti de la tête.

Maintenant, tout ce qu'il avait fait ne valait plus rien.

Gaines consulta sa montre. Il était onze heures vingt. Dans une heure et quarante minutes, il serait obligé de relâcher Webster et de reprendre son enquête à zéro.

Gaines quitta le sous-sol, gagna son bureau et appela le procureur général, Jack Kidd. Il dut patienter six ou sept bonnes minutes avant que Kidd prenne la communication.

« Bonjour, shérif Gaines, dit Kidd. J'ai appris que vous aviez sérieusement merdé, ce coup-ci.

– C'est ce qu'on dirait, monsieur.

– Je peux pas faire grand-chose pour vous aider, fiston. J'ai appris ce qui s'est passé, et personne n'est aussi désolé que moi de voir ce salopard vous filer entre les mains. Comme vous le savez, j'ai moi-même trois filles. D'accord, elles sont grandes et tout, c'est elles qui causent des problèmes, maintenant, mais il y a pas si longtemps que ça, c'étaient des gamines comme votre Nancy Denton. C'est bien triste quand la loi vous empêche de faire votre boulot, mais c'est comme ça, et il est fort probable que ça le sera toujours...

– Mais...

– Mais rien, fiston. Vous avez effectué une fouille et une saisie illégales. Il aurait mieux valu placer l'endroit sous scellés, le faire surveiller par des agents, et obtenir ce mandat. Entrer dedans, quoi qu'ait pu dire ou non Webster, n'était pas la bonne façon d'agir. Bon sang, même s'il vous avait signé une autorisation comme l'a affirmé votre adjoint, elle n'aurait pas valu grand-chose devant un tribunal. D'après ce que je comprends, même le plus abruti des avocats aurait pu la discréditer à cause de l'état mental du détenu. Et maintenant, j'apprends que vous n'avez même pas fait signer le document. Vous devez faire les choses dans les règles. Vous le savez. Et cette histoire de boîte enterrée je ne sais où avec le cœur de la fille à l'intérieur ? Bon Dieu, j'ai jamais entendu un truc pareil. Mais il paraît que vous l'avez déterrée. Vous auriez dû l'enregistrer sur bande quand il vous a dit où elle était. Vous auriez dû avoir quelqu'un avec vous pour corroborer votre rapport, fiston. »

Kidd s'éclaircit la voix, et Gaines s'apprêta à répondre.

« Et franchement, shérif Gaines, reprit Kidd, je vous croyais futé comme un renard, mais vous venez de me prouver que vous étiez aussi crétin que tous ces ploucs qu'il y a par chez vous.

– Vous me dites qu'il n'y a rien – absolument rien – que je puisse faire pour retenir Webster ?

– Eh bien, Hagen m'a dit qu'il avouait avoir découpé la fille mais qu'il niait l'avoir tuée, exact ?

– C'est exact.

– Donc, pour le moment, il pourrait être inculpé pour prélèvement d'indice sur une scène de crime et destruction de preuves, vu que c'est à peu près tout ce qu'elle était, vous voyez, la preuve qu'un meurtre avait été commis. Il pourrait être accusé de ces deux chefs, mais vous avez tout foutu en l'air avec cette fouille illégale. Bon sang, mon vieux, j'ai même eu Ken Howard au téléphone qui me disait comment faire mon boulot, et c'est lui qui est censé défendre votre type ! Le fond du problème, fiston, c'est que la loi est la loi, et que ça nous plaise ou non, nous allons devoir trouver autre chose pour l'inculper, et prier pour qu'il ne paie pas la caution, sinon nous devrons le relâcher. Quoi que vous décidiez, vous avez à peu près deux heures. »

Gaines ne savait plus quoi dire.

« Alors, fit Kidd. Qu'est-ce que vous voulez faire, fiston ?

– Retirer l'accusation de meurtre, l'inculper pour destruction d'indice, entrave à une enquête en cours...

– Ça, ça ne tiendra pas une putain de seconde. Le meurtre de Nancy Denton n'avait même pas été découvert quand il a pris le corps. Il n'y avait pas d'enquête en cours. Faites ce que je vous dis. Inculpez-le pour prélèvement d'indice sur une scène de crime et destruction dudit indice. C'est tout ce que vous avez. Qui est votre juge itinérant ? Wallace ?

– Oui, j'ai Wallace, mais également Otis pour le comté de Branford.

– Wallace est aussi malin qu'Otis. Si Wallace peut trouver le moyen de l'incarcérer sans caution, tant mieux, mais j'en doute. Ce sont des délits, et la nature du crime original n'aura aucun effet sur la sévérité de la condamnation pour prélèvement et destruction d'indice, vous voyez ? »

Kidd exhala bruyamment.

« Bordel, Gaines, vous avez vraiment merdé.

– Je sais. Pas la peine de me le répéter.

– Eh bien, peut-être que si, fiston, juste pour être sûr que vous resterez attentif et que vous ne recommencerez pas ce genre de connerie.

– D'accord, monsieur.

– Bon, balancez toute la paperasse concernant l'accusation de meurtre, et rédigez de nouveaux documents pour le prélèvement et la destruction d'indice. Allez chercher Wallace dans je ne sais quel bar où il doit être en train de se soûler et dites-lui de m'appeler s'il a des questions.

– OK.

– Et, Gaines...

– Oui ?

– Utilisez votre tête, et non votre cœur, vous voulez bien ? Je sais que c'est sacrément important, pour vous autres. Je ne sais même plus à quand remonte le dernier meurtre à Whytesburg, et je ne crois pas que vous en ayez déjà eu d'aussi sordide que celui-ci, même quand c'était ce vieux séducteur de Don Bicklow qui tenait la baraque. C'est une affaire difficile. Mais plus elles sont difficiles, plus il faut rester dans les clous. Les gens se laissent guider par leurs émotions, fiston, surtout quand il est question de gamins morts, et vous devez faire très attention à ce que vous faites. Sinon, vous vous retrouverez avec Webster en liberté et une bande de lyncheurs sur les bras. Vous me comprenez ?

– Oui, monsieur, je comprends.

– Bon, très bien. Maintenant, attaquez-vous à cette paperasse, et on verra si on peut garder ce cinglé derrière les barreaux un peu plus longtemps. Il a peut-être été libre comme l'air pendant vingt ans, mais ça ne signifie pas qu'on doive accorder à ce cinglé une journée de liberté supplémentaire, si on peut l'empêcher. »

Kidd raccrocha.

Gaines fit de même. Il se tint un moment immobile, sentit son cœur qui cognait à toute vitesse dans sa poitrine. Kidd avait raison. Il avait fait une connerie. Il avait laissé ses émotions prendre le dessus.

Gaines alla voir Hagen. Il lui expliqua ce qui devait figurer sur les nouveaux documents. Hagen s'y attela, et Gaines se mit à passer des coups de fil à la recherche du juge Marvin Wallace.

27

À treize heures quarante-cinq, le vendredi 26 juillet 1974, Michael Anthony Webster, ancien lieutenant de l'infanterie américaine, apparut devant le juge Marvin Wallace, du tribunal itinérant de Whytesburg, pour faire face à deux chefs d'accusation : premièrement, prélèvement d'indice sur une scène de crime – l'indice étant le corps de Nancy Grace Denton –, deuxièmement, dégradation dudit indice.

Webster était menotté de chaque côté : à gauche à l'agent Lyle Chantry, à droite à l'agent Forrest Dalton. Il se tint immobile et impassible lorsqu'on lui lut les chefs d'accusation, et quand Wallace demanda à Howard ce que le prévenu souhaitait plaider, Howard répondit simplement : « Pour le moment, le prévenu ne souhaite contester aucune des deux accusations. » Webster avait décidé de ne pas s'engager pour garder la possibilité de plaider coupable ou non coupable ultérieurement. Peut-être espérait-il conclure un accord avec le procureur.

« Le prisonnier sera incarcéré, déclara Wallace. La caution est fixée à cinq mille dollars. »

Howard s'avança.

« Votre Honneur, je dois vous demander la libération du prisonnier en attendant le procès. C'est un ancien combattant décoré, et il n'a aucune condamnation antérieure, que ce soit dans cet État ou un autre. J'estime qu'il ne présente aucun risque de fuite.

– Je comprends, monsieur l'avocat, et vos commentaires sont notés. Cependant, étant donné la gravité du délit, je fixe la caution à cinq mille dollars. »

Le marteau s'abattit. Fin de la discussion.

Howard jeta un coup d'œil à Gaines. Celui-ci savait que Howard n'avait d'autre choix que de contester la décision de Wallace. Une absence de contestation aurait pu être considérée comme un manquement à la défense du prévenu lors d'une future audition en appel.

Webster ne prononça pas un mot, et ce n'est que quand Chantry et Dalton se mirent à marcher qu'il leur emboîta le pas.

Ils le ramenèrent au commissariat.

Wallace intercepta Gaines tandis qu'il s'apprêtait à quitter la salle d'audience.

«Cette caution est la plus élevée que je pouvais fixer, expliqua Wallace. J'ai essayé de la fixer encore plus haut, mais je n'avais pas suffisamment de justifications. De toute façon, je crois que quelqu'un comme Webster aura autant de mal à trouver cinq mille dollars qu'à en trouver cinquante.»

Gaines remercia Wallace et retourna au commissariat pour s'assurer que Webster était bien enfermé au sous-sol.

Une fois encore, Webster demeura silencieux et immobile.

Gaines ne voulait pas lui parler, ni même le voir. Il retourna à son bureau.

Hagen était là. Il avait une mine anxieuse.

«Qu'est-ce qu'il y a?

– Quelqu'un est ici pour payer la caution de Webster.»

Gaines poussa un soupir plein de résignation.

«Laissez-moi deviner. Matthias Wade, c'est ça?

– À la réception. Il dit qu'il a de quoi payer la caution tout de suite.

– Vous vous foutez de ma gueule, dit Gaines avec un désarroi évident dans la voix. C'est une putain de blague...»

Il contourna Hagen, marcha vers la porte, puis hésita et se retourna.

« Faites une recherche pour moi, vous voulez bien ? Morgan City, en Louisiane. Vérifiez quel comté c'est. Trouvez le shérif local et dites-lui que j'ai besoin de le voir.

– Pas de problème », répondit Hagen.

Gaines traversa le bâtiment jusqu'à la réception. Lorsqu'il approcha du guichet, un homme se leva et lui sourit.

Il le reconnut immédiatement. Il avait vu juste. C'était l'aîné des Wade qui figurait sur les photos de l'album. Les cheveux blonds étaient désormais grisonnants, mais sa mâchoire était reconnaissable entre mille.

« Shérif Gaines, dit l'homme. Mon nom est Matthias Wade, et je suis ici pour aider mon ami le lieutenant Webster. Je crois savoir que sa caution est fixée à cinq mille dollars... »

Wade n'était pas grand, il devait mesurer environ un mètre soixante-dix. Au premier coup d'œil, son apparence n'avait rien de particulier ni d'extraordinaire. Il était habillé de façon décontractée – chemise à col ouvert, veste sport toute simple, pantalon bleu foncé. Gaines supposa qu'il avait une petite quarantaine d'années. Il était rasé de près, ses traits n'avaient rien d'inoubliable, ses yeux étaient bleu-vert. N'importe quel observateur extérieur lui aurait trouvé l'air détendu, paisible, chaleureux, et il alla même jusqu'à tendre la main lorsque Gaines passa devant le guichet et vint se poster face à lui.

Gaines ne lui serra pas la main.

Wade ne s'offusqua pas de ce manque de courtoisie.

« Donc, reprit-il, comment procédons-nous ? »

Gaines esquissa un sourire emprunté, plus incrédule que consterné.

« Sérieusement, vous êtes ici pour payer la caution de Webster ?

– Bien sûr », répondit Wade.

Sa voix avait conservé quelques intonations de La Nouvelle-Orléans. Il venait de Louisiane, comme Gaines, mais avait perdu l'essentiel de son accent au fil des années.

« Qu'êtes-vous pour lui ? Son ami ? Son avocat ?

– Je suis juste un homme d'affaires, shérif Gaines. Je possède un certain nombre d'entreprises ici et là, mais je suis aussi un bon citoyen, un travailleur, et j'aime me considérer comme une sorte de philanthrope. J'estime que quand un homme a de la chance dans la vie, il a le devoir de partager cette chance avec les moins fortunés.

– Et Webster fait partie de ces moins fortunés ?

– Michael Webster est un ancien combattant, tout comme vous, je crois, shérif. Il n'a manifestement pas eu la vie facile, ne trouvez-vous pas ? Certains hommes parviennent à se réintégrer dans la société. Tenez, vous, par exemple. Vous avez servi votre pays pendant la guerre, et maintenant que vous êtes rentré, vous continuez de le servir. Peut-être êtes-vous constitué d'une étoffe plus résistante que le lieutenant Webster. Certains hommes sont juste plus fragiles que d'autres, vous savez ?

– Vous êtes en train de me dire que c'est *lui* la victime ? Vous êtes dingue, ou quoi ?

– Oh, je ne dis rien de tel, shérif. J'ai bien conscience qu'un crime odieux a été commis ici, qu'une pauvre jeune fille a subi des sévices et a été assassinée, mais ça remonte à vingt ans. Les souvenirs durent peut-être, mais les preuves ont généralement la vie courte. Je crois simplement que Michael Webster est incapable de se défendre, et j'aimerais croire que je l'aide à user de son droit constitutionnel à être équitablement représenté le jour où il se présentera devant le tribunal.

– Tout ça, c'est du baratin, si je puis me permettre, monsieur Wade. C'est le plus extraordinaire baratin que j'aie jamais entendu. J'ai un criminel dans mon sous-sol, c'est aussi simple que ça. Et même s'il n'est pas directement responsable de la mort de la victime, il est assurément responsable de ce qui lui a été fait après sa mort. » Gaines s'interrompit. « Mais bon, je n'ai pas besoin de vous expliquer ce qu'il lui a fait, n'est-ce pas, monsieur Wade ? »

Wade fronça les sourcils.

« Je suis désolé, shérif. Je crois que je ne sais pas de quoi vous parlez.

– Il dit qu'il vous a tout raconté. À l'époque, il vous a dit ce qu'il avait fait, moyennant quoi, à en croire votre ami, vous êtes aussi coupable de rétention d'information que lui... »

Wade sourit. Puis il éclata de rire.

« Je crois que le lieutenant Webster est encore plus fragile psychologiquement que je ne le pensais. Ou peut-être est-ce un simple malentendu, comme celui que vous avez eu quand vous avez cru qu'il vous avait autorisé à fouiller sa cabine au motel... »

Wade laissa sa phrase en suspens.

Gaines n'avait rien à répondre.

« Alors, reprit finalement Wade, qui veut de mes cinq mille dollars ? »

28

Avant et après le combat, il y avait la peur. Pendant le combat, il n'y avait que l'adrénaline. Les deux étaient incompatibles – peur et excitation ne pouvaient coexister. Les autres émotions n'avaient pas leur place. Ce n'était que plus tard, bien plus tard, que la colère, la haine, l'incrédulité, l'horreur et la sidération prenaient le dessus. Les émotions vous affectaient physiquement, vos mains tremblaient de façon incontrôlable, vos muscles étaient agités par des tics nerveux. Gaines connaissait bien cette réaction à retardement, et même s'il ne ressentait rien d'aussi violent, c'est avec colère et désarroi qu'il regarda Michael Webster quitter le commissariat en compagnie de Matthias Wade.

Il savait que Judith Denton ne tarderait pas à apprendre ce qui s'était passé. L'idée de lui faire face, d'essayer d'expliquer comment il lui avait fait faux bond, comment il avait fait faux bond à Nancy...

Il était trois heures cinq de l'après-midi, ce vendredi 26 juillet, lorsque Gaines regarda en silence Matthias Wade mener Webster à une berline ordinaire garée devant le commissariat. Où ils allaient, il n'en savait rien. Les deux hommes ne lui avaient rien dit. Peut-être Wade emmènerait-il Webster chez lui. Peut-être Gaines ne les reverrait-il jamais.

Si Gaines avait appliqué la loi au pied de la lettre, Webster serait plus que probablement encore au sous-sol, ou alors en route pour Jackson ou Hattiesburg pour y être détenu jusqu'à son procès. Si Gaines avait obéi au protocole habituel, alors certaines des choses que Webster lui avait dites seraient enregistrées sur bande, et une caution n'aurait jamais été accordée. Mais Gaines avait agi impulsivement, et maintenant Webster lui filait entre les doigts en ne laissant derrière lui qu'une traînée de poussière.

Gaines détourna les yeux de la berline qui disparaissait rapidement et retourna à son bureau.

Hagen l'y attendait.

« Morgan City dépend du comté de Saint Mary, annonça-t-il. J'ai parlé à l'adjoint, qui m'a dit que le shérif ne serait pas de retour avant cinq heures.

– Son nom ? demanda Gaines.

– Le shérif s'appelle Dennis Young. L'adjoint, Garrett Ryan.

– J'y vais, déclara Gaines. C'est à environ cent cinquante kilomètres. Je serai là-bas à son retour.

– Vous voulez que je vous accompagne ?

– Non, restez ici.

– Judith Denton va venir, n'est-ce pas ?

– Je suppose.

– Qu'est-ce que je lui dis ?

– Ce que vous pensez qu'elle sera en mesure d'entendre, Richard. Je ne sais pas quoi dire. J'ai merdé, et maintenant Webster est en liberté et nous n'avons aucun moyen de le garder à l'œil.

– Qu'est-ce qu'il veut, ce Wade ? Vous savez quelque chose sur lui ?

– Rien à part des rumeurs et des ouï-dire. C'est pour ça que je veux aller voir le shérif Young, à Morgan. »

Hagen poussa un gros soupir.

« Bon sang, quel bordel, hein ?

– Jamais rien vu de semblable », admit Gaines.

Hagen quitta le bureau. Gaines téléphona chez lui et fut soulagé lorsque Caroline décrocha, et non sa mère.

« Il est fort probable que je rentre tard ce soir, expliqua Gaines. Je dois aller voir quelqu'un. Tu as des projets que je risque de contrarier ?

– Non, je suis disponible, John, répondit Caroline.

– Je te remercie, ma grande. Je ne sais pas ce que je ferais sans toi.

– Je suis sûre que vous vous débrouilleriez. Soyez prudent sur la route. »

Gaines raccrocha. Il récupéra son chapeau sur la patère derrière la porte, marcha jusqu'à la voiture, et prit la direction de l'ouest vers Slidell.

À vol d'oiseau, Morgan City était à un peu plus de cent cinquante kilomètres. En empruntant le pont qui enjambait le lac Pontchartrain, le trajet avoisinait les cent quatre-vingts kilomètres. L'autre itinéraire – I-12 de Slidell à Hammond, route 55 vers le sud, traversée des faubourgs de La Nouvelle-Orléans, puis de nouveau vers l'ouest en direction de Morgan – n'était pas tellement plus long. Gaines décida d'éviter le pont et de contourner La Nouvelle-Orléans par le nord-ouest. Peut-être que la circulation en centre-ville serait fluide, mais il ne voulait pas risquer le coup.

Il était cinq heures dix lorsque Gaines se gara devant le commissariat du comté de Saint Mary, dans Bayonard Street. Sur fond de coucher de soleil d'un jaune éclatant, le bâtiment brillait de mille feux, comme un stade de base-ball. À côté s'étirait un terrain vague jonché de divers engins rouillés, tels de gros insectes malhabiles affaiblis par l'âge et les intempéries, étouffés par les plantes grimpantes qui traçaient tout autour d'eux une calligraphie indéchiffrable. Un roquet malpoli enchaîné à un pneu de tracteur aboya après Gaines lorsqu'il marcha de sa voiture à l'entrée principale du commissariat.

Le shérif Dennis Young n'était pas l'homme que Gaines s'était imaginé. Si on lui avait demandé à quoi il s'attendait,

Gaines n'aurait su répondre précisément, mais certainement pas à Young. Peut-être s'était-il attendu à une sorte de Huey Long à l'ancienne, un de ces types qui regrettaient le temps des plantations dirigées comme des fiefs par des gens de leur espèce. Gaines songea que Young avait l'air d'un homme qui n'avait jamais eu d'amis et n'en aurait plus que probablement jamais. Non pas qu'il fût foncièrement mauvais, mais il était tellement tendu que personne ne parviendrait jamais à toucher sa corde sensible. La plupart des gens estimaient qu'il y avait assez de place dans leur vie pour une foule de visiteurs et une poignée de résidents permanents, mais l'impression que Young donnait était qu'il n'y avait dans la sienne que de la place pour lui, et lui seul. Être seul ne signifiait pas nécessairement se sentir seul, mais niveau qualité de vie, Gaines estimait qu'une telle existence ne valait pas grand-chose.

Le shérif Young, qui frisait la soixantaine, mesurait une bonne tête de plus que Gaines. Il le toisa du regard lorsqu'il entra dans la pièce. Son expression était presque menaçante, mais il y avait aussi de la tristesse dans ses yeux. On aurait dit un homme qui non seulement se rappelait le passé, mais qui rêvait d'y retourner. Il fit penser à Gaines au vieux flic amer aux traits durs qui avait été son premier équipier. Le jour de leur rencontre, il lui avait sèchement serré la main et tapé sur l'épaule en disant: «Allez gamin, sortons d'ici pour voir si tu peux te faire descendre ou mettre en charpie, hein?»

«C'que j'peux pour vous? demanda Young.

— Je suis le shérif John Gaines, du comté de Breed, dans le Mississippi...

— Je sais qui vous êtes, gamin. Paraît qu'un de vos hommes a appelé pour prévenir que vous arriviez. Je vous ai pas demandé qui vous étiez.

— Je suis ici au sujet de Matthias Wade.»

Young sembla se figer. Si Gaines n'avait pas été aussi attentif, s'il n'avait pas autant eu conscience de chaque geste de Young, il n'aurait peut-être rien remarqué. L'atmosphère dans la pièce changea brusquement.

« Il fait encore parler de lui, c'est ça ?

– Oui, monsieur, en effet. »

Young sourit d'un air entendu. Il se détendit un peu, même si c'était à peine visible.

« Il a toujours eu le don de se mêler des affaires des autres.

– Précisément.

– Dites-moi ce qu'il a dit.

– Il ne s'agit pas de ce qu'il a dit, mais de ce qu'il a fait. Je tenais un certain Michael Webster pour un possible meurtre avec préméditation. Un ancien combattant de la Seconde Guerre mondiale, complètement cinglé. Il semblerait qu'il ait étranglé une fille par chez nous il y a un bout de temps, mais il y a eu un problème avec un mandat et une caution a été fixée. Wade s'est pointé, il l'a payée, et il est reparti avec le type il y a tout juste trois ou quatre heures. Il a versé cinq mille dollars.

– Vraiment ?

– Oui, shérif, c'est ce qu'il a fait. »

Young acquiesça, puis il sourit.

« Appelez-moi Dennis, gamin, juste Dennis. Après tout, on fait partie de la même famille, pas vrai ? »

Gaines acquiesça respectueusement. Peut-être que Young n'était pas si impénétrable que ça.

« Vous avez une question à me poser, hein ? demanda Young. Et je me demande si elle a quelque chose à voir avec ce qui s'est passé ici en 1968.

– C'est exact, répondit Gaines.

– Qu'est-ce que vous savez ?

– Pas grand-chose. La rumeur dit que des filles ont été assassinées. »

Young sourit d'un air résigné.

« Oh, c'est plus qu'une rumeur, mon ami. Nous pensons qu'il a tué deux fillettes. Personnellement, j'y mettrais ma tête à couper. Mais de toute évidence, ma certitude ne pèse pas lourd face au manque de preuves. Personne n'était d'accord sur ce qui s'est réellement passé à l'époque, et les désaccords perdurent à ce jour. Au bout du compte, on se retrouve avec deux fillettes mortes, Matthias Wade se balade en liberté, et pas une once de justice à se mettre sous la dent.

– Vous pouvez me raconter ?

– Je peux vous dire ce que je sais, répondit Young. Deux fillettes, une de 10 ans, l'autre de 12, retrouvées étranglées... abandonnées dans une cabane au milieu de nulle part. La seule chose qui les reliait aux Wade, c'était que les parents des deux filles étaient employés par la famille Wade. On n'avait que ça, vous voyez ? C'était un lien très ténu, et nous n'avions rien de plus solide pour confondre Matthias Wade. Il avait, quoi, peut-être 35 ans à l'époque. Et ce n'était pas une petite crapule ignorante. C'était un homme intelligent, shérif Gaines, et il l'est plus que probablement toujours.

– Alors, qu'est-ce qui vous a fait croire qu'il était coupable des meurtres ?

– Il y a des gens qu'on croit mauvais, déclara Young. Et il y a ceux dont on *sait* qu'ils sont mauvais. Lui, c'en est un. On flaire les types de son espèce à un kilomètre. Un connard pontifiant, toujours à nous dire ce qu'on peut ou non lui dire. Un salopard. Je sais qu'il a tué ces filles. Il a passé deux heures ici, et il a pas arrêté de me baratiner en prétendant qu'il savait rien de rien, mais j'ai lu la vérité dans ses yeux et dans l'abîme d'ombres qui lui fait office d'âme. »

Young secoua la tête et soupira.

« Dieu en fait pas beaucoup des comme ça, mais quand il en fait, ce sont de sacrées pourritures. » Il marqua une pause pour s'allumer une cigarette. « Bon, dites-moi ce qui se passe dans le comté de Breed. »

Il se pencha en avant, les yeux brillants de curiosité.

« Une fille de 16 ans, retrouvée enterrée au bord d'une rivière. Elle est restée là pendant vingt ans. Sa disparition a été signalée en 1954, et elle ne refait surface que maintenant, si je puis dire. Elle a eu le cœur arraché, et il y avait dans sa poitrine un panier en osier avec un serpent à l'intérieur. Elle a été étranglée, puis mutilée *post mortem*.

– Doux Jésus, dit Young, et il siffla entre ses dents. Qu'est-ce que c'est que ce truc de cinglé ?

– Qu'est-il arrivé aux deux filles, ici ? demanda Gaines.

– Je peux vous montrer les dossiers. Vous pourrez aussi consulter les photos. Il semblerait cependant que notre affaire ait été une plaisanterie comparée à ce que vous avez sur les bras.

– Il y a d'autres personnes qui pensent que Wade est responsable de la mort de ces deux filles ?

– Je ne suis pas le seul à avoir cette certitude, shérif. On est un paquet à ne pas voir comment il pourrait en être autrement. Wade est le pire fils de pute que j'aie eu la malchance de rencontrer. »

Young secoua la tête.

« La plupart des gens sont simples. Même les escrocs et les dingues. On sait ce qu'ils vont dire avant même qu'ils aient ouvert la bouche. C'est ce qui facilite souvent notre boulot. Si quelqu'un se fait tuer dans le coin, eh bien, y aura que deux ou trois personnes susceptibles d'avoir fait le coup. Même chose pour les cambriolages. Quelqu'un pille la maison d'un autre, et le lendemain on trouve un pauvre abruti qui essaie de revendre son butin dans un bar à trois rues de chez lui. C'est pas compliqué parce que la plupart des gens sont pas compliqués. Mais il y a aussi les autres. Les types complexes. Les animaux d'une espèce totalement différente. On peut pas prédire ce qu'ils pensent, ni ce qu'ils vont dire. Et même quand ils disent quelque chose, il y a de grandes chances pour que ça signifie autre chose que ce qu'on croit. Wade est une créature sournoise. Il ne dit pas grand-chose, à part des mensonges. Pour savoir s'il ment, y a qu'à voir si ses lèvres bougent. Si elles bougent, c'est qu'il est en train de raconter des bobards, je vous le garantis. Ces filles, Anna-Louise Mayhew et Dorothy McCormick, elles ont disparu à trois jours d'intervalle, en janvier 1968. Elles ont toutes les deux été retrouvées ensemble moins d'une semaine après la disparition de Dorothy... Bon, vous pouvez lire les dossiers et consulter les photos, et après vous me direz quel genre d'être humain peut étrangler des gamines comme ça.

– Et Wade était votre unique suspect ?

– Le seul à l'époque, et le seul maintenant. Il vivait dans le coin, vous voyez. Il gérait tout un tas de sociétés dans la région, et après les meurtres, il s'est arrangé pour que tout le monde la boucle. Les journaux ont soudain décidé qu'ils ne parleraient pas de cette histoire. Et nous nous retrouvons six ans plus tard, et nos chances de prouver quoi que ce soit contre lui s'amenuisent chaque jour qui passe. Il a des relations, vous voyez ? Il a de la famille, ici, et les Wade feront tout ce qu'il faut pour que leur nom ne soit pas sali par ce genre d'histoire.

– Je n'avais pas saisi, au début, mais il s'agit bien *des* Wade, exact ?

– Les seuls que je connaisse. De l'argent à ne plus savoir qu'en faire. Sucre, coton, langoustes, riz, soja, et ainsi de suite. Allez jeter un coup d'œil sous la terrasse de leur maison et vous découvrirez que tout le monde se planque là, depuis les propriétaires de banque et les nababs de l'immobilier jusqu'au gouverneur. Cette famille soutient en sous-main tous les représentants politiques qui sont bénéfiques à ses affaires depuis cinq générations.

– Il y avait un album photo chez Webster. Des photos de Webster et de Wade avec notre victime, une fille nommée Nancy Denton. Les autres enfants Wade y figuraient aussi. De même qu'une autre fille que Webster a mentionnée, une certaine Maryanne. »

Young secoua la tête.

« Là, je peux rien pour vous, fiston.

– Donc, maintenant la question est : pourquoi Matthias Wade a-t-il payé cinq mille dollars pour faire libérer Webster ? Est-ce qu'il aide un vieil ami, ou... »

Gaines s'interrompit et regarda Young.

« C'est une question à laquelle il va falloir répondre, déclara Young. Mais si Matthias Wade est tel que je le pense, vous risquez de vous retrouver avec tout un tas de questions supplémentaires, et pas la moindre réponse.

– Est-ce que je pourrais jeter un coup d'œil à ces dossiers ?

– Bien sûr, fiston. » Young se pencha en avant et décrocha le téléphone. « Marcie, trouvez-moi les dossiers Mayhew et McCormick, vous voulez bien ? Et apportez-les-moi. »

Young raccrocha. Il alluma une nouvelle cigarette et la fuma en silence. Plus d'une minute s'écoula avant que Marcie arrive les bras chargés de dossiers.

Elle les posa sur le bureau de Young, recula et quitta la pièce.

Les deux filles ne se ressemblaient pas, et elles ne ressemblaient pas non plus à Nancy Denton. Young fit glisser les photos l'une après l'autre, et aucune explication n'était nécessaire.

Les deux filles avaient été étranglées. Des ecchymoses étaient visibles à la base de leur cou.

À force d'observer les photos, Gaines remarqua quelque chose d'étrange au niveau des yeux.

« Les sourcils, expliqua doucement Young. Nous pensons qu'elles ont eu les yeux bandés avec un épais ruban adhésif, et quand il a été arraché, l'essentiel des sourcils est parti avec. »

Gaines regarda les autres photos. Il voulait ressentir quelque chose. Il voulait être choqué, enragé, bouleversé, mais il ne l'était pas. S'il n'avait pas vu ce qu'on avait fait à Nancy Denton, s'il n'avait pas été obnubilé par son manquement à suivre la procédure, il aurait peut-être été assez objectif pour éprouver les émotions auxquelles on aurait pu s'attendre. Mais non. Il avait déjà tout vu, soit ici, soit à la guerre, et il était comme anesthésié.

« Et vous n'aviez vraiment rien de concret, niveau preuves, contre Matthias Wade ? demanda Gaines.

– Non, rien du tout. Juste des présomptions. Le fait que les deux gamines étaient les filles d'employés de la famille Wade. Le fait qu'il y avait des traces près des corps, laissées par des pneus de la même marque que ceux d'une des nombreuses voitures de la famille Wade. Il y a eu un bref échange de « Si, c'est vous", "Non, c'est pas moi", et puis Wade a fait appel à un ténor du barreau de Jackson, et c'en est resté là. Il était coopérant, poli, il ne nous a causé aucun souci, il a répondu à toutes les questions que nous lui avons posées sans toutefois nous donner la moindre information valable, et puis il a foutu le camp sans laisser la moindre trace derrière lui.

– Mais vous croyez réellement que c'était lui ? dit Gaines. Vous croyez *réellement* qu'il a assassiné ces deux filles ?

– Je crois rien du tout, gamin. Je le *sais*. Soit il a étranglé ces filles de ses mains, soit il était complice. Dans un cas comme dans l'autre, il sait ce qui s'est passé à l'époque, mais il dit pas un mot.

– Eh bien, il est mêlé à la mort d'une autre fille, maintenant, déclara Gaines.

– C'est ce qu'on dirait, convint Young. Et si vous pouviez le coincer, vous auriez toute ma gratitude. Rien me ferait plus plaisir que de voir ce fils de pute traduit en justice. »

Gaines resta un moment silencieux, examinant les photos étalées devant lui.

« Ça vous ennuierait si je m'installais quelque part un moment pour prendre des notes sur ces affaires ? » demanda-t-il.

Young se leva.

« Prenez toutes les notes que vous voulez, gamin. D'ailleurs, vous pouvez même emporter ces dossiers à Whytesburg. Si vous comptez reprendre l'enquête, alors vous feriez mieux d'avoir les documents et les photos originales. Quand vous aurez fini, vous les rapporterez, OK ?

– C'est très aimable de votre part.

– Ce qui serait encore plus aimable, ce serait de voir ce salaud payer pour ce qu'il a fait.

– Je n'en aurai pas pour longtemps.

– Prenez tout le temps dont vous aurez besoin. J'ai un paquet de choses à faire. Adressez-vous à Marcie si vous avez besoin d'aide. »

Young se dirigea vers la porte, s'arrêta au niveau de Gaines et lui serra l'épaule.

« Bonne chance, gamin. Non pas que je croie en la chance, mais bonne chance tout de même. Wade est un sale pervers, comme j'ai dit, et il est plus riche que Crésus. Peut-être que vous verrez quelque chose qui m'a échappé et que vous le coincerez. Quoi que nous croyions qu'il ait fait, je peux vous assurer qu'il a fait bien pire. Trop d'argent, trop de temps libre, et l'oisiveté est mère de tous les vices, comme on dit.

– Merci pour votre temps, shérif, dit Gaines.

– Pas de problème. Si vous avez encore besoin de moi, faites-le-moi savoir. »

Young quitta la pièce.

Gaines resta assis un moment, puis il s'attaqua au premier meurtre. Anna-Louise Mayhew, 10 ans, partie voir une amie le matin du mercredi 3 janvier 1968, retrouvée huit jours plus tard dans le comté de Saint Mary, étranglée et abandonnée comme une vieille poupée de chiffon.

29

I l était dix heures passées lorsque Gaines rentra chez lui. Il échangea à peine une demi-douzaine de mots avec Caroline avant qu'elle parte, alla voir comment se portait sa mère, puis s'assit seul dans la cuisine avec ses notes et les dossiers de Dennis Young étalés devant lui.

Il n'avait pas revu Young avant de quitter le comté de Saint Mary, mais Marcie, sa secrétaire et réceptionniste, lui avait transmis un message.

« Il m'a dit de vous dire que si vous aviez besoin de quoi que ce soit, vous n'aviez qu'à l'appeler ou venir directement. »

Gaines l'avait remerciée et lui avait demandé de remercier Young pour lui.

« Une affaire horrible, avait commenté Marcie. Je ne peux même pas imaginer la douleur des familles. »

C'était ça qui avait le plus ébranlé Gaines.

Un enfant qui n'avait jamais existé.

Un autre qui avait existé mais qui avait été repris.

C'était différent, mais pas tant que ça.

Il y avait tant de choses qu'il avait voulu éprouver à l'époque, tant de choses qu'il avait voulu expliquer à Linda, mais il avait été tellement assommé qu'il n'avait quasiment rien dit. Sa grossesse avait annoncé le début d'une nouvelle vie, d'une vie différente, d'une vie dont ils avaient parlé, qu'ils avaient planifiée ensemble, qu'ils s'étaient imaginée. Cette vie était devenue réalité, puis elle avait été oblitérée par un simple coup du sort. Peut-être leur enfant n'avait-il jamais été censé être autre chose qu'un rêve.

Gaines se rappelait le moment où il avait appris la nouvelle, le coup de téléphone de l'hôpital où Linda avait été emmenée en urgence – sans qu'il le sache – cet après-midi du printemps 1961. Elle était au travail. Il l'avait vue le matin même. Tout allait bien. Tout était comme les autres jours.

Il était dans la cuisine, en train d'essuyer la vaisselle. La radio était allumée et *What a Difference a Day Makes*, de Dinah Washington, passait.

Et alors, il y avait eu le coup de téléphone.

« Qu'est-ce qui s'est passé ? Est-ce que tout va bien ? avait-il demandé.

– Vous feriez bien de venir à l'hôpital, avait répondu la voix au bout du fil. Venez tout de suite à l'hôpital. »

Et il était parti, conduisant comme un cinglé, sachant au plus profond de lui qu'un événement terrible s'était produit.

Et quand il était arrivé, c'était comme si personne ne savait qui il était ni ce qu'il faisait là, et il avait dû s'adresser à trois personnes différentes avant qu'une infirmière lui demande finalement : « Vous êtes le mari de Linda Newman ? »

À quoi il avait répondu : « Oui... enfin, pas son mari, non... mais oui, je suis ici pour la voir. »

Et l'infirmière avait dit :

« Elle est dans le service sur la gauche. Toutes mes condoléances.

– Condoléances ? » avait-il demandé.

L'infirmière l'avait regardé et s'était rendu compte de ce qu'elle venait de dire, elle avait compris qu'il n'était pas au courant. Livide, troublée, elle avait pivoté sur ses talons et était repartie à la hâte sans ajouter un mot.

Gaines s'était rendu dans le service en question et avait trouvé Linda assise, adossée au mur, avec dans les yeux une expression d'accablement total.

Il s'était approché d'elle, et une éternité avait semblé s'écouler avant qu'elle se rende compte de sa présence. Elle avait alors dit : « Oh, John... John... » Et les larmes avaient déferlé comme des vagues.

En repensant à cet instant, Gaines sentit l'émotion lui comprimer la poitrine. Mais le chagrin qu'il avait éprouvé quand Linda avait fait une fausse couche n'était rien comparé à ce qu'avaient dû ressentir et ressentaient probablement encore les familles d'Anna-Louise Mayhew et de Dorothy McCormick. Rien comparé à ce que vivait Judith Denton en ce moment même.

Peut-être la justice avait-elle le pouvoir de soulager un peu la douleur dans de tels cas. Voir le coupable rendre compte de ses crimes mettait au moins partiellement un terme à l'incertitude et au questionnement. Mais savoir que Matthias Wade avait été soupçonné et interrogé, puis libéré sans être inquiété, était peut-être pire que si personne n'avait été soupçonné. Savoir mais être impuissant, voir ses certitudes niées et réfutées par la présence continue du coupable...

Je ne peux même pas imaginer la douleur des familles.

Et Judith Denton. Elle avait perdu son seul enfant, et pas suite à une maladie ou à un accident, pas à cause de la malchance ou d'une mésaventure. Elle l'avait perdu à cause d'un agresseur inconnu, quelqu'un qui avait simplement mis les mains autour de la gorge de sa fille et serré jusqu'à ce qu'elle meure. Comment une mère pouvait-elle vivre avec ça ?

Le poids du chagrin, de la culpabilité, de la conscience devait être insupportable.

Comment aurais-je pu la protéger ? Qu'aurais-je pu faire différemment ? Pourquoi ne l'ai-je pas conduite chez son amie ? Pourquoi l'ai-je laissée sortir seule ?

Comment ai-je pu porter une enfant, l'élever, la nourrir, la guider parmi les embûches et les obstacles de la vie, pour au bout du compte la perdre en un instant ?

« Nous ne sommes pas des dieux, disait le lieutenant Wilson à Gaines. Nous ne sommes que des hommes. Nous sommes assez grands pour savoir que le bonheur éternel n'existe que dans les contes de fées. Les jeunes croient que le mal sera contrebalancé par le bien, et ils s'imaginent qu'ils ont assez d'années devant eux pour le voir de leurs yeux. Les vieux, après avoir vécu tant d'années, comprennent que c'est l'inverse. S'il y a un dieu, alors il est cruel, amer et inconstant, et les hommes, qui ont été conçus à son image, le sont tout autant. Les gens en bavent, ils n'arrêtent pas d'en baver, et la plupart du temps il n'y a aucune explication. La vie est aléatoire et imprévisible, et elle vous harcèle constamment. Si vous essayez de l'en empêcher, elle vous broiera. Si vous vous arrêtez un moment pour essayer de comprendre ce qui se passe, elle vous avalera tout entier. Tout ce que vous pouvez faire, c'est essayer de la comprendre autant que possible tout en continuant de fuir. »

Peut-être que le lieutenant Wilson, philosophe du dimanche qu'il était, s'était arrêté pour essayer de comprendre et s'était laissé rattraper par la balle qui l'avait tué.

Gaines ne savait pas, il ne prétendait pas savoir. Pas simplement pour Webster, ni pour Wade, ni pour Nancy Denton et les deux fillettes du comté de Saint Mary, mais pour à peu près tout. Il ne savait pas pourquoi sa mère était malade et pourtant ne mourait pas. Il ne savait pas pourquoi Michael Webster avait ouvert le torse de Nancy Denton et remplacé son cœur par un serpent. Il ne savait pas ce qu'il pouvait dire ou faire pour se sentir moins coupable et moins stupide d'avoir saisi des indices dans la cabine de Webster sans un foutu mandat.

La seule chose qu'il savait, c'était qu'il devait remettre la main sur Webster le lendemain matin, le ramener au commissariat, et lui arracher suffisamment d'informations pour que le juge Wallace signe un mandat de perquisition pour cette cabine de motel. Il devait y avoir autre chose là-bas, des indices qui compromettraient Webster et lui vaudraient une mise en accusation, une inculpation, un procès. Ou peut-être qu'il pourrait pousser Webster à des aveux, mais enregistrés sur bande cette fois-ci, et en présence de Ken Howard ou de n'importe quel putain de témoin.

Et Matthias Wade ? Lui, c'était une tout autre histoire. S'il y avait un moyen de le relier à l'assassinat de Nancy Denton, alors peut-être que le double meurtre Mayhew-McCormick pourrait être réexaminé.

Il devait y avoir un lien. C'était obligé. Sinon, pourquoi un type comme Matthias Wade aurait-il payé cinq mille dollars pour sortir Michael Webster de prison ? Il n'était pas simplement question d'amitié. Gaines en était certain.

Webster avait-il dit la vérité ? Avait-il simplement trouvé la fille au bord de la route et – avec sa perception tordue et délirante de la réalité – s'était-il imaginé que lui ouvrir la poitrine, lui arracher le cœur et le remplacer par un serpent pourrait servir à quelque chose ? Il avait affirmé qu'il avait *su quoi faire*. Ç'avait été ses mots. Mais comment l'avait-il su ? Était-ce cet Al Warren, l'homme qui l'avait soutenu à Guadalcanal, qui le lui avait expliqué ?

Webster avait-il seulement été utilisé pour se débarrasser du corps de Nancy Denton ? Matthias Wade lui avait-il dit où il la trouverait, ce qu'il devait lui faire, et où l'enterrer ? Cette mutilation rituelle avait-elle pour unique objectif de semer la confusion, de laisser penser qu'il ne s'agissait pas simplement d'un enlèvement et d'un meurtre, mais de quelque chose de plus sinistre et ésotérique ?

Tout cela n'était-il qu'un jeu de dupes, orchestré par Matthias Wade et son complice involontaire, Michael Webster ?

Telles étaient les questions qui taraudaient Gaines. Il commençait à se sentir fatigué, ses yeux le piquaient, et chaque fois qu'il les fermait, il voyait les mêmes images – les cadavres abandonnés des deux fillettes à Morgan City, désormais pas seulement sur les photos étalées sur la table de la cuisine devant lui, mais aussi gravés derrière ses paupières.

Gaines alla chercher la bouteille de bourbon au-dessus du réfrigérateur. Il but une grande rasade, sentit la brûlure âpre dans sa poitrine, mais il savait que ça l'aiderait à dormir, ne serait-ce que quelques heures.

Il ignorait ce qui se produirait désormais, mais même dans ses rêves les plus fous, il n'aurait pu prédire ce qui le réveillerait seulement quatre heures et demie plus tard. Et, à vrai dire, ce ne serait pas le pire. Bien des surprises l'attendaient encore, et John Gaines, shérif du comté de Breed, lui qui avait vu les neuf cercles de l'enfer, commencerait à croire que la guerre l'avait suivi jusqu'à chez lui.

30

L a crasse et la boue sous le bois saturé d'eau, l'odeur de fumée et de terre calcinée, les souvenirs que cette scène réveillait, tout cela n'était rien comparé à ce qui apparut lorsque les poutres noircies de la cabine du motel du lieutenant Michael Webster furent dégagées par le chef des pompiers, son adjoint, et les autres membres de la brigade du comté de Breed.

Ils les tirèrent au moyen de cordes fixées à l'arrière de leur camion, et lorsqu'elles se brisèrent, des nuages de cendres et d'étincelles brûlantes s'élevèrent vers le ciel.

L'aube approchait, le ciel bas était plat et morne, presque incolore. Les arbres étaient flous et fragiles, comme des gravures rudimentaires, des photos mal développées.

C'était un monde monochrome, et John Gaines se tenait à l'écart de l'agitation, près de la cabine voisine. Lorsqu'il toucha le mur en bois de cette cabine, il sentit la chaleur du feu qui venait d'être éteint.

Celle de Webster n'était désormais guère plus qu'un sombre vestige de ce qu'elle avait été, et Gaines savait ce qu'ils trouveraient à l'intérieur.

Le chef des pompiers s'appelait Frank Morgan, et c'est lui qui vint annoncer la nouvelle à Gaines.

« Il est à l'intérieur. Enfin, l'identification risque d'être difficile, mais c'est le boulot de Vic Powell, pas le mien.

– Les flammes l'ont rendu méconnaissable ?

– C'est plutôt la décapitation qui l'a rendu méconnaissable, et il n'a plus de main gauche non plus, répondit Morgan.

– Vous êtes sérieux ? demanda Gaines. Il a eu la tête et une main coupées ?

– Absolument.

– Bon sang, qu'est-ce que c'est que ces conneries ? »

Gaines était abasourdi et confus, il n'en croyait pas ses oreilles. En un rien de temps, Whytesburg en était venue à ressembler à ces lieux qui sont décrits dans les romans à sensation.

Gaines n'aurait plus à se soucier des indices supplémentaires qui seraient découverts dans cette cabine de motel. Quoi qu'ils trouvent, Webster ne serait plus la principale cible de leur enquête.

Gaines ne doutait pas une seconde que le cadavre sans tête qui gisait parmi les cendres était celui de Webster. La seule chose qu'il fallait désormais déterminer, c'était qui l'avait tué, et, surtout, pourquoi.

Il avait naturellement Matthias Wade dans sa ligne de mire, mais peut-être était-ce trop évident. Wade avait-il tué Nancy Denton, puis utilisé Webster pour faire le ménage ? Et dans ce cas, pourquoi cette histoire de cœur et de serpent dans un panier ? De quoi s'agissait-il ? Wade avait payé la caution de Webster, et voilà le résultat. Quelqu'un comme Wade se salirait-il les mains de la sorte ? Peu probable, estimait Gaines. Mais il avait suffisamment d'argent pour que quelqu'un le fasse à sa place. Était-ce ce qui s'était passé ? Wade avait-il payé quelqu'un pour se débarrasser de Webster et ainsi empêcher qu'il l'implique dans l'assassinat de Nancy Denton ? Et pourquoi couper la tête et une main ? Pour retarder l'identification du corps ? Pour transmettre un message ? Dans ce cas, qu'essayait-il de dire ? Ou alors était-ce une nouvelle forme de rituel, comme le serpent dans le panier ?

Gaines était complètement paumé. Il n'avait rien à quoi se raccrocher, rien qui puisse permettre de replacer ce meurtre dans un contexte.

Il avait désormais deux cadavres, et encore moins de réponses qu'au début. Au moins, tant que Webster était en vie, il représentait un lien direct et tangible avec Nancy Denton, même s'il n'était peut-être pas le seul coupable. Mais maintenant que Webster était mort, c'était, fondamentalement, une nouvelle enquête qui commençait.

Le seul nom qu'il avait était celui de Matthias Wade, et Wade était protégé par son argent, son influence, sa position sociale, sa réputation. Hors de question de lui rendre visite pour obtenir quelques éclaircissements. Gaines aurait besoin de quelque chose de solide et d'irréfutable pour ne serait-ce que poser le pied sur le perron de la maison des Wade.

Il regagna sa voiture. Il se tint un moment immobile et regarda le cadavre qu'on extirpait des cendres et étendait sur le sol. Powell avait été appelé. Il arriverait sous peu. Mais Gaines ne voulait pas discuter avec lui. Pas maintenant, pas à ce stade. Ce qu'il voulait faire, c'était voir Judith Denton. Il voulait l'informer de la mort de Michael Webster. Il voulait que Judith sache qu'il avait payé pour le rôle qu'il avait joué dans la profanation du corps de Nancy, qu'il ait ou non été responsable du meurtre. Il voulait aussi l'interroger sur cette Maryanne et lui demander où il pourrait la trouver.

Gaines fit savoir à Frank Morgan que Powell pourrait le joindre en appelant le commissariat s'il avait besoin de lui.

« Dites-lui que pour le moment, tout ce que je veux, c'est une identification, et tout ce qu'il pourra me dire sur la façon dont la tête et la main ont été coupées.

– Pas de problème », répondit Morgan.

Gaines repartit. Il était un peu plus de six heures du matin, le samedi 27, et il espérait qu'annoncer la nouvelle à la mère de Nancy Denton apaiserait un peu sa culpabilité après sa bourde concernant la fouille et la saisie des affaires de Webster.

31

Johnn Gaines se tint un moment sur le perron. La porte-écran était ouverte, la porte intérieure déverrouillée, mais il n'entra pas. Il était encore tôt, le ciel avait à peine commencé à pâlir. Il supposa que Judith dormait toujours.

Il frappa une fois de plus, attendit encore une minute, puis il contourna la propriété jusqu'à l'arrière.

Ici aussi, un feu avait été allumé – plus petit que l'incendie de la cabine de Webster, certes, mais un feu tout de même. De toute évidence, elle avait brûlé des vêtements. Une chaise en plastique fondu semblait pousser du sol. De ce qui avait dû être une poupée ne restait qu'une moitié de visage, un unique œil qui regardait implacablement Gaines.

Judith Denton n'avait tout de même pas brûlé tous les vêtements et les jouets de sa fille ? Pourquoi faire ça ? Pourquoi les avoir gardés pendant vingt ans en attendant son retour, puis – maintenant qu'elle savait ce qui s'était réellement passé – les détruire tous ? Dans son désespoir et son chagrin, incapable de supporter la vue de ces objets qui lui rappelaient sa fille désormais morte, avait-elle tout traîné dans le jardin pour y foutre le feu ?

Les pensées de Gaines s'assombrirent.

Ça ne présageait rien de bon.

Il recula, gravit les marches de derrière et trouva la porte déverrouillée.

En pénétrant dans le couloir qui donnait sur la cuisine, Gaines fut pris d'une terrible appréhension. Il savait que quelque chose ne tournait pas rond. Ce n'était qu'une simple intuition, mais il savait que quelque chose clochait.

Il trouva Judith dans le salon, vêtue d'une tenue de deuil. Elle avait le teint pâle et laiteux, telle une personne qui aurait passé ses journées dans l'obscurité, et une expression résignée, comme si elle était prête à accepter tout ce dont on l'accuserait.

Gaines savait une chose avec certitude : il n'y avait rien à voir chez les morts. Ce qu'ils avaient eu en eux – leur élan, leur personnalité – avait disparu à l'instant du décès. C'était comme si une porte s'était ouverte et que le choc de la mort avait tout expulsé au-dehors. Vous pouviez regarder aussi longtemps que vous vouliez les yeux d'un cadavre, la lumière était éteinte pour de bon.

Il ne se demanda pas ce qui avait tué Judith Denton. Il n'inspecta pas le flacon de cachets qui était posé sur la table à côté de sa chaise. Ces choses n'étaient que des détails. Il trouva en revanche une note sur laquelle étaient inscrits huit mots, et ils disaient tout ce qu'il y avait à dire.

Si je pars maintenant, peut-être la rattraperai-je.

Bien que tous les êtres humains soient constitués de parties semblables, Gaines savait que celles-ci n'étaient jamais assemblées de la même manière. Peut-être était-ce la colle qui était différente ; ou alors les jointures qui n'étaient pas au même endroit. Diverses personnes, confrontées à une situation identique, voyaient des choses différentes. La responsabilité n'était rien de plus que ce que chaque individu considérait comme la meilleure réponse à une situation donnée. Judith Denton avait perdu sa fille. Elle n'avait pas de mari, pas d'autre enfant à élever, peut-être pas de parents vivants. Elle n'avait aucune raison de rester, ou peut-être – pour être plus précis – avait-elle beaucoup plus de raisons d'essayer de suivre sa fille pour découvrir ce qui l'attendait de l'autre côté.

Gaines estimait que les occasions de rire étaient rares. Mais les occasions de pleurer? Bon sang, on n'en manquait jamais.

C'était comme si, d'aussi loin qu'il se souvienne, toute la folie du monde s'était ruée sur lui.

Il avait tenté de se cacher, mais sans succès.

Il y avait des choses qui vous faisaient vieillir d'une décennie en un après-midi, peut-être pas physiquement, mais mentalement, émotionnellement, spirituellement.

Celles-ci en faisaient partie: trois morts en autant de jours. Une enfant, un suspect, une mère.

Gaines ne croyait pas qu'il était ici question de meurtre. Il pensait que pour une fois les apparences disaient la vérité. Accablée par le chagrin, Judith Denton avait brûlé les vêtements de sa fille puis s'était suicidée avec des cachets. Ou peut-être avait-elle brûlé les vêtements, puis, rongée par son geste, avait-elle estimé que la seule option qui lui restait était de la suivre et de s'excuser. Désolée d'avoir détruit tes affaires, d'avoir bafoué ton souvenir, mais, surtout, désolée d'avoir échoué à te protéger contre les caprices et les hasards de ce monde effroyable.

D'après Gaines, c'était là que résidait la réelle humanité. Parmi les égarés et les déchus, les désenchantés et les oubliés. Parmi ceux qui ne s'en tiraient pas.

Peut-être certains voulaient-ils simplement mourir parce qu'ils en avaient ras-le-bol d'essayer de rester en vie.

«Oh, bon Dieu, Judith... pourquoi n'êtes-vous pas venue me parler?» soupira Gaines à haute voix.

Mais il savait que si elle l'avait fait, ça n'aurait rien changé. Peut-être aurait-il dit quelque chose qui aurait repoussé l'inévitable, mais ça se serait limité à ça.

C'était comme à la guerre – si le moment était venu, le moment était venu. Parfois, vous parveniez à repousser l'échéance d'une heure ou deux, mais c'était tout.

Gaines marcha jusqu'à l'avant de la maison et ouvrit la porte. Il traversa l'allée, atteignit sa voiture, appela Barbara Jacobs depuis sa radio. Il lui demanda de trouver Bob Thurston et de l'envoyer chez Judith Denton.

« Quand ce sera fait, appelez Victor Powell et dites-lui qu'on a un autre corps à récupérer. »

Barbara, qui faisait preuve en chaque chose d'une discrétion et d'un professionnalisme absolus, demanda simplement : « Judith ? »

À quoi Gaines répondit :

« Oui, Judith.

– Oh, Seigneur Dieu, dit-elle d'une voix qui était presque un murmure.

– Je crois que ça fait quelques jours que Dieu nous a laissé tomber, vous ne trouvez pas ? »

Barbara ne releva pas la réflexion de Gaines, elle se contenta de déclarer : « Je vous envoie Bob sur-le-champ. »

Gaines fuma une cigarette en attendant. Il retourna dans le jardin, examina une fois de plus la terre calcinée, les quelques restes de vêtements d'enfant et de jouets. C'était tout ce qui restait de la lignée Denton. Elle s'achevait ici.

Le corps de Nancy et la boîte qui avait contenu son cœur se trouvaient à la morgue. Judith les rejoindrait, de même que le cadavre sans tête du lieutenant Michael Webster.

Personne n'aurait trop envie de pousser l'enquête plus loin. Gaines s'imaginait déjà les conversations à venir : Webster avait tué Nancy ; il avait eu ce qu'il méritait ; personne ne le pleurerait ; Gaines ferait aussi bien d'en rester là.

Mais Gaines ne pouvait pas en rester là. Hors de question. Pas simplement parce que c'était son devoir, mais parce qu'il se sentait obligé vis-à-vis de Nancy et de sa mère de découvrir ce qui s'était vraiment passé. Et si l'enquête prouvait sans l'ombre d'un doute que Michael Webster avait agi seul, qu'il avait étranglé Nancy et profané son cadavre au cours d'un rituel bizarre, alors soit. Mais si quoi que ce soit indiquait qu'une autre personne avait été impliquée – Matthias Wade, par exemple –, alors Gaines ne lâcherait rien tant que la vérité n'aurait pas été révélée. Il ne le *pouvait* pas. Ça allait contre sa nature, contre ses principes et son intégrité, et pour le moment, face à cette folie, ses principes et son intégrité semblaient être tout ce qui lui restait. Quelqu'un avait commis un crime terrible, et cette personne devait être identifiée.

Et alors, seulement alors, cette histoire serait définitivement enterrée.

Si c'était Wade – s'il était impliqué dans le meurtre de Nancy Denton, dans celui de Michael Webster, et peut-être aussi dans ceux d'Anna-Louise Mayhew et de Dorothy McCormick –, alors ce serait sa vie contre la leur. Il n'y avait pas d'autre option.

Comme il l'avait si souvent entendu dire au Viêtnam, parfois il fallait les tuer pour faire comprendre aux gens combien ils avaient tort.

Gaines retourna dans la maison. Il s'assit auprès de Judith Denton et attendit d'entendre la voiture de Bob Thurston approcher. Il savait qu'elle avait passé les vingt dernières années de sa vie seule, et même si c'était absurde, rester à ses côtés aussi longtemps que possible lui semblait être la chose à faire.

32

T hurston effectua un examen préliminaire et signa le certificat de décès.

« Tous les signes d'une surdose volontaire de médicaments, dit-il à Gaines.

– Qu'est-ce qu'elle a pris ?

– Sans hésitation, du Seconal. C'est moi qui le lui ai prescrit pour l'aider à dormir.

– Quand ?

– Elle est venue me voir jeudi soir.

– Vous pensez qu'elle avait tout prévu et que l'insomnie était un prétexte ? »

Thurston haussa les épaules.

« Je n'ai aucun moyen de savoir, John. Elle venait de perdre définitivement sa fille ; elle semblait épuisée, totalement dévastée. Je sais que dans ce genre de situation, les gens perdent l'appétit et le sommeil, et ces deux facteurs contribuent grandement à la profondeur de la dépression dans laquelle ils plongent. En règle générale, quelques bonnes nuits de sommeil suffisent à leur rendre assez de forces pour traverser cette mauvaise passe.

– Je comprends, dit Gaines.

– Donc, Vic est en chemin ? »

Gaines acquiesça.

« Il a un Michael Webster décapité à emmener à la morgue, et après il viendra chercher Judith.

– Vous croyez que c'est Webster qui a tué Nancy ?

– Je ne sais pas, Bob. Je croyais en être certain, mais je ne le suis plus.

– Alors, qui ?

– J'ai quelques idées, répondit Gaines, mais rien de concret, aucune preuve.

– J'ai entendu dire que Matthias Wade avait payé la caution de Webster.

– C'est exact.

– Vous pensez... ? »

Gaines secoua la tête.

« Mieux vaut ne pas penser. Mieux vaut observer, voir ce qu'il y a à voir, et essayer de comprendre ce qui manque.

– Vous savez qu'il y a eu une affaire à...

– J'y suis allé hier soir, coupa Gaines. J'ai parlé à Dennis Young. Il m'a montré les photos et les dossiers.

– Ils n'ont jamais arrêté personne, pour autant que je sache, mais j'ai entendu des rumeurs qui affirmaient qu'ils avaient Matthias Wade dans leur collimateur.

– C'est ce que m'a dit Young. »

Thurston secoua la tête.

« On dit que les chats ne font pas des chiens, et pour s'en assurer il suffit de regarder Matthias Wade et Wade senior.

– Vous connaissez le père ?

– Bien sûr, pour autant qu'on puisse connaître quelqu'un comme lui. Ils vivent dans un monde différent, John. Leur argent, leur influence politique, leurs sociétés. Matthias appartient à une fratrie de quatre, pour autant que je sache, deux fils, deux filles, mais le père est omniprésent. Ils vivent dans une énorme maison entre ici et Morgan City. Je ne sais pas où sont les autres enfants, mais Matthias a toujours vécu avec son père. C'est l'aîné, il héritera de la part du lion, j'imagine.

– Comment s'appelle le père ?

– Earl.

– Et la mère ?

– Lillian. Morte depuis longtemps. Elle était alcoolique. Rien d'étonnant à ça, John. J'ai entendu dire qu'Earl Wade s'était adouci ces dernières années, mais j'ai du mal à le croire. Il a trempé dans la politique pendant un moment. Il a même été question qu'il brigue le poste de gouverneur, mais ça n'a jamais rien donné. Enfin bref, tout ça, c'est de l'histoire ancienne, mais quoi qu'on puisse dire de la famille Wade, c'est une authentique dynastie du Sud.

– Eh bien, Matthias est le seul que j'aie rencontré, et il m'a tout l'air d'un tas de merde dans un costume fait main.»

Thurston éclata de rire, puis s'arrêta aussi brusquement qu'il avait commencé. Peut-être avait-il l'espace d'un instant oublié qu'il était dans la cuisine de Judith Denton, et que le cadavre de celle-ci se trouvait à moins de trois mètres.

«Je ferais mieux d'y aller, dit-il. Ça ira jusqu'à ce que Vic arrive?

– Pas de problème, répondit Gaines.

– Bon, espérons que ça va s'arrêter là, déclara Thurston lorsqu'il atteignit la porte.

– Curieusement, je ne crois pas», observa Gaines, mais Thurston ne répondit rien.

Gaines entendit la porte d'entrée s'ouvrir et se fermer, puis la voiture de Thurston démarrer et s'éloigner.

Il se retrouva seul dans le silence de la cuisine de Judith Denton. Il songea à Earl et à Matthias Wade, à la femme alcoolique, aux deux filles retrouvées en janvier 1968, et au fait qu'il n'était au Viêtnam que depuis trois mois quand ces fillettes avaient perdu la vie.

De quelque côté du monde que vous vous trouviez, c'était toujours le bordel. Guerres raciales, religieuses, territoriales, politiques; et aussi des guerres qui se déroulaient uniquement dans la tête de cinglés, de types qui étaient poussés à faire des choses terribles à d'autres êtres humains sans la moindre raison logique.

33

L e corps de Judith Denton fut transféré à la morgue peu après midi. D'après les observations initiales, elle était morte depuis environ douze heures.

« Minuit, une heure, peut-être deux heures du matin, expliqua Powell à Gaines. Je vous donnerai une heure précise quand j'aurai effectué l'autopsie. » Powell hésita. Une question lui brûlait les lèvres. « Savait-elle que Webster avait été relâché ? »

Gaines secoua la tête.

« Je ne sais pas, Victor.

– J'ai appris pour cette histoire de mandat, poursuivit Powell. Nous commettons tous des erreurs, John. Nous sommes humains. Les erreurs sont souvent ce que nous faisons le mieux. Inutile de vous en vouloir. »

Gaines ne répondit rien, et ils demeurèrent tous les deux silencieux. Puis Gaines regarda Powell s'éloigner dans la longue voiture blanche, et il se demanda s'il y aurait d'autres morts avant que la vérité sur celle de Nancy Denton soit révélée. Pour autant qu'elle le soit un jour.

Gaines retourna au commissariat. Il attrapa les dossiers de Morgan City sur son bureau et les rangea dans la réserve. Il alla voir Hagen et lui demanda de se renseigner sur ce qui avait été découvert chez Webster.

« Et vous ? demanda l'adjoint.

– Je vais rendre visite à Matthias Wade.

– Sous quel prétexte, John ?

– Oh, juste une visite de courtoisie. Je me disais qu'on pourrait peut-être boire un sirop de pastèque sur la véranda. »

Hagen esquissa un sourire sarcastique.

« Je doute qu'il accepte de vous parler.

– On verra bien. »

La propriété des Wade s'étirait de chaque côté à perte de vue. Vers quatorze heures trente, Gaines se tenait devant le portail principal et regardait une allée qui serpentait entre des bosquets couverts de mousse espagnole, un rideau dense de feuillage qui dissimulait la maison. Gaines ne savait pas dans quel comté il se trouvait – peut-être Saint Mary, ou alors Saint Martin. La propriété semblait épouser la courbe de la rivière Atchafalaya, au nord de Morgan City. À l'ouest se trouvait La Nouvelle-Ibérie, à l'est Donaldsonville, et Gaines n'aurait pas été surpris d'apprendre que les Wade possédaient chaque hectare de terre entre les deux.

Il semblait n'y avoir aucun moyen d'annoncer sa présence, mais quelqu'un apparut bientôt parmi les arbres sur la droite et s'approcha du portail.

C'était un homme au torse musclé, avec un cou de taureau, un visage renfrogné et brutal, et une gamme d'expressions qui ne semblait guère dépasser la colère, l'obstination et le mécontentement. Il arborait une grimace permanente, comme si chaque visiteur qui apparaissait au portail interrompait quelque activité d'une grande importance.

Il ne parla pas. Il se contenta de regarder Gaines à travers les barreaux en arquant les sourcils d'un air interrogateur.

« Je dois parler à M. Wade, déclara Gaines.

– Lequel ? demanda l'homme.

– Matthias.

– Et vous êtes ?

– Le shérif John Gaines. »

L'homme n'acquiesça pas, ne fit aucun commentaire ; il se retourna simplement et repartit par où il était arrivé, disparaissant parmi les arbres.

Quatre ou cinq minutes s'écoulèrent, puis le portail commença à s'ouvrir.

Gaines regagna sa voiture à la hâte, mit le contact, franchit lentement le portail et s'engagea dans l'allée.

Après le premier virage, le même homme apparut sous la voûte de branchages. Il dévisagea un moment Gaines, puis leva la main et la tendit vers la droite.

La maison des Wade apparut graduellement. Elle devait s'étendre sur cent ou cent vingt mètres, mais des parties étaient dissimulées derrière des arbres. Sur la gauche se trouvait une grappe de bâtiments plus petits, construits dans le même style architectural, mais de toute évidence beaucoup plus récents que la maison principale.

Au premier étage, un balcon courait sur toute la largeur de la façade, au milieu duquel Gaines vit Matthias Wade. Wade se tint un bref instant immobile, puis il se retourna et pénétra à l'intérieur. Tandis que Gaines garait sa voiture devant l'escalier principal, Wade apparut en haut des marches. Il portait un costume couleur crème, une chemise au col déboutonné, et un chapeau de soleil bien que la journée fût fraîche. Il semblait détendu, à l'aise, et Gaines avait pertinemment conscience qu'il se trouvait sur le territoire des Wade et qu'il n'était rien de plus qu'un invité. Seul le bon vouloir de son hôte l'autorisait à être ici.

Gaines coupa le moteur. Il descendit de voiture et marcha vers l'escalier.

« Shérif », dit Wade.

Il descendit les marches et tendit la main. Cette fois-ci, Gaines estima préférable de se montrer courtois.

« Monsieur Wade, dit-il, et ils échangèrent une poignée de main.

– Que puis-je pour vous ?

– Juste une petite visite, monsieur Wade. Je voulais vous interroger sur ce qui s'est passé après que vous avez réglé la caution, hier.

– J'ai cru comprendre que M. Webster est mort, déclara Wade.

– En effet. Sa cabine de motel a brûlé, et il était à l'intérieur.

– Êtes-vous sûr que c'était lui ? demanda Wade.

– Pourquoi me posez-vous cette question ?

– Il paraît qu'il manquait sa tête et une de ses mains.

– Vraiment ?

– Oui, c'est ce que j'ai entendu dire, shérif.

– De la part de qui, si je puis me permettre ? »

Wade balaya la question d'un geste de la main comme si elle n'avait aucune importance.

« C'est ce qu'on dit ici et là, vous savez ?

– Non, je ne sais pas, monsieur Wade. »

Wade sourit. Il semblait s'amuser.

« Vous feriez peut-être mieux d'aller dans des endroits où vous êtes le bienvenu, vous ne croyez pas, shérif ?

– Ne suis-je pas le bienvenu ici, monsieur Wade ? »

Wade haussa les épaules. Ses yeux sourirent, mais pas sa bouche.

« Peut-être le mot "bienvenu" est-il un peu fort. Peut-être feriez-vous mieux d'aller voir des gens qui peuvent répondre à vos questions... des gens qui peuvent vous dire des choses que vous ne savez pas déjà.

– Je pense que vous savez un certain nombre de choses que je ne sais pas, monsieur Wade. »

Gaines n'attendit pas que Wade réponde.

« Par exemple, vous savez où vous avez emmené M. Webster lorsqu'il a quitté le commissariat à trois heures de l'après-midi, hier. Vous êtes, pour autant que je sache, l'une des dernières personnes à l'avoir vu vivant. Vous savez aussi pourquoi vous étiez disposé à payer cinq mille dollars pour le faire sortir de prison...

– Peut-être, en vérité, ne suis-je qu'un citoyen soucieux de son prochain, shérif.

– Comment ça ?

– Peut-être suis-je l'une de ces personnes qui sont consternées d'observer que les gens ordinaires n'ont droit à aucune justice. Peut-être estimais-je que, dans le cas du lieutenant Webster, mieux valait laisser le destin suivre son cours. Peut-être y a-t-il des gens à Whytesburg qui estiment qu'œil pour œil est encore la meilleure forme de justice.

– Vous croyez que quelqu'un l'a tué à cause de ce qu'il a fait à Nancy Denton ? »

Wade tira un paquet de cigarettes de sa poche de veste et en alluma une.

« Je ne cherche pas à vous dire quoi faire, shérif, mais ça vaudrait peut-être le coup de se pencher sur cette possibilité.

– Vous savez que la mère de Nancy Denton est morte ? »

Wade ne sourcilla pas. Il sembla n'avoir aucune réaction. Il regarda Gaines dans les yeux, de la fumée de cigarette lui sortant des narines, et répondit :

« Non, je l'ignorais.

– Suicide, expliqua Gaines. À première vue.

– Pas étonnant.

– Comment ça ?

– Sa fille perdue dans des conditions effroyables, pas de mari, accablée de chagrin... On peut concevoir qu'elle pensait beaucoup au suicide. Les gens ne se suicident pas quand ils sont au mieux de leur forme, shérif. »

Gaines ne releva pas le sarcasme. Il faisait tout son possible pour conserver son objectivité et sa patience. Rien ne laissait penser que Matthias Wade eut quoi que ce soit à voir avec les décès de Nancy Denton et de Michael Webster. La seule chose qui le reliait à cette affaire, c'était le fait que Webster et lui se connaissaient depuis de nombreuses années et qu'il avait payé sa caution. Étaient-ils si proches que ça ? Gaines n'en savait rien. Et il ne savait pas non plus dans quelle mesure l'un et l'autre avaient été proches de Nancy Denton. Les dynamiques de leur relation à l'époque demeuraient un mystère pour Gaines. Webster était tellement plus âgé que tous les autres. Si Matthias Wade avait désormais une petite quarantaine d'années, il devait avoir dix ans de moins que Webster en 1954, et au moins cinq de plus que Nancy. Mais ils se comportaient d'égal à égal – c'est du moins l'impression que donnaient les photos qu'il avait vues. C'était comme si tous les sept – Webster, Nancy, les quatre enfants Wade et cette mystérieuse Maryanne – avaient oublié toutes les conventions sociales habituelles. Ni leur âge ni la position des Wade dans la communauté n'avaient semblé un obstacle à leur amitié. La mort de Nancy avait-elle simplement été motivée par la jalousie ? Matthias Wade l'avait-il tuée parce qu'il ne pouvait pas l'avoir ?

Gaines avait déjà décidé de ne pas parler de l'album photo à Wade. S'il connaissait son existence, alors peut-être avait-il espéré qu'il brûlerait dans l'incendie. Et s'il n'en avait pas connaissance, alors Gaines voulait garder cette carte dans sa manche le plus longtemps possible. Peut-être Wade avait-il réellement payé la caution de Webster pour le motif qu'il avait évoqué : pour offrir aux habitants de Whytesburg la possibilité de rendre justice à leur manière. Avec son comportement, Webster aurait aisément pu être déclaré fou. Et que lui serait-il arrivé, alors ? Quatre ou cinq ans chez les dingues, quelques discussions avec un psy obsédé par le stade anal, et puis il serait rentré chez lui et aurait pu impliquer Wade. Mais encore une fois, si Wade avait quoi que ce soit à voir avec le meurtre de Nancy Denton et que Webster le savait, pourquoi Wade n'avait-il pas tué Webster à l'époque ? Parce qu'il n'y avait rien pour relier Wade à la mort de la jeune fille ? Parce que la seule preuve existante identifiait Webster comme l'assassin, et Wade voulait qu'il reste en vie pour payer à sa place au cas où elle ferait surface ? Non, ça n'avait aucun sens. Le plus simple aurait été de se débarrasser de Webster à l'époque, de l'effacer du paysage une bonne fois pour toutes. De cette manière, les gens auraient enterré le meurtre de Nancy Denton. En l'absence de certitudes, n'importe quelle réponse aurait fait l'affaire. Les gens voulaient clore cette histoire, et la mort de Webster leur aurait permis de le faire, comme elle le permettait désormais. Car rares seraient les personnes heureuses d'apprendre que John Gaines comptait poursuivre l'enquête, surtout maintenant que Judith était morte. Mais il y avait trop de questions et trop peu de réponses. Et même si Wade ne les possédait pas toutes, il devait en avoir quelques-unes. Au moins, Gaines était certain de ça.

« Il est toujours possible que ce soit Judith qui se soit vengée sur Webster, ajouta Wade. Et après, elle se serait suicidée car elle ne pouvait faire face à la possibilité d'aller en prison pour meurtre.

– Une femme seule ? Elle lui aurait coupé la main et l'aurait décapité ?

– Peut-être qu'elle avait un ami pour l'aider.

– Je crois que c'est fort peu probable, monsieur Wade. Connaissiez-vous Judith Denton ?

– Non, monsieur, je ne la connaissais pas. »

Wade regarda ostensiblement sa montre.

« Alors, c'est tout, shérif ?

– Vous n'avez toujours pas répondu à ma question, monsieur Wade.

– Quelle question ?

– Qu'avez-vous fait après avoir quitté le commissariat, hier après-midi ? Où avez-vous emmené Webster ?

– Je l'ai emmené dans un bar, shérif. Je l'ai emmené dans un bar nommé *Blues and Beers*, à la périphérie de Whytesburg. »

Gaines connaissait cet endroit, un troquet délabré d'où provenait l'essentiel des drogues qu'on trouvait à Whytesburg.

« Et quelle heure était-il ?

– Oh, je ne sais pas. Peut-être trois heures et demie, quatre heures moins le quart. Je ne sais plus exactement à quelle heure nous avons quitté le commissariat.

– Il était trois heures cinq.

– Alors, il devait être environ trois heures et demie. Le trajet du commissariat au bar ne prend pas plus d'une vingtaine de minutes.

– Et comment était Webster ? »

Wade sourit.

« Bavard, mais l'essentiel de ce qu'il disait n'avait pour moi aucun sens. Il semblait un peu fou, vous savez ? »

Gaines regarda ses chaussures. Il savait que Wade mentait. Ça se voyait à ses yeux, aussi clairement que quand ces porte-parole de l'armée au sourire trop facile racontaient à la presse que les États-Unis étaient en passe de gagner la guerre au Viêtnam.

« Vous l'avez laissé dans le bar et ne l'avez pas revu ?

– C'est exact, shérif.

– Où avez-vous passé le restant de la journée ?

– Êtes-vous en train de me demander si j'ai un alibi, shérif ?

– Oui, monsieur. »

Wade sourit d'un air condescendant et dédaigneux.

« J'étais ici, shérif. Demandez à mon père ; demandez à la bonne. Demandez à qui vous voulez.

– Et vous n'allez pas m'expliquer pourquoi vous étiez disposé à payer cinq mille dollars pour le tirer de prison ?

– Vous semblez incapable d'accepter la réponse la plus simple à cette question, n'est-ce pas ? Pourquoi ne pouvez-vous envisager la possibilité que je sois un citoyen doté d'une conscience sociale, comme je l'ai déjà dit ?

– Parce que ça n'a aucun sens, monsieur, et ça sonne faux. Je crois que vous dissimulez quelque chose, monsieur Wade. Je le crois vraiment. »

Wade laissa tomber son mégot de cigarette et en alluma une nouvelle. Il inhala profondément, retint un moment la fumée, puis soupira.

« Vous avez l'air vaincu, shérif.

– Frustré, peut-être, mais pas vaincu.

– Frustré parce que vous n'obtenez pas de réponses ?

– Frustré par la volonté apparente de ceux qui connaissent la vérité de ne rien faire d'autre que la cacher.

– Vous savez ce qu'on dit ?

– On ? Qui ça, on ?

– Les gens en général, je suppose.

– Non, pourquoi ne me dites-vous pas ce que les gens en général disent ?

– On dit que la véritable force, c'est accepter la défaite. »

Gaines sourit, presque intérieurement.

« Je suppose que je dois être faible, alors, monsieur Wade.

– C'est vous qui l'avez dit, shérif. C'est vous qui l'avez dit.

– En effet.

– Bon, c'était un plaisir de discuter avec vous, shérif, mais j'ai à faire.

– Moi aussi, répondit Gaines.

– À une prochaine fois – mais pas avant longtemps, j'espère, et dans des circonstances plus propices. »

Wade se retourna vers la maison.

« Il y a quelque chose qui ne tourne pas rond, monsieur Wade, déclara Gaines. Je le sais, et vous le savez aussi bien que moi, et je veux que vous compreniez que quoi qu'il arrive, vous ne vous en tirerez pas à si bon compte. »

Wade sourit patiemment.

« Vraiment ? » Il prit un moment pour lisser un pli sur sa manche de veste. « Eh bien, shérif Gaines, observez-moi très attentivement, parce que c'est précisément ce que je vais faire. »

34

Gaines estimait que la différence fondamentale entre le bien et le mal était une question d'intérêt personnel. Il y avait ceux qui faisaient des choix en prenant en considération les autres, et ceux qui faisaient des choix sans s'en soucier. La rencontre avec Wade l'avait grandement perturbé. Il était certain que Wade en savait beaucoup plus que ce qu'il prétendait, et pourtant il avait décidé de défier Gaines. Whytesburg comptait désormais trois morts, et Gaines n'était toujours pas plus avancé quant aux circonstances de ces décès. La possibilité que le suicide de Judith Denton soit plus qu'un simple suicide était l'une de ses plus grandes craintes. Il aurait été facile de pousser au suicide une femme éperdue qui avait découvert que sa fille était morte – qu'elle était en fait morte depuis vingt ans alors qu'elle avait vécu avec le vague espoir de son retour. Matthias Wade avait affirmé ne pas connaître Judith Denton, mais s'il avait été l'ami de Nancy pendant toutes ces années durant son enfance, comment aurait-il pu ne pas la connaître ? Il avait également observé qu'elle avait dû beaucoup penser au suicide. Pourquoi émettre une telle opinion sans qu'on lui ait rien demandé ? Sans doute ce vieil adage qui disait que l'attaque était la meilleure défense. Wade avait dû faire cette réflexion uniquement pour qu'on ne vienne pas l'accuser d'avoir poussé Judith Denton au suicide.

Ce dont Gaines avait désormais le plus besoin, c'était d'informations sur les Wade en tant que famille. Il avait entendu parler d'eux, mais il ne les *connaissait* pas, et il savait précisément qui interroger à leur sujet. Et quand il en saurait plus, il se pencherait sur les circonstances de la disparition de Nancy Denton. Il demanda donc à Hagen de déterrer tous les rapports de l'époque.

« J'ai un coup d'avance sur vous, déclara Hagen. J'ai déjà cherché. Apparemment, elle a été vue pour la dernière fois le soir du jeudi 12 août 1954. Elle avait 16 ans à l'époque, sa meilleure amie était une certaine Maryanne Benedict, et elles avaient l'habitude de traîner avec Webster et les enfants Wade. Je dis enfants, mais Matthias avait 21 ans à ce moment-là. Ils étaient quatre en tout – Matthias, Catherine, Eugene et Della. Les trois derniers avaient respectivement 18, 16 et 10 ans. Il n'y a aucun rapport, du moins pas à proprement parler, parce qu'il n'y a jamais eu d'enquête. Mais il y a quelques notes prises par Bicklow. Il les a tous questionnés, de même que Judith et une poignée d'autres personnes qui la connaissaient, mais on a supposé qu'il s'agissait d'une fugue. Il n'y avait aucune indication d'acte malveillant. Rien de ce genre.

– Alors, qui est cette Maryanne Benedict?

– Pas grand-chose sur elle pour le moment. J'ai appelé Jim Hughes. Il dit qu'il se souvient vaguement d'elle mais qu'il ne la connaissait pas trop bien. Il connaissait surtout ses parents, mais ça fait un bon bout de temps qu'ils ont déménagé. Maryanne était fille unique, elle avait deux ans de moins que Nancy, à en croire les notes.

– Donc, si elle est toujours vivante, elle aurait quoi... une petite trentaine d'années?

– Exact. 34 ans, si elle en avait 14 quand Nancy a disparu.

– Bon, essayez de découvrir où elle vit, dit Gaines. Elle voudra peut-être savoir que deux de ses amis d'enfance sont morts, et elle sera peut-être en mesure de nous donner des précisions supplémentaires sur la disparition de Nancy. »

Hagen partit. Gaines passa quelques coups de fil afin de localiser Eddie Holland. Ce dernier, comme de bien entendu, était chez Nate Ross, dans Coopers Road. Gaines demanda s'il pouvait passer les voir. Ross semblait ravi de le recevoir, et Gaines savait pourquoi. Les événements récents étaient bien plus intéressants que la météo, et Nate Ross voudrait être le premier à s'en mêler. Mais Gaines estimait que ça valait le coup de leur rendre visite. Malgré leurs rodomontades, Ross et Holland étaient de braves gens. Ils se sentaient seuls, c'était tout. Seuls sans leur carrière, seuls sans leur femme. Ils parlaient trop, ils s'entouraient trop souvent de leur cour, ils exprimaient trop d'opinions inutiles, mais une chose était sûre, chaque ville du Sud avait ses Ross et Holland. Ils buvaient trop. Ça crevait les yeux. Gaines connaissait la chanson. Au début, vous attendiez qu'il fasse nuit pour boire le premier verre, puis la nuit devenait la tombée de la nuit, qui devenait le coucher du soleil, et vous finissiez par ne plus attendre. Si vous étiez éveillé, vous étiez ivre, et ça continuait ainsi jusqu'à ce que l'alcool précipite la fin de votre vie. Peut-être était-ce la voie qu'il suivrait, celle qu'aurait suivie son prédécesseur, Don Bicklow, s'il n'était pas mort prématurément en baisant une veuve de 52 ans près de Wiggins.

La maison de Ross était une maison du Sud, à l'ancienne : balustrades, balcon à l'avant, véranda, perron. Ross se tenait à la porte lorsque Gaines arriva, et Eddie Holland était derrière lui.

« Messieurs, lança Gaines en ôtant son chapeau pour le poser sur le siège du côté passager.

– Shérif », répondit Nate Ross, et il descendit les marches pour l'accueillir.

Une fois les salutations échangées, Gaines les suivit à l'intérieur et fut mené jusqu'à la cuisine, où Holland avait une cafetière sur la gazinière.

Il n'échappa pas à Gaines que Holland versa une rasade de bourbon dans chaque tasse avant de les apporter à table. C'était comme ça, chez Nate Ross.

« Alors, en quoi pouvons-nous vous être utiles, shérif ? demanda Eddie Holland en s'asseyant face à Gaines.

– J'ai besoin d'informations, répondit Gaines.

– Sur ?

– Eh bien, il y a un domaine pour lequel je sais que vous pourrez m'aider, et un autre pour lequel vous ne pourrez peut-être pas, c'est pour ça que je suis ici.

– Dégainez, fit Holland.

– Commençons par le sujet que vous ne devez pas trop bien connaître. En août 1954, une fille a disparu...

– Nancy Denton, interrompit Holland.

– Exact. Et nous l'avons retrouvée. Je croyais que c'était Mike Webster qui l'avait tuée, mais je n'en suis plus si sûr. Je voulais que Judith me dise tout ce qu'elle savait sur sa disparition, mais...

– Elle s'est suicidée, intervint Ross.

– Et Webster aussi est mort, poursuivit Gaines, nullement étonné que Ross soit déjà au courant pour Judith. Du coup, je me retrouve avec une fugue vieille de vingt ans qui en fait n'était pas une fugue, une mère décédée, un suspect principal décédé, et je ne comprends que dalle à ce qui se passe...

– Mais Matthias Wade va être impliqué d'une manière ou d'une autre, déclara Holland. Parce qu'il a payé la caution de Webster, et tout à coup Webster finit calciné, sans tête et avec une main en moins, dans une cabine de motel près de Bogalusa.

– Ce qui amène ma deuxième série de questions », poursuivit Gaines.

Encore une fois, il n'était pas étonné que Holland ait mentionné si rapidement le nom de Wade, ni qu'il ait été au courant pour la fin malheureuse et troublante de Webster. Holland vivait dans le coin depuis longtemps. Whytesburg était une petite ville. Peu de choses restaient secrètes dans un tel endroit.

« La famille Wade, déclara Gaines d'un ton neutre. C'est sur elle que je veux des informations.

– Et que voulez-vous savoir ? demanda Ross.

– Tout ce que vous savez, Nate. Ce serait un commencement. »
Nate Ross haussa les épaules. Il but une gorgée de son café
amélioré, adressa un signe de tête à Holland, qui rafraîchit le
mélange avec une pointe d'alcool supplémentaire, puis tendit
la bouteille en direction de Gaines, qui refusa.

« Ed en saura plus sur la famille dans son ensemble, vu
qu'il est de là-bas et tout. Mais Earl ? Earl Wade doit désormais
avoir dans les 75, 80 ans. J'ai eu affaire à lui au début des années
cinquante, à propos de propriétés et de terres qui l'intéressaient
à Hattiesburg. Au bout du compte, l'affaire ne s'est pas conclue,
mais c'était un sacré casse-couilles, laissez-moi vous le dire.

– Et sa femme ? demanda Gaines.

– Sa femme s'appelait Lillian Tresselt, répondit Holland. Dix
ou quinze bonnes années de moins que lui. Ils ont eu quatre
enfants, si je me souviens bien, Matthias étant l'aîné. C'est lui
qui héritera des sociétés et de la propriété quand le vieux cassera
sa pipe.

– Sa femme *était* Lillian Tresselt ?

– Oui, était, déclara Ross. L'alcool l'a tuée. D'ailleurs, elle
est morte vers l'époque où je travaillais sur cette transaction à
Hattiesburg, ça devait donc être vers la fin 1952. Naturellement,
personne n'a jamais révélé qu'elle était morte à cause de l'alcool,
mais c'est un fait. Elle était célèbre pour ses frasques lors des
fêtes que Wade organisait.

– Et leurs enfants ? »

Gaines avait sorti son carnet et commencé à prendre des
notes.

« Matthias est l'aîné, répondit Holland. Puis viennent
Catherine, Eugene et Della. Pour autant que je sache, Catherine
est toujours mariée. Elle a une famille à Tupelo. Je crois que son
mari est avocat.

– Oui, c'est ça, confirma Ross. Je le sais parce que j'ai rencontré il y a quelque temps un type qui organisait une transaction immobilière avec Wade. Il m'a dit que le fiancé de l'aînée

des deux filles étudiait le droit et gèrerait toutes les affaires des Wade quand il aurait son cabinet.

– Son nom ? » demanda Gaines.

Ross secoua la tête, regarda Holland.

« Je ne m'en souviens pas, dit Holland.

– Bon, et le suivant ?

– Le suivant, c'est Eugene, et c'est tout le contraire de son père. Il est pas artiste ou quelque chose comme ça, acteur, peut-être ?

– Musicien, répondit Holland. Il vit à Memphis, aux dernières nouvelles. Il doit avoir dans les 35 ans. Guitariste, je crois. Et chanteur. Je peux pas dire que j'aie entendu le nom d'Eugene Wade à la radio, alors peut-être que ça marche pas fort pour lui.

– Il pourrait utiliser un nom de scène, suggéra Ross. Beaucoup de types de son genre font ça. Ils utilisent des faux noms et tout, les musiciens et les gens de la télé et ainsi de suite...

– Donc, Eugene ne ressemble pas à son père ? insista Gaines, laissant la vie de bohème de côté pour ramener la conversation au sujet qui l'intéressait.

– Bon Dieu, non, fit Holland. Earl est un homme d'affaires acharné. Tout n'est qu'argent, influence, pouvoir, politique. Eugene était l'original du lot, l'incompris. Et après la mort de sa mère, eh bien, je ne sais pas ce qui s'est passé dans sa tête, mais il était constamment fourré à l'église. Peut-être qu'il cherchait des réponses. Qu'il essayait de comprendre pourquoi sa mère était morte.

– Est-il possible qu'il ne soit pas le fils d'Earl ? »

Ni Ross ni Holland ne répondirent, puis Ross se pencha en avant et déclara :

« Bon sang, gamin, on est dans le Sud. Tout est possible, pas vrai ?

– Bon, et après Eugene ?

– Il y avait Della, répondit Holland, et s'il y a une fille sur Terre qui ressemblait à sa mère, c'était bien Della Wade. C'était une jolie gamine, laissez-moi vous le dire, et j'imagine qu'elle est devenue une jolie jeune femme.

– Vous savez où elle vit ?

– Aux dernières nouvelles, elle vivait toujours dans la maison des Wade, mais ça remonte à un bout de temps, au moins un an, et je n'ai pas vraiment cherché à me renseigner depuis.

– Et vous, Nate ?

– Je saurais pas vous dire, shérif. Je la connaissais pas, d'ailleurs j'en connaissais aucun de vue. Je connaissais juste leur nom, et j'étais un peu au courant de leurs affaires. Pas comme Ed. Ed est de Whytesburg, alors que moi, je suis de Hattiesburg.

– Bon, parlons de Nancy Denton, dit Gaines.

– J'étais pas shérif adjoint, à l'époque, expliqua Holland. L'adjoint, en ce temps-là, c'était George Austin, mais il est mort en 1967, et c'est alors que j'ai pris la relève. Don Bicklow était shérif, comme vous le savez. Mais quoi qu'il en soit, il n'y avait pas grand-chose à dire. Tout le monde pensait qu'elle avait fait une fugue. C'était une fille fougueuse, John, un feu follet, vous savez ? C'était avant que j'entre dans la police. J'étais souvent absent, à voyager ici et là pour vendre des chaussures et des pneus et ainsi de suite, mais je revois encore ces gamins ensemble. Elle et Matthias, les autre Wade, Michael Webster quand il est rentré de la guerre, et Maryanne Benedict...

– Je voulais aussi vous questionner sur elle, interrompit Gaines. Cette Maryanne Benedict.

– Elle vit à Gulfport, expliqua Holland. Je le sais parce que son père et moi, on était amis il y a longtemps de ça. Ses parents sont tous les deux morts maintenant, mais je l'ai toujours gardée à l'œil. Je n'ai pas eu de nouvelles depuis... oh, je sais pas, Noël peut-être, mais la dernière fois que je lui ai parlé, elle était toujours là-bas.

– Mariée ? Des enfants ?

– Non, elle ne s'est jamais mariée, répondit Holland. Étrange. J'ai toujours eu l'impression qu'elle aurait fait une mère parfaite.

– Vous avez son adresse ?

– Pour sûr, dit Holland. Elle vit dans Hester Road, à Gulfport.

– Je savais que ça vaudrait le coup de venir ici, dit Gaines.

– Bon sang, shérif, dans une ville comme celle-ci, tout le monde connaît tout le monde, tout le monde se mêle de temps à autre des affaires des autres, hein ?

– Quel dommage que cette familiarité soit surtout utile quand quelqu'un se fait assassiner, observa Gaines.

– Jamais entendu parole plus vraie, déclara Ross.

– Bon, je vais aller la voir. »

Gaines vida sa tasse de café, apprécia la chaleur de la liqueur dans sa poitrine, et se leva.

« Nul doute que je reviendrai avec de nouvelles questions à un moment ou à un autre.

– Avec plaisir, shérif », déclara Ross, et il raccompagna Gaines sur le perron.

Gaines appela Hagen depuis la voiture avant même d'avoir quitté l'allée de Nate Ross.

« Je vais voir cette Maryanne Benedict. Eddie m'a donné son adresse.

– J'étais aussi en train de me renseigner sur elle. J'ai une adresse. Hester Road, à Gulfport, c'est ça ?

– Bon sang, Richard, je ferais aussi bien de rentrer chez moi et de vous laisser faire tout le boulot. Vous avez l'air plus doué que moi.

– Je ne voulais pas être le premier à aborder la question, John, mais... »

Gaines éclata de rire, éteignit la radio, mit le contact et démarra.

35

Curieusement, Gaines pensa à son père tandis qu'il parcourait la cinquantaine de kilomètres qui le séparait de Gulfport. C'était la fin d'après-midi, l'air s'était quelque peu rafraîchi, une chanson passait à la radio, et il s'était mis à se demander à quoi la vie aurait ressemblé pour lui et sa mère si Edward Gaines était rentré de la guerre au lieu de laisser sa peau quelque part au bord de la route près de Stavelot-Malmedy, deux jours avant Noël 1944.

Gaines avait 4 ans à l'époque. Il n'avait aucun souvenir personnel de lui, si ce n'est que, pendant une brève période, il y avait eu quelqu'un d'autre que sa mère à la maison. Une présence, c'était tout. Juste une présence paternelle.

D'après ce que lui avait dit sa mère, Edward Gaines avait été un homme dur. Difficile, entêté, comme s'il était bien décidé à ne pas faire comme tout le monde quoi qu'il arrive. Alice disait que c'était le genre d'homme qui estimait que l'abstinence était la recette de la santé et de la bonne humeur. Il n'avait jamais recherché le confort, et même si elle sentait parfois qu'il désirait ardemment ce confort, qu'il en ressentait l'absence jusqu'au fond de ses os, il n'avait jamais succombé à la tentation. Y succomber aurait été s'avouer vaincu. Par quoi, il n'en savait rien, et il s'en moquait. Il aurait simplement été vaincu, et c'était une chose qu'il ne voulait jamais dire de lui-même. Il avait subvenu aux besoins de sa femme et de son fils, et même s'il ne dilapidait pas le peu d'argent qu'il avait en colifichets et en babioles, il s'assurait qu'ils avaient toujours le nécessaire en quantité suffisante. Puis la guerre était arrivée, l'année où Alice et lui s'étaient mariés, et Edward Gaines avait regardé le drame se développer d'un œil implacable. Il savait que le conflit s'étendrait au Pacifique, poussant l'Amérique à y prendre part, et lorsque ça s'était produit, il avait été l'un des premiers à s'engager. Il était donc parti, et il avait survécu pendant treize ou quatorze mois, puis il avait péri.

Un jour, Gaines avait cherché Malmedy sur une carte. Ça se trouvait dans la province de Liège, en Belgique. La ville était devenue tristement célèbre pendant la bataille des Ardennes, car c'était là que les SS avaient assassiné quatre-vingt-quatre prisonniers américains. Et alors – durant cette semaine fatidique de décembre 1944 –, bien que la zone eût été sous contrôle américain, elle avait été inexorablement bombardée par les forces américaines. Deux cents civils avaient été tués, et le nombre de soldats américains qui avaient perdu la vie n'avait pas été révélé par le ministère de la Défense.

Gaines ne voulait pas croire que son père avait été tué par une bombe fabriquée à l'usine Elwood Ordnance, en Illinois. Il ne voulait pas savoir si l'explosif qui l'avait mis en pièces avait été fabriqué par EI du Pont ou par Sanderson & Porter ou par la United States Rubber Company. Il ne voulait pas de détails. Il voulait croire que son père était mort en faisant son devoir – pour lui, pour sa famille, pour son pays. C'était aussi simple que ça.

Et pourquoi il pensait à lui alors qu'il roulait sur la route 10 en direction de Lyman puis prenait vers le sud en direction de Gulfport, il n'en savait rien. Peut-être à cause de toutes ces histoires de morts, d'amitiés d'enfance, de gens qui disparaissaient et ne revenaient jamais.

Ou peut-être pas.

Peut-être n'était-ce rien de plus qu'un profond sentiment de solitude qui se manifestait de temps à autre.

Comme lorsqu'il pensait à Linda et à l'enfant qui n'avait jamais existé.

Il se demanda où elle était maintenant, ce qu'elle faisait, si elle s'était mariée, si elle avait fondé une famille, si elle pensait parfois à lui.

Le souvenir lointain de John Gaines lui revenait-il lors des moments de calme, quand le monde s'arrêtait brièvement et que les minutes semblaient s'étirer ?

Gaines songea que quand cette enquête serait résolue, quand il saurait enfin ce qui s'était réellement passé ce soir d'août 1954, il s'éloignerait peut-être quelque temps des horreurs du monde – celles qu'il avait lui-même vécues, celles auxquelles il assistait désormais – et envisagerait la possibilité de remédier à cette solitude qui semblait de plus en plus pesante. Peut-être que Bob Thurston disait vrai et qu'Alice s'accrochait à la vie en attendant d'être certaine que son fils s'en sortirait sans elle. Elle était, à défaut d'autre chose, une incarnation de l'instinct maternel. C'était la seule manière de la décrire, comme si elle savait que son rôle sur cette Terre était de s'occuper de tous ceux qui tombaient dans son cercle d'influence. S'occuper des autres était une chose dont elle ne se lasserait jamais. Ça ne semblait pas l'épuiser, mais plutôt la revigorer, comme si son cœur était une pile qui absorbait tous les mercis et les convertissait en cette énergie dont elle avait besoin pour continuer. Peut-être était-il temps de la laisser partir. Cette idée n'inspirait aucune culpabilité à Gaines, mais plutôt un certain soulagement, si ce n'est pour lui-même, alors pour sa mère. Il savait qu'elle souffrait presque constamment. Même s'il ne connaissait pas l'intensité de sa douleur, car elle faisait toujours tout son possible pour la dissimuler – encore une fois, par égard pour lui. Elle aurait dû se remarier. Veuve à 29 ans, et elle avait passé le reste de sa vie seule. Avait-elle estimé que se remarier aurait été trahir le souvenir d'Edward ? Qu'avoir un nouveau mari, d'autres enfants, aurait rendu la vie difficile à son fils ? Il devait y avoir une explication à son choix, bien sûr, mais de la même manière que Gaines ne la connaissait pas, il pensait que sa mère ne la connaissait pas non plus. Il aurait lui-même été incapable d'expliquer sa décision de rester célibataire, et pourtant il le restait.

Ces pensées lui trottaient encore vaguement dans la tête lorsqu'il arriva à Gulfport. Il était un peu plus de cinq heures. Il s'arrêta au bord du trottoir dans l'artère principale et demanda à un passant le chemin de Hester Road. La rue n'était pas à plus de trois pâtés de maisons, et Gaines décida d'y aller à pied. Il marcha, chapeau à la main, puis se tint un moment sur le trottoir devant la maison de Maryanne Benedict. C'était une demeure simple, faite de planches en bois blanc. Une courte galerie s'étirait le long de la façade, et sous chaque fenêtre se trouvait une jardinière contenant des fleurs multicolores.

L'hésitation de Gaines était évidente lorsqu'il s'approcha, et avant même qu'il eût atteint la porte-écran, la porte intérieure s'ouvrit et il vit Maryanne Benedict.

Pendant un instant, toutes ses pensées se turent. Il serait par la suite incapable de dire ce qui l'avait frappé avec tant de force, mais Maryanne Benedict avait indéniablement quelque chose de saisissant lorsqu'elle était apparue dans l'entrebâillement de la porte de sa petite maison de Hester Road. Ce n'était pas facile à décrire. Elle n'était pas belle, pas à proprement parler. Ses traits étaient bien définis, mais plongés dans l'ombre, simples, mais étrangement élégants. Elle regarda à travers le maillage de la porte-écran, et, s'il y avait pensé, Gaines aurait dit qu'elle aussi avait le regard perdu. Mais c'était autre chose. Ça allait au-delà de ça.

La porte extérieure s'ouvrit en grand, et elle demeura silencieuse jusqu'à ce que Gaines eût atteint le bas des marches qui menaient à la galerie.

« Vous avez de bonnes manières ou de mauvaises nouvelles, déclara-t-elle, ou les deux. »

Gaines esquissa un sourire embarrassé. Il baissa les yeux vers le chapeau qu'il tenait dans sa main.

«Les premières, peut-être, répondit-il. Les secondes, à coup sûr.

– Eh bien, mes deux parents sont morts et je suis fille unique. Je n'ai jamais été mariée et je n'ai pas d'enfants, donc il s'agit soit d'un voisin, soit d'un ami, soit d'une personne à qui vous croyez que je tiens.

– Nancy Denton», annonça Gaines.

Il vit soudain son expression changer de façon si spectaculaire qu'il ne put rien ajouter.

Il se rappelait quand il avait annoncé la nouvelle à Judith. *Votre fille est morte. Votre enfant unique, celle que vous avez attendue ces vingt dernières années, est morte.*

Mais dans un sens, même s'il n'aurait su dire pourquoi, cette fois, c'était pire.

Maryanne Benedict sembla s'appuyer contre le montant de la porte pour se retenir de tomber. Elle laissa échapper un son bref. Un petit gémissement. Un cri d'étonnement et d'incrédulité réprimé.

Gaines gravit les marches, tendit la main pour l'aider, mais elle la repoussa. Il se tint en silence, incapable de détourner les yeux de cette femme.

Maintenant qu'il se tenait plus près, il se sentait gêné et honteux d'avoir annoncé une nouvelle qui avait produit un tel effet. Il était paralysé, incapable de trouver les mots qui auraient pu apaiser la détresse que ressentait de toute évidence Maryanne Benedict.

Elle fut la première à parler, se tenant droite et regardant en arrière vers l'intérieur de la maison.

«Il faut que je rentre, dit-elle d'une voix brisée. Il faut que je m'assoie...»

Elle laissa la porte grande ouverte, et Gaines n'eut d'autre choix que de la suivre.

À l'intérieur, la maison était fidèle à l'impression qu'elle donnait depuis la rue. Nette, bien rangée, chaque chose à sa place. Le mobilier était féminin mais fonctionnel, rien de trop embelli ou décoratif. L'endroit sembla spartiate à Gaines, presque comme si personne n'y habitait, et il lui rappela étrangement son propre logement. Il n'y avait là rien qui donnât la moindre indication de la personnalité de Maryanne Benedict – pas de photos, pas de bibelots, pas de tableaux aux murs.

Elle traversa la maison jusqu'à la cuisine, suivie par Gaines, puis se retourna soudain.

« Un thé, dit-elle. Nous allons boire un thé. »

Gaines ne répondit rien.

Maryanne remplit la bouilloire, la posa sur la gazinière, attrapa une théière, des tasses, des soucoupes.

« Je suis désolé d'avoir eu à vous annoncer ça », dit Gaines.

Bizarrement, sa voix semblait puissante et résolue.

« Dites-moi ce qui s'est passé, répondit Maryanne sans se retourner.

– Je vous dirai ce que je peux. »

Elle acquiesça.

« Il y a autre chose... »

Cette fois, elle se retourna. Son visage était plein d'attente, ses yeux, brillants, bordés de larmes, les muscles le long de sa mâchoire frémissaient de façon visible. Tout était là – chaque sentiment, chaque pensée, chaque émotion, chaque peur –, et elle faisait tout ce qui était en son pouvoir pour le garder en elle.

« Michael... dit Gaines.

– Michael, répéta-t-elle.

– Michael Webster.

– Oui, oui, je connais Michael... Enfin, je le connaissais. Qu'est-ce qu'il a ? Lui avez-vous aussi annoncé la nouvelle ? »

Gaines acquiesça.

« Oui, mademoiselle Benedict, oui.

– Et il va bien ? Qu'est-ce qu'il a dit ? Oh, mon Dieu, je ne peux même pas imaginer ce que...

– Michael est également mort, mademoiselle Benedict. »

Ses dernières défenses tombèrent. L'intensité de la douleur qui emplit la petite cuisine lorsque Maryanne Benedict fondit en larmes était telle que Gaines n'avait jamais rien vu de tel.

Elle laissa tomber dans l'évier une tasse, qui, curieusement, ne se brisa pas.

Gaines s'approcha pour soutenir Maryanne Benedict. Elle sembla s'effondrer – mentalement, spirituellement, comme Judith avant elle –, et elle pleura sans pouvoir se contrôler pendant ce qui parut à Gaines une éternité.

36

L e soleil approchait de l'horizon. Gaines en avait conscience tandis qu'il s'asseyait à la table de la cuisine. La femme resta un long moment sans rien dire, regardant Gaines avec ses yeux gonflés, sa bouche formant des mots qu'il n'entendait pas, comme si elle discutait avec Nancy, ou avec Michael, ou peut-être avec quelqu'un d'autre.

Gaines demeura silencieux. Il lui semblait préférable de ne pas interrompre ce monologue intérieur. Chacun affrontait ce genre de situation à sa façon, et Gaines était prêt à rester assis là aussi longtemps qu'il le faudrait. Bizarrement, il ne se sentait pas gêné en présence de Maryanne Benedict. Peut-être parce qu'il était lui-même émotionnellement épuisé. Il ne luttait plus. Les décès de Nancy, Michael Webster et Judith Denton semblaient avoir effacé toute pensée de son esprit. Il s'attendait désormais à tout, rien ne pouvait plus le surprendre. C'était comme au Viêtnam. Il fallait être prêt à tout. Courir pendant trois jours, rester immobile pendant quatre. Lever brusquement le camp, puis rebrousser chemin – tout ça sans la moindre explication.

Finalement, Gaines sentit que Maryanne Benedict se détendait.

« Je suis désolée, dit-elle dans un murmure.

– Vous n'avez aucune raison d'être désolée, mademoiselle Benedict. »

Un léger sourire apparut sur ses lèvres, comme si ça l'amusait qu'on l'appelle « mademoiselle Benedict », mais elle ne reprit pas Gaines.

« Ça doit être horrible pour vous, poursuivit-elle, de devoir faire ça... »

Gaines la regarda. Il devait encore lui annoncer le suicide de Judith Denton. Y aurait-il un meilleur moment ?

« Je suis désolé pour ce qui est arrivé à vos amis, dit-il. Je crois savoir que Nancy, Michael et vous étiez très proches dans votre jeunesse. »

Encore ce léger sourire, puis Maryanne regarda en direction de la fenêtre et sembla perdue pendant quelques minutes.

« Quand vous étiez enfants, ajouta Gaines.

– Nous étions tous proches », répondit-elle.

Elle posa de nouveau les yeux sur Gaines.

« J'avais 14 ans quand Nancy a disparu. Elle en avait 16. Matthias était plus grand, mais c'était comme si nous avions le même âge. Della avait 10 ans, presque 11. Eugene avait deux ans de plus que moi, et Catherine était à un ou deux mois de son dix-neuvième anniversaire. Quant à Michael, il avait 31 ans. » Elle secoua la tête. « Ça me paraît étrange, maintenant, quand j'y pense, mais à l'époque, ça ne l'était pas. Il ne semblait pas tellement plus vieux que nous. Vraiment pas. C'était comme s'il n'y avait aucune différence entre nous, alors que mainte-nant... » Elle n'acheva pas sa phrase. « Il avait le double de son âge, n'est-ce pas ? »

Gaines ne dit rien.

« Et il y avait Matthias, ajouta-t-elle à mi-voix.

– J'ai parlé à Matthias.

– Vraiment ?

– Oui.

– Et ? »

Gaines remua sur sa chaise. Il devait lui dire ce qui s'était passé, même s'il n'en avait aucune envie.

« Dites-moi, shérif. Je ne crois pas que vous puissiez avoir une nouvelle pire que celles que vous m'avez annoncées. »

Gaines fut trahi par son expression.

« Oh, fit-elle d'une voix teintée de désespoir.

– Nancy... Nancy a été retrouvée enterrée, mademoiselle Benedict... enterrée au bord de la rivière, à Whytesburg. Il s'avère qu'elle était là depuis vingt ans...

– Oh », fit de nouveau Maryanne.

C'était une réaction involontaire, une exclamation inconsciente, et elle sembla aussi surprise que Gaines d'entendre sa propre voix.

« Ce n'est pas tout », reprit Gaines.

Maryanne écarquilla les yeux, peut-être par anticipation, peut-être parce qu'elle ne pouvait croire qu'il pût avoir une nouvelle pire à annoncer.

« Il semble qu'elle ait été... Eh bien, elle a été étranglée. C'est la cause de sa mort, voyez-vous. Elle a été étranglée et... »

Gaines laissa sa phrase en suspens. Il ne voulait pas dire qu'elle avait été *mutilée*. Il ne voulait pas rentrer dans ces détails. Il voulait seulement que Maryanne Benedict sache que son amie d'enfance avait été étranglée, pas qu'elle avait été affreusement profanée. Il fut alors reconnaissant – peut-être plus qu'il ne l'avait jamais été – que Nancy n'ait pas été violée. Il se rappelait des victimes de viol. Des filles, au Viêtnam – des enfants –, dont la lumière intérieure semblait avoir été éteinte. Elles étaient là, mais plongées dans les ténèbres. Certaines s'étaient suicidées. Un jour, il avait vu une gamine qui n'avait pas plus de 12 ans saisir une arme de poing et se tirer une balle dans la tête. Elle était agenouillée avant de mourir, et elle l'était toujours après, ses yeux ouverts fixant le vide comme si elle y cherchait encore son innocence et sa naïveté perdues. Peut-être avait-elle cru qu'elle survivrait à cette terrible guerre, qu'elle en verrait le bout et aurait un avenir. Mais non, quelqu'un lui avait impitoyablement volé cet avenir, et toutes les raisons qu'elle avait de vivre. Quelles que soient les horreurs qu'il apportait avec lui, au moins il n'apportait pas ça.

Il devait cependant dire à Maryanne Benedict ce qui s'était passé, tout en faisant en sorte qu'elle comprenne que Nancy était déjà morte quand elle avait été mutilée.

«Après sa mort... après sa mort, on...

– Quoi, shérif? Qu'est-ce qui s'est passé après sa mort?

– On l'a découpée, mademoiselle Benedict, on lui a découpé le torse et retiré le cœur...»

Maryanne Benedict couvrit sa bouche avec sa main.

«Oh, mon Dieu, dit-elle. Oh, Seigneur...

– Peut-être une sorte de rituel. Nous ne savons pas encore. Nous ne comprenons pas ce qui s'est réellement passé... les circonstances, vous savez? Tout ce que nous avons, c'est ce que son corps nous dit, et il nous dit qu'une sorte de rituel a eu lieu...

– Son cœur? Quelqu'un lui a retiré le cœur?

– Oui, répondit Gaines. Quelqu'un lui a retiré le cœur.»

Il détourna les yeux, mais son geste n'échappa pas à Maryanne.

«Quoi d'autre? demanda-t-elle.

– Quelque chose a été mis à sa place, répondit-il. Quelqu'un a remplacé son cœur par un serpent...»

La réaction de Maryanne Benedict étonna Gaines. Mais à quoi s'était-il attendu? À une crise d'hystérie? À une exclamation incrédule? Certainement pas à la voir baisser la tête en silence, fermer les yeux, et joindre les mains comme si elle priait. Certainement pas à l'entendre respirer profondément comme si elle essayait de retrouver son calme, de se ressaisir pour ne pas s'effondrer sous ses yeux.

Et si cette absence de réaction surprit Gaines, la question qu'elle posa ensuite le surprit encore plus.

«Est-ce que c'est Michael qui lui a fait ça?»

Gaines ne put dissimuler son étonnement.

Maryanne fixait sur lui des yeux torturés.

«Est-ce que c'est Michael qui lui a fait... cette chose? répéta-t-elle.

– Nous le pensons, répondit Gaines.

– Est-ce qu'il s'est suicidé ? »

Gaines secoua la tête.

« Il a été assassiné... »

Maryanne baissa de nouveau la tête, et quand elle la releva, son front était plissé et son regard intense.

« Il a été *assassiné* ?

– Oui, répondit Gaines. Il a été décapité et a eu la main gauche tranchée. Son corps a été laissé dans la cabine où il logeait, et elle a été incendiée. »

Maryanne voulut se lever en s'appuyant sur la table, mais ses genoux fléchirent et elle se rassit lourdement.

Gaines savait qu'il n'y avait pas de bon moment pour ce genre de chose. Il lui avait dit pour Nancy, pour Michael, et maintenant il devait lui révéler la vérité sur Judith Denton.

« Et Judith, la mère de Nancy... elle s'est suicidée. » Gaines se racla la gorge. Sa voix était calme, presque trop, et si faible qu'elle était à peine audible. « Tôt ce matin, poursuivit-il. Elle a pris des somnifères, et elle est morte...

– Plus aucune raison de vivre, déclara Maryanne. Elle avait finalement appris que Nancy ne reviendrait jamais, et elle n'avait plus de raison de vivre.

– Oui, c'est ce que je crois. »

Maryanne se pencha en arrière. Elle inspira profondément, expira, ferma une fois de plus les yeux et resta une minute ou deux sans bouger.

Elle sembla finalement sortir de sa rêverie, rouvrit les yeux et regarda fixement Gaines.

« Je ne crois pas que Michael Webster ait assassiné Nancy Denton, dit-elle. Il était amoureux d'elle. Il l'aimait de tout son cœur. Et elle aussi était amoureuse de lui. C'était un homme fort, un homme patient, et il lui avait dit qu'il attendrait cinq ans, dix ans, aussi longtemps qu'il le faudrait. Ils s'aimaient tant, mais il n'y a jamais rien eu entre eux de... vous savez, de nature sexuelle. Ce n'était pas du tout comme ça. Michael était notre soldat. C'était notre protecteur, notre défenseur. Il n'aurait jamais laissé personne faire du mal à Nancy ou à moi, et il aimait inconditionnellement Nancy. Ils étaient totalement dévoués l'un à l'autre, et il n'y avait rien de plus. Ils étaient faits l'un pour l'autre, seulement elle était née quinze ans trop tard. Il y aurait toujours eu cette différence entre eux, mais ils s'aimaient et ça n'avait aucune importance. Il ne l'aurait jamais tuée...» Maryanne se tourna vers la fenêtre, puis regarda de nouveau Gaines. «Non, il n'aurait pas pu faire ça, shérif Gaines.

– Saviez-vous quoi que ce soit à ce sujet avant aujourd'hui?» demanda-t-il.

Elle secoua la tête.

«Non, bien sûr que non.

– A-t-il dit ou fait quoi que ce soit...?»

Maryanne demeura un moment silencieuse, puis elle s'éclaircit la voix.

«Nous nous sommes perdus de vue après la disparition de Nancy. Avant, nous étions toujours ensemble. Dès que nous pouvions nous voir, nous le faisions. C'était comme ça. Et puis elle a disparu, et nous avons cessé de nous voir. Je n'ai pas vu Matthias depuis quinze ans, peut-être plus. Quant à Michael, la dernière fois que je l'ai vu, ça devait être il y a trois ou quatre ans, mais je n'ai pas pu me résoudre à lui parler. Je lui avais demandé un jour s'il savait ce qui s'était passé, s'il avait la moindre idée. C'était il y a longtemps, peut-être douze ou treize ans, et tout ce qu'il a répondu, c'est qu'il ne pouvait rien dire, mais qu'il continuait de l'attendre. Il a dit que s'il brisait sa promesse de silence, ça ne fonctionnerait pas...» Elle marqua une pause, respira profondément. «Je n'ai pas compris ce qu'il voulait dire, sur le coup, et je ne le comprends toujours pas. Michael a dit qu'il continuait de l'attendre, et il n'a rien ajouté.»

Gaines se pencha en arrière. Il tendit la main vers son chapeau posé sur la table, en tritura nerveusement le bord.

Maryanne Benedict l'observait d'un regard intense et pénétrant.

« Avez-vous la moindre idée de ce qu'il voulait dire ?

– Non, aucune idée, mademoiselle Benedict.

– Donc, la question est, maintenant que nous savons qu'elle est morte, qui l'a tuée ? Si Michael ne l'a pas fait, alors qui ? »

Gaines ne répondit rien. Il n'avait pas la réponse à cette question, et il ne voulait ni lui faire part de ses soupçons, ni orienter la conversation dans une direction que Maryanne n'aurait pas choisie. Il était déterminé à ne pas la guider.

« Vous avez des soupçons, shérif ? » demanda-t-elle.

Gaines secoua la tête.

« Pas même Matthias ? »

Il hésita. Une fois encore, il tenta de ne rien laisser paraître. Mais de toute évidence, il échoua.

« Matthias obéit à ses propres lois, déclara Maryanne.

– Pourquoi dites-vous ça ?

– Les gens riches sont comme ça.

– Vous le connaissez bien ?

– Non, répondit-elle d'un ton neutre. Je le connaissais, du moins dans une certaine mesure, quand nous étions plus jeunes, mais nous n'avons jamais été très proches. Je passais plus de temps avec Eugene qu'avec Matthias. Mais Nancy était mon amie la plus proche. Elle était comme une sœur...

– J'imagine combien c'est difficile...

– Vraiment, shérif ? »

Gaines la regarda.

« Oui, mademoiselle Benedict, vraiment. »

Elle regarda le sol, puis ses mains posées sur la table comme si elles appartenaient à quelqu'un d'autre.

« Trois morts... deux meurtres, un suicide, tout cela en quelques jours...

– En vingt ans, corrigea Gaines. Nancy est morte le jour de sa disparition, ou très peu de temps après.

– Comment comprendre une telle chose ? Comment l'accepter ? Ça n'a absolument aucun sens...

– Que croyez-vous qu'il soit arrivé ce soir-là, mademoiselle Benedict ?

– À Nancy ? Je crois qu'elle a été enlevée...»

Elle marqua une pause.

« A-t-elle... vous savez, a-t-elle été sexuellement... ?

– Non, répondit Gaines. Elle n'a pas été violée. Elle a été étranglée et son cœur a été arraché, mais elle n'a pas été violée.»

Maryanne baissa la tête. Tout son corps sembla rapetisser lorsqu'elle soupira.

« Je ne peux même pas imaginer... murmura-t-elle.

– Alors, que croyez-vous qu'il soit arrivé ?» insista Gaines.

Maryanne Benedict fut un moment sans rien dire. Gaines ne brisa pas le silence. Elle devait assimiler et accepter à sa manière ce qu'il lui disait. Il était impossible d'accélérer le processus, impossible d'échapper à ce qui se passait dans sa tête. Elle détourna plusieurs fois les yeux – vers le sol, vers la fenêtre –, mais elle ne regardait rien de précis. Elle était perdue dans ses pensées, se rappelait des événements, des situations, des paroles échangées, les choses qu'elle s'était imaginées au cours des deux dernières décennies.

« Je crois qu'elle a été enlevée», dit-elle finalement. Sa voix était mesurée, contrôlée, précise. « Maintenant que vous m'avez dit qu'elle a été étranglée... je ne sais pas... peut-être que Michael l'a trouvée morte et que, pour une raison connue de lui seul, il lui a fait cette chose terrible.» Maryanne secoua la tête. « Michael avait sa part d'ombre, comme tout le monde. Il avait survécu à la guerre, vous savez ?

– J'en ai entendu parler... Guadalcanal, le seul survivant de son unité.

– L'homme le plus chanceux de la Terre.

– C'est ce qu'il a dit, déclara Gaines. Et Lester Cobb a dit la même chose. Qu'est-ce que ça signifie ?

– Précisément ce que ça dit, répondit Maryanne. Il a survécu à la guerre, puis il a survécu à l'accident à l'usine en 1952. C'est à ce moment qu'il a commencé à croire qu'il était protégé...

– Protégé ? »

Maryanne sourit. C'était un sourire triste et résigné.

« Je n'ai toujours pas préparé ce thé, dit-elle. Vous en voulez ? »

37

G aines l'observa tandis qu'elle préparait le thé.
Sans un mot, elle attrapa la bouilloire à côté de l'évier,
la remplit, la posa sur la gazinière, alluma le gaz.
Elle s'affaira avec des feuilles de thé et des tasses, puis resta
un moment immobile, regardant à travers la petite fenêtre qui
donnait sur le jardin. Elle était seule dans son monde, aussi
bien intérieurement qu'extérieurement, semblait-il, et Gaines
– malgré le vide qui semblait entourer Maryanne – se retint de
dire ou de faire quoi que ce soit qui eût brisé cette solitude.

Finalement, elle se retourna et regarda Gaines, les mains
appuyés sur le bord de l'évier derrière elle, la tête baissée, mais
les yeux fixés sur lui.

« Dire que... toutes ces années, et ça se termine comme ça.
Il n'y a pas eu un jour où je n'ai pas pensé à elle. À Nancy.
Vingt ans. Je savais qu'elle était morte, mais je ne savais pas
comment, ni pourquoi. J'espérais qu'elle ne l'était pas, bien
entendu, mais je savais que c'était sans espoir. Elle n'avait pas
fait de fugue. C'est ce que tout le monde prétendait, mais ils ne
la connaissaient pas, et ils ne comprenaient pas sa relation avec
Michael. Elle disait sans cesse qu'elle attendait d'avoir 18 ans
pour l'épouser. Matthias crevait de jalousie, mais il l'aimait
suffisamment pour comprendre qu'elle avait fait son choix. »
Maryanne sourit, un souvenir sembla illuminer son regard. « Un
jour, j'ai demandé à Matthias s'il pensait que Michael était trop
vieux pour Nancy, et il a répondu qu'il devait y avoir un an de
différence de plus entre Michael et Nancy qu'entre son père et

sa mère. Ce n'était pas vraiment une réponse, mais j'ai compris ce qu'il voulait dire. Il n'avait pas une relation facile avec ses parents, et je crois que ça tenait au fait que ses parents n'avaient pas une relation facile entre eux. Matthias pensait que c'était lui qui aurait dû être avec Nancy, et personne d'autre. »

Maryanne se tourna de nouveau vers la paillasse et versa le thé. Elle apporta les tasses à la table, en posa une devant Gaines et se rassit.

« Nancy et moi, Michael et Matthias. Je ne peux pas penser à l'un de nous sans nous voir tous les quatre ensemble.

– Mais vous aviez d'autres amis, n'est-ce pas ?

– Bien sûr, mais avec eux, c'était différent. Ils étaient là, certes, mais... »

Elle n'acheva pas sa phrase. Gaines laissa le silence flotter entre eux pendant un moment, juste pour s'assurer qu'elle n'allait pas reprendre la parole, puis il demanda :

« Et vous n'avez plus rien à voir avec Matthias Wade, aujourd'hui ? Rien du tout ? »

Elle secoua la tête.

« Comme j'ai dit, je ne l'ai pas vu depuis une quinzaine d'années, peut-être plus.

– Connaissait-il Judith ?

– La mère de Nancy ? Oui, évidemment. »

Gaines repensa à la conversation qu'il avait eue avec Wade, au fait que Wade avait affirmé ne pas connaître Judith Denton. Soit il avait menti en niant la connaître, soit – ce qui semblait plausible – il avait simplement voulu dire qu'il ne la connaissait pas *vraiment*. C'était une connaissance ancienne, la mère d'une amie d'enfance, rien de plus.

« Vous alliez me raconter ce qui s'est passé en 1952, la relança Gaines.

– Oui, c'est vrai », répondit Maryanne.

Elle hésita, le regardant avec une sorte de résignation contrite, comme si elle s'apprêtait à partager avec lui un épisode délicat et confus de sa vie, et qu'elle savait que ça le troublerait.

Gaines songea à lui dire que plus rien ne pouvait le surprendre, qu'il avait déjà tout vu et entendu, le pire de ce que le monde avait à offrir – pas seulement au Viêtnam, mais aussi ici, dans le drame qui secouait la petite ville de Whytesburg –, mais il demeura silencieux.

« Il y avait une usine à l'ouest de Picayune, dit-elle, à l'est de la rivière Pearl. Elle avait été bâtie là-bas à cause de l'approvisionnement en eau, mais ça ne leur a pas été d'une grande utilité quand ils en ont eu vraiment besoin. L'usine n'existe plus, pour des raisons évidentes. » Elle sourit d'un air gêné. « Pour des raisons qui seront évidentes quand je vous aurai raconté ce qui s'est passé. L'usine avait originellement été construite par une autre famille, il y a très longtemps de cela, au XIXᵉ siècle, je crois. Elle avait plusieurs fois changé de main et d'activité, et c'était devenu une fabrique de munitions pendant la guerre. Une fois la guerre finie, quand il n'y a plus eu besoin de munitions, les Wade l'ont rachetée. Le père de Matthias passait son temps à racheter des affaires, même si elles ne faisaient pas de bénéfices. C'était comme s'il était bien déterminé à posséder autant de sociétés que possible, qu'importait leur véritable valeur. Enfin bref, on y fabriquait des roulements à billes, des ressorts, des essieux de véhicule. Et aussi d'autres choses, comme des plateaux en métal pour servir les repas en prison, des tasses en émail, tout et n'importe quoi. C'était une petite affaire, mais elle était prospère. Matthias y a trouvé un travail à Michael. D'ordinaire, ils n'embauchaient que des ouvriers qualifiés, mais Matthias avait de l'influence, évidemment, et il s'est arrangé pour que Michael y fasse un apprentissage. Michael a tenu parole, il y est allé, il a appris à faire ce qu'on attendait de lui, et c'était un bon employé. Il travaillait dur ; il n'était jamais en retard ; il faisait des heures supplémentaires. Il avait passé toutes ces années à ne rien faire, après la guerre, et soudain il se jetait corps et âme dans quelque chose. »

Maryanne leva les yeux vers Gaines, comme si elle s'était quelque peu égarée dans ses souvenirs et s'était soudain souvenue qu'il était assis face à elle. Elle sourit.

« Ce n'était pas extrêmement important, évidemment, mais c'était un but. C'était une raison de se lever le matin, et il l'a saisie. Et comme il gagnait de l'argent, il insistait pour nous acheter des choses, à Nancy et à moi. Une année, nous avons tous été invités chez les Wade pour leur fête de Noël, et Michael nous a acheté des robes dans une boutique de Biloxi. Des robes en soie, jaune et rose, avec des fleurs, et quand nous sommes arrivés dans leur grande demeure nous avions l'impression d'être dans *Autant en emporte le vent*. »

Maryanne émit un petit rire doux. C'était un très beau son.

« Il était toujours comme ça, à l'époque. Généreux, gentil, patient. Nous l'adorions tous. Mais s'il était très attentionné avec moi, Matthias et les autres, la seule personne qu'il aimait réellement, c'était Nancy. Enfin bref, c'était en juin 1952. Michael devait approcher de la trentaine, et Nancy, elle devait avoir... oui, c'était trois ou quatre jours avant son quatorzième anniversaire. Je m'en souviens, maintenant. Nous avions prévu une fête, quelque chose de simple, mais étant donné les circonstances, nous avons dû l'annuler. Donc, c'était en juin, tout allait bien, tout était normal, quand nous avons appris qu'il y avait eu un terrible incendie à l'usine. Ce n'était pas toute l'usine qui avait brûlé, parce que chaque section se trouvait dans un bâtiment distinct. Il y avait un atelier pour les pièces automobiles, un autre pour l'emboutissage du métal, un troisième pour les objets en émail, vous voyez ? Enfin bref, à cette époque, Michael était contremaître dans le bâtiment où ils coulaient des pièces en fer ou en acier ou je ne sais quoi. Il y avait d'énormes containers remplis de sable, qui servait à la construction des moules de certains des objets qu'ils fabriquaient. C'était comme d'énormes tonneaux en bois, surélevés à environ deux mètres, qui contenaient des tonnes et des tonnes de sable. Donc, un incendie s'est déclenché quelque part à l'arrière du bâtiment, et il devait y avoir vingt-cinq ou trente hommes qui y travaillaient. Lorsque le feu s'est propagé, un certain nombre d'entre eux se sont retrouvés coincés dans une partie du bâtiment, car l'une des poutres qui soutenaient ces tonneaux remplis de sable avait cédé, et les containers étaient tombés, créant un obstacle qui avait divisé le bâtiment en deux parties distinctes. Ils étaient donc quelques-uns derrière cette montagne de sable. Le sable était brûlant, et ils ne pouvaient ni l'escalader ni le contourner. Alors, Michael a pris une demi-douzaine d'autres hommes, et ils sont sortis du bâtiment par l'autre côté. Ils sont allés chercher des pelleteuses et une espèce de camion et s'en sont servi pour emboutir le mur arrière et y ouvrir une brèche afin que les hommes coincés à l'intérieur puissent s'échapper. Mais ils ne sont pas tous sortis, et Michael a supposé qu'ils avaient dû en être empêchés par la fumée ou autre chose. Les pompiers étaient alors arrivés, mais comme c'était un été torride, la rivière était basse, et ils ne pouvaient pas pomper l'eau assez vite. Du coup, Michael a guidé une équipe de pompiers pour leur montrer où les derniers ouvriers étaient coincés, et ils ont disparu dans la fumée. Pas un seul n'en est ressorti. Ni les ouvriers qui avaient été piégés, ni les pompiers. Seulement Michael. Le toit s'est effondré, puis le mur arrière s'est écroulé, et les pompiers et les ouvriers se sont retrouvés piégés et sont morts. Mais Michael a réussi à ressortir. Vu ce qui lui était arrivé pendant la guerre, c'est à ce moment qu'on a commencé à l'appeler l'homme le plus chanceux de la Terre. »

Gaines l'avait observée tout le temps qu'elle avait parlé. Plus elle avait avancé dans son récit, plus elle avait semblé vivante. Comme si le fait de relater cette terrible tragédie lui avait non seulement rappelé sa propre mortalité, mais aussi le fait qu'elle était en vie. Il y avait quelque chose de réellement captivant chez cette femme, comme si quelque chose brûlait en elle mais était dissimulé derrière les ombres du passé. Elle s'était laissée avaler par ce qu'elle avait vécu, mais à mesure qu'elle racontait ces événements, une petite porte de sortie était apparue.

« Et Michael ? demanda Gaines.

– Il s'est plus ou moins retiré, comme il l'avait fait en rentrant de la guerre. Nous passions toujours du temps ensemble, et il était toujours aussi amoureux de Nancy, mais quelque chose avait changé. C'était difficile de dire quoi. On ne pouvait pas mettre le doigt dessus. Il n'était pas fou. Il n'avait pas le comportement d'un fou. Rien de tel. Mais il n'était plus tout à fait là, il paraissait absent. Et après la disparition de Nancy, deux ans plus tard... eh bien, c'est à ce moment qu'il a commencé à montrer des signes du fou solitaire qu'il est devenu. Après ça, je l'ai à peine revu. Je ne voulais pas le voir. Et quand je le voyais, il disait qu'il était une malédiction pour tous ceux qui l'entouraient, qu'il avait conclu un pacte avec le diable, qu'il avait eu la vie sauve à deux reprises, mais que le prix à payer désormais était le sacrifice de la seule personne qu'il aimait réellement. C'était trop difficile de l'écouter. Ça vous submergeait. C'était effrayant, terrifiant, vous savez ? C'était une obsession, chez lui.

– Il a complètement cessé de vous voir, Matthias et vous, après la disparition de Nancy ?

– Autant que possible. Il m'a expliqué qu'il n'osait plus passer du temps avec nous. Que si nous continuions à nous fréquenter, alors nous connaîtrions le même sort que ses amis à Guadalcanal, que ses collègues à Picayune, que Nancy. Il croyait nous protéger en vivant en reclus, en ne nous voyant jamais, en restant à l'écart.

– Et vous étiez tous avec elle le soir de sa disparition, n'est-ce pas ? »

Maryanne sourit.

« Oui, et c'est la dernière fois que je l'ai vue. La dernière fois que nous nous sommes tous trouvés au même endroit en même temps.

– Que s'est-il passé ?

– Il ne s'est rien passé, shérif. Rien du tout. C'était une soirée comme tant d'autres. Une soirée d'été, en août 1954. Nous avions le vieux tourne-disque de Matthias. Catherine était partie beaucoup plus tôt, et Matthias était allé chercher le tourne-disque. Il avait emmené Eugene et Della avec lui. Et après, nous nous sommes retrouvés tous les quatre dans le champ au bout de Five Mile Road, près du bois, et nous avons passé de la musique et dansé. Puis Michael et Nancy se sont enfoncés dans le bois, et elle n'en est jamais ressortie.

– Et la police ? »

Maryanne haussa les épaules.

« Elle n'a rien trouvé. Pas le moindre signe. Don Bicklow était shérif, à l'époque. George Austin était son adjoint. Ils ont posé des questions ; ils ont parlé à Michael, à Matthias, à nous trois, mais nous ne savions pas ce qui s'était passé.

– Que leur a dit Michael ?

– Qu'ils étaient allés dans le bois ensemble, qu'il faisait nuit, qu'ils avaient été séparés, mais qu'il l'entendait toujours chanter. Puis tout était devenu silencieux, et il ne l'avait plus entendue. Il s'était lancé à sa recherche, l'avait appelée. Comme elle ne répondait pas, il avait cru qu'elle se cachait peut-être et qu'elle jaillirait soudain de derrière un arbre pour lui faire peur, mais elle ne l'avait pas fait. Alors, il était ressorti du bois. J'étais là avec Matthias, et Michael pensait qu'elle serait avec nous. Mais elle n'y était pas, alors Michael et Matthias m'ont renvoyée chez moi, et ils se sont de nouveau lancés à sa recherche dans le bois. Après environ une heure, comme ils ne l'avaient toujours pas retrouvée, ils sont allés au commissariat.

– Quand Michael et Matthias sont retournés dans le bois, ont-ils cherché ensemble ou se sont-ils séparés ? »

Maryanne secoua la tête.

« Je n'en ai aucune idée.

– Et Don Bicklow a supposé qu'elle avait fait une fugue, et c'en est resté là, exact ?

– C'est ce que nous pensions, mais nous savons aujourd'hui que ça s'est passé différemment. Michael a retrouvé le corps, et il a fait ce qu'il a fait...

– Nous pensons que Michael a retrouvé le corps, corrigea Gaines. Nous n'avons pas assez d'indices pour affirmer quoi que ce soit. » Il se pencha en avant et regarda Maryanne droit dans les yeux. « À votre avis, que s'est-il réellement passé, mademoiselle Benedict ? »

Maryanne sourit.

« Mademoiselle Benedict ? Personne ne m'appelle mademoiselle Benedict, shérif Gaines. Je suis une institution, ici. Je suis la folle qui vit seule avec ses chats et ses fleurs et ses souvenirs. Appelez-moi Maryanne. »

Gaines acquiesça.

« Maryanne, dit-il. À votre avis, que s'est-il réellement passé, ce soir-là ? »

Elle balaya du regard la fenêtre, l'évier, la gazinière, le mur derrière Gaines. À aucun moment elle ne posa directement les yeux sur Gaines tandis qu'elle réfléchissait.

« J'étais d'accord avec ce que beaucoup de gens disaient à l'époque, shérif Gaines, répondit-elle finalement.

– Et qu'est-ce qu'ils disaient ?

– Que le diable était venu à Whytesburg pour percevoir la dette de Michael. »

Les Vietnamiens du Nord comprenaient la guerre. Ils comprenaient les saisons. Ils comprenaient le pays. C'était leur territoire.

En avril et mai 1967, des forces supplémentaires qui avaient été déployées pour sécuriser Khe Sanh avaient engagé le combat avec des bataillons de l'armée nord-vietnamienne qui tenaient les collines au nord et au sud. Les 1er et le 3e bataillons du 26e régiment de marines effectuaient des rotations sur la base.

Dans le bar en terrasse de l'hôtel Continental, dans le restaurant *L'Amiral*, dans le centre de presse de Da Nang, lors des briefings quotidiens de quarante-cinq minutes dans les salles de presse de Saigon, des parallèles étaient constamment établis entre la défaite française à Diên Biên Phu en 1954 et ce qui se passait à Khe Sanh. La chance ne souriait pas aux États-Unis. L'Amérique avait défié le destin, et ce n'était pas une chose qu'on pouvait faire à la légère. Les forces spéciales étaient arrivées en 1962 et avaient construit leurs lignes de défense sur les restes des bunkers français. Les Français avaient perdu, ici, et les Américains feraient de même. Les moussons avantageaient l'armée nord-vietnamienne. L'observation et la couverture aériennes étaient impossibles. Khe Sanh était encerclée. Toutes les voies d'évacuation, y compris la route 9, étaient aux mains des Vietnamiens du Nord. Tout le monde allait y passer. La guerre serait perdue. C'était là qu'était la vraie folie. Des soldats qui auraient dû partir se retrouvaient coincés. Leur service était terminé, mais ils ne pouvaient pas rentrer chez eux.

Il n'y avait qu'à la guerre qu'on comprenait la guerre.

Puis, finalement, quand les mauvaises nouvelles avaient afflué de Hué, Da Nang, Quinhon, Khe Sanh, Buôn Ma Thuôt, Saigon, d'absolument partout, c'est là que les types avaient commencé à devenir vraiment dingues. C'est alors qu'ils avaient compris que toute cette putain de guerre n'avait servi à rien. L'administration savait déjà que c'était fini. Le Viêt-cong tenait l'ambassade et Cholon. Tân Son Nhât était en proie aux

flammes. Des convois de camions arrivaient de Phu Bai, avec à
leur bord des troupes de remplacement pour pallier aux innombrables pertes provoquées par les combats au sud de la rivière
des Parfums. Il pleuvait à torrent, il y avait de la boue partout,
et Gaines se revoyait planté au bord de la route, regardant un
convoi de véhicules arriver. Il avait vu le visage des fantassins,
et il avait su ce qu'ils voyaient. Ils voyaient leur propre mort.
Certains étaient là pour la première fois, et pourtant ils comprenaient que c'était là qu'ils mourraient. Tout le monde savait que
la fin était proche, mais la machine de guerre était trop bête et
arrogante pour s'avouer vaincue. Ces *boys* avaient encore une
poignée d'heures à vivre, peut-être une journée, puis ils seraient
rapatriés dans des housses mortuaires pendant que cinq cents
recrues toutes fraîches débarqueraient. C'était comme livrer des
cibles au stand de tir d'un parc d'attractions. Gaines était avec le
2ᵉ bataillon du 5ᵉ régiment de marines quand ils avaient atteint
la rive sud de la rivière, et il avait vu les tombes. Cinq mille
tombes dans lesquelles gisaient tous ceux que l'armée nord-
vietnamienne avait exécutés.

Il y avait une compagnie « Hotel », une compagnie « Sierra »,
une compagnie « India », une compagnie « Foxtrot ». Il y avait
même une compagnie « Charlie », ce qui était sacrément
ironique[1]. Ça commençait par Alpha, Bravo, Delta, et ainsi de
suite, et dans chaque compagnie il y avait toujours l'*élu*, celui
qui passait à travers les balles ; merde, le type pouvait même
passer entre les gouttes d'eau pendant la saison de la mousson,
à en croire ses camarades. Il était celui qui survivait toujours,
celui qui fonçait le premier et revenait le dernier, toujours sans
une égratignure. Un million de fois il manquait d'y laisser sa
peau, les balles sifflant assez près pour qu'il sente leur souffle
sec, mais jamais elles ne l'atteignaient, c'était comme si Dieu

---

1. Surnom du Viet-cong. À l'origine, « Victor Charlie », d'après les initiales V
et C en alphabet OACI, puis simplement « Charlie ». (*N.d.T.*)

lui réservait un autre sort, comme si la guerre n'était qu'un film à voir pour qu'il puisse dire qu'il y était.

Et chaque jour, le genre de visions qui vous mettaient en état de choc ou vous plongeaient dans une incrédulité totale.

Voilà ce qui vous rendait fou.

Elle était là, la folie.

Et c'était ça que Michael Webster avait porté dans son cœur et dans son âme depuis son séjour en Asie du Sud-Est, ce qu'il avait rapporté malgré lui à Whytesburg.

Et ce genre de folie était contagieuse. Peut-être se communiquait-elle par l'air, ou bien à travers les pores de la peau, mais elle était insidieuse, nocive, dévorante.

Maryanne Benedict l'avait contractée, et peut-être Matthias Wade aussi.

Nancy Denton y avait échappé prématurément.

Qu'avaient-ils mis au jour ? Qu'avaient-ils réellement déterré au bord de cette rivière ? Gaines ne pouvait pas croire qu'il s'agissait simplement d'un cadavre d'adolescente préservé. Ils avaient ouvert une porte, une fenêtre, qui donnait sur un autre lieu, sur une autre réalité, et une puissance malveillante s'était engouffrée dans cette ouverture pour empoisonner l'air qu'ils respiraient. Ils étaient tous infectés. La ville était infectée. Et il n'y avait aucun moyen de revenir en arrière.

John Gaines était assis seul avec ces pensées dans sa voiture, et il se demandait si lui aussi était en train de devenir fou. Il était tout près de la maison de Maryanne Benedict, mais il aurait tout aussi bien pu être à des milliers de kilomètres.

Le cercle semblait se resserrer, à la manière du serpent qui se mordait la queue et finissait par disparaître.

Gaines démarra. Il reprit la direction de Whytesburg. Lorsqu'il arriverait chez lui, il serait près de huit heures, voire un peu plus. Il en avait assez pour aujourd'hui. Il voulait passer un peu de temps avec sa mère, peut-être regarder un peu la télé, essayer de passer une bonne nuit de sommeil. Il attendrait le lendemain, dimanche, pour voir s'il ne restait pas quelque part un fil à tirer.

Ce qui s'était passé ce soir d'août 1954 était, en vérité, moins important que ce qui était arrivé à Michael Webster. Si Webster était bel et bien responsable de la mort de Nancy, alors l'enquête était close. Le tueur avait payé, même s'il avait fallu attendre deux décennies. L'assassin de Webster, en revanche, était plus que probablement dans les parages, et Gaines pensait que c'était Wade. Webster et Wade avaient-ils cherché dans le bois ensemble, ce soir-là ? Seul Wade le savait, et il refusait de parler. S'ils avaient cherché chacun de leur côté, alors n'importe lequel des deux avait pu étrangler Nancy sans que l'autre le sache. Mais si Wade était l'assassin et que Webster le savait, pourquoi ce dernier avait-il gardé le silence ? Et pourquoi Wade avait-il attendu vingt ans pour tuer Webster alors qu'il savait que ce dernier pouvait à tout moment le balancer ?

Les pensées, les images, les idées bizarres se télescopaient dans la tête de Gaines, et aucune n'avait de sens. Au bout du compte, tout ce qui comptait, c'était l'identité de l'assassin de Nancy Denton, et celle de l'assassin de Michael Webster ; et Gaines était instinctivement certain qu'il s'agissait d'une seule et même personne : Wade.

Cependant, quelle qu'ait été sa conviction, Gaines n'avait rien de solide pour continuer à enquêter sur Wade. L'homme avait payé la caution de Michael Webster, et ils avaient quitté ensemble le commissariat, c'était tout.

Si Gaines ne découvrait rien de significatif, alors l'enquête était pour ainsi dire close.

Voilà ce qui le troublait plus que tout : le simple fait que la personne qui avait commis ces actes n'aurait peut-être jamais à en rendre compte.

Mais ce soir, ne serait-ce que pendant quelques heures, il devait laisser tout ça de côté. Il devait se reposer l'esprit, oublier

39

Oui, l'enfance est une période magique, mais peut-être la magie a-t-elle un prix.

Les gens commettent des actes répréhensibles, puis ils fuient tout ce qui pourrait les leur rappeler. Ils déménagent dans une autre ville, un autre État, parfois même un autre pays. Mais la conscience est un pays en soi, et la culpabilité est une ville qu'on ne peut jamais quitter – la nature humaine est ainsi. Vous pouvez changer tant que vous voudrez de paysage, il y aura toujours quelqu'un ou quelque chose pour vous rappeler les pires de vos actes. Qu'avons-nous fait qui ait pu provoquer la disparition de Nancy ? Je ne le savais pas, à l'époque, et je ne le sais toujours pas.

C'était une période extraordinaire, mais elle s'est achevée par une tragédie étrange et inexplicable que personne n'a comprise.

Pourtant, ce jour-là, cet après-midi-là, tout avait l'air comme d'habitude.

Le crépuscule approchait, le soleil embrassait la cime des arbres, et nous avons entendu Matthias revenir avec le tourne-disque avant même de le voir.

Il avait changé de chemise et s'était peigné, et tandis qu'il posait le tourne-disque et commençait à le remonter, il m'a lancé un coup d'œil.

Il savait qu'il devrait danser avec moi, et pourtant j'ai senti autre chose. J'ai senti qu'il était ravi qu'Eugene ne soit pas là pour lui disputer mon attention. Je me suis sentie gênée, puis j'ai pensé à autre chose. C'était Matthias. C'était mon ami Matthias. Il ne se passerait rien à moins que je ne le veuille, à moins que je ne sois d'accord. Combien j'étais naïve – jamais il ne m'est venu à l'esprit que son problème, c'était Michael et Nancy.

Matthias a mis un disque. *Cry*, par Johnny Ray. Puis il a passé *Why Don't You Believe Me ?*, par Joni James. J'ai dansé avec lui, et j'ai senti sa proximité. Je crois qu'il portait l'eau de Cologne de son père, car il dégageait un parfum doux, peut-être de lavande, ou bien de violette.

J'ai dansé un moment avec Matthias, puis j'ai été contente de m'allonger dans l'herbe fraîche et de regarder Michael et Nancy.

J'avais chaud, j'étais un peu somnolente, et je me sentais totalement vivante.

Matthias s'est assis juste à côté de moi, et j'ai senti sa main contre ma jambe. Malgré cette proximité, je n'avais pas envie de bouger.

Nancy était parfaite. Michael avait dit qu'un jour les portes du paradis étaient restées ouvertes un instant et qu'un ange s'était échappé. C'est ainsi qu'elle m'est apparue, ce soir-là, plus que d'habitude. Ses pieds ne semblaient jamais toucher le sol tandis qu'elle dansait avec son soldat, son Michael, l'homme le plus beau et le plus courageux de Whytesburg.

Mais il y avait autre chose, quelque chose que je n'aurais pas pu définir.

Peut-être savais-je que la fin approchait. Peut-être savais-je au fond de mon cœur que je me rappellerais cette soirée le restant de mes jours. Quand je serais une vieille femme, assise sur un perron, ou me balançant peut-être sur un rocking-chair sur quelque terrasse, je me replongerais dans le passé et revivrais cette soirée, cette nuit. Mais ce dont je me souviendrais, ce ne serait pas du pique-nique, ni de la musique, ni de la façon qu'avait Nancy de danser avec ses pieds nus posés sur les chaussures de Michael, ni de la manière qu'il avait de conserver une certaine distance, de ne jamais la serrer trop fort, comme s'il comprenait et respectait le fait qu'elle n'était pas encore la femme qu'il pourrait aimer de tout son cœur et de toute son âme. Non, ce n'était pas de tout ça dont je me souviendrais, mais de quelque chose de totalement différent. Quelque chose de terrible, quelque chose qui me transpercerait le cœur comme un clou en fer, un clou qui resterait logé là et diffuserait sa rouille dans mon sang le restant de ma vie.

Tout aurait dû si bien se passer, et pourtant tout a si mal tourné.

L'amour peut être aveugle. Il peut être silencieux. Il peut se déchaîner comme un torrent ou hurler comme une tempête. Il peut être le début ou la fin d'une vie. Il peut éteindre le soleil, arrêter la mer, illuminer l'ombre la plus profonde. Il peut être la torche qui éclairera la voie vers la rédemption, vers la liberté. Il peut faire tout ça. Mais quel que soit son pouvoir, nous ne le comprendrons jamais vraiment. Nous ne savons pas pourquoi nous éprouvons un tel sentiment envers une autre personne. Nous savons simplement que nous devons être près d'elle, à ses côtés, sentir le contact de sa main, ses lèvres sur notre joue, son odeur, sa main dans nos cheveux, la réalité de son existence, et savoir qu'elle sera toujours chez elle dans notre cœur. Nous en avons besoin, mais nous ne le comprenons pas.

Alors que la perte... Nous comprenons la perte. La perte est simple. Elle est parfaite dans sa simplicité.

L'autre est là, puis il n'y est plus.

Il n'y a rien à ajouter.

Je sentais cet amour que Michael Webster et Nancy Denton partageaient si naturellement, un amour pur, simple, parfait.

Il aurait dû durer éternellement, mais rien ne dure jamais éternellement, n'est-ce pas ?

Du moins, rien qui ressemble à l'amour.

40

L a mère de Gaines était plutôt en forme. Elle avait dormi l'essentiel de la journée. Elle l'informa que Caroline lui avait apporté son souper, et que maintenant, tout ce qu'elle voulait, c'était dormir un peu plus.

Gaines passa une heure à l'écouter tandis qu'elle lui serinait pour la énième fois que Nixon était un sale type qui tentait de fuir ses responsabilités à grand renfort de mensonges.

« Il tombera, déclara-t-elle, la seule question est de savoir combien d'autres personnes il entraînera dans sa chute. »

Gaines l'écoutait, mais sans faire trop attention à ce qu'elle disait. Pour le moment, les machinations de Nixon pour s'accrocher au pouvoir étaient le dernier de ses soucis. Il était d'accord avec Eugene McCarthy pour dire que la politique n'était rien de plus qu'un jeu destiné à ceux qui étaient suffisamment intelligents pour le comprendre, mais suffisamment idiots pour le prendre au sérieux.

Il était près de dix heures lorsque Alice Gaines se détendit finalement et se rendormit.

Gaines sortit de la chambre et se rendit à la cuisine. Il attrapa la bouteille de bourbon, un verre propre, tira des glaçons du congélateur. Il s'assit en silence, but un peu, réfléchit beaucoup, pensa au fait qu'en une seule journée il avait découvert le corps décapité de Michael Webster dans la carcasse calcinée de sa cabine de motel, le cadavre de la mère de Nancy, et qu'il avait parlé à la fois à Matthias Wade et à Maryanne Benedict. Une seule journée. Tout ça en si peu de temps. Il se rappelait une citation de Wendell Holmes, qui disait qu'un esprit qui s'était agrandi pour accueillir une idée nouvelle ne retrouvait jamais ses proportions originales. Ça s'appliquait à la guerre, mais ça s'appliquait aussi à ce qui se passait ici. Que Gaines croie ou non à leur aspect rituel, les événements qui s'étaient déroulés vingt ans plus tôt, et ceux qui se déroulaient en ce moment même, n'avaient toujours pas été résolus, et ils devaient être compris.

Gaines finit par se détendre à son tour. Peut-être était-ce l'effet du whiskey, ou alors son état d'épuisement, mais il savait que s'il s'allongeait, il dormirait, et dormir était ce qu'il voulait à tout prix.

Il abandonna le verre à moitié vide, les glaçons en train de fondre, la bouteille de bourbon. Il marcha jusqu'à sa chambre, se déshabilla et s'écroula sur son lit. Il respira profondément – une fois, deux fois – puis s'endormit, ses pensées s'éteignant comme des lumières.

Et au bout de quelques instants, elles apparurent. Toutes les deux.

Nancy arrive la première, puis Judith. Elles se tiennent toutes deux à la porte de sa chambre, une lueur pâle émanant d'elles, et elles lui font signe. Elles ne parlent pas, mais lui communiquent tout ce qu'elles ont à lui dire par leurs yeux, leur expression, leurs mains tendues.

Il ne veut pas les suivre, mais il sait qu'il n'a pas le choix.

Il se lève et se met à marcher, semble passer à travers elles, et pourtant, lorsqu'il franchit la porte, elles sont toujours devant lui.

La puanteur riche et écœurante de la végétation fétide emplit ses narines.

Une fois encore, comme si ces bruits faisaient désormais partie intégrante de lui-même, il perçoit le vrombissement lointain des CH-47, le claquement et le roulement des Howitzer 105 mm et des Vulcan, et, en dessous, les mitrailleuses et les obus de mortier de 82 mm des Viets. Mais ils sont si lointains, cette fois-ci, noyés sous le bruit de son propre cœur, de sa propre respiration, du sang déferlant dans ses veines et ses artères, qu'il doit tendre l'oreille pour les entendre. D'ailleurs, il se demande si ces sons ne proviennent pas de l'intérieur plutôt que de l'extérieur. Ils se coulent dans la végétation, et la jungle les avale, elles et lui. Il comprend alors que plus personne hormis Nancy et Judith ne peut le voir, et qu'on ne les retrouvera jamais.

Il ne veut pas être ici.

Il les appelle, leur demande de ralentir, de s'arrêter, de lui parler.

Qui t'a tuée, Nancy ?

Était-ce Michael ?

Était-ce Matthias ?

Que t'est-il arrivé il y a toutes ces années ?

Mais il n'entend désormais plus que le bruissement du feuillage tandis qu'elles se faufilent dans la végétation, disparaissant et réapparaissant parmi les arbres, et l'écho vague d'un éclat de rire alors qu'elles se volatilisent une fois de plus devant lui.

Il commence à être fatigué. Il n'arrive plus à les suivre. Il s'assied sur la terre détrempée, et l'humidité imprègne presque immédiatement son pantalon. Il sent l'odeur du sang. Il la reconnaît. Il perçoit aussi la chaleur du sang qui suinte à travers la terre, à travers les racines et les broussailles, mais il s'en moque. Peut-être y a-t-il là tout le sang qu'il a vu verser dans sa vie, et chaque fois qu'il hésitera, chaque fois qu'il s'arrêtera, le sang le rattrapera pour lui rappeler son passé.

Michael est là. Il est assis face à Gaines, en tailleur. Sa tête et sa main sont toujours attachées à son corps, et il parle si doucement que Gaines ne comprend pas un mot de ce qu'il raconte.

Plus fort, dit-il. *Parlez plus fort, Michael.*

Mais Michael continue, sa voix tel un murmure incessant, si rapide que ce n'est qu'un torrent de paroles inintelligibles, et ce monologue engendre une frustration et un désespoir que Gaines ressent dans chacun de ses pores.

Puis il perçoit un mot. Clair, précis, net, parfaitement audible.

Adieu.

Un mot de la réalité qui a réussi à s'immiscer dans son rêve. Et alors, il sait. Même dans son sommeil, il sait.

Il sait que le temps est enfin venu.

John Gaines ouvrit les yeux et resta allongé quelque temps. Il n'aurait su dire combien de temps. Peut-être juste une poignée de minutes, peut-être une demi-heure, peut-être plus.

Il savait ce qui était arrivé, et pourtant il peinait à le croire.

Gaines ne s'était pas imaginé ça.

Il s'était imaginé cent scénarios différents, mais pas celui-là.

Il avait cru qu'il serait là, toujours là, qu'il serait la dernière personne à qui elle parlerait, qu'elle lui tiendrait la main, qu'ils échangeraient quelques ultimes paroles, qu'elle l'inciterait une dernière fois à se marier, à fonder une famille, à être père. Fais comme ton père, aurait-elle dit, juste une fois, fais comme ton père.

Mais il ne s'était pas imaginé ça.

Pas se réveiller dans la pénombre fraîche de l'aube naissante avec la profonde certitude que c'était finalement arrivé, sans lui.

Il se leva lentement, enfila un jean et un tee-shirt. Il jeta un coup d'œil au réveil. Il était quatre heures quinze.

Il se tint un moment à la fenêtre. Une faible lueur brillait dans le champ derrière la maison, environ cent mètres plus loin. Il n'y prêta aucune attention. Son esprit était ailleurs, peut-être en train de la chercher, d'essayer de sentir sa présence, pour vaguement s'assurer qu'elle était toujours avec lui.

Mais il n'y avait rien.

Gaines se rendit dans la salle de bains et s'aspergea le visage d'eau froide. Il tint longuement la serviette contre sa peau, et sentit le chagrin monter dans sa poitrine.

Il reposa la serviette, se retourna et quitta la pièce.

Il s'arrêta à la porte de la chambre de sa mère et resta un moment immobile, les doigts sur la poignée. Tout était silencieux, sauf son cœur, qui pourtant battait normalement. Il ne se débattait pas dans sa poitrine. Il était seulement plein d'une tristesse infinie.

Il ouvrit la porte.

Une odeur de lavande flottait dans la pièce. Il la perçut immédiatement. Il hésita, puis referma la porte derrière lui, comme pour exclure le reste du monde de ce moment d'intimité.

Il ne savait pas ce que ça faisait d'être irrémédiablement seul, et pourtant il l'était, désormais.

Il n'y avait plus que lui – John Gaines –, et personne d'autre.

Il s'approcha du lit, et il la vit. Elle avait les yeux fermés. Elle paraissait dormir, mais était parfaitement silencieuse. La couverture qui la recouvrait ne se soulevait pas doucement. Ses paupières ne frémissaient pas. Elle ne murmurait pas des paroles qu'elle seule pouvait comprendre dans son rêve. Elle était partie. Son corps était là, mais elle s'en était allée.

Gaines s'approcha un peu plus, s'assit au bord du lit et lui saisit la main.

Sa peau avait conservé un vestige de chaleur, et pourtant Gaines était certain que la force, ou l'âme, ou l'esprit qui avait habité ce corps était parti. Elle ressemblait à Alice Gaines, mais ce n'était pas elle. C'était son corps, mais ça s'arrêtait là. Alice elle-même n'était plus là.

Curieusement, Gaines éprouva le besoin de s'agenouiller. Ce qu'il fit, à côté du lit, joignant les mains et posant la tête sur le bord du matelas, la joue contre la couverture, les yeux tournés vers le visage de sa mère.

Pourquoi n'avait-il rien vu venir ? Était-ce toujours censé se passer ainsi ? N'y avait-il aucun moyen de prédire ? Pas de déclin soudain et visible ? Pas de lutte pour rester en vie alors même qu'on sait que la fin est imminente ?

Il voulait pleurer, mais n'y parvenait pas. Pas maintenant. Pas ici.

Il devait appeler Bob Thurston, gérer toutes les formalités relatives au décès.

Il se releva, baissa les yeux vers elle, se pencha pour lui embrasser le front et lui murmurer, «Je t'aime», mais il interrompit son geste, ferma les yeux, sentit la brûlure des larmes, le chagrin qui formait une boule dans sa poitrine, dans sa gorge, et il se contenta de murmurer un unique mot, «Adieu», avant de se retourner et de quitter la pièce.

Debout dans le couloir, combiné à la main, il hésitait à réveiller Thurston, mais il n'avait pas le choix.

Le téléphone fut décroché au bout de quelques instants, et il entendit la voix pâteuse de Thurston.

Gaines se contenta de dire: «Bob, c'est John...»

À quoi Thurston répondit: «J'arrive tout de suite.»

Et il arriva en effet tout de suite, ou c'est du moins l'impression qu'eut Gaines, mais quand il regarda l'horloge, il était près de cinq heures et demie. Plus d'une heure s'était écoulée, mais si on lui avait posé la question, il aurait dit qu'il était entré dans la chambre de sa mère à peine dix minutes plus tôt.

Thurston s'occupa d'Alice Gaines seul. Il prit la température du corps, rédigea des notes, apposa l'heure estimée du décès sur le certificat, le signa, le rangea dans sa mallette, et rejoignit Gaines dans la cuisine.

Gaines avait préparé du café. Il en proposa à Thurston, qui accepta en le remerciant.

«Je suis surpris, dit Gaines. Pas énormément, mais un peu.

– Que ça n'ait pas été plus spectaculaire?

– Oui.

– C'est mieux comme ça, John. Elle est morte dans son sommeil. Elle ne s'est rendu compte de rien.»

Gaines cessa de remplir la tasse.

« C'est ce que vous pensez ? Que nous ne sommes qu'un corps et un cerveau, qu'il n'existe pas une conscience distincte ?

– Je ne sais pas, John.

– Moi, si. Je crois qu'elle vit toujours. Elle, pas ma mère, parce que ma mère était une personne physique, mais je crois que la force qui animait le corps de ma mère vit toujours. Que la conscience qui lui a donné vie est toujours là... »

Gaines acheva de verser le café, porta la tasse à Thurston, et s'assit.

Thurston ne répondit pas au commentaire de Gaines, et il y eut un moment de silence.

« Je dois faire venir Vic Powell, déclara finalement Thurston.

– Je peux appeler la morgue, dit Gaines.

– Laissez-moi m'en occuper, répondit Thurston. Je veux m'en occuper, John.

– OK », fit Gaines.

Il plaça les mains autour de sa tasse comme pour se réchauffer.

« Vous ne pourrez pas échapper à une messe et à une céré-monie, John, dit Thurston. Trop de gens la connaissaient, et trop de gens l'aimaient. Vous allez devoir accepter de partager votre deuil avec d'autres.

– Je sais.

– Alors, qu'est-ce que je peux faire ? »

Gaines secoua la tête.

« Rien. » Il regarda Thurston sans ciller. « Ça va, Bob. Je crois que ça va.

– Bon, vous savez que je suis là, quoi qu'il arrive, d'accord ?

– Oui, je sais. Merci.

– Je vais appeler Vic Powell. Je vais m'occuper de tout ça. Vous devez organiser ses funérailles. Peut-être pas aujourd'hui, mais bientôt.

– D'accord. »

Thurston se leva.

«Vous voulez que je ne dise rien? Vous voulez informer les gens vous-même?

– Non, dites-le à qui vous voulez, Bob. Ce n'est pas un problème.

– Je me demandais simplement si vous vouliez être seul quelque temps. Si j'en parle, vous allez être envahi par les visiteurs.

– C'est inévitable, Bob. Si ce n'est pas aujourd'hui, alors ce sera demain, ou après-demain. Autant faire avec.»

Gaines sourit faiblement.

«On ne peut pas remettre la vie à plus tard, et on ne peut pas remettre la mort à plus tard non plus, hein?

– Apparemment, non», répondit Thurston.

Gaines resta dans la cuisine tandis que Thurston téléphonait dans le couloir. Sa conversation avec le légiste Powell fut feutrée, respectueuse, brève.

Gaines se tenait près de la fenêtre qui donnait sur l'arrière de la maison, et il regardait en direction de l'horizon. Ses yeux furent de nouveau attirés par une lueur fugace dans le champ, mais une fois encore, il n'y prêta pas attention.

«Il sera bientôt ici, annonça Thurston en revenant dans la pièce. Il va la transférer à la morgue, et nous nous arrangerons pour que les pompes funèbres la préparent pour l'enterrement. Avez-vous pensé à...?

– Mon père a été enterré en Europe, dit Gaines, mais il avait une concession familiale à Bâton-Rouge. C'est là qu'elle voulait être enterrée.

– Compris. Alors mieux vaut contacter les personnes concernées. Mais faites-le demain. Ça peut attendre.

– On est dimanche, répondit Gaines. Ça devra attendre demain.

– Bon, je vais rester jusqu'à ce que Victor arrive.

– Non, Bob, c'est bon. Vous pouvez rentrer. Allez prendre votre petit déjeuner en famille. J'ai besoin de passer un peu de temps seul avec elle avant qu'elle parte.»

Thurston acquiesça d'un air compréhensif. Il marcha jusqu'à Gaines, et pendant un moment, ils se contentèrent de se regarder. Gaines tendit la main, Thurston la lui serra.

« Merci pour tout ce que vous avez fait pour elle, Bob.

– J'aurais voulu pouvoir faire plus.

– N'est-ce pas notre cas à tous ? » observa Gaines.

Bob Thurston rassembla alors ses affaires et s'en alla. John Gaines retourna à la fenêtre et regarda pendant un moment le soleil s'élever au-dessus des champs, tentant en vain de se vider la tête.

À cet instant, il comprit qu'il ne restait plus rien en lui de l'enfant qu'il avait été. Sa mère avait maintenu vivant cet aspect de sa personnalité avec ses réminiscences et ses anecdotes, ses souvenirs d'étés pieds nus, ses histoires sur le père qu'il n'avait jamais connu.

Maintenant, c'était fini. Fini pour de bon.

Un rayon de lumière vive, si net qu'il aurait pu sembler solide sans le mouvement constant des particules de poussière qui l'agitait, traversa la fenêtre de la cuisine.

John tendit la main vers lui. Les particules s'amassèrent en dansant autour de ses doigts.

Il ferma les yeux. Il inspira profondément, exhala, et tenta de se rappeler les dernières paroles qu'il avait échangées avec sa mère.

Mais il n'y parvint pas. C'était comme si, en partant, elle avait emporté son dernier souvenir d'elle.

41

Cette lueur dans le champ le turlupinait.

Il ne la voyait plus, mais quand il l'avait aperçue, plus tôt, il avait songé que ce n'était rien de plus qu'un objet qui réfléchissait les rayons du soleil levant. Une bouteille abandonnée. Une boîte de conserve. Mais le scintillement était apparu avant l'aube. Il avait vu quelque chose dans le champ avant même que le soleil se lève, ça ne pouvait donc pas être ce qu'il avait cru.

Victor Powell arriva. Il vaqua à ses occupations en silence et avec méthode, puis Gaines et lui transportèrent le corps d'Alice sur une civière jusqu'à l'arrière de son véhicule. Après quoi, ils retournèrent dans la maison. Gaines s'assit à la table de la cuisine, et Powell se tint un moment sans rien dire, avant de finalement parler.

«J'ai rencontré votre mère le jour de son arrivée ici, dit-il. C'était au printemps 1968. Vous étiez en route pour le Viêtnam, si mes souvenirs sont bons.»

Gaines leva les yeux vers Powell. Il n'arrêtait pas de penser au fait que sa mère serait désormais à la morgue avec les Denton et Michael Webster. À ça, et à la lueur dans le champ. Il l'avait encore cherchée du regard, mais elle avait disparu. Plus tard, il marcherait jusque là-bas pour voir ce qu'il trouverait.

«Comment c'était?»

Gaines fronça les sourcils, secoua la tête.

«Comment c'était *quoi*?

– La guerre. Le Viêtnam.

– La guerre ? demanda Gaines, presque à lui-même. J'imagine que c'était comme n'importe quelle guerre, Victor. Le plus étrange, c'est que depuis que nous avons découvert Nancy, j'y repense beaucoup plus qu'avant. »

Powell acquiesça, comme s'il comprenait qu'il n'y avait rien à répondre à ça.

« J'ai beaucoup pensé à votre mère, John, dit-il. Je suis sincèrement désolé qu'elle soit décédée, mais c'était inévitable.

– C'est inévitable pour nous tous. »

Powell s'avança, s'assit sur la chaise qui faisait face à Gaines.

« Y a-t-il quelque chose de spécifique que vous n'avez pas eu l'opportunité de lui dire ? »

Gaines ne répondit rien.

« Vous savez, j'ai souvent observé qu'on ne dit pas tout... tout ce qu'on a à dire, et parfois mieux vaut simplement l'exprimer. L'exprimer à voix haute. Comme s'ils pouvaient nous entendre.

– Je comprends, répondit Gaines, et il secoua lentement la tête. Mais j'ai dit tout ce que j'avais à dire. »

Powell tendit le bras et referma sa main sur celle de Gaines.

« Je vais l'emmener, maintenant. Tenez-moi au courant des arrangements, et si vous voulez la revoir...

– Oui, j'irai la voir. Et merci, Victor. Merci d'avoir été son ami. »

Powell se leva lentement. Il mit son chapeau, marcha jusqu'à la porte, se retourna une dernière fois vers Gaines, puis s'en alla.

Gaines écouta le son du fourgon mortuaire qui démarrait, puis des voix retentirent dehors : celles de Caroline et de ses parents, Leonard et Margaret. Ils entrèrent par la porte de derrière, et lorsqu'elle vit Gaines, Caroline se précipita vers lui et fondit en larmes.

Gaines regarda Margaret et Leonard, qui avaient des mines de chiens battus, et il ferma les yeux. Il étreignit Caroline tandis qu'elle sanglotait, et il sentit dans ses cheveux une odeur de genièvre qui lui rappela une fille qu'il avait connue à Fort Morgan, en Alabama, mais dont il ne se rappelait plus le nom.

Ils semblèrent rester ainsi pendant une éternité, puis Margaret arracha Caroline à son étreinte. Ils s'assirent tous, Margaret prépara du café, et Caroline se mit à parler. Dès qu'elle eut commencé, elle ne sembla plus vouloir s'arrêter, car s'arrêter aurait signifié laisser place au silence, et c'était toujours pendant les moments de silence que son chagrin venait remplir le vide.

Après quoi, Margaret, Leonard et Caroline discutèrent entre eux, et Gaines les écouta comme s'il épiait une conversation qui ne le regardait pas. Il était reconnaissant qu'ils soient là, reconnaissant que Margaret décide de faire cuire des œufs pour qu'il mange quelque chose, car sans ça, il n'aurait rien avalé.

Il mangea, ce qui le surprit lui-même, et lentement, comme au ralenti, il sembla peu à peu revenir à un semblant de réalité – une réalité qui exigeait d'organiser l'enterrement, la messe, puis le transport du corps de sa mère jusqu'à Bâton-Rouge, en Louisiane, pour qu'elle soit inhumée dans la concession qui avait toujours été censée accueillir son père.

Il eut alors l'étrange impression qu'Alice était une victime de plus de cette série noire qui avait commencé par la découverte du cadavre de Nancy Denton.

Puis, une idée vraiment bizarre lui vint à l'esprit : l'idée qu'Alice avait suivi Nancy et Webster afin de les retrouver et de les questionner, de résoudre elle-même le mystère.

Les morts se livraient-ils aux morts ?

Était-ce ainsi que ça fonctionnait ?

Il ressentit une fois de plus le frisson et l'angoisse qui l'avaient envahi tout entier quand il s'était demandé ce qu'ils avaient libéré à Whytesburg.

Mais il préféra ne pas s'attarder sur cette pensée. Il la laissa partir. Il essaya d'écouter les Rousseau, d'être présent dans la cuisine avec ses voisins, de se comporter comme l'exigeait la situation.

Bob Thurston ne tarda pas à revenir, puis ce furent Eddie Holland et Nate Ross, suivis de peu par Richard Hagen, qui arriva du commissariat avec Lyle Chantry et Forrest Dalton dans son sillage, et bientôt la maison fut pleine de voix et de bruits. Personne ne sembla rien remarquer lorsque Gaines s'éclipsa dans la chambre de sa mère, tira une chaise jusqu'au bord du lit et s'assit, fermant les yeux tandis que les larmes montaient. L'angoisse et la douleur étaient désormais trop lourdes, les mots qu'il avait voulu dire s'étaient envolés à jamais.

C'est Thurston qui vint le trouver, et il resta là sans rien dire, la main sur l'épaule de Gaines tandis que celui-ci sanglotait. Lorsque Gaines n'eut plus de larmes à pleurer, ils attendirent ensemble qu'il se ressaisisse, puis ils quittèrent la chambre et retournèrent dans la cuisine.

Hagen était parti, de même que Dalton, Chantry, Ross et Holland. Margaret et Leonard étaient rentrés chez eux, mais Caroline était restée. C'est donc tous les trois – le fils d'Alice Gaines, son médecin, son aide – qu'ils s'assirent dans la cuisine et discutèrent de choses qui n'avaient rien à voir avec le décès d'Alice, de choses qui n'avaient aucune importance par rapport à ce qui venait de se passer, mais qui constituaient peut-être le meilleur sujet de conversation à un tel moment.

Gaines savait qu'il mettrait des semaines, voire des mois, avant de commencer à comprendre ce que cette mort signifiait. On disait que chaque anniversaire, chaque occasion spéciale, devait passer au moins une fois, qu'une année complète devait s'écouler avant qu'on puisse commencer à s'adapter à un tel changement. Et alors même qu'il songeait à ça, Gaines comprit un peu mieux ce que Judith Denton avait enduré. La mort, du moins d'un point de vue physique, était absolue et définitive. Il n'y avait pas de retour en arrière. Nulle circonstance ne pouvait entraîner une issue différente. Mais Nancy avait disparu pendant vingt ans. L'espoir, plus ténu à chaque année qui passait et pourtant entretenu par la simple volonté de sa mère, avait finalement été anéanti. Le suicide de Judith Denton démontrait qu'elle avait uniquement survécu grâce à cet espoir. Et une fois cet espoir disparu, il n'y avait plus aucune raison de continuer.

Gaines s'était toujours imaginé qu'Alice s'était accrochée pour une raison précise – pour le voir rencontrer quelqu'un, pour le voir se marier et peut-être fonder une famille, pour avoir la certitude qu'une femme s'occuperait de lui. Mais peut-être s'était-il complètement trompé. Peut-être s'était-elle finalement résignée au fait que la seule manière de pousser son fils dans cette direction était de lui montrer à quel point la véritable solitude pouvait être profonde. Il n'avait qu'elle, et une fois qu'elle serait partie, peut-être la nécessité deviendrait-elle si grande qu'il se prendrait enfin en main.

Il ne savait pas, et ça n'avait aucune importance pour le moment.

L'après-midi touchait à sa fin lorsque Bob Thurston et Caroline prirent congé, cette dernière lui rappelant que ses parents et elle étaient dans la maison d'à côté et que Gaines pouvait venir dîner avec eux s'il en avait envie.

Il la remercia, remercia Thurston pour son temps, sa sollicitude, son amitié, puis il les regarda s'éloigner, Caroline tournant à gauche tandis que Thurston reprenait le chemin du centre-ville et de sa maison.

Gaines se tint là un moment. Il faisait doux, l'air était moite, et il retourna à l'intérieur pour se servir à boire.

Il était en train de porter le verre à ses lèvres lorsqu'il se rappela la lueur dans le champ. Il sourit intérieurement. Pourquoi cette lumière l'obsédait-elle autant? Ce n'était sûrement rien.

Il reposa le verre, sortit de la maison par la porte de derrière, et se tint sur la terrasse. Il regarda en direction de l'endroit où il l'avait vue.

Il n'avait aucune raison de se sentir troublé ou mal à l'aise, mais tandis qu'il tentait d'identifier l'endroit précis, il eut l'impression que l'air était plus frais et qu'une tension presque électrique flottait dans l'atmosphère. Ç'avait été une dure journée, une journée remplie d'émotions étranges et inexplicables, de culpabilité, de tristesse et de douleur, une journée qui le plaçait face à un avenir qu'il ne comprenait pas et ne voulait pas comprendre.

Il continua de regarder, de plus en plus conscient que quelque chose – même s'il n'aurait su dire quoi – n'était pas normal. À vrai dire, il avait la ferme impression que quelque chose clochait sérieusement.

Tout semblait surréaliste, comme s'il avait trouvé une zone intermédiaire entre réalité et imaginaire.

Le shérif Gaines se demanda s'il était vraiment revenu des neuf cercles de l'enfer, s'il ne s'était pas glissé dans un interstice entre le temps et l'espace, et si tout ce qui était arrivé, tout ce qui arrivait, n'était pas en fait que le fruit de ses pensées morbides et de ses peurs. Ou peut-être qu'il en était revenu, mais qu'il avait rapporté avec lui ces neuf cercles, les conservant précieusement pour ne pas les abîmer, avant de les libérer aux yeux de tous dans cette petite ville du Mississippi.

Peut-être Maryanne avait-elle eu en partie raison.

Peut-être le diable était-il bien venu à Whytesburg. Mais c'était lui, John Gaines, qui lui avait ouvert la porte.

42

Le soleil n'était pas encore couché, et l'air était doux et humide. Gaines descendit la petite volée de marches et marcha vers l'horizon.

Il avait cru qu'au moins ici, contrairement à la guerre, la nuit offrirait un bref répit à la noirceur des jours. Mais non, la noirceur suivait qui elle voulait, et elle vous trouvait où que vous soyez.

Gaines traversa le jardin derrière la maison, franchit le petit portail à son extrémité, s'engagea sur le sentier raboteux et plein d'ornières qui séparait les propriétés adjacentes, puis il descendit la petite pente qui menait au champ. Le simple fait de placer un pied devant l'autre lui demandait concentration et effort. Il avait déjà éprouvé ça, alors qu'il avançait avec ses bottes saturées d'une eau sale qui lui montait jusqu'aux cuisses, tenant son fusil en l'air, ses yeux à l'affût du moindre mouvement, ses oreilles cherchant la plus infime suggestion d'un danger. Cette hypersensibilité devenait une seconde nature, et si vous n'étiez plus foutu de faire la différence entre une opération de reconnaissance et le reste, alors vous commenciez à entendre des paroles imaginaires et à percevoir des messages qui n'existaient pas. Même les voix des fantômes de votre passé savaient que le meilleur moyen de se faire entendre était de murmurer. Et une fois que vous leur laissiez une place dans votre vie, elles ne repartaient jamais.

Gaines marchait, un pied devant l'autre, un pas, un deuxième, un troisième, et il sentait le poids de tout ce à quoi il était confronté. À un moment, il s'arrêta et regarda en arrière en direction de la maison, une maison dans laquelle il avait vécu depuis son retour, une maison qui en était venue à symboliser sa vie avec sa mère.

Il avait du mal à encaisser le coup, encore plus de mal à comprendre ce qui se passait. Le seul événement qui avait suscité en lui un tel spectre d'émotions aussi étranges et diverses avait été la perte de Linda Newman. Mais elle n'était pas morte, simplement partie. Il avait vu des hommes mourir à la guerre, de façon brutale, tragique, soudaine, il avait vu ce que personne ne devrait être obligé de voir, mais ç'avaient été dans l'ensemble des hommes qu'il ne connaissait pas. Leur nom, oui, parfois leur métier avant l'armée, mais pas grand-chose d'autre. Ils étaient là, puis ils n'y étaient plus. Avec Linda, c'était différent, mille fois différent, et la perte de sa mère l'était encore mille fois plus. Il n'avait aucun moyen de mesurer sa tristesse. Peut-être que quand les gens sont en deuil, ils ne pleurent pas ce qu'ils ont perdu, mais ce qui aurait pu être. Ils pleurent un avenir qui n'existera jamais.

Sans savoir pourquoi, Gaines s'assit par terre. Après un moment, il se rappela où il allait. Et il se rappela aussi que s'il avait décidé d'aller voir ce qui avait attiré son attention dans le champ, c'était simplement histoire de s'occuper. Alors il se releva, épousseta son pantalon, et se remit en marche.

Il n'aurait su dire combien de temps il s'était arrêté, tout d'abord pour regarder en direction de la maison, puis pour s'asseoir par terre, mais le soleil avait décliné et les ombres s'étaient étirées.

Tout n'avait pas besoin d'être rationalisé ou expliqué. Gaines pensait que sa mère avait été sensible à des choses qui allaient au-delà de ce qui était immédiatement corporel ou concret. Elle en parlait rarement, mais elle y croyait. Si certaines personnes croyaient si fermement à une chose qu'elle guidait leurs actions, alors cette croyance ne devenait-elle pas aussi réelle que n'importe quelle autre ? Qui avait décrété qu'on pouvait croire à une chose et non à une autre ?

Gaines s'aperçut qu'il s'était de nouveau arrêté. Il n'avait pas fait plus de trois ou quatre pas. Il sourit intérieurement, considérant de façon fugace son indécision, puis il se remit à marcher. Il devait avoir atteint le point d'où le scintillement provenait.

Une nouvelle pensée lui vint alors, qui oblitéra soudain toutes les autres. Et si la lueur n'avait pas été réelle ? S'il s'était agi de quelque chose d'autre ? S'il avait vu la lumière de la vie ? S'il avait eu une perception bizarre et mystérieuse de quelque chose qui dépassait le monde physique ? Était-ce possible ? Existait-il une force qui, lorsqu'elle quittait le corps, pouvait être vue, littéralement *vue* ?

Gaines frissonna. Un fantôme n'était-il rien de plus que l'âme d'une personne qui s'attardait quelque temps après la mort, peut-être dans l'espoir de dire ce qui ne l'avait pas été ?

Était-ce sa mère qu'il avait vue dans le champ ? Et avait-il été le seul capable de la voir ?

C'était cette idée qui avait sous-tendu durant des siècles toutes les réalités acceptées, toutes les certitudes sur la nature de la vie et de la mort – que l'essence même de l'homme était une chose spirituelle. Il retourna cette idée dans sa tête, jusqu'au moment où il tomba sur ce qui avait scintillé dans la nuit.

Clairement visible sous d'épaisses coulées de cire fondue, se trouvait une main tranchée.

Gaines avait lu des textes sur ce genre de pratiques, il en avait vu des représentations. Il avait entendu parler du *Petit Albert*, même s'il ne se souvenait plus où. Peut-être de la bouche de sa mère. Peut-être que ça faisait partie intégrante de l'histoire, de l'héritage, du folklore, de la rumeur de La Nouvelle-Orléans.

L'image était indéniable et surréaliste, à la fois horrible et étrangement prévisible.

Peut-être n'était-ce rien de plus qu'un catalyseur, l'élément qui ferait vaciller ses défenses internes. Il sentait la tension lui comprimer la poitrine – un mélange de désespoir et de chagrin, de tristesse et d'horreur. Il avait la certitude absolue qu'il s'était lui-même exposé à ça – et qu'il y avait aussi exposé toute la ville de Whytesburg – en échouant à retenir Webster, mais surtout en arrachant Nancy Denton à son infecte tombe noire.

Gaines se remit à pleurer, à pleurer réellement, pas comme un homme qui a perdu sa mère, mais comme un homme qui a tout perdu.

Il s'agenouilla par terre, les genoux dans les sillons du champ, et il pleura jusqu'à ce que son torse le fasse souffrir. À travers ses larmes, il regardait la main coupée de Michael Webster – car il savait sans le moindre doute qu'il ne pouvait s'agir que de cela –, la peau couverte de cire fondue, les derniers vestiges d'une bougie réduite à néant. Il se rappela que la lueur avait scintillé alors que sa mère venait de mourir, et il se demanda quel terrible cauchemar avait été libéré pour qu'une tombe vieille de vingt ans soit ouverte et qu'une « main de gloire » soit placée ici en pleine nuit à son intention.

Il savait que la tête de Webster serait enterrée quelque part à proximité, mais il n'avait aucune idée de ce qu'il trouverait d'autre.

Gaines ne croyait pas à un rituel ésotérique. Il ne voyait là que de la violence et un désir pervers de l'effrayer encore plus qu'il ne l'était déjà.

Michael Webster avait quitté le commissariat avec Matthias Wade. Ce dernier en savait donc beaucoup plus qu'il ne le prétendait. Gaines était persuadé qu'il connaissait la vérité sur Nancy Denton, et aussi sur Michael Webster, et que seules ces vérités soulageraient la pression terrible que Gaines ressentait tout autour de lui. Il avait le sentiment que seule une confession de Wade permettrait à Whytesburg d'oublier les horreurs effroyables qui s'étaient abattues sur la ville au cours des derniers jours.

Un long moment s'écoula avant qu'il se relève. Il regagna la maison et téléphona à Richard Hagen, lui demanda d'apporter des tréteaux, du cordon de scène de crime et une pelle, et aussi d'appeler Powell pour qu'il les rejoigne.

Hagen ne posa pas de questions. Peut-être ne voulait-il pas savoir ce que Gaines avait découvert. Peut-être croyait-il lui aussi avoir déjà vu le pire.

Sur les marches à l'arrière de la maison, John Gaines attendit patiemment l'arrivée de son adjoint et du légiste.

À cet instant, le monde semblait minuscule, oppressant, avec ses ombres et ses voix qui murmuraient. Gaines croyait reconnaître celle de sa mère parmi toutes les autres, et elle lui disait de partir.

43

Ils procédaient avec soin, afin de conserver autant d'indices physiques que possible. Powell leur donnait un coup de main, et c'est lui qui prononça la phrase que Gaines avait espéré ne pas entendre.

« Il y a quelque chose d'enterré, ici. »

La voix de Powell était calme et mesurée, et pourtant Gaines perçut une certaine agitation sous-jacente. Powell était mal à l'aise, tout comme Hagen et Gaines. Il faisait sombre, ils travaillaient à la lumière de lampes torches, et le mouvement constant des ombres autour d'eux ne faisait qu'ajouter à leur trouble et à l'atmosphère déjà tendue.

Gaines et Hagen braquèrent leur lampe tandis que Powell enfonçait les doigts autour de ce qu'il avait trouvé.

« Une sorte de toile, déclara-t-il. Quelque chose enveloppé dans de la toile, je crois. »

Il continua de creuser, assisté de Hagen, jusqu'à ce qu'ils n'aient plus le moindre doute quant à la nature de leur découverte. Ils soulevèrent prudemment les bords de la toile, et reconnurent immédiatement le visage qui apparut.

« La tête de Webster », déclara Powell, et il leva les yeux vers Gaines.

Gaines continua de braquer sa lampe torche, et l'espace d'un instant il eut l'impression que Webster était enterré jusqu'au cou et que seule sa tête ressortait de terre. Webster fixait sur lui des yeux vides et sans vie, et Gaines sut qu'il n'effacerait jamais de son esprit cette image grotesque et étrange.

Ils travaillèrent alors rapidement, comme s'ils avaient hâte d'en finir. Ils soulevèrent la tête coupée tout en prenant soin de perturber aussi peu que possible la terre qui l'entourait, et la posèrent sur une bâche en plastique que Hagen était allé chercher dans le coffre de la voiture. Ils devaient prendre des photos maintenant, hors de question d'attendre jusqu'au matin. Gaines demanda donc à Hagen d'aller chercher des éclairages supplémentaires au commissariat, ainsi que l'appareil photo et un flash, et ils s'arrangeraient avec les moyens du bord.

Une fois Hagen parti, Gaines et Powell s'éloignèrent de la scène.

Il régna pendant quelques minutes un silence tendu et gêné, puis Powell brisa la glace.

« Alors, c'est du sérieux ou c'est simplement une connerie censée vous foutre la trouille ? »

Gaines secoua la tête.

« Ce n'est jamais ce qu'on croit, mais ce que les autres croient.

– Mais vous, qu'est-ce que vous en pensez ? »

Gaines sourit d'un air résigné.

« Je viens de Louisiane. J'ai grandi à La Nouvelle-Orléans. Ce genre de choses a toujours fait partie de ma vie. Alice y croyait, et elle voyait des choses qu'elle était incapable d'expliquer, mais... » Il secoua la tête. « Je suis un éternel sceptique.

– Et c'est censé vouloir dire quoi ?

– Cette histoire de main ? Ça s'appelle une main de gloire. Pour autant que je me souvienne, c'est censé être la main séchée et préservée d'un pendu. Généralement, la main gauche, la senestre, à moins que l'homme ait été pendu pour meurtre, auquel cas c'est la main dont il s'est servi pour tuer. De la graisse est prélevée sur le cadavre et mêlée à de la cire vierge et à de l'huile de sésame pour fabriquer une bougie, et ses cheveux sont utilisés comme mèche. La bougie est censée pouvoir paralyser n'importe qui et ouvrir n'importe quelle porte. Mais dans ce cas, je crois que ce n'est rien d'autre qu'un message.

– Et c'est quoi, ce message ? Qu'on devrait rester à l'écart ? Que vous serez le prochain à avoir la tête enterrée dans un champ ?

– Peut-être.

– Des idées ?

– Je suis désormais à peu près certain que Webster n'a pas tué Nancy. Qu'il l'a simplement trouvée, comme il l'a affirmé. Pourquoi il a fait cette chose avec son cœur, nous ne le saurons peut-être jamais. Mais je commence à croire que la personne qui a tué Nancy a aussi tué Michael et fait ceci. Ou alors quelqu'un a payé quelqu'un d'autre pour le faire.

– Wade ?

– C'est ce que je pense.

– Mais vous n'avez rien contre lui.

– Exact.

– Sauf que c'est lui qui a payé la caution de Webster, et qu'il a été la dernière personne à le voir.

– Absolument, oui. Mais je ne peux pas l'arrêter sous prétexte qu'il a payé sa caution ou qu'il l'a emmené en voiture.

– Alors, qu'est-ce que vous faites quand vous n'avez rien de concret ?

– On se débrouille.

– Ce qui signifie ? »

Gaines se retourna en entendant Hagen qui revenait dans la voiture de patrouille.

« Bon sang, pour le moment, j'en sais rien. Je dois me débarrasser de cette tête. Je dois organiser l'enterrement de ma mère. Je dois... »

Gaines soupira bruyamment.

Victor Powell lui posa la main sur l'épaule.

« Vous feriez peut-être bien d'appeler la police d'État.

– Peut-être », répondit Gaines.

Hagen se gara à cinq mètres d'eux et descendit de voiture. Quelques minutes plus tard, ils avaient monté des projecteurs reliés à la batterie de la voiture et illuminé la scène. De loin, on aurait dit qu'une lumière vive et fantomatique flottait dans le champ derrière la maison de Gaines. Le shérif prit des clichés de la main coupée, du trou dans lequel la tête avait été enterrée, de la tête elle-même, des sillons alentour où des traces de pas avaient aplati la terre.

Lorsqu'ils eurent fini, Hagen et Gaines rangèrent les projecteurs dans la voiture tandis que Powell plaçait doucement la tête et la main dans deux conteneurs et les déposait dans le coffre de son véhicule.

« Je ne sais pas ce que je vais pouvoir vous dire de plus que ce que nous savons déjà, dit-il à Gaines comme il s'apprêtait à partir.

– Ça ne m'intéresse plus de savoir ce qui s'est passé, répondit Gaines. Je veux juste savoir qui a fait ça et pourquoi.

– Ce que j'ai suggéré tout à l'heure, à propos de la police d'État. J'étais sérieux. Je ne sais pas pour vous, mais moi, je suis complètement paumé. Entre tout ce qui s'est passé et vos problèmes personnels...

– Pas de décision avant demain, répondit Gaines.

– Bon, si je peux vous aider, faites-le-moi savoir. »

Gaines remercia Powell, le regarda s'éloigner, et il resta planté là à observer le trou dans lequel ils avaient trouvé la tête de Webster.

Il ne pouvait s'empêcher de repenser aux photos qu'il avait vues dans le bureau de Dennis Young, dans le comté de Saint Mary, les tombes de fortune où Anne-Louise Mayhew et Dorothy McCormick avaient été retrouvées.

Les crimes et les circonstances étaient très différents, mais la sensation qu'il éprouvait était assez similaire.

Ou peut-être voulait-il simplement que ce soit Matthias Wade pour la bonne raison qu'il n'avait personne d'autre.

« Ça va aller ? demanda Hagen. Vous voulez que je reste ?

– Non, rentrez chez vous, répondit Gaines. Je ne suis pas de très bonne compagnie, en ce moment.

– Hé, si vous voulez que je reste...

– Je serai mieux seul, dit Gaines. Sérieusement.

– Bon, mais ma porte est ouverte, et si vous voulez dormir ailleurs, vous savez ?

– Merci, Richard. Ça va aller. »

Hagen hésita un moment, puis il acquiesça. Il regagna la voiture, démarra et s'éloigna.

Après environ une minute, il n'y avait plus rien – plus de lumière hormis un arc de lune ténu au-dessus des arbres, plus de bruit hormis les stridulations des cigales et le vent frais qui agitait les feuilles des arbres et charriait une vague musique lointaine provenant de quelque part à l'ouest. Gaines s'assit une fois de plus sur la terre du champ derrière sa maison. En tailleur, tête baissée, les mains jointes, les coudes sur les genoux. Il se balança doucement d'avant en arrière. Il tenta de se représenter le visage de tous les morts – Nancy Denton, les deux fillettes, Michael, Judith, sa mère. Il croyait les voir, chacun d'entre eux, comme si le simple fait de leur consacrer toute son attention les ramenait à la vie, peut-être pas dans ce monde, mais dans un autre.

Gaines ne pouvait croire qu'un être humain ne fût qu'un corps. Il y avait beaucoup plus que ça. Pour ce qui était du vaudou, il ne savait pas ce qu'il croyait ou ce qu'il devait croire. Il croyait cependant aux meurtres, et des meurtres avaient été commis ici récemment, à Morgan City en 1968, et également dans les bois ou près de la rivière en 1954.

Il croyait aussi que Matthias Wade mentait, ne serait-ce que par omission. Et Gaines était certain que tant qu'il ne parlerait pas, personne ne saurait ce qui s'était réellement passé ici.

Il finit par se relever et, portant le poids du monde sur ses épaules, reprit le chemin de sa maison. Il se tint une fois de plus sur la terrasse, regardant en direction des arbres, l'arc étroit de la lune, le ciel derrière, et il se demanda si la vérité serait un jour dévoilée.

Il devait enterrer sa mère, lui faire ses adieux, et après – quel que soit le prix à payer – il se consacrerait tout entier à cette enquête. Pour Michael et Nancy, pour les fillettes mortes en 1968, et aussi pour lui-même. Ne pas la résoudre n'était pas envisageable.

Et non, il n'appellerait ni la police d'État, ni le FBI. Il agirait seul. Pas par fierté, ni par crainte que sa réputation soit entachée, mais parce qu'il ne voulait partager avec personne la satisfaction qu'il éprouverait quand il coffrerait Matthias Wade.

Il savait également que des mesures disciplinaires seraient prises à son encontre pour sa mauvaise gestion de la fouille de la cabine de Webster. Il affronterait la tempête, naturellement, mais seulement une fois que l'enquête serait achevée. Non pas dans l'espoir d'apaiser qui que ce soit avec une affaire résolue, mais simplement parce qu'à ce stade il ne pouvait se laisser distraire par rien.

Le jour de la mort de sa mère, quelqu'un était venu le provoquer avec un acte cruel et immonde. Au moment de faire son deuil, de laisser partir sa mère, d'agir en bon fils, son attention avait été détournée d'elle par cette chose effroyable. C'était devenu une affaire personnelle. On lui avait envoyé un message, et si ça devait se passer comme ça, eh bien, soit.

Si Matthias Wade voulait la guerre, alors il l'aurait.

C'était aussi simple que ça.

44

ercredi, le jour de l'enterrement, Gaines s'aperçut
qu'il n'avait aucun réel souvenir du lundi ou du
mardi. Il n'arrêtait pas de penser à ce qu'il avait
entendu par hasard à la radio, la veille : le « privilège de l'exé-
cutif », avancé par les conseillers de Nixon dans l'espoir de
conserver les derniers enregistrements de la Maison Blanche,
avait été jugé « non absolu » par le président de la Cour suprême,
Warren Burger. Nixon serait donc obligé de donner ces enregistrements. Le comité judiciaire de la Chambre des représentants
avait voté à vingt-sept voix contre onze en faveur de l'*impeach-
ment*. Alice avait vu juste. À force de mentir, Nixon se retrouvait acculé, et manifestement aucun de ses mensonges ne lui
permettrait de se sortir de ce guêpier. Et Gaines n'arrêtait pas de
songer qu'elle n'assisterait pas à la disgrâce de Nixon.

Cette idée lui occupa l'esprit jusqu'à la fin de la messe.
La petite église méthodiste de Whytesburg, avec ses murs en
planches de bois, était pleine à craquer. La cérémonie en elle-
même fut brève, presque superficielle. Victor Powell prit la
parole, de même que Bob Thurston, et Caroline Rousseau pleura
lorsqu'elle lut un poème d'Emily Dickinson.

Gaines ne parla pas. Ce qu'il voulait dire à sa mère, il le lui
avait déjà dit, et il n'était pas croyant. Le pasteur, un homme
que Gaines connaissait à peine, un homme qui n'avait pas rendu
visite à sa mère plus de deux fois durant les années qu'avait
duré sa maladie, se montra respectueux mais distant. Une fois
la messe finie, ils se retrouvèrent tous devant l'église, où le

cercueil de sa mère fut placé à l'intérieur d'un corbillard en vue du long trajet jusqu'à Bâton-Rouge.

Gaines suivit dans sa propre voiture, seul. Il laissa Whytesburg derrière lui, et c'était comme s'il laissait son passé. Il savait qu'il reviendrait, évidemment, mais ce voyage avait une portée symbolique. C'était un homme qui partait; et un autre qui reviendrait. Un homme avec un point de vue différent, un objectif différent, une façon de penser différente. C'était ainsi que Gaines voyait les choses, et tout au long du trajet, il ne pensa pas à la chute de Nixon, mais à son enquête. Si Matthias Wade était le meurtrier, alors c'en serait fini de lui, soit l'État s'en chargerait, soit quelqu'un d'autre. Trois jeunes filles et un ancien combattant étaient morts, et il y avait un prix à payer.

Gaines assista à l'inhumation, et tandis qu'il se tenait à côté du gardien du cimetière, avec les deux fossoyeurs derrière lui, il ne lui échappa pas que Bâton-Rouge était aussi la ville où était né et avait vécu Michael Webster.

Tout fut terminé à midi, et Gaines déjeuna de bonne heure dans un petit restaurant non loin du cimetière. Il ne voulait pas retourner à Whytesburg, pas tout de suite, aussi décida-t-il de passer la nuit sur place. Il trouva un motel quelques kilomètres plus loin sur la route I-10, regarda la télé, but pour s'endormir, se réveilla avec une soif terrible et un mal de tête lancinant. C'était le jeudi 1er août, et il décida de suivre la I-10 jusqu'à La Nouvelle-Orléans, puis de retourner vers Whytesburg en empruntant le pont. Il avala deux petits pains chauds et du café noir en guise de petit déjeuner, puis attaqua les quelque cent trente kilomètres du retour. Il faisait chaud, les vitres étaient baissées, et il sentait l'air iodé que le vent charriait de la côte. En dessous flottait la puanteur du bayou, le relent nauséabond et saumâtre des arbres détrempés, des chemins de rondins pourrissants qui sinuaient parmi les marécages et les sous-bois. C'était l'odeur de son enfance, et ce n'est pas sans une certaine nostalgie qu'il se rappela les années qu'il avait passées ici. Il avait trente-quatre ans, avait quitté la Louisiane sept ans plus tôt, et pourtant c'était comme s'il en était parti depuis une éternité. Tant de choses s'étaient produites, depuis. Et même s'il n'avait passé que quatorze mois à la guerre, il avait l'impression d'y être resté cent fois plus longtemps lorsqu'il songeait à tout ce qu'il y avait vu et vécu.

Mais c'était Whytesburg qui avait été le théâtre de la plus grande des tragédies. La perte de sa mère était désormais au cœur de sa vie, et elle y resterait un bon moment. Il ne se sentait pas encore seul, mais il savait que ça viendrait. À un moment, sa solitude deviendrait un fardeau, et même si certains semblaient s'en accommoder, Gaines savait que ce ne serait pas son cas. Trop de temps seul, et il se replierait sur lui-même, comme l'avait fait Michael Webster. Il ne serait pas complètement perdu, mais suffisamment détaché et déconnecté de la réalité pour exclure la possibilité d'un véritable bien-être, et si ce repli se poursuivait trop longtemps, il risquait de s'y enliser irrémédiablement. Il vivrait dans son propre monde, un monde assombri par le souvenir de la guerre et par les événements récents. Sans compter qu'il était le dernier de la famille, et que la lignée des Gaines s'éteindrait avec lui. C'était en partie à cause de tout ça qu'il s'était engagé dans la police après sa démobilisation. Sans une structure autour de lui, il aurait risqué de sombrer.

Gaines avait songé à s'arrêter à La Nouvelle-Orléans, mais il n'osa pas. Il traversa la ville sans s'attarder, fit une pause à la périphérie de Slidell pour déjeuner, et reprit la route de Whytesburg moins de vingt minutes plus tard.

Il passa d'abord voir Powell, le trouva seul dans le bureau à l'arrière de la morgue.

« Comme je le pensais, je ne peux pas vous dire grand-chose de plus. La tête et la main gauche de Webster ont été coupées assez proprement. Une hache, peut-être une machette ou un grand couteau. »

Gaines resta un moment silencieux, puis il demanda :
« La sœur de Wade, Della. Vous la connaissez ? »
Powell haussa les épaules.
« J'en sais un peu sur elle, mais je ne dirais pas que je la connais.
– Elle vit avec le père et Matthias, exact ?
– Pour autant que je sache, oui. » Powell se pencha en avant.
« Pourquoi ? Qu'est-ce que vous voulez ?
– Obtenir des informations sur cette famille.
– Vous soupçonnez réellement Matthias Wade.
– Oui.
– Sauf qu'il n'a probablement rien à voir avec tout ça.
Il connaissait Nancy Denton quand il était enfant, et il a payé
la caution de Webster.
– Je sais, Victor.
– Enfin quoi, ce n'est pas à moi de vous expliquer votre
boulot, John, mais on dirait que vous allez chercher midi à
quatorze heures. En plus, ces gens ont de l'argent à ne savoir
qu'en faire. Si vous vous acharnez sur Matthias, vous vous
retrouverez entouré d'une horde de ténors du barreau de
Jackson, et vous ne pourrez pas en placer une.
– C'est pour ça que je ne vais pas m'acharner sur Matthias
Wade.
– Mais vous allez vous acharner sur sa sœur.
– Je veux juste lui parler, c'est tout.
– Matthias ne verra pas les choses de cet œil, et qui dit qu'elle
acceptera de vous parler, de toute manière ?
– Elle refusera peut-être, mais qu'est-ce que vous voulez que
je fasse d'autre ? En supposant que je laisse de côté le meurtre
de Nancy Denton, je dois tout de même m'occuper de celui de
Michael Webster. Même si on oublie ce qui s'est passé il y a
vingt ans, je ne peux pas ignorer un cadavre sans tête dans une
cabine de motel incendiée.
– Je ne vous dis pas de l'ignorer, John. Bien sûr que non.
Je vous conseille juste de ne pas vous ruer sur les Wade en

lançant des accusations à l'emporte-pièce. Ils ont suffisamment d'influence pour vous faire disparaître sans aucun scrupule.

– Comme ils ont fait disparaître Nancy et Michael?

– John, sérieusement, vous parlez de meurtre avec préméditation, dit Powell. Vous parlez d'une condamnation à perpétuité. Supposons que Matthias Wade a été responsable du meurtre de Nancy Denton et qu'il a ensuite tué Webster pour l'empêcher de parler, vous croyez qu'il ne sera pas prêt à tout pour éviter de finir sa vie en prison? Tôt ou tard, son père partira, et alors Matthias contrôlera tout ce que la famille Wade possède. Il suffirait d'une infime fraction de ce qu'il a sur son compte courant pour vous faire disparaître de la surface de la Terre sans laisser la moindre trace. »

Gaines sourit d'un air sardonique.

« Lui aussi pourrait disparaître, Victor, mais la différence, c'est que ça ne me coûterait rien.

– Je vais faire comme si je n'avais rien entendu, dit Powell.

– C'est parce que je n'ai rien dit.

– OK, je ne vais pas essayer de vous dissuader de parler à la sœur, mais comment allez-vous vous y prendre pour que Matthias ne le sache pas?

– Eh bien, elle doit avoir sa vie. Je suis sûr qu'elle ne passe pas chaque heure du jour enfermée dans cette maison. Elle doit sortir; elle doit connaître des gens.

– Je ne sais absolument pas qui ils connaissent ou non, où ils vont, ce qu'ils font. Vous pourriez peut-être vous renseigner auprès de Bob Thurston; voir s'il sait qui est leur médecin de famille. Peut-être qu'il pourra vous parler de leurs allées et venues. »

Gaines avait initialement songé à demander à Nate Ross et à Eddie Holland. Il y avait peu de choses qu'ils ne savaient pas, et les questions de ce genre exigeaient la plus grande discrétion. Pour demander quoi que ce soit au médecin des Wade, il lui faudrait un mandat, étant donné que leurs dossiers médicaux et leurs informations personnelles seraient confidentiels.

« Je vais commencer à me renseigner, dit Gaines en se levant.

– Et comment allez-vous ? demanda Powell. Ça s'est bien passé à Bâton-Rouge ?

– Je n'ai pas encore réalisé, répondit Gaines. Pas complètement. Je crois qu'il va me falloir quelques jours de plus sans elle pour prendre conscience qu'elle n'est plus là.

– C'était une sacrée bonne femme, John, aucun doute là-dessus. Comme j'ai dit, si je peux faire quoi que ce soit... »

Gaines remercia Powell. Ils se serrèrent la main. Gaines quitta le bâtiment et retourna chez Nate Ross, dans Coopers Road. Eddie Holland brillait par son absence, mais Nate Ross était plus que disposé à laisser entrer Gaines et lui offrir un verre.

Gaines accepta, se retrouva avec un verre bien rempli de bourbon W. L. Weller, et ils s'assirent tous les deux en silence dans la cuisine de Ross, jusqu'à ce que ce dernier s'enquière du moral de Gaines.

« Ça va aller, répondit Gaines. Je viens de dire à Vic Powell que je vais devoir être seul quelques jours de plus pour vraiment comprendre qu'elle n'est plus là.

– Je sais comment c'est, déclara Ross. Il m'a fallu un an, peut-être deux, pour finalement accepter le décès de ma femme. Chaque pièce semble trop grande, chaque jour est trop long, et il y a toujours ce foutu silence. L'une des raisons pour lesquelles j'invite tout le temps Eddie Holland, c'est qu'il fait un paquet de bruit. »

Gaines sourit.

« Ce qui appelle la question, où est-il ? »

Ross lui retourna son sourire, mais d'un air entendu.

« Devinez.

– Bon sang, Nate, j'en ai aucune idée.

– Peut-être à Gulfport.

– Gulfport ?

– Pour sûr. Il a reçu un coup de fil de Maryanne Benedict, hier. Ils sont restés une demi-heure au téléphone. On dirait que votre visite l'a chamboulée, et elle posait des questions sur Michael Webster, sur la petite Denton, et sur vous.

– Sur moi ? »

Ross haussa les épaules.

« Me demandez pas pourquoi elle s'intéresse à un paumé comme vous, mais c'est un fait.

– Et vous n'avez pas songé à m'en parler ?

– Bon Dieu, John, vous aviez assez à faire comme ça, avec votre mère, le périple à Bâton-Rouge. J'allais vous le dire, mais peut-être plus tard dans la journée.

– Dites à Eddie que je veux savoir ce qu'elle a dit quand il reviendra.

– Sur vous ?

– Oui, c'est ça, Nate. C'est vraiment ma principale préoccupation du moment. »

Ross leva la main d'un geste pacificateur.

« Je vous faisais juste marcher. Je plaisantais. » Il sirota son bourbon, s'éclaircit la voix. « Alors, qu'est-ce qui vous amène de nouveau ici ?

– Della Wade.

– Qu'est-ce que vous voulez savoir ?

– Il paraît qu'elle vit toujours dans la maison familiale ?

– Aux dernières nouvelles, oui.

– Je veux savoir tout ce que vous pourrez me dire sur elle.

– Qu'est-ce que vous savez déjà ?

– Rien, Nate. C'est le problème.

– Eh bien, c'était la rebelle, John, elle a été reprise en main par la famille et remise dans le droit chemin, mais vous pouvez l'enfermer aussi longtemps que vous voulez, il y a toujours quelque chose d'indomptable chez elle.

– Rebelle ? Comment ça ?

– Bon, il y a eu une période, quand elle avait une vingtaine d'années, où elle causait tout le temps des problèmes. Drogues, vie de bohème à La Nouvelle-Orléans. Je ne peux que supposer qu'elle traînait avec son frère, le musicien, Eugene. Mais alors, elle s'est attiré de sérieuses emmerdes et papa a dû la tirer de là. Il l'a ramenée ici, et elle n'a pas bougé depuis.

– Quelles emmerdes ?

– Elle balançait la fortune familiale par la fenêtre. Elle faisait la fête, elle jouait, elle s'est retrouvée enceinte à deux reprises et a avorté les deux fois. Elle frayait avec des femmes, vous savez, sexuellement et tout. Elle était mêlée à une bande d'escrocs à la petite semaine, dont un qui l'a arnaquée d'environ dix mille dollars, ce qui signifie qu'il a arnaqué le vieux Wade de dix mille dollars. Enfin bref, ça fait un bon bout de temps qu'elle est rentrée, et ils la tiennent en laisse.

– Elle sort ?

– Je suppose, oui, mais je ne sais vraiment pas grand-chose de plus. Si vous voulez de sérieuses informations sur Della Wade, alors vous devriez parler à un certain Clifton Regis.

– Et qui est ce Clifton Regis ?

– C'est le type qui lui a soi-disant pris dix mille dollars, mais pas pour longtemps.

– Ce qui signifie ?

– Ce qui signifie que Della Wade a soutiré dix mille billets au vieux Wade, les a donnés à Regis, et est revenue demander plus d'argent. Wade a compris ce qui se passait, ou peut-être que c'était Matthias, et pour autant que je sache, ces dix mille billets sont retournés vite fait dans la poche de Wade.

– C'était quand ?

– Juste avant qu'ils lui coupent les ailes, il y a peut-être deux ans. Je ne me souviens pas exactement.

– Mais il ne va pas connaître les détails de la vie de Della Wade s'il ne l'a pas vue récemment.

– Non, mais il pourra vous en dire beaucoup plus sur elle que moi, et peut-être qu'il vous donnera un tuyau pour l'approcher.

– Et pourquoi saurait-il quoi que ce soit sur elle... enfin quoi, n'en avait-il pas juste après son argent?

– Non, pas d'après ce que j'ai compris. Il paraît qu'ils avaient l'intention de s'enfuir ensemble. Mais je ne sais pas comment ça s'est terminé.

– Vous savez où il vit?

– Il habitait à Lyman, mais je ne sais pas s'il y est encore ou non.

– Merci, Nate.»

Gaines se leva pour partir. Il saisit son verre, le vida d'un trait, se tourna vers la porte. Lorsqu'il l'atteignit, il marqua une pause, se retourna et ajouta:

«Et dites à Eddie que j'apprécierai aussi tout ce qu'il aura appris de Maryanne Benedict, tout ce qui pourra m'être utile.

– Je n'y manquerai pas, John, répondit Ross. Et soyez prudent. J'ai toujours pris soin d'éviter les Wade autant que possible, et je vous conseille de faire pareil.

– Je garderai ça à l'esprit, Nate.»

Il comprenait désormais pourquoi le vieux Wade avait voulu garder Della sous son aile. Les Wade étaient des sudistes pur jus, et leur affiliation au Klan était inévitable, qu'elle soit directe ou indirecte, visible ou non. Certaines des entreprises familiales avaient dû financer en sous-main certains activistes favorables à la ségrégation. Il était donc hors de question que Della Wade fréquente des Noirs, et qu'elle se fasse arnaquer par Clifton Regis avait dû être pris comme une insulte personnelle. Qu'avait dit Nate Ross ? Que les dix mille dollars étaient retournés vite fait dans la poche de Wade. Gaines imaginait la conversation qu'avait dû avoir Regis avec deux ou trois types envoyés par Wade. Pas franchement une conversation, à vrai dire. C'était plutôt un miracle qu'il soit encore en vie. Quant à la récalcitrante et turbulente Della, elle avait été ramenée au bercail, elle avait dû copieusement se faire engueuler par son père, peut-être aussi par Matthias, et elle n'avait plus quitté la maison. Mais s'il était vrai que Della entretenait une liaison avec Regis, alors Gaines espérait que Della éprouvait encore du ressentiment, le genre de ressentiment qui la pousserait à vouloir se venger de son père et de son grand frère. Mais bon, il pouvait aussi se tromper sur toute la ligne. Della pouvait être la fille la plus douce qu'on puisse imaginer, elle avait pu se faire mener en bateau par des hommes mal intentionnés, être incitée à prendre des drogues et à mener une vie de débauche, n'être qu'un pion involontaire dans leur petit jeu. Peut-être que les dix mille dollars n'avaient été qu'un avant-goût, une façon de tâter le terrain, et que l'intention de Regis avait été de plumer la famille de beaucoup plus. En tout cas, quelle qu'ait été la personnalité de Della et quoi qu'il soit arrivé, l'homme qu'elle avait fréquenté avait été effacé du paysage. Il était à Parchman, et Parchman n'était pas un paradis, peu importait qui vous étiez.

Parchman était la plus ancienne prison de l'État, la seule capable de proposer une détention en quartier haute sécurité. Jusqu'à la suspension de la peine capitale par la Cour suprême,

elle avait aussi abrité le seul couloir de la mort du Mississippi.
Située en haut du delta, elle couvrait près de cinquante mille
hectares, et vu son emplacement et l'inhospitalité de son envi-
ronnement, elle n'avait pas besoin de gigantesques murs d'enceinte pour empêcher les détenus de se faire la belle. C'était là
qu'avaient été enfermés les *Freedom Riders*, et ç'avait été toute
une histoire. Au début de 1961, un groupe d'activistes pour les
droits civiques, aussi bien noirs que blancs, était venu dans le
Sud pour tester la déségrégation dans les bâtiments et les trans-
ports publics. En moins de six mois, plus de cent cinquante
d'entre eux avaient été arrêtés, condamnés et emprisonnés
à Parchman. Ces activistes avaient reçu le pire traitement
possible, depuis des tenues de prisonnier trop petites jusqu'à une
privation de courrier. La nourriture était à peine mangeable, café
noir fort, gruau de maïs et mélasse au petit déjeuner, haricots
et gras de porc au déjeuner, même chose au dîner, mais froid.
Les *Freedom Riders* n'avaient par ailleurs droit qu'à une douche
par semaine. Le gouverneur Barnett s'était lui-même rendu à
plusieurs reprises à la prison pour instaurer ces conditions de
détention. En signe de protestation, les prisonniers s'étaient mis
à chanter. À chanter à tue-tête. L'agent Tyson, qui supervisait
leur incarcération, les avait alors privés de matelas et de mous-
tiquaires. Mais ils avaient continué de chanter. Du coup, leurs
cellules avaient été inondées. Mais ils ne s'étaient pas arrêtés
pour autant. Finalement, Tyson, incapable de maintenir un traitement aussi cruel, avait cédé. Et la plupart des *Freedom Riders*
avaient été libérés sous caution au cours du mois qui avait suivi.

Il y avait aussi eu le grand procès pour violation des droits
civiques de 1972. Gaines se souvenait avoir lu les gros titres
semaine après semaine. Quatre détenus de Parchman avaient
porté plainte contre le directeur de la prison auprès d'une
cour du district fédéral, invoquant des meurtres, des viols et
des passages à tabac. Mais, comme toujours, le changement
était lent à venir, et il se faisait dans la rancœur. Parchman

était toujours Parchman, et le serait probablement toujours. L'héritage du pénitencier était ancré dans la terre sur laquelle il avait été bâti. Parchman était toujours divisé en fonction de la race, et Gaines ne voyait pas comment ça pourrait changer de son vivant, ni même plus tard. Pas la peine de dire qu'on appartenait au Klan pour en être. Pas la peine de brailler l'appel aux armes du Klan pendant que vous tabassiez un homme de couleur à coups de Black Annie[1]. Les inspecteurs du pénitencier et les observateurs indépendants parlaient d'importantes améliorations à Parchman, mais ils ne voyaient que ce qu'ils voulaient voir, et leurs rapports se fondaient sur des installations temporaires et artificielles qui faisaient office de vitrine. Parchman était grand comme une ville, voire plusieurs villes, et quand les responsables voulaient cacher quelque chose, ils n'avaient aucun mal à le faire.

Pénétrer dans Parchman Farm pour voir Regis présentait un problème considérable qui tracassa un bon moment Gaines. La paranoïa naturelle du gouverneur du pénitencier et de ses agents excluait toute possibilité de négocier une visite officielle. Ils soupçonneraient quelque ingérence extérieure. Même après l'affaire Gates v Collier, on supposait que Parchman opérait toujours comme un camp de travail, alors que ce système était censé avoir été abandonné. Le camp B – le principal camp pour les gens de couleur –, anciennement situé près de Lambert dans le comté de Quitman, avait été démoli, et tous les prisonniers étaient désormais concentrés au sein même de Parchman. La plupart des zones ne comportaient ni blocs de cellules, ni murs d'enceintes. Il n'y avait que des doubles clôtures de fil barbelé concertina et de hauts miradors qui dominaient l'enclos et les baraquements. Les fermiers du coin et les sociétés de construction utilisaient des prisonniers, sans autorisation, en

---

1. Sangle de cuir de quatre-vingt-dix centimètres de long sur quinze de large qui servait à fouetter les prisonniers à Parchman Farm. (N.d.T.)

toute illégalité, et le gouverneur et ses larbins empochaient de rondelettes commissions. Ce genre de pratique était monnaie courante dans les pénitenciers à travers tout le pays, mais rares étaient ceux qui avaient fait l'objet d'une surveillance aussi stricte que Parchman. Les responsables du pénitencier se méfiaient donc des inspections dissimulées, des visites à l'improviste, et de toute attention intempestive. Mais bon, cette paranoïa serait peut-être l'élément qui aiderait le plus Gaines. La corruption adore la corruption, car elle lui permet de se justifier. De la même manière que les criminels fréquentent d'autres criminels parce qu'ils confirment leur vision tordue du monde. Si une demande directe à l'agent en charge des visites ne donnait rien, alors une petite récompense ferait peut-être l'affaire. Mais si Gaines avait recours à ce genre de méthode, alors il ne pourrait rapporter ce qu'il apprendrait à ses supérieurs, pour la simple et bonne raison qu'il aurait eu recours à un pot-de-vin pour entrer.

Gaines prit cent dollars dans la maigre caisse du commissariat, caisse généreusement financée par les personnes qui choisissaient de payer leurs amendes pour excès de vitesse sur-le-champ au lieu d'opter pour une contravention et une comparution au tribunal. Il expliqua à Hagen où il allait et pourquoi.

« Bonne chance, répondit Hagen. Si vous arrivez à entrer, alors vous êtes plus malin que moi.

– Oh, j'entrerai, ça ne fait aucun doute, répliqua Gaines, mais quant à savoir si je verrai la personne que je veux voir, c'est une autre histoire. »

Gaines retourna chez lui pour quitter son uniforme et se changer. Il laissa son pistolet, mais prit sa plaque d'identité et les cent dollars. Il était un peu plus de onze heures lorsqu'il repartit ; un trajet de trois ou quatre heures l'attendait.

En route, il tenta d'analyser les neuf jours qui venaient de s'écouler. En un peu plus d'une semaine, sa vie avait été retournée et vidée par terre. C'était l'impression qu'il avait. Puis quelqu'un était arrivé et avait retourné à coups de pied chaque partie de son existence comme s'il y cherchait quelque chose. Mais en vérité, il n'y avait rien à trouver. Plus maintenant. Il n'y avait plus de famille. Il n'y avait qu'une maison vide et un paquet de silence.

Peut-être était-ce la raison pour laquelle il voulait tellement parler à Clifton Regis, entrer en relation avec Della Wade, savoir ce que Maryanne Benedict avait dit à Eddie Holland à Gulfport. Non pas parce que c'était réellement important pour lui, mais parce qu'il lui fallait quelque chose pour s'occuper l'esprit, se changer les idées, faire passer le temps. Le temps ne guérissait rien, rien du tout. Il s'agissait seulement de trouver un moyen d'ériger des défenses psychologiques et émotionnelles contre les ravages de la conscience et du souvenir. Il se sentait coupable, mais pourquoi ? Pour sa mère ? Elle avait été longtemps malade. Sa mort était inévitable. Il ne savait plus combien de conversations il avait eues avec Bob Thurston, combien de fois il lui avait demandé ce qu'il pouvait faire pour la soulager, quels soins étaient envisageables. Mais hormis des traitements antidouleur, qu'elle refusait résolument de suivre, il n'y avait pas grand-chose à faire. Il n'avait jamais rien pu cacher à Alice. Il lui avait dit tout ce qu'il avait à lui dire. Elle savait qu'il l'aimait. Elle l'avait toujours su. Donc non, il ne se sentait pas coupable à cause de sa mère. Alors, qu'y avait-il d'autre ? Le fait que Judith Denton et Michael Webster étaient morts après la découverte du corps de Nancy ? Il était censé les protéger et les servir, comme il était censé protéger et servir tous les autres résidents de Whytesburg, et il avait manqué à ses responsabilités. Mais qu'aurait-il pu faire ? Il ne pouvait pas prévoir le suicide de Judith, et il ne pouvait pas surveiller tout le monde. Et puis il y avait la fouille illégale de la cabine de motel de Webster, le fait qu'il l'avait interrogé sans témoin, qu'il avait omis de lui fournir immédiatement un avocat commis d'office. Kidd avait eu raison lorsqu'il avait dit que Gaines s'était laissé dominer par ses émotions. C'était une grave erreur de sa part, et il le savait. Il ne pouvait s'empêcher de penser qu'il avait failli à son devoir. Ce sentiment le taraudait sans relâche.

Il voyait parfaitement à quel moment il avait laissé son cœur prendre le pas sur sa tête, mais il y avait autre chose, quelque chose qu'il ne parvenait pas à identifier. Il était profondément troublé – mentalement et émotionnellement –, et il savait que ce sentiment de malaise ne ferait que croître avec le temps. La main et la tête de Webster enterrées derrière chez lui étaient un leurre. Il ne s'agissait pas de quelque rituel occulte censé l'empêcher de découvrir la vérité. Il s'agissait simplement de lui faire peur.

C'était l'œuvre d'une personne calculatrice et déterminée. Et ça ne pouvait être que Wade. Il *fallait* que ce soit Wade. Il ne voyait personne d'autre. Pourtant, lorsqu'il songeait à la conversation qu'il avait eue avec lui, il comprenait que ses soupçons ne reposaient que sur une intuition. Même pas une intuition, une impression, un désir, le désir de lui faire ravaler sa suffisance.

Ce qui lui manquait, c'étaient de véritables informations sur ces gens, et c'était là que Della Wade entrait en jeu. Mais pour arriver jusqu'à elle, il avait besoin de Regis, et pour arriver jusqu'à Regis, il devait se farcir le trajet jusqu'à Parchman Farm et trouver le moyen d'y entrer.

Gaines essaya de faire cesser ses cogitations tandis qu'il conduisait. Il alluma la radio. Il trouva une station qui émettait depuis Mobile et passait de la musique qu'il avait entendue au Viêtnam – Janis Joplin, Hendrix, Canned Heat. En temps normal, il aurait coupé la radio car les souvenirs étaient trop sombres et intenses, mais cette fois-ci, il la laissa et trouva la musique curieusement réconfortante. Au moins, elle lui rappelait qu'une époque de sa vie était révolue, une époque qu'il ne souhaitait plus jamais revivre. Il s'en était tiré. Il s'en était sorti amoché, mais en un seul morceau, et on ne pouvait pas en dire autant de milliers d'autres.

Peut-être avait-il uniquement survécu à la guerre pour faire ce qu'il faisait désormais. Peut-être son destin était-il de révéler les secrets de Whytesburg. Un fantôme vieux de vingt ans avait ressurgi. Il hantait les rues et les trottoirs. Il avait transformé la tonalité et l'atmosphère de la ville. Il avait modifié l'attitude de ses habitants. Gaines sentait qu'ils le jugeaient responsable d'avoir déterré bien plus que le cadavre de Nancy Denton, comme s'il avait ouvert une porte sur un autre univers, une autre réalité, et qu'une force sombre et effroyable s'était immiscée dans leur monde. Il se demandait combien de personnes auraient préféré qu'il ne fasse rien. Personne n'avait besoin de savoir. Nancy aurait pu être discrètement enterrée dans une autre tombe, et Judith Denton serait toujours en vie, de même que Michael Webster, et – pour ceux qui croyaient au surnaturel – peut-être qu'Alice le serait aussi. Mais un fantôme avait été lâché, et tant qu'il ne serait pas anéanti, il continuerait de les hanter.

Gaines comprit alors d'où provenait son perpétuel sentiment de culpabilité. Il était coupable d'avoir survécu. Coupable d'avoir été l'un des rares à rentrer chez eux. Pourquoi lui ? Pourquoi s'en était-il sorti ? Plus il demeurerait distant et détaché, plus cette culpabilité se renforcerait, car la principale responsabilité des survivants était de vivre intensément. Alors que lui se cachait depuis quatre ans, derrière la maladie de sa mère, derrière un uniforme, derrière des règlements, derrière un protocole officiel, un emploi du temps, des tours de service, une bureaucratie. Qui connaissait-il ? Qui connaissait-il *vraiment* ? Qui était son meilleur ami ? Bob Thurston ? Victor Powell ? Richard Hagen ? C'étaient des connaissances, des collègues de travail, rien de plus. Combien de fois Hagen l'avait-il invité à un barbecue, à passer un peu de temps en famille ? Combien de fois avait-il été invité à dîner pour Thanksgiving, et même pour Noël ? Mais il avait toujours rabâché les mêmes excuses : la santé de sa mère, son travail. *Prenez une journée de repos ; vous le méritez. L'invitation est aussi valable pour votre mère, John, vu qu'elle a l'air d'aller bien en ce moment. Je suis sûr qu'elle aimerait sortir de chez elle, ne serait-ce que pour quelques heures.* Mais non, il avait toujours éludé ces questions, et quand on les lui avait posées franchement, il s'était dérobé. La vérité était que, bien qu'il ait survécu au Viêtnam, il continuait de vivre sa vie d'une façon totalement minimaliste. Il avait fait tout son possible pour ne rien apprécier pleinement. C'était le sentiment qu'il avait désormais. Mais maintenant qu'Alice était partie, les barrières étaient tombées. Il n'avait plus d'excuses pour ne pas affronter la réalité. Peut-être était-il plus amoché qu'il ne le croyait. Peut-être la guerre avait-elle eu beaucoup plus de répercussions qu'il ne se l'était imaginé.

Si c'était le cas, alors il était dans le pétrin. Si c'était le cas, alors peut-être que cette détermination absurde et sans fondements à prouver l'implication de Matthias Wade dans les événements récents, qu'il soit ou non *réellement* impliqué, n'était pour Gaines qu'un moyen de justifier la poursuite de son existence. S'il ne pouvait vivre pour lui-même, il pouvait vivre pour sa mère, et s'il ne pouvait pas vivre pour elle, il pouvait vivre pour le souvenir de Nancy Denton. Elle n'était pas morte au front. Elle était morte pour assouvir quelque pulsion sombre et terrible. Et personne ne devait mourir pour ça. Nancy Denton aurait toujours dû être vivante. Elle aurait dû être mère, avoir une carrière, une famille, une vie. Mais quelqu'un lui avait tout pris avant même qu'elle soit sortie de l'adolescence. C'était assurément la plus cruelle des injustices. Le monde ne protégeait pas les personnes faibles et vulnérables. Nancy avait été vulnérable, et peut-être également faible, mais ça ne justifiait nullement son meurtre. Comme elle n'était plus là pour donner des noms et s'assurer que justice soit faite, il revenait à ceux qui étaient plus forts et moins vulnérables de le faire à sa place.

Alors qu'il approchait de Hattiesburg, Gaines décida qu'il était hors de question que ce qui s'était passé tant d'années auparavant demeure impuni.

46

Au croisement de la route 49 West et de la Highway 32, Gaines trouva l'entrée on ne peut plus quelconque de Parchman Farm. La première chose qu'on remarquait était l'absence totale de clôture extérieure et l'absence d'arbres. Il n'y avait qu'une étendue infinie de terre plate couverte de broussailles, sans nulle part où se cacher. Même si vous vous libériez de vos chaînes, même si vous parveniez à fausser compagnie à votre groupe de travail ou à vous échapper de votre cellule, vous n'aviez nulle part où aller. Ce n'était guère plus qu'un désert, et son aspect morne et désolé était encore plus sinistre et menaçant que s'il y avait eu une épaisse façade monolithique en granit. Gaines tourna et franchit le simple portail fait de planches, en haut duquel étaient inscrits les mots « Pénitencier de l'État du Mississippi ». Il se gara près d'un petit bureau aux murs de bois, sortit de son véhicule et alla frapper à la fenêtre. Celle-ci s'ouvrit, un visage apparut, et un homme âgé avec un œil de verre du côté droit le regarda de travers et lui demanda ce qu'il voulait.

« Shérif John Gaines, de Whytesburg, comté de Breed, je suis venu dans l'espoir de parler à l'un de vos détenus.

– Vous avez son nom ?

– Clifton Regis.

– Un rendez-vous ?

– Non.

– C'est un gars de couleur ?

– Oui.

– Il est à l'isolement ?

– Pas que je sache.

– Bon, il doit être en train de bosser avec les autres prisonniers.

– À quelle heure ils finissent ? »

Le vieil homme regarda sa montre en plissant les yeux.

« Il est un peu plus de trois heures et demie, et ils travaillent jusqu'à huit heures. Sans rendez-vous, vous allez devoir attendre.

– Où sont les personnes qui arrangent les rendez-vous ? demanda Gaines.

– Oh, vous continuez de rouler, fils, pendant un bon bout de temps. Vous suivez la route. Vous allez toujours tout droit. Au bout de sept ou huit kilomètres, vous verrez sur la gauche une pancarte qui dit "Bâtiments administratifs", et vous prendrez à droite. Vous atteindrez une grappe de petits bureaux, et vous demanderez Ted McNamara. Vous verrez s'il peut vous voir, mais il aurait été plus sage d'appeler et d'arranger un rendez-vous avant de débarquer ici. »

Gaines remercia l'homme, remonta dans sa voiture et se remit à rouler.

En chemin, il passa devant les prisonniers qui travaillaient, des rangées d'hommes enchaînés les uns aux autres par les chevilles, qui balançaient des cailloux dans des seaux, érigeaient des poteaux de clôture, retournaient des champs à la main. Certains chantaient, d'autres pas. Blancs et Noirs étaient séparés, mais tous portaient un pantalon et une veste à rayures, et ceux qui n'avaient pas de veste portaient des chemises bleues avec le sigle « MSP[1] » cousu en lettres blanches dans le dos.

Leur labeur semblait incessant, répétitif, abrutissant, et physiquement épuisant. Ici, tout le monde était aussi sec qu'un chien de chasse. Et il n'y avait nulle part où s'échapper, absolument

---

1. *Mississippi State Penitentiary*, Pénitencier de l'État du Mississippi. (*N.d.T.*)

nulle part. Où que vous regardiez, il n'y avait rien. Pas de points
de repère, pas de talus derrière lequel se cacher ou s'abriter
un moment du soleil. Les gardiens étaient à cheval, armés de
Springfield 30-06, de pistolets et de fouets. Gaines supposa que
n'importe lequel d'entre eux pouvait rattraper un fuyard en
une fraction de seconde, le mettre à terre en le bousculant avec
le flanc de sa monture, et c'en serait fini. Et alors ce serait un
passage à tabac avec la *Black Annie*, puis trente jours d'isolement. Parchman Farm avait mérité sa réputation. Ce n'était pas
un endroit où vous vouliez atterrir.

Gaines trouva le complexe de bâtiments administratifs,
une petite demi-douzaine de bureaux aux murs couverts
de bardeaux, exactement là où l'avait dit le vieil homme.
Il demanda Ted McNamara, trouva à peu près le genre d'homme
auquel il s'attendait : maigre comme un clou, la peau fripée
de la couleur du parchemin, une expression qui trahissait une
méfiance totale et perpétuelle envers tout le monde, méfiance
qui n'était pas totalement sans fondement vu son boulot.

« Eh bien, fils, il vous faut un de ces permis de visite »,
répondit McNamara lorsque Gaines lui exposa la raison de sa
venue.

Le bureau de McNamara se trouvait dans l'une des cabanes
aux murs en bardeaux. Deux fenêtres étroites, un bureau, deux
chaises, un meuble de rangement, un ventilateur qui déplaçait
mollement l'air sans parvenir à le rafraîchir. McNamara enchaî-
nait clope sur clope, et un voile de fumée emplissait la pièce,
brouillant la vue de Gaines. C'était une expérience de plus dans
une longue succession d'expériences, chacune plus surréaliste
que la précédente.

« J'ai une enfant assassinée, déclara Gaines.

– Je pourrais citer quelques centaines d'enfants assassinés, à
chaque fois l'œuvre du genre de types qu'on a ici.

– Assassinée il y a vingt ans, et personne n'a jamais été arrêté
ou inculpé. »

McNamara acquiesça.

« Et vous croyez que ce Clifton Regis avait quelque chose à voir avec ça ?

– Non, ce n'est pas si simple. Regis connaît quelqu'un, je dois parler à ce quelqu'un, et je crois que Regis pourrait me permettre d'y parvenir.

– Vous savez ce qui se passera si je détache Regis de sa chaîne et que je vous l'amène ici ? »

Gaines arqua les sourcils d'un air interrogateur.

« Les autres prendront ça de travers. Ils se diront que c'est une balance. Il se prendra plus que probablement une raclée, ou alors peut-être que quelqu'un lui plantera une brosse à dents taillée en pointe dans le dos quand il sera sous la douche.

– Est-ce qu'il y a un moyen de le faire sans aboutir à une telle situation ?

– Pourquoi ? Vous vous souciez de ce qui lui arrivera une fois que vous saurez ce vous voulez savoir et que vous serez reparti ?

– Oui, évidemment. Il ne devrait pas souffrir pour une chose qu'il n'a pas commise.

– Eh bien, y a une chose dont vous pouvez être certain ici, shérif Gaines. Ils sont tous coupables de bien plus de crimes que ceux pour lesquels on les a attrapés. On dirait que la justice a le don de retrouver les gens, même quand ils s'y attendent le moins. Bon Dieu, même ceux qui se sont fait balancer et qui se retrouvent ici à cause d'un témoignage bidon sont plus qu'assez coupables pour qu'on les garde jusqu'à ce qu'ils cassent leur pipe. »

Gaines resta un moment sans répondre, puis il se pencha en avant.

« Je comprends que c'est inhabituel, monsieur McNamara, et je comprends que ça représente du travail supplémentaire pour vous et vos équipes, et je ne voudrais pas que cette charge de travail supplémentaire soit couverte par les contribuables du comté de Sunflower, si vous voyez ce que je veux dire. »

McNamara sourit. C'était le genre de sourire qu'on s'attendrait à recevoir d'un serpent.

« Voyons voir si je vous comprends bien, shérif Gaines. Vous me proposez un pot-de-vin pour que j'enfreigne le règlement du pénitencier, que je vous laisse entrer, que je détache un prisonnier, que je l'emmène dans une salle d'interrogatoire, que je vous laisse lui poser autant de questions que vous voudrez, et après vous repartirez en le laissant à la merci des chiens et des loups... C'est bien de ça que nous parlons ? »

Gaines ne détourna pas le regard.

« Ce n'est pas vraiment un pot-de-vin, monsieur McNamara, plutôt une volonté de vous aider à supporter le coût administratif de ma requête.

– Bon, ici, shérif Gaines, on appelle un nègre un nègre, un Blanc un Blanc, et y a pas de nuances de gris. Vous me proposez un pot-de-vin ou je me trompe ? »

Gaines ne pouvait toujours pas détourner les yeux. McNamara l'avait coincé, et si Gaines mentait, il serait aussi transparent que du verre.

« Vous ne vous trompez pas, monsieur McNamara. »

McNamara sourit, mais seulement avec ses lèvres, pas avec ses yeux. C'était le sourire le plus cruel que Gaines croyait avoir vu de sa vie.

« Bon, très bien, shérif Gaines. C'est le genre de langage que je comprends. Si on doit être francs l'un avec l'autre, alors soyons francs. Pas la peine de tourner autour du pot. Le prix pour ce que vous me demandez, c'est cinquante billets. Vingt-cinq pour aller chercher votre gars et l'emmener quelque part où il pourra parler avec vous, et vingt-cinq pour m'arranger pour qu'il ne se fasse pas poignarder dans la cour demain. »

Gaines tira les billets de sa poche, mais garda la liasse sous le rebord de la table. Si McNamara voyait qu'il avait cent dollars, aucun doute que le prix monterait.

Il plia les billets et les tendit à McNamara, qui les plaça dans le tiroir de son bureau, puis se leva, écrasa une cigarette à moitié fumée, et dit à Gaines de retourner à sa voiture, de regagner la route principale, et d'attendre qu'il arrive dans son propre véhicule.

« Vous me suivrez jusqu'à l'unité 26, et vous attendrez là-bas jusqu'à ce que je trouve ce gars et que je vous l'amène. Et après, on vous trouvera un endroit où vous serez pas dérangé. Pourquoi pas la chapelle, hein ? Certains de ces voyous ont prétendu avoir trouvé Jésus dans ces champs, et ils ont pris sur eux de construire une chapelle il y a quelques années de ça. Elle ressemble pas à grand-chose, pour être honnête, et elle sert plus des masses, à part quand des nouveaux arrivent. Ils ont un tel choc quand ils débarquent ici qu'ils croient qu'ils sont en enfer, et ils se disent que prier leur permettrait peut-être d'arranger les choses. Mais ils peuvent prier tout ce qu'ils veulent, ça ne fait qu'empirer. »

McNamara ouvrit la porte. Gaines marcha jusqu'à sa voiture, regagna la route principale, et attendit que McNamara arrive dans l'un des pick-up officiels du pénitencier.

Ils parcoururent deux ou trois kilomètres supplémentaires, et soudain, semblant surgi de nulle part, un autre complexe de bâtiments trapus peints en blanc apparut, comme s'il venait de naître de la poussière et de l'air sec.

McNamara se rangea sur le côté. Gaines se gara derrière le pick-up, et McNamara s'approcha de sa vitre.

« Restez ici. Je vais voir dans quelle équipe il est, et je vais aller le chercher. Si quelqu'un vous demande ce que vous fabriquez ici, vous mentez, d'accord, fils ? »

Gaines acquiesça.

McNamara repartit, et Gaines se retrouva en rade au beau milieu du delta du Mississippi, à près de dix kilomètres de l'autoroute. Il n'avait aucune raison valable d'être là, et il se demanda s'il reverrait Ted McNamara.

47

S i Ted McNamara était précisément tel que Gaines se
l'était imaginé, ce n'était pas le cas de Clifton Regis.
Bien qu'il portât l'uniforme rayé réglementaire et qu'il
eût passé l'essentiel de la journée à travailler enchaîné, il ne
semblait ni intimidé ni débraillé. Il était grand, dépassait Gaines
de huit ou dix bons centimètres, et hormis une fine cicatrice qui
courait le long de sa narine gauche et s'achevait un demi-centi-
mètre sous son œil, son visage ne portait aucune marque. Ses
cheveux coupés à ras étaient à peine plus qu'une ombre, et ce
n'est que lorsque Gaines tendit la main et que Regis la saisit que
le shérif s'aperçut que l'auriculaire et l'annulaire manquaient
à sa main droite.

C'était comme serrer la main d'un enfant, une sensation
troublante.

Regis s'assit sans rien dire. McNamara les avait bien autorisés à utiliser la chapelle, même si le terme « chapelle » était ici
appliqué dans un sens des plus larges. C'était une cabane, manifestement construite non seulement à partir de sections de bois
et de chutes prises au hasard, mais aussi de lourdes branches et
de bûches sciées. Le sol était à certains endroits recouvert de
bois, et à d'autres de toile cirée, et dans les angles la terre aride
en dessous était visible. Le toit était en tôle ondulée, pour
l'essentiel rouillée, percée de trous gros comme le poing, et la
seule lumière qui pénétrait filtrait à travers les fissures dans
les murs et les orifices du plafond. C'est ainsi que John Gaines
– venu sur un coup de tête pour une mission qui semblait

impossible – et Clifton Regis – peut-être simplement reconnaissant de passer une heure loin de son travail de forçat – se retrouvèrent assis sur un banc en bois branlant dans la semi-pénombre d'un bâtiment de fortune de Parchman Farm, à se regarder dans un silence gêné pendant un petit moment.

« Vous savez qui je suis ? demanda finalement Gaines.

– Je sais que vous êtes flic », répondit Regis.

Cette fois, c'est par sa diction et son intonation qu'il surprit Gaines. Il n'avait presque pas d'accent, pour autant qu'une telle chose fût possible.

« Vous avez une idée de la raison pour laquelle j'ai demandé à vous voir ? »

Regis haussa les épaules.

« Il n'y a que trois ou quatre raisons pour lesquelles les flics viennent voir les gens comme moi, répondit-il. Vous croyez que j'ai fait quelque chose que je n'ai pas fait, vous croyez que je connais quelqu'un qui a fait quelque chose qu'il n'a pas fait, vous voulez que je découvre quelque chose sur quelqu'un d'ici concernant une chose qu'il n'a pas faite, ou vous m'apportez une grâce du gouverneur. » Regis fit un sourire sardonique. « Mais je suppose qu'on peut écarter cette dernière hypothèse, pas vrai ?

– Nous pouvons toutes les écarter », dit Gaines.

L'expression de Regis changea alors, de façon visible, et pas en bien. Il s'écarta légèrement sur le banc et lorgna Gaines d'un air soupçonneux.

« Je dois être réglo avec vous, Clifton, dit Gaines. Sinon tout ça ne rime à rien.

– Vous avez des clopes ? » demanda Regis.

Gaines tira un paquet de sa poche de chemise, le lui tendit. Regis préleva une cigarette et Gaines la lui alluma. Il posa son Zippo sur le paquet pour indiquer à Regis qu'il n'avait qu'à se servir.

« Je veux vous parler de Della Wade. »

La réaction de Regis fut immédiate et étonnante. Il blêmit visiblement, comme si tout le sang avait quitté son visage. Il paraissait nerveux, et détourna les yeux, secoua la tête, puis se tourna de nouveau vers Gaines.

« Je suis ici depuis dix-sept mois, monsieur, dit-il. Il m'a fallu un an pour oublier à quoi elle ressemblait, trois ou quatre mois de plus pour oublier pourquoi j'étais amoureux d'elle, et j'en suis maintenant à essayer de me convaincre que ce n'est pas à cause d'elle que j'ai perdu mes doigts. Et maintenant vous débarquez comme une fleur et foutez tout en l'air. » Regis fit passer sa cigarette de sa main droite à sa main gauche, puis leva la droite pour que Gaines la voie. « Ceci, monsieur, c'est mon souvenir de Della Wade et de sa famille de cinglés.

– J'ai entendu dire que vous aviez pris dix mille dollars à Earl Wade.

– Vraiment ? Eh bien, ça ne m'étonne pas que vous ayez entendu ça.

– Pas la vérité ?

– On ne pourrait être plus loin de la vérité.

– Alors, qu'est-ce qui s'est passé ? »

Regis laissa tomber par terre sa cigarette à moitié fumée, posa le pied dessus, en tira une autre du paquet et l'alluma avec le Zippo de Gaines. C'était un simple geste nerveux, une façon de gagner un peu de temps.

« Je suis *obligé* de vous parler ? » demanda-t-il.

Gaines secoua la tête.

« Non, vous n'êtes pas obligé.

– Alors, donnez-moi une bonne raison de le faire.

– Parce que j'ai une fille morte à qui on a arraché le cœur, un ancien combattant mort à qui on a coupé la tête et une main, et je crois que ces deux meurtres sont liés, et je crois qu'ils ont tous les deux quelque chose à voir avec les Wade. »

Regis regarda Gaines pendant un moment, comme s'il tentait simplement d'absorber ce qu'il venait d'entendre. Finalement, il s'éclaircit la voix et demanda :

« Et vous croyez pouvoir vous en prendre aux Wade ?

– Je peux essayer. »

Regis sourit, se mit à rire.

« Alors, vous avez plus de couilles que moi, monsieur. Même si vous avez un avantage sur moi.

– Je suis flic. »

Regis rit de nouveau.

« Bon Dieu, non. Vous croyez que les flics ont la moindre autorité ou la moindre influence sur des gens comme les Wade ? Non, votre avantage, c'est la couleur de votre peau. Quand on est noir, vous voyez, tout le monde sait qu'on ment avant même qu'on ait prononcé un mot.

– Les choses sont en train de changer...

– Allez dire ça aux *Freedom Riders*. Allez dire ça aux nègres qui balancent au bout d'une corde chaque samedi soir au sud d'ici. Si vous cherchez des noises aux Wade, vous vous retrouverez avec un gros tas d'emmerdes avec le Klan, mon pote, et le fait que vous soyez un shérif blanc ne comptera pas pour grand-chose, croyez-moi. Ils ne vous pendront peut-être pas littéralement, mais ils vous pendront d'une autre façon. Je vous le garantis.

– Bon, c'était quoi l'histoire entre vous et Della ?

– Roméo et Juliette. »

Gaines fronça les sourcils.

« Je l'aimais, mon vieux, et elle m'aimait, point à la ligne. Si j'avais été un type blanc de Mobile avec un papa et une plantation, je ne serais pas ici. Elle et moi, on serait mariés, et à l'heure qu'il est on aurait une poignée de gamins, et je parlerais à monsieur Wade d'un poste éventuel dans une de ses sociétés, vu que je serais de la famille et tout.

– Et l'argent ?

– C'était son argent à elle, monsieur. Ces dix mille dollars étaient à elle et à elle seule, elle les a récupérés pour moi, et elle me les a donnés, parce que c'était ce qui nous permettrait de fuir cette foutue famille de tarés, de disparaître quelque part et de repartir de zéro. C'était ça, le plan.

– Son argent à elle ?

– À elle, en vertu de la loi, en vertu du droit, en vertu de tout ce qui est censé vouloir dire quelque chose, mais son frangin s'en est mêlé. Il nous a découverts ensemble, et il l'a ramenée à la maison.

– Et il vous a coupé les doigts ? »

Regis secoua la tête.

« Quelqu'un comme Matthias ne s'abaisse pas à ce genre de besogne. Non, il avait un type avec lui, et il m'a fait asseoir en silence pendant que Matthias me passait un savon.

– Qu'est-ce qu'il a dit ?

– Il a dit qu'il ne pensait pas que j'avais volé l'argent, qu'il savait que Della était à côté de la plaque, peut-être même un peu folle, et qu'elle s'était foutu dans le crâne qu'elle m'aimait, mais qu'une telle chose n'était pas possible vu que je suis noir et tout, et du coup j'allais devoir choisir. Soit il me dénonçait à la police et me faisait arrêter pour avoir violé Della et volé l'argent, soit il me prenait mon gagne-pain.

– Je ne comprends pas, coupa Gaines. Votre gagne-pain ?

– Vous me prenez pour un voleur ? Vous croyez que j'ai toujours eu des problèmes avec la justice ? Non, monsieur. J'étais musicien. Je suis guitariste. C'est comme ça que j'ai rencontré Della. Je côtoyais son frère, Eugene, dans une de ces boîtes de blues et de jazz de La Nouvelle-Orléans, et elle est venue le voir, et ç'a été le coup de foudre. Un regard, et j'étais cuit.

– Alors, il vous a coupé les doigts ?

– Eh bien, il a ordonné à ce type de me couper les doigts. C'était soit ça, soit vingt-cinq ou trente ans ici, et ça, j'aurais jamais tenu le coup. Quand je sortirai d'ici, je pourrai réapprendre la guitare, même avec deux doigts en moins. Ce gitan en France y est bien arrivé, pas vrai ? »

Gaines attrapa une cigarette, l'alluma, inhala, ferma un moment les yeux et se demanda dans quelle direction orienter désormais la conversation.

« Alors, c'est après Matthias ou après le vieux que vous en avez ? demanda Regis.

– Matthias, répondit Gaines. Je crois qu'il a tué une jeune fille il y a vingt ans, et je crois qu'il a tué un homme récemment.

– Et moi, je suis certain qu'il a aussi liquidé quelques-uns des miens lors de leurs petites soirées lynchage du samedi soir.

– Alors, comment j'entre en contact avec Della ? demanda Gaines. C'est ça que je dois faire. J'ai besoin d'arriver jusqu'à Della. Pour autant que je sache, elle est la seule à pouvoir m'aider. »

Regis secoua la tête.

« Vous n'entrez pas en contact avec elle, dit-il. C'est précisément le problème.

– Quand l'avez-vous rencontrée ?

– Fin de l'été 1972.

– À La Nouvelle-Orléans ?

– Exact.

– Et vous avez commencé à vous fréquenter ? »

Regis partit à rire.

« Si vous voulez appeler ça comme ça, oui.

– Combien de temps après l'avoir rencontrée ?

– Tout de suite, le soir même. C'était comme ça. Je l'ai vue, elle m'a vu, et on était foutus.

– Et combien de temps a duré la liaison avant qu'elle vous donne l'argent ?

– Quatre, cinq mois. Elle descendait à La Nouvelle-Orléans tous les week-ends sous prétexte de voir Eugene, mais c'était moi qu'elle venait voir. Pour autant que je puisse en juger, elle n'avait pas grand-chose à voir avec Eugene. Elle n'avait jamais été très proche de lui. Mais Eugene savait ce qui se passait. Je crois qu'il a la même opinion que Della sur sa famille. Il ne se mêle pas de leurs affaires, et eux ne se mêlent pas des siennes. Il a sa musique et son église, et il reste dans son coin. Vivre et laisser vivre, vous savez ?

– Et ça ne posait pas de problème à Eugene que vous sortiez avec elle ?

– Vous avez rencontré Eugene ?

– Non. »

Regis sourit.

« Non, ça ne posait pas de problème à Eugene.

– Quand a-t-elle apporté l'argent ?

– Le 21 décembre.

– Et combien de temps après Matthias est-il venu vous voir ?

– Deux jours.

– Le 23 ?

– Exact.

– Et il vous a demandé de choisir.

– Tout à fait.

– Et quand avez-vous été arrêté ?

– Arrêté fin janvier 1973, détention provisoire, jugement, condamnation, transféré ici en mars de la même année, et, comme j'ai dit, ça fait dix-sept mois que j'y suis.

– Vous avez commis le cambriolage qui vous a valu cette condamnation ?

– Jamais commis le moindre cambriolage de ma vie. »

Gaines fronça les sourcils et secoua la tête.

« Mais...

– Mais quoi, shérif ? Vous savez comment c'est. Nous, les Noirs, on se ressemble tous. On est tous les mêmes. On est tous coupables des mêmes choses, alors ils se foutent de savoir lesquels ils envoient en prison. Je suis d'accord que c'était un peu gonflé de me faire escalader des murs et casser des fenêtres et ainsi de suite alors que j'avais perdu deux doigts seulement un mois plus tôt, mais bon sang, un tel détail ne pèse pas lourd quand vous avez le genre d'avocats qu'on nous attribue.

– Vous croyez que Matthias avait quoi que ce soit à voir avec votre incarcération ici ?

– Ça pourrait sembler une bonne manière pour lui de m'éloigner de Della, non ?

– En effet, répondit Gaines.

– Alors, qu'est-ce que vous allez faire maintenant ? demanda Regis.

– Comme j'ai dit, je dois arriver jusqu'à Della. Je dois lui poser quelques questions.

– Et vous croyez qu'elle vous en dira suffisamment pour inculper son frère pour les meurtres dont vous avez parlé ?

– C'est le plan.

– Vous n'avez aucune chance, monsieur, pas la moindre chance. Della ne livrerait pas plus son frère à la justice que... eh bien, que je ne sais pas quoi. Vous rêvez complètement.

– Vous pourriez témoigner qu'il vous a menacé, qu'il était là quand l'autre vous a coupé les doigts.

– Dans quel but ? Qu'est-ce que vous avez fumé ? Merde, vous avez la moindre idée d'à qui vous avez affaire ? Même si quelque chose comme ça lui valait une mise en accusation, vous auriez trois cents avocats et le juge en personne en train de jurer qu'ils étaient invités à dîner chez Matthias au moment précis où on m'a coupé les doigts.

– Vous savez qui était l'homme qui l'accompagnait ?

– Aucune idée. Juste un des hommes de main de Wade. Les gens prêts à faire ce genre de boulot pour quelqu'un comme lui ne manquent pas.

– Si je pouvais transmettre un message à Della de votre part, est-ce que ce serait...

– Mec, si vous pouviez lui transmettre un message, ce serait génial.

– Vous voulez la récupérer, n'est-ce pas ? »

Clifton Regis regarda alors Gaines avec un tel espoir dans les yeux que Gaines eut du mal à conserver son sang-froid. Néanmoins, derrière cet espoir, il y avait une sorte de résignation lasse. Gaines ne la voyait pas, mais il la *sentait*.

« Vous avez déjà été amoureux, shérif Gaines ? »

Gaines soupira intérieurement. Il se rappela Linda Newman.

« Une fois, répondit-il, mais c'était il y a longtemps.

– Aucune importance que ça ait été il y a longtemps. Vous ressentirez toujours la même chose.

– Vous croyez qu'elle vous aime toujours ? demanda Gaines.

– Si je croyais le contraire, à quoi bon continuer ? C'est ce que je me dis, vous savez ? Même si parfois je pense que je ferais mieux d'accepter qu'elle est partie pour de bon...

– Mais en faisant tomber Matthias, vous auriez une chance de la revoir et de découvrir s'il reste un espoir que vous soyez de nouveau ensemble.

– Faire tomber Matthias ? Comme j'ai dit, je crois que vous rêvez. Si vous le faites tomber, alors vous devrez en faire tomber un sacré paquet d'autres. Ils vivent tous aux crochets les uns des autres. Les avocats, les juges, les riches, ils travaillent tous les uns pour les autres, et ça fait du monde. Ce que j'ai dit tout à l'heure, comme quoi j'ai fait tout mon possible pour l'oublier... c'est juste parce que je sais qu'il n'y aura jamais aucun espoir qu'on soit de nouveau ensemble.

– À moins qu'il disparaisse, n'est-ce pas ?

– Peut-être. Peut-être qu'alors il y aurait une chance.

– Vous m'aiderez ? »

Regis haussa les épaules.

« Vous aider ? Comment je pourrais vous aider ?

– Vous pouvez commencer par écrire à Della Wade pour lui dire qu'elle devrait me rencontrer. Si je parviens à lui faire passer votre lettre, alors peut-être qu'elle me fera assez confiance pour me dire quelque chose d'utile. Si elle éprouve les mêmes sentiments que vous, pourquoi refuserait-elle de me parler ?

– Et comment vous allez vous démerder pour faire passer une lettre à Della sans que Matthias le sache ?

– Je crois qu'il y a quelqu'un qui m'aidera, répondit Gaines, quelqu'un à qui Matthias ne refusera pas l'accès à sa maison.

– Bon, passez-moi du papier et un stylo et je vais vous écrire votre lettre, dit Regis, mais si ça tourne mal et qu'ils s'en prennent à moi, alors c'est moi qui m'en prendrai à vous, vous comprenez ?

– Je n'en doute pas, Clifton, répondit Gaines.

– C'est un sale milieu dans lequel vous mettez les pieds, mon vieux, un vraiment sale milieu. Peut-être que les Wade sont pas aussi mauvais que les types d'ici, mais ce sont pas des anges. Vous savez le genre de saloperies que ces gens du Klan font quand on leur lâche la bride, pas vrai ?

– Oui, évidemment, même si ce n'est pas souvent arrivé dans le comté de Breed depuis que j'y suis.

– Les gens comme Matthias Wade sont pas idiots au point de chier sur le pas de leur propre porte, hein ? Ils emmènent plus que probablement leurs victimes de l'autre côté de la frontière, en Louisiane, et ils organisent leurs parties de chasse là-bas. »

Gaines avait entendu parler de ça, le Klan qui enlevait quelque personne de couleur sans méfiance et qui l'emmenait dans un coin paumé de l'autre côté de la frontière, et alors une demi-douzaine ou plus d'acolytes le traquaient comme si c'était un safari. Chiens, camionnettes, une bonne dose d'alcool pour chaque homme, et ça les occupait pour la nuit. Ça se terminait avec un type à poil, tabassé, lynché, une fois même crucifié. Peut-être que le mouvement pour les droits civiques pesait un certain poids à Memphis ou à Atlanta, mais dans les coins reculés du Mississippi ou de l'Alabama, on n'en avait jamais entendu parler. Pour ces gens-là, les droits civiques, c'était le droit de civiliser un quartier ou une ville, et la seule façon d'y parvenir c'était de déloger et de se débarrasser des gens de couleur.

Gaines se leva.

« Je vais chercher du papier et un stylo, vous m'écrivez une lettre pour Della, et je vous donne ma parole que je ferai tout mon possible pour la lui transmettre. Pour que Matthias l'apprenne, il faudrait qu'elle la lui donne elle-même.

– Je ne la vois pas faire ça, déclara Regis. Jamais de la vie.

– On ne peut jamais être sûr de rien, répliqua Gaines. Les gens peuvent changer d'avis du jour au lendemain. Vous ne l'avez pas vue depuis près de deux ans, et elle a passé tout ce temps avec sa famille, à écouter les élucubrations de Matthias. Si ça tourne mal, vous et moi on sera dedans jusqu'au cou.

– Eh bien, monsieur, vous ne connaissez pas Della, et si vous croyez qu'elle a quoi que ce soit à voir avec Matthias, alors vous vous fourrez le doigt dans l'œil. Je ne comprends même pas qu'ils puissent appartenir à la même famille.

– Donc, vous êtes sûr ?

– Apportez-moi le papier, shérif Gaines. Vous aurez votre lettre. Vous la portez à Della, et on verra ce qui se passera, hein ? »

48

C lifton Regis écrivit la lettre. Il insista pour que Gaines la lise. Gaines répliqua que ce qu'il y avait entre lui et Della Wade ne regardait qu'eux, mais Regis en fit une condition.

« Je veux que vous compreniez ce que ça signifie pour moi, expliqua-t-il. Je veux que vous saisissiez à quel point c'est important, parce que alors je saurai que vous ferez tout votre possible pour lui faire parvenir cette lettre sans que son frère l'apprenne.

– Alors, lisez-la-moi », dit Gaines.

Regis s'éclaircit la voix, posa sur Gaines ses grands yeux pleins d'espoir, puis commença.

« D. J'ai l'opportunité de t'écrire une lettre, alors je la saisis. Un homme est venu me voir. C'est le shérif de Whytesburg, il s'appelle John Gaines, et il m'a informé que M avait peut-être des problèmes. Je sais que tu penses de M la même chose que moi, et je sais que tu comprends pourquoi je suis ici. J'espère aussi que ce que nous avons partagé à La Nouvelle-Orléans est toujours d'actualité et que tu m'attends. J'ai besoin que tu saches que tout ce qui s'est passé entre nous signifie toujours autant qu'à l'époque, et que je ferai tout ce qui est en mon pouvoir pour être de nouveau avec toi. Je veux que tu parles à cet homme, et je veux que tu lui dises ce que tu sais. Je veux que tu l'aides si tu le peux, pour que nous ayons une chance de nous retrouver. C'est pour ça que je te demande de faire ça. Si tu ne peux pas, ou si tu as décidé que nous ne pouvions plus être ensemble, alors j'ai besoin que tu me le dises pour pouvoir prendre mes propres dispositions. Et si tu ne peux pas aider cet homme, ou si tu n'es pas disposée à lui parler, alors brûle cette lettre, ne laisse pas M la voir. Pas pour moi, mais parce que je sais qu'il sera furieux et te fera du mal s'il pense que nous sommes en contact. D'une manière ou d'une autre, je pense que nous pourrons nous retrouver. C'est ce pour quoi je vis. Je veux juste te revoir, te serrer, te dire combien je t'aime. J'espère chaque jour qu'il en va de même pour toi. Je crois du fond du cœur que c'est le cas. Je t'aime pour toujours. C. »

Gaines se contenta d'acquiescer après la lecture. Puis il prit la lettre des mains de Regis, la plia, l'enfonça dans sa poche de chemise, et se leva.

Ils se serrèrent une fois de plus la main, et Gaines remercia Regis pour son temps et son aide.

« Ça va aller pour vous quand vous y retournerez ? demanda Gaines.

– Parmi les prisonniers ? Bien sûr, pourquoi vous me demandez ça ?

– McNamara a dit que vous risquiez d'avoir des problèmes sous prétexte que vous êtes venu me parler.

– Hé, ils croiront ce que je leur dirai. Ces mecs me posent pas de problèmes. Je suis assez grand pour me débrouiller tout seul.

– Content de l'entendre.

– Une dernière chose, fit Regis.

– Oui ?

– Quand vous lui transmettrez cette lettre, voyez ce qu'elle dira à mon sujet, si elle m'attend ou quoi, et faites-le-moi savoir, d'accord ?

– Oui, répondit Gaines. Je peux faire ça.

– Vous avez de la famille, shérif Gaines ?

– Non, Clifton.

– Bon, tant mieux. »

Gaines fronça les sourcils d'un air interrogateur.

« Je serais plus inquiet pour vous si vous aviez une femme et des gosses pour vous pleurer. Si vous marchez sur les pieds de Matthias, il ne se contentera pas d'excuses polies. C'est votre tête qu'il voudra.

– Eh bien, il a déjà eu celle de quelqu'un d'autre, et je crois qu'il est temps qu'il paye. »

Regis se leva, et ils marchèrent tous les deux jusqu'à la porte de fortune.

« Donc, vous croyez vraiment qu'il a tué une jeune fille ? demanda Regis.

– Oui. Au début, je soupçonnais quelqu'un d'autre, mais maintenant, je crois que c'était Matthias.

– Et vous avez dit quelque chose à propos de son cœur ? »

Gaines acquiesça.

« Oui. Elle avait 16 ans. Une adolescente, jolie, intelligente, et quelqu'un l'a étranglée et lui a arraché le cœur. »

Une expression de curiosité intense apparut soudain sur le visage de Regis.

« C'est très étrange de faire une telle chose, shérif. »

Gaines esquissa un sourire sardonique.

« Lui découper le cœur n'était rien comparé à ce qu'on lui a fait après...

– C'est-à-dire ?

– Vous n'allez pas me croire, mais à la place de son cœur on a placé un panier en osier...

– ... Avec un serpent à l'intérieur », dit Regis, et il baissa les yeux vers le sol.

Ce n'était pas une question ; c'était une affirmation. L'attitude de Regis se modifia du tout au tout. C'était comme si un grand poids s'était abattu sur ses épaules.

« Comment avez-vous... ? »

Regis releva les yeux.

« Ils ont effectué une renaissance, shérif Gaines. La personne qui a tué votre jeune fille a essayé de la ramener à la vie. »

Gaines n'arrivait pas à parler. Il se contenta de regarder Regis avec une expression de totale incrédulité.

« Aussi ancien que Dieu, reprit Regis. Ce truc est aussi ancien que Dieu. Vous enlevez le cœur, vous l'enterrez ailleurs, dans un endroit précis, à une certaine distance du corps, et vous le remplacez par un panier en osier. Dans le panier, il y a un serpent qui se mord la queue, et vous recousez le corps d'une certaine manière – treize points, pour autant que je me souvienne, six sur la droite, sept sur la gauche –, puis vous enterrez le corps près d'un cours d'eau. Vous ne dites à personne ce que vous avez fait. Jamais. Même si vous accomplissez le rituel avec ou devant quelqu'un, vous n'en parlez jamais entre vous. Sinon, le charme est brisé et la personne ne ressuscitera pas. »

Gaines demeura silencieux. Sa bouche était sèche. Son souffle semblait lourd dans sa poitrine.

« C'est la renaissance, shérif. C'est ce qu'on a fait à votre jeune fille, à l'époque. Vous avez toujours son corps ? »

Gaines acquiesça.

« Eh bien, allez voir, et s'il y a sept trous du côté gauche et six à droite, et si elle a été recousue de sorte que les points se croisent cinq fois, alors c'est que quelqu'un a essayé de la faire revivre.

– V... vous n... n'êtes pas s... sérieux ? » bredouilla Gaines.

Mais il commençait déjà à comprendre ce qui s'était passé. Il savait que c'était Webster qui avait fait ça. C'était comme si toute l'affaire s'était soudain renversée. Tout à coup, Webster semblait être celui qui avait dit la vérité. Il avait essayé de faire revivre Nancy. Quelle entreprise triste, désespérée, inutile. Ça fendait le cœur rien que d'y penser. Il l'aimait – tout ce que Gaines avait entendu, ainsi que l'impression d'harmonie qu'ils dégageaient sur les photos, ne laissaient planer aucun doute à ce sujet –, et il lui avait ouvert la poitrine et ôté le cœur, tout ça dans une tentative vaine et futile de la ramener à la vie. Et c'était pour ça qu'il n'avait jamais rien dit. Peut-être Wade était-il au courant. Mais Webster croyait tellement dans son geste, et Wade était tellement certain qu'il garderait le silence qu'il n'avait pas eu besoin de le tuer. Ce n'est que quand le corps de Nancy avait été retrouvé, prouvant une fois pour toutes que le rituel ne fonctionnerait jamais, que Wade avait dû lui régler son compte.

Tout cela était parfaitement incroyable, mais, comme le disait la mère de Gaines, ce que nous savions du monde n'était rien comparé à ce que nous ignorions.

« Je sais qu'on dirait un truc occulte façon Frankenstein où on réveille les morts, dit Regis, mais c'est le vaudou, et ce que vous croyez n'a aucune importance, ce qui compte, c'est ce que les autres croient. Et ce sont ces croyances qui ont entraîné le meurtre de cette jeune fille et la profanation de son corps. Si c'est Wade qui a fait ça, alors...

– Je ne crois pas que ce soit Wade, coupa Gaines, presque à part lui. Je crois qu'il l'a tuée, puis que quelqu'un d'autre l'a trouvée et a essayé de la ramener à la vie. »

Gaines tenta de se représenter le corps de Nancy. Il tenta de se rappeler le nombre de sutures sur son torse, la façon dont elles se croisaient. Il pouvait appeler Powell, mais il savait déjà qu'elles seraient précisément telles que Regis les avait décrites.

« Donc, on dirait que vous avez affaire à autre chose, maintenant, déclara celui-ci.

– Ou... oui, répondit Gaines. Mais comment savez-vous tout ça ? »

Regis sourit. La cicatrice sur sa joue était comme un pli sur une feuille de papier.

« Je suis noir et originaire de Louisiane, shérif Gaines, répondit-il. Vous devez insuffler aux morts l'esprit de Legba, et soit Legba vous les rendra, soit il les emmènera dans l'autre monde. Le serpent représente le pouvoir de Legba. Il représente la guérison et le lien entre le ciel et la terre. Les gens qui s'adonnent à ce rituel le font d'ordinaire par amour... pour s'assurer que la personne aimée ne se retrouvera pas coincée dans les limbes entre ce monde et le prochain. Et je suis sûr que la personne qui a fait ça à votre jeune fille a dû souffrir terriblement, car faire ça à une personne qu'on aime...» Regis secoua la tête. «Et on ne peut jamais en parler... jamais...

– Ça jette une lumière totalement neuve sur l'affaire, déclara Gaines.

– Ça ne m'étonne pas, shérif.

– Je n'imagine pas Matthias Wade faisant ça à quelqu'un, et vous?

– J'imagine Matthias faisant un paquet de choses, shérif Gaines, mais commettre un tel acte par amour n'en fait pas partie.

– Merci pour vos explications, dit Gaines.

– Je vous en prie, shérif Gaines, mais la meilleure manière de me remercier est de transmettre ce mot à Della sans que son frère le découvre. C'est tout ce que je vous demande.»

Les deux hommes se séparèrent, Regis repartant en pick-up avec Ted McNamara pour retrouver ses chaînes tandis que Gaines reprenait la grande route. Il était huit heures passées lorsqu'il vit l'entrée principale de Parchman Farm dans son rétroviseur.

Il roula en silence, n'entendant que le bruit du moteur et celui des roues sur la route. Il n'alluma pas la radio. Il voulait garder les idées claires et ne pas être interrompu tandis qu'il réfléchissait aux implications de ce que Clifton Regis lui avait dit.

Il y avait un peu plus d'une semaine de cela, lui, Jim Hughes, Richard Hagen et les hommes qui étaient venus leur prêter main-forte avaient déterré quelque chose au bord de la rivière. Il ne s'agissait pas simplement du corps d'une adolescente de 16 ans, mais de quelque chose de totalement différent. Ils avaient fait ressurgir la mort, et cette mort non élucidée hantait désormais Whytesburg comme un fantôme. Un fantôme qui n'aurait pas de répit tant que les faits ne seraient pas connus, un fantôme qui errait dans les limbes. Et si Michael avait échoué à accomplir ce qu'il avait tenté, Gaines pour sa part n'avait pas le droit à l'échec.

Il savait qu'il était trop tard pour aller voir Maryanne Benedict, et en plus il voulait qu'Eddie Holland lui dise pourquoi elle avait voulu le voir. Peut-être qu'elle s'était souvenue d'un détail du soir où Nancy Denton avait disparu. Peut-être qu'elle savait quelque chose sur Matthias Wade mais préférait en parler d'abord à Eddie Holland plutôt qu'à Gaines qui, de fait, était un parfait inconnu. Il ne pouvait qu'émettre des suppositions, et les suppositions ne servaient à rien.

À la place, il passa ses heures de solitude entre Indianola et Whytesburg à retourner dans son esprit les événements de la journée. Il pensait que Clifton Regis n'était ni un menteur ni un voleur. Il croyait qu'il avait en effet rencontré Della Wade à La Nouvelle-Orléans, comme il l'avait affirmé, et que cette rencontre fortuite s'était produite par l'intermédiaire d'Eugene. Eugene était musicien, Regis aussi, et Della semblait avoir été attirée par ce milieu et les gens qui le fréquentaient. Matthias, ardent ségrégationniste, peut-être raciste jusqu'à la moelle, avait appris leur liaison, et également que dix mille dollars appartenant aux Wade s'étaient retrouvés entre les mains de Regis. Il avait dû prendre ça comme un affront au nom et à la réputation de sa famille. Alors, la solution avait été simple. Il avait rendu une brève visite à Clifton Regis, récupéré l'argent, secouru sa sœur, et Regis s'était retrouvé en plan avec deux doigts en moins. Quant à savoir si le cambriolage dont était accusé Regis était une manigance de Wade ou juste un autre exemple flagrant des complots racistes qui étaient si fréquents dans le coin, c'était une autre question. Et franchement, ce n'était pas le principal souci de Gaines pour le moment. Il était heureux de savoir où se trouvait Regis, encouragé par le fait que celui-ci se montrait coopératif, et certain que s'il parvenait à transmettre la lettre à Della Wade, une forme de dialogue pourrait peut-être s'instaurer. Mais comment transmettre cette lettre à Della à l'insu de Matthias ? C'était ça, le nouvel obstacle.

À son arrivée à Whytesburg, Gaines estima qu'il n'était pas trop tard pour rendre visite à Ross et à Holland. Ils étaient encore debout, en train de jouer aux cartes, et ils furent ravis de le recevoir. Ils lui demandèrent de se joindre à eux, de boire quelques verres, de jouer quelques parties, mais il répondit qu'il n'avait aucune intention de rester.

« Je suis juste venu pour savoir pourquoi Maryanne Benedict a voulu vous voir, annonça-t-il à Holland.

– Parce que vous lui avez fichu la trouille de sa vie, voilà pourquoi, répondit celui-ci. Un inconnu arrive à sa porte, lui annonce que Nancy Denton est morte, Webster aussi, que la première est restée enterrée vingt ans au bord de la rivière, et que le second a été décapité puis a brûlé dans un incendie. Vous vous sentiriez comment après ça ?

– Oh, je crois que je me sentirais à peu près comme je me sens maintenant, Eddie. Comme si j'étais dans le cauchemar d'un autre et que, quoi que je fasse, je ne pouvais pas me réveiller.

– Eh bien, c'est à peu près pareil pour elle, mon ami. Elle voulait savoir si tout ce que vous aviez dit était vrai. Et également si elle pouvait vous faire confiance.

– Me faire confiance ?

– Bon sang, je ne sais pas pourquoi elle a demandé ça, John. Mais elle l'a fait. Peut-être qu'elle se prépare à vous dire quelque chose.

– Je compte aller la voir dans la matinée.

– Pourquoi ?

– Parce que je veux qu'elle transmette un message à Della Wade de ma part. »

Eddie Holland et Nate Ross levèrent tous deux les yeux de leurs cartes, mais ne prononcèrent pas un mot.

« Il y a un certain Clifton Regis qui est incarcéré à Parchman Farm, et ça ressemble à un coup monté. C'était le petit ami de Della. Ils allaient se faire la malle ensemble. Della lui a filé dix mille billets, et Matthias l'a découvert, alors il est allé la chercher, il a coupé deux doigts à Regis, et il a ramené Della à la maison. Pour autant que je sache, c'est là-bas qu'elle vit depuis.

– Et ce type à Parchman, qu'est-ce qu'il a à dire à Della ? demanda Holland.

– Il dit qu'il l'aime, qu'il espère qu'elle l'attend, qu'il espère qu'ils trouveront le moyen d'être ensemble malgré Matthias.

– Donc, ce Regis a tout intérêt à collaborer avec vous pour faire dégager Matthias.

– Oui, on dirait.

– Et pourquoi Matthias n'a-t-il pas apprécié que Della ait une liaison avec M. Regis ? demanda Holland.

– Facile, intervint Ross. Parce que Clifton Regis est un homme de couleur.

– D'accord, fit Holland. Je saisis.

– Et il m'a dit autre chose... concernant les mobiles qui ont poussé Webster à couper Nancy Denton en deux et à lui mettre un serpent dans la poitrine.

– Parce qu'il était complètement cinglé, n'est-ce pas ? suggéra Holland.

– Non, Eddie... parce qu'il l'aimait plus que tout, et qu'il essayait de la faire revenir.

– Pardon ?

– Ça s'appelle une renaissance. C'est une sorte de rituel vaudou, et il a fait ça parce qu'il pensait qu'il parviendrait peut-être à la ramener à la vie.

– Doux Jésus, fit Ross. Décidément, j'aurai tout entendu.

– Mais je ne peux pas m'occuper de ça pour le moment, pas dans le cadre de mon enquête, reprit Gaines. Ce qui est fait est fait, et quoi que Michael Webster ait cru accomplir, ça appartient désormais au passé. Je dois m'occuper de ce qui se passe maintenant, à savoir élucider la mort de Webster et déterminer si Matthias Wade était directement impliqué.

– Je ne crois pas qu'il se passe grand-chose dans le coin qui n'implique pas d'une manière ou d'une autre Matthias Wade, déclara Ross.

– Ils appartiennent au Klan, n'est-ce pas? demanda Gaines.

– Les Wade? Évidemment. De nombreuses vieilles familles du Sud y appartenaient – et y appartiennent encore. Les choses changent, mais pas beaucoup, et bien trop lentement. Ce n'est plus comme dans les années vingt ou trente, mais ça existe toujours.

– Vous croyez que le vieux Wade était aussi du Klan?»
Ross sourit.

« Earl Wade était prêt à devenir Grand Dragon de cet État, et peut-être aussi de Louisiane et d'Alabama. Il était bien placé, d'un point de vue politique, mais après l'attentat contre cette église en 1963, bon nombre de cadres du Klan ont pris leurs distances avec l'organisation, une fois encore pour des motifs politiques.

– Quel attentat? demanda Gaines.

– L'église baptiste de la 16e Rue, à Birmingham, Alabama. Quatre fillettes de couleur ont été tuées. C'était il y a onze ans, et ils n'ont toujours aucune idée de qui a fait le coup. C'était le Klan, naturellement, mais personne n'a été identifié, et aucune arrestation n'a eu lieu. Et puis, nous avons eu ces trois jeunes militants pour les droits civiques qui ont été assassinés ici, dans le Mississippi, en 1964...

– Chaney, Goodman et Schwerner, coupa Holland, et aussi ces deux jeunes hommes de couleur qui ont été assassinés ici, Henry Dee et Charles Moore. Il y avait une rumeur – elle court d'ailleurs encore – qui disait qu'ils avaient été tués par un membre de la police, mais, comme toujours avec ces affaires, il n'y avait pas assez de preuves, et personne n'est jamais prêt à témoigner.

– Et Vernon Dahmer a été tué en 1970. Il était président du NAACP[1] pour le comté de Forrest. Une bombe incendiaire a été lancée contre sa maison. Sa femme et huit gamins à l'intérieur. Elle a réussi à sortir avec les mômes. Dahmer a réussi à s'échapper, mais il était tellement salement brûlé qu'il n'a pas survécu. Il est mort le lendemain. Cette fois, les gens ont exigé une véritable enquête sérieuse, et quatorze hommes ont fini par être inculpés. Treize ont été jugés, huit pour incendie criminel, le reste pour intimidation et ce genre de choses. Ils ont même inculpé Sam Bowers, le Sorcier Impérial. Il a été présenté à quatre reprises au tribunal, mais à chaque fois ça s'est terminé par un vice de procédure. Tout ça s'est produit sur le pas de ma porte, littéralement, et ça a valu au Klan pas mal d'hostilité. L'organisation ne s'est certainement pas fait de nouveaux amis par ici, et elle en a perdu beaucoup d'anciens. À la fin des années soixante, Earl Wade a commencé à être malade, et il ne s'est pas porté suffisamment bien depuis pour prendre part à quoi que ce soit de ce genre.

– Il est malade ? demanda Gaines. Qu'est-ce qu'il a ?

– Je ne sais pas avec certitude, répondit Ross. Peut-être qu'il se fait simplement vieux. J'ai entendu dire qu'il perdait la boule, qu'il devenait sénile, vous savez ?

– Mais Matthias, intervint Holland, lui, c'est un tout autre animal.

– Il est actif au sein du Klan ? demanda Gaines.

– Allez savoir, répondit Ross. Ce n'est plus quelque chose que les gens admettent ouvertement. Dans les années vingt, le Klan comptait dans les quatre ou cinq millions de membres, certains affirment que c'est monté jusqu'à six millions. Ça représentait environ cinq pour cent de la population. Une personne sur vingt se déclarait membre du Klan.

---

1. Association nationale pour la promotion des gens de couleur. (*N.d.T.*)

– Bon, nous savons avec certitude que Matthias était sérieusement opposé à la liaison entre sa sœur et Clifton Regis.

– Et ce Regis est en prison, vous dites ?

– Exact.

– Depuis combien de temps ?

– Dix-sept mois.

– Vous voulez que je me renseigne ? demanda Ross. J'ai encore tout un réseau d'amis et de connaissances dans le milieu judiciaire. À Hattiesburg, Vicksburg, Jackson, Columbus, Tupelo... Je peux trouver qui était sur l'affaire, le juge, les jurés qui ont été sélectionnés, tout un tas de choses.

– Non, répondit Gaines. J'ai déjà assez à faire sans me soucier de savoir si Clifton Regis a été victime d'un coup monté par Matthias Wade. Pour le moment, tout ce qui m'intéresse, c'est la mort de Michael Webster.

– Et de Nancy Denton, dit Holland.

– Non, pas tant que ça, Eddie. Webster a été tué il y a moins d'une semaine, Nancy, il y a vingt ans. Je crois que Matthias Wade a tué Nancy. Je crois qu'il l'a étranglée et a abandonné le corps. Je crois que Michael Webster l'a découverte, et qu'il a fait ce qu'il a fait. Il a gardé son secret pendant vingt ans en croyant à tort qu'elle reviendrait peut-être. C'est pour ça qu'il n'en a jamais rien dit, et je crois que Wade savait qu'il n'en parlerait jamais. S'il avait raconté ce qui s'était passé, non seulement la renaissance aurait été compromise, mais il aurait été emprisonné pour ce qu'il avait fait au corps. Cependant, quand elle a été découverte, tout a changé. Webster était alors libre de parler, puisqu'il était certain qu'elle ne reviendrait pas. Wade savait donc qu'il devait être éliminé, et c'est ce qui s'est passé. Si c'est Webster qui a tué Nancy, la justice ne peut plus rien contre lui. Et si c'est Matthias, le coincer pour le meurtre de Michael Webster me suffira.

– Et vous croyez sincèrement que Della est celle qui vous permettra d'accéder à cette famille ? demanda Ross.

– Je dois bien tenter quelque chose, Nate. Et pour le moment, je ne vois rien de mieux.

– Vous allez à Gulfport demain matin ? demanda Holland.

– Oui.

– Vous voulez que je vous accompagne ? Maryanne me connaît. Elle me fait confiance. Ça la convaincra peut-être de coopérer.

– Oui, je vous en serais très reconnaissant.

– Alors, je serai prêt demain matin.

– Je passerai vous prendre à huit heures.

– Donc, vous n'avez aucune raison de rester boire un verre avec nous, dit Ross. Mais vous serez mieux ici avec de la compagnie que seul chez vous, non ? »

Gaines songea à sa maison froide et vide, à la porte fermée de la chambre de sa mère, à ce qui l'attendait, au fait qu'il allait devoir affronter tout ce qui la rappelait à son souvenir : ses vêtements, ses albums photo, ses affaires personnelles.

« D'accord, fit Gaines. Un verre, quelques parties de poker.

– Ou quelques verres et une partie de poker, rectifia Ross. Ça sonne mieux comme ça. »

49

Gaines ne quitta pas la maison de Ross avant une heure du matin. Sa tête n'avait pas heurté l'oreiller qu'il dormait déjà, et pourtant il se réveilla brusquement un peu plus de cinq heures plus tard. Il ne fit aucun cas de son épuisement extrême ; il y était depuis longtemps habitué. Au Viêtnam, il avait traversé des journées comme un funambule, sans jamais grappiller plus d'une heure ou deux de répit à la fois. Il se doucha, se rasa, s'habilla, prépara du café, puis il se rendit au commissariat. Ni Barbara ni Hagen n'étaient arrivés, et il apprécia le silence et la solitude.

La première chose à laquelle il avait pensé en se réveillant, c'était à l'album photo de Michael Webster, qui se trouvait toujours dans la réserve.

Il alla le récupérer, le porta jusqu'à la réception, s'assit derrière le guichet pour ne pas avoir à se déplacer chaque fois que le téléphone sonnerait, et le feuilleta.

Gaines examina avec soin chaque photo, reconnaissant désormais aussi bien Maryanne Benedict que Matthias Wade sans la moindre hésitation. Et Nancy était là, comme avant, toujours souriante, si pleine de vie. La manière dont elle rayonnait sur ces clichés simples et passés était inexplicable. Maryanne aussi était belle, c'était indéniable, mais au bout de trois ou quatre pages, il repéra une autre fille. Elle semblait un peu plus jeune que cette dernière, et il soupçonna qu'il s'agissait de Della Wade. Elle avait dans les yeux quelque chose qui le faisait penser à Matthias, mais quand lui était plutôt distant, voire froid, la jeune Della bouillonnait de vitalité et de bonheur, un peu comme Nancy. Peut-être l'absence de chaleur apparente de Matthias était-elle due à la présence de Webster, au ressentiment qu'il devait éprouver en constatant à quel point lui et Nancy étaient proches. Son amertume avait dû d'abord être dirigée vers Webster, puis, peut-être, finalement, vers Nancy elle-même. Matthias avait-il tué Nancy pour assouvir quelque chose d'aussi mesquin que du dépit amoureux et de la jalousie ? *Si je ne peux pas l'avoir, tu ne l'auras pas non plus.* Avait-ce été la motivation ? C'était possible. L'amour gangrené par le rejet, et ce sentiment de rejet, alimenté par les pensées inexprimées et les espoirs non réciproques, se transformant en une amertume malsaine. Et finalement, Matthias se serait persuadé que Nancy était idiote, stupide, ignorante, que quiconque lui refusait ce qui lui appartenait de droit n'avait pas sa place sur cette Terre. Ou peut-être ne supportait-il tout simplement plus de voir chaque jour celle qu'il convoitait en vain, et que la seule façon d'y remédier avait été de la faire disparaître.

Mais Della était là, apparaissant maintes et maintes fois sur les dernières photos. Elle ne devait avoir que 10 ou 11 ans. Maryanne et elle avaient-elles été proches ? Son pari paierait-il ? Della serait-elle encore suffisamment attachée à Maryanne pour que cette dernière parvienne à la contacter ?

L'élément essentiel serait peut-être la perspective de retrouvailles éventuelles entre Clifton Regis et Della Wade. Mais tout dépendait de la validité de ce que lui avait dit Regis. Si ça se trouvait, Della Wade était aussi manipulatrice que Matthias semblait l'être, et elle s'était servie de Regis pour échapper aux griffes de la famille Wade. Gaines en doutait, cependant. Il avait perçu quelque chose dans les yeux de Regis, et il avait cru ce qu'il lui avait dit. Et même si ça lui ferait plaisir d'aider Regis et Della dans leur vie personnelle, Gaines espérait beaucoup plus. Il devait établir un contact. Il devait trouver quelque chose qui lui donnerait un avantage sur Matthias Wade.

Pour Gaines, il n'était plus question de loi, mais de justice. C'étaient deux choses très différentes. Gaines n'avait pas la naïveté de croire qu'elles étaient même liées. La justice s'était depuis longtemps enfoncée dans une obscurité relative avec l'avènement des procédures et de la bureaucratie. Bon sang, c'étaient des représentants de la loi qui s'étaient rendus responsables de certaines des horreurs commises par le Klan que Ross et Holland avaient évoquées la veille au soir. Il n'y avait eu aucune justice, alors, et il n'y en aurait pas maintenant – ni pour Nancy, ni pour Judith, ni pour Michael –, si Gaines ne poursuivait pas son enquête par tous les moyens possibles.

Il songea à sa mère. C'était ce qu'elle aurait voulu. Qu'il fasse quelque chose de valable, qu'il fasse preuve de détermination, d'acharnement, qu'il contrôle ses émotions et ce qui se passait autour de lui.

À la guerre, les horreurs étaient prévisibles. Mais à Whytesburg, Mississippi, elles n'avaient pas leur place.

Gaines replaça l'album dans le réduit, et il quitta le commissariat. Il verrouilla la porte derrière lui, prit la route de chez Nate Ross pour y récupérer Eddie Holland, réfléchissant en chemin à la meilleure façon d'aborder Maryanne Benedict et à la tâche qu'il s'apprêtait à lui confier. Si elle refusait, il était de retour à la case départ. Il songea que sa première visite avait dû lui rappeler sa vie d'autrefois, et que le fait de voir cette vie partie en éclats et éparpillée aux quatre vents avait dû la bouleverser au plus haut point. Peut-être voyait-elle désormais en Gaines quelqu'un qui pourrait l'aider à porter le fardeau de sa conscience. Peut-être était-elle désormais motivée par la culpabilité, par le sentiment qu'elle aurait pu aider Michael Webster, qu'elle aurait pu être là pour lui après la disparition de Nancy. Peut-être avait-elle elle aussi été amoureuse de Michael, sans jamais pouvoir lui en faire part, consciente qu'il n'aimait que Nancy. Vivre dans l'ombre de quelqu'un d'autre, c'était comme ne pas vivre. Être perpétuellement comparé à quelqu'un d'autre était la manière la plus cruelle de nier sa propre valeur. Gaines s'aperçut soudain que ses propres choix avaient peut-être été influencés par sa certitude qu'il n'aimerait plus jamais qui que ce soit autant qu'il avait aimé Linda Newman. Peut-être Maryanne Benedict et lui avaient-ils vécu des vies étrangement similaires, jamais impliqués, mais jamais totalement absents, existant quelque part au milieu, dans ces endroits que ni la lumière ni l'obscurité n'atteignaient vraiment jamais. Comme des fantômes de ce qu'ils avaient été, vivants sans l'être vraiment.

Il se rappela une chose que le lieutenant Wilson avait dite un jour : « Passez du temps avec les personnes perdues et déchues, seules et oubliées, celles qui n'ont jamais réussi... C'est là que vous trouverez la véritable humanité. » Ce souvenir lui rappela à son tour les dernières paroles qui avaient franchi les lèvres de Ron Wilson, prononcées dans cette ultime poignée de secondes qui avait séparé le moment où il avait changé ses chaussettes humides et celui où était arrivée la balle qui l'avait tué : *le souvenir des morts est le plus lourd des fardeaux*.

C'était ce fardeau que portait Gaines, et il s'était promis de le porter dignement, de le porter résolument, sans jamais faillir ni se reposer, jusqu'au moment où il pourrait le poser aux pieds de la personne responsable.

Gaines quitta alors la route principale et se dirigea vers la maison de Nate Ross. Il vit Eddie Holland qui l'attendait dans la véranda. Dans moins d'une heure, ils seraient à Gulfport, et Gaines saurait alors si Maryanne Benedict était de son côté, ou si elle avait décidé d'abandonner la partie une bonne fois pour toutes.

50

E n chemin, ils parlèrent. Ou plutôt, c'est Holland qui parla pendant que Gaines écoutait. Il parla de Don Bicklow, de la mère de Gaines, de la femme de Nate Ross et des circonstances de sa mort. Il raconta à Gaines une affaire de meurtre sur laquelle Bicklow et son propre prédécesseur, George Austin, avaient enquêté à la fin de 1958. Ç'avait été le premier véritable meurtre qui était survenu après son affectation dans le comté de Breed.

« J'ai dû rester trois heures avec le cadavre d'une femme gisant sur le sol de sa cuisine. Son cinglé de mari lui avait défoncé le crâne à coups de pied-de-biche, et il prétendait qu'elle était tombée et s'était cogné la tête contre le coin de la gazinière. J'en étais malade, vous savez, mais fallait bien que quelqu'un reste là pendant que les techniciens faisaient leur boulot. Mais bon, même si je me sentais mal, ç'a aussi été l'événement qui m'a vraiment convaincu que j'avais choisi la bonne voie. Ça peut paraître bizarre, mais avant ça je me disais que ce métier, c'était juste un salaire régulier, une pension de retraite, ce qui était mieux que rien, vous voyez ? Mais cette femme morte, le fait que son mari l'avait dézinguée et cherchait à se défiler, eh bien, ça m'a fait penser qu'il devait y avoir un paquet de gens qu'avaient personne pour les défendre, si vous voyez ce que je veux dire. »

Gaines acquiesça, et garda les yeux rivés sur la route. Il ne répondait pas à Holland car il ne voulait pas interrompre son flot de paroles. Le son de sa voix faisait taire le déluge de questions dans sa tête, et ça faisait du bien d'avoir un peu de silence intérieur, pour une fois.

« Donc, ç'a plus ou moins été le moment de vérité pour moi. Je m'étais engagé après la fin de la guerre, un peu comme vous après le Viêtnam. Je sais que Webster était en Asie, mais moi, j'ai servi en Italie. »

Holland se tut.

Gaines le relança : « Vous avez des gosses, n'est-ce pas ? »

Holland pouffa.

« Ils ont beau vieillir, ils restent vos gosses, pas vrai ? Oui, j'en ai. Quatre, mais le plus jeune a lui-même trois filles et une concession Chrysler à Waynesboro... »

Et il entreprit d'énumérer le nom des épouses, le nom des maris, le nom des gamins, à raconter ce qui s'était passé quand ils s'étaient tous retrouvés pour le dernier Thanksgiving. Puis il embraya sur sa femme et la manière dont elle était morte, sur le fait qu'il n'avait jamais pu ne serait-ce qu'envisager de trouver quelqu'un d'autre. Sur ce, Gaines vit le panneau qui indiquait Gulfport, et ils prirent la sortie.

Gaines se souvenait du chemin jusqu'à la maison de Maryanne Benedict, et lorsqu'ils se garèrent devant, il eut la certitude de voir le rideau remuer à une fenêtre de l'étage.

Il était venu ici la veille du jour où sa mère était morte – le samedi 27. Puis il était rentré chez lui, et c'était cette nuit-là, dans la nuit de samedi à dimanche, qu'Alice était partie.

Avant même que Gaines soit descendu de voiture, Maryanne Benedict avait ouvert la porte de sa maison.

Eddie Holland la rejoignit en premier. Il l'étreignit, se retourna tandis que Gaines approchait, et expliqua le but de leur visite.

Maryanne s'avança et serra la main de Gaines.

« Eddie m'a dit pour votre mère, shérif, dit-elle, et je tiens à vous présenter toutes mes condoléances.

– Merci, mademoiselle Benedict. »

Elle lui avait dit de l'appeler Maryanne la première fois qu'il était venu, mais, curieusement, ça ne semblait toujours pas approprié.

« Je vous en prie, entrez », dit-elle.

Elle lâcha la main de Gaines, pénétra de nouveau dans la maison, suivie de Holland puis de Gaines, et les mena jusqu'à la cuisine, où elle les pria de s'asseoir.

La précédente visite de Gaines semblait appartenir à une autre vie. Même la cuisine semblait différente.

Lorsqu'elle eut préparé du café, Maryanne s'assit et regarda franchement Gaines.

« Avant que vous me posiez la question, dit-elle, et bien que je sache que je dois vous aider, je ne suis pas disposée à parler à Matthias. »

Gaines acquiesça.

« Je comprends, et c'est précisément ce que je ne veux pas que vous fassiez. »

Maryanne fronça les sourcils.

« Je voulais vous questionner sur Della, poursuivit-il. La dernière fois que je suis venu, vous avez parlé de Matthias, de Michael, vous m'avez raconté l'incendie à l'usine, la nuit où Nancy a disparu, mais vous n'avez jamais mentionné Della, pas une seule fois. Pour autant que je sache, elle avait environ 10 ans à l'époque, et je me demandais si elle et vous aviez été amies.

– Je n'ai pas non plus mentionné Catherine ou Eugene, répliqua Maryanne. Eugene avait 16 ans, seulement deux de plus que moi, et Catherine avait près de 19 ans. »

Gaines demeura silencieux. Il se contenta de la regarder en attendant qu'elle poursuive.

« Que voulez-vous, shérif Gaines ? » demanda-t-elle.

Il y avait quelque chose dans l'expression de Maryanne. Elle savait qu'il y avait une manipulation en vue, que Gaines comptait lui demander quelque chose qu'il était incapable de faire seul.

Elle ne regardait pas Eddie Holland, bien qu'elle le connût beaucoup mieux que Gaines. Elle était suffisamment maligne pour comprendre que la présence d'Eddie avait pour unique but de faire passer la pilule.

« Mademoiselle Benedict...

– Maryanne.

– OK, Maryanne. J'ai une lettre d'un certain Clifton Regis. C'est un homme de couleur avec qui Della Wade a eu une liaison il y a quelque temps. Ils étaient ensemble à La Nouvelle-Orléans, et Matthias n'a pas apprécié que sa petite sœur fricote avec un musicien noir. À en croire Regis, Della avait prévu de s'enfuir avec lui. Elle s'était procuré dix mille dollars et les lui avait donnés. Matthias a envoyé quelqu'un pour récupérer l'argent, et cette personne en a profité pour couper deux doigts à Regis. Puis Matthias a ramené Della à la maison de famille, et pour autant que je sache, c'est là-bas qu'elle vit depuis.

– Et où est ce Clifton Regis, maintenant ? demanda Maryanne.

– À Parchman Farm.

– Et c'est Matthias qui l'a envoyé là-bas parce qu'il avait pris son argent ?

– Non, il est incarcéré pour un cambriolage qu'il est censé avoir commis.

– *Censé* avoir commis ? »

Gaines haussa les épaules. Il était évident à sa réaction qu'il pensait que Wade était mêlé, directement ou indirectement, à l'incarcération de Regis, et ça n'avait pas besoin d'être dit.

Maryanne demeura un moment silencieuse. Elle regarda alors Holland, qui tendit le bras et referma la main sur la sienne.

« Della est folle, déclara-t-elle finalement. Della Wade a toujours été folle et elle le sera probablement toujours. Quand elle avait 6 ans, elle a versé de l'eau de javel dans un bassin et tué tous les poissons. À 8 ans, elle a mis le feu aux cheveux d'une autre fillette. Avoir affaire à Della, c'est comme traverser un pont de corde au milieu d'une tempête. Vous avancez à pas prudents, et très lentement.

– Vous la connaissiez quand elle était enfant ?

– Évidemment que je la connaissais. Elle était là avec les autres Wade. Catherine était toujours dans les parages pour garder un œil sur elle et Eugene, mais l'impression que j'avais à l'époque était très différente de celle que j'ai maintenant, qui est principalement influencée par les choses que j'ai entendues au fil des années. À l'époque, elle ne semblait pas vraiment différente des autres. Elle était turbulente, certes, mais nous l'étions tous à son âge. Après la mort de sa mère, je ne sais pas vraiment qui s'est occupé d'elle, mais d'après ce que vous dites, on dirait que c'est Matthias qui gère désormais ses affaires.

– J'ai parlé à Regis, hier, expliqua Gaines, et il n'a jamais dit qu'elle était folle. Il a parlé d'elle avec une incroyable tendresse, et j'ai réellement eu l'impression qu'ils étaient très amoureux l'un de l'autre et qu'ils comptaient aller s'installer ailleurs et vivre ensemble.

– Je dis folle, mais ce n'est peut-être pas le terme exact. Imprévisible, volage, débordante d'énergie, mais un peu survoltée et incontrôlable. Et puis tout à coup, des accès de dépression, des changements soudains dans son attitude et sa personnalité.

– Schizophrène ?

– Je ne sais pas comment on appelle ça, et ce n'est pas le nom qui compte. Elle avait de brusques sautes d'humeur, et on ne savait jamais à quoi s'attendre. Parfois, c'était la fillette la plus douce qu'on pouvait espérer rencontrer, et d'autres fois, c'était une vilaine petite peste colérique et grossière.

– Est-ce que les Wade ont consulté un psychiatre ou quelque chose ? »

Maryanne secoua la tête.

« Ça m'étonnerait. Ce n'est pas ainsi que les riches s'occupent de leurs rejetons à problèmes, n'est-ce pas, Eddie ? »

Celui-ci sourit.

« Non, ils les enferment à la cave et les gardent au secret.

– Ça salit le nom de la famille d'avoir un cinglé dans les rangs, reprit Maryanne. La réputation est tout, du moins en tant que façade, à défaut de l'être en réalité. C'est superficiel, mais c'est comme ça dans la région. L'unique autre manière pour les Wade de gérer Della aurait été de la faire interner quelque part à cent kilomètres d'ici, et Lillian Wade n'aurait jamais autorisé ça. Pour Lillian, la famille passait avant tout le reste. On ne trahissait pas les membres de sa famille, quoi qu'ils aient pu faire.

– Vous connaissiez Lillian?

– Évidemment, répondit Maryanne. Lillian était une femme formidable. Elle adorait ses enfants, elle leur donnait tout ce qu'elle pouvait.

– Mais elle était alcoolique, non? L'alcool l'a tuée.

– Je ne sais pas quoi vous dire, shérif. Je ne connais pas les détails. Pendant la très brève période où j'ai fréquenté les Wade, durant ces quelques années entre la fin de la guerre et la disparition de Nancy, j'étais heureuse. Nancy, Matthias, Michael et moi, et à la périphérie de ce petit univers il y avait Eugene, Catherine et Della. Parfois, ils étaient là, mais la plupart du temps ils vivaient leur vie de leur côté. Ils n'ont jamais vraiment fait partie de notre groupe, vous savez? Non qu'ils en aient été exclus, mais ils ne s'intégraient pas vraiment dans notre monde. On voyait Lillian chez elle, et elle me parlait toujours comme à une adulte. Elle me demandait mon opinion sur des sujets divers. Elle voulait toujours savoir ce que je pensais de ceci ou cela. Je me souviens qu'une fois, elle a engagé une longue conversation avec moi sur le fait que Harry Truman était le nouveau président et qu'il y avait désormais une majorité démocrate dans les deux chambres du Congrès. C'était en 1948. J'avais 8 ans. Elle disait que je devais comprendre ce genre de choses, et que j'étais bien assez grande pour avoir ma propre opinion.

– Que pensaient vos parents de votre amitié avec les Wade? »

Maryanne fronça les sourcils.

« Pourquoi me demandez-vous ça ?

– Simple curiosité, répondit Gaines. Si ça vous gêne d'en parler, je vous prie de m'excuser.

– Non, ça ne me gêne pas. Ça m'étonne juste un peu, vu que ça n'a aucun rapport avec votre présence ici. Ce que mes parents en pensaient ? Ma mère estimait que les Wade et les Benedict venaient de mondes différents, et qu'idéalement ces mondes auraient dû rester distincts. Mon père était plutôt du genre brute silencieuse, et s'il n'abordait pas un sujet, on n'en parlait pas. Mes parents n'étaient pas exactement égaux dans leur relation, si vous voyez ce que je veux dire.

– Sont-ils encore en vie ?

– Non, répondit Maryanne. Mon père est mort en 1965, ma mère en 1968.

– Et vous n'avez ni frère ni sœur ? »

Maryanne fronça de nouveau les sourcils.

« Non, je suis fille unique. » Elle secoua la tête, lança un regard de biais en direction d'Eddie Holland. « Que voulez-vous, shérif ? Pourquoi toutes ces questions personnelles ?

– Je vous prie de m'excuser, dit Gaines. C'est simplement que ça m'intéresse. C'est ma nature d'être curieux.

– C'est aussi votre métier, répliqua Maryanne. Je commence à avoir le sentiment que c'est sur moi que vous enquêtez.

– Non, pas du tout, et telle n'était pas mon intention, déclara Gaines. Je suis désolé de vous avoir donné cette impression. C'est juste que j'ai tellement de préoccupations, il y a tellement d'aspects à cette affaire, et les réponses sont si rares...

– Que quand vous tombez sur quelqu'un qui répond à vos questions, vous ne pouvez plus vous arrêter, c'est ça ? »

Gaines sourit.

« Peut-être, dit-il. Peut-être quelque chose comme ça.

– OK, eh bien, revenons-en au sujet du jour. Vous ne m'avez toujours pas expliqué ce que vous voulez.

– Bon, pour comprendre ce que je veux, vous devez d'abord comprendre ce que je crois qui s'est produit. Et alors, en gardant ça à l'esprit, vous pourrez décider si vous êtes ou non disposée à m'aider.

– C'est un mot dangereux, shérif Gaines.

– Lequel ?

– Aider. C'est un mot lourd de sens, et vous le savez. Vous essayez d'en appeler à mon côté généreux, en supposant, naturellement, que j'en aie un.

– Je le crois, Maryanne.

– Et qu'est-ce qui vous donne cette impression, shérif ?

– Le fait que vous ayez ouvert votre porte ce matin avant même que nous ayons sonné. Je crois que vous voulez nous aider, et peut-être pas uniquement pour Nancy, mais aussi pour Michael.

– Et puis, il y a la question de la vengeance, dont, pour être honnête, j'avais toujours espéré ne jamais éprouver le besoin, mais dans ce cas précis, je ferai peut-être une exception.

– La vengeance ?

– Si Matthias Wade a étranglé Nancy Denton, si Matthias Wade a décapité Michael Webster et fait brûler son cadavre chez lui, alors j'irai faire la queue de bonne heure pour assister à sa condamnation, shérif Gaines.

– Vous serez juste derrière moi dans la file, Maryanne », dit Gaines.

Maryanne Benedict regarda Eddie Holland, lui fit un signe de tête pour signifier qu'elle était reconnaissante de sa présence silencieuse et réconfortante, puis elle se tourna de nouveau vers Gaines.

« Alors, dites-moi ce que vous avez en tête », dit-elle en se penchant en avant.

51

« **I**l y a quelque chose de si désespérément triste dans tout ça, dit Maryanne Benedict en relevant les yeux après avoir lu la lettre de Clifton Regis. Comment a-t-il rencontré Della ?

– Par l'intermédiaire d'Eugene. Clifton était musicien à La Nouvelle-Orléans.

– Et Matthias lui a coupé les doigts ?

– Pas Matthias, une personne qui agissait sous ses ordres.

– Est-ce qu'il sait qui est cette personne ?

– Non. »

Maryanne soupira.

« Vous savez, depuis que vous êtes venu il y a une semaine, j'ai beaucoup pensé à Mathias. J'ai essayé de me rappeler les choses que nous nous sommes dites, les moments où j'avais l'impression qu'il tenait à moi, et j'ai du mal. C'est étrange, mais c'est comme si ma perception de ce qui s'est passé à l'époque avait totalement changé.

– Comment ça ? demanda Holland, peut-être juste histoire de se sentir inclus dans la conversation.

– J'étais l'amie de Nancy. C'est elle que j'ai connue en premier, et après nous avons rencontré Matthias. Il était évident que Matthias était amoureux de Nancy, mais Michael est arrivé et Nancy est tombée folle amoureuse de lui. Certes, Matthias était gentil avec moi et, à première vue, il nous traitait toutes les deux de la même manière, mais je crois qu'il avait simplement accepté ma présence. S'il voulait être avec Nancy, alors il fallait qu'il soit avec moi. Je crois que s'il n'y avait pas eu Nancy, Matthias ne m'aurait jamais fréquentée.

– Il n'a de toute évidence fait aucun effort pour entrer en contact avec vous depuis, n'est-ce pas?

– Non, répondit Maryanne, pas réellement. Mais bon, il a perdu sa mère en 1952, et j'imagine que perdre Nancy si peu de temps après n'a fait qu'accentuer son chagrin... »

Maryanne s'interrompit alors et secoua lentement la tête.

« À moins qu'il n'ait éprouvé aucun chagrin pour Nancy.

– Parce que c'est lui qui l'a tuée, dit Holland.

– Et il savait que rien ne prouvait qu'il était mêlé à la mort de Nancy, ajouta Gaines. Il y a autre chose que vous devez savoir, ajouta-t-il, à propos de ce que Michael a fait à Nancy, et de ses mobiles. »

Il y eut un moment de silence, puis Gaines répéta précisément ce que Regis lui avait dit, expliquant le geste de Michael Webster de façon si prosaïque qu'il semblait presque logique.

Maryanne soupira.

« Donc, il a fait ça par amour, dit-elle. Il a fait ça par amour, et il n'en a jamais parlé, pas même quand vous l'avez découverte.

– C'est ce qu'on dirait, répondit Gaines. Personne n'en a rien su jusqu'à ce que son corps soit découvert. Matthias n'avait pas à se soucier de Michael. Mais quand elle a été retrouvée, il a dû se débarrasser de lui, juste pour s'assurer qu'il ne dirait rien qui pourrait le compromettre. Je crois qu'il est possible que la personne qui est allée voir Clifton et lui a coupé les doigts soit aussi celle qui a tué Michael.

– Donc, je m'arrange pour transmettre cette lettre à Della, dit Maryanne, en espérant qu'elle ne la montrera pas à Michael, et après?

– Eh bien, si elle est vraiment amoureuse de Clifton Regis, elle acceptera peut-être de me parler.

– Parce que se débarrasser de Matthias lui permettrait de retrouver Clifton.

– Oui, convint Gaines.

– Vos enquêtes pour meurtre sont-elles toujours aussi shakes-peariennes, shérif ?

– Je dois avouer que les enquêtes pour meurtre sont très rares, Dieu merci.

– Désolée, je ne voulais pas paraître désinvolte, dit Maryanne. Je comprends bien l'importance de ce que vous me demandez, mais je dois être franche avec vous. Premièrement, je crois que votre plan est très fragile. Deuxièmement, et c'est le plus impor-tant, je crois que vous n'avez aucune idée de la personnalité de Della. Je ne puis qu'imaginer à quoi ressemble sa relation avec Matthias. Si elle est sous son contrôle et son influence depuis un an et demi, il est fort possible que je ne puisse même pas l'atteindre, et si j'y parviens, alors la première chose qu'elle fera sera de lui montrer cette lettre. Si Matthias a en effet envoyé quelqu'un à La Nouvelle-Orléans pour couper les doigts de Clifton Regis sous prétexte qu'il avait une liaison avec sa sœur, que croyez-vous qu'il fera s'il apprend que Regis compte bien la récupérer ?

– Je crois que Clifton aurait un accident mortel, déclara Gaines.

– Est-il conscient de cette éventualité ?

– Clifton Regis n'est pas bête. Et si ce qu'il dit n'est pas vrai, alors c'est un sacré menteur.

– Vous vous croyez si psychologue que ça ? demanda Maryanne.

– Je pense avoir une bonne intuition avec les gens, oui. Et aujourd'hui, je suis dans une position ou soit je me fie à mon intuition, soit j'accepte le fait que cette affaire ne sera jamais résolue.

– Et vous ne pourriez pas vous y résoudre ?

– Non, Maryanne, je ne pourrais pas.

– Eh bien, shérif, je pense moi aussi avoir une bonne intui-tion, et c'est pour ça que j'ai ouvert ma porte ce matin, pour ça que j'ai demandé à Eddie de venir me voir. Depuis que nous

nous sommes parlé, je me sens de plus en plus responsable, et faire quelque chose pour Nancy est presque devenu un besoin.

– Et je vous en suis très reconnaissant, dit Gaines, parce que, en ce moment, j'ai l'impression d'être le seul que ça intéresse.

– Et Matthias Wade? demanda-t-elle. Que vous dit votre intuition sur lui?

– Qu'il a fait quelque chose de terrible il y a vingt ans, qu'il vit depuis avec un sentiment de culpabilité, et que ça l'a rendu manipulateur et cruel. Je crois qu'il a tué Webster, qu'il a envoyé quelqu'un couper les doigts de Regis, et qu'il a enterré la tête de Michael Webster derrière ma maison pour me donner un avertissement et pour me faire peur afin que j'abandonne mon enquête.

– C'est atroce, dit Maryanne. Absolument atroce. À quel genre de personne avons-nous affaire?

– À un homme très dangereux, répondit Gaines, et c'est pourquoi j'ai besoin que vous analysiez la situation à tête reposée et que vous vous demandiez si vous êtes prête ou non à courir les risques qu'entraînerait votre implication.

– Je n'ai pas le choix, shérif Gaines.

– Bien sûr que si, Maryanne », intervint Holland.

Elle esquissa un infime sourire et secoua la tête.

« Non, Eddie. Vous me connaissez suffisamment pour comprendre pourquoi je n'ai pas le choix. J'ai passé les vingt dernières années à essayer d'oublier ce qui est arrivé à la meilleure amie que j'aie jamais eue, et maintenant j'ai l'opportunité de... »

Maryanne s'interrompit. Ses yeux étaient bordés de larmes. Elle porta les mains à son visage. Sa poitrine se soulevait et s'abaissait tandis qu'elle réprimait ses sanglots.

Eddie l'attira à lui et la prit dans ses bras.

John Gaines resta silencieux, se sentant aussi vide qu'une coquille.

52

Confier la lettre à Maryanne Benedict semblait à la fois totalement irresponsable mais également la seule option qui restait à Gaines.

Eddie Holland et lui parlèrent à peine pendant le trajet du retour. Il était près de midi lorsqu'ils regagnèrent Whytesburg, et Gaines déposa Eddie chez Nate Ross avant de prendre le chemin du commissariat.

Victor Powell était passé en son absence et avait discuté avec Hagen des cadavres de Nancy, Judith et Michael.

« Ils ne peuvent de toute évidence pas rester là-bas éternellement, expliqua Hagen, mais je lui ai dit que tant que l'enquête n'était pas achevée, il n'y aurait aucune chance d'organiser des funérailles ni rien.

– Et qu'est-ce qu'il a répondu?

– Qu'il les emmènerait à la morgue de Biloxi. Il a dit qu'ils étaient mieux équipés là-bas pour une conservation à long terme. »

Gaines soupira.

« Réjouissant, hein? Mieux équipés pour une conservation à long terme. Voilà à quoi nous en sommes réduits. »

Hagen ne sut que répondre, et Gaines le laissa planté là et s'enfonça dans le couloir en direction de son bureau.

Une fois à l'intérieur, il referma la porte, s'assit, et ôta ses bottes.

Maryanne Benedict n'était pas sûre de la stratégie à adopter pour entrer en contact avec Della Wade. Quand il lui avait demandé si elle avait des idées, elle avait simplement répondu : « Je ne sais pas, shérif. Vous allez devoir me faire confiance et me laisser trouver un moyen. » Gaines avait voulu ajouter quelque chose, mais Eddie Holland s'en était mêlé. « C'est bon, John. Laissez-la faire. Laissez Maryanne se débrouiller seule. » Alors Gaines avait laissé tomber.

Et ils étaient repartis.

Devant la maison, sur le perron, il y avait eu un moment bizarre. Holland avait déjà regagné la voiture et était en train de monter du côté passager quand Maryanne avait tendu la main et touché le bras de Gaines. Il s'était retourné et avait remarqué qu'elle était étrangement près de lui.

« Parfois, il est plus simple de croire au hasard, avait-elle déclaré, de croire que les choses se produisent sans raison particulière. » Elle regardait Gaines dans les yeux, comme si elle essayait de lire ses pensées. « Mais je sais que ce n'est pas vrai, avait-elle poursuivi. Je sais qu'il y a une raison à chaque chose, et que même les coïncidences ne sont pas vraiment des coïncidences. »

Gaines n'avait rien répondu, mais il l'avait regardée avec des yeux interrogateurs, comme une demande silencieuse de clarification.

« Je trouve simplement étrange que vous soyez la personne qui essaie de découvrir qui a tué ma meilleure amie, mais que vous arriviez vingt ans trop tard. Pas vous ?

– Je ne crois pas arriver trop tard, avait répondu Gaines.

– Trop tard pour que le coupable subisse les conséquences légitimes de son acte, shérif. Si Matthias Wade a étranglé Nancy, alors il aurait dû être pendu il y a deux décennies. Mais non, il a vécu une vie des plus agréables, avec toujours assez d'argent, sans jamais manquer de rien...

– Sauf de la seule chose qu'il voulait réellement.

– L'amour de Nancy Denton.

– Et il a vécu tout ce temps en sachant qu'il avait lui-même anéanti tout espoir de l'obtenir un jour. »

Maryanne avait souri d'un air contrit.

« Nancy vous aurait apprécié », avait-elle dit, presque comme si elle ne s'adressait à personne en particulier. Puis elle avait de nouveau regardé Gaines, avec une expression chaleureuse qu'il ne lui avait pas vue avant. « Oui, avait-elle ajouté. Nancy vous aurait beaucoup apprécié. »

Gaines avait hésité. Il voulait entendre ce qu'elle dirait ensuite. Il voulait lui demander pourquoi Nancy l'aurait apprécié, ou si c'était simplement pour Maryanne une façon de lui faire savoir qu'elle-même l'aimait bien.

Peut-être voulait-il voir s'il aurait le courage de dire lui-même quelque chose, de lui avouer que parler avec elle semblait être la seule chose dans toute cette folie qui le faisait se sentir encore réellement humain.

Mais il n'avait rien dit, et elle non plus, et sans un mot de plus Maryanne avait refermé la porte derrière lui.

Gaines était resté immobile. Il sentait qu'elle était là, de l'autre côté de la porte, qu'elle ne s'était pas encore éloignée.

Il entendait son propre cœur, avait l'impression d'être un adolescent. Puis il avait souri de sa bêtise et marché vers la voiture.

Mais ce que Maryanne Benedict pensait de lui n'était pas le sujet pour le moment. Ça n'avait rien à voir avec la situation qui l'occupait, et même si elle pensait à lui, ça ne ferait que le distraire et compliquer les choses. Il utilisait Maryanne Benedict pour qu'elle transmette un message. C'était tout – ni plus ni moins. Soit elle réussirait, soit elle échouerait, et la résolution de son enquête dépendait – du moins à ce stade – uniquement du résultat de cette démarche, en apparence si simple et pourtant potentiellement si lourde de conséquences. Gaines n'avait aucun doute quant à l'influence que Matthias Wade et son père pourraient avoir lors de la prochaine élection du shérif de Whytesburg. S'il s'en prenait à Matthias Wade sciemment et de façon flagrante, Gaines se retrouverait sans boulot. Et alors il serait hors de question de rester ici. Il serait forcé d'abandonner la maison de sa mère et de quitter non seulement le comté, mais peut-être aussi l'État. Pour retourner en Louisiane ? Ou alors pour partir vers l'ouest et s'arrêter quand il aurait trouvé un endroit qui lui conviendrait ? Gaines était certain que Wade était directement impliqué dans la mort de Michael Webster, et s'il était capable de ça, alors il était peut-être aussi capable de tuer Gaines. Mais il ne le ferait que s'il avait conscience de ce qui se passait en coulisses. Il ne fallait donc pas qu'il soit au courant pour la lettre. S'il apprenait son existence, alors non seulement Regis serait dans sa ligne de mire, mais Maryanne aussi.

Gaines s'imagina le pire scénario – deux cadavres de plus, Clifton Regis et Maryanne Benedict, et ces cadavres seraient directement imputables à sa gestion de l'enquête. Ce qui ferait monter le total à cinq : un cadavre vingt ans plus tôt, et les quatre autres à quelques jours d'intervalle. Un observateur extérieur et objectif – toujours le point de vue le plus impitoyable pour juger des décisions prises et des actions menées sous la pression – noterait que son manquement à obtenir un mandat de perquisition avait empêché de prolonger la détention de Webster. Et que si Webster était resté en cellule, il serait peut-être toujours en vie. Et que si Judith n'avait pas appris sa libération, elle ne se serait peut-être pas suicidée. Comme l'avait dit Kidd, Gaines avait laissé ses émotions prendre le dessus. Pour un homme si méthodique, si déterminé à organiser sa vie de sorte à éviter ce genre de complications, il avait bien merdé. Certes, il avait des circonstances atténuantes – sa mère était morte, et il était soumis à une grosse pression émotionnelle –, mais s'il ne se sentait pas en mesure d'accomplir son devoir, pourquoi n'avait-il pas pris un peu de repos et confié l'affaire à son adjoint Richard Hagen ? Pourquoi, shérif Gaines ? Comment vous êtes-vous débrouillé pour que la situation échappe autant à votre contrôle ? Sa responsabilité dans ces deux décès était indéniable, et même s'il savait qu'il ressasserait indéfiniment ces événements dans sa tête, même s'il savait qu'il se poserait des questions sans réponses, il savait aussi qu'il n'y avait pas de retour en arrière possible. C'était fait. Il s'était retrouvé pris dans cette histoire, il s'était laissé déstabiliser, perturber, moyennant quoi il avait pris les mauvaises décisions. Son manque de professionnalisme était impardonnable, et même s'il savait que d'autres le jugeraient peut-être moins sévèrement, lui ne se pardonnerait jamais.

Gaines se leva et marcha jusqu'à la fenêtre. Il réfléchissait comme un crétin. Il était en train de fournir les arguments à sa propre accusation.

Le véritable problème était qu'il ne voyait aucun autre moyen d'aborder l'obstacle. À qui s'adresserait-il s'il ne parvenait pas à atteindre Della ? À Eugene ? Eugene ne vivait plus dans la maison familiale depuis une éternité. Savait-il quelque chose qui pourrait incriminer son frère ? Avait-il le désir ardent de voir Matthias compromis ? Ou bien l'aînée des deux sœurs, Catherine. Accepterait-elle de l'aider ?

De quelque côté qu'il se tournât, Gaines se sentait coincé. Était-il possible que Wade n'ait jamais à rendre de comptes pour ce qu'il avait fait ? Bien sûr que oui. C'était la différence fondamentale entre la justice et la loi. La culpabilité ne garantissait pas le châtiment. Le système judiciaire avait créé ses propres subtilités machiavéliques, par instinct de conservation, afin de protéger son exclusivité, mais ce faisant il avait atteint un tel niveau de complexité, avait créé de telles failles, que même les pires êtres humains pouvaient repartir libres, en toute légalité, au vu et au su de tous, chaque pas les rapprochant un peu plus d'une récidive éventuelle. C'était un point de vue cynique, mais réaliste.

En définitive, seuls ceux qui travaillaient au sein des tribunaux bénéficiaient des tribunaux. Le plus souvent, les personnes qui avaient le plus besoin de justice, celles dont la vie et le gagne-pain en dépendaient, étaient celles qui y avaient le moins droit.

C'était un triste état de fait, mais inutile de se flageller pour ça. Personne ne pouvait rien y faire, et tant que la société n'aurait pas été démolie et reconstruite sur des fondations honnêtes, le système ne changerait pas. La corruption et la tromperie étaient désormais implicitement inhérentes à la culture. Alors, jusqu'où irait-il ? Le cas échéant, si toutes les autres options avaient été épuisées et qu'il n'avait pas assez de preuves pour garantir une arrestation, Gaines ferait-il lui-même justice ? Pourrait-il aller chez les Wade et tirer une balle dans la tête de Matthias ? Pourrait-il envoyer sa bagnole dans le décor ? Ou bien l'intercepter, le faire descendre de voiture, déclencher une bagarre, l'abattre, puis laisser un pistolet sur les lieux pour faire croire que Wade l'avait menacé en premier ? Ça s'était vu, et ça se verrait encore. Gaines avait déjà tué, de loin comme de près. Dans un contexte de guerre, certes, mais ne s'agissait-il pas ici d'une sorte de guerre ? L'argent et l'influence offraient-ils toujours l'impunité ? Peut-être, mais ça ne signifiait pas que c'était acceptable.

Et si Gaines laissait tomber, s'il décidait qu'un meurtre vieux de vingt ans faisait simplement partie de l'histoire oubliée et oubliable de cette ville, et que Michael Webster – putain de cinglé qu'il était – ne valait pas la peine qu'on se préoccupe de lui, alors qu'est-ce que ça dirait de Gaines ? Qu'est-ce que ça dirait de lui en tant qu'agent de police, qu'homme, qu'être humain ? Ça dirait qu'il n'était rien. Qu'il était moins que rien. Ça dirait qu'aucune cause ne valait qu'on se batte pour elle, que rien ne méritait d'être protégé, que le caractère sacré de la vie n'était pas intangible, qu'il y avait des gens qui pouvaient être rayés de la surface de la Terre sans que quiconque en ait quoi que ce soit à foutre. Gaines voulait-il laisser ça comme héritage, comme reflet de ce qu'il était ? Était-ce l'exemple que lui avait donné son père ? Non, son père avait donné sa vie pour son pays. Pour la liberté, pour le droit d'être libre de l'oppression et de la tyrannie, le même genre d'oppression et de tyrannie que celles qu'on lui avait fait croire qu'il combattait en Asie du Sud-Est.

Si on laissait les questions morales et politiques de côté, il avait fait la guerre pour les mêmes raisons que son père. Et ne s'agissait-il pas encore ici du même combat, mais sur un champ de bataille plus réduit ?

Quiconque avait tué Nancy Denton et Michael Webster – qu'il s'agisse d'une ou de deux personnes – était l'ennemi. C'était la simple vérité. La plus simple de toutes les vérités. C'était pour ça qu'il était là. Il pensait que Maryanne prenait les choses à cœur, de même qu'Eddie Holland et Nate Ross, mais pour le moment, il était le seul à avoir la moindre autorité d'un point de vue légal. Et ils prenaient les choses à cœur pour des raisons différentes. Les gens n'étaient pas naturellement courageux. En règle générale, le courage trouvait sa source dans le désespoir ou l'absence de choix. Vous fonciez quand vous ne pouviez plus reculer. Acculé, vous vous battiez jusqu'au bout. Mais si une échappatoire se présentait, un moyen de tenir un jour de plus, alors la vaste majorité des gens la saisissaient sans hésitation. Ce n'était pas de la lâcheté, mais le simple besoin fondamental de survivre, et pas seulement pour soi, mais aussi pour ceux qui avaient besoin de vous.

Sans Gaines, ils étaient – chacun d'entre eux, quels que soient leurs motivations personnelles ou leur besoin de justice – impuissants.

Il retourna à son bureau. Non, il n'avait plus le choix. C'était tout ou rien. Qu'il n'y ait qu'un seul coupable ou un groupe de personnes agissant de concert, la vérité serait révélée au grand jour.

Il se rappela les photos d'Anna-Louise Mayhew et de Dorothy McCormick. 10 et 12 ans respectivement, leur vie arrachée brutalement, transformées en cadavres dérisoires pour assouvir une pulsion effroyable et perverse. Matthias avait-il aussi fait ça ? Gaines avait-il vraiment affaire à ce genre de personnage ?

Si tel était le cas, quoi qu'il fasse désormais, il le ferait aussi pour ces gamines.

53

Gaines se réveilla dès que le téléphone se mit à sonner. Il sortit maladroitement du lit, perdit l'équilibre et se cogna le genou contre la commode. Lorsqu'il atteignit le téléphone, il pensait arriver trop tard, mais de toute évidence la personne qui cherchait à le joindre n'avait aucune intention de raccrocher.

« Elles sont toutes les deux ici, annonça Eddie Holland. Chez Nate.

– Quoi ? Je vous demande pardon ?

– Réveillez-vous, John. Habillez-vous et amenez-vous. Maryanne et Della sont ici. En ce moment même.

– De quoi ?

– Je vous attends dans cinq minutes », ajouta Eddie, et il raccrocha.

Gaines regarda l'horloge. Il était huit heures moins vingt. Il n'avait pas entendu le réveil sonner à sept heures, ou alors il s'était réveillé, l'avait éteint, et ne s'en souvenait plus.

Et alors il repensa au coup de fil et comprit ce qu'Eddie Holland venait de lui dire.

Dans son incrédulité, il se demanda s'il ne rêvait pas, si en retournant dans sa chambre il ne se découvrirait pas tapi dans les broussailles, une fois de plus caché, traquant quelqu'un, poursuivi par un ennemi.

Mais non, il ne rêvait pas, et il saisit soudain l'importance de ce qu'il venait d'entendre. Il s'habilla et quitta la maison à toute vitesse, atteignit la maison de Ross cinq minutes plus tard, et à son arrivée découvrit Nate Ross sur le perron avec sur le visage une mine soucieuse.

« Bon sang, dans quel merdier vous vous êtes foutu ? lui demanda Ross.

– Eddie vient de m'appeler à propos de Della Wade, répondit Gaines. Elle est encore ici ?

– Il y a Maryanne Benedict. Il y a Della Wade. Il y a une lettre qu'elle n'arrête pas de lire à haute voix. Et j'ai sur les bras un putain de mélodrame du Sud digne de Tennessee Williams. »

Gaines passa devant Ross et franchit la porte-écran. Une fois à l'intérieur, il entendit des voix en provenance de la cuisine. Il s'y rendit, découvrit Della Wade adossée à la porte de derrière avec la lettre dans sa main, Maryanne Benedict debout près de la gazinière, et Eddie Holland assis à la table.

« Vous êtes John Gaines », déclara Della.

Elle s'écarta de la porte, par la vitre de laquelle la lumière pénétrait dans la pièce, et ses traits devinrent plus nets.

Il y avait dans ses yeux un éclat féroce qui intimida Gaines, une mauvaise humeur délibérée et déconcertante. Elle était menue, mesurait aux alentours d'un mètre soixante, mais semblait occuper toute la pièce. Elle portait un jean, un chemisier en coton tout simple, un blouson en cuir, et ses cheveux châtains, relevés sur sa tête un peu à la manière de la *Gibson Girl*[1], étaient attachés par un ruban noir. Gaines savait qu'elle avait 31 ans, mais elle paraissait moins, peut-être 26 ou 27 ans. Sa peau était claire et dénuée d'imperfections, ses fossettes étaient hautes, presque trop prononcées, ce qui avait pourtant pour effet d'accentuer la taille et la forme de ses yeux. Et ce sont ces yeux qui troublèrent Gaines, qui le firent se sentir acculé, comme s'il allait devoir s'éclipser un moment et refaire son entrée plus lentement, plus respectueusement, peut-être. Ce

---

1. Personnage créé par l'illustrateur Charles Dana Gibson, qui était la représentation de l'idéal féminin américain au tournant du XXᵉ siècle. La *Gibson Girl* est considérée comme l'ancêtre de la pin-up. (*N.d.T.*)

n'était pas la folle à laquelle il s'était attendu. Ce n'était pas la jeune femme farouche et timorée qu'il avait imaginée, la jeune femme sous l'emprise de son frère à qui on disait quoi faire, où aller, comment se comporter. C'était une femme sûre d'elle qui arborait naturellement le genre de beauté qui faisait regretter aux maris que leur femme ne soit pas six pieds sous terre.

« Oui, répondit finalement Gaines. C'est moi.

– Et vous avez rapporté cette lettre et l'avez confiée à Maryanne ?

– Oui.

– Et vous êtes allé voir Clifton Regis ?

– Oui, je suis allé le voir. »

Della fit un nouveau pas en avant. Elle semblait farouchement sur la défensive.

« Pourquoi ? »

Gaines regarda Maryanne, puis Eddie, puis se tourna vers Nate Ross tandis que celui-ci les rejoignait dans la cuisine.

« C'est à vous que je pose la question, shérif, pas à eux. Pourquoi êtes-vous allé voir Clifton ? »

Gaines ne voulait pas mentir, mais il devait dire quelque chose – n'importe quoi – pour dissiper l'énorme tension dans la pièce.

« Parce que je crois fermement à l'amour, mademoiselle Wade, et quand j'ai appris ce qui s'était passé, il fallait que je fasse quelque chose.

– Est-ce que c'est censé être drôle ? Est-ce que c'est censé me faire voir votre initiative d'un meilleur œil ?

– Quelle initiative ? suggéra Gaines.

– Vous êtes allé voir Clifton Regis, l'homme que j'aime. Vous lui avez demandé de m'écrire une lettre que vous avez donnée à Maryanne Benedict. Elle a téléphoné chez moi, et, Dieu merci, mon frère n'était pas là...

– Je savais qu'il n'était pas là avant d'appeler, Della, intervint Maryanne.

– Reste à l'écart de tout ça, Maryanne, sérieusement ! » lança sèchement Della.

Elle fit un nouveau pas en direction de Gaines, leva la lettre.

« Vous savez ce qui serait arrivé à Clifton si Matthias avait trouvé ça ? Vous savez ce que Matthias a fait à Clifton ?

– Il lui a coupé les doigts, répondit Gaines.

– Coupé les doigts et expédié à Parchman Farm pour cinq ans. C'est dire combien il ne veut pas me voir avec Clifton. Et vous, dans une sorte de tentative aveugle et maladroite de découvrir ce qui est arrivé à une fille qui est morte depuis vingt ans, vous mettez en danger tout ce vers quoi je travaille.

– Je suis désolé, mademoiselle Wade. Ce n'était pas mon intention.

– Que voulez-vous que je vous dise ? Vous croyez que vos excuses me suffiront ? Vous croyez que je serai moins furax après vous ? Je ne crois pas que vous compreniez de quoi je parle...

– Comme j'ai dit, mademoiselle Wade, je vous prie de m'excuser, mais vous devez savoir que c'était une démarche réfléchie de ma part. Je suis allé voir Clifton pour pouvoir entrer en contact avec vous.

– Entrer en contact avec moi ? Qu'est-ce que vous me chantez ? J'habite à une poignée de kilomètres d'ici. Vous avez parcouru près de cinq cents kilomètres pour voir Clifton et lui demander de m'écrire une lettre, vous avez utilisé Maryanne comme messagère, et vous n'avez jamais songé à décrocher le téléphone et me passer un coup de fil ?

– Je ne pensais pas que vous accepteriez de me parler.

– Pourquoi ?

– À cause de votre frère, mademoiselle Wade.

– Mon frère ? Qu'est-ce qu'il a à voir avec le fait que je parle ou non au shérif du comté ?

– Parce que alors il aurait su que j'enquêtais sur une piste qui l'impliquait... »

Della Wade ouvrit la bouche pour parler, puis se retint.

« Je vous demande pardon ? dit-elle.

– Je ne voulais pas qu'il sache que j'enquêtais sur lui.

– Enquêter sur lui à quel sujet ? Pour ce qu'il a fait à Clifton ?

– Non, mademoiselle Wade, pour les meurtres de Nancy Denton et de Michael Webster. »

Della Wade fronça les sourcils, la tête inclinée sur le côté, puis elle sembla hésiter. Elle regarda Maryanne, Eddie Holland, essaya de sourire, prévoyant que l'une des personnes présentes sourirait avec elle, éclaterait de rire, révélant ainsi qu'il s'agissait d'une plaisanterie surréaliste.

Mais personne ne sourit ni ne rit, et les joues de Della Wade blêmirent, l'intensité de son regard s'estompa. Elle fit deux ou trois pas en avant et s'affala mollement sur l'une des chaises de cuisine.

« Oh », fit-elle doucement.

Elle regarda Gaines, qui s'assit face à elle. Ils restèrent un moment à se regarder sans rien dire. Puis Della Wade brisa le silence :

« Vous croyez que mon frère a tué Nancy ?

– Oui, mademoiselle Wade, en effet.

– Et qui est cette autre personne ?

– Michael Webster. »

Della se tourna vers Maryanne.

« Michael ? demanda-t-elle. *Le* Michael ? Le Michael de Nancy ? »

Maryanne acquiesça.

« Il est mort ? demanda Della.

– Oui, répondit Gaines. Vous ne le saviez pas ? »

Della secoua la tête.

« Non, comment je le saurais ?

– Vous ne lisez pas les journaux ?

– Non, je ne lis pas les journaux, dit-elle. Depuis des années.

– Eh bien, oui, Michael est mort. Il a été retrouvé dans les ruines de son logement calciné, décapité.

– Je vous demande pardon ?

– Décapité, mademoiselle Wade... Sa tête et sa main gauche avaient été coupées.

– C'est absurde. C'est... »

Sa voix s'estompa. Elle écarquilla ses yeux en direction de Maryanne, resta un moment sans rien dire, puis se tourna de nouveau vers Gaines.

« Et vous croyez que c'est Matthias qui a fait ça ?

– Disons simplement qu'il est sur ma liste de suspects.

– Mais Nancy Denton ? Nancy Denton a fait une fugue, n'est-ce pas ? »

Une fois encore, Della se tourna vers Maryanne, comme si c'était la seule personne à qui elle faisait suffisamment confiance pour confirmer ou infirmer ce qu'on lui disait. Celle-ci se contenta de soutenir le regard de Della sans dire un mot.

« Non, mademoiselle Wade, reprit Gaines. Nancy n'a pas fait une fugue. Vous ne saviez pas que nous l'avions retrouvée ? »

Della semblait totalement abasourdie.

Gaines eut une intense impression de déjà-vu. Il se rappelait la conversation qu'il avait eue avec Maryanne Benedict la première fois qu'il lui avait rendu visite, avant la mort de sa mère.

Il jeta un coup d'œil à Maryanne. Celle-ci secoua la tête. Elle n'avait rien dit à Della concernant Nancy ou Michael. Elle avait laissé Gaines s'en charger.

Tout fonctionnait en cercle. La vie, la mort, et tout ce qu'il y avait au milieu.

« Vous l'avez retrouvée ? Où ? Quand ?

– Le matin du mercredi 24, il y a onze jours.

– Comment ? Qu'est-ce qui s'est passé ?

– Il y a eu un orage très violent qui a endommagé le bord de la rivière, et nous l'avons trouvée enterrée là. Nous pouvons supposer qu'elle y était depuis le soir de sa disparition. »

Gaines vit Della Wade se décomposer. Des choses dont elle pensait qu'elles ne la concernaient en aucune manière semblaient désormais trop proches d'elle, et elle cherchait désespérément non seulement à assimiler ce qui se passait, mais aussi à le resituer dans un contexte. Gaines aurait aisément pu lui dire qu'aucun contexte ne permettait de justifier ce genre de chose, mais il supposa qu'elle en avait déjà pleinement conscience.

« Et elle a été assassinée ? demanda Della.

– Étranglée, répondit Gaines.

– Par Matthias ?

– C'est ce que je crois.

– Et Michael aussi a été assassiné ? Pourquoi ? Pourquoi Matthias aurait-il tué Michael ?

– Pour l'empêcher de raconter ce qui s'est passé le soir de la mort de Nancy. »

Della secoua la tête.

« Ça n'a aucun sens, absolument aucun sens. Nancy a disparu il y a vingt ans. Michael Webster aurait eu deux décennies pour dire ce qu'il savait à qui il voulait.

– Michael s'était promis de ne rien dire.

– Mais pourquoi ? Quelle raison pouvait-il avoir de ne pas raconter ce qui s'était passé ?

– Parce qu'il était lui aussi impliqué, répondit Gaines.

– Dans la mort de Nancy ? Non, impossible. Michael était amoureux d'elle. Même moi, je le voyais. Je n'étais qu'une enfant et pourtant je le voyais. »

Elle se tourna vers Maryanne.

« N'est-ce pas ? Michael et Nancy étaient amoureux l'un de l'autre, et il ne lui aurait jamais fait de mal. Dis-le-lui, Maryanne.

– Il ne lui a pas fait de mal, dit Gaines. Il a fait quelque chose en croyant que ça l'aiderait, et c'est précisément pour ça qu'il ne pouvait rien dire. Mais quand elle a été retrouvée, il a compris que ce qu'il avait fait n'avait pas fonctionné et ne fonctionnerait jamais. C'est pour ça qu'il devait être réduit au silence.

– Je n'y comprends rien. Ça n'a aucun sens. Qu'êtes-vous en train de dire ? Qu'est-ce qu'il lui a fait ? Qu'est-ce que Michael a fait à Nancy ? »

Gaines marqua une pause. Il attendit que les yeux de Della soient fermement fixés sur les siens, puis il répondit :

« Il a essayé de la ramener de parmi les morts, mademoiselle Wade. Michael Webster a essayé de ramener Nancy Denton de parmi les morts. »

Della Wade sourit alors, et elle se mit à rire, mais elle s'arrêta net lorsqu'elle s'aperçut que personne ne riait avec elle.

Elle regarda John Gaines dans l'attente d'explications supplémentaires.

Gaines ne dit rien.

54

Maryanne Benedict enlaçait les épaules de Della Wade tandis que celle-ci pleurait. Elle ne pleura que quelques instants, puis sembla se reprendre avec un aplomb surprenant. Comme si elle refusait de montrer sa vulnérabilité aux personnes présentes dans la cuisine de Nate Ross.

« Dites-moi tout, demanda-t-elle. Dites-moi tout ce que vous savez sur Nancy et Michael. »

Gaines s'exécuta. Il lui raconta l'enchaînement des événements depuis la découverte du corps de Nancy jusqu'à cette réunion dans la cuisine de Nate Ross.

Et lorsqu'il eut fini, il se renfonça sur sa chaise et regarda Della qui tentait d'assimiler toutes ces informations.

À deux ou trois reprises, des questions semblèrent lui brûler les lèvres, mais elles s'évanouirent tandis qu'elle considérait un autre aspect de ce qu'elle venait d'entendre. Finalement, alors que plusieurs minutes s'étaient écoulées, elle posa la seule question qu'il y avait à poser, la seule question qui avait réellement de l'importance et du sens.

« Et vous n'avez pas la moindre preuve, n'est-ce pas ? Rien qui relie directement Matthias à tout ça ? Qu'il s'agisse de la mort de Nancy ou de celle de Michael ?

– Non, mademoiselle Wade, je n'en ai pas, répondit Gaines.

– Alors, sur quoi vous fondez-vous ? Sur votre intuition ?

– Peut-être.

– Peut-être ?

– Sur mon intuition, oui, mais aussi sur le fait que Matthias aimait Nancy sans pouvoir l'avoir, le fait qu'il était avec elle le soir de sa disparition, le fait qu'il a payé la caution de Michael et qu'il a été la dernière personne vue en sa compagnie, le fait qu'il a envoyé quelqu'un pour terroriser Clifton et lui couper les doigts, juste pour vous empêcher de le voir, et même le fait que...

– Assez, coupa Della. Ça suffit.

– Vous avez raison, mademoiselle Wade. Tout cela ne repose que sur des présomptions ou des coïncidences, et non, je n'ai rien que je puisse prouver, mais parfois une intuition est plus forte que tout le reste.

– Et vous pensiez que, à cause de ce qui s'est passé avec Clifton, je serais disposée à vous aider à compromettre mon frère et à prouver que c'est un assassin ?

– Mademoiselle Wade, je ne suis pas certain que ce soit un assassin.

– Mais c'est ce que vous croyez.

– Je le considère comme un candidat plus que probable.

– Bon sang, fit-elle d'une voix qui était presque un murmure. C'est un cauchemar, un putain de cauchemar.

– Je comprends. »

Elle leva soudainement les yeux.

« Ah oui ? Avez-vous la moindre idée de ce que ça fait de s'entendre dire que son frère est un assassin, qu'il a tué quelqu'un il y a vingt ans, une gamine innocente – pour l'amour de Dieu ! –, et qu'il a vécu avec ça pendant deux décennies ? »

Gaines secoua la tête.

« Non. Je n'en ai aucune idée. »

Della soupira.

« Je vous en veux, shérif Gaines. J'en veux à Maryanne. Je vous en veux d'être allé voir Clifton. Clifton sait que je l'aime assez pour attendre le temps qu'il faudra. Dès qu'il sortira, nous partirons pour de bon. Et nous partirons si loin et si vite que

Matthias ne s'en rendra même pas compte avant qu'il soit trop tard pour y changer quoi que ce soit. Mais Matthias n'est pas le seul à nous mettre des bâtons dans les roues. Une fille blanche et un homme de couleur ne peuvent pas avoir une liaison ici. Ce n'est pas possible. C'est juste comme ça. On aurait dû être plus malins. Plus prudents. Je dois endosser la responsabilité de ce qui s'est passé, puisque c'est moi qui lui ai donné l'argent. C'était un acte stupide et impulsif, et nous avons appris une dure leçon. Mais je suis patiente, je peux attendre, et alors Clifton et moi dirons adieu à cette partie du monde, et nous ne reviendrons jamais. Je veux cependant que vous sachiez que si Matthias avait vu cette lettre, Clifton serait mort. Vous comprenez ?

– Oui, répondit Gaines.

– Et il vous a demandé de lui transmettre ma réponse ?

– Oui.

– Eh bien, si vous retournez là-bas, dites-lui que rien n'a changé, que tout est comme avant. Mais c'est vous qui le lui dites, shérif Gaines. Personne d'autre. Vous ne faites pas passer le message. Vous ne passez pas par un intermédiaire. Et si vous ne pouvez pas y retourner, alors ne faites rien. C'est clair ?

– Oui. Absolument.

– Très bien », dit Della.

Elle se tourna vers Nate Ross.

« Qu'avez-vous comme remontant, dans cette maison ?

– J'ai du bon bourbon, répondit Ross.

– Eh bien, j'en ai besoin. J'ai besoin d'une bonne rasade dans une tasse de café. »

Elle tira un paquet de cigarettes de sa poche de blouson et en alluma une.

« Alors, comment allait Clifton ? demanda-t-elle.

– Il avait bonne mine, répondit Gaines, vu les circonstances.

– Vous savez qu'il est musicien, n'est-ce pas ? Vous savez que je l'ai rencontré par l'intermédiaire d'Eugene ?

– Oui, il me l'a dit. »

Della fuma un moment. Ross lui apporta son café arrangé. Elle en but la moitié, adressa un signe de tête à Ross, qui ajouta un peu plus de bourbon.

« OK, OK, OK, dit-elle comme si elle se parlait à elle-même. Ce n'est pas ce que vous croyez, shérif Gaines. Il ne s'agit pas simplement de débarquer à la maison et d'accuser mon frère de meurtre en espérant qu'il perdra ses moyens et avouera.

– Je le comprends bien, mademoiselle Wade.

– Alors, qu'est-ce que vous croyez que je vais pouvoir faire ?

– Eh bien, le simple fait que vous n'ayez pas pris sa défense bec et ongles me dit quelque chose.

– Quoi, exactement ? Qu'est-ce que ça vous dit ?

– Ça me dit que vous pensez qu'il a pu le faire, qu'un tel acte n'est pas inenvisageable de sa part. »

Elle esquissa un sourire moqueur.

« Mon frère est un homme aux visages multiples, shérif. Ceux qui le connaissent ne le connaissent pas vraiment, et ceux qui ne le connaissent pas en savent plus qu'ils ne le croient. Qui il est et ce qu'il veut paraître aux yeux du monde sont deux choses totalement différentes. »

Elle hésita un moment. Gaines ne dit rien, son silence constituant le meilleur encouragement.

« Il veut que tout le monde croie qu'il est le maître de son petit monde. Il gère les affaires de mon père, ou du moins il fait semblant. Il se montre de temps à autre dans les usines, dans les raffineries. Il dit aux gens quoi faire. Ils écoutent, ils acquiescent, et dès qu'il est reparti, ils recommencent à faire ce qu'ils faisaient avant qu'il arrive. Il le sait, ils le savent, c'est un arrangement tacite. Ça fonctionne des deux côtés. Ils font tourner les sociétés et les affaires, et lui empoche le salaire de directeur.

– Et votre père ?

– Mon père quoi ?

– Il ne dirige plus ses sociétés ?

– Mon père a 76 ans, shérif Gaines. Il est retiré des affaires depuis au moins cinq ans. Après sa maladie...

– Sa maladie ?

– Il a été malade, gravement malade. Au début, j'ai cru que c'était un problème cardiaque, mais non. Il paraît que c'était une maladie nerveuse, quelque chose qui s'était détérioré dans son cerveau, mais il n'avait pas les bons symptômes. Personne ne semblait savoir ce qui clochait, et pourtant ça ne faisait qu'empirer, puis ça s'est stabilisé. Il a atteint un certain stade il y a un an ou un an et demi, et son état ne semble pas avoir empiré depuis.

– Et comment va-t-il ? Quels effets a la maladie sur lui ?

– Des effets considérables, shérif. Il a changé du tout au tout. Il a des éclairs de lucidité, mais ils sont rares. Les moments où je suis avec mon père, enfin, vraiment avec lui, sont peu nombreux et espacés dans le temps. Une heure ou deux par semaine, si j'ai de la chance. Il est ailleurs. Il ne se souvient pas des choses les plus simples, et pourtant il se rappelle les détails précis de quelque événement survenu il y a cinquante ans comme si c'était hier. Il divague ; il raconte infiniment des choses sans queue ni tête, puis il peut passer toute une journée sans rien dire.

– A-t-il conscience de ce qui s'est passé entre vous et Clifton ?

– Shérif, parfois il ne sait même pas qui je suis, et pourtant je vis sous le même toit que lui.

– Et s'il avait su pour vous et Clifton, qu'est-ce qu'il aurait dit ?

– Vous voulez dire, est-ce qu'il m'aurait laissé sortir avec un homme de couleur ?

– Oui.

– La réponse est non. Enfin, je crois qu'il aurait tout fait pour me décourager, mais si j'avais résisté – et croyez-moi, c'est ce que j'aurais fait –, il aurait finalement cédé. Il ne m'aurait pas autorisée à rester à la maison, mais il ne m'aurait ni reniée ni déshéritée.

– Et il n'aurait pas menacé Clifton, il ne l'aurait pas expédié à Parchman ? »

Della eut un sourire contrit.

« Quoi qu'il ait pu être dit au sujet de mon père, il n'a jamais été mauvais. C'était un homme d'affaires. Il était dur, agressif, mais il n'était pas cruel. »

Gaines regarda Ross, Holland, Maryanne, comme s'il recherchait un soutien silencieux, et Della s'en aperçut immédiatement.

« Quoi ? demanda-t-elle.

– Il y a une question que je veux vous poser, mais je ne veux pas vous vexer...

– Est-ce que j'ai l'air du genre de personne qui se vexe quand on lui pose une question, shérif ? »

Gaines soupira et secoua la tête.

« Je ne sais pas quel genre de personne vous êtes, mademoiselle Wade.

– Eh bien, posez-moi votre question, et si on doit en venir aux mains, vous avez trois personnes pour me retenir.

– Votre père... ses convictions politiques, ses allégeances, si je puis dire...

– Posez votre question, shérif. La politesse est une bonne chose, mais la franchise est plus utile à long terme.

– Appartient-il au Klan ? demanda Gaines. C'est assez franc pour vous ? »

Della haussa les épaules.

« Eh bien, au moins je sais ce que vous me demandez, maintenant.

– Et ?

– Politiquement, oui, personnellement, non. Mais bon, un tel équilibre est difficile à maintenir dans la région, si vous voyez ce que je veux dire.

– Expliquez-vous.

– Il n'y a rien à expliquer, shérif. Vous me comprenez parfaitement. C'est bien joli de dire que vous êtes membre du club, mais ça ne suffit pas. De temps en temps, vous devez faire quelque chose pour le prouver, sinon les autres commencent à s'agiter et à douter. Le Klan est sur le déclin. Il renaîtra peut-être, mais ceux qui sont là à l'ouvrir, à exprimer leur opinion et ainsi de suite, sont de plus en plus rares à mesure que le temps passe. Ce n'est plus vraiment à la mode, de nos jours, même ici, et si vous êtes de cette tendance, alors on s'attend à ce que vous gardiez votre opinion pour vous, juste histoire de sauver les apparences, vous voyez ? C'est une épée à double tranchant, surtout dans le milieu des affaires. Vous devez dire une chose à certaines personnes, et une autre à d'autres.

– Mais votre père est retiré des affaires depuis quelque temps, exact ?

– Exact, donc c'est un problème auquel il n'est plus confronté.

– Et Matthias ?

– Je crois que vous savez où vont les sympathies de Matthias.

– Mais est-ce que ça va plus loin que les intérêts de sa famille ? Est-il raciste uniquement quand sa sœur a une liaison avec un homme de couleur, ou est-ce valable pour tout le monde ?

– Si vous me demandez s'il sort tard le soir avec une taie d'oreiller sur la tête, alors non, il ne le fait pas. Ce qu'il fait de son argent, qui il soutient, à qui il parle, à qui il est fidèle, je n'en sais rien. Vous devez comprendre que mon frère et moi n'avons pas une relation des plus amicales depuis un bon moment.

– Alors, pourquoi restez-vous chez lui ?

– Vous avez vu la maison ?

– Oui, répondit Gaines. Pas l'intérieur, mais j'y suis passé très brièvement pour parler à votre frère, il y a quelque temps.

– Vous pourriez perdre une famille entière dans cette maison. Je peux passer des journées sans le voir. Ça me convient d'y rester pour le moment.

– Pour des raisons financières ? »

Della sembla passagèrement embarrassée, comme si elle était prise au dépourvu.

« Je ne vois pas ce que... » Elle hésita, se retourna pour lancer un coup d'œil à Maryanne qui se tenait en silence près de la porte de derrière. Puis elle poussa un gros soupir, peut-être d'exaspération. « Pour des raisons financières, oui.

– Si votre père était mentalement plus cohérent, croyez-vous que vous pourriez lui expliquer votre situation et qu'il vous aiderait ?

– Je ne voudrais pas l'ennuyer avec ces problèmes, shérif. Je ne voudrais pas le placer au milieu d'un conflit qui oppose Matthias et moi.

– N'êtes-vous pas en mesure de vous dégager financièrement de Matthias ? Est-ce impossible ? »

Della sourit.

« Le XXᵉ siècle est peut-être bien avancé, shérif, mais certaines choses obéissent toujours à la tradition. Je n'ai absolument aucun contrôle sur le moindre aspect de la fortune familiale. Au cas où mon père mourrait, tout tomberait entre les mains de Matthias. C'est ce que mon père veut, et c'est comme ça que ça se passera. Peut-être est-ce surprenant, mais bon, mon père a toujours été un homme surprenant. Et si l'on tient compte du fait qu'il n'est plus capable de gérer sa fortune, c'est comme s'il était déjà mort, du moins du point de vue de ses affaires. »

Della souleva sa tasse de café et la vida d'un trait. Elle la tendit vers Ross.

« Même chose, barman.

– Je crois que je vais me joindre à vous, dit Ross. D'autres amateurs ? »

Maryanne et Gaines acceptèrent du café, refusèrent le bourbon. Holland voulut les deux.

« Alors, à quoi ressemble votre vie ? demanda Gaines.

– La vie est une longue attente, pour le moment, répondit Della. Attente que mon père meure, attente que Clifton soit relâché, attente d'une révélation qui me permettra de gérer ce bazar mieux que je ne le fais pour le moment.

– Vous voulez de l'aide ?

– Vous croyez pouvoir m'aider ?

– Je crois que nous pouvons nous aider mutuellement.

– Sérieusement ?

– Doutez-vous de mes intentions ? demanda Gaines.

– Je ne sais rien de vos intentions, shérif Gaines. Je comprends que vous essayez de faire quelque chose, et je note que vous avez fait l'effort d'aller à Parchman pour voir Clifton, même si c'était imprudent, mais je ne connais pas votre plan à long terme.

– Il est très simple, mademoiselle Wade. Je veux découvrir si votre frère est responsable de la mort de Nancy Denton et de Michael Webster, et s'il l'est, je veux le voir inculpé, jugé, enfermé, et condamné comme il convient.

– Est-ce qu'on pend les meurtriers de nos jours, ou est-ce qu'on les fait frire ?

– Ni l'un ni l'autre. La peine capitale a été suspendue par la Cour suprême.

– Je l'ignorais. Alors ce serait une condamnation à perpétuité ?

– Oui.

– À Parchman ? Ce serait ironique.

– En effet. »

Della se tut. Elle sirota son café. Lorsqu'elle l'eut fini, elle avait dû boire l'équivalent de deux ou trois petits verres de bourbon. Peut-être que c'était la routine pour elle. Peut-être que c'était comme ça qu'elle arrondissait les angles de son existence compliquée.

Gaines l'observait. Il y avait de la tristesse en elle, ça ne faisait aucun doute, une tristesse profondément enracinée, enterrée sous la bonne contenance qu'elle affichait face au monde. Il n'enviait pas la vie qu'elle menait, et il savait que tout l'argent des Wade, présent ou à venir, ne changerait rien au fait qu'elle se sentait désespérément seule sans Clifton Regis.

« Ne détestez-vous pas Matthias pour ce qu'il a fait ? demanda Gaines.

– Le détester ? Non, shérif, je ne le déteste pas. Ça ne sert à rien de le détester. À quoi bon ? Qu'est-ce que ça résoudrait d'en arriver là ? Non, je ne le déteste pas. Je ne lui fais pas confiance, et je n'ai affaire à lui que pour des questions totalement superficielles. Je sais qui il est et comment il peut se comporter, et il lui est parfois arrivé de faire preuve d'une générosité et d'une gentillesse immenses, mais c'est comme s'il était en guerre avec lui-même. Il croit devoir se comporter d'une certaine manière pour survivre, ce qui le rend arrogant et égocentrique, mais je ne crois pas qu'il le soit réellement. La difficulté, c'est qu'il se comporte ainsi depuis si longtemps que plus personne ne sait vraiment qui il est. »

Gaines acquiesça. Il avait encore une question à poser à Della, mais il ne voulait pas l'inciter à prendre la défense de son frère. Il savait qu'elle le sentait – à son expression, à son attitude, ou alors à la tension croissante dans la pièce. D'ailleurs, tout le monde semblait le sentir. Della transperça Gaines d'un regard dur et lui demanda de but en blanc :

« Ce n'est pas tout, n'est-ce pas ? Il y a autre chose ? »

Gaines ne répondit pas immédiatement. Il commença à expliquer, à tourner autour du pot, mais elle l'interrompit.

« Posez-moi votre question, shérif. Je ne peux pas promettre que j'aurai la réponse, ni même que j'accepterai d'y répondre, mais je suis assez grande pour l'entendre.

– Janvier 1968, dit Gaines. Morgan City, en Louisiane. Deux fillettes ont été assassinées...

– Je m'en souviens, dit Della.

– À l'époque...

– À l'époque, il y a eu beaucoup de questions. Certaines concernaient Matthias, mais rien n'a été avéré. Il n'y avait aucune preuve pour relier Matthias à ce qui est arrivé à ces fillettes.

– De la même manière qu'il n'y a aucune preuve pour relier Matthias à Nancy ou à Michael.

– Vous croyez sincèrement que Matthias a pu tuer ces gamines ?

– Je ne sais pas, mademoiselle Wade. Je connais Matthias encore moins bien que je vous connais. »

Della resta une bonne minute, peut-être deux, sans parler. Ça sembla durer une éternité, et l'atmosphère dans la cuisine était telle que personne n'osait bouger ou respirer. Pire encore, personne n'osait réfléchir.

Finalement, elle détourna les yeux en direction de Maryanne, sans toutefois la regarder réellement, puis se tourna de nouveau vers Gaines et secoua la tête.

« Je n'ai rien à dire, déclara-t-elle. Je ne veux pas penser que mon frère serait capable d'une telle chose. Je le connais, et je ne crois pas qu'il soit le genre d'homme à commettre un tel acte. Mais bon, je ne le croyais pas non plus capable de faire ce qu'il a fait à Clifton. Je pense cependant que ce qu'il a fait à Clifton était motivé par la jalousie, pas par le racisme ni la haine, mais par la jalousie.

– La jalousie ?

– Il était jaloux de notre amour, shérif. Jaloux de ne pas avoir la même chose, de ne pas le trouver, de savoir qu'il ne le trouverait probablement jamais. Il était jaloux de Michael et de Nancy, évidemment, et il a pu l'être suffisamment pour prendre Nancy à Michael. Je ne sais pas, et je ne dis pas que je ne *veux* pas savoir, mais je dis que je ne veux pas croire qu'il ait fait ça. C'est naturel, non ? D'avoir une aussi bonne opinion que possible des gens ? De les croire bons, gentils, honnêtes ? Même s'ils ne le sont pas, et je ne me fais aucune illusion à ce sujet. Je peux accepter ce qu'il a fait à Clifton. Je peux accepter ce qu'il m'a fait à moi. Je peux comprendre pourquoi il pense devoir être ainsi pour pouvoir vivre, mais j'ai beaucoup de mal à le croire capable de telles horreurs. Je suis censée l'aimer. C'est mon frère. Et je l'aime, même si je ne sais pas pourquoi. Peut-être que ce n'est pas vraiment de l'amour, mais je me suis convaincue que je l'aimais parce que c'est censé être ainsi. On n'est pas censé détester sa famille. Les liens du sang sont plus forts que tout et ainsi de suite. Mais là, c'est le sang de quelqu'un d'autre, n'est-ce pas ? Le sang de plusieurs personnes. Alors, qu'est-ce qu'on fait ? Qu'est-ce qu'on est supposé dire ? Qu'est-ce qu'on est supposé ressentir ? »

Elle releva les yeux vers Gaines.

« Vous ne savez pas, et je sais que vous ne pouvez pas répondre à cette question, alors pas la peine d'essayer. »

Elle se tourna vers Ross.

« Nate, allez me rechercher à boire, et oubliez le café cette fois-ci. »

Ross lui rapporta du bourbon, le versa dans un verre tandis qu'elle allumait une nouvelle cigarette.

Gaines se pencha en avant. Il sourit du mieux qu'il put, comme s'il voulait lui faire comprendre qu'il était venu ici sans parti pris ni préjugé, sans idée préconçue ni motif caché.

« Ma mère est morte, dit-il. Il y a tout juste une semaine... »

Della ouvrit la bouche, peut-être pour exprimer ses condoléances.

Gaines leva la main, et elle se tut.

« Elle était malade depuis longtemps. Je savais qu'elle allait mourir. Je le savais depuis longtemps. Mais je n'y étais pas préparé, et je ne crois pas qu'on puisse jamais l'être. Mon père est mort au front, en Europe, et je ne l'ai jamais connu, du coup, je n'éprouve pas grand-chose. Quand on n'a jamais eu une chose, elle ne peut pas nous manquer, pas vrai ? Ce que j'essaie de dire, mademoiselle Wade, c'est que je ne peux pas imaginer ce que vous ressentez. Je ne vais même pas essayer de l'imaginer. Mais de temps à autre, on se retrouve dans une situation terrible, une situation si dévastatrice et accablante qu'on ne peut la replacer dans aucun contexte, et on y fait face comme on peut. On dit que ce qui ne nous tue pas nous rend plus fort, mais c'est faux. Peut-être ces choses ne nous tuent-elles pas physiquement ou émotionnellement, mais elles peuvent nous tuer mentalement, voire spirituellement. Je ne sais pas ce qui est réellement arrivé à Nancy Denton et à Michael Webster, tout comme je ne sais pas ce qui est arrivé à Dorothy McCormick et à Anna-Louise Mayhew en 1968. Mais ce que je sais, c'est que quelqu'un les a tués, et je crois que ces personnes ne méritaient pas plus d'être tuées que Clifton ne méritait d'avoir les doigts coupés sous prétexte qu'il vous aime...

– N'essayez pas de me faire du chantage, shérif Gaines. N'essayez pas de rendre ça plus personnel que ça ne l'est déjà...

– Della, je ne crois pas que ça pourrait être plus personnel. Nous parlons de la vie de personnes. Ce n'est pas un scénario de film où tout s'arrangera et sera joliment ficelé à la fin. C'est une atrocité, une atrocité bien réelle, et je me retrouve en plein milieu, et vous aussi. Peut-être que vous vous en sortirez, peut-être que Clifton s'en sortira, peut-être que Nate, Eddie, Maryanne et moi nous en sortirons et en verrons le bout, mais peut-être pas. Nancy ne s'en est pas sortie. Certes, c'était il y a vingt ans, et nous pourrions faire comme si de rien n'était. Mais Michael a été tué il y a une semaine, et ça, c'est sacrément proche, pour ce qui me concerne. C'est sacrément trop proche. Et même si je ne le connaissais pas, même s'il a commis un acte répréhensible il y a toutes ces années, je ne crois pas qu'il méritait ce qui lui est arrivé. Car s'il était complice de la mort de Nancy Denton, alors sa sentence aurait dû être légale et équitable. Ce qui lui a été fait ne valait pas mieux que choper un pauvre type de couleur et le lyncher. Qui que vous fréquentiez, qui que vous sembliez être, quelles que soient votre couleur, votre religion ou vos opinions politiques... ces choses ne font pas de vous un coupable. Vous le savez, et moi aussi. Ce qui détermine la culpabilité, ce sont les indices, les aveux, les preuves, et je parle de vraies preuves, celles qui peuvent être démontrées et validées par des hommes raisonnables, des hommes qui n'ont rien à gagner, aucun intérêt personnel. »

Gaines marqua une pause. Il sentait la passion lui brûler la poitrine, ses mains tremblaient, sa voix tremblotait.

« Bon, je ne sais pas pour vous, Della, mais j'ai l'intention de découvrir ce qui s'est passé ici et ce qui s'est passé à Morgan City il y a six ans. Je veux savoir qui a tué Nancy Denton, et je veux savoir qui a coupé la tête à Michael Webster et l'a enterrée dans un champ derrière ma maison. Mon désir de découvrir la vérité ne diminuera pas avec le temps, Della, et je ne partirai pas. Je suis ici, et j'y resterai aussi longtemps qu'il le faudra, je continuerai de creuser et de chercher et de poser des questions jusqu'à ce que j'aie ce que je veux, ou jusqu'à ce que quelqu'un me tue et enterre ma tête quelque part. C'est la simple vérité, et vous pouvez m'aider ou non. Vous n'êtes pas obligée, et je ne vous ferai pas de chantage. Vous pouvez dire oui ou non. Vous pouvez rester, ou vous pouvez partir. Vous ne me devez rien, mais vous devez penser à votre famille. Je sais que je vous demande beaucoup, et je sais que vous impliquer dans cette enquête vous fait courir un risque énorme, mais pour le moment je n'ai pas d'autre option. Si vous refusez, eh bien, je trouverai un autre moyen...

– Taisez-vous, shérif. Juste une seconde, taisez-vous, OK ? »

Gaines acquiesça, se pencha en arrière, continua de la regarder droit dans les yeux.

« OK, dit-elle finalement. Si je disais que j'étais disposée à vous aider, que voudriez-vous que je fasse ? »

55

L a matinée touchait à sa fin. Les nuages diffusaient une lumière poisseuse, et l'air semblait assez épais pour être mâché. Les sons étaient étouffés, le chant des geais bleus et des engoulevents s'estompant à moins de quinze centimètres de leur gorge.

Gaines se tenait sur les marches de derrière, regardant en direction de l'endroit où avaient été enterrées la tête et la main de Michael Webster. Là-bas, au bout du champ, à quelques centimètres sous la surface, il y avait du sang, de la cire, des cheveux, et allez savoir quoi d'autre. Et plus loin, vers l'horizon – au-delà de la clôture en fer barbelé et des pins à encens, des cyprès, des verges d'or et des sauges bleues, au milieu des toiles de kudzu, parmi les nids des cardinaux rouges et des moqueurs roux, les sons des grenouilles et des écureuils, au milieu des empreintes des cerfs de Virginie –, il y avait autre chose. Des fantômes, peut-être. Quelque chose d'étrange et de puissant, une facette de l'horreur qu'il ne comprenait pas. Pas encore.

Qu'aurait-il pu demander d'autre à Della ?

Qu'aurait-il pu dire en plus de ce qui avait déjà été dit ?

Mettre bout à bout les événements récents, tenter d'en tirer un sens, c'était un peu comme reconstruire un rêve déjà oublié.

Là-bas, dans la cuisine de Nate Ross, Della Wade avait pour ainsi dire proposé de l'aider.

Que voudriez-vous que je fasse ?

Voilà ce qu'elle lui avait demandé.

Que voudriez-vous que je fasse ?

Il l'avait regardée un moment avant de répondre simplement :
« Aidez-moi à découvrir la vérité, Della. Aidez-moi juste à
découvrir la vérité.

– Et comment suis-je censée m'y prendre ?

– Trouvez un moyen de le faire parler. Je ne sais pas. Je n'ai
pas eu le temps d'y réfléchir, d'élaborer le moindre plan. Je ne
m'attendais pas à vous parler si vite et à vous dire la vérité.
Je m'attendais presque à ne jamais vous rencontrer.

– Parce que vous me preniez pour une folle qui vivait dans
cette grande baraque et qui ne faisait rien sans l'accord de
son frère.

– Peut-être, oui », avait convenu Gaines avec un sourire.

Il se rappela alors son visage, la façon qu'elle avait eue de
le regarder.

Malgré les révélations, malgré son horreur face à ce qu'elle
avait entendu, malgré le fardeau qui devait peser sur ses épaules,
Della Wade avait semblé relativement calme, mesurée, capable
d'assimiler ce qui se passait autour d'elle et de faire avec. Mais
maintenant qu'elle avait soudain la responsabilité d'assister
Gaines dans son enquête, elle semblait fragile et effrayée. Pas
pour elle-même. Ce n'était pas du tout ça. Elle avait peur de
faire faux bond à Gaines, et, partant, à Nancy, à Michael, aux
filles de Morgan City. Et aussi à Clifton Regis.

« Je ne sais pas quoi vous dire, poursuivit Gaines. Je ne peux
pas accéder à votre maison. Je ne peux pas chercher d'indices.
Je ne peux pas poser de questions à Matthias sans courir le
risque qu'il cherche à se protéger encore plus. Mais vous, au
moins, vous pourriez fouiner. Vous pourriez voir s'il y a quelque
chose qui le relierait à la mort de Michael Webster, juste
quelque chose qui démontrerait que Matthias est directement
impliqué dans les événements récents.

– Simplement parce que vous voulez qu'il soit accusé de
quelque chose, hein ? Quelque chose qui vous permettra
de l'envoyer derrière les barreaux.

– La loi est la loi, Della. S'il a tué Michael, alors il passera le restant de ses jours en prison. »

Elle ferma les yeux, inspira profondément à plusieurs reprises comme si elle essayait de conserver son équilibre, de ne pas imploser et disparaître, puis elle secoua lentement la tête.

Quand elle rouvrit les yeux, ils étaient pleins de larmes qui s'étaient accumulées sous ses paupières, puis qui se mirent à couler.

Nate Ross s'avança et tendit un mouchoir à Della. Elle le remercia d'un sourire fugace.

« Vous voulez que je vous aide à emprisonner mon frère. »

Elle avait dit ça d'un ton neutre, avec une telle candeur que Gaines ne put que répondre :

« Oui, Della. *Si* il a fait ces choses, *si* il a tué ces gens, alors il devra payer pour ses crimes.

– Pouvez-vous ne serait-ce qu'imaginer ce que vous me demandez ?

– Non, Della, je ne peux pas.

– Et si j'échoue ?...

– Vous ne pouvez pas échouer, dit Gaines. Il n'est pas question d'échec ou de réussite. Faites ce que vous pourrez, faites ce que vous serez disposée à faire, et ça s'arrête là. Pour le moment, dans l'état actuel des choses, je n'ai pas d'autre option. Je ne dis pas ça pour que vous vous sentiez responsable. Ni pour que vous vous sentiez obligée, Della. Je le dis simplement parce que c'est la vérité. Si j'avais plus de temps, ou si j'avais une autre approche de la situation, peut-être que j'aurais un meilleur plan. Mais je n'en ai pas, un point c'est tout. J'espère contre toute raison qu'il y a dans votre maison quelque chose qui reliera Matthias à ces meurtres. Quelque chose, n'importe quoi. Quoi que vous trouviez, ça me permettra de demander un mandat, et si j'ai un mandat, alors nous découvrirons peut-être autre chose. C'est tout ce que je peux espérer.

– Et s'il n'y a rien ? Si je cherche partout et ne trouve rien ?

– Alors, je devrai aborder le problème sous un autre angle.

– Peut-être qu'il n'y aura pas d'autre angle.

– Peut-être.

– Et dans ce cas ? »

Gaines secoua la tête.

« Alors nous ne saurons jamais ce qui est réellement arrivé à Nancy, Michael et tous les autres, et ces crimes demeureront impunis.

– Ce qui n'est pas acceptable, dit Della. Ce n'est pas juste. Je le comprends bien. Mais il y a autre chose à prendre en considération... le fait qu'il n'a peut-être tué ni Nancy ni Michael.

– Vous avez raison, répondit Gaines. Peut-être qu'il ne les a pas tués, mais dans ce cas, pourquoi refuse-t-il de me parler ? Pourquoi est-il autant sur la défensive ?

– Je ne sais pas, shérif. Peut-être qu'il ne veut pas que des rumeurs circulent sur la famille. Peut-être qu'il ne veut pas que mon père soit mis au courant.

– Croyez-vous que ce soit le cas ?

– Oh, bon Dieu, je ne peux pas répondre à ça. Vous le savez pertinemment. Vous me demandez de prendre des décisions impossibles à prendre. Vous me demandez de choisir Clifton plutôt que mon frère... vous me demandez...

– C'est la vie, déclara Gaines, l'interrompant. Si la vie était toujours juste, alors rien de tout ça ne serait arrivé. Nancy aurait épousé Michael, et il y aurait deux jeunes femmes à Morgan City avec la vie devant elles. Mais elles ne sont plus là, pour la simple et bonne raison que quelqu'un les a enlevées et assassinées en 1968.

– Matthias », prononça Della.

Juste son nom, rien de plus, mais d'une voix qui disait tout ce qu'elle ressentait – désespoir, chagrin, peur, horreur, refus, et peut-être le fol espoir que tout ce qu'on lui disait ne soit pas vrai.

« Je suis désolé d'être celui qui...

– Qui quoi ? coupa-t-elle. Vous n'avez tué personne, si ? Vous n'avez pas étranglé et abandonné une pauvre gamine, si ? Vous n'y êtes pour rien, shérif Gaines. Que voulez-vous que je vous dise ? Que j'aurais voulu ne jamais entendre tout ça, que j'aurais préféré rester ignorante, ne jamais être informée ? Mais est-ce que je le pense sincèrement ? Non, je ne crois pas. Ce qui est arrivé est arrivé. Nous ne pouvons pas revenir en arrière. Nous ne pouvons pas revenir sur nos pas et tout réparer. Vous avez raison. La vie ne fonctionne pas comme ça. La vie est telle qu'elle est, et quand une journée est écoulée, personne ne peut plus la rendre meilleure.

– Mais nous pouvons rendre demain meilleur, répliqua Gaines.

– Nous pouvons *essayer* de rendre demain meilleur.

– C'est exactement ce que je vous demande.

– Je sais ce que vous me demandez, shérif.

– Alors, pouvez-vous nous aider ? Pouvez-vous faire ce que je vous demande ?

– Oui. Bien sûr que je peux. Il ne s'agit pas de pouvoir ou non. Il s'agit de le vouloir.

– Et le voulez-vous ?

– Oui, répondit-elle. Je suis disposée à vous aider, shérif Gaines, mais je ne peux rien garantir.

– Je sais. »

Elle secoua la tête.

« Non, je ne crois pas que vous sachiez. Je ne crois pas que vous compreniez à qui vous avez affaire. Une chose qu'on peut dire de mon frère, c'est qu'il est organisé et méthodique. Il est méticuleux dans tout ce qu'il fait, qu'il s'agisse de sa façon de s'habiller, des paroles qu'il prononce, de la manière dont il gère les sociétés de mon père, les finances, les employés de maison, les terres que nous possédons, tout. Tout est sous contrôle ; tout est précis. S'il a tué Michael Webster, alors il ne l'a pas tué lui-même. Il a demandé à quelqu'un d'autre de le faire à sa place. J'en suis certaine. Mon frère, croyez-moi, n'a pas le sang de Michael Webster sur ses mains.

– Mais vous trouverez peut-être un indice, dit Gaines. C'est tout ce qui nous reste... la possibilité qu'il y ait un indice.

– Je veux quelque chose en échange. »

Gaines ne demanda pas quoi. Il attendit qu'elle le lui dise d'elle-même.

« Je veux que vous fassiez tout ce que vous pourrez pour aider Clifton. Si je vous assiste dans cette entreprise, je veux que Clifton soit relâché de Parchman et revienne auprès de moi.

– Je ne peux pas promettre...

– Moi non plus, coupa-t-elle. Nous ne nous demandons pas des promesses mutuelles, shérif Gaines. Nous nous demandons de faire tout notre possible. Vous voulez que je trouve des indices qui permettront d'inculper mon frère pour meurtre. Je veux que vous prouviez que ceux qui ont envoyé Clifton en prison étaient faux.

– C'est une condition ? »

Della fronça les sourcils et regarda Gaines comme s'il l'avait insultée.

« Vous ne comprenez pas, hein ? Ou alors si, mais vous essayez de vous protéger. Bien sûr que non, ce n'est pas une condition. Vous me prenez pour qui ? Vous croyez que je vais marchander la vie d'innocents pour mon propre avantage ?

– Je suis désolé, Della. Ce n'est pas l'impression que je voulais donner.

– Eh bien, je ne sais pas quelle impression vous vouliez donner, shérif, mais c'est celle que j'ai eue. Peut-être que les Wade ont une réputation, dans le coin. Peut-être que les gens croient qu'on n'est qu'une bande de connards racistes, égocentriques et impitoyables qui tirent profit de chaque situation qui se présente, mais je ne suis pas comme ça, je peux vous l'assurer.

– J'ai dit que j'étais désolé.

– Donc, non, ce n'est pas une condition. Vous me demandez de faire quelque chose, de faire mon possible pour vous aider, et je vous demande de faire votre possible de votre côté. C'est tout.

– D'accord. Je ferai tout ce que je pourrai pour découvrir ce qui s'est passé lors de la condamnation de Clifton, et voir s'il est possible de faire appel.

– Et moi, je chercherai ce que vous voulez, dit Della. Mais j'ai une suggestion à vous faire.

– Laquelle ?

– Allez voir Leon Devereaux.

– Qui est-ce ?

– C'est le bras droit de Matthias. Il n'est pas d'ici, il vit près de l'usine, à Lucedale. Il est quasiment au courant de chaque détail concernant les affaires des Wade. Mais vous devez comprendre que tout ce que vous lui direz reviendra aussitôt aux oreilles de Matthias.

– Quand vous dites que c'est son bras droit, entendez-vous ce que je comprends ?

– Je suis certaine... je suis absolument certaine que c'est Leon Devereaux qui a rendu visite à Clifton.

– Comment puis-je entrer en contact avec vous sans alerter Matthias ?

– Vous ne le faites pas, répondit Della. J'appellerai Maryanne tous les jours, tôt le matin. Si je saute un jour, j'appellerai le lendemain matin. Faites-lui savoir si vous avez besoin de me parler, et nous arrangerons quelque chose.

– Et si j'ai besoin de vous contacter d'urgence ?

– Alors, Maryanne appellera la maison en se faisant passer pour ma coiffeuse et en disant que je dois prendre un nouveau rendez-vous.

– Compris. »

Della Wade se leva. Elle regarda Gaines, puis se tourna vers les trois autres personnes présentes.

« J'espère seulement qu'il s'avérera que vous vous trompez », dit-elle.

Sur ce, elle partit.

Eddie Holland la raccompagna jusqu'à la sortie, proposa de la ramener chez elle, mais elle refusa. Elle lui demanda de la conduire en ville, où elle prendrait un taxi.

Au retour de Holland, Gaines était parti pour ramener Maryanne à Gulfport. Il ne tarda pas à revenir, expliquant que Maryanne Benedict et lui avaient à peine échangé quelques mots de tout le trajet. Manifestement, ni lui ni Maryanne n'avaient grand-chose à ajouter sur ce qui se passait.

Gaines demanda à Ross et à Holland d'enquêter sur la condamnation pour cambriolage de Clifton Regis. Lui suivrait la piste Leon Devereaux aussi discrètement qu'il pourrait. Peut-être que ce Devereaux serait un autre moyen d'arriver jusqu'à Matthias Wade.

Après quoi, Gaines retourna chez lui. Il resta un moment assis en silence sur les marches de derrière. Il regarda le champ, songea aux fantômes qui hantaient la zone à l'arrière de la maison, puis repartit pour le commissariat.

Bien que ce fût dimanche, il y trouva Richard Hagen en train de taper à la machine des amendes pour excès de vitesse et conduite en état d'ivresse, enfonçant violemment les touches comme s'il essayait de les tirer de leur sommeil.

« Alors, où on en est ? demanda Hagen.

– On est dans un grand trou et on doit essayer d'en sortir.

– Aucun changement, donc ? »

Gaines sourit.

« Si, Della Wade.

– Della Wade quoi ?

– Je viens d'avoir une longue conversation avec elle, chez Nate Ross. »

Hagen se retourna sur sa chaise, tout ouïe, soudain très attentif.

« Vraiment ?

– Oui.

– Et ?

– Elle va faire ce qu'elle peut pour essayer de trouver quelque chose sur Matthias.

– Vous êtes sérieux ? Son propre frère ?

– Vous ne connaissez pas la moitié de l'histoire, Richard. En ce moment, son petit ami, un certain Clifton Regis, est en train de purger à Parchman Farm une peine qui pourrait bien être bidon, et en plus il a perdu deux doigts.

– C'est Matthias qui a fait ça ?

– Oui... enfin, Matthias l'a commandité, et on dirait que c'est un certain Leon Devereaux qui a fait le boulot. »

Hagen fronça les sourcils.

« C'est qui, Leon Devereaux ?

– Il vit près d'une des usines des Wade, à Lucedale. Apparemment, c'est lui qui règle les problèmes quand les choses ne vont pas comme Matthias le voudrait.

– Et on s'intéresse à lui maintenant ? C'est ça ?

– Oui, c'est ça.

– Bon, Lucedale se trouve dans le comté de George. Je peux aller au commissariat du coin et voir tout ce qu'ils ont sur lui, si vous voulez.

– Vous connaissez quelqu'un, là-bas ? demanda Gaines.

– Bon sang, non. La seule chose que je connaisse de Lucedale, c'est les Cook Family Singers.

– Les quoi ?

– Cook Family Singers. Des chanteurs de gospel, vous savez ? Ils tournaient avec la Carter Family. Ils ont joué au Grand Ole Opry un bon paquet de fois. Je crois que ma femme a quelques-uns de leurs disques.

– J'ignorais que vous étiez branché gospel, Richard.

– Je le suis pas. C'est ma femme qui aime ça. Moi, c'est plutôt Janis Joplin et les Allman Brothers.

– Bon, très bien. Je suppose que vous feriez mieux de rentrer chez vous et de passer un peu de temps avec votre femme fan de gospel, et moi j'irai à Lucedale. Je ne vois pas ce que vous foutez assis ici à taper des amendes, de toute manière.

– Faut bien que quelqu'un le fasse, et ma femme a emmené les gosses voir sa famille à McComb.

– Bon, comme vous voulez. Soit vous restez ici et vous finissez ce que vous faites, soit vous m'accompagnez à Lucedale et on verra ce qu'on découvrira sur Leon Devereaux.

– Je crois que je vais vous accompagner, répondit Hagen.

– Parfait. »

Gaines et Hagen montèrent dans la même voiture et quittèrent Whytesburg peu après deux heures. Le trajet faisait cent trente ou cent quarante kilomètres. Ils roulèrent sans encombre et arrivèrent avant trois heures et demie. Comme le commissariat du comté de George était fermé, ils se renseignèrent à la station-service. Le shérif s'appelait Lowell Gradney, il vivait dans Seven Hills Road, à environ un kilomètre et demi sur la gauche. Gaines remercia l'employé et prit la direction indiquée en espérant trouver Gradney chez lui.

56

Gradney était plus jeune que ne s'y attendait Gaines, peut-être une quarantaine d'années, et il semblait n'avoir aucune intention de quitter Lucedale. Il n'habitait pas un logement de fonction, mais une maison de taille moyenne bien entretenue, avec un jardin propret orné de fleurs et de petits arbustes, des jardinières débordantes de couleurs, des rideaux vichy aux fenêtres, et deux jeunes enfants qui jouaient dans la véranda.

Gaines marcha en direction de la maison tandis que Hagen attendait près du portail. Lorsque l'aînée des enfants – une fillette blonde qui n'avait pas plus de 5 ou 6 ans – le vit, elle entra dans la maison en appelant son père. Le deuxième enfant, un garçon d'environ 3 ans, resta assis en tailleur et le regarda d'un air détaché. Peut-être que dans le coin, un inconnu qui débarquait le dimanche après-midi n'avait rien d'extraordinaire.

Gradney apparut, se séchant les mains. Il portait un jean et un tee-shirt, pas de ceinture ni de bottes, et lorsqu'il vit les uniformes, il fronça les sourcils. Puis il sourit, franchit la porte-écran et descendit les marches pour accueillir ses visiteurs.

«Désolé d'arriver à un tel moment, dit Gaines. John Gaines, de Whytesburg, et voici mon adjoint, Richard Hagen.»

Hagen passa le portail et tendit la main.

«Ça doit être important pour que vous veniez ici un dimanche après-midi, et si c'est important, le moins que je puisse faire est de vous recevoir. Entrez, et nous discuterons.»

À l'intérieur, il faisait frais. Ce fut la première chose que Gaines remarqua. La seconde étant que chaque pièce était bien arrangée, sans rien d'extravagant, mais dotée de meubles qui n'auraient pas semblé incongrus dans une maison beaucoup plus grande et beaucoup plus luxueuse. Manifestement, Gradney avait des économies ; ce n'était pas avec un salaire de shérif qu'on pouvait se payer ce genre de logement.

Gradney guida Gaines et Hagen jusqu'à la cuisine, où ils furent présentés à la femme de Gradney.

« Voici ma femme, Sarah. Sarah, je te présente le shérif Gaines et l'agent Hagen, de Whytesburg. Ils sont ici pour une petite affaire. »

Elle s'écarta de l'évier et, à la lumière qui pénétrait par la fenêtre, Gaines la vit clairement. Sarah Gradney était une femme extraordinairement belle, mais quelque chose en elle ne collait pas avec le quotidien terre à terre de l'épouse d'un shérif de campagne. C'était d'elle que venait l'argent, Gaines en était sûr. Sa façon de parler, sa façon de bouger – tout en elle indiquait qu'elle venait d'un milieu très différent. Gaines se demanda comment elle avait atterri ici, mais il se contenta de lui serrer la main, s'excusa d'arriver à l'improviste un dimanche après-midi, et la remercia pour son hospitalité.

« Oh, vous ne nous dérangez pas du tout, messieurs. Je vous en prie, asseyez-vous. Laissez-moi vous chercher quelque chose à boire. Café, thé, limonade ?

– Ce qui sera le plus simple pour vous, répondit Gaines.

– Bon, étant donné qu'il fait si beau, aujourd'hui, je crois qu'un peu de limonade s'impose. »

Gradney désigna une grande table à gauche de la pièce, et ils s'assirent tandis que Sarah s'affairait avec un pichet qu'elle avait tiré du réfrigérateur et trois verres. Lorsqu'elle eut servi la limonade, elle se tint un moment avec la main sur l'épaule de son mari.

« Je serai dans le jardin avec les enfants, dit-elle finalement. Si vous avez besoin de quoi que ce soit, criez.

– Merci, Sarah, dit Gradney.

– Très aimable de votre part, madame », ajouta Gaines.

Sarah les laissa, fermant la porte derrière elle.

« Vous avez une très belle maison, dit Gaines, et une femme adorable.

– Un veinard, répondit Gradney. Les deux sont arrivées en même temps. Sarah était une Lanafeuille, avant que je l'épouse. Ils possèdent à peu près tout entre ici et Pascagoula. Une famille sacrément riche, et ils n'ont pas trop apprécié que leur fille aille épouser un policier. Mais bon, au final, ils ne pouvaient pas y faire grand-chose. Ce sont de braves gens, au bout du compte.

– On dirait que vous avez la belle vie, ici… et aussi de très beaux enfants.

– Tout va en effet pour le mieux, répondit Gradney en souriant, mais ce n'est certainement pas pour ça que vous avez fait toute cette route un dimanche après-midi. Alors, de quoi s'agit-il ?

– Leon Devereaux, dit Gaines.

– Oh, doux Jésus, fit Gradney. Dans quoi s'est encore fourré ce cher et charmant M. Devereaux ?

– Vous le connaissez ?

– Si je le connais ? Bon sang, je pourrais tout aussi bien être de sa famille, vu la fréquence à laquelle on se voit. C'est un voleur, un menteur, un escroc, et à peu près tout ce à quoi vous pouvez penser. Un ivrogne, aussi. À mon avis, la vie est juste une chose qui vient se mettre entre lui et l'alcool. J'arrête pas de lui dire qu'il s'en sortira jamais s'il continue de mentir sur tout, mais il semble incapable de s'en empêcher. Et s'il est pas en train de manigancer pour coucher avec la femme de quelque pauvre abruti, alors il est quelque part en train de cuver une cuite ou de se cacher d'un mari armé d'un pistolet.

– On dirait un brave citoyen modèle.

– Eh bien, comme beaucoup de gens, il lui est venu à un moment l'idée que le tord-boyaux était un remède contre tout ce qui pouvait le faire souffrir. Mais avec Leon, ça va plus loin que ça. J'ai mis un moment à saisir ce qu'il avait dans le crâne, et je peux vous dire que c'est pas très joli. J'essaie toujours d'accorder aux gens le bénéfice du doute, vous savez ? J'estime que chez la plupart des gens mauvais, il y a quelque chose de bon qu'essaie de ressortir et de se montrer. Et puis il y a les autres, ceux qui sont pourris jusqu'à la moelle. Leon Devereaux appartient à cette seconde catégorie.

– Vous savez qu'il travaille pour les Wade, n'est-ce pas ?

– Du travail ? C'est comme ça qu'ils appellent ça ? Je peux vous dire que du travail, Leon en fait pas des masses. Peut-être qu'il a une sorte d'accord avec les Wade, mais cette usine qu'il est censé diriger, eh bien, je crois pas qu'on l'y voie plus d'une fois par mois.

– Savez-vous quelle est sa relation avec les Wade ? Particulièrement avec Matthias Wade ?

– Aucune idée, et je suis pas sûr de vouloir savoir. D'une manière ou d'une autre, il s'arrange toujours pour se sortir de la panade. Je l'ai arrêté pour conduite en état d'ivresse, cambriolage, harcèlement, détournement de mineure, dégradations criminelles, complicité avec un criminel en fuite, vol de voiture, proxénétisme. La liste est sans fin. Je l'ai enfermé plus de fois que n'importe qui dans ma carrière, mais jamais pour longtemps. Bizarrement, les témoins se rétractent toujours, le juge lui file une amende, un avertissement, tout sauf une peine de prison, et Leon Devereaux retourne à ses activités, dont la plupart sont, Dieu merci, hors de ma juridiction, pour autant que je sache.

– On nous a informés qu'il aurait coupé les doigts d'un homme, sur ordre de Matthias Wade, dit Gaines.

– Ça m'étonnerait pas, répondit Gradney. Si vous débarquiez ici en me disant qu'il a violé vos femmes, noyé vos gosses, sifflé tout votre alcool, puis dévalisé la banque de Whytesburg, je vous demanderais ce qu'il a fait après le déjeuner.

– Quand l'avez-vous embarqué pour la dernière fois ?

– Oh, ça doit faire à peu près un mois.

– Pour ?

– Seigneur, je me souviens plus. Il avait dû se soûler et tabasser quelques personnes, plus que probablement. Il est pas si costaud que ça, mais impossible de le mettre à terre. Vous pouvez le frapper tant que vous voulez, il ira pas à terre, foutu entêté qu'il est.

– Où habite-t-il ?

– Quand il est ici, il vit à proximité de Collins Road. Il a deux caravanes, là-bas.

– Et il vit ici depuis longtemps ?

– Plus longtemps que moi, et je suis arrivé il y a six ans.

– Il est originaire d'ici ?

– Non, il est de Louisiane. Né et élevé à Lafayette, s'est enrôlé dans l'armée là-bas, a servi pendant la guerre...

– C'est un ancien du Viêtnam ?

– Pour sûr, fit Gradney. Il prétend que c'étaient les meilleures vacances qu'il ait jamais eues.

– Il était déjà cinglé avant de partir, ou seulement à son retour ?

– Oh, je suppose qu'il était complètement azimuté dès le jour de sa naissance, shérif Gaines. Je crois que la première chose qu'il s'est demandé en sortant du ventre de sa mère, c'est combien de gens il pourrait emmerder au cours de sa vie.

– Marié ?

– Non.

– Des enfants ?

– Oh, j'imagine. Probablement deux douzaines avec une palanquée de femmes diverses entre ici et Memphis, même si je pense pas qu'il soit du genre à s'installer, vous savez ?

– Et quand il n'est pas ici, il est sur la route ?

– Je suppose. Il conduit un pick-up Ford noir, plus rouillé qu'autre chose. Dieu seul sait comment cet engin tient encore debout. Quand la bagnole est là, c'est qu'il est dans le coin.

Sinon, c'est qu'il est parti. Il peut être absent pendant des semaines d'affilée, et puis je reçois un coup de fil pour me prévenir qu'il a explosé le nez d'un pauvre type dans un bar et qu'il s'apprête à en exploser un bon paquet d'autres. Alors j'y vais, je l'embarque, je le garde en cellule jusqu'à ce qu'il ait cuvé sa cuite, puis je le fous dehors. Les personnes qu'il tabasse portent jamais plainte, ou alors y aura quelqu'un pour se lever et dire que c'était de la légitime défense. C'est comme ça depuis que je suis ici, et je suis certain que ça continuera jusqu'à ce que quelqu'un lui colle une telle raclée qu'il se relèvera pas. Le pire, c'est que celui qui lui règlera son compte prendra sans doute perpète, alors qu'en toute honnêteté il devrait recevoir une médaille et une pension pour le restant de ses jours.

– Savez-vous s'il est en ville, en ce moment ?

– Je ne crois pas, répondit Gradney. Vendredi et samedi soir se sont passés sans que j'entende parler de Leon, donc je suppose qu'il est ailleurs.

– Et savez-vous si Matthias Wade est déjà venu lui rendre visite ici ?

– Aucune idée. Je suis pas toujours après Leon, je garde seulement un œil sur lui quand je sais qu'il a mis le bordel quelque part. Y a eu des fois où je savais qu'il était en ville, mais il se passait rien de particulier. Son arrangement avec les Wade, c'est son problème, et c'est très bien comme ça. La vérité, c'est que si vous allez chercher Leon, vous allez vous retrouver avec des emmerdes d'un genre ou d'un autre. »

Gaines regarda Hagen.

« Vous voyez autre chose ? lui demanda-t-il.

– Non, je crois qu'on a fait le tour, répondit Hagen. Je crois qu'il ne nous reste plus qu'à aller lui rendre visite.

– Comme j'ai dit, Collins Road. Reprenez la direction de la ville. Au deuxième croisement sur la droite, y a un panneau qui indique la limite de l'État. Vous le suivez, et après un petit kilomètre, vous prenez la direction de Pascagoula. Continuez pendant deux bons kilomètres, et vous verrez les caravanes de Devereaux en retrait sur le côté gauche. Si son pick-up est là, c'est qu'il est chez lui. Sinon, c'est qu'il y est pas. »

Gaines termina sa limonade et se leva.

« Merci beaucoup, shérif.

– Pas de quoi, répondit Gradney. Vous me direz comment ça s'est passé, mais si vous avez besoin d'aide, je suis pas là », ajouta-t-il avec un sourire.

Ils se serrèrent la main, et Gradney les raccompagna jusqu'à la sortie. Sarah Gradney et les enfants étaient dans le jardin. Gaines et Hagen la remercièrent pour son accueil, s'excusant une fois de plus de les avoir dérangés un dimanche après-midi.

Les enfants agitèrent la main tandis que la voiture de Gaines et de Hagen s'éloignait.

« De braves gens, déclara Hagen.

– Pas comme notre M. Devereaux », répondit Gaines.

57

Les caravanes de Devereaux avaient connu des jours meilleurs. L'une était de simple largeur, l'autre était double, et si jadis elles avaient dû avoir fière allure tractées par un pick-up, elles succombaient désormais à un lent et inévitable processus de délabrement. Ces caravanes ne bougeraient plus jamais, car il aurait suffi de les accrocher à quoi que ce soit pour qu'elles tombent en morceaux.

Il n'y avait aucun signe du Ford noir de Devereaux, et lorsque Gaines immobilisa sa voiture et en descendit, il n'y eut rien d'autre que le silence pour l'accueillir dans la petite clairière.

Les caravanes étaient dissimulées de la route par une haute rangée de cyprès, et sur le sol, entre les arbres, parmi les verges d'or et les massettes, il y avait des bouteilles brisées, des bonbonnes de gaz vides, des meubles défoncés, un barbecue complètement rouillé, un cadre de bicyclette, et un divan délabré dont le rembourrage s'échappait par des déchirures. Gaines s'imagina que l'intérieur des caravanes serait du même acabit, voire pire.

« Je veux aller voir à l'intérieur, dit-il.

– Je le sais bien, répondit Hagen.

– Ça vous pose un problème ?

– Je ferai comme si je n'avais rien vu.

– Vous voulez bien rester ici et faire le guet ?

– Bien sûr. »

Gaines se dirigea vers la plus grande des caravanes. La porte était fermée à clé, mais il alla chercher un couteau dans la voiture et crocheta la serrure sans difficulté. Il serait en mesure de refermer la porte sans que rien n'indique qu'elle avait été forcée.

Une fois à l'intérieur, il fut assailli par l'odeur. Elle était semblable à celle qui régnait chez Webster – pire, à vrai dire –, et il sut avant même d'avoir atteint la petite salle de bains à l'arrière de la caravane que de la nourriture pourrie et des vêtements sales n'auraient pas suffi à provoquer une telle puanteur.

Quand vous aviez fait la guerre, vous n'oubliiez jamais cette odeur.

Gaines tendit la main et saisit la poignée de la porte. Il la tourna jusqu'à sentir le pêne sortir de la gâche. Il retint son souffle une seconde, puis poussa la porte.

Le sang, une grande quantité, était concentré dans la baignoire. Il avait séché en formant des tourbillons sur la porcelaine, et Gaines vit clairement l'endroit où quelqu'un – probablement Devereaux – avait agrippé le bord de la baignoire tout en œuvrant.

Gaines songea à ce mot – œuvrant –, et il frissonna. La bile lui monta à la gorge. Il serra les dents et les poings, ravala le goût infect.

Retour à la baignoire. Il devait y avoir un litre de sang, peut-être un litre et demi, qui par endroits était épais et coagulé et formait un relief sur la surface.

Il pensait savoir exactement ce qui s'était passé ici. Il était certain qu'il s'agissait du sang de Webster, que c'était dans cette baignoire qu'il avait eu la tête et la main coupées. Un scénario possible : Wade, le bon copain, paye la caution de Webster, juste histoire de le sortir de la panade, puis il lui suggère d'aller voir un type à Lucedale, de boire un coup, de passer un peu de bon temps après l'épreuve qu'il vient de traverser. L'ami à Lucedale ? Bon sang, lui aussi est un ancien combattant. Webster et lui s'entendront comme larrons en foire. Alors Webster le suit, sans se douter qu'il va à la rencontre de sa propre mort. Devereaux le tue, ou peut-être que Wade s'en charge lui-même. Webster se retrouve dans la baignoire, on lui coupe la tête et la main, puis son cadavre est ramené dans sa cabine de motel, qui est incendiée.

Gaines s'imagina Devereaux agenouillé à côté de la baignoire, tenant d'une main l'épaule de Webster, ou alors agenouillé dans la baignoire à côté du corps. Doux Jésus, cette idée était intolérable. Et pourtant, Gaines ne pouvait s'empêcher d'y penser. Pire encore, c'était comme si la scène d'horreur se déroulait devant ses yeux. Quant à savoir ce qu'avait utilisé Devereaux pour accomplir cette tâche, cette question trouva sa réponse lorsqu'il vit à côté de la baignoire un couteau de chasse de trente centimètres de long maculé de sang – d'un côté une lame acérée comme un rasoir, et de l'autre une lame en dents de scie. Gaines avait souvent vu ce genre d'outil au Viêtnam. Ce n'était pas tant un couteau qu'une machette doublée d'une scie. Une telle arme pouvait sans problème décapiter quelqu'un.

Il s'agenouilla, se couvrit la main avec sa manche de veste, souleva prudemment le couteau. Il le reposa près de la porte.

Devereaux, de toute évidence, n'avait fait aucun effort pour effacer les traces, aucun effort pour nettoyer la pièce et dissimuler les preuves de son acte. Il n'y avait aucun signe de lutte, pas d'éclaboussures de sang sur les murs ou la baignoire, à peine quelques gouttes sur le sol. Michael Webster était à coup sûr déjà mort avant cette boucherie. C'était déjà ça.

Bien sûr, Gaines pouvait se tromper. Il pouvait s'agir du sang de quelqu'un d'autre, ça pouvait être un tout autre cauchemar qui s'était déroulé dans cet espace étroit et confiné. Il suffirait de rapporter ce couteau à Powell et d'analyser le sang pour confirmer que quelqu'un avait été mutilé ici, mais ça ne prouverait pas qu'il s'agissait de Webster. Cependant, comme lorsqu'il avait pris des objets dans la cabine de Webster, le fait d'emporter le couteau constituerait un prélèvement illégal d'indices sur une scène de crime. Son dernier manquement à suivre la procédure avait mené à la libération et à l'assassinat de Webster. Dit simplement, sa faute avait coûté la vie à un homme. Mais quel choix avait-il ? Avait-il des soupçons suffisants pour pénétrer dans cette caravane ? Non, il n'avait aucune raison d'entrer ici. Y avait-il un mandat contre Leon Devereaux ? Pas qu'il sache, et Gradney n'avait rien évoqué de tel. Mais s'il devait trouver un délit qui justifierait une perquisition, Devereaux aurait tout le temps de contacter qui il voudrait, plus que probablement Wade. Une demi-douzaine de personnes seraient alors envoyées sur place, et le moindre indice présent dans ces caravanes disparaîtrait définitivement.

Il y avait une limite à ne pas franchir. Comme le procureur général, Jack Kidd, l'avait clairement indiqué à Gaines à propos de la fouille illégale de la cabine de Webster, c'était bien triste quand la loi empêchait que justice soit faite. Mais les choses étaient ainsi. Tel était le système au sein duquel il devait travailler – jusqu'au moment où il décidait de travailler en dehors.

John Gaines regarda les tourbillons de sang dans la baignoire, puis de nouveau le couteau. Après une brève hésitation, il couvrit une fois de plus sa main avec la manche de sa veste, attrapa le couteau, et retourna vers la voiture.

« Qu'est-ce que vous avez ? demanda Hagen.

– Eh bien, pour autant que je puisse en juger, c'est l'arme qui a servi à couper la tête et la main de Webster.

– Vous l'emportez à Whytesburg ?

– Je veux que Vic Powell analyse le sang.

– Il travaille vite. On pourrait replacer le couteau ici avant que quelqu'un remarque quoi que ce soit.

– Je n'ai aucune intention de le rapporter, répliqua Gaines.

– Mais...

– Il n'y a pas de mais, Richard. Si quelqu'un apprend qu'on en a après Devereaux, alors je vous garantis que ces caravanes partiront en fumée de la même manière que la cabine de Webster avant même que l'encre ait séché sur le mandat de perquisition.

Je ne suis pas prêt à courir ce risque. J'ai besoin de quelque chose qui relie ces gens à Webster. Si Devereaux revient et remarque que le couteau a disparu, alors très bien. Au moins, il ne sera pas en mesure de s'en débarrasser lui-même. »

Hagen ne répondit rien.

Gaines plaça le couteau dans le coffre de la voiture. Il retourna à la caravane avec un chiffon et essuya les poignées de porte et les surfaces qu'il avait pu toucher. Il referma la porte de la caravane et regagna la voiture, où Hagen faisait déjà tourner le moteur.

« J'ai appelé le commissariat, annonça celui-ci, j'ai dit à Barbara de faire venir Victor, qu'on avait besoin de lui *pronto*.

– Bien, alors foutons le camp d'ici », répondit Gaines.

Hagen enfonça l'accélérateur, et ils laissèrent derrière eux les caravanes de Leon Devereaux.

58

En attendant le résultat des tests, Gaines resta dans sa voiture, vitre baissée, et réfléchit à ce qu'il venait de faire. Si le sang était du même groupe que celui de Webster, ça ne prouverait absolument rien, mais au moins ce serait un indice.

Il avait demandé à Hagen d'appeler le shérif Gradney pour qu'il les prévienne au cas où Leon Devereaux réapparaîtrait. Après ça, il avait conseillé à Hagen de rentrer chez lui, car il supposait que ça ne servait à rien qu'ils soient deux à attendre.

Au bout d'une heure, pas plus, Powell sortit.

« Même groupe, déclara-t-il. Mais ce n'est pas le seul que j'aie sur ce couteau. J'ai un A, un AB et un O. Webster était du groupe A.

– Bien, fit Gaines. On dirait que notre type a été plus occupé qu'on ne le pensait. »

Il ouvrit la portière et descendit de voiture. Sa première idée fut que l'un des autres sangs pouvait appartenir à Clifton Regis.

« Je ne vais pas vous demander où vous avez trouvé ça, dit Powell.

– Et si vous me demandiez, je ne vous le dirais pas.

– Je peux vous dire qu'un tel couteau a été plus que suffisant pour décapiter Webster.

– Bien. Ça m'aide.

– Et je peux aussi vous dire que le sang de groupe O est le plus ancien, que les deux autres sont beaucoup plus récents. Je dirais qu'ils remontent au plus à une semaine ou dix jours. D'abord le A, puis le AB, mais très rapprochés l'un de l'autre.

– Donc, si le A est Webster, alors ce couteau a servi sur quelqu'un d'autre encore plus récemment ?

– C'est ce qu'on dirait. Qu'est-ce que vous voulez que j'en fasse ?

– Je vais vous en débarrasser, répondit Gaines. Je vais le ranger dans la réserve du commissariat. »

Powell retourna dans le bâtiment pour récupérer le couteau, qui était enveloppé dans un sachet d'ordinaire réservé aux organes prélevés. Gaines le plaça dans le coffre de sa voiture.

« Alors, vous avancez ? demanda Powell.

– J'ai quelques idées.

– Des preuves... des preuves obtenues légalement ? »

Gaines secoua la tête.

« Beaucoup d'indices prometteurs, mais rien de concret.

– Bon, je ne puis que vous souhaiter toute la chance du monde, John. Si on me questionne, je n'ai jamais vu ce couteau, et nous n'avons jamais eu cette conversation. Je ne vais pas les aider à vous enterrer.

– Merci, Victor. »

Powell se tint devant le bâtiment et regarda Gaines s'éloigner. Celui-ci reprit la direction de chez lui, y arriva à neuf heures, tira le couteau du coffre et le cacha derrière les marches qui menaient à la cave. Peut-être qu'il le laisserait là plutôt que de le porter au commissariat. De cette manière, Hagen ne pourrait pas être impliqué.

Gaines resta assis un moment dans la cuisine. Il avait faim. Il ouvrit une boîte de thon, mangea son contenu, ce qui ne fit que lui rappeler qu'il n'avait presque rien avalé de la journée.

Il y avait un steak dans le réfrigérateur, mais il ne sentait plus trop bon. Il sortit par la porte de derrière et le jeta dans le champ. Un chien le trouverait, et ça valait toujours mieux que de le balancer à la poubelle.

Il marqua une pause sur les marches. Il n'y avait rien au-dehors qu'une profonde obscurité – et le souvenir de la tête de Michael Webster enterrée dans le sol. Enterrée de sorte à être découverte. Peut-être que c'était Leon Devereaux qui avait fait ça. Peut-être que Matthias Wade avait emmené Webster chez Devereaux pour le dernier verre de sa vie. Ou alors Gaines interprétait tout de travers et avait affaire à une série d'événements qui n'avaient rien à voir avec Wade, ni Devereaux, ni qui que ce soit qu'il connaissait. Ce qu'il avait dit à Powell était vrai. Beaucoup d'indices prometteurs, mais rien de concret. Rien de probant, de concluant, d'accablant. Pas l'ombre d'une preuve solide.

Alors, dans quelle direction aller, maintenant ? Attendre de voir si Della Wade trouvait quelque chose ? Attendre de voir si Leon Devereaux, remarquant l'absence de son couteau, commettrait une erreur ? Non, ça ne suffirait pas. Si Gaines devait résoudre cette affaire, il faudrait que ce soit lui qui agisse. L'attaque était la meilleure défense.

Ces gens – qui qu'ils soient – avaient amené la guerre à Whytesburg. Une petite guerre, mais une guerre quand même. Peut-être le moment était-il venu de leur retourner cette guerre, de la livrer au pas de leur porte, de la présenter de telle sorte qu'un combat serait inévitable.

Sur ce, Gaines retourna dans la cuisine, prenant bien soin de verrouiller la porte derrière lui.

Il alla chercher une bouteille de bourbon. À défaut de manger, il boirait. S'il buvait suffisamment, il dormirait, et en dormant, au moins, il échapperait aux pensées qui bouillonnaient dans sa tête.

Mais il n'arrivait pas à oublier la salle de bains étroite et puante de Devereaux. Il n'arrêtait pas de se représenter ce qui s'était produit là-bas. Et puis, il y avait le fait qu'il n'y avait pas qu'un seul sang sur le couteau, mais trois. À qui appartenaient-ils ? Et qui était ce Devereaux ? Un soldat, un ancien du Viêtnam,

59

Is étaient partis à quatre. Seuls trois étaient revenus.

C'était ce que les gens disaient.

Ils étaient partis à quatre. Seuls trois étaient revenus.

Personne ne savait pourquoi. Personne n'avait d'explication.

Que Nancy fasse une fugue n'avait aucun sens pour moi. Enfin quoi, je savais qu'elle était amoureuse de Michael. Si elle s'était enfuie, elle l'aurait fait *avec* lui. C'était évident. C'était une de ces choses que tout le monde savait mais dont personne ne parlait. Il était plus âgé qu'elle, bien entendu, mais il était tellement beau garçon, et les gens le respectaient pour ce qu'il était et ce qu'il représentait. Il était comme le fils idéal, celui que toute mère aurait voulu avoir. Il était le petit ami dont rêvait chaque jeune fille, le mari dont rêvait chaque femme. Bien sûr, c'était une époque différente, une autre ère. Et c'était le Sud. La différence d'âge entre un homme et une femme n'avait pas tant d'importance que ça.

J'étais allongée dans les dernières lueurs du soir, et la chaleur semblait suinter à travers la terre et emplir chaque partie de mon corps. J'avais les yeux fermés, Matthias s'est assis à côté de moi, mais nous ne nous sommes pas parlé. Le silence entre nous était parfait. La musique continuait de jouer, et Michael et Nancy de danser, et c'était comme si chaque minute s'étirait indéfiniment, comme si le temps était devenu totalement fluide et nous avait avalés. J'ai sombré dans des rêveries et me suis peut-être même brièvement assoupie. Je ne me souviens plus, et sur le coup, ça n'avait aucune importance, car même si j'avais dormi une heure, deux heures, à mon réveil, seulement une minute se serait écoulée dans le monde réel. Je n'en doutais pas car je n'avais pas besoin de comprendre.

Et alors, le disque s'est achevé. Je me souviens de la toute dernière chanson qui est passée. C'était *Pretend*, de Nat King Cole, et tout en écoutant les paroles, je me disais que j'étais la seule qui devais faire semblant – faire semblant que c'était Eugene et non Matthias qui était assis à côté de moi –, tandis que Michael et Nancy n'avaient qu'à attendre que deux ou trois ans s'écoulent, et alors ils pourraient se marier, trouver une maison et fonder une famille.

Voilà ce que je me disais en écoutant ce disque magnifique.

Et puis il s'est achevé, Michael est venu vers nous en tenant Nancy par la main, et il nous a lancé :

«On va faire un petit tour... juste quelques minutes. Attendez-nous ici, OK ? On sera bientôt de retour.»

J'ai souri, et Matthias a répondu :

«D'accord. On ne va nulle part, n'est-ce pas, Maryanne ?

– Non, on ne va nulle part», ai-je répondu, parce que je ne voulais pas bouger un muscle, je ne voulais même pas dépenser l'énergie qu'il fallait pour *penser* à bouger.

Alors, Michael et Nancy se sont éloignés, main dans la main, très lentement, en direction du bout du champ.

«Tu as déjà été amoureuse, Maryanne ?» m'a demandé Matthias.

Je n'avais pas envie de parler, pas même d'amour, mais j'ai répondu :

«Peut-être. Je ne sais pas. Je me demande si on le sait vraiment quand on est amoureux pour la première fois... parce que c'est la première fois, tu vois, et ça ne t'est jamais arrivé avant.

– Je suppose», a-t-il répondu, puis il a poussé un soupir.

Il a fermé les yeux et n'a pas ajouté un mot.

Nous sommes restés là un petit moment, c'est du moins ce qu'il nous a semblé, mais comme le temps jouait son petit jeu, ça a pu durer une demi-heure, voire une heure. Puis, Michael est revenu seul.

Michael Webster avait emmené Nancy Denton dans le bois au bout de Five Mile Road, et il est revenu seul.

Il semblait confus, désorienté. Il disait qu'il ne savait pas ce qui s'était passé. Il disait qu'ils étaient ensemble, puis qu'ils avaient été séparés. Elle était là, tout près de lui, puis elle avait disparu. Comme ça. Pour aller où? C'est la question à laquelle personne n'a jamais répondu. Où était allée Nancy?

Maintenant, je sais que j'aurais dû l'accompagner. Peut-être aurais-je moi aussi disparu, mais au moins j'aurais su. Au moins, je n'aurais pas cette question au-dessus de ma tête pour le restant de mes jours.

Le présent devient le passé, irrémédiablement, inévitablement, puis nous regardons en arrière et le recul nous enseigne les leçons les plus cruelles.

J'aurais dû l'accompagner.

J'aurais dû les empêcher de partir.

J'aurais dû dire quelque chose.

Si je l'avais fait, elle serait toujours là, toujours en vie, et nous serions toujours les meilleures amies du monde.

Je le sais. Je le sais au plus profond de moi, car nous étions si proches. Nous avions toujours été, aurions toujours été, les meilleures amies du monde.

Ma sœur née d'une autre mère. C'est ce qu'elle disait. Tu es ma sœur née d'une autre mère.

Car rien n'a été pareil depuis, pour aucun d'entre nous.

Nous étions inséparables. Jamais les uns sans les autres. Peut-être Nancy était-elle l'élément qui nous maintenait ensemble, et lorsqu'elle a disparu, il n'y a plus rien eu pour nous retenir.

Les gens disent que Michael est devenu fou. Je veux bien le croire. Je peux imaginer que perdre Nancy a été comme se faire arracher le cœur. La vie ne devait plus avoir de sens.

Peut-être croyait-il que c'était le prix à payer pour avoir survécu à la guerre, que quelque équilibre universel avait été rétabli. Peut-être se croyait-il redevable de sa propre vie. Qu'aurais-je éprouvé à sa place? Je me serais sentie directement responsable de ce qui était arrivé. Je me serais dit que la disparition de Nancy était de ma faute, même si je n'y étais pour rien. Même si je n'étais pas là, je me serais sentie coupable.

Voilà ce que ça m'aurait fait.

Je me souviens de ce jour, de cette soirée.

Nous sommes allés dans le champ qui bordait Five Mile Road, et – comme tant d'autres fois – nous avons passé de vieux disques sur le gramophone, le Victrola à manivelle que Matthias était allé chercher chez lui. Nancy a dansé avec Michael sur l'herbe, il portait des chaussures alors qu'elle était comme toujours pieds nus, et par moments elle se dressait sur ses chaussures. Il dansait tellement bien qu'il ne lui écrasait jamais les pieds. Jamais. Ils étaient comme ça. En symbiose. C'est le mot. Je ne le connaissais pas à l'époque, mais je l'ai appris depuis. Ça les décrivait parfaitement. Matthias était jaloux car lui aussi était amoureux de Nancy. Et quand il m'a demandé, *Tu as déjà été amoureuse, Maryanne?*, je savais qu'il parlait de ses sentiments pour Nancy. Et peu importait qu'il s'agisse vraiment d'*amour*, car Matthias y croyait, comme nous tous, et c'était la seule chose qui comptait.

Matthias ne cachait pas ses sentiments. Il les affichait clairement, et tout le monde pouvait les voir. Mais Nancy était avec Michael, et il en serait toujours ainsi.

Nous avons donc passé des disques – Peggy Lee et Buddy Clark et Nat King Cole. Nous nous sommes amusés, et Matthias a fait le clown car c'était sa manière de dissimuler son chagrin. Matthias, moi, Nancy et Michael. Les Quatre Fantastiques. Les Quatre Fabuleux. Les Quatre Inoubliables.

C'était le 12 août 1954, une date qui resterait à jamais gravée dans nos esprits.

Peut-être était-il vrai que Michael ne pouvait pas survivre sans elle. Je pense aux fois où je l'ai croisé depuis, et à chaque fois je n'avais pas envie de le voir. Quant à Matthias, il me fait peur. Je ne sais comment décrire ce que je ressens. Il m'effraie. Comme son père m'effrayait quand j'étais petite. Peut-être Matthias s'estime-t-il lui aussi responsable. Peut-être croit-il que s'il l'avait aimée plus, s'il lui avait déclaré ses sentiments dès le début, elle aurait été avec lui et n'aurait jamais disparu. Car malgré ce que Michael était – héros de guerre, soldat décoré, l'homme le plus chanceux de la Terre –, il n'a pas su la protéger de l'ombre qui l'a engloutie comme la baleine a englouti Jonas.

Chaque jour, j'ouvrais la porte de ma maison en m'attendant à la trouver là – souriant, riant, comme dans mon souvenir. Elle m'aurait dit qu'il y avait eu un malentendu, ou que c'était une farce, mais qu'elle était désormais de retour, et que tout irait bien, qu'il était inutile de poser des questions car la vie était ainsi : étrange, drôle, surprenante. Tout redeviendrait comme avant, nous serions tous de nouveau réunis, et la vie reprendrait son cours.

Mais elle n'était jamais là. Jamais derrière la porte.

Au bout d'un moment, j'ai cessé de m'attendre à la voir.

Puis j'ai cessé de regarder derrière la porte.

Au bout d'un moment, j'ai cessé de me rappeler son sourire, son rire, l'éclat dans ses yeux quand Michael dansait avec elle.

Le soir de sa disparition, nous avons cessé d'être des enfants. Ou, pour être plus précise, nous avons perdu ce petit fragment d'enfance que nous gardions en nous. Certaines personnes s'y accrochent toute leur vie. Elles vieillissent mal, mais ne manquent jamais de se moquer d'elles-mêmes. Nous avions été des enfants ensemble, du moins trois d'entre nous. Puis Michael est arrivé, et c'était comme si tout ce qui s'était passé avant avait soudain fait sens. Nous avions été un nombre impair, et quand nous étions devenus un nombre pair, tout avait fait sens. Alors peut-être était-ce Michael qui nous rassemblait. Mais quand Nancy a disparu, il est devenu fou, et nous avons perdu la magie d'avant.

Et maintenant, je suis là. Nous sommes tous là. Nous existons. Nous survivons. Nous vivons chaque nouveau jour comme nous avons vécu le précédent.

Nous ne nous parlons plus. Nous ne nous voyons plus. Nous ne voulons pas évoquer cette soirée d'août 1954.

Qu'aurions-nous à dire ?

Tu as vu Nancy ?

Tu as des nouvelles de Nancy ?

La réponse serait toujours « non ».

Non, je ne l'ai pas vue.

Non, je n'ai pas de nouvelles.

Ça se voit dans nos yeux. Ça se lit dans nos gestes. C'est le fantôme que nous partageons tous, le fantôme qui nous hante. Et maintenant, étrangement, nous avons une chose en commun que nous n'avions pas avant, mais cette chose est précisément ce qui nous sépare.

Le mystère ne nous a pas réunis contre l'adversité et la peur. Il nous a irrémédiablement éloignés les uns des autres.

Nous dansions dans le champ, nous riions comme toujours, puis Nancy a pénétré dans le bois au bout de Five Mile Road, et personne ne l'a jamais revue.

60

Malgré toutes ses préoccupations, Gaines dormit comme une masse. Il était sept heures trente lorsqu'il se réveilla. Il se doucha, se rasa, prépara du café, se rappela que dans la matinée les corps de Nancy, Judith et Michael seraient transférés à Biloxi, où ils resteraient jusqu'à ce que l'enquête soit close. Et si elle ne l'était jamais ? Alors, à un moment, quelqu'un devrait prendre la décision de les enterrer une bonne fois pour toutes.

Gaines n'était pas prêt à une telle éventualité. Il voulait voir le bout de cette affaire, évidemment, et faire en sorte que des coupables soient nommés et des sentences prononcées.

Peu après son arrivée au commissariat, alors que Hagen n'était toujours pas là, il reçut un coup de fil de Nate Ross.

« Cette histoire concernant Clifton Regis, dit-il. Ça ressemble à une grosse entourloupe. Apparemment, il a été vu quittant une scène de cambriolage, mais les faits sont si vagues et les déclarations des témoins si douteuses que je n'en reviens pas que ça ait donné lieu à une accusation.

– Qui est-il censé avoir volé ?

– Une certaine Dolores Henderson, et d'après ce que je sais, elle a elle-même un joli casier. Elle a tiré deux ans pour avoir aidé un criminel, en 1965, un type nommé...

– Devereaux, peut-être ? suggéra Gaines.

– Devereaux ? Non, il n'est question d'aucun Devereaux, ici. Qui c'est, Devereaux ?

– Non, laissez tomber. Juste quelqu'un sur qui j'enquête. Qui était le criminel qu'elle a aidé ?

– Un fugitif nommé Daniel James Levitt. Un braqueur de banques, il purgeait dix ans dans la prison du comté et s'est fait la belle. Elle l'a caché quelques jours, puis il est reparti. Il a disparu pendant une semaine. Il a pris sa voiture et elle n'a jamais signalé le vol. C'est comme ça qu'elle s'est fait pincer. Elle avait déjà un paquet de casseroles, des délits et tout, et je crois qu'il a été décidé qu'il était temps de lui donner une leçon.

– Et où est Levitt, maintenant ?

– Mort, répondit Ross d'un ton neutre. Il est sorti en 1969, il s'est tenu à carreau jusqu'en 1971, puis il a essayé de faire un coup à Lucedale et il s'est fait descendre.

– Lucedale ?

– Oui, Lucedale... au nord-est d'ici, à environ cent trente kilomètres, près de la frontière de l'État.

– Je sais où se trouve Lucedale, Nate. J'y étais hier pour enquêter sur ce Devereaux que j'ai mentionné.

– Vous avez quelque chose ?

– Rien qui vous intéresse, pour le moment.

– Bon, revenons-en à Dolores Henderson.

– Elle est morte, elle aussi ? demanda Gaines.

– Non, il semblerait qu'elle se porte à merveille et réside à Purvis. Elle a déménagé là-bas juste après la condamnation de Regis.

– Et je parie qu'elle a déménagé grâce à une petite aide financière, hein ?

– Je songeais à y aller avec Eddie, histoire de la questionner.

– Non, il est trop tôt. Mais ce que j'aimerais, c'est que vous dénichiez toutes les informations disponibles sur elle et ce Daniel Levitt. Mais le plus discrètement possible. Que vous voyiez s'il y a un lien avec Wade, et aussi avec ce Leon Devereaux – ça s'écrit D-E-V-E-R-E-A-U-X –, qui habite à Lucedale. Toute preuve qu'il existe un lien entre ces personnes me serait très utile.

– C'est faisable. Je vous rappelle si je trouve quelque chose.

– Merci. »

Ross raccrocha. Gaines resta assis un moment à retourner ces nouvelles informations dans sa tête. Donc, Regis sort avec Della. Matthias n'apprécie pas l'idée d'un homme de couleur dans la famille, et il lui donne un avertissement on ne peut plus clair. Puis, juste histoire de s'assurer qu'il a bien saisi le message, il l'envoie à Parchman pour un cambriolage bidon. La victime du cambriolage – Dolores Henderson, citoyenne modèle de l'année – emménage à Purvis, et tout est bien qui finit bien. Della est de retour au bercail, Regis est rayé du paysage, et la vie reprend son cours normal. Pendant ce temps, le fantôme d'un crime ancien – le corps de Nancy Denton – refait surface. Michael Webster sort de sa retraite et semble sur le point de vider son sac, et Matthias Wade, toujours prompt à protéger ses propres intérêts et garantir son héritage, appelle un vieil ami, Leon Devereaux. Ils sortent Michael pour la soirée, puis s'en débarrassent pour de bon.

Si les choses s'étaient bien passées ainsi, alors la succession d'événements était assez limpide. Mais le prouver était une autre histoire. Quoi que Nate Ross et Eddie Holland apprennent sur Dolores Henderson et sur son témoignage à charge contre Clifton Regis, il était peu probable qu'elle change de refrain. Les gens de son espèce savaient pertinemment que les types comme Leon Devereaux existaient. Revenir sur son témoignage et contribuer à une réouverture du dossier, voire à une annulation de la peine, signifiait qu'elle risquerait de connaître le même sort que Michael Webster. Et Gaines était certain qu'elle n'en avait aucune intention. Il s'intéressa de nouveau à Devereaux. De toute évidence, ce n'était pas la personne la plus prudente ou la plus méticuleuse du monde. Non seulement il y avait une baignoire à moitié remplie de sang dans sa caravane, mais il était fort possible qu'il ait aussi laissé derrière lui le couteau dont il s'était servi pour décapiter Michael Webster. Bon, ce couteau était désormais dans la cave de la maison de Gaines, et il y resterait...

Gaines s'interrompit au beau milieu de ses réflexions. Il souleva le combiné du téléphone et rappela Nate Ross, qui décrocha immédiatement.

« Nate, c'est encore John.

– J'écoute.

– L'affaire Regis. Où a-t-elle été jugée ?

– Tribunal itinérant.

– Qui présidait ?

– Une seconde », dit Ross.

Gaines l'entendit interpeller Eddie Holland et répéter sa question. Ross reprit la communication.

« Marvin Wallace, dit-il.

– Qui est basé à Purvis, n'est-ce pas ?

– Oui, en effet.

– Et qui a mis Michael Webster en accusation et fixé sa caution ?

– Marvin Wallace. »

Les deux hommes restèrent quelques secondes silencieux.

« Je connais Wallace depuis vingt ans, déclara finalement Ross.

– Ce qui signifie ?

– Bon sang, j'en sais rien, John. Ça ne signifie rien. Juste que s'il est mêlé à tout ça, ça prouve que je le connais moins bien que je le pensais.

– C'est peut-être une simple coïncidence. Il est le juge du tribunal itinérant. Il entend à peu près tout.

– Alors, le jour où Clifton Regis a comparu devant lui il a dû entendre un sacré paquet de sornettes, mais il l'a tout de même envoyé à Parchman. Ça ne joue pas en sa faveur, à mon avis.

– Vous pensez que Wade pourrait graisser la patte à Wallace ? demanda Gaines.

– Eh bien, pour prendre cette décision, Wallace a dû être payé, ou alors Wade a un moyen de pression sur lui. Mais vous savez aussi bien que moi que ce ne sont que des suppositions. Pour le moment, je m'en tiens à ce que vous m'avez demandé tout à l'heure... je vais me renseigner sur Henderson, Levitt, et ce Devereaux.

– Bon, pendant que vous examinerez les comparutions et les inculpations de Devereaux, voyez si le juge Wallace présidait, vous voulez bien ?

– D'accord », répondit Ross.

Puis il ajouta :

« Et si vous étiez en train de creuser votre propre tombe, John ?...

– Nate, c'est quelqu'un d'autre qui creuse le trou. Moi, je ne fais que suivre.

– Bon, fiston, n'oubliez pas d'emporter une lampe torche et un fusil, hein ? »

Ross raccrocha. Gaines se leva et marcha jusqu'à la fenêtre.

Il regarda dehors la journée qui suivait son cours, les voitures et les camions qui roulaient sur l'autoroute. C'était le lundi 5, sa mère était morte depuis huit jours, et pourtant il avait encore le sentiment que s'il était rentré chez lui maintenant, il l'aurait trouvée à la maison.

Gaines était persuadé qu'il ne prendrait pas pleinement conscience de son absence et ne pourrait pas faire son deuil tant qu'il n'en aurait pas fini avec cette affaire, tant qu'il n'aurait pas l'esprit tranquille, tant qu'il n'aurait pas enterré une bonne fois pour toutes les fantômes de Nancy Denton et de Michael Webster.

61

Hagen apparut peu après neuf heures trente en s'excusant de son retard.

« Le petit a le croup, expliqua-t-il.

– Vous voulez rentrer chez vous ? demanda Gaines.

– Non, c'est bon. Il dort. Mary m'appellera si elle a besoin de quoi que ce soit. »

Gaines mit Hagen au courant des derniers développements, lui répéta les informations que Nate lui avait communiquées sur la condamnation de Regis, lui expliqua que Dolores Henderson et Daniel Levitt avaient été ajoutés à la liste des personnages de ce drame particulier.

« Dites-moi ce que vous savez sur Marvin Wallace, demanda Gaines. Vous avez passé toute votre vie ici. Vous le connaissez bien ?

– Il a l'air d'un homme honnête, répondit Hagen. Coriace, pas le genre à se laisser marcher sur les pieds, mais capable de se laisser attendrir, vous savez ?

– Comment ça ?

– Il a tendance à se laisser convaincre que les gens sont meilleurs qu'ils ne le sont vraiment. Il tend à leur accorder le bénéfice du doute.

– Il est marié ?

– Oui, depuis aussi longtemps que je me souvienne. Sa femme s'appelle Edith. Il a deux gosses... je dis gosses, mais ils sont désormais adultes et vivent leur vie. Un fils et une fille. La fille habite avec son mari et ses gamins dans un bled comme Magee ou Mendenhall, pour autant que je me souvienne, et le fils est avocat à Vicksburg. Lui aussi est marié ; mais je ne sais pas s'il a des gamins. Sa sœur est un peu plus vieille que lui. Il frise la trentaine, comme moi, alors qu'elle doit avoir dans les 35 ans.

– Leurs noms ?

– Marion et Stanley. Stanley, par ailleurs, est marié à la fille de Jack Kidd, Ruth.

– Jack Kidd, le procureur général ?

– C'est le seul Jack Kidd que je connaisse.

– Et la fille est mariée à quelqu'un qu'on connaît ? »

Hagen sourit.

« Probablement. C'est le Sud, hein ? Tout le monde connaît tout le monde, et si vous ne connaissez pas quelqu'un, vous avez probablement un lien de parenté avec lui de toute manière.

– C'est l'impression que je commence à avoir. »

Gaines repensa à la conversation qu'il avait eue avec Hagen le jour de la libération de Michael Webster, au fait que Ken Howard s'était entretenu avec Kidd et que ce dernier avait informé Howard que Webster ne pouvait pas être détenu plus de deux heures. Kidd aurait pu passer outre ; il aurait pu décider que Michael Webster n'était pas en état de se rappeler ce qu'il avait dit ou non à propos de la fouille de sa cabine ; il aurait pu conclure que c'était Webster qui avait choisi de ne pas passer de coup de fil lors de son arrestation, et non Gaines qui avait oublié de lui rappeler ses droits. Kidd aurait pu faire tout ce qui lui semblait approprié, mais il avait décrété que l'accusation de meurtre devait être abandonnée, que Webster devait être uniquement inculpé pour destruction de preuves, et il avait aussi conseillé qu'il comparaisse devant Marvin Wallace. De la sorte, la caution avait été fixée aussi bas que possible, et Wade avait pu débarquer et la payer. Après ça, il suffisait d'aller voir M. Devereaux, et l'affaire était réglée. Tout était résolu en interne, ni vu ni connu.

Wade, Wallace, Kidd. Qu'est-ce qui se passait ? Ces types étaient-ils de mèche ? Et si oui, pourquoi ? Était-ce simplement parce que les Wade avaient placé des gens dans le bureau du procureur général et au tribunal, et quand un service était nécessaire, on le leur rendait sur-le-champ? Ou y avait-il autre chose? Wallace et Kidd étaient-ils liés à la mort de Nancy Denton? Était-ce la raison pour laquelle Wade n'avait jamais pris la peine d'éliminer Michael Webster? Pas simplement parce que ce dernier devait garder le silence s'il voulait que Nancy revienne de parmi les morts, mais parce que Wade savait que Webster ne pouvait rien contre lui? Absolument rien. La loi serait toujours du côté de Wade. Webster pouvait avoir un accident ou connaître une fin malheureuse quand Wade le déciderait, et il n'aurait jamais à en rendre compte. Même si Webster avait parlé, Wade avait tout le monde, depuis le juge local du tribunal itinérant jusqu'au procureur général, dans sa poche. Ça fonctionnait comme ça, ça avait toujours fonctionné comme ça, et ça ne changerait jamais. C'était ainsi, dans la région.

« Shérif? »

Gaines regarda Hagen.

« Vous étiez où?

– Perdu dans mes pensées, Richard... de sales pensées.

– Bon, et maintenant?

– Ross et Holland sont en train de rassembler toutes les informations qu'ils peuvent sur Devereaux et les autres, et on attend aussi d'avoir des nouvelles de Della Wade.

– On peut lui faire confiance?

– Bon sang, j'en sais rien, Richard. Elle avait l'air de vouloir nous aider. Peut-être pas par sens moral, mais au moins à cause de Clifton Regis et de ce que son frère lui a fait subir.

– Mais elle reste une Wade.

– J'en ai bien conscience, dit Gaines. Donc, pour répondre à votre question, non, je ne lui fais pas confiance.

– Si ces gens ont été capables de tuer Webster et de faire ce qu'ils ont fait à Regis, alors on est à coup sûr dans leur ligne de mire.

– En effet, mais c'est précisément pour ça qu'on a décidé de porter l'uniforme, non ?

– Merde, non. Je l'ai fait pour la sécurité de l'emploi et l'assurance maladie. »

Gaines sourit, l'atmosphère se détendit un moment. Hagen était un type bien, indéniablement.

« Bon, je vais pas rester à me tourner les pouces, déclara Hagen. Je pourrais aller donner un coup de main à Nate et à Eddie si vous voulez.

– Oui, allez-y, mais si vous quittez la ville, prévenez-moi.

– D'accord, shérif. »

Gaines se retrouva une fois de plus entouré de silence. Apparemment, la tombe qu'on lui creusait était de plus en plus profonde. Soit ça, soit elle n'était que le fruit de son imagination, et, en fait, il n'y avait rien du tout.

Il espérait que la première hypothèse fût la bonne. Il n'était pas prêt à accepter que la mort de Nancy Denton fût uniquement imputable à Michael Webster. Il ne l'en croyait pas capable. Plus maintenant. Pas depuis qu'il avait appris les raisons qui l'avaient poussé à la mutiler. Il était peut-être cinglé, mais un assassin ? Gaines n'y croyait pas. Il l'avait regardé dans les yeux ; il avait passé du temps avec lui dans la cellule, au sous-sol ; il avait écouté ses divagations et ses monologues, et rien de ce qu'il avait dit n'avait convaincu Gaines que c'était un type mauvais.

Il décrocha le téléphone une fois de plus, appela Nate Ross une troisième fois.

« Nate, c'est John. Je vous envoie Richard Hagen pour vous aider. Je songe à me rendre à Purvis pour voir moi-même cette Henderson.

– Vous allez vous griller. Si vous lui parlez, ça arrivera aussitôt aux oreilles de Wade.

– Si elle est impliquée, Nate, seulement si elle est impliquée.

– Il paraît assez clair qu'elle l'est, vous ne croyez pas ?

– Je ne sais pas quoi vous dire. Je commence à penser que si nous ne prenons pas des mesures radicales, nous n'apprendrons jamais la vérité. Je ne vois pas quelqu'un débarquant ici et vidant son sac.

– Vous voulez de la compagnie ?

– Non, je vais y aller seul. Vous avez son adresse ?

– Non, pas encore, mais si elle est toujours à Purvis, elle ne devrait pas être trop dure à trouver.

– Elle doit figurer quelque part dans le système, je suppose, répondit Gaines. Et si vous n'avez plus rien à donner à faire à Hagen, renvoyez-le ici pour qu'il garde la forteresse.

– D'accord. »

Gaines raccrocha. Il chercha le numéro du commissariat du comté de Lamar, le composa, et parla à un agent qui savait précisément qui était Dolores Henderson et où elle habitait.

« Elle vous a causé des soucis ? demanda Gaines.

– Constamment, répondit l'agent. Elle était encore ici il y a deux jours pour état d'ivresse sur la voie publique, refus d'obtempérer, et deux ou trois autres trucs. Comportement obscène en public, aussi, je crois. Cette femme est un cauchemar absolu. Pourquoi vous intéressez-vous à elle, shérif ?

– Pas à elle, mais à quelqu'un qu'elle connaît, répondit Gaines.

– Oh, je pense qu'elle doit connaître le pire du pire, ici et dans une demi-douzaine d'autres États.

– Eh bien, c'est ce que j'espère, et je vais aller m'en rendre compte par moi-même, si ça ne vous dérange pas.

– Faites comme chez vous, shérif Gaines, et si vous trouvez une bonne raison de nous en débarrasser, nous vous serons tous redevables. »

Gaines remercia l'agent pour son assistance.

Il attrapa son chapeau, sa veste, se rendit à sa voiture, et prit la direction du nord.

S i Dolores Henderson n'était pas défoncée, alors elle l'avait été très récemment.

Alors même qu'il se tenait sur le porche de sa maison, Gaines se demanda s'il n'aurait pas été plus malin de lui rendre visite en tenue civile.

L'expression de curiosité qui apparut sur son visage lorsqu'elle ouvrit la porte et le vit fut aussitôt remplacée par du dégoût et de la dérision.

« Vous êtes qui, et qu'est-ce que vous me voulez ? » cracha-t-elle, comme si chacun de ses mots était infect et amer.

Dolores Henderson ne pouvait pas avoir plus de 35 ans. Elle avait le teint cireux et la peau sèche d'une junkie, les traits relâchés d'une ivrogne, et l'hygiène personnelle d'une pute à trois dollars. Elle n'était pas en bon état, vraiment pas, et Gaines supposa que la convaincre de témoigner contre Clifton Regis avait dû être on ne peut plus aisé.

Mais elle avait dû à un moment être jolie. Gaines le voyait. Bien que ses cheveux d'un blond pisseux aient été tout raides et sales, il restait un vestige de sa beauté d'adolescente. Les choses avaient tourné au vinaigre, sa vie avait dû dérailler. À en croire les apparences, elle se tuait à petit feu pour éviter que quelqu'un d'autre n'ait à le faire à sa place.

« Vous avez gagné à la loterie », déclara Gaines.

Elle ricana.

« Vous êtes un putain de comédien, ou quoi ?

– Exactement, répondit Gaines. C'est ce qu'on fait, de nos jours. On envoie des comédiens déguisés en flics pour prévenir les gens qu'ils ont gagné à la loterie.

– Vous avez des clopes ?

– Oui, merci. »

Elle fit un pas en arrière, sembla sur le point de perdre l'équilibre, puis agrippa le bord de la porte pour se rattraper.

« Vous êtes un sacré rigolo, fit-elle. Bon Dieu, c'est quoi votre problème à vous autres, hein ? Pourquoi faut toujours que vous soyez de tels connards ?

– Je crois que c'est une des conditions pour faire ce boulot, répliqua Gaines. Il y a un test de connerie à l'école de police, et si vous êtes pas un assez gros connard, vous êtes pas accepté. »

Dolores avait cessé de l'écouter avant même que Gaines eût fini. Elle regardait à l'intérieur de la maison, comme si quelqu'un ou quelque chose demandait toute son attention.

« Alors, je peux entrer, Dolores ? demanda Gaines.

– Vous avez un bout de papier qui dit que je dois vous laisser entrer ?

– Non, c'est juste une requête polie.

– Eh ben, vous pouvez aller vous faire foutre, alors, répliqua-t-elle. Vous avez pas de mandat, vous restez sur le putain de porche... D'ailleurs, je suis même pas obligée de vous laisser entrer dans le jardin. C'est une propriété privée.

– En effet, vous avez raison, dit Gaines. Mais j'ai deux ou trois questions à vous poser, et après je vous laisserai retourner à votre vie sociale chargée.

– Demandez ce vous voulez, connard. Je suis pas forcée de répondre.

– Clifton Regis. »

Elle hésita, regarda Gaines en fronçant les sourcils.

« Qu'est-ce qu'il a, celui-là ? Il est déjà sorti ?

– Non, il est toujours à Parchman.

– C'est tout ce qu'il mérite. Cet enfoiré est entré ici par effraction et a essayé de me voler. Merde, si j'avais pas gueulé comme un putois, il aurait plus que probablement aussi essayé de me violer. »

C'est ça, rêve, ma petite, songea Gaines.

« Donc, Clifton Regis a essayé de vous cambrioler ?

– Oui, exact.

– Et vous avez témoigné contre lui ? »

Dolores resta un moment silencieuse, se demandant peut-être où il voulait en venir, puis elle abaissa une hanche, posa la main sur sa taille, et adopta un ton défensif.

« C'est quoi, votre problème ? fit-elle.

– Je vous questionne juste sur Clifton Regis.

– Pourquoi ? C'était il y a longtemps. J'ai dit ce que j'avais à dire, et ça s'arrête là. »

Gaines y alla au flanc :

« Et ce que vous avez dit, c'est Leon qui vous a dit de le dire, ou vous l'avez inventé toute seule ?

– Pourquoi vous me causez de Leon ? demanda-t-elle, soudain sur le qui-vive. Qu'est-ce qu'il a fait, encore ? Qu'est-ce qu'il a dit ? Il essaie de se tirer de la merde en cherchant à me faire tomber ?

– Peut-être, dit Gaines.

– Ce salopard ! s'écria Dolores. Qu'est-ce qu'il a dit sur moi ?

– Il a dit que votre témoignage n'était peut-être pas si exact que ça. Qu'il comportait peut-être quelques incohérences.

– Ce putain d'enfoiré. Merde ! Merde ! Vous l'avez chopé pour quoi ?

– Oh, tout un tas de trucs, Dolores. Des trucs que vous voulez même pas savoir.

– Et il essaie de conclure un marché avec vous ? Il cherche à se tirer d'affaire en m'enfonçant ?

– Je n'ai pas dit ça.

– Alors, qu'est-ce qui s'est passé ? C'est quoi, cette histoire ?

– Je ne peux pas vous le dire, Dolores.

– Comment ça, vous pouvez pas me le dire ?

– Ce qu'il a fait ne regarde que lui et nous, et ce qu'il y a entre vous deux, eh bien, ce sera à vous de lui en parler.

– Enfoiré ! tonna-t-elle en cognant sur le chambranle de la porte. Nom de Dieu, ce salopard, je savais que j'aurais jamais dû tremper dans cette combine.

– La combine concernant Clifton Regis ? »

Elle se tut soudain, regarda Gaines d'un air soupçonneux.

« C'est quoi votre nom, déjà ?

– Je ne vous l'ai pas encore dit, répondit Gaines.

– C'est bien ce que je pensais. Et vous êtes de quel comté ?

– Je ne vous l'ai pas dit non plus.

– Hé, c'est quoi ce bordel, monsieur ? Qu'est-ce que vous foutez là ? Je dis plus rien. Vous m'entendez ? Je dis plus un putain de mot. Vous tirerez que dalle de moi.

– J'ai ce que je voulais, Dolores, dit Gaines, et il descendit les marches à reculons.

– Qu'est-ce que c'est censé vouloir dire ? Vous avez ce que vous voulez ? C'est quoi, ces conneries ? J'ai rien dit. »

Elle descendit les marches à son tour, suivit Gaines tandis qu'il reculait vers le portail, puis vers sa voiture qui était garée au bord du trottoir.

« Vous avez vraiment parlé à Leon ? demanda-t-elle. D'ailleurs, est-ce que vous le tenez vraiment ?

– Oh, oui, je le tiens, répondit Gaines, et j'ai quelques questions de plus à lui poser, maintenant, grâce à vous.

– C'est des foutaises, monsieur. J'ai dit que dalle, et si vous dites à Leon que je vous ai parlé, je...

– Vous quoi, Dolores ? Vous enverrez quelqu'un pour me couper les doigts ?

– Hé, j'ai rien à voir avec ça, bordel de merde ! J'étais même pas là quand ils lui ont fait ça.

– Alors, c'était seulement Leon ?

– Allez vous faire foutre ! » lança-t-elle sèchement.

Elle se baissa soudain, attrapa une pierre par terre, la tint dans sa main. Elle lança à Gaines un regard assassin.

Gaines atteignit sa voiture, chercha à tâtons dans son dos la poignée de la portière.

« Je passerai le bonjour à Leon de votre part, dit-il, et il ouvrit la porte.

– Connard ! » hurla Dolores, et tandis qu'il prenait place derrière le volant, la pierre percuta bruyamment le pare-chocs.

Gaines mit le contact, s'éloigna et regarda Dolores disparaître dans le rétro.

Un kilomètre et demi plus loin, il sentit la tension dans ses tripes. Il avait l'estomac noué, ses mains tremblaient. Mais ce n'était pas de la peur. C'était la certitude qu'il avait vu juste. Il n'avait rien de probant, évidemment, rien d'écrit noir sur blanc, rien qu'il pût partager avec quelqu'un d'autre que Hagen, Ross et Holland, et il n'avait certainement rien qui tiendrait devant Wallace, Kidd ou n'importe qui d'autre. Mais il avait néanmoins quelque chose. Il avait un lien entre Dolores Henderson et Leon Devereaux. Et il aurait parié sa chemise que le sang de Regis était l'un de ceux qui n'avaient pas été identifiés sur le couteau qu'il avait pris dans la caravane de Devereaux.

Et si Leon Devereaux avait joué un rôle dans l'incarcération de Regis, alors il était à coup sûr employé par Matthias Wade. Wade avait utilisé Devereaux pour ce boulot, donc il l'avait peut-être aussi utilisé pour régler son compte à Webster. Même couteau pour deux personnes différentes. Et qui était la troisième ?

Gaines parcourut les cent dix kilomètres jusqu'à Whytesburg pied au plancher. Il arriva chez Nate Ross peu après une heure.

63

Ross, Holland et Hagen étaient dans la maison. Ils avaient passé des coups de fil, tentant d'établir des liens entre Henderson, Devereaux et Levitt. Gaines relata la conversation qu'il avait eue avec Dolores Henderson, suite à quoi Hagen déclara :

« Si Devereaux apprend qu'elle vous a parlé et qu'elle l'a impliqué de la sorte, on risque de se retrouver bientôt avec un cadavre de plus.

– On dirait qu'elle va avoir ce qu'elle mérite, observa Holland. Le destin finit toujours par vous rattraper.

– Si nous étions de braves gens, nous l'enfermerions pour sa propre sécurité en attendant que ce Devereaux soit derrière les barreaux, dit Ross.

– Alors, nous ne sommes manifestement pas de braves gens, répliqua Gaines. Pour ma part, je me soucie autant d'elle qu'elle se souciait de Clifton Regis.

– Donc, nous devons trouver Devereaux, reprit Hagen.

– Et nous devons le relier à Wade. Il nous faut quelque chose sur Devereaux qui le forcera à balancer Wade, et alors on pourra envisager de clore cette enquête une bonne fois pour toutes. Je veux Wade pour au moins un de ces meurtres, et si ce n'est pas celui de Nancy, alors ça devra être celui de Webster.

– Peut-être que Dolores Henderson témoignera contre Devereaux. Elle nous a déjà prouvé qu'elle aimait témoigner, pas vrai ? » fit Ross.

Hagen secoua la tête.

« Elle est à peu près aussi crédible en tant que témoin que...
eh bien, que le pire témoin qu'on puisse imaginer. C'est une
criminelle et une junkie. Un blanc-bec qui n'aurait jamais plaidé
au tribunal mettrait sa crédibilité en miettes en cinq minutes.

– Ce qui rend encore plus incroyable le fait qu'elle ait réussi
à envoyer Regis à Parchman, observa Holland.

– Exactement, convint Gaines. Elle ne nous est d'aucune
utilité, croyez-moi, si ce n'est pour étayer nos soupçons sur
Devereaux, et elle a pour ainsi dire confirmé que c'est lui qui
a coupé les doigts de Regis.

– Ce qui nous laisse Wallace, dit Ross.

– Ce qui nous laisse Wallace, répéta Gaines en écho.

– Quel dommage, un type comme ça, toutes ces années à
le soutenir, et il s'avère qu'il est à la solde des Wade.

– Nous n'en sommes pas encore certains », tempéra Gaines.
Ross secoua la tête.

« Je crois que si, John. »

Ils restèrent tous les quatre silencieux pendant trente bonnes
secondes.

« Vous voulez venir le voir avec moi ? demanda Gaines à Ross.

– Si nous y allons en tant qu'amis, je vous accompagne. Si
c'est une visite officielle, vous feriez mieux de prendre Hagen.

– En tant qu'amis, dit Gaines. Nous ne savons pas de quoi
il retourne pour ce qui est de Wallace. Nous ne savons même
pas si nous avons quelque chose. Pas vraiment. Nous pouvons
aller le voir, lui faire part de nos soupçons, voir s'il nous donne
quoi que ce soit. Nous devons lui faire savoir dans quelle
direction nous allons, et alors s'il décide de nous donner un
coup de main ou de faire quelque chose qui l'innocentera, très
bien. On lui accorde le bénéfice du doute et on voit ce qui
se passe.

– Ça me va, dit Ross. Je vais passer quelques coups de fil et
essayer de le localiser. »

Gaines se tourna vers Hagen.

« Retournez au commissariat. Ne dites rien à personne. Dès que je saurai où on en est, je vous informerai.

– Et moi ? demanda Holland.

– On dirait que vous êtes la cinquième roue du carrosse, Ed, répondit Gaines. Je ne pense pas que ça plaira à Marvin Wallace si on débarque à trois à l'improviste.

– Parfait, dit Holland. J'ai des choses à faire, de toute manière. Je serai ici si vous avez besoin de moi.

– Merci. »

Ross réapparut dans la cuisine après avoir téléphoné dans le couloir.

« Il est à son bureau à Purvis, annonça-t-il. Il n'est pas au tribunal aujourd'hui, d'après sa secrétaire. Nous avons rendez-vous avec lui à trois heures.

– Alors, mettons-nous en route, dit Gaines.

– Appâtez-le bien et faites-le gigoter au bout de l'hameçon », déclara Holland tandis qu'ils s'apprêtaient à partir.

Gaines ne répondit rien. Il ne pensait pas que la conversation avec le juge Marvin Wallace ressemblerait à celle qu'il avait eue avec Dolores Henderson. Wallace était une autorité judiciaire nommée par l'État, un homme de haut rang à la réputation excellente, et il avait un paquet d'amis. Ce ne serait pas une partie de plaisir, loin de là. Sans compter qu'à partir de maintenant, toute possibilité de préserver la confidentialité de leur enquête volerait en éclats.

Ils n'auraient plus nulle part où se cacher pour fuir l'influence et les relations de Wade. Gaines risquait de se réveiller un matin avec Leon Devereaux à côté de son lit, lui demandant s'il pourrait récupérer son couteau pour un travail urgent.

64

Pour un enfant de 11 ans, Kenny Sawyer était un sacré malin. Il avait déjà compris que dans la vie, ce qu'on méritait et ce qu'on avait n'était jamais la même chose. La mère de Kenny, Janette, n'avait que 37 ans, et pourtant les déceptions l'avaient déjà éreintée. Elle était désormais du genre à estimer que l'espoir servait uniquement à vous rappeler toutes les choses que vous aviez échoué à accomplir.

À 25 ans, elle avait épousé un homme de 40, du nom de Ray Sawyer. Ensemble, ils avaient loué une maison à Lucedale. Ray avait déjà été marié, il avait déjà deux fils – Dale et Stephen, respectivement 14 et 17 ans. Ray était devenu veuf quand sa première femme s'était suicidée. Pourquoi elle avait fait ça, Kenny n'en savait rien, et c'était manifestement un sujet qu'il valait mieux ne pas aborder.

Après un an de mariage, Janette Sawyer était enceinte, et le résultat avait été Kenny, né en 1963.

Six ans plus tard, Ray avait développé un cancer foudroyant et était mort en moins de trois mois. Il y avait des photos de lui vers la fin, une ombre de ce qu'il avait été, ses vêtements pendouillant sur sa carcasse de sorte qu'il y aurait eu assez de place à l'intérieur pour deux ou trois autres personnes de sa stature. Kenny se souvenait à peine de son père, et sa mère parlait rarement de lui. La seule chose qui restait de Ray Sawyer, c'était la maison que lui et Janette avaient louée. Janette avait eu des aventures avec divers hommes dans les années qui avaient suivi – quelques gars bien, mais principalement des sales types.

Dale et Stephen avaient mis les voiles quasiment sitôt leur père enterré. Kenny ne comprenait pas qu'ils n'aient éprouvé aucune responsabilité envers leur belle-mère. Lui avait senti le fardeau de la responsabilité, et, du coup, il était resté. Le fait qu'il avait 6 ans à l'époque avait pesé dans sa décision, évidemment, mais il aimait croire que s'il avait voulu, lui aussi aurait pu foutre le camp comme Dale et Stephen.

Kenny n'avait pas examiné la question sous tous les angles, mais il était certain d'une chose : ce qu'on méritait et ce qu'on avait n'était jamais la même chose. Absolument jamais.

L'absence de père n'avait jamais été une préoccupation majeure pour Kenny. Quand on lui posait la question, il répondait que ce qu'on n'avait jamais eu ne pouvait pas nous manquer. Les enfants ne comprenaient pas vraiment ce sentiment, mais les adultes étaient impressionnés par cette attitude philosophe, et ils appréciaient Kenny pour son honnêteté et son bon sens manifestes. Il avait un penchant artistique, aimait dessiner, peindre, sculpter l'argile, et certains pensaient qu'il serait peut-être de ceux qui s'en sortiraient dans la vie.

« Il pourrait être architecte, peintre, dessinateur ou quelque chose comme ça, avait un jour dit le prof d'arts plastiques à Janette Sawyer lors d'une réunion parents-professeurs. Il a assurément du talent, madame Sawyer, et je suis certain qu'il réussira. »

Si Janette avait eu l'énergie d'être fière, elle l'aurait peut-être été. Mais non. Elle n'avait pas l'énergie suffisante pour un paquet de choses, ces temps-ci. Elle n'avait pas encore 40 ans, et pourtant elle se sentait aussi vieille que sa propre mère. *Lessivée*, c'était son mot. « Je suis complètement lessivée, Kenny, qu'elle disait. Fais-toi un peu de soupe avec des crackers. Je préparerai un véritable dîner plus tard. » Mais en règle générale, ce *plus tard* n'arrivait jamais, et Kenny finissait par prendre deux pièces de vingt-cinq cents dans le porte-monnaie de sa mère et allait s'acheter du poulet frit.

C'est lors d'une de ses expéditions pour aller s'acheter du poulet qu'il rencontra Leon Devereaux. Un peu plus d'un an plus tôt, il avait marché jusqu'au petit restaurant de Gorman Road, et tandis qu'il rentrait chez lui avec, dans une main, le sac en papier poisseux qui contenait deux ailes, deux pattes, et une barquette de coleslaw, et dans l'autre, un gobelet de root beer, un pick-up noir avait ralenti à côté de lui et s'était immobilisé.

Kenny Sawyer n'était pas du genre méfiant. Il était suffisamment jeune pour juger les gens en fonction de leur apparence, pour leur faire confiance jusqu'à ce qu'ils lui donnent une raison de changer d'avis, et pourtant suffisamment grand pour estimer qu'il pouvait se défendre tout seul. La vie lui avait peut-être distribué des cartes médiocres, mais c'était avec des cartes médiocres qu'on réussissait les meilleurs bluffs.

« Qu'est-ce que t'as là ? » avait demandé une voix.

Kenny s'était arrêté et tourné vers la gauche.

« Poulet.

– Où t'as eu ça ?

– Restaurant. »

Un visage était alors apparut à la vitre, au-dessus du bras couvert de tatouages de prisonnier qui reposait sur le bord de la portière. L'homme avait les cheveux coupés à ras, une dent manquait du côté gauche de son sourire tordu. Mais aux yeux de Kenny, c'était un sourire sympathique, un sourire honnête, et l'homme avait l'air de bonne disposition.

« Derrière nous ?

– Oui, derrière nous. À huit cents mètres, pas plus.

– Et le poulet est bon ?

– Correct, répondit Kenny.

– On te fait pas à manger, chez toi ?

– Parfois.

– Mais pas aujourd'hui.

– Non, monsieur, pas aujourd'hui.

– Monsieur ? Pourquoi tu me donnes du monsieur ? »

Kenny fronça les sourcils.

« Par politesse, monsieur.

– Ben merde alors, gamin. Je crois pas que quiconque m'ait jamais appelé monsieur.

– Peut-être que vous n'avez pas rencontré beaucoup de gens polis.

– Je crois que tu dois avoir raison. Je crois que t'as mis le doigt sur le problème, fiston.

– Peut-être, répondit Kenny, songeant à son poulet qui refroidissait.

– Alors, il est bon, ce poulet, que tu dis ?

– Vous voulez le goûter ? » demanda Kenny.

Il fit un pas en direction du pick-up et leva le sac en papier poisseux.

« Tu me laisserais goûter à ce poulet qu't'as dans le sac ?

– Bien sûr. Pas tout, évidemment, mais vous pourriez peut-être prendre une aile pour voir s'il est bon, et si vous en voulez plus, vous pourrez rouler jusque là-bas et vous en acheter. »

L'homme marqua une pause, pencha la tête sur le côté et regarda Kenny Sawyer comme s'il venait d'une autre planète.

« T'es un brave gamin, tu le sais, ça ? »

Kenny regarda Leon comme si lui aussi venait d'une autre planète.

« Alors, vous en voulez ?

– Pour sûr, gamin. Passe-moi une aile et on verra comment il est. »

Ils convinrent que le poulet était bon, pas le meilleur qu'ils aient mangé de leur vie, mais il faisait l'affaire.

« T'habites où, fiston ? demanda Leon.

– Là-bas, derrière la coupe rase.

– Avec ta mère et ton père ?

– Juste ma mère.

– Ton père s'est tiré ?

– Non, il est mort.

– Désolé d'entendre ça.

– Pas de quoi.

– T'as des frères et sœurs ?

– Deux demi-frères, Dale et Stephen, mais ils ont foutu le camp à la mort de papa.

– Donc, c'était pas les fils de ta maman ?

– Non, monsieur. C'étaient des pièces rapportées. »

Leon éclata de rire.

« Oui, vraiment, t'es un bon gamin, et en plus t'es malin. Je parie qu'on te la fait pas, à toi.

– J'aime croire que non.

– Bon, je vais aller à ce restaurant et m'acheter un peu de ce poulet. Tu veux venir ?

– Pourquoi ?

– Aucune raison. Juste pour la compagnie.

– Je suis pas censé suivre les inconnus.

– Comment tu t'appelles, fiston ?

– Kenny.

– Ben, Kenny, moi, c'est Leon, et je suis ravi de te rencontrer.

– Ravi de vous rencontrer, monsieur.

– Bon, vu que maintenant on s'appelle par nos petits noms et qu'on a partagé à manger, on dirait qu'on est plus des inconnus, qu'est-ce que t'en dis ?

– Je suppose.

– Allez, grimpe et montre-moi où se trouve ce restaurant, et quand on aura mangé, je pourrai te ramener chez toi. »

Kenny hésita quelques secondes, puis il grimpa du côté passager et indiqua le chemin. Non qu'il y eût beaucoup de chemins possibles, mais il l'indiqua tout de même.

On pourrait croire que Leon Devereaux avait de sinistres et douteuses raisons d'aborder Kenny Sawyer, mais bon, peut-être que non. Peut-être qu'il cherchait simplement de la compagnie et que Kenny Sawyer s'était trouvé là. Quelles qu'aient été ses intentions, la situation était désormais différente. Leon

Devereaux entra dans le restaurant et acheta du poulet. Il prit aussi des frites, un gobelet de ketchup, et des cookies tout juste sortis du four pour Kenny. Ils mangèrent ensemble, dans la cabine du pick-up, et parlèrent peu. Lorsqu'ils eurent fini, Leon tint parole et ramena Kenny chez lui.

« Tu connais les caravanes garées là-bas ?

– Celles où il y a ce cinglé de chien ? demanda Kenny.

– Celles-là mêmes.

– Oui, je les connais, monsieur.

– Ben, c'est là que j'habite. Si jamais t'as envie de compagnie, passe me voir. Et n'aie pas peur du chien. Son nom, c'est Général Patton. Il est toujours bien attaché, et il est pas aussi dingue qu'il en a l'air. C'est rien que de la frime.

– Vous voulez que j'apporte du poulet ?

– Pour sûr, fiston. Apporte du poulet si tu veux.

– D'accord, dit Kenny.

– Bon, très bien », répondit Leon.

En règle générale, Leon n'était pas là, et leurs rencontres étaient rares et espacées dans le temps. Mais quand ils se voyaient, ils reprenaient la conversation là où ils l'avaient laissée la fois précédente – base-ball, bandes dessinées, Église, nourriture préférée, petites amies, les avantages des chats sur les chiens et vice versa, et ainsi de suite. Leon fit à Kenny une démonstration de catch de bûcheron, lui enseigna quelques mouvements – comment envoyer un coup de poing qui mette son adversaire K-O. Et comme Kenny ne demandait jamais où Leon partait si souvent, Leon ne donna jamais la moindre explication à ses absences.

Et c'est ainsi que l'après-midi du lundi 5 août, en rentrant de l'école, Kenny Sawyer passa voir si le pick-up de Leon était devant chez lui. Il n'y était pas. Ça faisait deux semaines qu'il ne l'avait pas vu, mais cette fois, il y avait quelque chose d'étrange. Général Patton était là, détaché, courant entre les caravanes et aboyant comme un taré. Kenny l'appela, et Général déboula à toute vitesse, le renversant presque tant il était content de voir une tête familière.

« Qu'est-ce qui se passe, mon gars ? demanda Kenny. Où est ton maître, hein ? Où est Leon ? Qu'est-ce que tu fais ici tout seul ? »

Chaque jour, Kenny était passé par ici. Il avait vu les caravanes, mais pas le pick-up, ni le chien. Ça n'avait aucun sens. Absolument aucun sens. Il ne comprenait pas comment Leon pouvait être absent si Général était là, détaché, en train de galoper librement.

Kenny marcha jusqu'à la plus grosse des caravanes, celle où Leon et lui discutaient et mangeaient du poulet. Il frappa, attendit, songea que Leon devait encore être à l'intérieur avec une fille, comme c'était déjà arrivé à deux ou trois reprises. Mais Leon n'était pas là. Évidemment que non. Comment serait-il arrivé jusqu'ici sans la camionnette ? Peut-être qu'il était tombé en panne quelque part et avait décidé de rentrer à pied, laissant Général prendre les devants. D'ici quelques minutes, il apparaîtrait à l'angle de la route en demandant où était le poulet.

Kenny se dirigea vers la petite caravane, celle où dormait Leon.

Il frappa de nouveau tout en sachant que personne ne répondrait, puis leva la main pour ouvrir la porte.

Cinq minutes plus tard, tandis qu'il s'arrêtait une fois de plus pour vomir violemment au bord de la route, Kenny sentait toujours l'odeur du corps en décomposition de Leon, il voyait toujours son unique œil qui le regardait fixement. L'autre œil avait reçu une balle, qui avait laissé un trou au moins gros comme une pièce de vingt-cinq cents, et la sauce bolognaise qui s'était trouvée dans son crâne décorait désormais le mur au-dessus de sa tête.

Il avait été abattu dans son lit, s'était peut-être redressé pour voir qui entrait, et s'était pris la balle en plein dans l'œil.

Lorsqu'il arriva chez lui, Kenny parvenait à peine à respirer, et encore moins à parler. Après un moment, Janette Sawyer comprit qu'il s'était passé quelque chose de sérieux, et elle appela le commissariat. Gradney se rendit lui-même sur place et vit ce que Kenny Sawyer avait vu. Une fois la scène sécurisée, une fois les photos prises et le légiste appelé, il décida d'essayer de comprendre pourquoi un gamin de 11 ans avait un ami comme Leon Devereaux. Gradney savait lui aussi que ce qu'on avait et ce qu'on méritait n'était pas la même chose, et que ça s'appliquait également aux amis. Kenny lui expliqua comme il put, puis Gradney s'assit avec Janette Sawyer et tenta de lui faire comprendre que garder un œil sur les fréquentations de son fils pourrait être une bonne idée. Une fois les Sawyer repartis, Gradney appela la fourrière et les informa qu'ils avaient un clebs à récupérer. Ce n'est qu'une fois le chien emmené qu'il songea à aller voir dans l'autre caravane. Il vit ce que Gaines avait vu dans la baignoire, et fut troublé comme jamais. Il ne savait pas ce que Leon avait fait, mais il se demanda si Kenny Sawyer était censé être le prochain sur la liste de ses victimes. Finalement, Gradney appela le commissariat du comté de Breed. Il ne tomba pas sur Gaines, mais sur Hagen. Il expliqua ce qui s'était passé, à savoir que Leon Devereaux avait été découvert mort dans sa caravane par un enfant.

« Un enfant ? demanda Hagen, incrédule.

– C'est ce que j'ai dit, répondit Gradney. On dirait que Leon Devereaux avait des fréquentations improbables. Un petit gamin de 11 ou 12 ans, il a expliqué qu'il rendait visite à Devereaux et à Général Patton – c'est le nom du chien – depuis quelque temps. Il apportait du poulet après l'école, et ils discutaient de filles et ainsi de suite. »

Hagen lui débita un bobard. Il prétendit que Gaines et lui étaient allés là-bas, mais qu'ils ne s'étaient pas aventurés dans les caravanes. Gradney expliqua que, hormis le cadavre de Devereaux dans la plus petite des caravanes, tout indiquait qu'un crime avait été perpétré dans l'autre véhicule. Un sacré paquet de sang avait été découvert dans la baignoire, du sang qui semblait être là depuis beaucoup plus longtemps que le corps de Leon.

« Bien sûr, il a pu égorger un cochon, là-dedans, suggéra Gradney, mais j'en doute. Je crains que nous ne découvrions qu'un pauvre type a disparu, et quand nous le retrouverons, il sera quasiment vidé de son sang. »

Puis il ajouta : « Ironique, hein ? Le fait est que votre homme était tout le temps là, sauf qu'il n'était pas en état de recevoir des visiteurs. Quelqu'un lui a tiré une balle dans l'œil, a décoré le mur avec l'essentiel de sa tête, puis l'a laissé là sur le lit. Le légiste dit qu'il est mort depuis environ une semaine. Même au meilleur de sa forme, il n'était pas joli à voir et il ne sentait pas la rose, alors vous pouvez imaginer comment il est maintenant. »

Hagen remercia Gradney, et ajouta qu'il était possible que Gaines et lui viennent jeter un coup d'œil aux caravanes, mais probablement pas aujourd'hui. Gradney répondit qu'ils pouvaient venir n'importe quand, mais demanda à être prévenu à l'avance de sorte à pouvoir être présent. Hagen le remercia une fois de plus d'avoir appelé, et la conversation s'acheva.

Conscient qu'il n'arriverait pas à joindre Gaines sur sa radio, Hagen appela le bureau du juge Marvin Wallace et laissa un message demandant à Gaines de le rappeler dès que possible.

Alors qu'il s'apprêtait à quitter le commissariat, un nouveau coup de fil arriva. C'était Maryanne Benedict.

« Le shérif Gaines est-il là ? demanda-t-elle.

– Non, mademoiselle Benedict. Il n'est pas en ville pour le moment. Je peux vous aider ?

– C'est Della Wade, expliqua-t-elle. Elle m'a appelée pour me dire qu'elle venait me voir et qu'elle avait des informations sur ce qui est arrivé à Clifton.

– Je me mets tout de suite en route, dit Hagen. Dites-lui que j'arrive et qu'elle ne doit pas partir tant que je ne l'aurai pas vue.

-Je ferai tout mon possible pour la retenir », répondit Maryanne, et elle raccrocha.

En quittant le commissariat, Hagen demanda à Barbara de le contacter sur sa radio si elle avait des nouvelles du shérif. Elle répondit qu'elle le ferait, et tandis qu'elle regardait la voiture de Hagen s'éloigner, elle essaya de se rappeler la dernière fois qu'il y avait eu une telle agitation à Whytesburg. Aucun souvenir ne lui revint, et elle supposa que ce n'était jamais arrivé jusqu'alors.

65

L e juge Marvin Wallace, de Purvis, n'était pas homme à traiter avec les menteurs. Il pensait pouvoir en repérer un à cent pas, et était persuadé que le menteur reconnaîtrait en lui un homme qui ne perdrait pas une seconde à écouter ses sornettes.

Une telle faculté lui était fort utile en tant que juge et arbitre de la loi, car les alibis devenaient transparents, les réponses évasives aux questions directes étaient reçues sans pitié, et les personnes qui comptaient le tromper étaient vite confondues par la précision de ses déclarations et de ses décisions. Ken Howard le connaissait bien, comme tous les avocats et procureurs des comtés qu'il avait sous sa coupe, et même certains d'un peu plus loin.

Branford était le siège du comté, et Frederick Otis gérait cette juridiction d'une main de fer, mais Wallace était juge du tribunal itinérant et couvrait donc une zone beaucoup plus vaste.

Le rendez-vous qui avait été arrangé pour trois heures le lundi 5 août était – pensait-il – lié à quelque mandat en suspens, à une affaire en cours, une histoire de points à mettre sur les *i*. Wallace avait prévu un autre rendez-vous trente minutes plus tard, persuadé que la question dont voulait discuter le shérif John Gaines ne prendrait pas plus longtemps que ça.

Il accueillit Gaines et Ross poliment, et lorsque Gaines entama la conversation par : « Juge Wallace, merci de nous recevoir, nous voulions vous parler de Matthias Wade », la température dans la pièce sembla chuter d'un ou deux degrés.

« Matthias Wade ? » demanda Wallace. Il s'agita sur son siège, regarda Ross, puis de nouveau Gaines. « Quel est le problème avec Matthias Wade ?

– Bien que nous ne possédions aucune preuve solide, ni même d'indices significatifs, nous pensons qu'il a pu être mêlé au décès récent de Michael Webster, et avant cela, il y a vingt ans, à celui de Nancy Denton. »

Wallace ne montra aucune surprise. Il garda un visage de marbre, et après avoir silencieusement fixé du regard Gaines pendant dix bonnes secondes, il sourit et secoua la tête très lentement.

« Et ? demanda-t-il.

– Eh bien, je voulais connaître votre réaction à cette hypothèse. Qu'il ait pu être mêlé à ça.

– Je n'ai aucune réaction, shérif Gaines. À quel genre de réaction vous attendiez-vous ?

– Je me demandais si votre relation avec Matthias Wade...

– Excusez-moi, ma *relation* avec Matthias Wade ?

– OK, votre amitié. Je me demandais si votre amitié avec Matthias Wa... »

Wallace leva la main et Gaines se tut, puis il se pencha en arrière sur sa chaise et joignit le bout des doigts.

Pendant un court moment, le seul son fut celui du ventilateur au plafond.

« Je crois que vous ne jouez pas franc jeu, dit Wallace. J'ai l'impression d'arriver en retard à un match et que le score est déjà décidé. Je n'ai absolument aucune idée de ce dont vous parlez. Vous utilisez les mots *relation* et *amitié* en référence à Matthias Wade comme s'ils avaient une signification particulière. Je ne sais pas de quoi vous parlez.

– Êtes-vous en train de dire que vous n'êtes pas l'ami de Matthias Wade ? »

La bouche de Wallace esquissa un sourire, mais ses yeux demeurèrent implacables.

« Ami ? De Matthias Wade ? » Il resta un moment silencieux, puis poursuivit : « OK, shérif Gaines, mettons tout de suite une chose au clair. Si vous avez une question à me poser, alors posez-la. Ne venez pas dans mon bureau avec cette attitude. Ne me présentez pas vos questions comme si je vous cachais quelque chose. N'utilisez pas de techniques d'interrogatoire avec moi, vous comprenez ?

– Des techniques d'interrogatoire ?

– Votre manière de poser des questions. Suis-je en train de dire que je ne suis *pas* l'ami de Matthias Wade ? Comme si je cherchais à revenir sur une déclaration antérieure. Vous savez exactement de quoi je parle, shérif, et n'essayez pas de me dire le contraire. Je n'ai pas de temps pour ces jeux. »

Gaines laissa passer un silence avant de parler.

« Je vous prie de m'excuser, dit-il. Ç'a été une affaire éprouvante pour nous, vous savez ? Nous n'avons pas souvent des meurtres, et là nous en avons plusieurs, et aussi un suicide. Nous avons juste besoin de votre aide, monsieur le juge. Certains détails ont un sens, et d'autres n'en ont aucun, et nous pensions que vous pourriez nous aider à clarifier quelques points.

– Allez-y, fiston. Nous sommes tous du même côté, et si j'ai la réponse à une question, je vous la donnerai.

– Vous souvenez-vous d'un homme nommé Clifton Regis ? »

Wallace fut pensif, puis il secoua lentement la tête.

« Je ne peux pas dire que je m'en souvienne, non.

– Vous l'avez condamné à purger une peine à Parchman Farm. »

Wallace sourit.

« Bon sang, j'envoie une demi-douzaine de personnes par mois à Parchman Farm. Quand était-ce ?

– Il y a dix-huit mois...

– Dix-huit mois ? Vous avez une idée du nombre d'affaires que je traite par semaine ? Alors, dix-huit mois...

– Je pensais simplement que vous vous rappelleriez celle-là.

– Et pourquoi donc, shérif Gaines ? Je vous en prie, éclairez-moi.

– Des doigts qui manquaient à la main droite. Accusé de cambriolage, déposition d'un seul témoin oculaire, rien pour corroborer cette déposition, et vous l'avez déclaré coupable.

– Eh bien, shérif, si je l'ai déclaré coupable, c'est qu'il l'était très probablement. Les indices peuvent être accablants s'il y en a assez.

– Je le comprends, mais il semblerait qu'il n'y ait eu aucun indice à part la déposition du témoin.

– Alors, le témoin a dû être très convaincant, et l'accusé, nettement moins. Je ne condamne pas les gens à une peine de détention à la légère, shérif, et je crois que vous le savez.

– Vous souvenez-vous de cette affaire ?

– Pas spécifiquement, non.

– Vous ne savez donc pas s'il y a quelque chose qui aurait pu nous échapper dans le dossier ? Nous avons cherché encore et encore, et nous ne comprenons pas pourquoi il a été condamné à une peine de prison.

– Comme j'ai dit, fiston, si je l'ai envoyé à Parchman, c'est que je devais avoir une très bonne raison de le faire.

– Vous rappelez-vous si Matthias Wade était de quelque manière lié à cette affaire ?

– C'est quoi cette obsession avec Matthias Wade ? Il vous a contrarié ? Pourquoi Matthias Wade s'intéresserait-il à ce Regis ?

– Parce que Clifton Regis et Della Wade avaient une liaison. »

Wallace hésita, puis déclara :

« Et ce Clifton Regis est un homme de couleur, je suppose.

– Oui, monsieur, c'est un homme de couleur. »

Wallace acquiesça lentement.

« Oh, bien, maintenant je comprends pourquoi Matthias Wade a pu vouloir que cet homme finisse à Parchman Farm, mais ma décision de l'incarcérer n'a été prise ni sous l'influence ni sous la contrainte de Matthias Wade. Je peux vous l'assurer. »

Gaines s'enfonça dans sa chaise, sembla se détendre.

« Eh bien, monsieur le juge, je suis grandement soulagé d'entendre ça.

– Je serais curieux de savoir pourquoi vous avez cru que je pouvais être lié à Matthias Wade. Je connais son père, naturellement. Toutes les personnes de ma génération connaissent bien Earl Wade, et vice versa, mais Matthias, non, pas vraiment. Je crois savoir qu'il est un peu entêté, un peu impétueux, et je comprends qu'il ait pu être un peu soucieux de voir sa sœur fréquenter un homme de couleur.

– Pourquoi soucieux, monsieur le juge ? »

Wallace sourit ; la question était si futile qu'elle ne méritait pas de réponse.

« Alors, c'est tout ? demanda Wallace.

– Oui, monsieur, c'est tout. »

Wallace se leva, désigna la porte.

« Bon, si je peux faire quoi que ce soit d'autre pour vous, faites-le-moi savoir. »

Lorsque Ross et Gaines atteignirent la porte, Gaines se retourna soudain et regarda Wallace.

« Vous rappelez-vous la femme, monsieur le juge ? Celle qui a déposé devant le tribunal ?

– Cette Henderson ? Non, je ne me souviens pas d'elle, désolé.

– Très bien. Merci pour votre temps, monsieur », dit Gaines, et il quitta la pièce.

Ross referma doucement la porte derrière lui. Il eut un moment d'hésitation, puis il sourit et déclara : « Quel putain de menteur. »

66

Un message de Hagen attendait Gaines au secrétariat de Wallace. Après l'avoir entendu, il demanda s'il pouvait utiliser l'un des téléphones.

C'est Barbara qui prit son appel. Elle expliqua que Hagen avait reçu un coup de fil d'un certain shérif Gradney, à Lucedale, puis un autre de Maryanne Benedict, et qu'il était parti la voir. Gaines demanda si Hagen avait donné la raison de l'appel de Gradney.

« Il n'a rien dit, shérif, répondit-elle. Les appels sont arrivés successivement, d'abord le shérif, puis Mlle Benedict, et Richard est parti précipitamment. »

Gaines appela Maryanne chez elle, lui parla brièvement, apprit qu'elle avait eu des nouvelles de Della Wade, que celle-ci était en route pour venir la voir.

Gaines – comme Hagen avant lui – lui recommanda de tout faire pour retenir Della Wade jusqu'à ce qu'il arrive.

Gulfport se trouvait à au moins cent ou cent dix kilomètres, et Gaines enfonça l'accélérateur.

Ross fut le premier à évoquer le faux pas de Wallace, le fait qu'il avait par inadvertance cité le nom de Dolores Henderson sans que Gaines l'eût directement mentionné.

« Vous ne vous dites jamais que vous préféreriez ne pas savoir, Nate ? Vous ne vous dites jamais que vous auriez mieux fait de choisir un boulot où votre vie ne serait pas accaparée par ce genre de connerie ?

– Non, répondit-il. Ce genre de connerie, c'est précisément ce qui me donne envie de continuer à vivre. »

Gaines eut un sourire sardonique.

« Ça me pousse à me demander jusqu'où ça va, poursuivit Ross. Je veux savoir si Kidd est impliqué et s'il s'agit d'argent ou d'autre chose.

– Dans quatre-vingt-dix-neuf pour cent des cas, il s'agit d'argent. Du moins dans mon expérience, déclara Gaines.

– Wallace n'est pas à la rue, et Kidd est riche comme Crésus, donc je ne comprends pas ce qu'ils cherchent.

– Quand vous vous engagez dans cette voie, aussi riche que vous soyez, vous n'en avez jamais assez.

– Bande de cinglés, dit Ross. Wallace doit être au téléphone avec Wade en ce moment même. J'en mettrais ma main à couper.

– Oui, je suppose, répondit Gaines. À vrai dire, j'en ai ma claque de tourner autour du pot et de ne pas obtenir de réponses franches. Je me suis dit que c'était mieux de leur mettre le nez dedans plutôt qu'attendre qu'ils tuent quelqu'un d'autre.

– Vous croyez que c'est Matthias qui a déclenché tout ça en tuant cette pauvre fille ?

– Oui, Nate. C'est ce que je crois. Je suppose qu'il était terriblement jaloux, qu'il ne pouvait pas croire qu'elle préférait Michael Webster à lui, et qu'il s'est mis dans le crâne qu'il devait avoir Nancy. Peut-être qu'il a essayé de le lui dire dans le bois, cette nuit-là. Peut-être qu'elle s'est foutue de lui, que ça l'a rendu dingue et qu'il l'a étranglée. Peut-être qu'il l'a tuée sans avoir l'intention de le faire. Michael l'a trouvée et a fait ce qu'il croyait bon pour la ramener à la vie.

– Ça fout la trouille, observa Ross. J'ai lu des trucs, là-dessus, et ça fout les jetons.

– Je crois que Webster avait déjà été fragilisé par son expérience de la guerre, et il a éprouvé un tel chagrin que... je crois qu'il a juste perdu les pédales. Je ne pense pas qu'il comprenait ce qu'il faisait ni pourquoi. Je pense qu'il devait faire quelque chose, n'importe quoi, parce qu'il ne pouvait pas accepter que la fille qu'il aimait était morte.

– Mais lui mettre un serpent dans la poitrine... Faut être fêlé.

– Oh, croyez-moi, il y a bien pire que ça. Enfin quoi, regardez ce qui est arrivé à Webster. Quelqu'un lui a coupé la tête et l'a enterrée derrière chez moi. Sa main a été transformée en une putain de bougie, nom de Dieu.

– C'est Wade qui a fait ça, d'après vous ?

– Je crois qu'il a demandé à Leon Devereaux de s'en charger, et ç'a été fait dans la caravane de Devereaux. C'est pour ça que nous devons le trouver. Je crois sincèrement que nous pouvons l'inciter à témoigner contre Wade si nous lui en laissons la possibilité. Les types comme lui travaillent toujours pour le plus offrant, ou pour celui qui représente la plus grande menace.

– Bon, peut-être que Della a trouvé quelque chose, déclara Ross. Peut-être qu'elle pourra nous aider à coincer ce Leon Devereaux. »

Ils n'ajoutèrent pas grand-chose pendant le restant du trajet. Gaines semblait perdu dans son monde, et Ross était lui aussi plongé dans ses propres réflexions. Ils roulèrent à bonne allure, et il n'était pas encore cinq heures lorsqu'ils se garèrent devant la maison de Maryanne Benedict et descendirent de voiture. Celle de Hagen était déjà là, mais il n'y avait aucun autre véhicule qui aurait pu transporter Della Wade jusqu'à Gulfport.

Maryanne les avait vus depuis la fenêtre, et elle vint à leur rencontre.

« Elle n'est pas encore arrivée », annonça-t-elle avant que Gaines ait le temps de poser la question.

Ils se rendirent à la cuisine, et c'est là que Hagen informa Gaines et Ross de la découverte du cadavre de Leon Devereaux.

« Une balle dans l'œil, expliqua-t-il. Gradney m'a appelé, il m'a dit que quelqu'un avait trouvé son corps dans l'autre caravane, celle que nous n'avons pas vérifiée. »

Gaines resta sans mot. Ross n'en revenait pas de ce qu'il entendait.

« Il a dit qu'il était là depuis environ une semaine, poursuivit Hagen. C'est un gamin qui l'a trouvé, apparemment.

– Un gamin ? demanda Gaines.

– C'est ce qu'a dit Gradney. Il paraît que le gamin était un ami de Devereaux, qu'il lui rendait souvent visite, et c'est lui qui a découvert le corps.

– Doux Jésus, fit Gaines. C'est de pire en pire. »

Maryanne arriva du vestibule.

« Elle est arrivée, annonça-t-elle. Della. Dehors. »

Gaines se leva. Hagen l'imita.

« Restez ici, dit Gaines. Je ne veux pas qu'elle se sente oppressée par le nombre de personnes. »

Gaines se posta près de la porte de la cuisine, attendit que Maryanne mène Della Wade au vestibule avant de les rejoindre.

« Shérif Gaines, dit-elle.

– Mademoiselle Wade, répondit-il.

– Je crois que c'est Leon Devereaux qui a mutilé Clifton. »

aines dut informer Della Wade que Leon Devereaux était mort.

« Mort ? »

Elle dévisagea les personnes autour d'elle – Maryanne, Nate Ross, Richard Hagen –, puis posa de nouveau les yeux sur Gaines.

« Quelqu'un l'a abattu, expliqua-t-il.

– Abattu ? Qui ? Qui l'a abattu ?

– Nous l'ignorons, mademoiselle Wade. Quelqu'un l'a trouvé aujourd'hui dans sa caravane. Apparemment, il était mort depuis environ une semaine.

– Matthias ? demanda-t-elle. Est-ce que c'est Matthias qui l'a tué ?

– Nous ne savons pas, mademoiselle Wade. Croyez-vous que ça pourrait être lui ?

– Bien sûr, répondit-elle sans hésitation. Je crois que Devereaux s'est chargé de Clifton, et qu'il a peut-être aussi tué Michael Webster. Je crois qu'il faisait beaucoup de choses pour Matthias, et avec tout ce qui se passe, je pense que Matthias a pu craindre que Devereaux soit arrêté. Car il aurait pu parler, et c'en aurait été fini de Matthias.

– Je comprends, dit Gaines, mais où avez-vous entendu ce nom ? Qui vous a parlé de Leon Devereaux ?

– Eh bien, je l'entends depuis des années. Mais pour ce qui est de son implication dans l'affaire qui nous intéresse, c'est Eugene qui me l'a dit.

– Eugene ? Votre frère ?

– Oui, répondit Della. Je l'ai appelé. Je lui ai dit que j'avais peur de Matthias, que je pensais qu'il avait fait quelque chose de terrible, et il a répondu que ce n'était pas de Matthias que je devais avoir peur, mais de quelqu'un nommé Leon Devereaux.

– Et Eugene a-t-il dit comment il savait ça ?

– Il paraît que Matthias lui a dit que Leon Devereaux lui rendrait visite s'il causait des problèmes.

– Pourquoi Matthias menacerait-il son propre frère de la sorte ?

– Quand Eugene est parti, il est parti sans rien. Il ne voulait plus avoir affaire ni à notre père, ni à Matthias. Apparemment, Matthias lui a dit qu'il le renierait, qu'il ne serait plus un Wade, qu'il n'y aurait rien dans la succession pour lui quand notre père mourrait. Eugene a répliqué qu'il ne pouvait pas faire ça, que Matthias avait peut-être le contrôle des biens de la famille, mais que lui, Eugene, était tout de même légalement en droit de figurer dans le testament. À quoi Matthias a répondu qu'il n'y aurait pas de testament, que tout lui reviendrait en tant que fils aîné. Il a dit que c'était ce que notre père voulait. Il a prétendu que les papiers étaient déjà signés, et que plus personne ne pouvait rien y faire. Ils se sont engueulés, naturellement. Alors, Matthias a dit qu'il pouvait faire tuer Eugene, qu'il connaissait des gens qui le feraient. Que s'il essayait de contester la succession ou de porter plainte contre lui, il enverrait Devereaux lui tirer une balle dans la tête.

– Il a dit ça ? Ce sont ses paroles exactes, qu'il enverrait Devereaux lui tirer une balle dans la tête ?

– C'est ce qu'Eugene m'a dit.

– Et croyez-vous qu'Eugene confirmerait tout ça ? demanda Gaines.

– Devant la justice ? Non, je ne crois pas. Il est totalement extérieur à la famille et je crois qu'il n'a aucun désir d'être impliqué de quelque manière que ce soit. Je crois qu'il s'est habitué à la vie qu'il mène désormais, et aucune somme d'argent ne le ferait revenir ici.

– Vous ne pensez donc pas qu'il témoignerait que Matthias l'a menacé d'envoyer Devereaux lui tirer une balle dans la tête ?

– Non, je ne pense pas. »

Gaines se pencha en arrière. Il regarda Hagen, Ross, Maryanne. « Bon sang, fit-il. Tout ça est de plus en plus dingue.

– Alors, que pouvez-vous faire, shérif ? Pouvez-vous arrêter Matthias ? Pouvez-vous l'envoyer dans un endroit où il ne fera de mal ni à moi, ni à Eugene, ni à personne d'autre ?

– Pour le moment, je n'ai rien, Della. Nous soupçonnons que Matthias a tué Leon Devereaux, que Devereaux a agressé Clifton, et peut-être même tué Webster, mais il n'y a aucune preuve.

– Je ne sais pas exactement ce qui est arrivé à Clifton, reprit Della. Pour autant que je sache, ils l'ont littéralement ramassé dans la rue et emmené quelque part où ils lui ont fait ce qu'ils lui ont fait.

– Et après, il a été condamné pour le cambriolage bidon de Dolores Henderson et mis à l'écart une bonne fois pour toutes.

– Exact, dit Della.

– OK, fit Gaines. Nous avons du travail. Nous avons des pistes à approfondir. Ce que je veux savoir, c'est si vous pouvez ou non rester éloignée de la maison.

– Aucune chance, shérif. Je reste pour mon père. Je dois le faire.

– Il n'a pas d'infirmière ?

– Si, mais une infirmière, ce n'est pas comme sa fille. En plus, je suis pour ainsi dire assignée à résidence par Matthias. Il veut être sûr que je ne suis pas en train de traîner avec des gens qu'il désapprouve. »

Gaines resta un moment sans parler. Il tenta de soutenir le regard de Della, de lui donner l'impression qu'il n'y avait qu'elle dans la pièce.

« Je dois vous demander, Della, et j'ai besoin que vous me répondiez aussi honnêtement que possible. D'après ce que vous savez de votre frère, pensez-vous qu'il ait été capable de tuer Nancy Denton ? Pensez-vous qu'il ait pu l'étrangler, et que vingt ans plus tard il ait pu faire tuer Michael Webster pour l'empêcher de raconter ce qui s'était passé cette nuit-là ? Et pensez-vous que c'est lui qui a abattu Leon Devereaux parce que ce dernier pouvait lui coller la mort de Webster et l'arrestation bidon de Clifton sur le dos ? »

Della Wade ne détourna pas le regard, ne quitta pas Gaines des yeux, ne montra pas la moindre émotion. Elle se contenta d'acquiescer une fois et répondit :

« Je ne veux pas le croire, shérif, mais je pense qu'il en est plus que capable.

– Et Matthias sait-il que vous avez parlé à Eugene de tout ça ?

– Non, je ne vois pas comment il pourrait le savoir. Il était sorti cet après-midi, et j'ai appelé Eugene de l'extérieur.

– Et vous pensez sincèrement n'avoir pas d'autre choix que de rentrer là-bas ?

– Je n'ai pas le choix, shérif. Absolument pas le choix.

– Où Matthias vous croit-il, en ce moment ?

– Il ne sait pas que je suis sortie. Il n'est pas encore rentré, du moins il ne l'était pas quand je suis partie.

– Vous savez quand il va rentrer ? »

Elle secoua la tête.

« Il pourrait déjà être à la maison ; il pourrait être absent jusqu'à demain.

– OK », dit Gaines.

Il envisagea toutes les options et ne vit aucun moyen d'éviter de la renvoyer chez elle.

« Comment êtes-vous venue ?

– En taxi.

– Et vous allez rentrer en taxi ?

– Pas d'autre solution. Si je me fais ramener et qu'il voit quelqu'un me déposer, il va me cuisiner. Matthias sait quand je mens, ajouta-t-elle avec un sourire contrit. J'ai déjà essayé, et ça rate à chaque fois. Je ne suis pas naturellement douée pour mentir.

– OK, alors allez-y », dit Gaines.

Il se tourna vers Maryanne.

« Vous pouvez lui appeler un taxi ?

– Bien sûr, répondit Maryanne.

– Ne parlez à Matthias que de choses ordinaires, poursuivit-il à l'intention de Della. Ce n'est que si vous sentez qu'il sait que vous nous parlez, que si vous vous sentez en danger, que vous faites quelque chose. Vous entrez en contact avec moi, ou Maryanne, ou Hagen, ou Ross, n'importe qui, vous nous prévenez que vous avez des ennuis, et on arrivera. Mais j'espère que cette situation ne se présentera pas.

– Et vous ? Qu'est-ce que vous allez faire ?

– Tout ce qu'il faudra pour faire venir Matthias dans une pièce où nous pourrons lui poser suffisamment de questions pour le faire trébucher. Si nous parvenons à l'avoir à l'usure, si nous trouvons quoi que ce soit d'un tant soit peu compromettant, alors nous avons une chance.

– Le pistolet, dit Della. Le pistolet qui a servi à tuer Leon Devereaux. Était-il sur les lieux ? L'assassin a-t-il abandonné l'arme sur place ? »

Gaines regarda Hagen.

« Gradney n'en a pas parlé, répondit l'adjoint. Il ne m'a pas donné de détails.

– Pourquoi demandez-vous ça ? demanda Gaines.

– Parce que je m'y connais un peu en armes, répondit Della. Suffisamment pour faire la différence entre un revolver et autre chose. S'il n'y avait pas d'arme sur les lieux et si c'est bien Matthias qui l'a tué, alors l'arme dont il s'est servi est à la maison. Et je sais où il conserve ses armes.

– Appelez Gradney », ordonna Gaines à Hagen.

Maryanne se leva pour montrer à Hagen où se trouvait le téléphone. Hagen ne s'absenta pas plus d'une minute ou deux.

Lorsqu'il revint dans la cuisine, il déclara :

« Ils n'ont pas la confirmation de la balistique, mais Gradney pense à première vue que ce n'était pas un gros calibre. Peut-être un 5,56 mm, ou un 6,35. Pas un 9 mm. Il dit que les dégâts sur le visage n'étaient pas assez importants pour un 9 mm.

– Je regarderai, dit Della. Je sais faire la différence entre un 9 mm et une arme de plus petit calibre. Si je trouve quelque chose, je contacterai Maryanne.

– Vous devez être prudente, Della. Je suis sérieux. Nous avons eu trois décès en une semaine et demie – certes l'un d'eux était un suicide, mais tout ça est lié. Je n'ai pas besoin d'un nouveau meurtre à Whytesburg. »

Della Wade se leva et ajusta son manteau.

« Je n'ai aucune intention de mourir pour le moment, shérif Gaines. J'ai un homme à Parchman qui s'attend à me retrouver bien vivante. »

Gaines se leva également, prit la main de Della, la tint un moment.

« Nous apprécions beaucoup ce que vous faites, dit-il. Je veux que vous le sachiez.

– Je ne le fais pas pour vous, shérif, répondit-elle. Je le fais pour moi, et peut-être pour Nancy Denton et Michael Webster. Il semblerait que Leon Devereaux ait peut-être eu ce qu'il méritait, mais je ne trouve aucune justification à ce qui a été fait à Nancy et à Michael. Ils s'aimaient. Était-ce leur crime ? »

Elle se tourna vers Maryanne.

« Tu les connaissais, dit-elle. Ils ne méritaient pas ça, n'est-ce pas ?

– Non, répondit Maryanne. Ils ne méritaient pas ça.

– Prenez soin de vous », dit Gaines, et il lui lâcha la main.

Maryanne la reconduisit à la porte, attendit quelques minutes avec elle que le taxi arrive.

Puis elle regagna la cuisine, trouva les trois hommes silencieux.

Une petite éternité sembla s'écouler avant que l'un d'eux prononce un mot.

68

E lle lui vint en rêve.

Della Wade.

Bien sûr, ce n'était pas elle, pas dans son apparence, mais dans ses paroles, ça ne pouvait être personne d'autre.

Et en l'écoutant, il sut qu'elle avait menti.

La guerre faisait rage autour d'eux, et ils se tenaient dans une clairière. À travers le feuillage des arbres, il voyait toujours le fantôme des bombes traçantes, le phosphore qui flottait au-dessus du sol. Il régnait une odeur de cordite et de sang, et l'eau stagnante semblait s'infiltrer à travers tout – à travers votre treillis, vos bottes, votre peau.

Pendant un moment, elle ressembla à la petite Vietnamienne. Elle était silencieuse, et il y avait du sang sur son *ai do*, sur ses mains.

C'est ce sang qui le fit penser à ce qu'elle avait dit, et il sut qu'elle avait menti.

La fillette ouvrit alors la bouche, et bien qu'elle n'émît aucun son, Gaines comprit ce qu'elle disait.

La guerre purge les hommes de ce qu'ils ont de meilleur.

Elle les purge avec du feu, des balles, des lames, des bombes et du sang.

Elle les purge avec du chagrin et de la douleur.

Mais les seules choses qui peuvent vous tuer ici sont l'absence de foi et le souffle court.

Plus tard, lorsqu'il se réveilla, le souvenir de son rêve s'éva-nouissant trop rapidement, Gaines se rappela les paroles de Della.

Il enverrait Devereaux lui tirer une balle dans la tête.

C'était cette phrase, ces quelques mots, qui sonnait faux.

Assis au bord du lit, regardant par la fenêtre en attendant que le fantôme de l'aube apparaisse à l'horizon, Gaines songea que Matthias Wade n'avait pas pu dire une telle chose à son petit frère.

Matthias Wade, à défaut d'autre chose, était un homme intelligent.

Il avait fort bien pu menacer Eugene, mais il n'aurait jamais mentionné le nom de Devereaux.

Ça n'avait aucun sens.

Gaines pouvait se tromper, bien entendu. Il le savait. Il savait qu'il pouvait se tromper au sujet de Michael Webster. Que ça pouvait être lui qui avait emmené Nancy Denton dans le bois et l'avait étranglée. Il savait qu'il pouvait se tromper au sujet de Marvin Wallace. Et aussi au sujet de Matthias Wade. Il était possible que Matthias Wade ne soit pas plus responsable que lui de la mort de Nancy Denton.

Ce n'était pas un travail de détective. C'était comme donner des coups de poing dans le vide dans l'espoir qu'un soupçon de vérité serait révélé. Il était entouré de menteurs, de personnes qui savaient des choses qu'elles refusaient de partager, de personnes qui avaient été induites en erreur, trompées, trahies. Il n'avait aucune piste. Il n'avait rien de concret, et c'était comme ça depuis le début. Il avait émis des hypothèses. Il avait poursuivi des ombres et des spectres. Il avait posé des questions à des personnes qui ne voulaient pas les entendre, et il avait interprété leurs réponses.

Et c'était tout ce qu'il avait, une infime ombre de vérité, ce qui était toujours mieux que rien.

Gaines savait cependant qu'il devait croire quelque chose. Il choisit donc de croire que Della Wade lui avait menti à propos d'Eugene et de Leon Devereaux.

Il se doucha et s'habilla. Il prépara du café. Il alla se poster sur le perron derrière la maison et regarda en direction des arbres.

Il ferma les yeux et parla à sa mère. Il espérait qu'elle se portait bien, qu'elle avait trouvé la paix, qu'il y avait au-delà de cette vie quelque chose qui avait un sens.

Il voulait y croire, car ici rien n'avait de sens. Le monde n'avait pas de sens, les gens n'avaient pas de sens – ce qu'ils se faisaient mutuellement, ce qu'ils disaient; la manière dont les hommes se traitaient entre eux, pas simplement à la guerre, mais aussi en temps de paix, car la paix ne semblait être rien d'autre qu'une comédie pour passer le temps entre deux déchaînements de violence. Il avait lu un jour qu'il n'y avait eu que onze jours de paix au cours des deux mille dernières années. Pourquoi vouloir vivre ainsi? Comment une telle existence pourrait-elle valoir le coup?

Il but son café. Fuma sa cigarette. Il savait qu'il devait aller chez les Wade et affronter la vérité.

De retour dans la maison, Gaines repassa une chemise propre, cira ses chaussures, nettoya et rechargea son arme. Il alla même jusqu'à lustrer le holster qu'il utilisait depuis qu'il avait rejoint la police du comté de Breed.

Le jour était venu.

Aujourd'hui, quelque chose se produirait.

Assez de mensonges, de tromperies, de mystères, d'inconnu.

Aujourd'hui, la vérité jaillirait, et si des mots ne suffisaient pas à la faire sortir, alors il aurait peut-être recours à d'autres moyens.

Comme une guerre.

Peut-être est-ce ce qu'il apporterait à Matthias et à Della Wade: une guerre.

Il valait mieux que quelqu'un l'accompagne. Mais pas Hagen. Hagen était marié, il avait des enfants. Nate Ross ou Eddie Holland. Peut-être les deux.

Puis, il se ravisa. Il s'agissait de faire respecter la loi, et la loi, c'était lui. Eddie était retraité et n'avait plus la moindre autorité officielle. Quant à Nate, il était avocat, pas policier. Si Gaines ne pouvait pas se charger de ça seul, alors autant abandonner tout de suite.

Alors, il attendit que le soleil apparaisse à l'horizon et entame sa lente ascension. Il se tint dans l'entrebâillement de la porte de la maison de sa mère et regarda les couleurs des champs et des arbres se révéler, les ombres s'allonger, tandis que les oiseaux moqueurs faisaient taire leur chœur. Puis il marcha jusqu'à sa voiture, mit le contact, et s'éloigna de Whytesburg en direction de la magnifique demeure au bord de la rivière Pearl.

C'était la fin.

Il le fallait.

69

John Gaines, qui se tenait entre les hauts piliers qui flanquaient le portail de la maison des Wade, fut autorisé par un employé à entrer.

Il expliqua qu'il venait voir M. Wade, et l'employé ne demanda pas lequel. Gaines fut mené à une petite bibliothèque située à droite de la salle de réception, et il attendit l'arrivée de Matthias Wade.

Après un bon quart d'heure, une porte s'ouvrit, et Earl Wade fit son entrée – poussé dans un fauteuil roulant en bambou et en osier. Il était élégamment vêtu d'un costume trois pièces couleur crème et d'une chemise col ouvert avec une cravate soigneusement nouée. Il avait une expression curieuse, intéressée, légèrement soucieuse, peut-être.

Gaines se leva.

Le vieil homme de 76 ans sourit à Gaines et dit :

« Excusez-moi, monsieur, de ne pas me lever pour vous saluer, mais mes jambes refusent de coopérer ce matin. »

Gaines marcha vers lui, tendit la main.

« Ravi de vous rencontrer, monsieur Wade. »

Ils se serrèrent la main. La poigne de Wade était ferme et déterminée.

« On m'a dit qu'un shérif était ici et qu'il demandait à voir M. Wade. J'imagine que c'est Matthias que vous voulez voir, mais il est absent.

– Je suis en effet venu voir Matthias, monsieur, mais j'apprécie votre courtoisie.

– Bon, je crois savoir qu'il n'en a pas pour longtemps, qu'il règle un petit problème dans une des usines. En attendant, nous nous tiendrons compagnie, et il sera ici sous peu. »

Wade se tourna vers la femme âgée qui poussait son fauteuil.

« Je prendrai un thé, Martha », dit-il.

Il se tourna vers Gaines.

« Café, shérif, ou boirez-vous du thé avec moi ?

– Du thé, c'est parfait, répondit Gaines.

– Thé, Martha, pour deux, et je prendrai du citron. »

Martha prit commande et quitta la pièce.

Gaines regarda le vieil homme. Celui-ci souriait, mais à personne en particulier. Son attention était tournée vers un point au milieu de la pièce, mais Gaines n'arrivait pas à voir ce qu'il regardait.

Pendant un court moment, ce fut comme si Gaines n'était pas là.

« C'est pas toujours facile, hein ? déclara Earl Wade, ne se tournant vers Gaines qu'après avoir posé la question.

– Je vous demande pardon ? »

Wade sourit.

« Je me rappelle quand nous avons dîné avec Ron Richardson. Vous vous en souvenez ? »

Gaines ouvrit la bouche pour parler, pour dire qu'il devait le confondre avec quelqu'un d'autre, mais Wade poursuivit comme s'il n'était pas là.

« Il buvait, ça c'est sûr. Je n'ai jamais connu un homme qui pouvait boire autant et continuer à tenir debout. » Wade rit. « Vous vous rappelez ce qu'il disait à propos de sa femme ? Il disait qu'elle installait un matelas dans le garage quand il rentrait ivre à la maison. Elle ne voulait pas être réveillée par le bruit ou par sa puanteur ou par ses avances obscènes. "Je dois dormir pour être belle", qu'elle disait. Et Ron disait : "Bon sang, elle pourrait dormir jusqu'au Jugement dernier ; ça ferait pas la moindre différence." Vous vous rappelez quand il disait ça ? »

Gaines ne répondit rien.

« Un jour, il a abattu son chien. Une balle en pleine tête. Il l'avait pris pour un chevreuil, qu'il disait. Je lui ai demandé comment il avait fait pour prendre son chien pour un chevreuil. D'autant que son clébard était une sorte d'épagneul, un petit roquet, vous savez ? "J'étais soûl, qu'il a dit. J'étais juste soûl." Et moi j'ai demandé : "C'est ça, votre excuse ? Vous étiez soûl ?" »

Le rire que déclencha ce souvenir ne fut interrompu que lorsque Martha revint avec le thé. Elle les servit tous deux sans un mot, puis quitta la pièce et referma en silence la porte derrière elle.

« Matthias n'est pas ici ? demanda Wade.

— C'est ce que j'ai cru comprendre, répondit Gaines.

— Je ne sais pas où il est ni, ce qu'il fabrique. Ce garçon n'en fait qu'à sa tête. Ils sont tous comme ça. Des bons à rien, tous autant qu'ils sont. Des enfants bons à rien.

— Je crois qu'il a une affaire à régler dans l'une des usines, dit Gaines.

— Oui, vous devez avoir raison, monsieur, répondit Wade. Et qu'est-ce qu'il a fait, maintenant ? Il a encore des soucis avec la justice ?

— Encore ?

— Oh, vous connaissez Matthias. Il a toujours un problème ou un autre, il est toujours forcé de s'expliquer pour se sortir du bourbier dans lequel il s'est fourré. Il y a seulement deux semaines, il s'est dit que ce serait une bonne idée d'uriner dans le bassin à poissons. Enfin quoi, sérieusement, à quoi ça peut bien servir d'uriner sur des poissons ? Malheureusement, sa mère m'interdit de le battre. »

Earl sirota son thé. Il s'enfonça de nouveau dans ses rêveries.

L'attention de Gaines fut attirée par des bruits de pas au-dessus de leur tête.

« Vous avez des cigarettes ? demanda soudain Wade.

— Oui, monsieur.

– Oh, donnez-m'en une. Ils m'interdisent de fumer, maintenant. Ils me traitent comme un foutu gamin. »

Gaines tira le paquet de sa poche de chemise. Wade saisit la cigarette avec excitation, ses mains tremblant tandis que Gaines la lui allumait, puis il inhala goulûment, penchant la tête en arrière et fermant les yeux. Wade se tourna de nouveau vers Gaines, mais ses yeux étaient toujours fermés.

« C'est bien triste quand vous commencez à mépriser vos propres enfants », dit-il. Sa voix était mesurée et précise, comme s'il faisait une déclaration sous serment. « Matthias est un salopard ; Della est une putain ; Eugene est un pédéraste bigot qui se prend pour un chanteur ; et Catherine se croit trop bien pour nous. Je les hais tous. »

Wade tira de nouveau sur sa cigarette et sourit.

« Un salopard, une putain, un pédéraste et une pimbêche. Voilà le fruit de mes entrailles. On dit que les amis sont la famille qu'on se choisit. Si j'avais le choix, je les renverrais tous sans rien, et je donnerais tout mon argent à mes amis.

– Marvin Wallace, suggéra Gaines. C'est l'un de vos amis, n'est-ce pas ?

– Marvin. Marvin Wallace. Oui, Marvin Wallace est un brave homme. Marvin a réglé cette terrible affaire, vous savez ?

– Terrible affaire ? »

Wade saisit son thé. Pendant un instant, la tasse sembla sur le point de lui glisser des doigts, mais il en reprit le contrôle.

« Quelle terrible affaire, monsieur Wade ?

– Ma femme était très belle, vous savez ? Vous l'avez déjà rencontrée ?

– Non, monsieur, jamais. »

Gaines s'avança doucement sur sa chaise. Il voulait rembobiner la conversation avant qu'elle ne s'égare encore plus.

« Je me demandais ce que vous vouliez dire quand vous avez affirmé que Marvin Wallace vous avait aidé à régler quelque terrible affaire.

– Oui, c'est vrai, Dieu le bénisse. Lillian n'a jamais apprécié Marvin, vous savez. Mais bon, mieux vaut ne pas mélanger ses amis et sa famille, ne diriez-vous pas ?

– Lillian était votre femme...

– Lillian est ma femme, oui. Elle est partie depuis quelque temps, et je ne sais pas ce qu'elle fabrique. Ça fait des heures qu'elle aurait dû rentrer. »

Wade laissa tomber son mégot de cigarette dans sa tasse et en demanda une autre. Gaines la lui donna, l'aida à l'allumer.

« Vous, monsieur, vous aurez les pires ennuis imaginables quand ils découvriront que vous m'avez donné des cigarettes.

– Je pense qu'ils auront des motifs plus sérieux de se faire du souci, monsieur.

– Sérieux, oui. Pourquoi faut-il toujours qu'ils soient si sérieux ? Quand tout le monde est-il devenu si sérieux ? »

Gaines hésita. Il laissa les paroles de Wade flotter un moment, puis déclara :

« Marvin Wallace dit qu'il y a un problème à régler.

– Marvin Wallace doit apprendre à fermer son clapet. Il aurait besoin d'un peu plus de cran.

– Il dit des choses, vous comprenez. »

Wade fronça les sourcils, se pencha en avant.

« Il y a les choses dont on parle et celles dont on ne parle pas. Marvin Wallace doit apprendre la différence, ou alors nous le paierons très cher. »

Gaines ne comprenait rien à ce qui se passait. C'était comme écouter une fois de plus Webster. De quoi parlait Wade ? Payer pour quoi ? Gaines savait qu'il était impossible de forcer Wade à parler, mais des questions – des questions délicatement orientées – pourraient peut-être l'inciter à en dire plus.

« Wallace dit que Matthias...

– Vous avez parlé à Wallace ? demanda soudain Wade.

– Oui.

– Quand ? »

– Hier.

– Êtes-vous allé le voir, ou est-ce lui qui est venu vous voir?

– Il est venu me voir. »

Wade émit un ricanement railleur.

« Je le savais. Je savais qu'il était faible. Je savais qu'il serait le premier à parler. Bon Dieu de bois!

– Il m'a plus ou moins expliqué ce qui s'est passé.

– Ah, vraiment?

– Oui.

– Et que vous a-t-il dit? Que vous a-t-il dit exactement? »

« Il ne vous a rien dit, shérif Gaines. »

Gaines se retourna brusquement.

Della Wade se tenait dans l'entrebâillement de la porte. Elle fit trois pas en avant, arracha la cigarette à moitié fumée de la main de son père et la jeta dans la tasse.

« Martha! hurla-t-elle. Martha, venez ici tout de suite! »

Martha entra précipitamment dans la pièce.

« Je ne sais pas pour qui vous avez pris cet homme, ni pourquoi vous l'avez laissé entrer, mais il était ici avec mon père, en train de le tourmenter et de lui donner des cigarettes. Ramenez mon père à l'étage.

– Désolée, m'dame, s'excusa Martha. Je croyais qu'il s'agissait d'une affaire officielle.

– Vous voyez? dit Wade à Gaines. Vous voyez ce que je dois endurer de la part de ces gamins inconsidérés et égoïstes... Bon Dieu, c'est intolérable! » Il leva les yeux vers Della tandis que Martha le poussait vers la sortie. « Putain! » lança-t-il sèchement.

Della ferma un moment les yeux et ne dit rien jusqu'à ce que son père fût parti. Elle referma la porte derrière lui puis regarda Gaines comme si c'était lui qui venait de l'insulter.

« Que faites-vous ici? demanda-t-elle.

– Tout cela doit se terminer, mademoiselle Wade. Il faut que ça cesse. Je ne peux plus laisser ça continuer.

– Laisser quoi continuer, exactement ? Qu'est-ce qui doit se terminer ?

– Tous les mensonges. Ce qui est arrivé à Nancy, ce qui est arrivé à Michael Webster et à Leon Devereaux. Votre frère connaît la vérité, et s'il est impliqué, alors il doit rendre compte de ses actes.

– Vous m'avez demandé de vous aider. Je vous aide. Je procède à ma manière, un point c'est tout.

– Je ne peux pas laisser faire ça. Ça concerne la police. Des gens ont été tués. Non seulement tués, mais leur cadavre...

– Je sais ce qui s'est passé, shérif, et je vous ai dit que je vous aiderais. Ce à quoi je ne m'attendais pas, c'était à vous trouver chez moi, en train de parler à mon père.

– Votre père a dit...

– Ce que mon père a dit ou non n'a aucune importance, shérif. Mon père ne sait pas ce qu'il raconte, et même s'il le sait, ça n'a rien à voir avec l'affaire qui nous occupe.

– Il a dit que Marvin Wallace ferait mieux de la fermer sinon ils le paieraient tous très cher. De quoi parlait-il, mademoiselle Wade ? Qu'entendait par là votre père ? »

L'espace d'une fraction de seconde, Della sembla perdre son sang-froid. Si Gaines ne l'avait pas regardée fixement, il n'aurait rien remarqué.

« Je ne sais pas, shérif Gaines. Je n'ai aucune idée de ce qu'il a pu vouloir dire.

– Je crois que vous le savez, mademoiselle Wade. Je crois que vous savez précisément ce qu'il voulait dire. »

Gaines se leva, il la regarda sans ciller.

« Et après ? Vous allez maintenant m'accuser d'être mêlée à ce qui se passe ici ? Quoi que mon frère fasse, je ne suis pas au courant, et je ne veux pas le savoir.

– Je ne vous crois pas, mademoiselle Wade, répliqua Gaines. Je ne crois pas que Matthias ait parlé à Eugene, ou alors s'il lui a parlé, il n'a pas mentionné Leon Devereaux. Je crois que

Matthias est beaucoup plus malin que ça. Il ne citerait pas de noms, ne croyez-vous pas, mademoiselle Wade ? Il ne vous a jamais menacée d'utiliser Leon Devereaux contre vous, si ? Vous avez affirmé que c'était Eugene qu'il avait menacé. Et Clifton n'a jamais mentionné Leon. Il ne savait pas qui lui avait coupé les doigts. Ce nom est venu de vous, et de vous seule. »

Della balaya les commentaires de Gaines d'un revers de la main.

« Vous imaginez des liens qui n'existent pas, shérif, dit-elle.

– Non, mademoiselle, je ne crois pas. Je crois que c'est une affaire de famille. Je crois que ç'a toujours été une affaire de famille, et que chacun de vous fait tout ce qu'il peut pour protéger le précieux nom des Wade. Je crois qu'il s'est passé quelque chose ici en 1954, et aussi en 1968 près de Morgan City, et que votre frère aîné, la brebis galeuse de la famille, était responsable. Je crois que votre père savait, et que vous saviez également, et que vous avez dissimulé la vérité pendant toutes ces années.

– Vous allez vraiment chercher midi à quatorze heures, shérif.

– Quant à Leon Devereaux, je crois qu'il a tué Michael Webster sur ordre de Matthias, puis que Matthias a peut-être eu peur qu'il parle. Ou bien c'est vous qui avez découvert que Devereaux était celui qui avait mutilé Clifton, et qui êtes allée l'abattre. Devereaux est mort deux jours après la découverte de la tête de Michael Webster dans le champ derrière ma maison. Leon Devereaux était mort depuis cinq jours quand vous êtes venue chez Ross. Et vous avez tellement bien joué la comédie, mademoiselle Wade. Vous avez tellement bien joué votre rôle que nous avons tous cru que vous ne saviez rien de ce qui se passait. »

Della Wade sourit calmement.

« Vous ne savez rien de moi, shérif, et vous ne savez rien de ma famille. Matthias est la toute dernière personne au monde que je protègerais. C'est un sale enfoiré qui ne veut qu'une chose, contrôler tout et tous ceux qui l'entourent. Il me retient ici, il retient notre père ici, et tous ceux qui ne sont pas d'accord avec lui – principalement Catherine et Eugene –, il les renie, il ne leur parle pas, il les menace d'entraîner leur perte s'ils approchent d'ici. Si Leon Devereaux a tué Michael Webster, c'est que Matthias lui a dit de le faire. Et si Leon Devereaux est mort, alors soit c'est Matthias qui l'a tué, soit il a envoyé quelqu'un le faire à sa place. J'ai parlé à Eugene, et Eugene m'a dit que Matthias l'avait menacé. Je n'ai aucune intention de voir mon père souffrir à cause de ce qu'a fait ou non Matthias, mais j'ai encore moins l'intention de protéger Matthias des conséquences de ses actes. S'il a tué Nancy Denton, alors soit. Si c'est la vérité, alors il doit être arrêté, jugé et condamné comme tout le monde. S'il a tué Michael Webster, ou a été impliqué dans sa mort, alors il doit aussi payer pour ça.

– Matthias a-t-il tué Nancy Denton, mademoiselle Wade ? Ou était-ce quelqu'un d'autre ? »

Della se tint en silence. Elle ne bougea pas d'un cil.

« Était-ce Matthias ou était-ce quelqu'un d'autre ? répéta Gaines. Quelqu'un que vous n'auriez jamais osé défier durant votre enfance, quelqu'un dont la parole valait tellement plus que la vôtre ? Est-ce pour ça que votre père craint tant que la vérité soit révélée ? Votre père a-t-il tué Nancy Denton, mademoiselle Wade ? L'a-t-il étranglée ? A-t-il tué ces fillettes à Morgan City en 1968 ? Est-ce lui, mademoiselle Wade ?

– Assez ! cria-t-elle. Je ne vais pas vous laisser accuser mon père d'être un assassin...

– Mais vous ne le défendez pas, mademoiselle Wade. Vous ne niez pas, si ?

– Vous devez partir, shérif. Vous devez quitter cette maison sur-le-champ.

– Et Michael Webster, pauvre cinglé qu'il était, croyant qu'il pouvait la ramener à la vie ? Vous ne saviez pas qu'il avait fait ça, n'est-ce pas ? Vous ne saviez pas que le corps de Nancy avait été mutilé, hein ? Vous pensiez juste que votre père l'avait enterrée quelque part, ou balancée dans un puits asséché ou je ne sais quoi. Vous pensiez qu'on ne la retrouverait jamais, c'est ça ? J'imagine votre surprise. Tout refait surface après tant d'années, mais maintenant, votre père est malade ; il a à moitié perdu la tête, et il ne pourra jamais comparaître devant un tribunal. Alors, qu'est-ce que vous faites ? Vous voulez que Matthias paie pour les crimes de votre père. Simplement parce qu'il vous a causé tous ces problèmes. Vous voulez qu'il paie pour ce qu'il a fait à vous et à Clifton. Vous voulez qu'il passe le restant de ses jours à voir le monde à travers les barreaux d'une prison... »

Della Wade ne prononça pas un mot. Elle sourit et secoua lentement la tête.

« Vous ressemblez plus à Michael que vous ne le croyez, déclara-t-elle finalement. Vous avez fait la guerre. La guerre rend les hommes fous. Il est impossible d'en revenir indemne. Vous avez laissé une partie de vous là-bas, tout comme Michael. Nancy était à nous. Elle nous appartenait. À moi et à Matthias. Puis il est arrivé et il nous l'a prise. J'étais ravie quand elle a disparu. J'étais contente qu'elle soit partie, parce que la vie pouvait redevenir comme avant. Mais ça n'a pas été le cas, parce qu'elle n'était plus là. Michael est rentré, et à cause de lui elle est partie, et tout a été gâché...

– Est-ce Matthias qui l'a tuée, Della ? Ou est-ce votre père ? »

Della Wade fusilla Gaines du regard. Son expression était froide et pleine de haine.

« Était-ce Matthias ou votre père, Della ? Lequel des deux a tué Nancy Denton et l'a abandonnée dans la cabane où Michael Webster l'a trouvée ? »

Della Wade ferma les yeux et baissa la tête. Elle inspira lentement, expira.

« Ou alors n'était-ce ni l'un ni l'autre ? reprit Gaines. Était-ce quelqu'un d'autre ? »

Della se tenait là, immobile, silencieuse, et pourtant quelque chose en elle indiquait qu'elle portait un fardeau presque trop lourd pour elle.

« Quelqu'un d'autre ? répéta Gaines. Était-ce quelqu'un d'autre ? Avez-vous tous protégé quelqu'un d'autre ? »

Une idée lui était venue à l'esprit. Des paroles que Webster avait prononcées, ou bien une chose qu'il avait rêvée ? C'était là, juste là, et pourtant il n'arrivait pas à mettre le doigt dessus.

Della Wade releva la tête et regarda Gaines. Il y avait des larmes dans ses yeux.

« C'est ça que voulait dire votre père quand il a affirmé que si Wallace parlait, vous le paieriez tous ? Vous et Matthias et votre père ? Chacun d'entre vous ? Pourquoi, Della ? Parce que vous avez dissimulé que c'était quelqu'un d'autre ? Et qui ça pouvait être, hein ? Qui avez-vous tous voulu protéger ?

– Vous devez partir, shérif. Il n'y a rien pour vous, ici. Vous ne trouverez aucune solution, aucune réponse, aucun apaisement. Tout ça, c'est du passé. C'est trop ancien pour que quiconque s'en soucie. Nancy est morte, tout comme sa mère, et Michael aussi. Et Leon Devereaux, qui qu'il ait pu être et quoi qu'il ait pu faire, est également parti. Plus personne ne s'en soucie sauf vous, et ça ne sert à rien, shérif. Vous n'avez vraiment pas besoin de vous soucier de personnes dont plus personne ne se souvient.

– Mais je m'en soucie, mademoiselle Wade, et je dois continuer. Le fait que personne ne se souvienne d'eux est précisément la raison pour laquelle je dois continuer de penser à eux.

– La vérité est relative, shérif, et elle est rarement découverte, même quand les gens veulent que vous la connaissiez. La plupart du temps, la vérité que les gens vous donnent est simplement celle qu'ils veulent que vous croyiez.

– Non, la vérité peut être découverte, mademoiselle Wade, et elle le sera. Je peux vous l'assurer.

– Et si vous la découvrez, shérif, que ferez-vous ? Ça ne les ramènera pas. Aucun d'entre eux. Ni Nancy, ni Michael, ni votre mère. La vérité ne vous libèrera pas, shérif, surtout si vous avez décidé d'en être le prisonnier. »

Gaines savait qu'il aurait dû éprouver de la colère, mais il n'éprouvait presque rien. Et il savait que Della mourait intérieurement à force d'entretenir tant de mensonges, de tromperies, de secrets.

La réapparition de Nancy Denton avait tout fait ressurgir, elle avait réveillé le souvenir d'une terrible vérité parmi les Wade, avait miné les fondations de tout ce qu'ils avaient créé et entretenu pendant vingt ans.

Peut-être en avait-elle assez. Peut-être avait-elle intentionnellement mentionné Leon Devereaux à Gaines. Peut-être voulait-elle que quelqu'un, n'importe qui, découvre enfin ce qui s'était passé.

Peut-être n'étaient-ils pas eux-mêmes coupables de ces crimes. Mais ils étaient coupables d'avoir caché ce qu'ils savaient, d'avoir détourné le cours de la justice, d'avoir aidé un assassin, et d'avoir bâti autour d'eux une muraille que personne n'avait réussi à briser.

C'était ironique, mais une jeune fille morte avait fait s'écrouler leur monde, et maintenant ils furetaient désespérément parmi les débris dans l'espoir de rebâtir un château qui ne tiendrait plus jamais debout.

« Je m'en vais, dit Gaines. J'ai une enquête à poursuivre. »

Il prit son chapeau sur la table, lança un dernier coup d'œil à Della, qui ouvrit la bouche comme pour ajouter quelque chose. Gaines attendit.

Mais elle secoua la tête. Une larme s'échappa de sa paupière et roula sur sa joue.

« Rien, dit-elle d'une voix brisée. Ce n'est rien. »

70

Sur le chemin du retour, Gaines considéra chaque aspect de l'affaire, et il eut la certitude que Della connaissait la vérité.

Ça commençait et ça se terminait avec la famille Wade – soit Earl, soit Matthias, soit un autre, mais tout tournait autour d'eux.

Une fois au commissariat, il se rendit à la réserve et rapporta à son bureau le dossier de Morgan City, l'album photo, et la bible de Webster.

Il ouvrit l'album et observa les visages, qui lui retournèrent son regard depuis un passé lointain.

Quatre personnes – Michael, Matthias, Nancy et Maryanne –, plus les autres enfants Wade...

Et il y avait la bible.

Gaines la souleva, l'ouvrit, et l'examina attentivement pour la première fois. Cabossée, usée, le cuir sec et craquelé. Elle avait néanmoins dû coûter cher à une époque. Le genre de bible qu'on offrait, peut-être lors d'une première communion, ou alors pour un anniversaire.

Le nom était là, noté d'une superbe écriture, à la troisième ou quatrième page.

Lillian Tresselt.

Gaines avait vu juste, car directement sous le nom figuraient les mots : *Pour ta première communion, affectueusement, tes parents.*

Lillian Wade, née Tresselt. Sa bible. Sa *propre* bible, donnée à Webster par *E.*

Ceci m'a aidé. E.

Gaines feuilleta la bible. Il tomba sur un passage souligné.

Je connais tes œuvres. Regarde, j'ai placé devant toi une porte ouverte, que personne ne peut fermer.

Il continua de tourner les pages, et un peu partout il y avait des versets soulignés. Autant de passages auxquels il n'avait prêté aucune attention, et qui possédaient tous un thème commun.

Je suis la porte. Si quelqu'un entre par moi, il sera sauvé ; il entrera, et il sortira, et il trouvera des pâturages.

Efforcez-vous d'entrer par la porte étroite. Car je vous dis que plusieurs chercheront à y entrer, et ils ne le pourront pas.

Voici que je me tiens à la porte, et je frappe. Si quelqu'un entend ma voix et ouvre la porte, j'entrerai chez lui ; je prendrai mon repas avec lui, et lui avec moi.

Car une porte grande et d'un accès efficace m'est ouverte, et les adversaires sont nombreux.

Gaines saisit alors le dossier de Morgan City, et tandis qu'il examinait les photos des deux fillettes mortes, tout devint clair. Il se rappela une chose que Michael Webster avait dite et dont il n'avait absolument pas saisi l'importance. Jusqu'à maintenant. Jusqu'à cet instant même.

Elle était là, dans une cabane au bord de la route. Étendue en travers de la porte.

Si Gaines n'avait pas feuilleté cette bible, personne n'aurait jamais rien su.

Les fillettes avaient été volontairement étendues en travers de la porte d'une cabane, exactement comme Michael Webster avait décrit la position dans laquelle il avait trouvé Nancy Denton.

La porte. Placer un corps en travers d'une porte de sorte à empêcher sa fermeture.

Ça dépassait l'entendement. Gaines ne pouvait imaginer les implications émotionnelles et mentales; ce qui avait dû passer par la tête de celui qui avait donné la bible à Michael; ce que Michael avait dû ressentir en la recevant, croyant que l'autre cherchait à l'aider, à l'apaiser, le secourir, à lui offrir un filet de sécurité, alors qu'il était en fait celui qui avait tué la personne pour laquelle il vivait.

C'était stupéfiant.

Et qu'avait-il à l'esprit quand il avait commis son geste? Quand il avait accompli ce rituel?

Gaines s'assit sur sa chaise. C'était comme si un grand poids avait été soulevé puis relâché encore plus violemment sur ses épaules.

Il savait désormais où aller, mais il ne pouvait y aller seul. Il avait besoin d'être accompagné par quelqu'un qui reconnaîtrait celui qu'il cherchait.

Gaines fit venir Hagen dans son bureau, lui expliqua rapidement la situation et l'envoya chercher Maryanne Benedict à Gulfport. Une fois Hagen parti, Gaines se mit au travail.

Trouver quelqu'un qui ne souhaitait pas être trouvé était difficile, mais Clifton Regis avait donné à Gaines une direction à suivre. Au moins, il savait où aller, et il savait à quel genre de personnes s'adresser.

Lorsque Hagen revint avec Maryanne Benedict, Gaines était certain que sa seule chance était de se rendre sur place et de chercher lui-même.

« J'ai besoin que vous veniez avec nous, expliqua-t-il à Maryanne. Je pense que nous arriverons trop tard, mais vous devez nous accompagner.

– Dites-moi d'abord où et pourquoi, répondit-elle. Vous devez me dire ce qui s'est passé. »

Gaines s'assit avec elle dans son bureau. Il expliqua du mieux qu'il put. Elle lui fit part de son incrédulité, mais ne mit pas sa parole en doute.

« Je le connaissais, dit-elle après un moment. Je l'aimais, même, d'un amour enfantin.

– Nancy aussi, dit Gaines. Elle le connaissait, lui faisait plus que probablement confiance, et elle n'aurait jamais soupçonné qu'il ferait ce qu'il lui a fait.

– Et ils savaient ? Sa famille ? Ils savaient tous et ils n'ont rien dit ? »

Gaines secoua la tête.

« Je ne connais pas les détails, Maryanne. Je ne sais pas exactement ce qui s'est passé, ni pourquoi ni comment.

– Et les fillettes... les autres, celles de Morgan City ?

– Je crois, oui. Je crois qu'il les a également tuées. »

Maryanne resta un moment silencieuse, puis elle se leva et marcha jusqu'à la fenêtre.

« Mais pourquoi ? Que cherchait-il à accomplir ? Pourquoi étrangler des gamines et les abandonner en travers d'une porte ?

– Je ne sais pas, répondit Gaines. Peut-être qu'il se disait que la porte par laquelle elles partaient serait aussi la porte par laquelle quelqu'un d'autre arriverait. Peut-être pensait-il troquer une vie contre une autre. Lui seul pourra nous expliquer. »

Elle se retourna et regarda Gaines.

« Lillian », dit-elle, et ce n'était pas une question.

Gaines acquiesça.

« C'est aussi ce que je pense.

– S'ils savaient ce qu'il a fait... s'ils le savaient et n'ont rien dit, alors... »

Elle secoua la tête, abasourdie, confuse.

« Et qu'est-il arrivé à Clifton Regis ? Qu'y avait-il entre lui et Della ?

– Je crois que Della l'aimait, qu'elle l'aime encore, et qu'ils voulaient s'enfuir ensemble. Je crois que les choses se sont passées exactement comme elle l'a dit, exactement comme Clifton me les a racontées. Matthias a découvert leur liaison, et Clifton a reçu une visite de Leon Devereaux. Et après, juste pour être sûr qu'il ne s'approcherait plus de sa sœur, Matthias a profité de son influence auprès de Wallace pour le faire envoyer à Parchman. Je ne crois pas que Matthias soit capable de tuer quelqu'un, mais je le crois plus que capable de donner un sérieux avertissement. Clifton Regis se retrouve en prison, et Della est assignée à résidence. Matthias a bien réussi à leur foutre la trouille.

– Et Earl Wade?

– Je pense qu'il savait. Je pense que ça lui revient de temps en temps, mais qu'il ne comprend plus ce que ça signifie.

– Pourquoi ne pas avoir dit la vérité? Pourquoi ne pas simplement avoir tout révélé pour en finir avec cette histoire?

– Je l'ignore, Maryanne. Le nom de la famille, la réputation, la honte, le fait que tout ça a commencé, pour autant que l'on sache, il y a vingt ans, et qu'après avoir gardé le secret ne serait-ce qu'une semaine ils auraient tous pu être accusés de complicité, d'obstruction à la justice, de diverses choses.»

Elle devint pensive. Elle semblait abattue, comme si sa croyance fondamentale dans la probité, sa foi en l'équilibre naturel des choses avaient brusquement dévié de leur axe. Un tel changement de perspective était irréversible. Ses certitudes ne reviendraient jamais.

«Je suis désolée, dit-elle.

– De quoi?

– Je ne sais pas. Je ne sais vraiment pas, mais pourtant je suis désolée. De ne pas avoir posé plus de questions. De ne pas avoir pensé à elle plus souvent. D'avoir oublié qu'elle était morte.

– Vous ne pouvez pas être désolée pour ça, dit Gaines.

– Peut-être, mais c'est ainsi, répondit-elle. Bon, qu'est-ce qu'on fait, maintenant?

– On va le trouver.

– Vous croyez qu'on va y arriver?

– Oui. Je ne sais pas où, mais je le crois.»

71

Trouver Eugene Wade fut plus simple que ce à quoi Gaines s'était attendu. Il ne savait pas quels obstacles il rencontrerait. La Nouvelle-Orléans était une grande ville, et si un homme voulait s'y perdre, il pouvait aisément le faire. Mais apparemment, Eugene ne voulait pas se perdre, il ne voulait pas être invisible, et en moins d'une heure ils avaient trouvé une adresse dans l'annuaire. C'était une adresse ancienne, certes, et Eugene n'y résidait plus, mais le locataire du moment était un de ses amis, et il leur donna l'adresse où il avait emménagé quelques semaines plus tôt.

Gaines, Hagen et Maryanne Benedict s'y rendirent. Gaines demanda à Maryanne si elle voulait bien attendre dans la voiture pendant qu'ils iraient examiner les lieux.

« Vous êtes sérieux ? demanda-t-elle. Vraiment ? Après être allé me chercher chez moi, vous voulez que je reste dans la voiture ? Aucune chance, shérif. Si ce que vous croyez est vrai, si Eugene Wade a tué Nancy Denton et que sa famille n'a rien dit pendant toutes ces années, alors je veux voir la tête que fera ce salopard quand vous serez face à lui. »

Ils traversèrent la rue et frappèrent à la porte. Une femme âgée répondit, leur demanda ce qu'ils voulaient. Gaines produisit sa plaque, expliqua qu'ils cherchaient Eugene Wade.

« Plus que probable qu'il soit pas là, déclara-t-elle. La musique est toujours à fond quand il y est, mais montez. Voyez par vous-mêmes. Tout en haut, au grenier. C'est là que se trouve sa chambre. »

Gaines prit les devants, suivi de Maryanne, puis de Hagen.

Ils avaient à peine discuté durant le trajet, et bien qu'ils aient passé plus d'une heure en voiture, c'était comme si cette heure s'était évaporée en un instant.

« C'est plausible, avait déclaré Maryanne à un moment. Ce n'est pas ce que je veux, mais c'est plausible. Ce soir-là, le soir où il est parti avec Catherine et Della. Il a dû retourner chez lui, puis repartir pour nous rejoindre. Il a pu arriver par le bois et la voir avec Michael. Elle n'aurait pas été inquiète de tomber sur Eugene. Elle a peut-être laissé Michael un moment pour lui parler, et... et il a simplement dû... »

Elle n'avait pas achevé sa phrase.

Gaines n'avait rien dit. Elle assemblait les pièces du puzzle comme il l'avait fait lui-même et découvrait une vérité qu'elle ne voulait pas voir.

« Eugene avait 16 ans quand Nancy a disparu, avait poursuivi Maryanne. Il l'a étranglée. Michael a trouvé le corps, il a fait ce qu'il a fait, puis Matthias a tout découvert. Je crois que Matthias savait dès le début. Earl aussi. Peut-être même Della. Et ils ont caché ça à tout le monde.

– Qu'est-ce qu'ils pouvaient faire d'autre ? avait demandé Gaines. C'est la famille Wade. C'est le nom Wade. La dynastie est censée se perpétuer, génération après génération. Ils ne pouvaient pas annoncer au monde qu'il y avait un tueur en série parmi eux.

– Et ils ont fait en sorte qu'il ne soit pas inquiété.

– Il n'y a pas que pour la mort de Nancy Denton qu'il n'a pas été inquiété. Il y a aussi Morgan City. Car je crois que c'est Eugene qui a tué ces deux fillettes, et que c'est à ce moment que Matthias a su qu'il devait l'éloigner. Je pense que nous découvrirons que le loyer et les factures d'Eugene sont payés par Matthias. C'est lui qui dirige tout, qui dicte les règles. Mais il a ses propres difficultés à gérer, ses propres secrets, croyez-moi.

Je pense qu'il a tout fait pour que le nom des Wade soit épargné par le scandale. Je crois qu'il a utilisé Leon Devereaux pour faire de nombreuses choses que nous ignorons, et aussi pour séparer Della et Clifton.

– Et c'est Matthias qui a tué Devereaux ?

– Encore une fois, je ne suis sûr de rien. Soit c'est lui, soit c'est Della. Nous le découvrirons.» Gaines avait secoué la tête d'un air résigné. « Ou peut-être que nous ne le saurons jamais. »

Maryanne était redevenue silencieuse, regardant à travers la vitre tandis qu'ils franchissaient le pont, tentant peut-être d'accepter ces révélations, ou alors de ne penser à rien.

Ils avancèrent en silence, Gaines à la tête du trio, posant légèrement les pieds sur le bord des marches pour faire aussi peu de bruit que possible. Il n'aurait su expliquer pourquoi tout ça lui semblait nécessaire. Il apportait un message inopportun, une vérité, à quelqu'un qui aurait souhaité que cette vérité ne soit jamais connue. Il avait l'impression d'envahir la vie d'un autre, sa réalité, et même si c'était indispensable, même si cette invasion était vitale, elle lui semblait néanmoins étrangement cruelle. Mais qu'importait, il avait éprouvé tant d'émotions étranges et diverses ces derniers temps qu'il ne se souciait plus de grand-chose.

Gaines s'arrêta sur le palier supérieur et attendit que Maryanne Benedict et Richard Hagen le rejoignent. Ils se tinrent là tous les trois, se regardant, et Gaines retint brièvement son souffle.

Son cœur ne battait pas à se rompre, son pouls ne s'était pas emballé, le sang ne cognait pas dans ses tempes. Il ne ressentait pas les effets de l'adrénaline, aucune tension nerveuse dans ses tripes. Il était calme, tranquille, comme s'il avait tout son temps.

Il leva la main et frappa à la porte.

« Monsieur Wade ? appela-t-il. Eugene Wade ? »

Pas de réponse.

« Monsieur Wade... Police ! »

Aucun son en provenance de la chambre.

Gaines dégrafa son holster.

« Vous entrez ? » demanda Hagen.

Gaines acquiesça.

« Et le mandat ?

– Je n'en obtiendrai pas, et à vrai dire, c'est le dernier de mes soucis », répondit Gaines.

Il tourna la poignée. La porte était verrouillée.

« Reculez », dit-il.

Maryanne et Hagen obéirent, et Gaines, après avoir fait deux ou trois pas en arrière, leva le pied droit et donna un coup dans la porte juste à côté du verrou. Le chambranle n'était pas solide, et la porte s'ouvrit brusquement, allant claquer contre le mur à l'intérieur.

Ils perçurent aussitôt une puanteur familière.

Gaines demanda à Hagen d'attendre un moment avec Maryanne, et il pénétra dans la chambre.

Il porta la main à sa bouche. L'odeur était celle d'un cadavre vieux de deux ou trois jours, et il savait qu'une petite partie du mystère était désormais levée.

Plus tard, une fois l'autopsie achevée, le légiste situerait le moment du décès quelque part entre six heures et midi le samedi précédent.

Eugene Wade n'avait pas su se pendre convenablement. Il ne connaissait rien au rapport entre le poids et la vitesse de la chute, n'avait pas pris en compte la longueur de la corde, ni comment elle déterminait la force exercée sur les vertèbres cervicales.

La pendaison était une science. Une science simple, peut-être, mais une science tout de même.

Eugene était mort depuis trois jours, et il semblait à première vue que personne n'était au courant.

Ce n'est que plus tard, lorsque le détail de ses blessures serait révélé à Gaines, qu'il deviendrait évident qu'Eugene avait reçu

une visite. Et inutile de faire preuve d'une grande imagination
pour deviner de qui.

La main gauche d'Eugene Wade portait un bandage serré,
et une fois ce bandage ôté, il apparut que l'un de ses doigts
manquait. La plaie s'était infectée, et il n'avait reçu aucun
traitement. Peut-être cette infection aurait-elle suffi à le tuer.
Il fut aussi noté qu'Eugene était du groupe sanguin AB – ce
qui confirma les soupçons de Gaines quant à l'identité de
son agresseur.

Plus tard, Gaines tenterait d'imaginer la conversation
qui avait eu lieu entre Eugene et Leon Devereaux. Pourquoi
Matthias lui avait-il envoyé Devereaux ? Pour qu'il prévienne
Eugene qu'il devait quitter l'État ? Qu'il devait disparaître pour
de bon ? Eugene avait-il réagi en disant qu'il raconterait tout,
qu'il avouerait avoir tué Nancy Denton et qu'il salirait à jamais
le nom des Wade ?

Cette visite avait été l'élément déclencheur. Leon avait dû
changer de discours. Peut-être avait-il dit à Eugene qu'il était
désormais seul, que la partie était terminée. Le corps de la fille
avait été découvert, et le soldat qui l'aimait était mort. Eugene
n'avait plus d'échappatoire. S'il avouait, eh bien, Matthias avait
un juge dans sa poche. Les accusations d'Eugene – sans fondement, les protestations d'un homme seul – seraient déclarées
irrecevables par Marvin Wallace. Eugene serait également accusé
du meurtre de Michael Webster, et il se retrouverait à Parchman
pour le restant de ses jours. Mais peut-être qu'il ne passerait pas
la première année. Il y aurait une bagarre, une altercation dans
la cour d'exercice, et Eugene serait retrouvé étendu dans la poussière avec le ventre en sang. Peut-être que Matthias demanderait
à Clifton Regis de lui régler son compte – l'ironie parfaite – en
échange d'une promesse de pardon, de libération et de retrouvailles avec Della. Naturellement, Clifton et Della ne seraient
pas autorisés à rester à la maison ; ils seraient forcés d'aller
ailleurs, de disparaître et de vivre leur vie avec l'argent que les

Wade leur octroieraient. Mais une sœur mariée à un homme de couleur valait toujours mieux qu'un frère tueur en série.

Matthias avait-il dit à Leon de faire souffrir Eugene, de le blesser physiquement, ou Leon avait-il pris les choses en main et outrepassé sa mission ?

Donc, Eugene se retrouvait sans argent, et à court de temps. Il était coincé entre Leon Devereaux et un avenir totalement incertain.

Peut-être avait-il depuis longtemps décidé qu'il ne partirait jamais, que sa fuite serait plus définitive, plus absolue, une fuite irréversible.

La culpabilité engendrée par les meurtres de Nancy Denton, Anna-Louise Mayhew et Dorothy McCormick était finalement devenue telle qu'il avait su qu'il ne pouvait plus se cacher.

Ou peut-être avait-il eu un raisonnement semblable à celui de Judith Denton : si je pars maintenant, peut-être découvrirai-je que ma mère m'attend encore.

Il en revenait donc toujours à la même solution, la solution de facilité.

Et c'est cette solution qu'il avait finalement décidé de mettre en œuvre le matin du samedi 3 août 1974.

Il s'était pendu là, dans son grenier, à une poutre du plafond. La corde qu'il avait choisie était trop fine, et durant les quelques heures qui avaient suivi son dernier souffle, le poids de son corps avait créé un tel resserrement autour de la gorge que son visage était désormais presque noir. Sa langue pendait de sa bouche, distendue et gonflée, et ses yeux étaient d'un rouge profond.

Il était resté pendu là pendant trois jours. Personne n'était au courant, hormis peut-être Leon Devereaux et Matthias Wade. Personne ne se souciait assez de lui pour se demander où il était.

Gaines regarda longuement ce visage noir et boursouflé, puis il regagna le palier.

« Descendez et appelez les renforts », dit-il à Hagen.

Maryanne accompagna Hagen. Celui-ci demanda à la propriétaire s'il pouvait utiliser son téléphone.

Gaines retourna dans la chambre et effectua une fouille rapide. Il ne s'attendait pas à trouver quoi que ce soit qui relie directement Eugene Wade au meurtre de Nancy Denton, ni à ceux de Dorothy McCormick et Anna-Louise Mayhew. Mais, comme si souvent au cours des dernières semaines, ce qu'il trouva ne fut pas ce à quoi il s'attendait.

Il découvrit la petite valise en cuir ouverte au pied du lit, comme si Eugene l'avait intentionnellement laissée là.

À l'intérieur se trouvaient des coupures de presse, des photos, divers objets sans rapports les uns avec les autres – un ruban d'un jaune passé, un petit médaillon en or, une fleur séchée presque réduite à l'état de poussière conservée dans une feuille de papier pliée en deux, un bracelet en argent orné d'une pierre turquoise, et d'autres souvenirs du même genre.

Les journaux racontaient une histoire que John Gaines parvint à peine à croire.

Il s'assit au bord du lit d'Eugene Wade, et tout ce qui l'entourait – le grenier qui empestait, le cadavre suspendu à la poutre – sembla disparaître. Il feuilleta les coupures de presse, parcourut les titres, saisit l'importance de ce qu'il était en train de lire, et il commença à comprendre ce que Matthias Wade avait libéré lorsqu'il avait décidé de cacher au monde la vérité sur son frère.

Il s'aperçut qu'il retenait son souffle. Il inspira fort et les bords de son champ de vision devinrent flous. Il eut la sensation qu'il perdait l'équilibre et se retint au bord du cadre de lit.

Finalement, il se leva, récupéra la petite valise, et marcha jusqu'à l'endroit où Eugene Wade était pendu à la poutre.

Il regarda son visage, bien qu'il fût presque méconnaissable, et il sut que c'était le visage du diable.

72

G aines laissa Hagen sur place pour qu'il gère la situation avec les autorités locales. Il ne mentionna pas la valise en cuir. Il ne mentionna pas les coupures de presse qu'il avait trouvées. Hagen fut chargé d'expliquer aux agents que l'homme mort s'était rendu coupable d'un meurtre vingt ans plus tôt. Les détails n'avaient plus grande importance. Nancy Denton n'avait plus de parents, il n'y avait donc personne à prévenir que son assassin avait enfin payé pour son crime. Il n'y aurait pas d'acte d'accusation à remplir, de comparution à programmer, de jury à sélectionner. Gaines irait informer les familles des deux fillettes mortes, évidemment, mais pour le moment, ce n'était pas sa priorité principale.

Maryanne l'accompagna jusqu'à la voiture.

« Nous rentrons à Whytesburg, annonça-t-il, et je demanderai à l'un de mes agents de vous ramener chez vous. »

Elle resta plusieurs minutes assise du côté passager sans dire un mot.

Elle avait remarqué la petite valise sur la banquette arrière. Elle avait vu Gaines fermer brièvement les yeux avant de démarrer, avait noté sa façon de serrer et desserrer les poings, le léger tremblement de sa main tandis qu'il essayait d'insérer la clé dans le contact.

Elle tendit le bras, posa la main sur celle de Gaines, et il la regarda.

« Dites-moi », demanda-t-elle.

Gaines secoua la tête. Il regarda par la vitre, et elle vit les jointures de ses doigts blanchir tandis qu'il serrait le volant.

« John ? »

Alors il acquiesça, comme s'il se résignait. Il attrapa la valise derrière lui et la lui tendit.

Elle la tint entre ses mains, puis la posa sur ses cuisses.

Elle plaça les doigts sur les fermoirs, mais ne l'ouvrit pas.

« Regardez, dit Gaines. Vous voulez savoir... alors, regardez. »

Maryanne hésita, puis elle actionna les fermoirs, qui claquèrent sèchement dans l'espace confiné de la voiture.

L'odeur du vieux papier emplit ses narines, et elle commença à feuilleter les coupures de presse.

Le mardi 19 mars 1957, par une matinée lumineuse et fraîche, Jeanette Ferguson, une jeune fille de 14 ans vivant à Lyman, avait disparu sur le chemin de l'école. Sa disparition avait été signalée le soir même. Elle avait été retrouvée morte quatre jours plus tard dans une maison en ruine.

Le samedi 10 novembre 1960, le lendemain du jour où John Fitzgerald Kennedy était devenu le plus jeune candidat à remporter la présidentielle, Mary Elizabeth Duggan avait été retrouvée étranglée à l'arrière d'un bus à bord duquel elle était montée à Hattiesburg pour se rendre à Monroe, en Louisiane. Elle avait 18 ans. Le bus s'était arrêté à Collins, Magee, Mendenhall, Jackson, Vicksburg, Tallulah et Rayville. Les cousins de Mary Elizabeth – Stan et Willa Blakely – l'attendaient au dépôt. Mais elle n'était jamais descendue du bus. Déconcertés, ils avaient demandé s'ils pouvaient jeter un coup d'œil à l'intérieur au cas où quelqu'un se serait endormi. Le chauffeur avait répondu qu'il n'y avait personne, mais les avait tout de même autorisés à monter. Tout au fond du véhicule, sous la banquette, ils avaient retrouvé Mary Elizabeth étendue par terre, enveloppée de la tête aux pieds dans une couverture. Elle ne dormait pas. Elle était morte.

Une enquête longue et minutieuse avait eu lieu, à laquelle avaient participé les polices du Mississippi et de Louisiane. On avait tenté de localiser chaque passager qui avait utilisé le service entre Hattiesburg et Monroe, mais n'importe qui pouvait acheter un billet sans fournir de pièce d'identité ; tout ce qu'ils avaient, c'était le nombre de billets vendus et leur prix respectif. L'enquête, apparemment, n'avait rien donné.

Le samedi 7 octobre 1961, Frances Zimmerman, une jeune fille de 19 ans de Monticello – ironiquement désignée pour offrir des fleurs au président Richard Nixon lors de son arrivée à la foire du Mississippi en 1958 – avait été retrouvée étranglée dans les toilettes pour hommes de la gare de Brookhaven. Elle avait été abandonnée en travers d'une porte.

Le 19 août 1962, tout juste deux semaines après la mort de Marilyn Monroe, Kathleen Snow, 15 ans, avait été notée absente à ses cours de l'après-midi à l'école catholique pour filles St. Mary Magdalene, à Jackson. Ses amis avaient affirmé qu'elle avait quitté l'école à l'heure du déjeuner pour « retrouver quelqu'un ». L'identité de cette personne leur était inconnue, et Kathleen avait assuré qu'elle ne serait pas absente plus d'une demi-heure. Ils avaient promis de la couvrir. Kathleen n'était pas revenue. Son corps avait été retrouvé le lendemain par un volontaire chargé de faire traverser la route aux élèves. Kathleen avait été étranglée, avec une telle force que l'empreinte des mains de son assassin avait laissé des marques sombres sur sa gorge.

Et ça continuait comme ça – 1963, 1964, un ou deux ans sans rien ici et là, mais ces comptes rendus semblaient infinis. Et alors Maryanne les trouva. Morgan City, janvier 1968, les visages de Dorothy McCormick et d'Anna-Louise Mayhew.

Elle souleva la coupure. Gaines regarda les visages, qui lui retournèrent son regard comme lorsqu'il avait examiné les dossiers pour la première fois dans le bureau de Dennis Young.

Quatorze victimes, espacées sur dix-sept années.

« Je ne peux pas le croire... » dit-elle en secouant la tête.

Elle avait les yeux pleins de larmes, qui débordèrent de ses paupières et roulèrent sur ses joues.

Gaines démarra.

« Vous allez aller le voir... Matthias ? demanda-t-elle.

– Oui.

– Je ne veux pas le voir, John.

– Vous ne le verrez pas, Maryanne. Rentrez chez vous, ou bien restez dans mon bureau, mais ne venez pas avec moi. »

Un silence s'installa entre eux, qui dura tout le restant du trajet. Lorsqu'ils furent arrivés, Gaines demanda à Forrest Dalton d'aller chercher une voiture de patrouille pour ramener Maryanne chez elle.

Et alors, tandis qu'elle quittait le commissariat, elle hésita. Elle lui toucha le bras, le regarda droit dans les yeux, sans ciller, et déclara :

« Il y a eu assez de souffrances. Il y a eu assez de morts. Et Matthias...

– Matthias ne tuera personne, répondit Gaines. Je ne crois pas qu'il ait jamais tué qui que ce soit. Je crois qu'il a fait en sorte que Devereaux tue Webster, et il a mis son frère à l'abri de la justice. Je ne sais même pas s'il avait conscience de ce qu'avait vraiment fait Eugene. Son crime a été son silence, tout comme Della, et Earl.

– Et Devereaux ? Il n'a pas tué Devereaux ? »

Gaines secoua la tête.

« Je ne pense pas, non. Je crois que Devereaux a été tué par vengeance pour une tout autre affaire. »

Elle le regarda d'un air interrogateur, mais il était clair que Gaines ne donnerait pas plus d'explications.

« Soyez prudent », dit-elle.

Et quelque chose dans ce conseil toucha Gaines ; c'était comme si elle était vraiment sincère, comme si elle voulait réellement qu'il revienne indemne.

« Je le serai », répondit-il, et elle s'éloigna.

Une demi-heure plus tard, Gaines était de nouveau devant la résidence des Wade. Il cogna du poing sur la porte, et celle-ci fut précipitamment ouverte. Il n'attendit pas d'être invité à franchir le seuil. Il entra, tenant la valise en cuir dans sa main, déclara qu'il devait voir Matthias et Della, puis traversa le vestibule et pénétra dans la bibliothèque où il avait discuté avec Earl Wade le matin même.

Della apparut moins d'une minute plus tard.

« Qu'est-ce qu'il y a ? demanda-t-elle. Qu'est-ce qui se passe ?

– Où est Matthias ? dit Gaines.

– À l'étage, avec notre père. Pourquoi ? Pourquoi êtes-vous revenu ici ?

– Eugene est mort », annonça Gaines d'une voix neutre.

Une fois encore, une expression de totale incrédulité et de stupéfaction, sincère ou parfaitement simulée, s'empara du visage de Della Wade, qui devint livide et ouvrit de grands yeux.

« Mort ?

– Il s'est pendu, Della. Il s'est suicidé. Il est mort depuis quelques jours, et je crois que ça vous intéressera de savoir que Leon Devereaux a fort probablement été la dernière personne à le voir. C'est une supposition de ma part, mais je crois qu'elle s'avérera exacte. »

Della marcha jusqu'à la fenêtre, tournant le dos à la porte, et lança un regard de biais en direction de Gaines comme si elle se rappelait soudain qu'il était dans la pièce, que ce n'était pas quelque abominable cauchemar dont elle pourrait se réveiller.

« J'ai une question à vous poser, Della. »

Elle attendit, le regardant dans les yeux.

« Avez-vous tué Leon Devereaux ? »

« Ne dis rien, Della ! »

Elle se retourna, la bouche ouverte comme pour parler, mais réduite au silence par l'apparition soudaine de Matthias, qui entra dans la pièce et interrompit leur échange comme elle l'avait elle-même fait ce matin même avec son père.

« Ne dis pas un mot à cet homme, poursuivit Matthias. Il n'a aucun droit d'être ici. Il n'a pas de mandat. Il n'a aucune preuve, rien. »

Gaines ne broncha pas. Il posa la valise en cuir sur la table, l'ouvrit, et en tira la liasse de coupures de presse. Il fit trois ou quatre pas vers Della et tendit la main.

Elle s'empara des coupures.

« Qu'est-ce que c'est que ça ? » demanda Matthias en tentant de les lui arracher.

Della ôta vivement sa main, s'éloigna vers la fenêtre, et Gaines sentit la tension dans la pièce monter à mesure qu'ils prenaient lentement conscience de la situation. Ou peut-être était-ce son imagination ; peut-être qu'ils ne la sentaient pas. Pourtant, elle était là. Il en était certain.

Lorsque Della se retourna, en larmes, son expression trahissait un mélange d'émotions.

Pour la première fois depuis qu'il l'avait rencontrée, Gaines songea qu'elle était sur le point de dire la vérité.

« Ça ? fit-elle. Qu'est-ce que c'est ?

– Le résultat de votre silence, répondit Gaines.

– Silence à quel sujet ? Au sujet de...

– Au sujet de rien, coupa Matthias. C'est un pur fantasme dont le shérif Gaines s'est convaincu qu'il était réel.

– Au sujet du fait que votre frère Eugene est celui qui a tué Nancy Denton. Matthias le savait, votre père aussi, ainsi que le juge Wallace, et peut-être Leon Devereaux. J'ignore combien d'autres personnes étaient au courant, mais je crois que Matthias est le seul à savoir ce qui s'est passé par la suite, n'est-ce pas, Matthias ? »

Matthias ne répondit pas. Il regardait implacablement Gaines, comme si ce dernier discutait de la pluie et du beau temps.

« Et ça, fit Della en tendant les coupures devant elle, c'est l'œuvre d'Eugene ? Ces filles, c'est lui qui les a assassinées ?

– Manifestement, ce n'est pas parce qu'on libère un monstre de sa cage qu'il cesse d'être un monstre, dit Gaines.

– Matthias ? s'écria Della. Matthias, est-ce que c'est vrai ? Eugene est-il responsable de tout ça ? Eugene a-t-il tué Nancy ? Est-ce que ça s'est passé comme ça ? »

Elle se tourna vers Gaines.

« Pendant tout ce temps, j'ai voulu croire que ça n'avait rien à voir avec nous.

– Della ! lança Matthias d'un ton autoritaire, presque menaçant.

– Elle avait fait une simple fugue. C'était tout. Elle avait peur, il s'était passé quelque chose, quelque chose que nous ignorions, et elle s'était enfuie. Je voulais croire qu'elle reviendrait, tout comme Michael, et je n'avais jamais imaginé qu'elle avait été tuée par un membre de ma famille...

– Della, sérieusement, ça suffit. »

Matthias fit un pas en avant.

Della se retourna et le regarda avec horreur et consternation.

« Et alors, j'ai parlé au shérif Gaines, et il m'a dit des choses, Matthias. Des choses douloureuses, qui m'ont laissé croire que ça pouvait être toi. Toi qui avais commis cet acte terrible. Tu avais bien envoyé ce monstre pour faire peur à Clifton, et il lui a coupé les doigts. Est-ce que c'est toi qui lui as dit de faire ça, ou est-ce qu'il a juste fait preuve d'inventivité ? »

Matthias s'avança un peu plus et était désormais à portée de main de sa sœur.

« Oui, j'ai commencé à croire que tu avais pu tuer Nancy. Et puis je me suis dit non, tu n'aurais jamais pu faire ça. Tu n'étais sûrement pas capable de commettre un meurtre. Du coup, je me suis demandé, si ce n'était pas toi, alors qui ? Qui pouvais-tu vouloir protéger à ce point ? Ça ne pouvait être qu'une personne, n'est-ce pas ? Notre père. Voilà qui tu protégeais. Tout ce temps passé à cacher la vérité, à essayer de protéger notre père, à essayer de protéger le nom des Wade, à essayer de protéger ton héritage pour qu'il ne soit pas dilapidé pour défendre... »

Matthias la ... ... e. Elle
tomba lourden ...
Matthias W; ... ...aines,
ignorant sa sœur qui se relevait péniblement.

« Mon frère est mort, déclara Matthias Wade, tout comme Nancy Denton et Michael Webster et Leon Devereaux. Ils sont tous morts. Aucun d'eux ne reviendra. Personne ne confirmera vos dires. Personne ne fera de déposition ni n'ira témoigner à la barre, et même s'il y avait quelqu'un pour vous aider, je crois que vous découvririez que les tribunaux ne rendraient pas la justice que vous espérez. »

Della était debout.

« C'est vrai ? demanda-t-elle. Ce qu'il dit est vrai, Matthias ? Eugene a tué Nancy et il a fait ces... ces choses, et tu le savais depuis le début ? Est-ce que c'est vrai ? »

Matthias regarda sa sœur.

« Ne me parle pas, Della. Ne fais pas ta sainte nitouche avec moi. Comment oses-tu ? Drogue, avortements, relations sexuelles avec des hommes de couleur. Tu n'es qu'une putain, comme dit notre père. Tu n'es qu'une sale putain, tu ne vaux rien, et si tu n'étais pas ma sœur, peut-être que Leon t'aurait aussi rendu visite. »

Della attrapa une poignée de coupures de presse par terre et les tendit en direction de Matthias.

« C'est toi qui a fait ça, dit-elle. Tu es aussi coupable qu'Eugene. Tu savais ce qu'il avait fait à Nancy. Tu savais qu'il avait recommencé, et tu n'as rien fait ? Absolument rien ?

– Qu'est-ce que tu voulais que je fasse, Della ? Que je le tue ? C'est ça que tu aurais voulu que je fasse ? Que je tue mon propre frère ? Il était malade. Il souffrait d'une maladie mentale. Comme notre mère, cette vieille alcoolique. À noyer sa dépression dans le whiskey. Tu n'as aucune idée du temps, des efforts et de l'énergie qu'il faut pour contrôler ce qui se passe dans cette famille. Tu n'as pas la moindre idée des emmerdements que tu m'as causés. Eugene était également ton frère, Della, et sous prétexte qu'il a perdu la tête à la mort de notre mère, j'aurais eu le droit de le négliger, de l'abandonner, de faire comme s'il n'était plus l'un des nôtres ? On ne peut pas expliquer ses actes. Il croyait bien agir. Il croyait qu'il parviendrait peut-être à la faire revenir. Il le croyait sincèrement. Et notre père ? Lui aussi, il a perdu la boule, hein ? Qu'est-ce que tu aurais voulu que je fasse ? Que je les tue tous, tous ceux qui ne répondaient pas à tes critères de santé mentale ? Oh, quels critères ç'auraient été, Della. Quels putains de critères ! »

Della gifla son frère. La claque produisit un bruit terrible. Mais il la regarda comme si elle l'avait à peine touché.

Il sourit bizarrement, puis baissa la tête comme s'il la congédiait.

Della, ses yeux lançant des éclairs, des larmes lui roulant sur les joues, prise dans un tourbillon d'émotions, sortit soudainement.

Gaines l'entendit traverser le vestibule en courant puis monter l'escalier.

Matthias se retourna vers Gaines.

« C'est fini, dit-il. La partie est finie. Les vrais coupables sont morts. Il est peut-être temps pour vous d'accepter le fait que parfois des choses se produisent, et qu'on ne peut rien y faire.

– Ça, je n'y crois pas, monsieur Wade. »

Wade acquiesça lentement. Il baissa les yeux vers les coupures qui jonchaient le sol, puis les reposa sur Gaines.

« Qui peut dire qu'une vie vaut plus qu'une autre ? Ce n'est pas à nous d'en décider, hein ? Je ne sais pas pour vous, shérif, mais j'ai tendance à être fataliste. Si j'étais croyant, si j'estimais que Dieu a créé tous les hommes à Son image, alors je me dirais qu'Il a créé Eugene de la même façon qu'Il nous a créés, moi, vous, Della, ou ces gamines. Peut-être qu'il y a un équilibre en tout. Peut-être qu'Il donne en même temps qu'Il prend, et que nous ne pouvons rien y faire. Peut-être que tous ces gens étaient

censés mourir, et que si Eugene ne s'en était pas chargé, alors
ç'aurait été quelqu'un d'autre...

– C'est ainsi que vous avez justifié votre décision pendant
toutes ces années ?

– Ma décision, shérif ?

– Votre décision de ne rien dire quand vous avez découvert
qu'Eugene avait tué Nancy Denton. »

Wade sourit.

« Sommes-nous encore en train de jouer à ce petit jeu,
shérif ? Ce que je dis ici n'a aucune valeur. Quels que soient
les aveux que vous croyez entendre, je les nierai avec vigueur.
Ce sera votre parole contre la mienne, shérif Gaines, et
je pense connaître suffisamment de personnes haut placées
pour faire passer ce que vous direz pour les élucubrations
d'un ancien combattant animé par une inexplicable rancœur
personnelle. »

Gaines le regarda, et il vit dans ses yeux qu'il n'y avait
jamais eu de décision. Nancy Denton n'avait aucune importance comparée à la honte et au discrédit qui auraient frappé
sa famille.

« Vous n'êtes pas différent d'Eugene, dit-il. Vous auriez tout
aussi bien fait de la tuer vous-même. Vous auriez tout aussi bien
fait de les tuer toutes. Vous saviez ce qui s'était passé, et vous
avez fait comme si de rien n'était. Vous avez suivi votre petit
bonhomme de chemin sans rien faire.

– Je crois que vous délirez, shérif. Je crois que vous avez dû
être traumatisé, et que vous êtes un peu déséquilibré. Après
tout, la guerre peut avoir des effets ravageurs sur la stabilité
mentale, n'est-ce pas ?

– Vous avez tué votre propre frère, Matthias. Vous avez
envoyé Leon Devereaux là-bas pour le prévenir que le corps
de Nancy Denton avait été découvert, que la vérité allait être
révélée. Vous saviez ce qu'il ferait, n'est-ce pas ? Vous saviez
qu'il se suiciderait. Il n'y avait aucune autre échappatoire pour

lui. Pensiez-vous qu'on l'oublierait ? Un suicide solitaire de plus, la famille Wade garde le secret et on oublie tout ? C'est ça que vous aviez prévu ? »

Matthias balaya les questions comme si elles étaient hors de propos.

« La vie, c'est peut-être faire les choses qu'on veut faire, shérif, mais la survie, c'est faire les choses qu'on doit faire. Parfois les gens sont d'accord avec ces choses, et parfois non. Parfois les autres estiment que ce que vous avez choisi est inacceptable, et c'est leur droit. Les gens devraient avoir le droit de ne pas être d'accord, shérif, mais ça ne leur donne pas le droit d'essayer de vous empêcher d'agir comme vous l'avez décidé. Pour moi, c'est très simple.

– Et pour moi aussi ! »

Matthias Wade se retourna en entendant la voix de Della. Elle était de nouveau dans la pièce et tenait une arme à la main, un petit revolver qu'elle pointait fermement sur son frère.

« Qu'est-ce que c'est que ça ? demanda Matthias. Qu'est-ce que c'est que ces conneries, Della ?

– La justice, Matthias. Purement et simplement.

– Pose ce putain de flingue, Della. Tu ne vas pas t'en servir.

– Tu ne m'en crois pas capable ?

– Capable ? Capable ? Ce dont je te crois capable, c'est de te soûler la gueule et de coucher avec un homme de couleur, espèce de connasse ignorante. Voilà ce dont je te crois capable.

– Tu crois que je n'ai pas de fierté, Matthias ? Tu crois que je ne suis pas prête à tout pour épargner à notre père la honte et la disgrâce que tu as apportées dans cette famille ?

– Oh, assez, Della. Pose cette arme et tire-toi, pour l'amour de Dieu. »

Della fit un pas en avant. Elle maîtrisa les tremblements de sa main.

« Dis adieu, espèce de connard », siffla-t-elle entre ses dents, et elle appuya sur la détente.

La balle, un calibre 6,35, pénétra à la base de la gorge de Matthias. Elle n'avait pas assez de puissance pour ressortir de l'autre côté, mais elle transperça sa trachée et se logea dans une vertèbre.

Matthias Wade ne tomba pas, il ne recula pas en titubant. C'était comme s'il n'en revenait pas que sa sœur lui ait tiré dessus, comme s'il était tellement certain qu'elle ne l'avait pas fait qu'il parvenait à douter de la réalité de son geste.

Néanmoins, cette réalité était indéniable, et le sang commença à gicler de sa gorge trouée, arrosant l'avant de sa chemise. Lorsqu'il le vit, il tenta de le récupérer entre ses mains, comme si en l'empêchant de couler il pourrait revenir en arrière.

Puis, il tomba à genoux. Il regarda fixement sa petite sœur et ouvrit la bouche pour dire quelque chose.

Mais les paroles qu'il comptait prononcer ne parcoururent jamais la distance qui séparait son cerveau de ses lèvres. Il bascula sur le côté et tomba par terre. Il était désormais immobile, à l'exception de sa jambe droite qui battit une demi-douzaine de fois d'avant en arrière avant de se figer.

Della Wade regarda Gaines, qui la regarda en retour.

« Y a-t-il une autre arme dans la maison ? » demanda Gaines d'un ton autoritaire, impérieux.

C'était comme si toute l'adrénaline qu'il avait en lui fusait à travers son corps. Il était sûr de lui, concentré, n'éprouvait même pas le moindre étonnement. Il se sentait parfaitement calme.

Della continua de le regarder comme si elle ne l'avait pas entendu.

« Della ! Écoutez-moi ! Est-ce qu'il y a une autre arme dans la maison ? Une arme qui appartiendrait à Matthias ? »

Elle acquiesça une fois, deux fois, puis sembla reprendre ses esprits.

« Ou... oui, dit-elle. Il a...

– Allez la chercher ! ordonna-t-il. Dépêchez-vous ! »

Della se mit aussitôt en mouvement, traversant la pièce puis s'éloignant dans le couloir.

Elle revint moins d'une minute plus tard, tenant dans sa main un 9 mm.

Gaines saisit le revolver, essuya ses empreintes avec un pan de sa chemise et plaça l'arme dans la main inerte de Matthias. Puis il visa et fit feu une fois en direction du mur derrière l'endroit où s'était auparavant tenue Della.

Celle-ci sursauta, surprise, et lâcha le 6,35.

Il la regarda.

« Légitime défense, expliqua-t-il. Vous l'avez tué en état de légitime défense. Vous comprenez ? »

Della était incapable de parler.

« Vous comprenez ce que je vous dis ? insista-t-il.

– Ou... oui, répondit-elle. Oui, légitime défense.

– Maintenant, allez dans votre chambre et restez-y. Ne dites rien. N'appelez personne. Ne faites rien tant que je ne vous y aurai pas autorisée, d'accord ? »

Elle le fixait d'un œil vide.

« D'accord ? répéta-t-il.

– Oui, oui, d'accord », dit-elle, et sur ce, elle quitta précipitamment la pièce.

Gaines se retourna, regarda Matthias Wade, et il vit l'adolescent mort, celui qui avait une grenade, celui qui s'était trouvé sur le chemin d'une balle.

Les dieux de la guerre étaient capricieux. Ils se foutaient de savoir qui ils supprimaient et pourquoi.

La plupart du temps ils étaient froids et indifférents, mais parfois ils supprimaient la bonne personne.

73

Della Wade est assise en silence dans la cellule au sous-sol. Ce n'est pas la cellule qui a accueilli Michael Webster, mais celle d'en face.

Elle est là en partie pour sa sécurité, afin de l'éloigner de la horde de journalistes qui semble s'être abattue sur Whytesburg, mais elle est aussi là en attendant que Gaines se soit occupé des problèmes qui entourent les décès de Matthias Wade et de Leon Devereaux. Il y a des choses à établir, des détails à régler, et tant que ça n'aura pas été fait, mieux vaut qu'elle soit sous sa protection à lui que sous celle d'un autre.

Eddie Holland est assis sur une chaise à deux mètres de la cellule. Il ne lui parle pas. Elle ne lui parle pas.

En haut, Gaines a affaire aux journalistes, aux photographes, autant d'obligations inhérentes à ce genre de situation. La réception du commissariat lui rappelle le centre de presse de Da Nang.

C'est le lendemain matin que Gaines vient parler à Della Wade. Le mercredi 7 août. Il est aux alentours de neuf heures, et Gaines a été informé qu'elle n'a pas avalé un morceau depuis qu'il l'a amenée.

Lyle Chantry la surveille, mais Gaines lui demande de les laisser seuls. Il pénètre dans la cellule, referme la porte derrière lui, et s'assied à côté d'elle.

Il s'éclaircit la voix, puis commence à parler.

« Quand j'étais dans l'armée, dit-il, j'ai fait la guerre. C'était une guerre dont d'autres personnes avaient décidé qu'elle serait une bonne idée. Ce n'était pas ma décision, rien à voir avec moi, mais la loi m'obligeait à y aller, et c'est ce que j'ai fait. » Gaines se tourne et s'adosse au mur. Il lève un pied et le pose sur le bord de la couchette. Il tire un paquet de cigarettes de sa poche de chemise, en allume deux, en tend une à Della et poursuit : « La guerre est une loterie. Elle est comme une porte ouvrant sur l'enfer, et quand vous la franchissez, vous vous retrouvez sous le feu, vous voyez des gens mourir tout autour de vous, des gens dont vous ne connaissez même pas le nom, et pourtant vous êtes tous censés vous battre pour la même cause. J'ai demandé à beaucoup de gens, et personne ne semblait savoir pourquoi nous nous battions. J'avais ce lieutenant, son nom était Ron Wilson...

– Shérif ?

– Oui, Della.

– Allez-vous m'inculper du meurtre de Leon Devereaux ?

– Non, Della.

– Pourquoi ?

– Parce que je pense que c'était ce qu'il fallait faire, et si j'avais été dans votre situation, j'aurais agi de la même manière.

– J'avais peur qu'il s'en sorte.

– Devereaux ?

– Non, Matthias. Je croyais qu'il avait tué Nancy. Je le croyais *vraiment*, mais je pensais qu'il s'en sortirait, et je ne pouvais pas le supporter. D'abord, il y avait ce qu'il avait fait à Clifton, et puis vous êtes arrivé, vous avez commencé à poser des questions, vous étiez convaincu que c'était lui le coupable, et c'est là que j'ai pensé que Devereaux devait mourir.

– Pour que Matthias soit accusé du meurtre ? »

Elle reste un moment sans répondre, puis elle acquiesce.

« Oui, répond-elle. Je voulais qu'il soit puni pour le meurtre de quelqu'un, même si ce n'était pas le bon.

– Il a été complice de la mort de nombreuses personnes, dit Gaines. Peut-être qu'il y a d'autres victimes, mais nous avons des preuves reliant Eugene à la mort d'au moins cinq jeunes filles. Ce sont celles pour lesquelles nous avons quelque chose de solide, des preuves concrètes trouvées dans son appartement.

– Des preuves concrètes ?

– Des vêtements, des bijoux, ce genre de choses.

– Et Matthias savait qu'il tuait ces jeunes filles... ces enfants ?

– Il savait pour Nancy. Ça, j'en suis sûr. Et il savait pour les deux gamines de Morgan City. C'étaient toutes les deux des filles d'employés de la famille Wade. Et Matthias a tellement été impliqué dans cette affaire qu'il a même longtemps été soupçonné. Il y a encore des gens qui croient que c'est lui le coupable.

– Et maintenant, il est mort. Et Eugene aussi.

– Oui.

– Et Michael ? demande-t-elle. Il a fait cette chose terrible...

– Il a fait ça pour essayer de la ramener à la vie, réplique Gaines. Michael Webster aimait Nancy plus que tout. Sans elle... eh bien, sans elle il était dévasté, et il a fait la seule chose qui lui soit venue à l'esprit...

– Il l'a faite par amour, dit-elle. Mais comment faire ça par amour ? Je ne peux même pas imaginer ce que ça lui a fait.

– Je sais ce que ça lui a fait, dit Gaines. Ça l'a rendu fou, Della. Ça l'a rendu complètement fou.

– Quel gâchis.

– Oui, en effet », convient Gaines.

Il voudrait ajouter, *comme la guerre*, mais il ne le fait pas.

Il saisit la main de Della pour la réconforter, il la regarde très longuement, et ni l'un ni l'autre ne parlent.

74

Par une journée étonnamment fraîche, le 8 août 1974, tandis que l'Amérique et le monde assistaient à la démission de Richard M. Nixon, des funérailles avaient lieu dans la petite ville de Whytesburg, Mississippi.

C'étaient des funérailles étranges, peut-être plus une messe du souvenir, et même si aucun parent n'était là pour représenter les défunts, la petite église où s'était tenue une semaine plus tôt la cérémonie d'hommage à Alice Gaines était bondée. Nate Ross, Eddie Holland, John Gaines, Richard Hagen, les agents Chantry et Dalton étaient au premier rang à droite. À gauche, il y avait les Rousseau, Bob Thurston, Victor Powell, Maryanne Benedict et Della Wade. Derrière eux se trouvaient nombre des plus anciens habitants de Whytesburg – ceux qui se souvenaient de Nancy Denton, qui avaient peut-être participé aux recherches initiales le lendemain de sa disparition.

Cette fois, Gaines prit la parole. Il ne parla pas longtemps, mais il le fit avec éloquence et sincérité, et il fut certain qu'on l'avait entendu.

Plus tard, l'assistance se rendit au cimetière où, dans des concessions payées par le comté, Judith et Nancy Denton furent enterrées côte à côte. Auprès de Nancy fut inhumé Michael Webster, l'homme qui l'avait aimée au point de faire ce qu'il avait fait, puis qui avait essayé de vivre avec les conséquences.

D'ici quelques jours, ce serait au tour d'Eugene Wade et de Matthias d'être enterrés, mais l'assistance serait clairsemée, et les funérailles se tiendraient loin de Whytesburg. Della n'y assisterait pas, pas plus qu'Earl Wade, dont la santé mentale se serait détériorée au point qu'il serait alité la plupart du temps.

Della Wade déclara à Gaines qu'elle avait tenté d'expliquer à son père ce qui s'était passé, mais celui-ci n'avait pas compris, ou pas pu comprendre.

Catherine Wade avait été informée des événements. Comme elle était désormais l'aînée, elle prenait des dispositions pour que son père soit déclaré légalement inapte à gérer ses affaires. Elle agirait en tant que fondée de pouvoir, et – avec l'accord de Della – elle avait décidé de vendre la maison. Il y avait beaucoup d'argent. Elles se le partageraient à parts égales. La dynastie des Wade s'achèverait avec le décès d'Earl, et Della estimait qu'il ne tarderait pas à survenir.

« Je crois qu'il sait ce qui s'est passé, dit-elle à Gaines. Je crois qu'il se noie dans ses mensonges et ses secrets. »

Gaines ne répondit pas, mais il était clair à son expression qu'il était d'accord.

Les événements survenus chez les Wade, principalement le fait que Della avait tué Matthias en légitime défense, furent corroborés par Gaines. Il rédigea par ailleurs un rapport qui identifiait Matthias Wade comme l'assassin de Leon Devereaux. Certaines personnes – notamment Richard Hagen et Victor Powell – durent dire certaines choses, signer certains documents, et ils le firent sans poser de questions.

Gaines rendit également visite à Marvin Wallace. Il emmena Nate Ross avec lui. Wallace fut informé qu'il ne recevrait plus le soutien financier ou politique des Wade. Gaines ajouta que le moment était probablement venu pour lui de se retirer, de passer à autre chose, peut-être d'aller dans le Sud à la recherche de climats plus cléments et de meilleurs terrains de golf. Wallace l'écouta attentivement, et ne posa pas de questions. Gaines lui demanda de signer une procuration nommant Catherine à la tête des affaires de la famille Wade. Ce que Wallace fit sans hésitation. Il lui demanda également d'autoriser un nouvel examen du dossier de Clifton Regis, et de suggérer dans sa lettre que si ce nouvel examen n'innocentait pas Regis, un appel devrait être interjeté au niveau de l'État. Une fois encore, Wallace s'exécuta sans hésiter ni poser de questions. Moins de deux semaines plus tard, le juge Marvin Wallace avait donné sa démission, et celle-ci avait été acceptée.

Gaines mena une enquête minutieuse pour déterminer si Jack Kidd avait pu être impliqué dans les diverses relaxes accordées à Leon Devereaux. Il ne trouva rien de compromettant, et laissa tomber.

Et c'est ainsi que le 12 août, vingt ans jour pour jour après que Nancy Denton avait pénétré dans le bois au bout de Five Mile Road, John Gaines – un Louisianais de Lafayette qui était récemment, par hasard ou par défaut, devenu le shérif de Whytesburg, dans le comté de Breed, Mississippi, et qui était avant ça revenu vivant des neuf cercles de l'enfer qu'avait été la guerre du Viêtnam – se tenait sur le perron à l'arrière de la maison de sa mère, et scrutait les ténèbres.

L'obscurité était permanente, tout comme les formes et les sons qu'elle renfermait, et dans ces formes et ces sons il y aurait toujours le souvenir de ce qui s'était déroulé ici, le souvenir des morts, des voix que personne n'entendrait plus.

Nancy, Michael, Judith, Leon, Matthias, Eugene.

Et aussi Alice, évidemment.

Il y aurait toujours ceux qui tuaient par avidité, par vengeance, par haine, par ce qu'ils prenaient pour de l'amour. Et il y aurait toujours les victimes.

Elle était là, la lourdeur précise et tortueuse de la conscience.

Il était là, le véritable poids des morts.

Ce qui s'était passé lui reviendrait en rêves – fracturés, surréalistes, parfois compréhensibles, parfois totalement incohérents. Gaines le savait. Mais il anticipait ces rêves, les attendait même avec impatience. Car ces rêves lui ouvriraient les yeux, et à mesure qu'il les laisserait derrière lui, il finirait lentement par redevenir en partie l'homme qu'il avait été avant la guerre.

Pas exactement le même, mais un homme meilleur, plus sage, plus sensible et compréhensif.

Un homme qui pourrait, peut-être, partager sa vie avec quelqu'un d'autre.

Il y a désormais un silence en lui, et il trouve ça rassurant, comme un petit repaire dans lequel il peut se retirer quand le monde devient trop pesant. Et pourtant, étrangement, ce repaire est trop vaste pour lui seul.

C'est avec cette pensée à l'esprit qu'il appelle un soir Maryanne Benedict. Lorsqu'elle décroche et qu'il s'annonce, elle ne semble pas surprise.

Il ne l'a pas revue, ne lui a pas reparlé, depuis l'enterrement.

« J'ai quelque chose, dit-il, et je ne sais pas si vous le voulez, mais j'ai pensé que je ferais bien de vous demander.

– Quelque chose ?

– L'album photo de Michael.

– Oh, fait-elle.

– Vous êtes dedans, et également Nancy, Matthias, Michael... vous y êtes tous, et je me demandais...

– Non, dit-elle. Je ne le veux pas, John.

– Qu'est-ce que je suis censé en faire ?

– Je ne sais pas, répond-elle.

– D'accord. J'aviserai. »

Ils restent un moment sans parler, puis ils parlent en même temps.

« J'étais... commence-t-il.

– Est-ce que... dit-elle.

– Vous d'abord, fait Gaines.

– J'allais juste vous demander si vous alliez bien.

– Bien ? Oui, ça s'arrange.

– Parfait.

– Et vous ? demande-t-il.

– Aussi bien que possible. Étant donné les circonstances. »

Il y a un nouveau silence. Assez bref.

« Qu'alliez-vous me demander ? dit-elle.

– Rien, répond-il.

– John, insiste-t-elle, comme si elle comprenait combien c'est difficile pour lui et tentait de lui faciliter la tâche.

– J'allais vous demander si vous accepteriez... peut-être, je ne sais pas, peut-être...

– Demandez-moi, John.

– Je me demandais si vous aimeriez sortir un de ces jours. Nous pourrions dîner quelque part. Nous pourrions discuter, vous savez ? Juste discuter un moment et voir si...

– C'est bon, John. Vous avez posé votre question. Inutile d'en dire plus.

– D'accord, dit-il. Désolé, j'étais simplement...

– Je sais », dit-elle.

Il perçoit un sourire dans la voix de Maryanne.

« Alors ? demande-t-il.

– Il faut que je voie, répond-elle. Je dois consulter mon agenda.

– Oh, fait-il après une hésitation. D'accord. Oui. Consultez votre agenda. »

Il l'entend rire avant même qu'il ait fini sa phrase.

« Je vous taquine, John, dit-elle. Bien sûr qu'on peut sortir. On peut sortir, dîner ensemble et discuter. On peut faire ce que bon nous semble. »

Il sourit.

« OK, dit-il. Parfait. Merci.

– Vendredi soir. Venez me chercher à dix-neuf heures.

– D'accord. Vendredi à dix-neuf heures.

– Alors, à vendredi, dit-elle.

– Oui, Maryanne, à vendredi. »

Elle raccroche.

Gaines reste un moment immobile, puis il raccroche à son tour.

Ses pensées sont silencieuses, peut-être pour la première fois de sa vie.

Il n'entend pas le rugissement lointain des CH-47, le claquement et le roulement des obus de 105 et des Vulcan, ni les mitraillettes et les obus de mortier de 82 mm du Viêt-cong.

Il n'entend pas la pluie incessante qui martèle la terre. Il ne sent pas le sol se gonfler sous ses pieds. Il ne se sent pas observé depuis l'ombre.

Il entend les battements de son cœur, sent la pression du sang dans ses veines, et il sait qu'il va s'en sortir.

Après tout ce qui s'est passé, il va s'en sortir.

Un jour, sa vie formera un cercle complet, et il se rappellera comment c'était d'être un enfant, et il saura ce qu'est aimer et être aimé, et il y aura des choses qui auront un sens, et celles qui n'en auront pas seront sans importance.

Un jour, peut-être, il verra la vie telle qu'elle est... un cercle, une roue, quelque chose sans début ni fin... comme le serpent qui se mord la queue et, finalement, irrévocablement, disparaît.

Mis en pages par DV Arts Graphiques à La Rochelle,
cet ouvrage a été achevé d'imprimer sur Roto-Page
par l'Imprimerie Floch à Mayenne en août 2014
Dépôt légal : octobre 2014
N° d'édition : 269 – N° d'impression : 87133
ISBN 978-2-35584-269-6
Imprimé en France